Maxim Gorki

Das Leben des Klim Samgin

Maxim Gorki

Das Leben des Klim Samgin

Reproduktion des Originals.

1. Auflage 2022 | ISBN: 978-3-36827-016-2

Verlag: Outlook Verlag GmbH, Zeilweg 44, 60439 Frankfurt, Deutschland
Vertretungsberechtigt: E. Roepke, Zeilweg 44, 60439 Frankfurt, Deutschland
Druck: Books on Demand GmbH, In de Tarpen 42, 22848 Norderstedt, Deutschland

Erstes Kapitel.

Iwan Akimowitsch Samgin war ein Freund des Originellen; als seine Frau ihm den zweiten Sohn geboren hatte und Samgin am Bett der Wöchnerin saß, beteuerte er ihr unaufhörlich:

»Weißt du, Wera, wir geben ihm einen seltenen Namen. Wir haben die ewigen Iwans und Wassilis satt, wie?«

Die von den Geburtswehen erschöpfte Wera Petrowna antwortete nicht. Ihr Gatte richtete seine Taubenaugen auf das Fenster, zum Himmel, wo die windzerfetzten Wolken bald an Eisgang auf dem Fluss, bald an die zottigen Hügel im Moor erinnerten. Dann zählte Samgin besorgt auf, die Luft mit dem kurzen, rundlichen Finger durchbohrend.

»Christophorus? Kirik? Wukol? Nikodemus?«

Jeden Namen vernichtete eine ausstreichende Geste, und nachdem er so ein gutes Dutzend ungebräuchlicher Namen durchgegangen war, rief er befriedigt aus:

»Samson! Samson Samgin – ich hab's! Das ist nicht schlecht! Name eines biblischen Helden, und der Nachname – oh, mein Nachname ist originell!«

»Rüttle nicht am Bett«, bat leise die Frau.

Er entschuldigte sich, küsste ihre Hand, die kraftlos und seltsam schwer war, und horchte lächelnd auf das böse Pfeifen des Herbstwinds und das klägliche Winseln des Kindes.

»Ja – Samson! Das Volk braucht Helden! Doch – ich werde noch einmal nachdenken. Vielleicht ... Leonid?«

»Sie ermüden Wera mit Kleinigkeiten«, bemerkte strenge Maria Romanowna, die Hebamme, während sie das Neugeborene wickelte.

Samgin warf einen Blick auf das blutleere Gesicht seiner Frau, brachte ihr über das Kissen verstreutes Haar, das von ungewöhnlich mondgoldner Tönung war, in Ordnung und verließ lautlos das Zimmer.

Die Wöchnerin genas langsam. Das Kind war schwach. Die dicke, aber immer kranke Mutter Wera Petrownas fürchtete, es möchte nicht am Leben bleiben, und drängte zur Taufe. Man taufte es, und schuldbewusst lächelnd gestand Samgin:

»Werotschka, ich habe mich im letzten Augenblick entschlossen, ihn Klim zu nennen. Klim! Ein Name, wie er im Volk gebräuchlich ist. Er verpflichtet zu nichts. Wie denkst du?«

Da sie die Verlegenheit des Gatten und die allgemeine Unzufriedenheit der Angehörigen bemerkte, stimmte Wera Petrowna zu:

»Mir gefällt er.«

Ihr Wort war Gesetz in der Familie, und an die überraschenden Streiche Samgins hatten sich alle gewöhnt. Er verblüffte oft durch die Eigenartigkeit seiner Handlungen, genoss jedoch sowohl innerhalb seiner Familie wie unter den Bekannten den Ruf eines Glücklichen, dem alles leicht gelingt.

Indessen, der nicht ganz gewöhnliche Name des Kindes hob es seit den ersten Tagen seines Lebens aus der grauen Masse heraus.

»Klim?«, fragten sich die Bekannten und betrachteten den Knaben besonders aufmerksam, als ob sie zu erraten versuchten: warum nur Klim?

Samgin erklärte:

»Ich wollte ihn Nestor oder Antippas nennen, aber wissen Sie, diese alberne Zeremonie: Sagst du dich los von Satanas? – Blase! Spei aus ..!«

Auch die Hausgenossen hatten ihre Gründe, dem Neugeborenen mehr Beachtung zu schenken als seinem zwei Jahre älteren Bruder Dmitri. Klims Gesundheit war schwach, und dies verdoppelte die Liebe seiner Mutter. Der Vater fühlte sich schuldig, weil er dem Sohn einen falschen Namen gegeben habe. Die Großmutter, die den Namen »bäurisch« fand, schwor, man habe dem Kind ein Leid getan, während Klims kinderlieber Großvater, Gründer und Ehrenvorstand der Gewerbeschule für Waisen, der eine Schwäche für Pädagogik und Hygiene hatte, den zarten Klim offenkundig dem gesunden Dmitri vorzog und den Enkel ebenfalls mit seiner Fürsorge beschwerte.

Klims erste Lebensjahre fielen in die Zeit des verzweifelten Kampfes für Freiheit und Aufklärung, den das Häuflein jener Menschen führte, die den Mut besaßen, sich mannhaft und allein »zwischen Hammer und Amboss« zu werfen, zwischen die Regierung des unfähigen Enkels einer begabten deutschen Prinzessin und das unwissende, in der Sklaverei der Leibeigenschaft stumpf gewordene Volk. Erfüllt von gerechtem Hass gegen die Zarenherrschaft, liebten diese überzeugten Wahrheitsfanatiker »das Volk« und gingen, es aufzuwecken und zu retten. Damit es ihnen leichter fiele, es zu lieben, dachten sie es sich als ein Wesen von einzigartiger geistiger Schönheit, schmückten es mit der Krone des schuldlosen Dulders, mit der Gloriole des Heiligen und stellten seine physischen Qualen hoch über die moralischen, mit denen die grauenvolle russische Wirklichkeit die Besten des Landes verschwenderisch ausstattete.

Der Trauergesang jener Zeit war das zornige Stöhnen des hellhörigsten Dichters der Epoche, und doppelt bang ertönte die Frage, die der Dichter an das Volk richtete:

Wirst du endlich erwachen, geschwellt von Kraft?
Oder hast du, gehorsam dem blinden Walten des Schicksals,
Das deinige getan,
Als du das Lied schufst, das dem Stöhnen gleicht,
Und für ewig deinen Geist aufgegeben?

Unermesslich waren die Leiden, die die Kämpfer für Freiheit und Kultur auf sich nahmen. Doch Haft, Kerker und die Verbannung vieler Hunderte junger Menschen nach Sibirien entflammten nur mächtiger ihren Kampf gegen den plumpen seelenlosen Mechanismus der Staatsgewalt.

Dieser Kampf zog auch die Familie Samgin in Mitleidenschaft. Iwans älterer Bruder Jakow wurde, nachdem er fast zwei Jahre im Gefängnis gesessen hatte, nach Sibirien verschickt, floh, wurde wieder ergriffen und ins Innere Turkestans deportiert. Auch Iwan Samgin entging weder der Verhaftung noch dem Kerker und wurde später von der Universität verjagt. Wera Petrownas Vetter – der Mann der Maria Romanowna – starb auf dem Wege in die Verbannung nach Jalutorowsk.

Im Frühjahr 1879 knallte der verzweifelte Schuss Solowjows. Die Regierung beantwortete ihn mit asiatischen Vergeltungsmaßnahmen.

Damals nahmen einige entschlossene Männer und Frauen den Zweikampf mit dem Despoten auf, hetzten ihn zwei Jahre lang wie ein wildes Tier, brachten ihn endlich zur Strecke und wurden sogleich von einem ihrer Kameraden verraten. Dieser hatte selbst versucht, Alexander II. zu ermorden, aber, wie es scheint, mit eigener Hand die Zündschnur der Bombe, die den Zarenzug in die Luft sprengen sollte, durchschnitten. Des Ermordeten Sohn, Alexander III., belohnte den Attentäter auf das Leben seines Vaters mit dem Titel eines Ehrenbürgers.

Als man die Helden vernichtet hatte, waren sie, wie das immer zu sein pflegt, auf einmal die Schuldigen, die Hoffnungen geweckt hatten, die sie nicht verwirklichen konnten. Diejenigen, die den ungleichen Kampf wohlwollend aus der Ferne verfolgt hatten, wurden durch die Niederlage tiefer entmutigt als die Freunde der Kämpfer, die das Gemetzel überlebt hatten. Viele verschlossen ungesäumt und weise ihre Türen den Überresten der heldischen Gruppe, die gestern noch Begeisterung entfesselt hatten, heute aber nur bloßstellen konnten.

Langsam regte sich skeptischer Unglaube an die »Bedeutung der Persönlichkeit im Schöpfungsprozess der Geschichte«, ein Unglaube, der
Jahrzehnte später ungezügelter Begeisterung für den neuen Helden, die
»blonde Bestie« Friedrich Nietzsches, Platz machte. Schnell wurden die
Menschen klüger, und Spencer darin zustimmend, dass »Instinkte aus
Blei kein Betragen aus Gold« geben können, widmeten sie ihre Fähigkeiten und Kräfte der »Selbsterkenntnis« und dem individuellen Sein.
Rasch strebte man der Anerkennung des Schlagwortes »Unsere Zeit ist
nicht die Zeit gewaltiger Aufgaben« zu.

Einer der genialsten Künstler, der ein so feines Gefühl für die Macht
des Bösen besaß, dass er ihr Schöpfer zu sein schien, brach in einem
Lande, wo die Mehrzahl der Herren genau solche Sklaven waren wie ihre Knechte, in das hysterische Geschrei aus:

»Schick dich in dein Los, hoffärtiger Mensch! Dulde, Hoffärtiger!«

Und nach ihm ertönte nicht weniger machtvoll die Stimme eines anderen Genies, die gebieterisch und beharrlich verkündete, zur Freiheit führe nur ein Weg: »Dem Übel nicht widerstreben.«

Das Haus der Samgins war eines der in jenen Jahren schon seltenen
Häuser, deren Herren sich nicht beeilten, alle Feuer zu löschen: Dieses
Haus wurde, wenn auch nicht häufig, von unfrohen, zänkischen Menschen besucht. Sie zogen sich in die Zimmerecken, in den Schatten zurück, sprachen wenig und begleiteten ihre Worte mit einem unangenehmen Lachen. Von ungleichem Wuchs, verschieden gekleidet, glichen
sie alle doch sonderbar einander wie Soldaten aus einer Kompanie. Sie
waren keine »Hiesigen«, sie reisten irgendwohin und erschienen bei
Samgin auf der Durchreise. Zuweilen blieben sie über Nacht. Auch darin
ähnelten sie sich, dass sie alle gehorsam die wütenden Reden Maria Ro-
manownas anhörten und sie sichtlich fürchteten. Vater Samgin aber hatte Angst vor ihnen, – der kleine Klim sah, dass der Vater beinahe vor jedem von ihnen seine weichen, zärtlichen Hände rieb und verlegen von
einem Fuß auf den anderen trat. Einer dieser Menschen, ein schwarzer,
bärtiger und wohl sehr geiziger Mann, sagte wütend:

»In deinem Haus, Iwan, geht es zu wie in einem armenischen Witz:
immer zehnmal mehr als notwendig. Man hat mir für die Nacht, ich
weiß nicht warum, zwei Kissen und zwei Kerzen gegeben.«

Samgins Bekanntenkreis in der Stadt war merklich zusammenge-
schrumpft, immerhin versammelten sich bei ihm an den Abenden einige
Menschen, die mit der Stimmung des gestrigen Tages noch nicht fertig
waren. Jeden Abend tauchte aus der Tiefe des Hofflügels hoheitsvoll

Maria Romanowna auf, hager, knochig, eine schwarze Brille auf der Nase, mit einem beleidigten Gesicht ohne Lippen und einem Spitzenhäubchen auf dem zur Hälfte ergrauten Haar. Unter dem Häubchen sahen ihre großen, grauen Ohren hervor. Vom zweiten Stock stieg der Mieter Warawka herab, breitschultrig und flammenbärtig. Er sah aus wie ein reichgewordener Lastkutscher, der sich eine ihm fremde Kleidung gekauft hat und sich in ihr nicht rühren kann. Er bewegte sich schwerfällig und behutsam, scharrte aber dabei sehr geräuschvoll mit den Sohlen. Sie waren oval wie Schüsseln, in denen man Fische aufträgt. Bevor er sich an den Teetisch setzte, prüfte er stets besorgt den Stuhl, ob er wohl auch fest genug sei. Alles an ihm und um ihn her ächzte, knarrte und bebte, Möbel und Geschirr fürchteten ihn, und kam er am Flügel vorbei, brummten die Saiten. Doktor Somow erschien, ein finsterer Schwarzbart. Er pflegte an der Türschwelle stehen zu bleiben, alle Anwesenden mit vortretenden, steinernen Augen zu mustern und heiser zu fragen:

»Geht's gut? Gesund?«

Dann schritt er ins Zimmer, und hinter seinem breiten, gedrungenen Rücken ward stets die Doktorsfrau sichtbar, ein mageres, gelbes Persönchen mit riesengroßen Augen. Sie küsste schweigend Wera Petrowna, verneigte sich hierauf vor allen Anwesenden wie vor den Heiligenbildern in der Kirche, nahm möglichst weit von ihnen Platz und saß dann da wie im Wartezimmer eines Dentisten, den Mund mit einem Tuch bedeckend. Unverwandt starrte sie in die Ecke, die am dunkelsten war, und schien zu erwarten, dass gleich jemand aus der Dunkelheit sie rufen werde:

»Komm!«

Klim wusste, sie wartete auf den Tod. Doktor Somow hatte in seiner und ihrer Gegenwart gesagt:

»Nie habe ich einen Menschen getroffen, der eine so alberne Furcht vor dem Tode hat wie meine Gattin.«

Unbemerkt und plötzlich wuchs irgendwo im Finstern einer Ecke ein rothaariger Mann hervor, Stepan Tomilin, Klims und Dmitris Lehrer – rannte, stets aufgewühlt, Fräulein Tanja Kulikowa ins Zimmer, vertrocknet und mit einer komischen, von Blattern zerfressenen Nase. Sie brachte Bücher oder Hefte mit, die mit violetten Worten vollgeschrieben waren, stürzte auf jeden zu und drängte halblaut, mit verhaltener Stimme:

»Jetzt lassen Sie uns lesen! Lesen!«

Wera Petrowna beschwichtigte sie.

9

»Wir wollen erstmal Tee trinken, die Dienstboten entlassen und dann …«

»Vorsicht mit den Dienstboten!«, warnte Doktor Somow, den Kopf wiegend, und auf seinem Scheitel schien, umgeben von vereinzelten Haarbüscheln, eine graue, runde Lichtung durch.

Die Erwachsenen tranken ihren Tee mitten im Zimmer unter einer Lampe mit weißem Schirm, einer Erfindung Samgins: Der Schirm warf das Licht nicht nach unten auf den Tisch, sondern gegen die Decke, und machte, dass ein trauriges Zwielicht durch das Zimmer flutete. In drei Ecken herrschte nächtliches Dunkel. In der vierten, von einer Wandlampe erhellten, neben einem Kübel, in dem ein kolossaler Rhododendron wuchs, befand sich der Tisch der Kinder. Die schwarzen Blattatzen der Pflanze krochen von ihren Stielen, die mit Schnüren an Nägeln befestigt waren, über die Wände, die federleichten Wurzeln hingen in der Luft gleich langen grauen Würmern.

Der stramme, pummelige Dmitri saß immer mit dem Rücken zum großen Tisch, während der schmale, magere und à la »Muschik« rund geschorene Klim das Gesicht den Erwachsenen zuwandte, aufmerksam ihren Gesprächen folgte und wartete, bis der Vater ihn den Gästen vorführen würde.

Beinahe an jedem Abend rief der Vater Klim zu sich heran, presste die Hüften des Knaben zwischen seine weichen Knie und fragte:

»Nun, kleiner Bauer, was ist das Schönste?«

Klim antwortete dann:

»Wenn man einen General beerdigt.«

»Und warum?«

»Die Musik spielt.«

»Und was ist das Schlimmste?«

»Wenn Mama Kopfweh hat.«

»Na, was sagen Sie?«, erkundigte sich Samgin sieghaft bei den Gästen, und sein lächerliches rundes Gesicht strahlte von Zärtlichkeit. Im Stillen lächelnd, lobten die Gäste Klim, doch ihm selbst gefielen diese Demonstrationen seines Verstandes gar nicht mehr, er fand seine Antworten einfältig. Zum ersten Mal gab er sie vor zwei Jahren. Jetzt fügte er sich ergeben und sogar wohlwollend diesem Scherz, da er sah, dass er dem Vater Vergnügen bereitete. Aber er witterte darin schon etwas Beleidigendes, als wenn er ein Spielzeug wäre: Drückte man, so quietschte es.

10

Aus den Geschichten des Vaters, der Mutter und der Großmutter, die die Gäste anhören mussten, erfuhr Klim nicht wenig Erstaunliches und Wichtiges über sich: Es stellte sich heraus, dass er schon als ganz kleines Kind auffallend anders gewesen war als seine Altersgenossen.

»Einfache, grobe Spielsachen mochte er lieber als erfinderische und kostbare«, sagte sich überstürzend und die Worte verschluckend der Vater. Die Großmutter wiegte würdevoll ihr graues, majestätisch frisiertes Haupt und bekräftigte seufzend:

»Ja, ja, er liebt das Schlichte.«

Und erzählte nun selbst recht fesselnd, wie rührend Klim schon als Fünfjähriger eine kränkelnde Blume gepflegt habe, die zufällig auf der Schattenseite des Gartens zwischen Unkraut hervorgesprosst war. Er hatte sie begossen, ohne die Blumen auf den Beeten eines Blicks zu würdigen, und als die Blume gleichwohl eingegangen war, hatte Klim lange und bitter geweint.

Ohne der Schwiegermutter zuzuhören, redete der Vater dazwischen:

»Er spielt viel lieber mit dem Enkel der Amme als mit den Kindern seines Kreises!«

Der Vater verstand besser zu erzählen als die Großmutter und immer Dinge, die der Knabe selbst nicht wusste, die er nicht in sich fühlte. Zuweilen schien es Klim sogar, dass der Vater die Reden und Taten, von denen er sprach, selbst ausdachte, damit er mit seinem Sohn prahlen konnte, so wie er mit der staunenswerten Genauigkeit seiner Taschenuhr, seiner Meisterschaft im Kartenspiel und vielen anderen Vorzügen prahlte.

Doch häufiger noch geschah es, dass Klim, wenn er dem Vater zuhörte, staunte: Wie konnte er vergessen, woran sein Vater sich erinnerte? Nein, der Vater erdachte nichts, auch Mama sagte ja, in ihm, Klim, stecke viel Ungewöhnliches, und sie gab sogar eine Erklärung, wie dieses in ihm entstanden sei.

»Er ist in einem unruhigen Jahr geboren, wir hatten einen Brand, dann Jakows Verhaftung und vieles mehr. Ich trug sehr schwer an ihm, die Niederkunft erfolgte ein wenig vor der Zeit, daher hat er seine Seltsamkeiten, denke ich.«

Klim hörte, dass sie sich gleichsam entschuldigte oder zweifelte, ob sich das auch wirklich so verhielt. Die Gäste pflichteten ihr bei:

»Ja, natürlich.«

Eines Tages – eine missglückte Demonstration seiner Geistesgaben hatte ihn erregt – fragte Klim den Vater:

»Warum bin ich ungewöhnlich und Mitja gewöhnlich? Er ist doch auch geboren, als alle aufgehängt wurden?«

Der Vater erklärte es ihm umständlich und lange, aber Klim behielt davon nur das eine: Es gab gelbe Blumen, und es gab rote Blumen. Er, Klim, war eine rote Blume. Die gelben Blumen waren fade.

Die Großmutter pflegte, während sie den Schwiegersohn scheel ansah, eigensinnig zu wiederholen, der lächerliche bäurische Name ihres Enkels habe auf seinen Charakter einen schlechten Einfluss. So riefen die Kinder Klim »Klin«, was den Jungen verletzte. Darum ziehe es ihn auch mehr zu den Erwachsenen.

»Das ist sehr schädlich«, sagte sie.

Alle diese Meinungen missbilligt durchaus der »richtige Greis«, Großvater Akim, der Feind seines Enkels und aller Menschen, ein hoher, gebeugter Greis, öde wie ein abgestorbener Baum. Sein langes Gesicht wird auf jeder Seite von einer Barthälfte umrahmt, die ihm vom Ohr bis auf die Schulter fällt, während Kinn und Oberlippe kahlrasiert sind. Die massige Nase schimmert blau, die Augen scheinen unter den fahlen Brauen zugewachsen. Seine langen Beine wollen sich nicht biegen, die langen Hände mit den krummen Fingern bewegen sich widerwillig und unangenehm. Er trägt beständig einen langschößigen braunen Gehrock und samtene, pelzgefütterte Schaftstiefel mit weichen Sohlen. Er geht am Stock wie ein Nachtwächter. An der Spitze des Stockes ist ein Lederball befestigt, damit er nicht so laut auf den Boden schlägt, sondern im gleichen Ton, wie die Stiefelsohlen darüber hinschlürft und scharrt. Er ist eben »der richtige Greis«, und selbst wenn er sitzt, faltet er beide Hände über dem Stock, so wie die alten Männer auf den Bänken im Stadtpark.

»Alles schädlicher Unsinn«, knurrt er. »Ihr verderbt den Jungen. Ihr denkt ihn euch so aus, wie ihr ihn sehen wollt.«

Sogleich entbrannte ein Streit zwischen dem Großvater und dem Vater. Der Vater bewies, dass alles Gute auf Erden ausgedacht sei, und dass schon die Affen, von denen der Mensch abstammt, damit begonnen hätten, etwas auszudenken. Der Großvater scharrte wütend mit dem Stock, strich auf dem Fußboden Nullen durch und schrie mit knarrender Stimme:

»Un-sinn!«

Aber niemand konnte sich Gehör verschaffen: von den saftigen Lippen des Vater sprudelten die Worte so geschwind und reichlich, dass Klim schon wusste, gleich würde der Großvater abwehrend mit dem Stock fuchteln, sich kerzengrade aufrichten, ragend wie ein Manegenpferd, das sich auf den Hinterbeinen erhoben hat, und auf sein Zimmer gehen. Der Vater aber würde ihm nachrufen:

»Du bist ein Misanthrop, Papa!«

So endete es immer.

Klim fühlte recht wohl, dass der Großvater ihn auf jede Weise herabzusetzen suchte, während alle übrigen Erwachsenen ihn geflissentlich in den Himmel hoben. Der »richtige Greis« behauptete, Klim sei einfach ein schwächlicher, schlapper Junge, und es sei nicht das Mindeste Besondere an ihm. Mit schlechten Spielsachen spiele er nur deshalb, weil die guten ihm von den regeren Kindern weggenommen würden, und mit dem Enkel der Amme habe er sich angefreundet, weil Iwan Dronow dümmer sei, als die Kinder Warawkas. Klim aber, von allen verwöhnt, litte an Eigenliebe, verlange für sich besondere Beachtung und finde die nur bei Iwan.

Dies zu hören, war kränkend, erregte Feindseligkeit gegen den Großvater und Scheu vor ihm. Klim glaubte dem Vater: Alles Gute war ausgedacht – Spielzeug, Konfekt, Bilderbücher, Gedichte – alles. Wenn die Großmutter das Mittagessen bestellte, sagte sie häufig zur Köchin:

»Denk dir selber etwas aus.«

Und immer war es notwendig, etwas auszudenken, denn sonst bemerkte einen niemand von den Erwachsenen und man lebte, als wäre man nicht da oder als wäre man nicht Klim, sondern Dmitri.

Klim entsann sich nicht genau, wann er zum ersten Mal wahrnahm, dass man sich ihn »ausdachte«, und selbst anfing, sich etwas auszudenken, aber er behielt seine glücklichsten Erfindungen gut im Gedächtnis. Einmal, vor langer Zeit, fragte er Warawka:

»Warum hast du so einen Käfernamen? Bist du kein Russe?«

»Ich bin ein Türke«, antwortete Warawka. »Mein richtiger Name ist Bei: – Schlag-nicht-mit-dem-Knüppelschlag-mit-dem-Pfennig-Bei. »Bei« ist türkisch und heißt auf Russisch – Herr.«

»Das ist gar kein Name, sondern ein Ammensprichwort«, sagte Klim.

Warawka packte ihn und warf ihn mühelos wie einen Ball gegen die Decke. Bald darauf machte sich der unangenehme Doktor Somow, dem ein Geruch von Schnaps und gesalzenen Fischen entströmte, an ihn heran. Da musste man für ihn einen Namen erdenken, rund wie ein Fässchen. Ausgedacht war auch, dass der Großvater lila Worte sprach. Doch als er sagte, es gebe Menschen, die »sommerlich« und solche, die »winterlich« grollten, schrie die kecke Tochter Warawkas, Lida, empört:

»Das habe ich zuerst gesagt und nicht er!«

Etwas auszudenken, war nicht leicht, aber er verstand, dass alle im Hause, mit Ausnahme des »richtigen Greises«, ihn gerade deswegen mehr liebten als seinen Bruder Dmitri. Als man zu einer Bootpartie aufbrach, und Klim und sein Bruder an Doktor Somow, der mit Mama am Arm träge dahinschlenderte, vorüberliefen, hörte er sogar den finsteren Doktor zu ihr sagen:

»Sehen Sie, Wera, dort gehen zwei, aber es sind zehn – der eine ist die Null und der andere die Eins davor.«

Klim erriet sofort, die Null, das war das rundliche, fade Brüderchen, das dem Vater so lächerlich ähnlich sah. Seit diesem Tag nannte er den Bruder »gelbe Null«, obgleich Dmitri rosig und blauäugig war.

Da Klim merkte, dass die Erwachsenen beständig etwas von ihm erwarteten, suchte er nach dem abendlichen Tee so lange wie möglich an dem Redestrom der Großen zu sitzen, aus dem er seine Weisheit schöpfte. Während er aufmerksam die endlosen Diskussionen verfolgte, lernte er gut, Worte aufzufangen, die sein Ohr besonders kitzelten, und er fragte nachher den Vater nach ihrer Bedeutung. Iwan Samgin erklärte voller Freude, was ein Misanthrop, ein Radikaler, ein Atheist, ein Kulturträger sei, und wenn er es erklärt hatte, lobte er unter Zärtlichkeiten den Sohn.

»Du bist ein gescheiter Junge. Sei nur wissbegierig, sei nur wissbegierig, das ist nützlich.«

Der Vater war recht angenehm, aber nicht so unterhaltsam wie Warawka. Es war schwer zu verstehen, was der Vater sagte, er redete so viel und so geschwind, dass die Worte einander zerquetschten, und seine ganze Rede erinnerte an den Schaum von Bier oder Kwas, wenn er Blasen schlagend aus dem Flaschenhals heraufstieg. Warawka redete wenig und mit Worten, wuchtig wie auf den Ladenschildern. In seinem roten Gesicht funkelten lustig die kleinen grünlichen Augen, sein feuriger Bart ähnelte in seiner Fülle einem Fuchsschweif, durch den Bart huschte ein breites rotes Lächeln, und wenn er gelächelt hatte, leckte Warawka sich die sinnlichen Lippen mit seiner langen, ölig glänzenden Zunge.

Ohne Zweifel war er der klügste Mensch. Er war niemals mit jemand einer Meinung und belehrte alle, selbst den »richtigen Greis«, der auch nicht in Einklang mit jedermann lebte, aber verlangte, dass alle den gleichen Weg gingen wie er.

»Russland hat *einen* Weg«, redete er und stampfte dazu mit dem Stock auf.

Worauf Warawka ihn anbrüllte:

»Sind wir Europa, ja oder nein?«

Er pflegte zu sagen, mit dem Muschik komme man nicht weit, es gebe nur *einen* Gaul, der die Fuhre vom Fleck rücken könne – die Intelligenz. Klim wusste, die Intelligenz, das waren der Vater, der Großvater, die Mutter, die Bekannten und natürlich Warawka selbst, der jede beliebige schwere Fuhre vom Fleck rücken konnte. Seltsam war nur, dass der Doktor, auch ein starker Mann, Warawkas Ansicht nicht teilte, vielmehr grimmig seine schwarzen Augen rollte und schrie:

»Das, wissen Sie, ist schon ein starkes Stück!«

Maria Romanowna erhob sich kerzengerade wie ein Soldat und sagte strenge:

»Schämen Sie sich, Warawka!«

Manchmal entfernte sie sich feierlich im hitzigsten Augenblick des Streites, blieb aber an der Türschwelle stehen und schrie rot vor Zorn:

»Besinnen Sie sich, Warawka! Sie stehen an der Grenze des Verrats!«

Warawka, der auf dem stärksten Stuhl saß, lachte schallend, und der Stuhl krachte unter ihm.

Die rundlichen, warmen Handflächen reibend, begann der Vater seine Rede:

»Erlaube, Timofej! Einerseits natürlich die Praktiker innerhalb der Intelligenz, die ihre Energie dem Werk der Industrialisierung zuwenden und in den Staatsapparat eindringen ... anderseits jedoch das Vermächtnis der jüngsten Vergangenheit ...«

»Du sprichst nach allen Seiten miserabel«, schrie Warawka, und Klim gab ihm recht. Ja, der Vater sprach schlecht und musste sich immer rechtfertigen, als habe er etwas Ungehöriges getan. Auch die Mutter stimmte Warawka zu.

»Timofej Wassiliewitsch hat recht«, erklärte sie entschieden. »Das Leben erwies sich verwickelter, als wir annahmen. Vieles, was zu unseren unerschütterlichen Glaubenssätzen gehörte, muss neu überprüft werden.«

Sie redete nicht viel, ruhig und ohne gesuchte Worte, und sie wurde selten zornig, doch dann nicht »sommerlich«: Laut und unter Donner und Blitzen wie Lidas Mutter, sondern »winterlich«. Ihr schönes Gesicht wurde blass, die Brauen senkten sich tiefer herab. Den schweren, prachtvoll frisierten Kopf in den Nacken werfend, blickte sie ruhevoll auf den Menschen herab, der sie erzürnt hatte, und sagte etwas Knappes und Einfaches. Wenn sie so den Vater ansah, schien es Klim, als vergrößere sich zwischen ihr und dem Vater der Abstand, obwohl doch beide sich nicht vom Fleck bewegten. Einmal wurde sie sehr »winterlich« zornig auf den Lehrer Tomilin, der lange und eintönig von den zwei Wahrheiten sprach: von der Wahrheit-Erkenntnis und der Wahrheit-Gerechtigkeit.

»Genug«, sagte sie leise, aber so, dass alle verstummten. »Genug der fruchtlosen Opfer. Großmut ist kindlich. Es ist Zeit, klug zu werden.«

»Du bist ja verrückt geworden, Wera!« entsetzte sich Maria Romanowna und verschwand augenblicklich, laut mit den breiten pferdehufähnlichen Absätzen ihrer Stiefel aufschlagend. Klim entsann sich nicht, dass seine Mutter je verlegen geworden wäre, wie das oft dem Vater geschah. Nur ein einziges Mal geriet sie aus ganz unbegreiflichen Gründen in Verwirrung. Sie säumte Taschentücher, und Klim fragte sie:

»Mama, was heißt das: ›Du sollst nicht begehren deines Nächsten Weib‹?«

»Frag deinen Lehrer«, sagte sie, wurde aber sogleich rot und fügte hinzu:

»Nein, frag den Vater.«

Wenn von interessanten und verständlichen Dingen gesprochen wurde, wünschte Klim, die Erwachsenen möchten ihn vergessen, doch wenn die Streitigkeiten ihn ermüdeten, meldete er sich sehr bald, und die Mutter oder der Vater wunderte sich:

»Was, du bist noch hier?«

Über die zwei Wahrheiten stritt man langweilig herum, Klim wollte wissen:

»Woran erkennt man, ob etwas Wahrheit ist oder nicht?«

»Was?«, rief fragend und bedeutsam zwinkernd der Vater. »Seht doch einmal!«

16

Warawka fasste Klim um und antwortete ihm:

»Die Wahrheit, Bruder, erkennt man am Geruch. Sie riecht stark.«

»Wonach?«

»Nach Zwiebel und Meerrettich.«

Alle lachten, und Tanja Kulikow sagte traurig:

»Ach, wie wahr das ist! Die Wahrheit ruft auch Tränen hervor, ja, Tomilin?«

Der Lehrer rückte stumm und behutsam von ihr weg, Tanjas Ohren erröteten zart, sie senkte den Kopf und sah lange unverwandt vor sich hin auf den Fußboden.

Klim machte ziemlich früh die Beobachtung, dass an der Wahrheit der Erwachsenen etwas Falsches, Erdachtes war. Ihre Gespräche drehten sich besonders häufig um den Zaren und das Volk. Das kurze, kratzende Wort »Zar« rief in ihm keinerlei Vorstellungen hervor, bis Maria Romanowna eines Tages ein zweites sagte: »Vampir!«

Sie warf dabei den Kopf so schroff zurück, dass ihre Brille über die Augenbrauen hinauf hüpfte, Klim erfuhr bald und gewöhnte sich an diesen Gedanken, dass der Zar ein Kriegsmann war, sehr böse und schlau, und dass er unlängst »das ganze Volk betrogen« hatte.

Das Wort »Volk« war erstaunlich umfassend, es enthielt die mannigfaltigsten Empfindungen. Vom Volk sprach man mitleidig und ehrfurchtsvoll, freudig und besorgt. Tanja Kulikowa beneidete offenkundig das Volk um irgendetwas, der Vater nannte es einen Dulder, Warawka einen müßigen Schwätzer. Klim wusste, das Volk – das waren die Bauern und ihre Weiber, die in den Dörfern lebten und jeden Mittwoch in die Stadt gefahren kamen, um Holz, Pilze, Kartoffeln und Kohl zu verkaufen. Doch dieses Volk war in seinen Augen nicht jenes wirkliche Volk, von dem alle so viel und so besorgt redeten, das in Versen besungen wurde, das alle liebten, bedauerten und einmütig glücklich zu sehen wünschten.

Das wirkliche Volk dachte Klim sich als eine unübersehbar große Menge Männer von gewaltigem Wuchs, unglücklich und furchterregend wie der unheimliche Bettler Wawilow. Das war ein hochgewachsener Greis mit einem Dach krauser, an Schafwolle erinnernder Haare. Ein schmutzig-grauer Bart wuchs ihm von den Augen bis zum Hals übers ganze Gesicht, vom Mund fehlte jede Spur, und an der Stelle der Augen blinkten zwei trübe Glasscherben. Doch wenn Wawilow unterm Fenster brüllte:

»Herr Jesus Christus, Sohn Gottes, erbarme dich unser!« öffnete sich in der Tiefe seines Urwaldbartes eine finstere Höhle, drei schwarze Zähne ragten drohend aus ihr hervor, und schwer bewegte sich eine Zunge, dick und rund wie eine Keule.

Die Erwachsenen sprachen voller Mitleid von ihm und gaben ihm ihre Almosen mit Respekt. Klim schien, sie waren sich einer Schuld gegen ihn bewusst, ja fürchteten ihn ein wenig, genau so, wie Klim ihn fürchtete. Der Vater begeisterte sich:

»Das ist der erniedrigte Ilja Muromez, das ist die stolze Kraft des Volkes!« redete er.

Die Amme Jewgenia aber, rund und prall wie ein Fass, rief, wenn die Kinder allzu unartig waren:

»Gleich rufe ich Wawilow!«

Nach ihren Erzählungen war dieser Bettler ein großer Sünder und Bösewicht, der im Hungerjahr den Leuten Sand und Kalk statt Mehl verkauft hatte, dafür vor Gericht kam und sein ganzes Vermögen ausgab, um die Richter zu kaufen, und der, obwohl er in anständiger Armut sein Leben hätte fristen können, es dennoch vorzog zu betteln.

»Das tut er aus Bosheit, den Leuten zum Trotz!«, sagte sie, und Klim glaubte ihr mehr als den Geschichten des Vaters.

Es war schwer zu verstehen, was denn eigentlich das Volk war. Einst im Sommer fuhr Klim mit dem Großvater zum Jahrmarkt in ein Kirchdorf. Die riesige Menge festlich gekleideter Bauern und Bäuerinnen, der Überfluss an angeheiterten, ausgelassenen und gutmütigen Menschen setzten Klim in Erstaunen. In Versen, die der Vater ihn auswendig lernen und den Gästen vortragen ließ, fragte Klim den Großvater:

»Wo ist denn das wirkliche Volk, das da stöhnt auf den Fluren, auf den Straßen und im Kerker, das unterm Wagen nächtigt in der Steppe?«

Der alte Mann lachte, wies mit dem Stock auf die Menschen und sagte:

»Da ist es ja, kleiner Schafskopf!«

Klim blieb ungläubig. Doch als in der Vorstadt die Häuser brannten und Tomilin Klim hinführte, um sich die Feuersbrunst anzusehen, wiederholte der Knabe seine Frage. Im dichten Gedränge fand sich kein einziger, der pumpen wollte. Die Polizisten holten ärmlich gekleidete Menschen beim Kragen aus der Menge heraus und trieben sie mit Faustschlägen an die Pumpen.

»Das ist ein Volk«, knurrte der Lehrer und verzog das Gesicht.

»Ist denn dies das Volk?«, fragte Klim.

»Wer denn sonst meinst du?«

»Und die Feuerwehr ist auch das Volk?«

»Natürlich. Doch keine Engel.«

»Warum löscht denn nur die Feuerwehr den Brand und nicht das Volk?«

Tomilin sprach lange und ermüdend von Zuschauern und Tatmenschen, doch Klim, der es aufgab, etwas zu verstehen, wünschte Auskunft:

»Und wann stöhnt das Volk?«

»Ich erzähle es dir später«, versprach der Lehrer und – vergaß es.

Das Wichtigste und Unangenehmste über das Volk erzählte Klim dem Vater. In der Dämmerung eines Herbstabends lag er halb ausgezogen und flaumweich wie ein Küken behaglich auf dem Sofa – er konnte sich wunderbar behaglich hinkuscheln. Klim bettete seinen Kopf auf die wollige Brust des Vaters und streichelte mit der flachen Hand die sämischledernen Wangen des Vaters, die straff waren wie ein neuer Gummiball. Der Vater fragte, wovon die Großmutter heute in der Religionsstunde gesprochen habe.

»Von Abrahams Opfer.«

Klim berichtete, wie Gott Abraham befohlen habe, Isaak zu schlachten, aber als Abraham ihn schlachten wollte, sprach Gott: nein, es ist nicht nötig, schlachte lieber einen Widder. – Der Vater lachte ein wenig, umarmte den Sohn und erklärte dann, wie diese Geschichte zu verstehen war.

»Al-le-go-risch. Gott – ist das Volk. Abraham ist der Führer des Volkes. Seinen Sohn opfert er nicht Gott, sondern dem Volke. Siehst du, wie einfach das ist?«

Ja, das war sehr einfach, aber es missfiel dem Knaben. Er dachte nach und fragte dann:

»Du sagst doch aber, das Volk ist ein Dulder?«

»Nun ja. Darum verlangt es auch Opfer. Alle Dulder verlangen Opfer, – alle und zu allen Zeiten.«

»Wozu?«

»Kleiner Dummbart! Um nicht zu leiden, will sagen, um das Volk zu lehren, wie es leben kann, ohne zu leiden. Christus ist gleichfalls Isaak,

Gott-Vater opferte ihn dem Volk. Verstehst du: Hier haben wir dasselbe Märchen von Abrahams Opferdarbringung.«

Klim dachte wieder nach und fragte dann vorsichtig:

»Bist du ein Führer des Volkes?«

Diesmal war es der Vater, der mit zugekniffenen Augen nachdenken musste. Doch überlegte er nicht lange:

»Siehst du, jeder von uns ist Isaak. Ja. Zum Beispiel Onkel Jakow, der verbannt ist, Maria Romanowna, überhaupt unsere Bekannten. Na, nicht alle, aber die meisten Gebildeten haben die Pflicht, ihre Kräfte dem Volk zu opfern.«

Der Vater redete noch lange, doch der Sohn hörte ihm nicht mehr zu, und seit diesem Abend erstand das Volk in ganz neuer Beleuchtung vor ihm, weniger nebelhaft, dafür aber noch drohender als vordem.

Und überhaupt: je weiter er in die Gedankenwelt der Erwachsenen vordrang, desto schwieriger wurde es, sie zu verstehen, desto schwerer, ihnen zu glauben. Der »richtige Greis« war überaus stolz auf seine Waisenschule und erzählte sehr fesselnd von ihr. Doch da nahm er die Enkel zur Weihnachtsbescherung in diese gelobte Schule mit und Klim erblickte ein paar Dutzend magerer kleiner Knaben, die man in blau und weiß gestreifte Anzüge gesteckt hatte, wie er sie bei weiblichen Sträflingen gesehen hatte. Alle Knaben waren kahl geschoren, viele hatten von Skrofeln zerfressene Gesichter, und alle sahen aus wie lebende Zinnsoldaten. Sie waren in drei Reihen hufeisenförmig um den hässlichen Christbaum herum aufgestellt und starrten ihn gierig, erschrocken und dumm an. Bald erschien ein feistes Männchen mit kahlem Schädel und gelbem Gesicht ohne Bart und Augenbrauen, sodass man glauben konnte, es sei ebenfalls ein abstoßend aufgedunsener Knabe. Er winkte mit den Armen, und alle Gestreiften begannen, verzweiflungsvoll zu singen:

Ach du Freiheit, meine Freiheit,
Goldene Freiheit du!

Mit weit aufgerissenen Mäulern, wie Fische auf dem Trocknen, priesen die Knaben den Zaren:

Traun er weiß gewiss, der Teure,
Um unser graues Leben, unsere bittere Not.
Er hat gewiss gesehen, unser Ernährer,
Die Träne des Kummers in unseren Augen.

Das war ohrenbetäubend, und als die Knaben ihren Gesang beendet hatten, wurde es drückend im Saal. Der »richtige Greis« wischte sich mit dem Tuch das schweißnasse Gesicht, Klim schien, dass außer dem Schweiß auch Tränen über die Wangen seines Großvaters rannen. Man wartete die Bescherung nicht ab, Klim hatte Kopfschmerzen bekommen. Unterwegs fragte er den Großvater:

»Lieben die den Zaren?«

»Versteht sich«, erwiderte der Großvater, fügte aber sofort ärgerlich hinzu: »Pfefferkuchen lieben sie.«

Und, nach einigem Schweigen:

»Essen lieben sie.«

Es war peinlich zu glauben, dass der Großvater ein Großmaul war, aber Klim musste es annehmen.

Die Großmutter, dick und würdig, in einem Morgenrock aus rotem Kaschmir, blickte auf alles durch ihre goldene Lorgnette und sagte mit gedehnter vorwurfsvoller Stimme:

»In meinem Hause ...«

In ihrem Hause war alles bemerkenswert und märchenhaft gut gewesen, aber der Großvater glaubte ihr nicht und brummte spöttisch, während seine dürren Finger in den beiden Hälften seines grauen Backenbartes wühlten:

»Ihr Haus, Sofia Kirillowna, muss das reinste Paradies gewesen sein.«

Die massige Nase der Großmutter lief vor Kränkung rot an, und die Alte schwebte langsam, gleich einer Wolke im Abendrot, davon. Stets trug sie ein französisches Buch in der Hand, in dem ein grünseidenes Lesezeichen steckte. Auf das Lesezeichen waren schwarz die Worte gestickt:

»Gott weiß – der Mensch ahnt nur.«

Niemand liebte die Großmutter. Klim, der dies sah, kam darauf, dass er nicht schlecht daran täte, wenn er zeigte, dass er als Einziger die einsame Greisin liebe. Willig hörte er ihre Geschichten von dem geheimnisvollen Haus. Aber an seinem Geburtstag führte ihn die Großmutter in eine entlegene Straße der Stadt, in die Tiefe eines weiten Hofes und zeigte ihm ein plumpes, graues und verwittertes Gebäude, mit fünf, von drei Säulen geteilten Fenstern, einem verfallenen Söller und einem Zwischengeschoss mit einer Front von zwei Fenstern.

»Dies ist mein Haus.«

Die Fenster waren mit Brettern vernagelt, der Hof mit einem Haufen zerschlagener Fässer und Flaschenkörbe vollgeworfen und mit Flaschenscherben besät. In der Mitte des Hofes kauerte ein Hund, beschäftigt, sich Kletten aus dem Schwanz zu beißen. Und das alte Männchen auf dem Bild aus dem Klim längst langweilig gewordenen Märchen »Vom Fischer und dem Fischlein« – derselbe Greis, zottelhaarig wie ein Köter, hockte auf den Söllerstufen und kaute Brot mit Schnittlauch.

Klim wollte die Großmutter daran erinnern, dass sie ihm von einem ganz anderen Haus erzählt habe, doch als er ihr ins Gesicht blickte, fragte er:

»Warum weinst du?«

Die Großmutter wischte sich die Tränen mit einem Spitzentüchlein aus den Augen und gab keine Antwort.

Ja, alles war nicht so, wie die Erwachsenen erzählten. Klim schien, den Unterschied verstanden nur zwei Menschen, er und Tomilin, die »Persönlichkeit mit unbekannter Bestimmung«, wie Warawka den Lehrer nannte.

Im Lehrer sah Klim etwas Geheimnisvolles. Er war klein, eckig, hatte ein gespaltenes rotes Bärtchen und kupferbraunes Haar, das ihm auf die Schultern fiel. Der Lehrer blickte starr und gleichsam aus weiter Ferne auf die Dinge. Seine Augen waren seltsam: Im Weiß von trüb-milchiger Farbe erschienen die stark gekrümmten goldgesprenkelten Pupillen wie aufgeklebt. Tomilin ging im blauen Ballon eines Hemdes aus besonders rauem Stoff, in schweren Bauernstiefeln und schwarzen Hosen. Sein Gesicht erinnerte an eine Ikone. Das Merkwürdigste an ihm waren seine abstoßend roten, ängstlichen Hände. In der ersten Zeit ihrer Bekanntschaft glaubte Klim, der Lehrer sei halb blind, sehe die Dinge nicht so, wie sie waren, bald größer und bald kleiner, und berühre sie daher so behutsam, dass es geradezu komisch war, es mitanzusehen. Aber der Lehrer trug keine Brille, und immer war er es, der aus den violetten Heften vorlas, unschlüssig blätternd, als erwarte er, dass das Papier sich unter seinen glühenden Fingern entzünde.

Nach dem Tee, wenn das Dienstmädchen Malascha das Geschirr abgetragen hatte, stellte der Vater zwei Stearinkerzen vor Tomilin auf. Alle setzten sich um den Tisch. Warawka schnitt eine Grimasse, als solle er Lebertran einnehmen und fragte übellaunig:

»Was, schon wieder die Weisheiten des erlauchten Grafen?«

Darauf verkroch er sich hinter den Flügel, ließ sich dort in einen Ledersessel fallen, zündete sich eine Zigarre an, und hohl tönten im Rauch seine Worte:

»Kindereien. Der gnädige Herr belieben, zu scherzen.«

»Auch ein Denker!«, blökte, ebenfalls missbilligend, der Doktor, während er sein Bier schlürfte.

Der Doktor sah unsympathisch aus, als habe er lange im Keller gelegen, sei muffig geworden, habe am ganzen Körper schwarzen Schimmel angesetzt und ärgere sich jetzt über alle. Er konnte wohl nicht klug sein, hatte er sich doch nicht einmal eine hübsche Frau ausgesucht: die seine war klein, hässlich und böse. Sie sprach selten und karg, nur zwei oder drei Worte, dann schwieg sie wieder eine lange Zeit und starrte in die Ecke. Mit ihr stritt man nicht, als wäre sie nicht da. Zuweilen kam es Klim so vor, als vergesse man sie absichtlich, weil man sie fürchte. Ihre gesprungene Stimme beunruhigte Klim beständig, denn sie zwang ihn zu lauern, dass diese spitznasige Frau etwas Sonderbares sagte, und das tat sie auch manches Mal.

Einmal geriet Warawka plötzlich in Wut, schlug mit der klobigen Handfläche auf den Deckel des Flügels und sagte geifernd wie ein Diakon:

»Unsinn! Jede vernünftige Tat des Menschen wird unvermeidlich eine Vergewaltigung seines Nächsten oder seiner selbst sein.«

Klim erwartete, dass Warawka »Amen!« sagte, doch kam er nicht mehr zu Worte, denn jetzt knurrte der Doktor:

»Der Graf spielt den Naiven. Hat Darwin nicht gelesen.«

»Darwin ist – der Teufel«, sagte laut seine Frau. Der Doktor schlug jäh mit dem Kopf nach vorn, als habe er einen Genickstoß erhalten, und brummte leise in den Bart:

»Bileams Eselin.«

Maria Romanowna schrie Warawka an, doch durch ihr zorniges Geschrei hindurch vernahm Klim die eigensinnige Stimme der Doktorsfrau:

»Er hat uns eingeschärft, Gesetz des Lebens sei das Böse.«

»Genug, Anna!«, knurrte der Doktor, der Vater aber begann, mit dem Lehrer über irgendeine Hypothese und einen Malthus zu streiten. Warawka stand auf und ging, die Rauchschlange seiner Zigarre hinter sich herziehend, hinaus. Warawka war für Klim der Interessanteste und Verständlichste. Er verheimlichte nicht, dass er viel lieber Préférence spielte, als zuhörte, wenn vorgelesen wurde. Klim fühlte, dass auch sein Vater lieber Karten spielte, als zuhörte, aber der Vater gestand es niemals ein. Warawka wusste so gut zu sprechen, dass seine Worte sich im Gedächtnis ansammelten wie Fünfer im Spartopf. Als Klim ihn fragte, was das sei – eine »Hypothese«, antworte er prompt:

»Das ist der Hund, mit dem man auf die Wahrheit Jagd macht.«

Er war lustiger als alle anderen Erwachsenen und gab allen komische Spitznamen.

Klim wurde gewöhnlich zu Bett geschickt, bevor man mit dem Lesen oder dem Préférencespiel begann, doch der Junge sträubte sich immer und bettelte:

»Noch ein bisschen, ein ganz kleines bisschen!«

»Nein, wie er die Gesellschaft der Erwachsenen liebt!« staunte der Vater, und nach diesen Worten ging Klim ruhig in sein Zimmer. Er wusste, er hatte seinen Willen durchgesetzt und die Erwachsenen genötigt, sich noch einmal mit ihm zu beschäftigen.

Manchmal jedoch bat der Vater:

»Sag doch einmal das Gedicht »Betrachtung« auf, vom Vers

»Du, der das Leben beneidenswert wähnt ...«

an.

Klim reckte die rechte Hand in die Luft, hielt die linke an den Hosengurt und las mit tragisch verfinstertem Gesicht:

Sättigung mit schamlosem Schmeichlerwort
Müßiggang, Prassen und Spiel. Erwache!

Warawka lachte Tränen, die Mutter lächelte gezwungen, und Maria Romanowna flüsterte ihr prophetisch zu:

»Der wird ein ehrlicher Mensch!«

Klim sah, dass die Erwachsenen ihn immer höher über die anderen Kinder stellten, das tat wohl. Doch er hatte schon Augenblicke, wo er fühlte, dass die Beachtung der Erwachsenen ihn störte. Es gab Stunden, wo auch er so selbstvergessen spielen wollte und konnte, wie der beschopfte, adlernasige Boris Warawka und dessen Schwester, wie sein Bruder Dmitri und die weißblonden Töchter Doktor Somows. Genau wie sie wurde er trunken von Erregung und ging im Spiel auf. Doch kaum merkte er, dass einer der Erwachsenen ihn sah, wurde er sofort nüchtern,

– aus Furcht, die Freude am Spielen stoße ihn in die Reihe der gewöhnlichen Kinder zurück. Ihm schien immer, die Erwachsenen beobachteten ihn und forderten von ihm besondere Worte und Taten.

Gleichzeitig musste er wahrnehmen, dass alle Kinder immer unverhüllter zeigten, dass sie ihn nicht liebten. Sie betrachteten ihn neugierig wie einen Fremden und erwarteten gleich den Erwachsenen irgendwelche Kunststücke von ihm. Doch seine weisen Reden und Sprüche erregten bei ihnen nur spöttisches Frösteln, Misstrauen und manchmal Feindseligkeit. Klim ahnte, dass sie ihm seinen Ruhm, den Ruhm eines Knaben mit außerordentlichen Gaben, neideten, doch es kränkte ihn trotzdem und rief bald Trauer und bald Ärger in ihm hervor. Er hatte den Wunsch, das Übelwollen der Kameraden zu besiegen, sah aber keinen anderen Weg, als umso eifriger die Rolle weiterzuspielen, die die Erwachsenen ihm aufgezwungen hatten. Er versuchte, Befehle zu geben, Belehrungen auszuteilen und stieß auf den erbitterten Widerstand Boris Warawkas. Dieser gewandte, tollkühne Junge schreckte Klim durch seinen herrischen Charakter. Seine Einfälle hatten stets etwas Waghalsiges, Schwieriges, doch er zwang alle, sich ihm zu fügen, und teilte sich selbst bei allen Spielen die Hauptrolle zu. Er versteckte sich an unzugänglichen Orten, kletterte wie eine Katze auf Dächern und Bäumen. Aalglatt, wie er war, ließ er sich niemals fangen. Endlich ergab sich die gegnerische Partei erschöpft, und Boris höhnte dann:

»Wie, verloren? Ihr ergebt euch? Ihr seid Helden!«

Klim kam es so vor, als denke Boris nie über etwas nach und wisse immer schon vorher, was getan werden musste. Nur ein einziges Mal gab er sich, aufgebracht durch die Schlappheit seiner Spielgefährten, Träumereien hin:

»Im Sommer schaff' ich mir anständige Feinde an, die Jungens aus dem Asyl oder aus der Ikonenwerkstatt und kämpfe mit ihnen, euch aber lass ich laufen.«

Klim fühlte, der kleine Warawka hasste ihn zäher und offener als die anderen Kinder. Er hatte Lida Warawka gern, – ein schmales Mädel, bräunlich, mit großen Augen unter einer zerzausten Kapuze schwarzer Locken. Sie lief erstaunlich gut und flog über dem Erdboden weg, als berühre sie ihn nicht. Niemand als ihr Bruder konnte sie fangen oder einholen, und, wie der Bruder, nahm sie sich stets die erste Rolle. Wenn sie sich stieß, Arme und Beine zerkratzte, die Nase blutig schlug, weinte oder jammerte sie nicht wie die Somow-Mädchen. Aber sie war krankhaft empfindlich gegen Kälte, liebte Schatten und Dunkelheit nicht und war bei schlechtem Wetter unausstehlich. Im Winter schlief sie ein, wie eine Fliege, hockte tagelang in den vier Wänden, ohne an die Luft zu gehen und beklagte sich zornig über Gott, der sie so ganz grundlos kränke und Regen, Wind und Schnee auf die Erde schicke.

Von Gott sprach sie wie von einem lieben alten Mann, ihrem guten Bekannten, der irgendwo in der Nähe lebte, alles machen konnte, was er wollte, aber alles oft nicht so machte, wie es nötig war.

»Es gibt keinen Gott«, erklärte Klim. »Nur Greise und alte Weiber glauben an ihn.«

»Ich bin kein altes Weib und Pawlja ist auch noch jung«, widersprach Lida ruhig. »Ich und Pawlja lieben ihn sehr, Mama aber ärgert sich sehr, weil er sie ungerecht bestraft hat, und sie sagt, Gott spielt mit den Menschen wie Boris mit seinen Bleisoldaten.«

Lida schilderte ihre Mutter als Märtyrerin. Man brannte ihr den Rücken mit glühenden Eisen, spritzte ihr Arzneien unter die Haut und peinigte sie auf jede Art.

»Papa will, sie soll ins Ausland reisen, aber sie will nicht, sie hat Angst, dass Papa ohne sie umkommt. Natürlich kann Papa überhaupt nicht umkommen. Aber er widerspricht ihr nicht, er sagt, Kranke denken sich immer grässliche Dummheiten aus, weil sie Angst vor dem Sterben haben.«

In der Gesellschaft dieses kleinen Mädchens war Klim leicht und wohl, so wohl, wie wenn er den Märchen der Kinderfrau lauschte. Klim begriff, dass Lida in ihm nicht den hervorragenden Knaben sah. In ihren Augen wuchs er nicht, sondern blieb so klein wie vor zwei Jahren, als Warawkas eingezogen waren. Er wurde verlegen und unwillig, wenn er bemerkte, wie das Mädchen ihn wieder in die Welt des Kindlichen und Dummen hinabzog, aber es gelang ihm nicht, sie von seiner Bedeutung zu überzeugen. Das war schon aus dem Grunde schwer, weil Lida eine geschlagene Stunde reden konnte, aber ihm selbst nicht zuhörte und auf seine Fragen keine Antwort gab.

Am Abend, wenn sie vom Spielen ermattet war, wurde sie oft still. Die freundlichen Augen weit geöffnet, so ging sie im Hof und im Garten umher und streifte behutsam mit ihren geschmeidigen Füßen die Erde, als suche sie etwas Verlorenes.

»Komm, wir wollen uns hinsetzen«, schlug sie Klim vor.

In einem Winkel des Hofes, zwischen dem Pferdestall und der Steinwand eines kürzlich erbauten Nachbarhauses verkümmerte ohne Sonne ein hoher Ahornbaum. An seinem Stamm waren alte Bretter und Balken aufgeschichtet, auf ihnen lag in gleicher Höhe mit dem Dach des Pferdestalls der aus Weidenruten geflochtene Schlitten von Großvaters Kutsche. In diesen Wagenschlitten kletterten Klim und Lida und saßen dort lange in traulichem Gespräch beieinander. Das Mädchen fröstelte und schmiegte sich innig an Samgin, und es erfüllte ihn mit besonders wohligem Behagen, ihren festen, sehr heißen Körper zu fühlen und ihre nachdenkliche, spröde Stimme zu hören.

Ihre Stimme war arm. Klim schien, sie schwinge nur zwischen den Noten f und g. Und mit seiner Mutter fand er, dass das Mädchen zu viel für ihr Alter wisse.

»Das mit dem Klapperstorch und dem Kohl ist ein Märchen«, sagte sie. »Das erzählen sie nur, weil sie sich schämen, Kinder zu kriegen. Aber die Mamas kriegen doch welche, genau wie die Katzen, ich habe es gesehen und Pawlja hat es mir erzählt. Wenn mir erst Brüste gewachsen sind wie bei Mama und Pawlja, werde ich auch einen Jungen und ein Mädchen gebären, solche wie ich und du. Gebären ist notwendig, sonst sind es immer dieselben Menschen, und wenn sie gestorben sind, bleibt überhaupt niemand übrig. Dann müssen auch die Katzen und die Hühner sterben, denn wer soll sie füttern? Pawlja sagt, Gott verbietet nur den Nonnen und den Gymnasiastinnen das Kinderkriegen.«

Besonders oft und viel und immer etwas Neues erzählte Lida von ihrer Mutter und dem Dienstmädchen Pawlja, einer rotbäckigen, lustigen Dicken.

»Pawlja weiß alles, sogar mehr als Papa. Pawlja und Mama singen leise Lieder, und beide weinen dabei, und Pawlja küsst Mamas Hände. Mama weint sehr viel, wenn sie Madeira getrunken hat, weil sie krank ist und böse. Sie sagt: ›Gott hat mich böse gemacht.‹ Und es gefällt ihr nicht, dass Papa mit anderen Damen und mit deiner Mama bekannt ist. Sie mag überhaupt keine Damen leiden, nur Pawlja, aber die ist ja keine Dame, sondern eine Soldatenfrau.«

Wenn sie erzählte, schloss sie ihre Finger fest zusammen und schlug, sich wiegend, mit ihren kleinen Fäusten auf die Knie. Ihre Stimme erklang immer leiser, immer müder, zuletzt sprach sie wie im Halbschlaf, und Klim wurde von einem Gefühl der Trauer ergriffen.

»Bevor Mama erkrankte, war sie eine Zigeunerin, und es gibt sogar ein Bild von ihr, darauf hat sie ein rotes Kleid an und eine Gitarre in der Hand. Ich werde ein bisschen ins Gymnasium gehen und dann auch zur Gitarre singen, aber in einem schwarzen Kleid.«

Manchmal regte sich in Klim der Wunsch, dem Mädchen zu widersprechen, mit ihr zu streiten, doch er wagte es nicht, denn er fürchtete, dass Lida zornig werden könnte. Da er fand, dass sie das netteste unter den Mädchen war, die er kannte, war er stolz darauf, dass sie ihn besser behandelte als die übrigen Kinder, und als die launische Lida ihm einmal untreu wurde und Ljuba Somow mit auf den Wagenschlitten nahm, fühlte Klim sich schwer getroffen und verraten und weinte zornige Tränen der Eifersucht.

Die Somowmädchen schienen ebenso unangenehm und dumm zu sein wie ihr Vater. Die eine war ein Jahr älter als die andere. Beide waren kurzbeinig und dick und hatten Gesichter, rund und flach wie Untertassen. Wera, die Ältere, unterschied sich von ihrer Schwester nur darin, dass sie immer krank war und Klim nicht so häufig unter die Augen kam. Die Jüngere nannte Warawka »die weiße Maus«, die Kinder gaben ihr den Spitznamen Ljuba-Clown. Ihr weißes Gesicht war gleichsam mit Mehl bestreut, die wässerigen blaugrauen Augen verschwanden hinter den roten Polstern der entzündeten Lider, die farblosen Brauen waren auf der Haut ihrer stark gewölbten Stirn fast nicht zu sehen, das Flachshaar lag wie an den Schädel geklebt. Sie flocht es in ein lächerliches Zöpfchen, an dem eine gelbe Schleife baumelte, Sie war fröhlich, doch Klim argwöhnte, ihre Heiterkeit sei von dem unschönen und nicht klugen Mädchen erdacht. Sie dachte sich viel aus und immer ohne Glück. Sie erfand ein langweiliges Spiel »Wer geht mit Wem?«: – zerschnitt Papier in kleine Vierecke zu festen Röllchen zusammen und ließ die Kinder aus ihrer Rockfalte je drei Röllchen herausziehen.

»Ring, Klang, Wolf«, las Lida ihre Orakel, und Ljuba sagte ihr mit der greisenhaften, schnarrenden Stimme einer Wahrsagerin:

»Du, liebes Fräulein, bekommst einen Pfaffen zum Mann und wirst auf dem Dorf leben.«

Lida wurde böse.

»Du kannst nicht wahrsagen! Ich kann es auch nicht, aber du noch weniger.«

Auf Klims Zettel befanden sich die Worte:

»Mond. Traum. Lauch.«

Ljuba Clown presste die Zettel in ihrer Faust zusammen, dachte einen Augenblick nach und rief aus:

»Du wirst im Traum sehen, dass du den Mond geküsst und dich verbrannt hast und weinst. Aber nur im Traum.«

»Dummes Zeug, aber fein!« billigte Boris. Unter allen Märchen von Andersen gefiel der Somow am besten »Die Hirtin und der Schornsteinfeger«. In stillen Stunden bat sie Lida, ihr dieses Märchen vorzulesen, hörte stumm zu und weinte ganz ohne Scham. Boris Warawka murrte mit finsterer Miene:

»Hör auf. Noch gut, dass sie nicht in Stücke zerbrochen sind.«

Und diese lächerliche Trauer über den Porzellan-Schornsteinfeger, wie alles an diesem Mädchen, kam Klim gemacht vor. Er hatte sie in dem unbestimmten Verdacht, sich als etwas ebenso Besonderes auszugeben, wie er, Klim Samgin, es war.

Einmal, spät abends, kam Ljuba aufgeregt von der Straße auf den Hof gelaufen, wo lärmend die Kinder spielten, blieb stehen, streckte den Arm hoch zum Himmel empor und schrie:

»Hört doch!«

Alle verstummten und starrten aufmerksam in das blasse Himmelsblau.

Doch niemand vernahm etwas. Klim erfreut, dass Ljuba ein Trick misslungen war, trampelte mit den Füßen und neckte sie:

»Hast niemand angeführt! Hast niemand angeführt!«

Aber das Mädchen stieß ihn zurück, zog ihr mehliges Gesicht in angestrengte Falten und leierte hastig herunter:

Gestern hat mein Vater seinen Hut aufgesetzt und sah auf einmal
aus wie ein weißer Pilz. Ich habe ihn gar nicht wiedererkannt.

Schwieg, bedeckte die Augen und sagte dann in gereiztem, vorwurfsvollen Ton zu Klim:

»Du hast alles verdorben.«

»Er drängt sich immer vor – wie ein Blinder«, sagte finster Boris.

Klim, der sah, dass alle missvergnügt waren, konnte die Somows noch weniger leiden und empfand wieder, dass er es mit den Kindern schwerer hatte als mit den Erwachsenen.

Wera war langweiliger als ihre Schwester und so hässlich wie sie. Auf ihren Schläfen zeichneten sich blaue Adern ab, Ihre Eulenaugen waren trübe, die Bewegungen ihres schlaffen Körpers unbeholfen, Sie sprach halblaut, zögernd und gedehnt und knetete gleichsam die Worte. Es war schwer zu erraten, wovon sie eigentlich redete. Klim setzte es sehr in Erstaunen, dass Boris den Mädchen Somow so eifrig den Hof machte und nicht der schönen Alina Telepnew, der Freundin seiner Schwester. Wenn es regnete, versammelten die Kinder sich bei den Warawkas in einem riesigen, unordentlichen Zimmer, das gut und gern ein Saal sein konnte. Darin standen ein ungeheures Büfett, ein Harmonium, ein Ledersofa von gewaltiger Breite und in der Mitte ein ovaler Tisch und schwere Stühle mit hohen Lehnen. Die Warawkas lebten in dieser Wohnung schon das dritte Jahr, aber es sah immer noch so aus, als seien sie gestern eingezogen. Alle Sachen standen dort, wo sie nicht hingehörten, und waren in ungenügender Anzahl vorhanden. Das Zimmer machte einen wüsten, ungemütlichen Eindruck.

Meist spielten die Kinder Zirkus. Als Zirkusarena diente der Tisch, unterm Tisch befanden sich die Stallungen. Zirkus war das Lieblingsspiel von Boris, er war Direktor und Dresseur der Pferde. Sein neuer Freund Igor Turobojew übernahm die Rolle des Akrobaten und des Löwen, Dmitri Samgin stellte den Clown vor, die Schwestern Somow und Alina einen Panther, eine Hyäne und eine Löwin, während Lida Warawka die Rolle der Tierbändigerin spielte. Die Raubtiere taten gewissenhaft und ernst ihre Pflicht, schnappten nach Lidas Rock und Beinen und versuchten, sie zu Boden zu werfen und aufzufressen. Boris brüllte wild:

»Die Ferkel sollen nicht quieken! Lidka, schlag sie stärker!«

Klim wurde gewöhnlich das erniedrigende Amt des Stallknechts aufgezwungen. Er hatte die Pferde und Bestien unter dem Tisch hervorzuholen und argwöhnte, man habe ihm dieses Amt absichtlich zugeteilt, um ihn zu demütigen. Überhaupt missfiel ihm das Zirkusspielen wie alle Spiele, die mit vielem Geschrei verbunden waren und deren man schnell überdrüssig wurde. Er verzichtete bald auf die Teilnahme am Spiel und zog sich ins »Publikum« zurück, das heißt, auf das Sofa, wo Pawla und die Krankenschwester saßen. Boris knurrte:

»Ach, der launenhafte Kerl! Pawla, hol' Dronow, mag er sich zum Teufel scheren.«

Vom Sofa aus verfolgte Klim das Spiel, aber mehr als die Kinder beschäftigte ihn die Mutter Warawka. In einem Zimmer, grell beleuchtet von einer Hängelampe, lag mit aufgerichtetem Oberkörper zwischen einem Berg Kissen – wie in einer Schneegrube – eine schwarzhaarige Frau mit einer großen Nase und ungeheuren Augen im dunklen Gesicht. Der zottelhaarige Kopf der Frau erinnerte von Weitem an eine knorrige, verkohlte, aber noch schwelende Baumwurzel. Glafira Issajewna rauchte unaufhörlich dicke, gelbe Zigaretten, mächtige Rauchwolken quollen ihr aus Mund und Nasenlöchern, und es schien, als ob auch die Augen rauchten.

»Klim!«, rief sie mit Männerstimme. Klim fürchtete sie. Er näherte sich ihr ängstlich, machte einen Kratzfuß, neigte den Kopf und blieb zwei Schritte vom Bett entfernt stehen, damit der dunkle Arm der Frau ihn nicht erreichte.

»Nun, wie geht es zu Hause?«, fragte sie und stieß mit der Faust in die Kissen. »Was macht die Mutter? Im Theater? Warawka ist bei euch? Aha.«

Das »Aha« sprach sie wie eine Drohung aus und stieß den Knaben mit dem bohrenden Blick ihrer schwarzen Augen gleichsam von sich.

»Du bist schlau«, sagte sie. »Man lobt dich nicht umsonst. Du bist schlau. Nein, ich gebe dir Lida nicht.«

Im großen Zimmer brüllte und trampelte Boris.

»Das Orchester! Mama, das Orchester!«

Glafira Issajewna nahm eine Gitarre oder ein anderes Instrument, das einer Ente mit langem, hässlich gerecktem Hals glich, zur Hand. Jammervoll ertönten die Saiten. Klim fand diese Musik böse wie alles, was Glafira Warawka tat. Zuweilen begann sie unvermutet mit tiefer Stimme zu singen – durch die Nase und ebenfalls erbost. Die Texte ihrer Lieder waren seltsam zerstückelt, zusammenhanglos, und dieser heulende Gesang machte das Zimmer noch düsterer und öder. Die Kinder drängten sich auf dem Sofa zusammen und hörten stumm und ergeben zu. Aber Lida flüsterte schuldbewusst:

»Sie kann besser, aber heute ist sie nicht bei Stimme.«

Und sagte sehr sanft:

»Du bist heute nicht bei Stimme, Mama?«

Die Antwort der Mutter war ein undeutliches Knurren.

»Hört ihr?«, sagte Lida, »sie ist nicht bei Stimme.«

Klim dachte, wenn diese Frau gesund würde, würde sie etwas Entsetzliches begehen. Doch Doktor Somow beruhigte ihn, er fragte den Doktor:

»Wird Glafira Issajewna bald aufstehen?«

»Zusammen mit allen – am Tage des Gerichts«, antwortete träge Doktor Somow.

Wenn Doktor Somow etwas Schlimmes und Düsteres sagte, glaubte Klim ihm.

Wenn die Kinder zu sehr lärmten und trampelten, kam von unten, von den Samgins, der Vater Warawka herauf und schrie in die Tür:

»Ruhe, ihr Wölfe! Das ist ja nicht zum Aushalten! Wera Petrowna hat Angst, dass die Decke einstürzt.«

»Entern!«, kommandierte Boris. Alle stürzten auf seinen Vater los und kletterten ihm auf den Rücken, auf die Schultern und auf den Nacken.

»Sitzt ihr gut?«, fragte er.

»Fertig!«

Warawka nahm den Kindern ihr Ehrenwort ab, dass sie ihn nicht kitzeln würden und rannte alsdann im Trab rund um den Tisch, wobei er derartig stampfte, dass das Geschirr im Büfett rasselte, und die Kristallzapfen der Lampe jammervoll klirrten.

»Putz ihn weg!«, schrie Boris, und nun begann der allerschönste Augenblick des Spiels: Warawka wurde gekitzelt. Er brüllte, quiekte, lachte, seine winzigen scharfen Äuglein traten angstvoll aus den Höhlen. Eins nach dem andern riss er sich die Kinder vom Körper und schleuderte sie auf das Sofa. Sie sprangen von Neuem auf ihn herauf und bohrten ihm die Finger zwischen die Rippen und die Knie.

Klim beteiligte sich nie an diesem rohen und gefahrvollen Spiel. Er hielt sich abseits, lachte und hörte die tiefen Schreie Glafiras:

»So ist es recht! Schlagt ihn tüchtig!«

»Ich ergebe mich!«, brüllte Warawka und warf sich aufs Sofa, seine Feinde unter sich quetschend. Man auferlegte ihm ein Lösegeld in Gestalt von Törtchen und Konfekt, Lida kämmte sein zerzaustes Haar und glättete, ihren Finger anfeuchtend, die zottigen Brauen des Vaters, der, nachdem er bis zur Erschöpfung gelacht hatte, jetzt komisch schnaufte, sich mit dem Tuch das schwitzende Gesicht abwischte und kläglich beteuerte:

»Nein, ihr seid keine ehrlichen Leute!«

Hierauf begab er sich ins Zimmer seiner Frau. Sie zischte ihn schon von weitem an, zog die Lippen schief und ihre Augen, die sich im Zorn weiteten, wurden immer tiefer und schrecklicher. Warawka murmelte gezwungen:

»Was ist los? Das sind doch Einbildungen. Hör auf. Schon gut. Ich bin doch kein Greis.«

Das Wörtchen »Einbildungen« war Klim vertraut und verschärfte seine Abneigung gegen die kranke Frau. Ja, natürlich bildete sie sich etwas Böses ein, Klim beobachtete, dass Glafira nachlässig und unfreundlich und oft sogar grob zu den Kindern war. Man konnte glauben, dass sie sich für Boris und Lida nur dann interessierte, wenn sie gefährliche Kunststücke vollführten und riskierten, sich Arme und Beine zu brechen. In solchen Augenblicken heftete sie ihre Augen auf die Kinder, furchte die dichten Brauen, presste die violetten Lippen fest aufeinander, kreuzte die Arme und krallte die Finger in ihre knochigen Schultern. Klim war überzeugt, wenn die Kinder gefallen wären und sich verletzt hätten, wäre ihre Mutter in jubelndes Gelächter ausgebrochen.

Boris lief in zerrissenen Hemden, struppig und ungewaschen umher, Lida war schlechter gekleidet als die Somows, obgleich ihr Vater wohlhabender war als der Doktor. Klim schätzte die Freundschaft des Mädchens immer höher, es gefiel ihm, schweigend ihrem lieben Geplauder zu lauschen und seine Pflicht, gescheite und unkindliche Dinge zu sagen, zu vergessen.

Doch sobald der schöne Stutzer Igor Turobojew erschien, geputzt, wie ein Bild aus einem Modejournal, unangenehm höflich, doch ebenso gewandt und kühn wie Boris, verließ Lida Klim und wich, ein gehorsames Hündchen, dem neuen Kameraden nicht von der Seite. Das war unbegreiflich, umso mehr, als Boris und Turobojew sich gleich am ersten Tag ihrer Bekanntschaft erzürnt und einige Tage später so grausam geprügelt hatten, dass Blut und Tränen flossen. Klim sah zum ersten Mal, wie erbittert Knaben raufen können. Er beobachtete ihre wutentstellten Gesichter, das nackt hervortretende Bestreben, einander so schmerzhaft wie möglich zu schlagen, er hörte ihre schrillen Schreie, ihr Keuchen, – und all das schüchterte ihn so sehr ein, dass er ihnen noch mehrere Tage nach dem Kampf ängstlich auswich und davon durchdrungen war, er, der sich nicht schlagen konnte, sei ein ganz besonderer Junge, Igor und Boris wurden schnell Freunde, wenngleich sie sich beständig zankten und jeder, ohne sich selbst zu schonen, dem anderen eigensinnig zu beweisen suchte, dass er mutiger und stärker sei als der Freund. Boris rannte wild aufgeregt umher, etwas Krampfhaftes ergriff Besitz von ihm, als hasste er, in allen Spielen Sieger zu sein, und fürchte, dass er es nicht schaffen werde.

Durch Turobojews Kommen wurde Klim noch mehr in den Hintergrund gedrängt. Man stellte ihn seinem Bruder Dmitri gleich. Doch den gutmütigen, plumpen Dmitri liebte man, weil er sich befehlen ließ, niemals stritt, nie beleidigt war und geduldig, und ohne Geschick die bescheidensten und unvorteilhaftesten Rollen spielte. Man mochte ihn auch, weil er plötzlich und in einer Weise, die Klims brennenden Neid erregte, die Aufmerksamkeit der Kinder zu erobern wusste: Er erzählte ihnen von Vogelnestern, Schlupflöchern, Raubtierhöhlen vom Leben der Bienen und Wespen – stets mit gedämpfter Stimme und auf seinem breiten Gesicht, in den guten grauen Augen spielte dabei ein seliges Lächeln.

»Dieser Wood ist viel schöner als Main-Reed«, sagte er seufzend. »Und dann kenne ich noch den Brehm.«

Turobojew und Boris verlangten von Klim, dass er sich ihrem Willen ebenso gehorsam fügte wie sein Bruder. Klim gab zum Schein nach, aber mitten im Spiel erklärte er:

»Ich mache nicht mehr mit.«

Und ging weg. Er wollte zeigen, seine Unterwürfigkeit sei nur die Herablassung des Klugen, dass er unabhängig zu sein wünsche und verstehe und über diese ganzen netten Kindereien erhaben sei. Aber niemand verstand ihn, und Boris rief aufgebracht:

»Geh zum Teufel, wir haben dich satt!«

Sein sommersprossiges, spitznasiges Gesicht bedeckte sich mit roten Flecken, die Augen funkelten zornig. Klim fürchtete, gleich würde Warawka ihn schlagen.

Lida blickte ihn scheel von der Seite an und runzelte die Stirn. Die Somows und Alina, die Lidas Verrat bemerkt hatten, wechselten verstohlene Blicke und flüsterten miteinander, und dies alles erfüllte Klims Herz mit nagender Trauer. Doch der Knabe fand Trost in dem Bewusstsein, dass man ihn nicht liebte, weil er klüger war, als alle, und hinter diesem Trost tauchte wie sein Schatten der Stolz auf und der Wunsch, zu belehren und Kritik zu üben:

»Kann man denn nichts Unterhaltenderes ausdenken?«

»Denk was aus, aber stör' nicht«, sagte bissig Lida und drehte ihm den Rücken zu.

»Wie grob sie geworden ist«, dachte kummervoll Klim.

Er erfand für sich eine Manier zu gehen, die, wie er sich einbildete, ihm Wichtigkeit verlieh. Er schritt, ohne die Knie einzudrücken, und versteckte die Hände auf dem Rücken, wie der Lehrer Tomilin. Auf die Kameraden blickte er mit zugekniffenen Augen.

»Warum plusterst du dich so auf?«, fragte ihn Dmitri. Klim lächelte verachtungsvoll, ohne ihn einer Antwort zu würdigen. Er konnte den Bruder nicht leiden und hielt ihn für einen Esel.

Turobojew, kalt, sauber und höflich, blickte Klim ebenfalls an, indem er seine dunklen unfreundlichen Augen zukniff – blickte herausfordernd. Sein allzu schönes Gesicht verzog sich zu einer besonders ärgerlichen Grimasse, wenn Klim sich Lida näherte. Aber das Mädchen sprach mit Klim lässig und stets auf dem Sprung, wegzulaufen. Sie trat von einem Fuß auf den anderen und schielte beständig zu Igor hin. Turobojew und sie verwuchsen immer inniger miteinander. Sie gingen Hand in Hand. Klim schien, sogar wenn sie sich dem Spielen hingaben, spielten sie nur füreinander und sahen und bemerkten niemand.

Wenn sie Verstecken spielten und Lida die Kinder fangen musste, lief ihr merkwürdigerweise immer Igor in die Arme.

»Mogelei!«, rief Klim, und alle stimmten ihm zu. »Ja, ihr mogelt!« Turobojew zog seine schönen Augenbrauen ganz hoch und versicherte:

»Aber meine Herrschaften, sie ist doch schwach.«

»Nein«, regte Lida sich auf, »gar nicht!«

»Ich bin auch schwach«, erklärte beleidigt Ljuba Clown, doch Turobojew, der sich die Augen zugebunden hatte, war schon dabei zu fangen.

Einmal geschah es, dass Dmitri auf der Flucht vor Lidas Händen ihr einen Stuhl vor die Beine warf. Das Mädchen schlug mit dem Knie an das Stuhlbein und stieß einen Schmerzensschrei aus, Igor verfärbte sich und packte Dmitri an der Kehle:

»Idiot, du spielst unfair.«

Und als eines Tages bemerkt wurde, dass Iwan Dronow den Mädchen forschend unter die Röcke blickte, verlangte Turobojew energisch, dass Dronow nicht mehr mitspielen durfte.

Iwan Dronow nannte sich nicht nur selber beim Nachnamen, auch seine Großmutter musste ihn mit »Dronow« anreden. Mit seinen krummen Beinen, dem vorstehenden Bauch, dem platt gedrückten Schädel, der breiten Stirn und den großen Ohren, war er von betonter und doch anziehender Hässlichkeit. In seinem breiten Gesicht, in dessen Mitte der rote Pickel der Nase kaum zu sehen war, glänzten schmale, trübblaue, sehr flinke und gierige Äuglein. Gier war die auffälligste Eigenschaft Dronows. Mit ungemeiner Gier sog er die Luft in seine feuchte Nase, als müsse er an Luftmangel ersticken. Gierig und mit verblüffender Geschwindigkeit aß er, wobei er laut mit den grellroten Lippen schmatzte. Er sagte Klim:

»Ich bin ein armer Mensch, ich muss viel essen.«

Auf Drängen Großvater Akims bereitete Dronow sich gemeinsam mit Klim zum Gymnasium vor und legte während des Unterrichts bei Tomilin eine fieberhafte Hast an den Tag. Klim erschien auch diese als Gier.

Wenn er den Lehrer fragte oder ihm antwortete, sprach Dronow sehr schnell, er sog die Worte gleichsam in sich hinein, als wären sie heiß und verbrannten ihm Lippen und Zunge, Klim drang wiederholt in den Kameraden, den der »richtige Greis« ihm aufgezwungen hatte:

»Weshalb bist du so gefräßig?«

Dronow rieb sich die Nase, schielte mit den irren Augen zur Seite und schwieg beharrlich.

Doch in einem günstigen Augenblick senkte er geheimnisvoll seine hohe, schrille Stimme und verriet:

»Ich habe einen hungrigen Wrum im Bauch.«

»Wurm«, verbesserte Klim.

»Deiner heißt Wurm und meiner Wrum.«

Und hastig flüsternd gestand er, seine Tante sei eine Zauberin und habe ihn behext: Sie habe ihm den Wurm »Wrum« in den Bauch getrieben, damit ihn, Dronow, Zeit seines Lebens unersättlicher Hunger quäle. Er vertraute Klim ferner an, dass er im selben Jahr geboren sei, als sein Vater gegen die Türken kämpfte, in Gefangenschaft geriet und den türkischen Glauben annahm, und dass er jetzt ein reicher Mann sei, dass aber seine Tante, die Hexe, als sie davon erfuhr, die Mutter und die Großmutter aus dem Haus gejagt habe. Seine Mutter wolle gerne in die Türkei, aber seine Großmutter lasse sie nicht fort.

Klim, der bemerkte, dass Dronow seinen hungrigen Wurm »Wrum« nannte, glaubte ihm nicht. Doch wie er so dem geheimnisvollen Flüstern zuhörte, sah er staunend einen ganz anderen Jungen vor sich: Das flache Gesicht des Enkels der Amme verschönte sich, die Augen irrten nicht mehr umher, in den Pupillen entzündete sich das bläuliche Feuer einer Seligkeit, die Klim nicht verstand. Beim Abendessen teilte Klim Dronows Erzählung dem Vater mit. Der Vater äußerte gleichfalls eine rätselhafte Freude:

»Du hörst, Wera? Was für eine Fantasie! Ich sagte immer, der Bengel sei hochbegabt.«

Aber die Mutter sagte Klim, ohne dem Vater zuzuhören, wie sie das oft tat, kurz und trocken, Dronow habe sich das alles ausgedacht: Eine Tante, die eine Hexe sei, habe er gar nicht, sein Vater sei tot, er sei verschüttet worden, als er einen Brunnen grub. Die Mutter habe in einer Zündholzfabrik gearbeitet und sei gestorben, als Dronow vier Jahr alt war. Nach ihrem Tode verdingte die Großmutter sich als Amme zu dem Bruder Mitja. Das sei alles.

»Trotzdem, Wera«, sagte der Vater, »bedenke doch ...«

Dmitri Samgin lächelte breit und sagte:

»Klim lügt auch gern.«

Der Vater wandte sich zu ihm hin:

»Das hast du recht plump ausgedrückt, Mitja, man muss zwischen Lüge und Fantasie unterscheiden.«

Jetzt trat Warawka ein, nach ihm erschien der »richtige Greis«. Man begann zu diskutieren, und Klim vernahm wieder einmal nicht wenig, was ihn im Recht und in der Notwendigkeit, sich etwas auszudenken, bestärkte, gleichzeitig jedoch ein Interesse für Dronow in ihm wachrief, das der Eifersucht ähnelte. Gleich am nächsten Tag fragte er Iwan:

»Warum hast du das mit der Tante gelogen? Du hast doch gar keine Tante gehabt.«

Dronow sah ihn wütend schief von der Seite an und erwiderte:

»Und du schwatz nicht Dinge, die du nicht verstehst. Deinetwegen hat mich die Großmutter bei den Ohren genommen. Klatschbase!«

Jeden Morgen um neun Uhr stiegen Klim und Dronow zu Tomilin ins Zwischengeschoss hinauf und saßen bis Mittag in dem kleinen Zimmer, das einer Rumpelkammer glich, in die man in unordentlichem Durcheinander drei Stühle, einen Tisch, einen eisernen Waschständer, ein knarrendes Holzbett und einen Haufen Bücher geworfen hatte. In diesem Zimmer war es immer heiß, es roch muffig nach Katzen und nach Taubenmist. Durch das ovale Fenster sah man die Wipfel der Bäume im Garten, ausgeputzt mit Reif oder Schnee wie mit Wattebäuschen. Hinter den Bäumen ragte der graue Wachturm der Feuerwehr in die Höhe, auf seinem runden Dach bewegte sich ein Mensch in grauer Joppe eintönig und langsam im Kreise. Hinterm Wachturm war die Leere des Himmels.

Der Lehrer empfing die Kinder mit einem unbestimmten, stummen Lächeln. Zu jeder Tageszeit sah er aus wie ein Mensch, der eben aufgewacht ist. Er pflegte sich sogleich mit dem Gesicht nach oben auf das Bett zu legen, das Bett ächzte traurig. Die Finger in den ungepflegten roten Büscheln seiner straffen, rauen Haare vergraben, das kupferbraune, gespaltene Bärtchen gegen die Zimmerdecke gerichtet und ohne seine

Schüler anzusehen, fragte er ab und erzählte leise, doch mit verständlichen Worten. Aber Dronow fand, der Lehrer spreche »hinterm Ofen hervor«.

Manchmal und zumeist während der Geschichtsstunde stand Tomilin auf und ging im Zimmer auf und ab, sieben Schritte – vom Tisch zur Tür und zurück. Mit gesenktem Kopf vor sich auf die Füße stierend, scharrte er mit seinen abgetragenen Pantoffeln den Boden und versteckte die Hände auf dem Rücken, wobei er die Finger so fest zusammenpresste, dass sie dunkelrot anliefen.

Klim Samgin sah, dass Tomilin Dronow lieber und gewissenhafter unterrichtete als ihn.

»Also, Wanja«, fragte er von der Tür her und zupfte sich sein Hemd zurecht. »Was tat Alexander Newski?« Dronow antwortete rasch und bestimmt:

»Der heilige und rechtgläubige Fürst Alexander Newski rief die Tataren ins Land und schlug mit ihrer Hilfe die Russen.«

»Warte mal, was ist das? Woher hast du das?« staunte der Lehrer und bewegte seine buschigen Augenbrauen. Der Mund stand ihm lächerlich offen.

»Das haben Sie gesagt.«

»Ich? Wann?«

»Am Donnerstag.«

Der Lehrer schwieg eine Weile, glättete sich das Haar mit der flachen Hand, trat dann zum Tisch und sagte strenge:

»Das braucht ihr euch nicht zu merken.«

Er hatte die Angewohnheit, laut mit sich selbst zu sprechen. Oft, wenn er einen geschichtlichen Stoff behandelte, versank er eine oder zwei Minuten in tiefes Sinnen und begann dann sehr leise und unverständlich zu reden. In solchen Augenblicken stieß Dronow Klim mit dem Fuß an, blinzelte mit dem linken Auge, das unruhiger war als das rechte, zum Lehrer hin und grinste boshaft. Dronows Lippen glichen denen der Fische: Sie waren abgeplattet und hart wie Knorpel. Nach der Stunde fragte Klim:

»Weshalb hast du mich angestoßen?«

»Hi hi!« schluckte aufgeregt Dronow. »Das mit dem Newski hat er gelogen, ein Heiliger wird sich auch mit den Tataren anfreunden! Weil er gelogen hat, – darum brauchen wir es uns auch nicht zu merken. Ein feiner Lehrer. Er lehrt einen etwas, aber merken soll man es sich nicht.«

Wenn er von Tomilin sprach, dämpfte Iwan Dronow die Stimme, sah sich ängstlich nach allen Seiten um und kicherte, und Klim fühlte, während er ihm zuhörte, dass Iwan seinen Lehrer mit Wonne hasste, und dass es ihm Freude bereitete zu hassen.

»Mit wem, glaubst du, unterhält er sich? Mit dem Teufel.«

»Es gibt keine Teufel«, wies Klim ihn streng zurecht.

Dronow sah ihm voll Verachtung in die Augen, spuckte über die linke Schulter, unterließ es aber zu streiten.

Klim, der Dronow eifersüchtig beobachtete, nahm wahr, dass Dronow danach strebte, ihn zu überflügeln, und sein Ziel leicht erreichen würde. Er sah, dass der frische Junge die Erwachsenen überhaupt nicht liebte und sie mit der gleichen Wollust hasste wie seinen Lehrer. Seine dicke, seelengute Großmutter, die sich rührend mit ihm abgab, brachte er zum Weinen mit seinen Bosheiten: er schüttete ihr Asche oder Pfeffer in ihre Tabakdose, verbog ihre Stricknadel, löste die Strumpfmaschen auf, warf den Wollknäuel den Kätzchen zum Spielen vor oder beschmierte den Faden mit Öl und Leim. Die alte Frau züchtigte ihn, bekreuzigte sich aber dann lange vor dem Ikonenwinkel und flehte unter Tränen:

»Muttergottes, verzeih mir um Christi willen das Leid, das ich der Waise zugefügt habe!«

Und seufzend steckte sie ihrem Enkel ein Stück Kuchen oder Süßigkeiten zu:

»Da – iss, Dronow, du mein Peiniger.«

»Dein Vater ist aber komisch«, sagte Dronow Klim. »Ein richtiger Vater ist grimmig, oh!«

Vor Wera Petrowna wand Dronow sich wie ein zutrauliches Hündlein. Klim beobachtete, dass der Enkel der Kinderfrau sie ebenso fürchtete, wie den Großvater Akim, dass er aber am meisten Angst vor Warawka hatte:

»Der Teufel!« nannte er ihn und erzählte über ihn: Warawka sei ursprünglich Fuhrmann und später Pferdedieb gewesen, davon sei er reich geworden. Klim war sprachlos. Er wusste genau, dass Warawka der Sohn eines Gutsbesitzers und in Kischinew geboren war, in Petersburg und Wien studiert hatte und dann in diese Stadt gekommen war, in der er bereits das siebente Jahr lebte. Als er dies empört Dronow vorhielt, schüttelte der ungestüm den Kopf und murmelte:

»Wien – das gibt es, von dort kommen die Stühle, aber Kisohinew existiert vielleicht nur im Geografiebuch ...«

Klim empfand oft, dass von den seltsamen Einfällen Dronows, von seinen offenkundigen plumpen Lügen eine abstumpfende Wirkung auf ihn ausging. Es schien ihm manchmal, Dronow lüge nur, um ihn zu verhöhnen. Seine gleichaltrigen Kameraden hasste Dronow eher noch heftiger als die Erwachsenen, besonders seitdem die Kinder es ablehnten, mit ihm zu spielen. Beim Spiel glänzte er durch viele scharfsinnige Einfälle, war aber feige und benahm sich gegen die Mädchen roh, vor allem gegen Lida. Er nannte sie verächtlich eine Zigeunerin, kniff sie und suchte sie so hinzuwerfen, dass ihr Schamgefühl verletzt wurde.

Wenn die Kinder auf dem Hof tollten, saß Iwan Dronow als ein Ausgestoßener auf der Küchentreppe. Er hatte die Arme auf die Knie gestützt, presste seine Hand an die Backenknochen und verfolgte mit von Schmerz verdunkelten Augen die Spiele der Herrenkinder. Selig kreischte er, wenn jemand hinfiel oder sich so verletzte, dass er sich vor Schmerz wand.

»Drück ihn feste!« feuerte er an, wenn Warawka und Turobojew sich prügelten. »Hau ihn gegen das Schienbein!«

Wenn im Garten gespielt wurde, stand Dronow am Zaun, stemmte den Bauch gegen das Gitter und steckte seinen Kopf durch die Stäbe. So stand er und rief von Zeit zu Zeit:

»Fass sie! – Hinterm Kirschbaum hat sie sich versteckt! – Von links musst du herankommen ...!«

Er suchte auf jede Weise die Spielenden zu stören. Mit berechneter Langsamkeit schlenderte er über den Hof und sah dabei angestrengt auf den Boden.

»Ich habe eine Kopeke verloren!«, klagte er, auf seinen krummen Beinen schwankend, darauf bedacht, mit den Kindern so zusammenzustoßen, dass sie ihn umwarfen. Dronow kauerte dann an der Erde, jammerte und drohte:

»Ich beschwere mich!«

Zwei oder drei Wochen war Ljuba Somow mit Iwan innig befreundet, sie gingen zusammen spazieren, versteckten sich in den Winkeln und tuschelten geheimnisvoll und lebhaft. Doch bald – eines Abends – kam Ljuba in Tränen gebadet zu Lida gelaufen und schrie empört:

»Dronow ist ein Dummkopf!«

Warf sich aufs Sofa, vergrub ihr Gesicht in den Händen und wiederholte: »Ach, was für ein Dummkopf!«

Ohne jemand von dem Geschehenen ein Wort zu sagen, stürmte Lida, die tief errötet war, in die Küche, kehrte zurück und verkündete triumphierend und wild:

»Er hat sein Teil bekommen!«

Noch drei Tage danach lief Dronow mit Beulen auf der Stirn und unterhalb des linken Auges herum.

Ja, Dronow war ein unangenehmer, ein abscheulicher Junge. Klim sah aber, dass sowohl der Vater und der Großvater als auch der Lehrer von seinen Fähigkeiten begeistert waren, und witterte in ihm den Rivalen. Neid, Eifersucht und Sorge verzehrten ihn. Gleichwohl zog ihn Dronow an, und oft genug verschwanden die unfreundlichen Gefühle für diesen Knaben, um einem plötzlichen Interesse und der Zuneigung für ihn Platz zu machen.

Es gab Augenblicke, in denen Dronow aufblühte und ein ganz anderer wurde. Versonnenheit nahm von ihm Besitz, er bekam gleichsam Haltung und vertraute Klim mit sanfter Stimme wunderbare Wachträume und Märchen an. So erzählte er einmal, aus dem Brunnen im Hof sei ein riesiger, wie ein Schatten leichter und durchsichtiger Mann gestiegen, durchs Tor hinaus und die Straße hinab gewandert. Als er am Glockenturm vorbeigegangen, sei dieser schwarz geworden und habe sich nach links und rechts geneigt wie ein schlanker Baum im Windstoß.

»Und neulich, bevor der Mond aufging, flog ein ungeheurer schwarzer Vogel über den Himmel, flog an einen Stern heran und pickte ihn auf, flog zu einem zweiten und pickte ihn auch auf. Ich schlief nicht, saß auf dem Fenster und plötzlich wurde mir unheimlich. Ich lief ins Bett, zog die Decke über den Kopf, und, weißt du, mir taten die Sterne so leid, – ich dachte, morgen ist der Himmel ganz leer ...«

»Das denkst du dir aus«, sagte Klim nicht ohne Neid.

Dronow widersprach nicht. Klim begriff, dass er sich alle diese Dinge ausdachte. Aber er erzählte mit einer so überzeugenden Ruhe von seinen Visionen, dass Klim wünschte, die Lügen möchten Wahrheit sein. Zuletzt war Klim sich selbst über sein Verhältnis zu diesem Jungen, der ihn immer heftiger bald anzog, bald abstieß, im unklaren.

Die Aufnahmeprüfung bestand Dronow glänzend. Klim fiel durch. Das traf ihn so hart, dass er, heimgekehrt, den Kopf in den Schoß der Mutter vergrub und laut schluchzte. Die Mutter beruhigte ihn freundlich, sagte ihm viel liebe Worte und lobte ihn sogar:

»Du bist ehrgeizig, das ist gut.«

Abends hatte sie Streit mit dem Vater. Klim hörte sie zornig sagen:

»Du solltest endlich begreifen, dass ein Kind kein Spielzeug ist.«

Nach einigen Tagen aber fühlte der Knabe, dass seine Mutter aufmerksamer und freundlicher geworden war. Sie fragte ihn sogar:

»Liebst du mich?«

»Ja«, sagte Klim.

»Sehr?«

»Ja«, wiederholte er überzeugt. Die Mutter drückte seinen Kopf fest an ihre weiche, duftige Brust und sagte strenge:

»Du sollst mich sehr lieben.«

Klim erinnerte sich nicht, dass seine Mutter ihn früher schon einmal danach gefragt hätte. Sich selbst würde er ihre Frage kaum mit solcher Bestimmtheit beantwortet haben können wie ihr. Unter allen Erwachsenen war Mama die Unzugänglichste, über sie konnte man sich so wenig Gedanken machen wie über eine Heftseite, die noch unbeschrieben war. Alle im Hause fügten sich ihr gehorsam, selbst der »richtige Greis« und die eigensinnige Maria Romanowna – die »Tyrannenmieze«, wie Warawka sie hinter ihrem Rücken nannte. Die Mutter lachte selten und redete wenig, sie hatte ein strenges Gesicht, dichte dunkle Brauen über sinnenden blauen Augen, eine lange spitze Nase und kleine rosige Ohren, Sie flocht ihr mondblondes Haar in einen schweren Zopf und legte ihn sich in Kränzen um den Kopf, was sie sehr groß, viel größer als der Vater, erscheinen ließ. Ihre Hände waren immer heiß. Es war für jedermann klar, dass ihr von allen Männern Warawka am besten gefiel. Sie unterhielt sich mit ihm am liebsten und lächelte ihm viel häufiger zu als den anderen. Alle Bekannten sagten, sie nehme erstaunlich an Schönheit zu.

Auch der Vater veränderte sich – unmerklich, aber stark. Er wurde noch quecksilbriger und zupfte sich sein dunkles Bärtchen, was er früher nicht getan hatte. Seine Taubenaugen blinzelten kurzsichtig und blickten so verloren, als habe er etwas vergessen, woran er sich auf keine Weise erinnern könne. Er war noch redseliger geworden und seine Stimme noch schreiender und betäubender. Er redete über Bücher, Dampfschiffe, Wälder, Feuersbrünste, über den dummen Gouverneur und die Volks-seele, über die Revolutionäre, die sich grausam getäuscht hatten, über den wunderbaren Menschen Gleb Uspenski, der »durch alles hindurch-sah«. Er redete immer von etwas Neuem und stets mit einer Hast, als fürchte er, dass ihm morgen jemand verbieten würde, davon zu spre-chen.

»Wunderbar!«, rief er. »Erstaunlich!«

Warawka gab ihm den Spitznamen »Wanja, der Staunende!«

»Du bist wahrhaftig ein Meister im Staunen, Iwan!«, sagte Warawka und spielte mit seinem üppigen Bart.

Seine Frau hatte er ins Ausland gebracht, Boris nach Moskau auf eine vorzügliche Schule, die auch Turobojew besuchte. Lida wurde von einer großäugigen alten Frau mit einem grauen Schnurrbart abgeholt und reis-te mit ihr in die Krim zu einer Traubenkur. Aus dem Ausland kehrte Warawka verjüngt und spottlustiger denn je zurück. Er hatte gleichsam an Schwere verloren, trat aber im Gehen noch lauter auf und verweilte häufig vor dem Spiegel, mit seinem Bart liebäugelnd, den er so zurecht-gestutzt hatte, dass die Ähnlichkeit mit einem Fuchsschweif noch auffäl-liger wurde. Er begann sogar, in Versen zu reden. Klim hörte, wie er zur Mutter sagte:

»Da ich der Finsternis des Irrtums
Mit heißem Wort der Überredung
Die gefallene Seele entriss,

natürlich, damals war ich ein Idiot ...«

»Das ist wohl nicht ganz richtig und sehr roh ausgedrückt, Timofej Stepanowitsch«, tadelte die Mutter. Warawka pfiff wie ein Gassenjunge und sagte dann scharf:

»Eine zarte Wahrheit gibt es nicht.«

Beinahe an jedem Abend hatte er Streit mit Maria Romanowna, und sogleich zankte sich auch Wera Petrowna mit ihr. Die Hebamme fuhr in die Höhe, reckte sich kerzengerade auf und sagte ihr mit finster gerun-zelten Augenbrauen:

»Wera, besinne dich!«

Der Vater lief aufgeregt zu ihr hin und schrie:

»Beweist denn nicht England, dass das Kompromiss ein Erfordernis der Zivilisation ist?«

Die Hebamme polterte:

»Hören Sie auf, Iwan!«

Darauf lief der Vater zu Warawka:

»Du musst zugeben, Timofej, in einem gewissen Augenblick verlangt die Evolution einen entscheidenden Schlag ...«

Warawka schob ihn mit einer Bewegung seiner kurzen, starken Hand beiseite und rief, spöttisch lachend:

»Nein, Maria Romanowna, nein!« Der Vater ging zum Tisch, um Doktor Somow beim Biertrinken Gesellschaft zu leisten, und der halb bezechte Doktor knurrte:

»Nadson hat recht: Die Feuer sind heruntergebrannt und ... wie heißt es doch weiter?«

»... die Zeit der Blüte ist dahin«, half der Vater nach, verständnisvoll mit dem schon ein wenig kahlen Schädel nickend. Nachdenklich trank er sein Bier und schrumpfte gleichsam zusammen.

Auch Maria Romanowna ergraute unversehens, magerte ab und fiel zusammen. Ihre Stimme sank, bekam einen hohlen, zersprungenen Klang und verlor das Herrische. Ihre immer schwarz gekleidete Gestalt rief Wehmut hervor. An sonnigen Tagen, wenn sie über den Hof ging, oder im Garten mit einem Buch in der Hand auf und ab wandelte, schien ihr Schatten schwerer und dunkler zu sein als der aller anderen Menschen, er kroch hinter ihr her wie eine Verlängerung ihres Trauerkleides und entfärbte die Blumen und das Gras. Die Streitigkeiten mit Maria Romanowna endeten damit, dass sie hinter dem Wagen, der ihre Sachen fortbrachte, den Hof verließ, – fortging, ohne jemandem Lebewohl zu sagen, in hoheitsvoller Haltung wie immer, in der einen Hand einen Reisesack mit Instrumenten tragend, mit der anderen einen grünäugigen schwarzen Kater an ihre flache Brust drückend.

Gewöhnt, die Erwachsenen zu beobachten, sah Klim, dass unter ihnen etwas Rätselhaftes und Beängstigendes anhub. Es war, als setzten sie sich auf andere Stühle als die, auf denen sie zu sitzen gewohnt waren. Der Lehrer veränderte sich gleichfalls zum Schlechten. Noch immer blickte er auf alles mit den komischen Augen eines Menschen, den man eben aufgeweckt hat, aber jetzt beleidigt und mürrisch, und bewegte dabei die Lippen, als müsse er gleich losschreien, traue sich aber nicht. Klims Mutter sah er genau so an wie Großvater Akim einen falschen Zehnrubelschein, den ihm jemand in die Hand gesteckt hatte. Er sprach mit ihr nur noch in unehrerbietigem Ton. Eines Abends betrat Klim den Salon in dem Augenblick, als Mama auf dem Flügel spielen wollte, und hörte die groben Worte Tomilins:

»Das ist nicht wahr, ich habe gesehen, wie er ...«

»Was willst du, Klim?«, fragte eilig die Mutter, der Lehrer verschränkte die Arme auf dem Rücken und ging, ohne seinen Schüler anzusehen, hinaus.

Einige Tage darauf jedoch, in der Nacht, als Klim aufgestanden war, um das Fenster zu schließen, sah er den Lehrer und die Mutter durch den Garten kommen. Mama wehrte mit den Zipfeln ihres blauen Schals die Mücken ab, der Lehrer rauchte und schüttelte seine kupferbraune Mähne. Das Mondlicht war schwerflüssig wie Öl, sogar der Rauch der Zigarette färbte sich in ihm golden. Klim wollte gerade rufen: »Mama, ich schlafe noch nicht!« Aber da schien Tomilin über etwas zu stolpern, fiel auf die Knie, fuchtelte drohend mit den Armen in der Luft herum, stieß einen brüllenden Laut aus und umarmte die Beine der Mutter. Die prallte zurück, stieß seinen zottigen Kopf von sich und ging, nervös den Schal zerreißend, fort. Der Lehrer sank schwer in eine hockende Stellung, sprang dann auf, fuhr sich in die straffen Haare, strich sie glatt und eilte Mama, mit den Armen fuchtelnd, nach. In diesem Augenblick rief Klim angstvoll:

»Mama!«

Sie blieb stehen, wandte den Kopf und ging, dem Lehrer ausweichend wie einem Laternenpfahl, ins Haus. An Klims Bett erschien sie mit einem ungewöhnlich strengen, beinahe fremden Gesicht und tadelte ihn unwillig:

»Du schläfst noch nicht, obwohl es bald zwölf ist, und morgens bist du nicht wachzukriegen. Jetzt wirst du früher aufstehen müssen, Stepan Andrejewitsch wird nicht mehr bei uns wohnen.«

»Weil er deine Beine umarmt hat?«, fragte Klim.

Während sie sich mit dem Schal das Gesicht wischte, sprach sie nicht mehr ungehalten, sondern in dem eindringlichen Ton, womit sie ihm während der Musikstunde eine unbegreifliche Konfusion in den Noten erklärte. Sie sagte, der Lehrer habe ihr eine Raupe vom Rock genommen, weiter nichts, Ihre Beine habe er nicht umarmt, denn das wäre unanständig gewesen.

»Ach, mein Junge, mein Junge! Du denkst dir ja immer etwas aus«, seufzte sie. Klim, der nicht wünschte, dass sie ihm an den Augen ablese, dass er ihr nicht glaubte, senkte den Blick. Aus Büchern und aus den Gesprächen der Erwachsenen wusste er schon, dass ein Mann nur dann vor einer Frau niederkniet, wenn er in sie verliebt ist. Es war keineswegs nötig, auf die Knie zu fallen, um eine Raupe vom Rock zu nehmen.

Die Mutter streichelte zärtlich sein Gesicht mit ihrer heißen Hand. Er erwähnte den Lehrer nicht weiter, bemerkte nur noch, Warawka liebe den Lehrer auch nicht. Und fühlte, wie die Hand der Mutter zusammenzuckte und seinen Kopf heftig in das Kissen stieß. Als sie fort war, dachte er im Einschlafen: Wie seltsam! Die Erwachsenen fanden immer dann, wenn er die Wahrheit sprach, dass er sich etwas ausdachte!

Tomilin war in eine kleine, schmale Sackgasse gezogen, die von einem blauen Häuschen abgeriegelt wurde. Über der Vortreppe des Hauses hing ein Schild:

Koch und Konditor.
Nehme Bestellungen für Hochzeiten, Bälle
und Leichenfeiern entgegen.

Das Zimmer, das Tomilin beim Koch gemietet hatte, lag ebenfalls im Zwischengeschoss, war aber heller und sauberer. Doch er verschandelte es in wenigen Tagen mit Bergen von Büchern. Es schien, als sei mit ihm seine ganze frühere Behausung samt ihrem Staub, ihrer schwülen Luft und dem leisen Knarren ihrer von der Sommerglut ausgetrockneten Dielenbretter übergesiedelt. Unter den Augen des Lehrers hatten sich bläuliche Säckchen gebildet, die goldenen Funken in den Pupillen waren erloschen, der ganze Mensch irgendwie kläglich verwahrlost. Jetzt erhob er sich in den Stunden überhaupt nicht mehr von seinem liederlichen Bett.

»Die Beine schmerzen mir«, sagte er.

»Weil er sich damals im Garten die Knie verletzt hat«, mutmaßte Klim.

Seine Stunden erteilte Tomilin jetzt ungeduldig, in seiner leisen Stimme klang Gereiztheit. Zuweilen schloss er die schwermütigen Augen, schwieg lange und fragte plötzlich wie aus weiter Ferne:

»Nun, verstanden?«

»Nein.«

»Denk nach!«

Klim dachte jedoch nicht darüber nach, was es mit dem Gerundium für eine Bewandtnis hatte und wohin der Fluss Amu-Darja floss, sondern darüber, warum und weshalb niemand diesen Menschen liebte. Weshalb sprach der kluge Warawka stets in einer so spöttischen und verletzenden Weise von ihm? Der Vater, Großvater Akim, alle Bekannten übersahen Tomilin wie einen Schneider. Einzig Tanja Kulikow fragte von Zeit zu Zeit: »Was meinen Sie dazu, Tomilin?«

Er antwortete ihr barsch und achtlos. Er hatte über alles eine andere Meinung als die anderen, und eigensinnig klang seine blecherne Stimme, wenn er mit Warawka stritt.

»Im Grunde genommen ...« war seine beständige Redewendung.

»Im Grunde genommen!« äffte Warawka nach. »Hol der Teufel Ihren Grund! Hundertmal wichtiger ist die Tatsache, dass Karl der Große Gesetze über Hühnerzucht und den Handel mit Eiern erlassen hat.«

Der Lehrer widersprach salbungsvoll:

»Der Sache der Freiheit sind die Laster eines Despoten viel weniger gefährlich als seine Tugenden.«

»Fanatismus!«, rief Warawka, Tanja aber sagte erfreut:

»Ach nein, das ist unglaublich wahr! Ich will es mir notieren!«

Sie kritzelte die Worte auf den Umschlag von Klims Heft, vergaß aber, sie abzuschreiben, und so verbrannten sie, ohne in die Grube ihres Gedächtnisses gelangt zu sein, im Ofen. Das war nämlich Warawkas Ausdruck:

»Nun, Tanja, wühlen Sie rasch mal in der Müllgrube Ihres Gedächtnisses!«

An vieles hatte Klim zu denken. Alles rings um ihn wuchs ins Weite und drängte ebenso brutal und beharrlich in seine Seele wie die Wallfahrer in die Himmelfahrtskirche mit dem wundertätigen Bild der Muttergottes. Noch vor gar nicht langer Zeit standen die vertrauten Dinge an ihrem Platz, ohne Interesse zu wecken. Nun lockten sie ihn an, während andere, liebe Dinge ihren Zauber verloren. Selbst das Haus dehnte sich aus. Klim, der überzeugt war, dass es darin nichts Unbekanntes gäbe, sah plötzlich Neues auftauchen, das er früher nicht bemerkt hatte. Im halbdunklen Korridor über dem Kleiderschrank blickten ihn von einem Bild, das früher nur ein dunkles Viereck gewesen war, die sinnenden

Augen einer grauhaarigen, in Nacht begrabenen alten Frau an. Auf dem Dachboden, in einem altertümlichen, eisenbeschlagenen Koffer entdeckte er eine Menge reizvoller, wenn auch zerbrochener Gegenstände: Bilderrahmen, Porzellanfiguren, eine Flöte, ein mächtiges Buch in französischer Sprache mit Bildern, die Chinesen darstellten, ein dickes Album mit den Porträts lächerlicher, schlecht frisierter Menschen. Das Gesicht eines von ihnen war mit Blaustift übermalt.

»Das sind die Helden der Großen Französischen Revolution, und dieser Herr dort ist Graf Mirabeau«, erklärte der Lehrer, er erkundigte sich mit spöttischem Lächeln: »Unter dem Gerümpel hast du es gefunden, sagst du?«, und im Album blätternd, wiederholte er nachdenklich:

»Ja, ja, die Vergangenheit ... Gerümpel ...«

Klim entdeckte im Hause sogar ein ganzes Zimmer, bis zur Decke vollgestopft mit zerbrochenen Möbeln und einem Haufen von Gegenständen, deren einstige Bestimmung schon dunkel, ja geheimnisvoll geworden war. Es sah aus, als seien alle diese verstaubten Dinge plötzlich ins Zimmer gestürmt wie ein Menschenhaufen, den eine Feuersbrunst erschreckt. In der Panik hatten sie sich übereinander gewälzt, sich zermalmend und verstümmelnd, bis sie einander zertrümmert hatten und gestorben waren. Traurig war der Anblick dieser Verwüstung, die zerbrochenen Dinge erfüllten mit Mitleid.

Ende August, eines Morgens früh, erschien ungewaschen und struppig Ljuba-Clown. Mit den Füßen trampelnd und vor Schluchzen erstickend, keuchte sie:

»Kommt rasch, – Mama ist verrückt geworden!« Sie fiel vor dem Sofa nieder und versteckte ihren Kopf unter dem Kissen.

Klims Mutter machte sich sogleich auf den Weg. Das Mädchen befreite ihren Kopf aus dem Kissen, kauerte sich auf dem Boden nieder, sah Klim kläglich mit nassen Augen an und berichtete:

»Ich habe schon gestern, als sie miteinander schimpften, gesehen, dass sie verrückt geworden ist. Warum nicht der Papa? Er ist immer betrunken.«

Auf die Füße springend, ergriff sie Klims Ärmel.

»Wir gehen hin!«

Ohne zu wissen wie, von Ljuba mitgezogen, stand Klim auf einmal in der Wohnung der Somows. Im halbdunklen Schlafzimmer, dessen Fensterläden geschlossen waren, auf einem verwühlten, zerfetzten Bett wand sich Sofia Nikolajewna in Zuckungen. Ihre Hände und Füße waren mit Handtüchern zusammengebunden. Sie lag mit dem Gesicht nach oben, zuckte wild mit den Schultern, krümmte die Knie, schlug mit dem Kopf gegen die Kissen und brüllte:

»Nein, nein!«

Ihre Augen, schrecklich aus den Höhlen getreten, hatten sich bis zum Umfang von Fünfkopekenstücken geweitet. Sie stierten in den Lampenschein und waren rot wie glühende Kohlen. Unterhalb des einen Auges brannte eine Schramme, aus der Blut sickerte.

»Nein!«, schrie die Doktorsfrau mit hohler Stimme und, noch lauter:

»Nein, nein!«

Ihre Zuckungen wurden heftiger, ihre Stimme klang böser und schriller. Der Doktor lehnte zu Häupten des Bettes an der Wand und nagte und kaute an seinem schwarzen, borstigen Bart. Er war unanständig aufgeknöpft, struppig, seine Hosen wurden von einem Hosenriemen gehalten, den anderen hatte er sich um den Handrücken gewickelt und zerrte ihn hoch. Die Hosen rutschten hinauf und hinunter, die Beine des Doktors zitterten wie die eines Betrunkenen, und seine trüben Augen zwinkerten so heftig, dass es schien, als klapperten die Lider wie die Zähne seiner Frau. Er schwieg, wie wenn sein Mund für immer unter dem Bart zugewachsen wäre.

Ein zweiter Arzt, der alte Williamson, saß am Tisch, blinzelte ins Kerzenlicht und schrieb vorsichtig etwas auf. Wera Petrowna schüttelte ein Glas mit einer trüben Flüssigkeit. Mit einem Teller mit Eis und einem Hammer lief das Dienstmädchen durch das Zimmer.

Plötzlich krümmte die Kranke sich wie ein Bogen, fiel auf den Fußboden, schlug mit dem Kopf auf und kroch weiter, wobei sie wie eine Eidechse den Körper wand und triumphierend kreischte:

»Aha? Nein!«

»Haltet sie!«, rief Klims Mutter. Der Doktor löste sich schwerfällig von der Wand, hob seine Frau auf, legte sie auf das Bett, befahl irgendjemandem: »Geben Sie noch Handtücher!«, und setzte sich dann zu ihren Füßen.

Die Frau fuhr in die Höhe und stieß ihren Kopf gegen seine Backe. Er erhob sich mit einer heftigen Bewegung, und sie schlug von Neuem dumpf auf den Fußboden. »Aha, aha!« röchelnd, machte sie sich daran, ihre Füße loszubinden.

Klim versteckte sich im Winkel zwischen der Tür und dem Schrank. Wera Somow kauerte hinter ihm, legte ihr Kinn auf seine Schulter und flüsterte:

»Das geht doch vorüber, nicht wahr, das geht vorüber?«

Ljuba rannte mit Handtüchern an ihnen vorbei und wimmerte:

»O Gott, o Gott!«

Plötzlich fragte sie, mit dem Fuß aufstampfend, die Schwester:

»Werka, bekommen wir keinen Tee?«

Klims Mutter wurde auf den Lärm aufmerksam und rief streng:

»Kinder, hinaus!«

Sie befahl ihnen, Tanja Kulikow zu holen. Alle Bekannten dieses jungen Mädchens bürdeten ihr die Pflicht einer aktiven Teilnahme an ihren Trauerspielen auf.

Die Kinder begaben sich in raschem Schritt nach dem Vorort. Klim schwieg bedrückt. Er ging hinter den Schwestern und hörte durch sein tiefes Entsetzen hindurch, wie die ältere Somow ihrer Schwester Vorhaltungen machte:

»Mama ist verrückt geworden, und du schreist, ich will Tee haben!«

»Halts Maul, du Drachen!«

»Du bist gierig und schamlos.«

»Und du willst vielleicht die Tugendhafte spielen?«

Sie blieb stehen und schloss sich Klim an:

»Ich gehe nicht mehr mit ihr, komm, lass uns spazieren gehen.«

Klim ging willenlos an ihrer Seite. Nach einigen Schritten sagte er:

»Liebst du deine Mama?«

Ljuba bückte sich, um das gelbe Blatt einer Pappel aufzuheben, seufzte und sprach:

»Ich ... ich weiß nicht. Vielleicht liebe ich überhaupt noch niemand.«

Während sie mit dem staubigen Blatt ihre geschwollenen Augenlider rieb und ungeschickt stolperte, fuhr sie fort:

»Vater klagt, es sei schwer, zu lieben. Einmal hat er sogar Mama angeschrien; versteh doch, Närrin, ich liebe dich ja! Siehst du?«

»Was?«, fragte Klim, aber Ljuba hörte seine Frage wohl nicht.

»Und sie sind vierzehn Jahre verheiratet ...«

Klim fand, Ljuba redete dummes Zeug, und achtete nicht mehr auf ihre Worte, sie aber redete unaufhörlich fort, langweilig wie eine Erwachsene, und schwenkte dabei einen Birkenzweig, den sie vom Trottoir aufgenommen hatte, in der Luft herum. Ihnen selbst unerwartet, waren sie an das Ufer des Flusses getreten und ließen sich auf einem Stapel Balken nieder. Aber die Balken waren feucht, Ljuba beschmutzte sich ihren Rock, wurde unwillig und lief über die Balken zu einem Boot, das an ihnen festgemacht war. Sie setzte sich ans Steuer, Klim folgte ihr. Lange saßen sie schweigend. Ljuba betrachtete das verzerrte Bild ihres Gesichts im Wasser, schlug mit dem Zweig hinein, wartete, bis es im grünlichen Spiegel von Neuem auftauchte, schlug wieder hinein und wandte sich ab:

»Wie hässlich ich bin! Nicht wahr, ich bin hässlich?«

Da sie keine Antwort erhielt, fragte sie:

»Warum schweigst du?«

»Weil ich keine Lust habe, etwas zu sagen.«

»Dass ich hässlich bin?«

»Nein, ich mag überhaupt nichts sagen.«

»Du schämst dich einfach, die Wahrheit zu sagen«, beharrte Ljuba. »Aber ich weiß, dass ich garstig bin und einen schlechten Charakter habe. Das sagen Papa und Mama, beide. Ich muss ins Kloster gehen ... Ich will nicht mehr hier sitzen!«

Sie sprang auf, lief rasch über die Balken und verschwand. Klim saß noch lange am Steuer des Bootes und blickte ins träg fließende Wasser, niedergedrückt von einer öden Trauer, wie er sie noch niemals empfunden hatte, wunschlos, durch seine Trauer hindurch ahnend, dass es nicht gut war, den Menschen zu gleichen, die er kannte.

Die Mutter empfing ihn mit dem erschreckten Ausruf:

»Herrgott, wie du mich ängstigst!«

Klim schien, diese Worte galten nicht ihm, sondern dem Herrgott.

»Hast du dich sehr erschrocken?« verhörte ihn die Mutter. »Es war überflüssig, dass du hingingst. Wozu?«

»Was hat man mit ihr gemacht?«, fragte Klim.

Die Mutter sagte, die Somows hätten sich gezankt, und die Frau des Doktors habe einen heftigen nervösen Anfall bekommen. Man habe sie ins Krankenhaus bringen müssen.

»Es ist keine Gefahr. Sie sind beide nicht recht gesund. Sie haben viel Schweres erlebt und sind vor der Zeit alt geworden.«

Nach ihrer Erzählung waren der Doktor und seine Frau zerbrochene Menschen, und Klim erinnerte sich an das Zimmer, das mit Gerümpel vollgestopft war.

»Es ist keine Gefahr«, wiederholte die Mutter.

Aber Klim konnte ihr aus irgendeinem Grund nicht glauben, und es zeigte sich, dass sein Gefühl ihn nicht trog: Zwölf Tage später starb des Doktors Frau. Dronow vertraute ihm unter dem Siegel der Verschwiegenheit an, sie sei aus dem Fenster gesprungen und habe dabei den Tod gefunden.

Am Tage ihrer Beerdigung, morgens früh, kam der Vater von einer Reise zurück. Er hielt am Grabe der Doktorsfrau eine Rede und weinte. Alle Bekannten weinten, nur Warawka hielt sich abseits, rauchte eine Zigarre und schimpfte mit den Bettlern.

Doktor Somow ging vom Friedhof aus zu Samgins, betrank sich rasch und krakeelte in seinem Rausch:

»Ich habe sie geliebt, sie aber hasste mich und lebte nur, um mir das Dasein zu verleiden.«

Klims Vater tröstete den Doktor wortreich, der aber reckte seine schwarze behaarte Faust bis zur Höhe des Ohrs, schüttelte sie und krächzte, während Tränen der Betrunkenheit sein Gesicht überströmten:

»Fünfzehn Jahre habe ich mit einem Menschen gelebt, mit dem mich nicht *ein* gemeinsamer Gedanke verband, und ich liebte ihn, liebte ihn und liebe ihn noch. Sie aber hat alles gehasst, was ich las, dachte und sprach ...«

Klim hörte, wie Warawka halblaut zur Mutter sagte:

»Sehen Sie mal, was der sich alles ausgedacht hat.«

»Es ist ein Körnchen Wahrheit darin«, verwies ihn ebenso leise die Mutter.

Man schaffte den Doktor ins Bett, in das Zwischengeschoss, wo Tomilin gewohnt hatte. Warawka hielt ihn unter den Achseln fest und stemmte seinen Kopf gegen seinen Rücken, während der Vater mit einer brennenden Kerze voranging. Doch eine Minute später stürzte er, mit dem Leuchter, dem die Kerze entfallen war, fuchtelnd, ins Esszimmer und rief mit gedämpfter Stimme:

»Wera, komm rasch, Großmutter ist es schlecht geworden.«

Die Großmutter war gestorben.

Sie hatte auf der Küchentreppe gesessen und die Küken gefüttert und war plötzlich ohne einen Laut umgesunken. Es war seltsam, aber nicht schrecklich, ihren großen breithüftigen Körper zu sehen, der vornüberhing. Der Kopf lag auf der Seite, und das Ohr war wie lauschend an die Erde gepresst, Klim blickte auf ihre blaue Wange, auf ihr offengebliebenes ernstes Auge, fühlte keine Angst, sondern staunte nur. Er hatte gedacht, die Großmutter habe sich so sehr daran gewöhnt, mit dem Buch in der Hand, einem geringschätzigen Lächeln im dicken, würdevollen Gesicht und der stets gleichen Vorliebe für Hühnerbouillon fortzuleben, dass diese ihre Lebensweise unendlich lange währen konnte, ohne dass sie jemand störte.

Als man den unförmigen Körper, der wie ein riesiges Bündel alter Kleider aussah, ins Haus getragen hatte, sagte Dronow:

»Die ist mal schön gestorben.« Und fügte sogleich, zu seiner Großmutter gewandt, hinzu:

»Da, nimm dir ein Beispiel, Amme!«

Die Amme war der einzige Mensch, der stille Tränen über dem Sarg der Entschlafenen vergoss. Bei Tisch, nach der Beerdigung, hielt Iwan Akimowitsch eine kurze und dankerfüllte Rede über Menschen, die zu leben verstanden, ohne ihre Angehörigen zu stören. Akim Wassiljewitsch Samgin dachte nach und sagte:

»Auch für mich ist es wohl Zeit, mich zu den Vätern zu versammeln.«

»Er ist nicht sehr überzeugt davon«, flüsterte Warawka an Wera Petrownas rosigem Ohr. Das Gesicht der Mutter war nicht traurig, nur ungewöhnlich milde. Ihre strengen Augen leuchteten sanft. Klim saß an ihrer anderen Seite, vernahm das Flüstern und merkte, dass der Tod der Großmutter niemand schmerzte. Bald erkannte er, dass er für ihn sogar einen Gewinn bedeutete: Die Mutter gab ihm das freundliche Zimmer der Großmutter mit dem Fenster auf den Garten und dem milchweißen Kachelofen in der Ecke. Das war schön, denn es wurde beunruhigend und unangenehm, mit dem Bruder in einem Zimmer zu wohnen. Dmitri arbeitete lange und störte ihn beim Schlafen. Seit einiger Zeit besuchte ihn auch der ungenierte Dronow, und häufig murmelten und wisperten sie bis spät in die Nacht.

Dronow trug jetzt einen eng zugeknöpften langen, ihm über die Knie reichenden Gymnasiastenrock, war abgemagert, hatte den Bauch eingezogen und sah mit seinem kahl geschorenen Kopf wie ein Liliputsoldat aus. Wenn er mit Klim sprach, schlug er die Schöße seines Rocks zurück, vergrub die Hände in den Taschen, spreizte gewichtig die Beine, rümpfte seinen rosa Nasenknopf und fragte:

»Und du, Samgin, lernst schlecht, höre ich? Ich dagegen bin schon der Dritte in der Klasse.«

Er straffte die Schultern, bewegte die Arme und sagte selbstgewiss:

»Sollst sehen, ich werde besser als Lomonossow.«

Großvater Akim hatte durchgesetzt, dass Klim doch ins Gymnasium aufgenommen wurde. Aber der Knabe glaubte sich beim ersten Examen von den Lehrern ungerecht behandelt und hatte bei der zweiten Prüfung bereits eine vorgefasste Meinung gegen die Schule. Gleich, nachdem Klim die Gymnasiastenuniform angezogen hatte, blätterte Warawka in den Schulbüchern und schleuderte sie verächtlich beiseite:

»Sie sind ebenso blöde, wie die Bücher, aus denen wir lernen mussten.«

Hierauf erzählte er lange und witzig von der Dummheit und der Bosheit der Lehrer, und Klim behielt besonders gut im Gedächtnis, was er von der Ähnlichkeit des Gymnasiums mit einer Zündholzfabrik sagte:

»Die Kinder werden wie die Hölzchen mit einem Stoff bestrichen, der sich leicht entzündet und schnell verbrennt. So erhält man miserable Zündhölzer, bei Weitem nicht alle zünden, und lange nicht mit jedem kann man Feuer machen.«

Klim ging der Ruf eines Jungen von außergewöhnlichen Fähigkeiten vorauf, er machte die Lehrer doppelt aufmerksam und misstrauisch und erregte die Neugier der Schüler, die in dem neuen Kameraden so etwas wie einen Zauberkünstler vermuteten. Sofort fühlte Klim sich wieder in der vertrauten, aber nur noch qualvolleren Lage eines Menschen, der die Pflicht hat, so zu sein, wie man ihn zu sehen wünscht. Doch er hatte sich an diese Rolle fast gewöhnt, die für ihn offenbar etwas Unentrinnbares war, so unentrinnbar wie die allmorgendlichen kalten Abreibungen, wie die Portion Lebertran, die Suppe zum Mittag und das lästige Zähnereinigen vor dem Schlafengehen.

Der Selbsterhaltungstrieb gab ihm ein, wie er sich zu benehmen hatte. Er erinnerte sich, dass Warawka dem Vater einzuschärfen pflegte:

»Vergiss nicht, Iwan, je weniger ein Mensch spricht, desto klüger erscheint er.«

Klim beschloss, so wenig wie möglich zu reden und der rasenden Herde kleiner Unholde aus dem Weg zu gehen. Ihre aufdringliche Neugier kannte kein Erbarmen, und Klim sah sich in den ersten Tagen in der Lage eines gefangenen Vogels, dem man die Federn ausrupft, bevor man ihm den Hals umdreht. Er war in Gefahr, sich unter den gleichaltrigen Knaben, die sich kaum voneinander unterschieden, zu verlieren, – sie rissen ihn in ihre Mitte hinein und suchten ihn zu einem unscheinbaren Teilchen ihrer Masse zu machen.

Erschreckt verbarg er sich hinter der Schutzmaske der Langenweile, in die er sich einhüllte wie in eine Wolke. Er zwang sich zu einem gemessenen Schritt, versteckte die Hände auf dem Rücken wie Tomilin und gab sich das Aussehen eines Knaben, der mit etwas sehr Ernstem beschäftigt ist, fern allen Streichen und wilden Spielen.

Von Zeit zu Zeit verhalf ihm das Leben selbst zur Einkehr: In einer regnerischen Septembernacht erschoss sich Doktor Somow auf dem Grabe seiner Frau.

Seine erkünstelte Nachdenklichkeit erwies sich für ihn von zweifachem Nutzen: die Knaben ließen das langweilige Menschenkind bald in Ruhe, und die Lehrer sahen in ihr die Erklärung dafür, dass Klim Samgin während der Stunden häufig unaufmerksam war. Die meisten Lehrer waren geneigt, sich seine Zerstreutheit auf diese Weise zu erklären, mit Ausnahme eines boshaften alten Männchens mit einem herunterhängenden chinesischen Schnurrbart.

Dieser erteilte Unterricht in der russischen Sprache und in Geografie, die Kinder nannten ihn den »Unfertigen«, weil sein linkes Ohr kleiner war als das rechte, wenngleich so wenig, dass sogar Klim, als man es ihm zeigte, sich nicht sofort von der Ungleichheit der Ohren seines Lehrers überzeugen konnte. Der Knabe fühlte gleich in den ersten Stunden, dass der Alte nicht an seine Begabung glaubte, ihn überführen und verhöhnen wollte. Jedes Mal, wenn er Klim vorrief, glättete der Greis seinen Schnurrbart und spitzte seine violetten Lippen, als wolle er pfeifen. Dann musterte er Klim sekundenlang durch seine Brille und fragte endlich milde:

»Nun, Samgin, woran ist die Seenzone reich?«

»An Fischen.«

»So. Vielleicht gibt es dort auch Wälder?«

»Ja.«

»Und, wie denkst du, sitzen die Fische in den Bäumen?«

Die Klasse brach in schallendes Gelächter aus, der Lehrer schmunzelte, und entblößte seine braunen, goldplombierten Zähne.

»Warum, mein Genialer, hast du dich so schlecht vorbereitet?«

Kehrte Klim dann an seinen Platz zurück, erblickte er vor sich die Phalanx kugelförmiger, geschorener Köpfe, gefletschter Zähne, vielfarbiger Augen, in denen das Lachen funkelte. Dieser Anblick trieb ihm Tränen der Kränkung in die Augen.

Nach Ansicht der Jungen waren die Stunden des »Unfertigen« ein Jux. Klim fand ihn dumm und boshaft und kam endgültig zu der Überzeugung, dass das Gymnasium langweiliger und schwieriger sei als die Stunden bei Tomilin.

»Warum spielst du nie mit?« fiel Dronow in der Pause über Klim her. Er war bis zur Rotglut erhitzt, strahlend, glücklich. Er gehörte wirklich zu den besten Schülern seiner Klasse und zu den ersten Lausbuben im ganzen Gymnasium. Es schien, er beeilte sich, alle Spiele nachzuahmen, von denen ihn Turobojew und Boris Warawka ausgeschlossen hatten. Wenn er mit Klim und Dmitri aus dem Gymnasium kam, pfiff er selbstgefällig und lachte ungeniert über die Misserfolge der Brüder. Doch nicht selten fragte er Klim:

»Gehst du heute zu Tomilin? Ich komme mit.«

Und wenn er dann den rothaarigen Lehrer aufsuchte, sog er sich an ihm fest und überschüttete ihn mit Fragen über Religion, den ödesten Gegenstand, den es für Klim gab. Tomilin ließ lächelnd seine Fragenflut über sich ergehen und antwortete zaudernd. Nachdem er ihn verlassen hatte, pflegte er einen Augenblick in Schweigen zu verharren und sich dann mit den Worten Glafira Warawkas an Klim zu wenden:

»Nun, wie geht es zu Hause?«

Er fragte in einem Ton, als erwarte er, etwas Überraschendes zu hören. – Seine Bücher türmten sich im Zimmer zu immer höheren Bergen rings um ihn. In der Ecke und am Fußende des Bettes ragten sie beinahe bis an die Decke. Sich auf dem Bette rekelnd, belehrte er Klim:

»Edelmetalle nennt man diejenigen Metalle, die beinahe oder überhaupt nicht oxidieren. Merke dir das, Klim. Edle und geistesstarke Menschen oxidieren auch nicht, das heißt – sie trotzen den Schicksalsschlägen und dem Unglück, und überhaupt ...«

Solche Erläuterungen zu den Wissenschaften behagten dem Jungen mehr als die Wissenschaften selbst und wurden von ihm besser behalten. Tomilin aber war mit seinen Erläuterungen sehr freigebig. Er schien sie von der Zimmerdecke abzulesen, die mit früher einmal weißem, jetzt aber schon stark vergilbtem und von einem Netz von Rissen durchzogenem Glanzpapier beklebt war. »Ein zusammengesetzter Stoff verliert beim Erhitzen einen Teil seines Gewichts, ein einfacher erhält oder vergrößert das seine.«

Schwieg und ergänzte:

»Du, zum Beispiel, bist nicht mehr einfach genug für dein Alter. Dein Bruder ist zwar älter, aber kindlicher als du.«

»Aber Mitja ist dumm«, erinnerte Klim.

Mit mechanischer Ruhe wie immer entgegnete der Lehrer:

»Ja, er ist dumm, doch gemäß seinem Alter. Jedem Lebensalter entspricht eine bestimmte Dosis Dummheit und Verstand. Was man in der Chemie mit Kompliziertheit bezeichnet, ist etwas vollkommen Gesetzmäßiges, hingegen besteht das, was man im Charakter des Menschen als Kompliziertheit auszugeben pflegt, häufig nur in seiner Einbildung. Es ist Spielerei. Die Frauen ... zum Beispiel ...«

Wieder verstummte er, als wäre er mit offenen Augen eingeschlafen. Klim sah von der Seite das porzellanähnliche glänzende Weiß seiner Augäpfel, es erinnerte ihn an die toten Augen Doktor Somows. Er erriet, dass sein Lehrer, als er sich Betrachtungen über die Einbildung hingab, mit sich selbst sprach und seinen Schüler gänzlich vergessen hatte, und oft hoffte Klim, er würde im nächsten Augenblick etwas über seine Mutter und jene Szene im Garten, als er ihre Knie umarmte, verraten. Doch der Lehrer sagte:

»Eine gesunde Einbildung hat die Form der Frage, der Vermutung: Ist es wohl so? Von vornherein wird ehrlich damit gerechnet, dass es vielleicht nicht so ist. Schädliche Einbildungen geschehen immer in der Form der Behauptung: So ist es und nicht anders. Daraus entspringen dann Verirrungen, Enttäuschungen und überhaupt ... Ja.«

Klim folgte diesen Reden mit gierigem Ohr und bemühte sich angestrengt, sie seinem Gedächtnis einzuverleiben. Er empfand Dankbarkeit für den Lehrer. Dieser unansehnliche Mensch, den niemand liebte, sprach mit ihm wie mit einem Erwachsenen und Gleichgestellten. Das war sehr nutzbringend: Klim machte von den Aussprüchen des Lehrers als von seinen eigenen Gebrauch und befestigte damit seinen Ruf eines gescheiten Jungen.

Doch manchmal schreckte ihn der Rothaarige: Er verlor sich in so langen und wirren Reden, dass Klim husten, mit dem Absatz auf den Boden klopfen oder ein Buch fallen lassen musste, um sich bemerkbar zu machen. Doch auch dieser Lärm weckte Tomilin nicht immer aus seiner Vergessenheit, er redete weiter, sein Gesicht wurde wie Stein, seine Augen traten vor Anstrengung aus den Höhlen und Klim erwartete, Tomilin würde gleich losschreien wie die Frau des Doktors: »Nein! Nein!«

Besonders unheimlich war der Lehrer, wenn er beim Sprechen die Hand vor das Gesicht hob und mit den Fingern in der Luft etwas Unsichtbares rupfte, wie der Koch Wlas Rebhühner oder anderes Geflügel.

In solchen Augenblicken sagte Klim laut:

»Es ist schon spät.«

Tomilin starrte in die Finsternis vor dem Fenster und erklärte zustimmend:

»Ja, für heute ist's genug.« Und er streckte dem Schüler die behaarten Finger mit den schwarzen Trauerrändern hin. Der Knabe ging fort, weniger mit Wissen als mit Betrachtungen beladen.

An den Winterabenden war es schön, über den knirschenden Schnee zu schlendern und sich vorzustellen, wie zu Hause beim Tee Vater und Mutter von den neuen Gedanken ihres Sohnes überrascht sein würden. Schon lief der Laternenanzünder mit einer Leiter über der Schulter leichtfüßig von Lampe zu Lampe und spannte gelbe Lichter in die blaue Luft. Angenehm erklangen in der Winterstille die Laternenscheiben. Kutschpferde trabten, die rauen Köpfe schüttelnd, vorüber. An einer Straßenkreuzung ragte ein steinerner Schutzmann und folgte mit greisen Augen einem kleinen, aber würdevollen Gymnasiasten, der gemächlich von einer Ecke zur anderen spazierte.

Jetzt, da Klim einen großen Teil des Tages außerhalb des Hauses zubrachte, entglitt vieles seinen im Beobachten geübten Augen. Immerhin bemerkte er, dass es immer unruhiger im Hause wurde. Die Menschen bekamen einen anderen Gang, und selbst die Türen fielen mit einem anderen Geräusch ins Schloss.

Der »richtige Greis« setzte seine stockig steif gewordenen Beine behutsam eins vors andere, stieß heftig mit dem Stock auf den Boden und hustete so, dass seine Ohren zitterten und Hals und Gesicht die Farbe reifer

Pflaumen annahmen. Immerfort mit dem Stock aufstoßend und mit einem wütenden Husten kämpfend, sprach er:

»Sie, Gnädigste, haben seinen weichen Charakter ausgenutzt ... Sie haben die kindliche Vertrauensseligkeit Iwans ausgenutzt, Gnädigste, Sie haben ...«

Die Mutter warnte leise:

»Nicht so laut, im Esszimmer ist jemand.«

»Ich muss Ihnen sagen, Wera Petrowna ...«

»Bitte, ich höre.«

Die Mutter ging zur Esszimmertür und schloss sie fest zu.

Immer häufiger fuhr der Vater in den Wald, auf die Fabrik oder nach Moskau. Er war zerstreut geworden und brachte Klim auch keine Geschenke mehr mit. Sein Haar hatte sich stark gelichtet, die Stirn war zurückgetreten und lastete schwer über den Augen, die sich immer starrer wölbten. Sie waren farblos und stumpf geworden, ihr blaues Dunkel war erloschen. Er hatte eine lächerliche, hüpfende Art zu gehen angenommen, die Hände in den Taschen und einen Walzer pfeifend. Die Mutter betrachtete ihn immer mehr als einen Gast, der bereits langweilig geworden ist, aber noch immer nicht begriffen, dass es für ihn Zeit ist, zu gehen. Sie begann, sich sorgfältiger und festlicher zu kleiden, hielt sich noch gerader und stolzer, wurde kräftiger, voller und sprach mit sanfterer Stimme, wenngleich sie ebenso selten und karg lächelte wie früher. Klim war sehr erstaunt und daher verletzt, als er bemerkte, dass sein Vater sich ihm entfremdete und zu Dmitri hielt und mit dem Bruder Geheimnisse hatte. An einem heißen Sommerabend überraschte Klim die beiden in der Gartenlaube. Der Vater, der neben Dmitri saß und ihn innig an sich drückte, lachte in einer ihm fremden, schluckenden Art. Dmitris Gesicht war verweint, er sprang sofort auf und lief fort, der Vater aber sagte zu Klim, während er mit dem Taschentuch Tränenspuren von seinen Hosen wischte:

»Er ist traurig geworden.«

»Worüber weint er?«

»Er? Über ... über die Dekabristen. Er hat Nekrassows ›Russische Frauen‹ gelesen. Hm, ja, und da habe ich ihm hier von den Dekabristen erzählt. Das hat er sich eben zu sehr zu Herzen genommen.«

Der Vater bemerkte gezwungen noch einiges über die Dekabristen, stand auf und entfernte sich pfeifend und ließ in Klim den eifersüchtigen

Wunsch zurück, sich von der Wahrheit seiner Worte zu überzeugen. Unverzüglich suchte er den Bruder und fand ihn in seinem Zimmer, auf der Fensterbank kauernd. Er saß, die Beine mit den Armen umschlungen und das Kinn auf die Knie gestützt, und bewegte die Backenknochen. Er hörte nicht, wie sein Bruder eintrat. Als Klim ihn um das Buch von Nekrassow bat, stellte es sich heraus, dass Dmitri es gar nicht besaß, dass aber der Vater versprochen hatte, es ihm zu schenken.

»Hast du über die ›Russischen Frauen‹ geweint?« nahm ihn Klim ins Gebet.

»Wa-as?«

»Worüber hast du geweint?«

»Ach, geh zum Teufel«, sagte kläglich Dmitri und sprang vom Fenster in den Garten. Dmitri war stark aufgeschossen, abgemagert, und auf seinem runden, dicken Gesicht traten jetzt die Backenknochen noch schärfer hervor. Wenn er nachdachte, bewegte er genau so unangenehm die Kiefer wie Großvater Akim. Er war sehr oft in Gedanken vertieft und sah scheel und misstrauisch auf die Erwachsenen. Zwar noch ebenso hässlich wie früher, war er doch gewandter und weniger schwerfällig geworden. Jedoch zeigte sich etwas Grobes in seinem Wesen. Er hatte sich stark mit Ljuba Somow angefreundet, lehrte sie Rollschuhlaufen und fügte sich willig in ihre Launen, und als einmal Dronow Ljuba beleidigt hatte, zauste Dmitri ihm grausam, dabei ganz kaltblütig, die Haare. Klim übersah er genau so, wie Klim früher ihn übersehen hatte, und auf die Mutter sah er mit gekränkter Miene, als habe sie ihn ungerecht bestraft.

Die Schwestern Somow lebten unter der Aufsicht Tanja Kulikows bei Warawka. Warawka selbst verhandelte in Petersburg wegen des Baues einer Eisenbahn und musste von dort ins Ausland reisen, um seine Frau zu begraben. Fast jeden Abend ging Klim hinauf, und immer traf er dort den Bruder, der mit den Mädchen spielte. Wenn sie genug vom Spielen hatten, setzten die Mädchen sich auf das Sofa und verlangten, dass Dmitri ihnen etwas erzählte.

»Etwas Komisches«, bat Ljuba.

Er setzte sich zur Wand, auf die Sofalehne, und ergötzte, unsicher lächelnd, die Mädchen mit Geschichten über die Lehrer und Gymnasiasten.

Manchmal wandte Klim ein:

»Das war ja gar nicht so.«

»Und wenn schon«, gab Dmitri gleichmütig zu, und Klim schien, dass der Bruder, selbst wenn er etwas genau so erzählte, wie es sich zugetragen hatte, doch nicht daran glaubte. Er wusste eine Fülle dummer und komischer Witze, erzählte sie aber, ohne zu lachen, vielmehr beinahe verlegen. Überhaupt hatte sich in ihm eine unverständliche Sorglichkeit entwickelt, und er musterte die Leute auf der Straße mit so forschenden Blicken, als hielte er es für seine Pflicht, jeden Einzelnen von den sechzigtausend Einwohnern der Stadt zu ergründen.

Dmitri besaß ein dickes Heft mit Wachstuchumschlag. Darin machte er sich Notizen oder klebte Zeitungsausschnitte hinein; heitere Kleinigkeiten, Witze und kurze Gedichte, die er dann den Mädels in seiner misstrauisch zögernden Art vorlas:

»Auf dem städtischen Friedhof von Odojewsk lenkt folgende Inschrift auf dem Grabstein der Kaufmannsfrau Polikarpow die Aufmerksamkeit auf sich:

Der Tod fand sie allein, ohne Gatten und Sohn.
In Krapiwnja lärmte der Ball.
Niemand wusste es.
Sie erhielten das Telegramm
Und verließen schleunigst das Hochzeitsfest.
Hier ruht die Gattin und Mutter
Olga – doch was könnte man ihr sagen,
Das ihrer Seele zum Heil gereichte?
Friede ihrer Asche.«

»Was für ein Blödsinn«, regte Lida sich auf.

»Dafür ist es komisch«, meinte Ljuba. »Es gibt nichts Herrlicheres als etwas Komisches.«

In dem breiten Gesicht ihrer Schwester zerfloss langsam ein träges Lächeln.

Manchmal kam Wera Petrowna und fragte uninteressiert:

»Spielt ihr?«

Lida erhob sich sogleich vom Sofa und setzte sich ihr mit betonter Höflichkeit gegenüber, die Somows schmiegten sich geräuschvoll an sie, Dmitri schwieg verlegen und bemühte sich ungeschickt, sein Heft zu verstecken, aber Wera Petrowna fragte:

»Hast du dir etwas Neues aufgeschrieben? Lies vor!«

Dmitri las, sein Gesicht hinter dem Heft verbergend:

»Am blauen Meer steht ein Gendarm.
Das blaue Meer, das lärmt und braust,
Und der Gendarm giftet sich schwer,
Weil er den Lärm nicht verbieten kann.«

»Streich das aus«, befahl die Mutter und ging darauf hoheitsvoll von einem Zimmer ins andere, wobei sie etwas berechnete und ausmaß. Klim sah, dass Lida sie mit feindseligen Blicken verfolgte und sich die Lippen biss. Ein paar Mal war er im Begriff, das Mädchen zu fragen:

»Was hast du eigentlich gegen meine Mutter?«

Doch er getraute sich nicht: seit Turobojews Abreise hatte Lida sich ihm wieder freundschaftlich genähert.

Eines Tages kam Klim von der Stunde bei Tomilin heim, als man mit dem Abendessen bereits fertig war. Das Esszimmer war dunkel, im ganzen Haus herrschte eine so fremde Stille, dass der Knabe, nachdem er seinen Mantel abgelegt hatte, in dem nur von einer Wandlampe dürftig erhellten Flur stehen blieb und ängstlich in die verdächtige Stille horchte.

»Lass, ich glaube, es ist jemand gekommen«, vernahm er da das heiße Flüstern der Mutter. Jemandes schwere Füße schleiften dumpf über den Fußboden mit vertrautem Klang klirrte die Messingpforte des Kachelofens und wieder trat Stille ein, lockend, in sie hinein zu horchen. Das Flüstern der Mutter wunderte Klim, da sie niemand außer dem Vater mit du anredete, der Vater aber gestern aufs Sägewerk hinausgefahren war. Vorsichtig schlich der Junge zur Tür des Esszimmers, und ihm entgegen seufzten die leisen, müden Worte:

»Mein Gott, wie bist du unersättlich und stürmisch.«

Klim warf einen Blick durch die Tür: Vor dem viereckigen, mit roter Kohlenglut gefüllten Ofenschlund, auf dem niedrigen Lieblingssessel der Mutter rekelte sich Warawka. Er hatte den Arm um die Taille der Mutter geschlungen, und sie wippte auf seinen Knien nach vorn und nach hinten wie ein ganz kleines Mädchen. Im bärtigen Gesicht Warawkas, das vom Widerschein der Kohlen erleuchtet war, lag etwas Furchterregendes. Seine kleinen Augen glühten wie die Kohlen. Vom Kopf der Mutter aber über ihren Rücken hinab floss in wundervollen goldenen Bächen ihr mondblondes Haar.

»Ach du!«, seufzte sie leise.

In dieser Stellung war etwas, was Klim verwirrte. Er schrak zurück, trat auf seine Galosche, die Galosche schnellte hoch und klatschte auf den Fußboden.

»Wer ist dort?«, rief ärgerlich die Mutter und erschien mit unglaublicher Geschwindigkeit an der Tür.

»Du? Bist du durch die Küche gekommen? Warum so spät? Bist du verfroren? Willst du Tee?«

Sie sprach schnell, freundlich, scharrte aus irgendeinem Grunde mit den Füßen und ließ die Türangel kreischen. Dann fasste sie Klim um die Schulter, drängte ihn übertrieben heftig ins Esszimmer und zündete eine Kerze an. Klim sah sich um. Im Esszimmer war niemand und in der Tür des Nebenzimmers tiefe Dunkelheit.

»Warum siehst du hin?«, fragte die Mutter und blickte ihm ins Gesicht.

Klim antwortete zögernd:

»Mir schien, hier war jemand.«

Die Mutter zog erstaunt die Brauen hoch und blickte ebenfalls in das Zimmer.

»Wer sollte denn hier gewesen sein? Vater ist fort, Lidja, Mitja und die Somows sind zur Eisbahn gegangen, Timofej Stepanowitsch ist bei sich zu Hause – hörst du?«

Tatsächlich polterten oben schwere Schritte. Die Mutter setzte sich an den Tisch, vor den Samowar, prüfte, ob er noch heiß war, goss Tee ein und fuhr dann fort, während sie ihr prachtvolles Haar aufsteckte:

»Ich habe dort am Ofen gesessen und geträumt. Bist du eben erst gekommen?«

»Ja«, log Klim, da er begriff, dass es hier notwendig war, zu lügen.

Die Mutter saß schweigend, mit einem feinen Lächeln, da, spielte mit der Zuckerzange, und sah in das scheue Licht der Kerze, das sich im Kupferbauch des Samowars spiegelte.

Dann legte sie die Zange aus der Hand, rückte den Spitzenausschnitt ihres Schlafrocks zurecht und erzählte unnötig laut, dass Warawka ihr Großmutters Gutshof abkaufen und dort ein großes Haus bauen wolle.

»Er ist zwar eben nach Hause gekommen, aber ich gehe doch rasch mal hinauf, um mit ihm darüber zu sprechen.«

Sie küsste Klim auf die Stirn und ging. Der Knabe stand auf, trat an den Ofen, setzte sich in den Sessel und streifte mit einer Handbewegung die Zigarrenasche von der Lehne.

»Mama will ihren Mann wechseln, aber sie schämt sich noch«, erriet er. Auf den roten Kohlen sprangen blaue Flämmchen auf und erloschen. Er hatte davon gehört, dass Frauen ihre Ehegatten und Männer ihre Frauen häufig wechselten, Warawka gefiel ihm von jeher besser als der Vater, aber es war doch peinlich und betrübend, zu erfahren, dass auch Mama, die stets ernste und würdige Mama, die alle achteten und fürchteten, die Unwahrheit sprach und sich so ungeschickt herausredete. Da er die Notwendigkeit eines Trostes empfand, wiederholte er: »Sie schämt sich noch.« Das war die einzige Erklärung, die er finden konnte. Doch da rief ihm sein Gedächtnis jene Szene mit Tomilin zurück, er verlor sich in leeres Sinnen über die Bedeutung dieser Szene und schlief ein.

Die häuslichen Ereignisse, so sehr sie Klim vom gründlichen Lernen ablenkten, erregten ihn nicht so heftig, wie das Gymnasium ihn ängstigte, wo er keinen seiner würdigen Platz finden konnte. Er unterschied drei Gruppen von Mitschülern: ein Dutzend Knaben, die musterhaft lernten und sich musterhaft betrugen, dann die bösen und unverbesserlichen Lausbuben, unter denen einige, wie Dronow, ebenfalls vorzüglich lernten. Die dritte Gruppe bestand aus kümmerlichen Knaben, matt, verängstigt und scheu, sowie aus Pechvögeln, die von der ganzen Klasse ausgelacht wurden.

Dronow riet Klim:

»Mit denen musst du dich nicht anfreunden, es sind alles Feiglinge, Jammerlappen und Angeber. Dieser Rote dort ist ein Judenbengel. Jener Schielende wird bald fliegen, er ist arm und kann nicht bezahlen. Der älteste Bruder des Jungen dort hat Galoschen gestohlen und sitzt jetzt in der Verbrecherkolonie, und der dort, der aussieht wie ein Iltis, ist ein uneheliches Kind ...«

Klim Samgin lernte fleißig, doch ohne großen Erfolg. Streiche hielt er für unter seiner Würde, war dazu übrigens auch gar nicht fähig. So merkte er bald, dass alles ihn gerade zur Gruppe der Geächteten verurteilte. Aber unter ihnen fühlte er sich noch fremder als bei der frechen Kumpanei Dronows. Er sah, er war klüger als alle in seiner Klasse, er hatte schon viele Bücher gelesen, von denen seine Alterskameraden noch keine Ahnung hatten, er fühlte, dass auch die älteren Knaben mehr Kind waren als er. Erzählte er von den Büchern, die er gelesen hatte, hörten sie ihm ungläubig und ohne Interesse zu und verstanden oft gar nicht, was er sagte. Zuweilen begriff auch er selbst nicht, weshalb ein spannendes Buch bei seiner Wiedergabe alles verlor, was ihm daran gefallen hatte.

Einmal fragte das uneheliche Kind, ein finsterer Bursche namens Inokow, Klim:

»Hast du Iwan Hoé gelesen?«

»Eiwenho«, verbesserte Klim, »von Walter Scott.«

»Dummkopf«, sagte Inokow verächtlich. »Warum musst du alles besser wissen?« und warnte ihn mit einem schiefen Grinsen:

»Pass auf, aus dir wird bestimmt ein Pauker.«

Die Jungen lachten. Sie achteten Inokow, er war zwei Klassen älter als sie, hielt aber Freundschaft mit ihnen und führte den Indianernamen »Feuerauge«. Vielleicht imponierte er ihnen auch durch sein finsteres Wesen und seinen durchdringenden Blick.

Durch die liebevolle Beachtung, die man ihm zu Hause entgegenbrachte, verwöhnt, empfand Klim doppelt schwer die feindliche Geringschätzung vonseiten der Lehrer. Einige waren ihm auch körperlich widerwärtig: der Mathematiker litt an chronischem Schnupfen, nieste schallend und grimmig, wobei er die Schüler besprizte, und blies hierauf pfeifend die Luft durch die Nase, wobei er das linke Auge zukniff. Der Geschichtslehrer tappte durch die Klasse wie ein Blinder und schlich mit einem Gesicht an die Bänke heran, als wolle er die Schüler der vorderen Reihen ohrfeigen. Während er sich ihnen langsam näherte, quäkte er mit feiner Stimme.

Man nannte ihn daher »Quak«.

Beinahe an jedem Lehrer entdeckte Klim einen ihm unsympathischen Zug. Alle die unordentlichen Menschen in abgetragenen Amtskleidern behandelten ihn, als sei er ihnen gegenüber schuldig, und obgleich er sich bald davon überzeugte, dass die Lehrer den meisten Schülern nicht anders begegneten, erinnerten ihre Grimassen ihn doch an den Ausdruck des Abscheus, mit dem die Mutter in der Küche die Krebse betrachtete, wenn der betrunkene Händler den Korb umstülpte und die Krebse, schmutzig und trocken raschelnd, nach allen Richtungen über den Fußboden krochen.

Doch schon im Frühjahr bemerkte Klim, dass Xaweri Rziga, der Inspektor und Lehrer der alten Sprachen, und mit ihm einige andere Lehrer ihn milder zu beurteilen begannen. Dies geschah, nachdem jemand während der großen Pause zwei Steine ins Fenster des Kabinetts des Inspektors geworfen, die Scheibe eingeschlagen und eine seltene Blume, die auf der Fensterbank stand, zerknickt hatte. Man fahndete eifrig nach dem Schuldigen, ohne ihn zu finden.

Am vierten Tage fragte Klim den allwissenden Dronow, wer die Scheibe eingeworfen habe.

»Wozu willst du das wissen?«, erkundigte sich misstrauisch Dronow.

Sie standen an der Biegung des Korridors, und Klim konnte sehen, wie der gehörnte Schatten des inspektorlichen Kopfes langsam an der weißen Wand entlang kroch. Dronow wandte dem Schatten den Rücken zu.

»Du weißt es also nicht«, reizte Klim den Kameraden. »Und rühmst dich, alles zu wissen.«

Der Schatten hörte auf, sich zu bewegen.

»Natürlich weiß ich es, – es war Inokow«, sagte leise Dronow, als Klim ihn genügend gereizt hatte.

»Er sollte es ehrlich gestehen, sonst müssen für ihn die anderen leiden«, belehrte Klim.

Dronow sah ihn an, zwinkerte, spuckte aus und sagte:

»Wenn er gesteht, fliegt er.«

Ungeduldig surrte die Glocke und rief die Schüler in die Klassen.

Andern Tags, auf dem Heimweg, teilte Dronow Klim mit:

»Weißt du, jemand hat ihn verraten.«

»Wen?«, fragte Klim.

»Wen, wen – was stellst du dich dumm? Inokow.«

»Ach, ich vergaß ...«

»Gestern gleich nach der Pause haben sie ihn geholt. Sie jagen ihn fort. Wüsst' ich nur den Lumpen, der den Angeber gespielt hat.«

Klim hatte wirklich sein Gespräch mit Dronow vergessen. Jetzt begriff er, dass er es gewesen war, der Dronow verraten hatte, und überlegte erschrocken, warum er es getan hatte. Er kam zu dem Schluss, dass das Schattenbild des Inspektors das plötzliche Verlangen in ihm geweckt habe, dem großmäuligen Dronow zu schaden.

»Du bist daran schuld, du hast geschwatzt«, sagte er wütend.

»Wann habe ich geschwatzt?« verteidigte sich Dronow.

»In der Pause, zu mir.«

»Aber du konntest ihn doch nicht angeben? Du hattest doch gar nicht die Zeit dazu. Inokow wurde ja sogleich danach aus der Klasse geholt.« Sie standen sich wie kampfbereite Hähne gegenüber. Aber Klim fühlte, dass es unklug war, sich mit Dronow zu überwerfen.

»Vielleicht wurden wir belauscht?«, sagte er friedfertig, und ebenso friedfertig antwortete Dronow:

»Es war niemand da. Jemand aus Inokows Klasse muss ihn verraten haben.«

Sie gingen schweigend. Seine Schuld erkennend, dachte Klim nach, auf welche Weise er sie wieder gutmachen könne, doch da ihm nichts einfiel, verstärkte sich sein Wunsch, Dronow Ungelegenheiten zu bereiten.

In diesem Frühjahr hörte die Mutter auf, Klim mit Musikstunden zu quälen, sie spielte nun selbst eifrig. Abends besuchte sie mit seiner Geige der glatzköpfige Advokat Makow, ein unfroher Mensch mit einer schwarzen Brille im roten Gesicht. In einer knarrenden Chaise kam Xaweri Rziga mit seinem Cello angefahren, – dürr, krummbeinig, mit einem Paar Eulenaugen in der knochigen Glätte. Über seinen gelben Schläfen ragten gleich Hörnern zwei graue Wirbel, beim Spiel streckte er die Zunge heraus, die, am Oberkiefer zwei Goldzähne entblößend, auf seiner Altmännerlippe lag. Er sprach, im Diskant eines Vorsängers in der Kirche, stets etwas Denkwürdiges und immer so, dass man nicht wusste, ob er ernsthaft sprach oder scherzte.

»Will sagen, die Schüler wären viel besser, wenn ihre Eltern nicht lebten. Will sagen, Waisen sind gehorsam«, verlautbarte er, seinen Zeigefinger an die Nase führend. Er legte Klim seine dürre Hand auf den Kopf und wandte sich zu Wera Petrowna:

»In Ihrem Sohn glüht ein ritterliches, ehrliches Herz – dixi.«

Klim selbst belehrte er:

»Um die Wissenschaft zu beherrschen, bedarf es der Beobachtung und des Vergleichs. Dann entblößen wir das innerste Mark der Wirklichkeit.«

Beobachten, – das verstand Klim gut. Er glaubte, bei seinen Kameraden unbedingt Mängel suchen zu müssen, er war unruhig, wenn er keine fand, doch sich zu beunruhigen war selten Anlass, weil er sich einen untrüglichen Maßstab geschaffen hatte: Alles, was ihm missfiel oder seinen Neid erregte, war schlecht. Er hatte es bereits gelernt, das Lächerliche und Dumme der Menschen aufzufangen, mehr: Er verstand es meisterhaft, die Fehler des einen in den Augen des anderen zu unterstreichen. Als Boris Warawka und Turobojew in den Ferien nach Hause kamen, bemerkte Klim als erster, dass Boris etwas sehr Schlimmes begangen haben musste und Furcht hatte, dass man es erfuhr. Er war zerstreut und unruhig. Wie früher im Spiel unermüdlich, erfinderisch in Streichen, war er reizbar geworden, auf seinem sommersprossigen Gesicht flammten kleine rote Flecke auf, die Augen funkelten angriffsbereit und wütend, und wenn er lächelte, zeigte er die Zähne, wie um zu beißen. In seiner wilden Unrast witterte Klim etwas Gefährliches und wich dem Spiel mit ihm aus. Auch bemerkte er, dass Igor und Lida in Boris' Geheimnis eingeweiht waren. Sie versteckten sich zu dritt in den Ecken und tuschelten besorgt miteinander.

Da – eines Abends, der Postbote hatte gerade einen Brief abgegeben –, krachte das Fenster von Warawkas Arbeitszimmer, und seine Stimme schrie zitternd vor Unwillen:

»Boris, komm einmal her!«

Boris und Lida knüpften auf der Küchentreppe aus Bindgarn ein Netz, Igor schnitzte aus einer hölzernen Schaufel einen Dreizack. Man beabsichtigte, einen Gladiatorenkampf zu veranstalten. Boris stand auf, zupfte seine Bluse zurecht, zog sich den Gurt straffer und bekreuzigte sich hastig.

»Ich gehe mit dir«, sagte Turobojew.

»Ich auch?«, sagte Lida in fragendem Ton, aber ihr Bruder stieß sie sanft zurück und sagte:

»Untersteh dich!«

Die Knaben gingen. Lida blieb zurück, warf das Garn aus der Hand und hob horchend den Kopf. Kurze Zeit vorher war der Garten vom Regen reichlich besprengt worden, im vom Abendrot bestrahlten Laub funkelten lustig bunte Tropfen. Lida fing an zu weinen, wischte mit dem Finger die Tränentröpfchen von den Wangen, ihre Lippen bebten, und ihr ganzes Gesicht verzog sich schmerzhaft. Klim beobachtete es vom Fenster seines Zimmers aus. Er schrak zusammen, als über ihm das wütende Geschrei Warawkas ertönte:

»Du lügst!«

Sein Sohn antwortete mit einem ebenso durchdringenden Geschrei:

»Nein! Er ist ein Schuft!«

Dann wurde die immer ruhige Stimme Igors vernehmlich:

»Erlauben Sie, lassen Sie mich erzählen.«

Das Fenster oben wurde geschlossen, Lida erhob sich und ging durch den Garten, wobei sie absichtlich die Zweige der Sträucher streifte, damit die Regentropfen ihr auf den Kopf und ins Gesicht fielen.

»Was hat Boris getan?«, fragte Klim sie. Es war nicht das erste Mal, dass er in sie drang, doch Lida antwortete ihm auch dieses Mal nicht, sondern blickte ihn nur an wie einen Fremden. Ihm kam der heftige Wunsch, in den Garten hinabzuspringen und sie gehörig bei den Ohren zu nehmen. Seit Igor zurückgekehrt war, hatte Klim wieder aufgehört, für sie zu existieren.

Nach dieser Szene begannen sowohl Warawka wie die Mutter Boris zu betreuen, als habe er soeben eine gefährliche Krankheit überstanden oder eine heldenmütige und geheimnisvolle Tat vollbracht. Dies erbitterte Klim, reizte Dronows Wissensdrang und schuf im Hause eine unangenehme Atmosphäre der Heimlichkeiten.

»Zum Teufel«, brummte Dronow und kratzte sich die Nase, »einen Groschen würde ich geben, wenn ich erfahren könnte, was er ausgefressen hat. Ach, wie ich diesen Burschen nicht leiden kann ...«

Klim schmeichelte sich bei der Mutter ein, um herauszukriegen, was mit Boris geschehen sei, doch sie wehrte ab:

»Man hat ihn schwer gekränkt.«

»Wodurch?«

»Das brauchst du nicht zu wissen.«

Klim blickte in ihr strenges Gesicht und verstummte resigniert, fühlte jedoch, dass seine alte Abneigung gegen Boris mit verdoppelter Kraft wieder auflebte.

Eines Tages gelang es ihm zu belauschen, wie Boris, hinter dem Schuppen versteckt, lautlos weinte. Er hatte sein Gesicht in den Händen vergraben und schluchzte so heftig, dass er hin und her schwankte, und seine Schultern bebten wie bei der weinerlichen Wera Somow. Klim wollte sich Warawka nähern, traute sich aber nicht, außerdem war es angenehm zu sehen, wie Boris weinte, und nützlich zu erfahren, dass die Rolle des Gekränkten nicht so beneidenswert war, wie es schien.

Plötzlich leerte sich wieder das Haus. Warawka schickte die Kinder, Turobojew und die Somows unter der Aufsicht Tanja Kulikows zu einer Dampferfahrt auf der Wolga: Klim war natürlich auch eingeladen, aber er sagte gesetzt:

»Ich muss mich doch aber fürs Examen vorbereiten?«

Er wollte mit dieser Frage nur an seine ernste Auffassung von der Schule erinnern, aber die Mutter und Warawka hatten es merkwürdig eilig, ihm darin zuzustimmen, dass er nicht mitfahren konnte. Warawka nahm ihn am Kinn und sagte sogar belobend:

»Brav! Aber du solltest es dir nicht allzu sehr zu Herzen nehmen, dass die Wissenschaft dir sauer wird, alle begabten Menschen waren schlechte Schüler.«

Die Kinder reisten ab. Klim weinte fast die ganze Nacht vor Kummer. Einen Monat lebte er mit sich allein wie vor einem Spiegel, Dronow verschwand schon in aller Frühe, er befehligte eine Bande Straßenjungen, ging mit ihnen baden, führte sie in den Wald zum Pilzesammeln und sandte sie zu Überfällen auf Gärten und Gemüsefelder aus. Aufgeregte Leute kamen zur Amme, um über ihn Klage zu führen, doch sie war schon ganz taub und starb mählich in ihrer kleinen dämmrigen Kammer hinter der Küche dahin. Während die Leute schreiend ihre Klagen vorbrachten, wälzte sie ihren Kopf auf dem eingefetteten Kissen hin und her und murmelte, ihnen wohlwollend versprechend:

»Nun, nun, der Herr sieht alles, der Herr wird alle bestrafen ...«

Die Leute verlangten »die gnädige Frau«. Strenge und aufrecht trat sie auf die Freitreppe hinaus, und nachdem sie die furchtsamen und wirren Reden angehört hatte, verhieß auch sie:

»Gut, ich werde ihn bestrafen.«

Doch sie bestrafte ihn nicht. Nur einmal hörte Klim, wie sie in den Hof rief:

»Iwan, wenn du Gurken stiehlst, wird man dich von der Schule jagen!«

Sie und Warawka wurden immer weniger sichtbar für Klim. Spielten sie Verstecken miteinander? Einige Male am Tage wandte man sich an ihn oder an Malascha mit der Frage:

»Wo ist die Mutter – im Garten?«

»Ist Timofej Stepanowitsch schon gekommen?«

Wenn sie sich sahen, lächelten sie einander an, Klim war das Lächeln der Mutter fremd, ja unangenehm, wenngleich ihre Augen dunkler und noch schöner geworden waren, während Warawkas schwere, wulstige Lippe gierig und missgestaltet aus dem Bart hing. Neu und unangenehm war auch, dass die Mutter sich so stark und reichlich parfümierte, dass das Parfüm, wenn er ihr vor dem Schlafengehen die Hand küsste, seine Nüstern beizte und ihm beinahe Tränen in die Augen trieb, wie der grausam scharfe Geruch des Meerrettichs. An Abenden, an denen nicht musiziert wurde, führte Warawka die Mutter am Arm durch das Esszimmer oder den Salon und brummte:

»O–o–o! O–o–o!«

Die Mutter lächelte ironisch dazu.

Wenn aber gespielt wurde, nahm Warawka in seinem Sessel hinter dem Flügel Platz, brannte sich eine Zigarre an und betrachtete durch die schmalen Spalten seiner zugedeckten Augen und durch den Rauch Wera Petrowna. Er saß regungslos da, es schien, ihn schläferte, er entließ Rauchwolken und schwieg.

»Schön?«, fragte lächelnd Wera Petrowna.

»Ja«, antwortete er leise, als fürchte er, jemand zu wecken. »Ja.«

Und einmal sagte er:

»Dies ist das Schönste, weil es immer etwas Ewiges ist, – die Liebe.«

»Nein, nicht doch«, wandte Rziga ein, »nichts Ewiges.«

Und er hob die Hand mit dem Violinbogen hoch empor und verbreitete sich so lange über die Musik, bis der Advokat Makow ihn unterbrach:

»Meine selige Frau liebte die Musik nicht.«

Seufzend und gallig setzte er hinzu:

»Ich bin völlig außerstande, eine Frau zu begreifen, die die Musik nicht liebt, während doch selbst Hühner, Wachteln und ... hm ...«

Die Mutter fragte ihn:

»Sind Sie lange Witwer?«

»Neun Jahre. Ich war siebzehn Monate verheiratet. Ja.«

Alsdann begann er, von Neuem auf seiner Geige zu spielen.

Klim fiel in den Unterhaltungen der Erwachsenen über Gatten, Ehefrauen und Familienleben der unsichere, schuldbewusste und oft spöttische Ton dieser Gespräche auf, es war gleichsam von traurigen Irrtümern und verkehrten Handlungen die Rede. Er sah die Mutter an und fragte sich, ob auch sie so sprechen würde.

»Nein, sie wird es nicht«, antwortete er überzeugt und lächelte.

In einem freundlichen Augenblick fragte Klim sie:

»Hast du einen Roman mit ihm?«

»O Gott, es ist noch viel zu früh für dich, an solche Dinge zu denken«, sagte aufgeregt und ärgerlich die Mutter. Dann wischte sie sich mit ihrem Spitzentüchlein die purpurnen Lippen und bemerkte sanfter:

»Siehst du, er ist allein und ich auch. Wir langweilen uns. Langweilst du dich nicht auch?«

»Nein«, sagte Klim.

Aber er langweilte sich tödlich. Die Mutter kümmerte sich so wenig um ihn, dass Klim bis zum Mittagessen und bis zum Tee sich ebenso unsichtbar zu machen begann wie sie und Warawka. Er empfand ein schwaches Vergnügen, wenn er hörte, wie das Mädchen ihn im Hof und im Garten suchte.

»Wo steckst du eigentlich immer?«, fragte befremdet und manchmal sogar unruhig die Mutter. Klim antwortete:

»Ich denke nach.«

»Worüber?«

»Über alles. Auch über die Stunden.«

Die Stunden bei Tomilin wurden immer öder und verworrener. Der Lehrer selbst war unnatürlich in die Breite gegangen und hatte etwas Untersetztes bekommen. Jetzt trug er ein weißes Hemd mit gesticktem Kragen. An seinen nackten, kupferbraunen Füßen glänzten Pantoffeln von grünem Saffianleder. Wenn Klim etwas nicht verstand und Tomilin darauf aufmerksam machte, blieb der, ohne Unwillen zu äußern, doch offensichtlich befremdet, mitten im Zimmer stehen und sagte fast immer dieselbe Phrase:

»Du musst vor allen Dingen eins begreifen: Das eigentliche Ziel aller Wissenschaft ist die Gewinnung einer Reihe von einfachsten, verständlichen und tröstlichen Wahrheiten ...«

Er trommelte mit den Fingern auf seinem Kinn, überflog die Zimmerdecke mit dem Weiß seiner Augäpfel und fuhr eintönig fort:

»Eine solche Wahrheit ist Darwins Theorie vom Kampf ums Dasein, – du erinnerst dich, ich habe dir und Dronow von Darwin erzählt. Diese Theorie weist die Unvermeidlichkeit des Bösen und der Feindseligkeit auf der Erde nach. Dies, Bruder, ist der gelungenste Versuch des Menschen, sich vollkommen zu rechtfertigen. Hm, ja ... Erinnerst du dich an Doktor Somows Frau? Sie hasste Darwin bis zum Wahnsinn. Es ist denkbar, dass eben dieser bis zum Wahnsinn gesteigerte Hass es ist, der die allumfassende Wahrheit gebiert ...«

Stehend redete er am wirrsten und rief dadurch Verdruss hervor. Klim hörte nun dem Lehrer nicht mehr genau zu: Ihn beschäftigten eigene Sorgen. Er wollte die Kinder so empfangen, dass sie sogleich sähen, er war nicht mehr der, den sie zurückgelassen hatten. Lange grübelte er, was er zu diesem Zweck unternehmen solle, und gelangte zu dem Ergebnis, durch nichts würde er sie stärker verblüffen, als wenn er eine Brille trüge. Er klagte der Mutter, die Augen würden ihm so rasch müde, man habe ihm im Gymnasium zu einer Brille geraten, und schon am nächsten Tag beschwerte er seine spitze Nase mit dem Gewicht zweier Gläser von rauchgrauer Farbe. Durch diese Gläser erschien alles auf Erden wie mit einer leichten Schicht von grauem Staub überzogen, und selbst die Luft wurde grau, ohne ihre Durchsichtigkeit zu verlieren. Der Spiegel überzeugte Klim vollends davon, dass sein feines Gesicht etwas Bezwingendes bekommen hatte und außerdem klüger aussah.

Doch kaum waren die Kinder zurückgekehrt, als Boris, der Klims Hand absichtlich nicht aus seinen starken Fingern ließ, spöttisch sagte:

»Seht doch, da habt ihr den Affen aus der Fabel!«

Ljuba Somow rief mitleidig:

»Oh, du bist ja ein Eulenküken geworden!«

Turobojew lächelte höflich und verletzend, noch verletzender aber war die Gleichgültigkeit Lidas, die ihre Hand auf Igors Schulter legte und Klim mit einer Miene ansah, als wünsche sie, ihn nicht zu erkennen. Sie seufzte müde und fragte beiläufig:

»Sind deine Augen erkrankt? Warum tut dir eigentlich immer etwas weh?«

»Mir tut niemals etwas weh!«, sagte Klim empört, er fürchtete, dass er sofort in Tränen ausbrechen würde.

Doch von diesem Tag an bemächtigte sich seiner glühender Hass gegen Boris, und dieser, der sein Gefühl rasch erraten hatte, tat alles, es zu schüren, indem er jeden Schritt und jedes Wort Klims grausam verspottete. Die Vergnügungsreise hatte sichtlich nicht vermocht, Boris zu beruhigen, er blieb so gereizt, wie er aus Moskau gekommen war, genau so argwöhnisch und sprungbereit funkelten seine dunklen Augen, und von Zeit zu Zeit überfiel ihn eine sonderbare Zerstreutheit und Müdigkeit, er hörte auf zu spielen und zog sich in einen Winkel zurück.

»Um zu weinen«, erriet Klim mit wohltuendem Grimm.

Immer noch waren seine Schwester und Turobojew gleich sorglich und liebevoll um Boris bemüht, betreute ihn Wera Petrowna, erheiterte ihn der Vater. Alle ertrugen geduldig seine Launen und plötzlichen Zornesausbrüche. Klim, der sich abquälte, das Geheimnis zu enträtseln, forschte alle aus. Aber Ljuba Somow sagte sehr gelehrt:

»Es sind die Nerven, verstehst du? Solche weißen Fäden im Körper und die zittern.«

Turobojews Erklärung ließ ebenso viel zu wünschen übrig:

»Er hatte eine Unannehmlichkeit, aber ich möchte nicht davon sprechen.«

Endlich forderte Lida, ihre Brauen furchend und die Lippen schief ziehend, ihn auf:

»Schwöre, dass Boris nie erfährt, dass ich es dir gesagt habe!«

Klim schwor aufrichtig, das Geheimnis zu hüten, und nahm mit Gier ihren aufgeregten, wirren Bericht entgegen:

»Boris ist von der Kriegsschule ausgeschlossen worden, weil er seine Kameraden, die etwas begangen hatten, nicht verraten wollte ... Nein, nicht deshalb«, verbesserte sie sich eilig und sah sich ängstlich um, »dafür kam er in den Karzer, aber ein Lehrer verbreitete trotzdem, Boris sei ein Zuträger, und als man ihn aus dem Karzer herausließ, prügelten die Jungens ihn in der Nacht durch. Da hat er während der Stunde dem Lehrer seinen Zirkel in den Bauch gestoßen, und man hat ihn relegiert ...«

Schluchzend fügte sie hinzu:

»Er wollte auch sich töten, ihn hat sogar der Irrenarzt behandelt.«

Ihre schwarzen Augen trübten sich ungewöhnlich stark mit Tränen, und diese Tränen schienen Klim auch schwarz zu sein. Er wurde verlegen. Lida weinte so selten, und jetzt, in Tränen gebadet, war sie den übrigen Mädchen ähnlich, hatte ihre Unvergleichlichkeit eingebüßt und erregte in Klim ein Gefühl, das dem Mitleid verwandt war. Ihre Erzählung rührte ihn weder, noch wunderte sie ihn, er hatte immer von Boris ungewöhnliche Handlungen erwartet. Er nahm die Brille ab, spielte mit den Gläsern und sah scheel auf Lida, ohne ein Wort des Trostes zu finden. Und trösten wollte er so gern. Turobojew war schon abgereist.

Sie lehnte mit dem Rücken an dem schlanken Stamm einer Birke und stieß mit der Schulter dagegen. Von den fast kahlen Zweigen rieselte gelbes Laub, Lida trat es in den Erdboden, während ihre Finger die ungewohnten Tränen von den Wangen streiften, und es war etwas Angewidertes in den hastigen Bewegungen ihrer braunen Hand. Auch ihr Gesicht war von der Sonne bronzen gedunkelt, ein blaues, rotbortiertes Kleid umschloss schön die feine, wunderliche, kleine Gestalt. Es war etwas Fremdartiges, Erregendes an ihr, wie bei Zirkusmädchen.

»Schämt er sich?« brach Klim endlich das Schweigen.

Lida sagte halblaut:

»Nun ja. Denk doch nur, er verliebt sich einmal in ein Mädchen und muss ihr alles von sich erzählen, – wie soll er ihr dann sagen, dass man ihn verprügelt hat?«

Klim nickte still.

»Ja, davon kann man nicht sprechen.«

»Er hat sogar aufgehört, mit Ljuba zu gehen, und ist jetzt immer mit Wera zusammen, weil Wera immer schweigt wie ein Kürbis«, sagte nachdenklich Lida. »Papa und ich fürchten so für Boris. Papa steht sogar nachts auf und sieht nach, ob er auch schläft, und gestern kam deine Mama zu uns, als es schon sehr spät war und alle schliefen.«

Sie neigte sinnend ihren Kopf und ging fort, mit ihren Absätzen gelbe Blätter in die Erde stampfend. Sobald sie verschwunden war, fühlte Klim sich wohlgerüstet gegen Boris und imstande, ihm seinen Spott mit Zinsen heimzuzahlen. Das war Seligkeit. Gleich am folgenden Tag konnte er sich nicht enthalten, Warawka diese Seligkeit zu zeigen. Er begrüßte ihn lässig, reichte ihm die Hand und steckte sie sofort wieder in die Tasche. Er lächelte dem Feind herablassend ins Gesicht und entfernte sich, ohne ihn eines Wortes zu würdigen. Doch auf der Schwelle des Esszimmers wandte er sich um. Boris klammerte sich an den Rand des Tisches, biss sich die Lippen, warf den Kopf in den Nacken und blickte ihm erschrocken nach. Da lächelte Klim noch einmal. In zwei Sätzen war Warawka bei ihm, rüttelte ihn an den Schultern und fragte heiser:

»Warum lachst du?« Sein von den Blattern zerfressenes Gesicht färbte sich bunt, er entblößte die Zähne, und seine Hände zitterten auf Klims Schulter.

»Lass los!«, sagte Klim, der schon fürchtete, dass Boris ihn schlagen würde. Aber jener wiederholte leise und gleichsam flehend:

»Über wen lachst du? Sprich!«

»Nicht über dich.«

Er entwand sich Boris, zog den Kopf ein und ging fort, ohne zurückzublicken.

Diese Szene hatte ihn erschreckt und flößte ihm noch größere Vorsicht gegenüber Warawka ein, doch konnte er es sich trotzdem nicht versagen, Boris gelegentlich mit dem Blick eines Menschen anzusehen, der um sein schimpfliches Geheimnis wusste. Er erkannte recht gut, dass seine höhnischen Blicke den Knaben erregten, und das tat ihm wohl, mochte Boris auch in der alten Weise fortfahren, ihn frech auszulachen, ihn immer argwöhnischer zu beobachten und gleich einem Habicht zu umkreisen. Dieses gefährliche Spiel ließ Klim bald alle Vorsicht vergessen.

An einem jener warmen, aber schwermütigen Tage, wenn die Herbstsonne von der verarmten Erde Abschied nimmt und ihr gleichsam noch einmal ihre sommerliche, belebende Kraft schenken möchte, spielten die Kinder im Garten. Klim war lebhafter als sonst. Warawka freundlicher gestimmt. Ausgelassen tollten Lida und Ljuba umher, die ältere Somow sammelte einen Strauß aus den leuchtenden Blättern des Ahorns und der Eberesche. Klim hatte einen verspäteten Käfer gefangen, reichte ihn mit zwei Fingern Boris hin und sagte:

»Gerb-tier!«

Der Kalauer stellte sich ganz von selbst ein, und Klim musste lachen. Boris röchelte unnatürlich, holte aus, schlug ihn rasch hintereinander ein paar Mal auf die Backe, warf ihn mit einem Fußtritt um und rannte windschnell und laut heulend davon.

Auch Klim schrie, weinte und drohte mit der Faust. Die Schwestern Somow suchten ihn zu beschwichtigen, Lida aber hüpfte vor ihm her und rief mit erstickender Stimme:

»Wie konntest du es wagen! Du bist gemein, du hast geschworen, ach, ich bin auch gemein!«

Sie lief weg. Die Somows führten Klim in die Küche, um ihm das Blut von dem zerschlagenen Gesicht zu waschen. Mit zornig hochgezogenen Brauen erschien Wera Petrowna, rief aber sofort erschreckt aus:

»Mein Gott, was hast du? Ist das Auge heil?«

Rasch reinigte sie das Gesicht ihres Sohnes, brachte ihn in sein Zimmer, entkleidete ihn, legte ihn zu Bett, und nachdem sie sein geschwollenes Auge mit einer Kompresse bedeckt hatte, setzte sie sich auf einen Stuhl und sagte eindringlich:

»Einen Beleidigten necken, - das ist doch sonst nicht deine Art. Man muss großmütig sein.«

Klim, der fühlte, dass alle ihm feindlich gesinnt waren, dass alle auf Boris Seite standen, stammelte:

»Du hast selbst gesagt, das soll man nicht, das sei Dummheit.«

»Was ist Dummheit?«

»Großmut. Du selbst hast es gesagt, ich erinnere mich genau.«

Die Mutter beugte sich über ihn, sah strenge in sein rechtes, offenes Auge und sagte:

»Du musst nicht glauben, dass du alles verstehst, was die Erwachsenen sprechen.«

Klim brach in Tränen aus und klagte:

»Mich liebt niemand.«

»Das ist doch dumm, mein Lieber, dumm ...«, wiederholte sie, streichelte nachdenklich seine Wange mit ihrer leichten, zarten Hand. Klim schwieg und hoffte, dass sie sagen würde:

»Ich liebe dich.«

Aber sie kam nicht dazu, denn Warawka trat ein. Seine Hand spielte mit dem Bart, er setzte sich aufs Bett und sagte scherzend:

»Warum schlagt ihr euch, ihr heißblütigen Spanier?« Doch obwohl er in scherzendem Ton sprach, waren seine Augen traurig, sie zwinkerten unruhig, und der gepflegte Bart war zerknüllt. Er bot alles auf, um Klim zu erheitern, deklamierte mit feiner Stimme drollige Reime. Die Mutter lächelte, während sie ihn anblickte, aber auch ihre Augen waren traurig. Schließlich streckte Warawka seine Hand unter die Decke, begann Klims Fußsohlen zu kitzeln, brachte ihn so zum Lachen und ging sogleich mit der Mutter aus dem Zimmer.

Am nächsten Tag aber veranstalteten sie abends ein prunkvolles Versöhnungsfest, es gab Tee und Kuchen, Konfekt, Musik und Tanz. Vor dem Beginn der Feierlichkeit mussten Klim und Boris sich küssen. Boris biss dabei fest die Zähne zusammen und schloss die Augen, und Klim verspürte den Wunsch, ihn zu beißen. Darauf bat man Klim, Nekrassows Gedicht »Die Holzfäller« aufzusagen. Lidas hübsche Freundin Alina Telepnew meldete sich selbst, ging zum Flügel und trug leise mit verzücktem Augenaufschlag vor:

»Die Menschen schlafen,
mein Freund, komm in den schattigen Garten.
Die Menschen schlafen,

nur die Sterne blicken auf uns hernieder.
Und auch sie sehen uns nicht unter den Zweigen.
Und sie hören uns nicht, nur die Nachtigall hört uns.«

Schalkhaft lächelnd sprach sie noch leiser die nächste
Strophe:

»Sie auch hört uns nicht, ihr Lied ist laut
Und es hört das Herz nur und die Hand,
Fühlen tief, wie viel der Erdenfreuden
Und des Glücks wir in dies Dunkel brachten.«

Sie war süß wie das Bild auf einer Konfektschachtel. Ihr rundes Ge-
sichtchen, in das schokoladenbraune Locken fielen, erglühte tief, die
blauen Augen strahlten in unkindlicher Schalkhaftigkeit, und als sie ihren Vortrag mit einem eleganten Knicks schloss und anmutig zum Tisch
schwebte, empfing sie bewunderndes Schweigen. Warawka brach es
endlich.

»Einzig, wie? Wera Petrowna, was sagen Sie?«

Er raffte mit der flachen Hand seinen Bart auf, sodass er ihm das Gesicht bedeckte, und sprach durch die Haare hindurch weiter:

»So früh also erwacht das Weib, hm?«

Wera Petrowna drohte ihm mit dem Finger und zischte:

»Pst!«

Sie flüsterte ihm ein paar Worte ins Ohr, die Warawka zu einer schuld-
bewussten Bewegung der Arme veranlassten, und fragte dann das Mädchen:

»Wo hast du gelernt, so vorzutragen?«

Das Mädchen errötete vor Stolz und erzählte, bei ihr zu Hause wohne
eine alte Schauspielerin, die sie unterrichte.

Sogleich erklärte Lida:

»Papa, ich will auch Unterricht bei der Schauspielerin haben.«

Klim saß betrübt da. Man hatte vergessen, ihn für das Gedicht zu lo-
ben. Alina hielt er für dumm und trotz ihrer Schönheit für ebenso unnütz und fade wie Wera Somow.

Alles verlief sehr schön. Wera Petrowna spielte auf dem Flügel Boris'
und Lidas Lieblingsstücke, die »Musikalische Tabatiere« von Ljadow, die
»Troika« von Tschaikowski und noch ein paar von diesen reizenden und

einfachen Sachen. Dann stürmte Tanja Kulikow ans Klavier und begann einen Walzer zu hämmern, wobei sie verzückt auf dem Schemel auf und nieder hüpfte. Warawka tanzte mit Wera Petrowna rund um den Tisch. Klim sah zum ersten Mal, wie leicht dieser breite, wuchtige Mensch tanzte, wie gewandt er die Mutter durch die Luft wirbelte. Alle Kinder klatschten den Tänzern einmütig und begeistert Beifall, und Boris schrie:

»Papa, du bist herrlich!«

Klim nahm wahr, dass sein Feind durch die Musik, den Tanz und die Verse weicher gestimmt war, und er selbst fühlte sich aufgelöst und gerührt von der allgemeinen harmonischen und lichten Freudenstimmung.

»Kinder, eine Quadrille!« kommandierte die Mutter und wischte sich die Schläfen mit ihrem Spitzentüchlein. Lida, die Klim noch immer zürnte, aber ihn ansah, schickte den Bruder mit einem Auftrag nach oben. Klim folgte ihm einen Augenblick später, einer Aufwallung nachgebend, Boris etwas Gutes, Herzliches zu sagen, vielleicht auch ihn wegen seines Benehmens um Verzeihung zu bitten. Als er die Treppe zur Hälfte hinaufgestiegen war, erschien an ihrem oberen Ende Boris mit Schuhen in der Hand. Er stutzte und bückte sich dann, als wolle er auf Klim springen, schritt aber dabei langsam Stufe für Stufe hinab, und Klim vernahm sein röchelndes Flüstern:

»Wag es nicht, an mich heranzukommen, du!«

Klim erschrak, als er das über sich gebeugte und gleichsam auf ihn herabfallende Gesicht mit den zugespitzten Backenknochen und dem – wie bei einem Hund – vorgestellten Kinn erblickte. Er fasste nach dem Geländer und stieg ebenfalls langsam hinab, jeden Augenblick gewiss, dass Warawka sich auf ihn stürzen werde. Doch Boris ging an ihm vorüber und wiederholte nur vernehmlicher durch die Zähne:

»Wag es nicht!«

Kalt vor Schreck stand Klim auf der Treppe, es stieg ihm heiß in die Kehle, Tränen tropften aus seinen Augen, ihn übermannte der Wunsch, wegzulaufen, in den Garten, auf den Hof, und sich in einem Versteck auszuweinen. Er näherte sich der Verandatür. Der Wind jagte einen herbstlichen Regenschauer prasselnd gegen die Tür. Klim hämmerte mit den Fäusten gegen das Holz, kratzte mit den Nägeln hinein und fühlte, dass in seiner Brust etwas zerbrochen, verschwunden war und eine Öde zurückgelassen hatte. Als er schließlich Herr über seinen Schmerz geworden war und ins Esszimmer ging, tanzte man schon Quadrille. Aber er lehnte ab, rückte einen Stuhl an den Flügel und begann mit Tanja vierhändig zu spielen.

Schwere, dunkle Tage kamen für ihn. Er lebte in der Furcht vor Boris und im Hass gegen ihn. Er entzog sich den Spielen und hockte mit finsterem Gesicht in einem Winkel, von wo aus er Boris bewachte und wie auf eine große Freude darauf wartete, dass Boris fiel oder sich verletzte. Doch Warawka warf seinen biegsamen Leib spielerisch und wie im Fieber, einem Betrunkenen ähnlich, doch immer so sicher, als sei jede Bewegung, jeder Sprung im Voraus fehlerlos berechnet. Alle waren entzückt von seiner Gewandtheit und Ausdauer, von seinem Talent, Lust und Schwung ins Spiel zu bringen. Klim hörte, wie seine Mutter leise zu Boris' Vater sagte:

»Was für ein begabter Körper!«

In diesem Jahr verspätete sich der Winter. Erst in der zweiten Hälfte des Novembers schmiedete ein trockner, grausamer Wind den Fluss unter blauem Eis zusammen und durchfurchte die vom Schnee entblößte Erde mit tiefen Rissen. Im verblassten, frosterstarrten Himmel beschrieb eine weiße Sonne hastig ihre kurze Bahn, und es war, als strahle gerade von dieser entfärbten Sonne unbarmherzige Kälte auf die Erde aus.

An einem Sonntag gingen Boris, Lida und Klim und die Schwestern Somow zur Eisbahn, die eben erst am Stadtufer des Flusses freigelegt war. Ein großes Oval bläulichen Eises war von Tannen eingeschlossen, deren Stämme durch bastgeflochtene Taue aneinander gebunden waren. Hinter dem Fluss sank die Wintersonne blutig in den schwarzen Wald hinab. Violette Lichter legten sich über das Eis. Es wimmelte von Läufern.

»Das ist ein Sack Kartoffeln, aber keine Eisbahn«, erklärte missmutig Boris. »Wer kommt mit mir auf den Fluss? Wera, du?«

»Ja«, sagte die dicke, farblose Somow.

Sie schlüpften unterm Tau hindurch, fassten sich an den Händen und stürmten quer über den Fluss zu den Wiesen. Hinter ihnen bliesen die Blechinstrumente der Militärkapelle dröhnend und misstönig einen flotten Marsch. Ljuba Somow wurde von ihrem Bekannten, dem aus dem Gymnasium ausgestoßenen Inokow, bei der Hand ergriffen und fortgezogen. Ihr Kavalier war dürftig und leicht gekleidet, er stak in einem groben Kittel, den er in den Gurt seiner viel zu weiten Hosen gesteckt hatte, und hatte eine zottige Lammfellmütze verwegen aufs Ohr geschoben. Lida warf einen Blick auf den Fluss, wo das Mädchen Somow und

Boris pfeilschnell durch die Luft schossen, sich wiegend, zur blutgedunsenen Sonne hin, und forderte Klim auf, ihnen zu folgen. Doch als sie unter dem Tau hindurchgekrochen waren und gemächlich dahinschwebten, rief sie aus:

»O sieh nur!«

Aber Klim hatte es schon gesehen: Boris und die Somow waren verschwunden.

»Sie sind hingefallen«, sagte er.

»Nein«, flüsterte Lida und stieß ihn so heftig mit der Schulter, dass er in die Knie fiel:

»Sieh nur, sie sind eingebrochen!«

Und rasch eilte sie vorwärts, dorthin, wo, fast schon am anderen Ufer, auf dem lodernden Grunde des Sonnenuntergangs zwei rote Bälle krampfhaft auf und nieder hüpften.

»Schneller!«, schrie Lida sich entfernend. »Den Gürtel! Wirf ihnen den Gürtel zu, schrei!«

Klim überholte sie rasch und flog mit solcher Geschwindigkeit über das Eis, dass seine weit geöffneten Augen schmerzten.

Ihm entgegen kroch fremd und unheimlich ein immer breiter klaffendes schwarzes Loch, gefüllt von wildbewegtem Wasser, er vernahm das kalte Plätschern und erblickte zwei sehr rote Hände. Die gespreizten Finger dieser Hände umklammerten den Rand des Eises, das Eis bröckelte los und krachte, die Hände tauchten auf und verschwanden wie die gerupften Flügel eines seltsamen Vogels. Zwischen ihnen sprang von Zeit zu Zeit ein schlüpfriger, glänzender Kopf mit ungeheuren Augen im blutüberströmten Gesicht hoch, versank, und wieder zitterten über dem Wasser die kleinen, roten Hände.

Klim hörte ein heiseres Heulen:

»Lass los! Lass los! Dummkopf ... lass mich doch los!«

Kaum fünf Schritte trennten Klim vom Rande der Wake. Jählings drehte er um und schlug heftig mit den Ellenbogen aufs Eis. Auf dem Bauch liegend sah er, wie das Wasser, seltsam gefärbt und wohl sehr schwer, über Boris Schultern und Kopf spülte. Es riss seine Hände vom Eis los, schlug ihm tändelnd über den Kopf, striegelte Gesicht und Augen. Das ganze Gesicht Warawkas heulte wild, es schien, dass auch die Augen heulten:

»Die Hand ... gib die Hand!«

»Sofort! Sofort!« stammelte Klim, und mühte sich ab, die glühend kalte Riemenschnalle loszuhaken. »Halt dich fest ... sofort!«

Es gab einen Augenblick, wo Klim dachte, dass es schön sein müsste, Boris mit diesem verzerrten und erschrockenen Gesicht, so hilflos und unglücklich nicht hier, sondern zu Hause zu sehen, wenn alle ihn sahen, wie er in dieser Minute war.

Doch dies dachte er nur neben dem Entsetzen, das ihn mit lähmender Kälte umklammerte. Mit Mühe hatte er endlich den Riemen abgeschnallt und warf ihn ins Wasser. Boris fing das Ende des Riemens auf, zog ihn zu sich heran und riss Klim unaufhaltsam über das Eis zum Wasser hin. Klim schrie jammernd auf, schloss die Augen und ließ den Riemen los. Als er die Augen wieder öffnete, sah er, dass die schwarzvioletten schweren Wellen immer heftiger und wilder über Boris Schultern und über seinen bloßen Kopf schlugen, die kleinen rot glänzenden Hände immer näherrückten und ein Stück Eis nach dem anderen abbrach. Mit einer krampfhaften Bewegung seines ganzen Körpers glitt Klim weiter zurück vor diesen verderblichen Händen, doch kaum war er von ihnen weggekrochen, als Warawkas Hände und Kopf verschwanden. Auf dem erregten Wasser schaukelte nur die schwarze Persianermütze, schwammen bleierne Eisstücke und bäumten sich Wellenkronen rötlich in den Strahlen des Sonnenuntergangs. Klim seufzte tief und erleichtert auf. All dies Schreckliche hatte qualvoll lange gedauert. Doch obwohl das Entsetzen ihn abgestumpft hatte, wunderte er sich doch, dass Lida erst jetzt zu ihm gelangte, ihn an den Schultern packte, mit ihren Knien in den Rücken stieß und durchdringend schrie:

»Wo sind sie?«

Klim sah auf das Wasser, das beschwichtigt, nach einer Seite hin abfloss und mit Boris' Mütze spielte, sah hin und stotterte:

»Sie hat ihn hinabgezogen ... er schrie »lass mich los«, schalt sie ... Den Riemen hat er mir aus den Händen gerissen ...«

Lida schrie auf und fiel auf das Eis.

Das Eis krachte unter den Schlittschuhen, schwarze Figuren jagten zur Wake hin. Ein Mann im Halbpelz stocherte mit einer langen Stange im Wasser und brüllte:

»Auseinandergehen! Ihr werdet einbrechen! Hier ist Treibeis, meine Herrschaften, sehen Sie nicht, dass hier der Eisbrecher gearbeitet hat?«

Klim erhob sich, wollte Lida aufhelfen, wurde umgeworfen, fiel wieder auf den Rücken und schlug mit dem Hinterkopf auf. Ein schnurrbärtiger

Soldat fasste ihn an der Hand und geleitete ihn über das Eis, wobei er schrie:

»Jag' alle auseinander!«

Der Bauer aber, der immer noch mit der Stange das Wasser absuchte, schrie etwas anderes:

»Gebildete Herrschaften! Kommandieren und respektieren selber nicht die Gesetze!«

Und besonders wunderte sich Klim über jemandes ungläubige Frage:

»Ja, war denn ein Junge da, vielleicht war gar kein Junge da?«

»Er war da!«, wollte Klim rufen und konnte nicht.

Als er zur Besinnung kam, lag er daheim im Bett in hohem Fieber. Über ihn beugte sich das verschwimmende Gesicht der Mutter, und ihre Augen waren fremd, rot und klein.

»Hat man sie herausgeholt?«, fragte Klim und verstummte, als er einen grauhaarigen Menschen mit einer Brille bemerkte, der mitten im Zimmer stand. Die Mutter legte ihre wohltuend kühle Hand auf seine Stirn und schwieg.

»Hat man sie herausgeholt?«, sagte er noch einmal.

Die Mutter sagte:

»Er flüstert etwas!«

»Es ist das Fieber«, sprach mit betäubender Stimme der grauhaarige Mann.

Klim lag sieben Wochen an einer Lungenentzündung darnieder.

Während dieser Zeit erfuhr er, dass man Wera Somow begraben hatte. Boris hatte man nicht gefunden.

Zweites Kapitel.

In seinem siebzehnten Lebensjahr war Klim Samgin ein schlanker Jüngling von mittlerem Wuchs. Er bewegte sich bedächtig, gesetzt, sprach nicht viel und legte Wert darauf, seine Gedanken genau und einfach auszudrücken, wobei er seine Redewendungen mit maßvollen Gesten seiner sehr weißen und langen Musikerhände zu unterstreichen pflegte. Sein scharfes, spitznasiges Gesicht zierte eine rauchgraue Brille, die den misstrauischen Glanz der hellblauen, kalten Augen verdeckte, während die dünnen, aber rauen und nach der Mode kurz geschnittenen Haare und die adrette Uniform seine Ehrbarkeit hervorhoben. Ohne sich durch besondere Erfolge in den Wissenschaften auszuzeichnen, bestach er die Lehrer durch Wohlerzogenheit und gesetztes Benehmen. Er besuchte die Obersekunda, hielt sich jedoch von seinen Klassenkameraden fern. Freunde hatte er erst in den beiden letzten Klassen. Bekannt war, was Vater Tichon, der Religionslehrer, der wegen seines durchdringenden Verstandes berühmt war, auf der Lehrerkonferenz über Klim sagte:

»Die Saite seines Verstandes ist wohltönend und hoch gestimmt. Vor allem aber schätze ich an ihm sein vorsichtiges, ja skeptisches Verhältnis gegenüber jenen eitlen Zerstreuungen, denen unsere Jugend sich so bereitwillig hinzugeben pflegt.«

Xaveri Rziga, der nicht gealtert, doch umso mehr eingetrocknet war, schärfte Klim ein:

»Ohne an deiner Vernünftigkeit zu zweifeln, muss ich dir dennoch sagen, dass du Freunde hast, die imstande sind, dich bloßzustellen. Ich bezeichne Iwan Dronow und Makarow. Ich habe gesprochen.«

Klim verbeugte sich korrekt und stumm vor dem Inspektor. Er kannte seine Kameraden natürlich besser als Rziga, und wenngleich er keine besonderen Sympathien für sie hegte, weckten doch beide seine Verwunderung. Dronow saugte immer noch unermüdlich und gierig alles in sich ein, was einzusaugen war. Er lernte vorzüglich und galt als die Zierde des Gymnasiums. Aber Klim wusste, dass die Lehrer Dronow ebenso hassten, wie Dronow insgeheim sie hasste. Nach außenhin begegnete Dronow nicht nur den Lehrern, sondern selbst gewissen Schülern, Söhnen einflussreicher Persönlichkeiten, schmeichlerisch, doch durch seine lobhudelnden Reden und sein scherzendes Lächeln klangen beständig die bald giftigen, bald geringschätzigen Anspielungen eines Menschen, der seinen wahren Wert genau kennt.

Vater Tichon charakterisierte ihn so:

»Besagter Dronow Iwan ist einem Kundschafter im Lande Kanaan vergleichbar.«

Sein eingedrückter Schädel schien Dronow gehindert zu haben, in die Höhe zu wachsen. Er geriet in die Breite. Nach wie vor ein winziges Menschlein, war er breitschultrig geworden. Seine Knochen ragten links und rechts heraus, die Krummheit seiner Beine fiel stärker ins Auge, er bewegte die Ellenbogen so, als müsse er sich immer durch ein dichtes Gedränge Bahn brechen. Klim Samgin fand, ein Buckel würde der sonderbaren Figur Dronows nicht nur nicht abträglich gewesen sein, sondern ihr geradezu Vollendung verliehen haben.

Dronow wohnte in dem Zwischenstock, in dem einst Tomilin gehaust hatte. Das Zimmer war vollgepackt mit Pappschachteln, Herbarien, Mineralien und Büchern, die Iwan seinem rothaarigen Lehrer entführte. Er hatte die Lust am Fantasieren nicht verloren, doch jetzt stand sie ihm nicht mehr. Klim schien sogar, Dronow tue sich Gewalt an, wenn er fantasierte. Er hatte seine Absicht, »besser als Lomonossow« zu werden, nicht vergessen und erinnerte von Zeit zu Zeit selbstgefällig daran. Klim fand, dass Dronows Kopf eine alles verschlingende Müllgrube geworden war, wie der Kopf Tanja Kulikows, und staunte über seine Fähigkeit, unersättlich »geistige Nahrung« hinunterzuschlingen, wie der Schriftsteller Nestor Katin, der jetzt den Flügel bewohnte, sagte. Aber in Klims Verwunderung mischte sich zuweilen das eigentümliche Gefühl, als bestehle ihn Dronow. Dronow hatte aufgehört, sich die Nase zu kratzen, dafür grunzte er in einer besonderen, besorgten und zerstreuten Weise:

»Hrumm ... weißt du, wie das Auge entstanden ist?«, fragte er, »Das erste Auge? Da kriecht dir so ein blindes Wesen umher, sagen wir ein Wurm. Wie, denkst du, ist es sehend geworden?«

»Ich weiß es nicht«, sagte Klim, mit anderen Gedanken beschäftigt.

»Gewiss durch den Schmerz. Es stößt mit seinem vorderen Ende, mit dem Schädel, auf allerlei Hindernisse, empfindet den Schmerz der Stöße, und an ihrer Stelle bildet sich das Sehorgan, wie?«

»Kann sein«, stimmte Klim zögernd zu.

»Das werde *ich* entdecken«, verhieß Dronow.

Er las Bokel, Darwin, Setschenow, die Apokryphen und die Schriften der Kirchenväter, las die »Genealogie der Tataren« des Abdul Hazi Bagadur Khan und nickte beim Lesen heftig, als picke er aus den Seiten des Buches bemerkenswerte Tatsachen und Gedanken heraus. Samgin hatte den Eindruck, dass seine Nase dadurch ein wenig sichtbarer und sein Gesicht noch flacher wurde. In den Büchern stand nichts von den seltsamen Fragen, die Iwan so erregten. Er erdachte sie, um die Eigenartigkeit seines Verstandes hervorzuheben.

»Ein Gaul«, sagte Makarow von ihm.

Makarow war gleichfalls eine Zierde des Gymnasiums und sein Held. Während zweier Jahre führte er mit den Lehrern einen grausamen Kampf wegen eines Knopfes. Er besaß die Angewohnheit, an den Knöpfen seiner Uniform zu drehen. Wenn er seine Lektion hersagte, hielt er eine Hand am Kinn und drehte am Kragenknopf, der immer baumelte, und häufig riss er ihn unter den Augen des Lehrers ab und steckte ihn in die Tasche. Man bestrafte ihn, man sagte ihm, wenn sein Rockkragen ihn am Halse drücke, solle er ihn weiter machen. Es half nichts. Er hatte überhaupt eine Menge Laster: Nichts konnte ihn veranlassen, sich die Haare schneiden zu lassen, wie er es nach der Vorschrift tun musste, und von seinem von beulenartigen Erhöhungen bedeckten Schädel standen nach allen Seiten hin zweifarbige – dunkelblonde und helle – Haarwirbel ab. Man konnte denken, trotz seiner achtzehn Jahre ergraue er schon. Es war bekannt, dass er unmäßig rauchte und in schmutzigen Spelunken Billard spielte.

Er wurde aus einer anderen Stadt in die Untersekunda aufgenommen, entzückte schon bald drei Jahre die Lehrer durch seine Fortschritte und verwirrte und reizte sie durch sein Betragen. Mittelgroß, schlank und stark, hatte er den federnden Gang eines Zirkusartisten, sein Gesicht war nicht russisch, höckernasig, scharf umrissen und gemildert durch ein Paar frauenhaft sanfte Augen und das wehmütige Lächeln seiner schönen, leuchtenden Lippen. Auf der Oberlippe sprosste bereits dunkler Flaum.

Klim begriff die Freundschaft dieser beiden allzu ungleichen Menschen nicht. Dronow erschien neben Makarow noch hässlicher und fühlte dies wohl selbst. Er sprach zu Makarow mit einer bösartig kreischenden Stimme und im Ton eines Menschen, der einen Angriff erwartet und sich zur Verteidigung bereit macht, streckte hochmütig die Brust heraus, warf den Kopf zurück, und seine irren Augen verharrten wachsam, argwöhnisch und gleichsam gefasst auf etwas Ungewöhnliches. Dagegen beobachtete Klim in Makarows Verhalten zu Dronow durchdringende Neugier, vereint mit der beleidigenden Achtlosigkeit des Erfahrenen und Sehenden gegenüber einem halb Blinden, Klim hätte eine solche Behandlung nicht geduldet. Dronow hielt Makarow Drapers Buch »Katholizismus und Wissenschaft« unter die Augen und krähte aufdringlich:

»Hier wird behauptet, die Mönche seien Feinde der Wissenschaft, während doch Giordano Bruno, Campanella, Morus...«

»Schmeiß doch den ganzen Krempel in die Ecke«, riet Makarow, der eine Zigarette rauchte.

»Ich will die Wahrheit wissen«, beharrte Dronow und sah Makarow argwöhnisch und unfreundlich an.

»Erkundige dich danach bei Tomilin oder Katin, die werden sie dir sagen«, erklärte, Rauchwolken ausstoßend, gleichmütig Makarow.

Eines Tages fragte Klim:

»Gefällt Dronow dir?«

»Gefallen – nein«, entgegnete Makarow bestimmt. »Aber es steckt etwas aufreizend Unverständliches in ihm, und das will ich enträtseln.«

Er dachte nach und sagte lässig:

»Mit seiner Visage lebt es sich schwer.«

»Warum?«

»Na, er muss sich gut kleiden, einen besonderen Hut tragen, mit einem Stöckchen spazieren. Was halten sonst die Mädels von so einem? Die Hauptsache, mein Lieber, sind die Mädels und die lieben Spazierstöckchen, Säbel oder Gedichte.«

Nach diesen Worten begann Makarow, leise durch die Zähne zu pfeifen.

Klim Samgin eignete sich gern fremde Gedanken an, sofern sie nur den Menschen, auf den sie sich bezogen, einfacher erscheinen ließen. Vereinfachende Gedanken erleichterten einem es sehr, eine eigene Meinung zu haben. Er hatte gelernt, seine Meinung kunstvoll zwischen Ja und Nein in der Schwebe zu halten, und dies gab ihm das Renommee eines Menschen, der es versteht, unabhängig zu denken und sozusagen auf Rechnung seines eigenen Verstandes zu leben.

Seit Makarows Urteil über Dronow kam er endgültig zu dem Schluss, dass Dronows Suchen nach der Wahrheit nur das Bestreben der Krähe war, sich mit Pfauenfedern zu schmücken. Da er selbst in dem ruhelosen Strom dieses Bestrebens trieb, kannte er sehr wohl seine Gewalt und zwingende Kraft.

Er hielt seine Kameraden für dümmer als sich, sah aber gleichzeitig, dass sie begabter und interessanter waren. Er wusste, dass der weise Priester über Makarow gesagt hatte:

»Ein glänzender Jüngling. Man vergesse aber nicht den feinen Ausspruch des berühmten Hans Christian Andersen: Gold und Silber vergeht, Schweinsleder besteht.«

Klim hatte sehr große Lust, die Vergoldung von Makarow herunterzukratzen. Sie blendete seine Augen, wenngleich er bemerkte, dass seinen Freund eine niederdrückende Unruhe befiel. Iwan Dronow dagegen schien ihm ein verzweifelter Spieler, der nicht früh genug allen das Geld aus der Tasche ziehen kann und mit falschen Karten spielt. Zuweilen war Klim wirklich ratlos, wenn er wahrnahm, dass seine Kameraden ihm offener und vertrauensvoller begegneten als er ihnen. Augenscheinlich erkannten sie ihn als den Klügeren und Erfahrenen an. Doch diese ehrlichen Zweifel tauchten nur für kurze Zeit auf und nur in jenen seltenen Augenblicken, da er müde war, sich beständig zu überwachen, und fühlte, dass er einen mühseligen und gefahrvollen Weg ging.

Makarow selbst war es, der die Vergoldung von sich abkratzte. Dies geschah, als sie auf der Umfriedung der Kirche »Himmelfahrt in den Bergen« saßen und sich an dem Anblick der untergehenden Sonne freuten.

Es war einer jener märchenhaften Abende, wenn der russische Winter mit entwaffnender, fürstlicher Verschwendung die Fülle seiner kalten Schönheiten entfaltet. An den Bäumen funkelte der rosenfarbige Kristall des Reifs, der Schnee sprühte im Regenbogenstaub von Edelsteinen, Hinter den violetten Lichtflecken des vom Wind bloßgelegten Flüsschens, auf den Wiesen, lag ein prunkvoller brokatener Teppich, über ihm eine blaue Stille, die nichts beunruhigen konnte. Diese lauschende Stille umfasste alles Sichtbare, als erwarte sie, dass etwas besonders Bedeutungsvolles gesagt werde.

Makarow blies die blaue Rauchschlange seiner Zigarette in die frostige Luft und fragte unvermittelt:

»Dichtest du?«

»Ich?«, wunderte sich Klim. »Nein. Und du?«

»Ich fange gerade an. Es geht schlecht.«

Und wie mit einem Streich begann er, in beleidigtem Ton roh und schamlos zu erzählen.

»Jetzt sind es schon zwei Jahre, dass ich an nichts außer an Mädchen denken kann. Zu Prostituierten kann ich nicht gehen, so tief bin ich nicht gesunken. Es zieht mich zur Onanie, und wenn man mir die Hände abschlüge. In diesem Hang, Bruder, ist etwas bis zu Tränen, bis zum Ekel vor sich selbst Beleidigendes. In Gesellschaft von Mädchen komme ich mir wir ein Idiot vor. Sie redet mir von Büchern, allerhand Poesien, und ich denke nur daran, was sie wohl für Brüste hat und dass ich sie küssen und dann meinetwegen sterben möchte.«

Er schleuderte die zur Hälfte gerauchte Zigarette fort, sie bohrte sich in den Schnee mit dem Feuer nach oben, wie eine Kerze, und verbrämte die kalte Durchsichtigkeit der Luft mit den Ringellocken des blauen Rauchs, Makarow folgte ihnen mit den Blicken und sagte halblaut:

»Dumm wie zwei Lehrer ... und vor allen Dingen kränkend, weil es unüberwindlich ist. Hast du es schon gespürt? Wirst es bald spüren.«

Er erhob sich, zertrat die Zigarette und fuhr stehend fort, während er mit zugekniffenen Augen das rot glühende Kreuz an der Kirche betrachtete:

»Dronow hat in irgendeinem Schmöker gelesen, dass hier der ›Geist des Geschlechts ‹wirke, der ›Wille der Venus‹, hol sie der Teufel, das Geschlecht und die Venus was habe ich mit ihnen zu schaffen? Ich will mich nicht als Hengst fühlen, das macht mich ganz schwermütig und bringt mich auf Selbstmordgedanken. So steht es mit mir!«

Klim hörte mit angestrengtem Interesse zu, es war ihm angenehm, zu sehen, dass Makarow sich selbst als ohnmächtig und schamlos hinstellte. Makarows Nöte waren Klim noch unbekannt, wenngleich er manchmal nachts, wenn die fordernden Regungen des Körpers ihn bedrängten, sich ausmalte, wie sein erster Roman sich abspielen würde, und im Voraus wusste, dass die Heldin dieses Romans Lida sein würde.

Makarow pfiff, vergrub die Hände in den Taschen seines Mantels und zog fröstelnd die Schultern zusammen.

»Ljuba Somow, dieses stumpfnasige Schaf, – ich liebe sie nicht, das heißt, sie gefällt mir nicht, und doch fühle ich mich hörig. Du weißt, die Mädels sind mir wohlgeneigt, aber ...«

»Nicht alle«, beendete Klim in Gedanken den Satz, da er sich erinnerte, wie feindselig Lida Warawka sich gegen Makarow verhielt.

»Gehen wir, es ist kalt«, sagte Makarow und fragte mürrisch:

»Warum schweigst du?«

»Was könnte ich sagen?« Klim zuckte die Achseln. »Eine Banalität, dass das Unvermeidliche unvermeidlich ist ...«

Einige Minuten gingen sie schweigend. Unter ihren Füßen knirschte der Schnee.

»Warum fängt es so früh an. Mir scheint, mein Lieber, dahinter steckt Hohn«, sagte leise und staunend Makarow. Klim reagierte nicht gleich.

»Schopenhauer hat wahrscheinlich recht.«

»Vielleicht aber auch hat Tolstoi recht: Wende dich von allem ab und starre in den Winkel. Aber wenn du dich vom Besten in dir abwendest, was dann?«

Klim Samgin schwieg. Es war ihm eine immer größere Wohltat, den traurigen Reden seines Kameraden zu lauschen. Er bedauerte sogar, dass Makarow sich plötzlich von ihm verabschiedete und, sich vorsichtig umblickend, in den Hof einer Schenke trat.

»Ich werde Billard spielen«, sagte er und schlug wütend die Hofpforte zu.

Die verflossenen Jahre hatten für Klims Leben keine aufwühlenden Ereignisse gebracht. Alles vollzog sich sehr einfach. Allmählich und auf ganz natürliche Weise verschwand ein Mensch nach dem andern aus seinem Gesichtskreis. Sein Vater verreiste immer häufiger, wurde gleichsam immer kleiner, bis er endlich ganz zerschmolz. Vorher nahm seine Redseligkeit ab: er sprach weniger überzeugt, schien sogar Schwierigkeiten bei der Auswahl seiner Worte zu haben, vernachlässigte Bart und Schnurrbart, aber die rötlichen Haare in seinem Gesicht wuchsen horizontal, und als die Oberlippe sich in eine Zahnbürste verwandelt hatte, verlor der Vater die Fassung, rasierte sich den Bart ab, und nun sah Klim, dass seines Vaters Gesicht kläglich zerknittert und gealtert war. Warawka fühlte sich verpflichtet, ihn zu ermutigen.

»Nun, nun, Iwan Akimowitsch, wie steht es? Haben Sie das Sägewerk verkauft?«

Des Vaters Ohren wurden dunkelrot, wenn er Warawka zuhörte, und wenn er ihm antwortete, sah er ihm über die Schultern hinweg und trat mit dem Fuß auf wie ein Scherenschleifer. Oft kam er betrunken nach Hause, begab sich in das Schlafzimmer der Mutter, und von dort war lange sein winselndes Stimmchen zu hören. Am Morgen seiner letzten Abreise kam er in Klims Zimmer. Er hatte getrunken. Ihn begleitete die leise Mahnung der Mutter:

»Ich bitte dich, keine dramatischen Monologe!«

»Nun, lieber Klim«, sagte er laut und tapfer, doch seine Lippen bebten und die entzündeten, großen Augen zwinkerten geblendet. »Die Geschäfte zwingen mich, für lange Zeit zu verreisen. Ich werde in Finnland leben, in Wyborg. So. Mitja kommt auch mit. Nun, leb wohl.«

Er umarmte Klim, küsste ihn auf Stirn und Wangen, klopfte ihm auf den Rücken und fügte hinzu:

»Großvater begleitet uns. Ja. Lebwohl. A ... achte deine Mutter, sie ist würdig ...«

Ohne auszusprechen, wessen die Mutter würdig war, winkte er ab und kratzte sich am Kinn. Klim schien, er wolle sich mit der flachen Hand das Gesicht zudecken.

Als der Großvater, der Vater und der Bruder, der sich grob und feindselig von Klim verabschiedet hatte, abgereist waren, wurde das Haus dadurch nicht leerer, aber einige Tage später erinnerte Klim sich der ungläubigen Worte, die jemand am Fluss gesagt hatte, als Boris Warawka ertrunken war:

»Ja, war denn ein Junge da? Vielleicht war gar kein Junge da?«

Das Entsetzen, das Klim in jenen Augenblicken durchgemacht hatte, als die roten, beharrlichen Hände aus dem Wasser ragten und immer näher zu ihm heranrückten, hatte Klim vollständig vergessen. Boris' Ende beunruhigte immer seltener und nur wie ein Traumgesicht seine Erinnerung. Aber in den Worten des skeptischen Menschen lag etwas Aufdringliches, als wären sie einem Sprichwort entlehnt, in dem dieser Satz: »Vielleicht war gar kein Junge da?« vorkam.

Klim liebte solche Redewendungen, er fühlte dunkel ihren glatten Doppelsinn und bemerkte, dass man gerade sie für Weisheit hielt. Wenn er in den Nächten vor dem Einschlafen alles, was er tagsüber gehört hatte, an sich vorbeiziehen ließ, siebte er das Unverständliche und Dunkle wie Schale aus und bewahrte im Gedächtnis sorgsam die vollen Körner mannigfacher Weisheiten, um sich bei Gelegenheit ihrer zu bedienen und seinen Ruf eines besinnlichen Jünglings ein übriges Mal zu rechtfertigen. Er verstand, Angeeignetes so vorsichtig, nebenher und zugleich lässig zu sagen, dass das Gesagte nur ein winziger Teil der Schätze seines Geistes zu sein schien, und es gab glückliche Augenblicke des Triumphes, die ihn, sooft er sich ihrer erinnerte, veranlassten, sich ebenso zu bewundern, wie ihn die andern bewunderten.

Doch stets dachte Klim gleich darauf mit Zweifel und mit einem Verdruss, der einer schlimmen Trübsal glich, an Lida, die ihn durchaus nicht so sehen konnte oder wollte, wie die anderen ihn sahen. Tage und Wochen bemerkte sie ihn überhaupt nicht, als wäre er für sie ohne Körper, farblos, überhaupt nicht da. Die Heranwachsende wurde ein wunderliches und schwieriges Mädchen. Warawka lächelte sein großes rotes Lächeln in seinen fuchsroten Bart, wenn er von ihr sagte:

»Sie ist ganz wie ihre Mutter. Die war auch eine Meisterin, sich etwas einzubilden, und was sie sich einmal eingebildet hatte, daran glaubte sie.«

Das Verbum »Einbilden«, das Substantiv »Einbildung« führte Lidas Vater häufiger im Munde als alle übrigen Bekannten, und dieses Wort übte immer eine beruhigende Wirkung auf Klim. Immer, doch nicht in der Anwendung auf ein Erlebnis mit Lida, das in ihm ein sehr verwickeltes Gefühl für dieses Mädchen hervorrief.

Ein Jahr nach Boris' Tod, in dem Sommer, als Lida zwölf Jahre alt geworden war, weigerte Igor Turobojew sich, die Kriegsschule weiter zu besuchen, und sollte auf eine andere, die sich in Petersburg befand. Damals nun, einige Tage vor seiner Abreise, erklärte Lida beim Frühstück ihrem Vater in bestimmtem Ton, dass sie Igor liebe, ohne ihn nicht leben könne, und nicht wünsche, dass er in einer anderen Stadt die Schule besuche.

»Er soll hier leben und lernen«, sagte sie und schlug dabei mit ihrer kleinen, aber starken Faust auf den Tisch, »und wenn ich fünfzehn Jahre und sechs Monate alt bin, lassen wir uns trauen.«

»Das ist Unsinn, Lida«, sagte streng der Vater, »ich verbiete dir ...«

Ohne sich dafür zu interessieren, was er verbot, stand sie auf und ging hinaus, bevor Warawka sie zurückhalten konnte. Von der Tür her, sich am Pfosten haltend, sagte sie:

»Das ist Gottes Fügung.«

»Was für ein überspanntes Mädchen«, bemerkte die Mutter und sah ermutigend auf Klim. Der lachte, da lachte auch Warawka. Aber bevor sie ihr Frühstück beendigen konnten, erschien Turobojew, bleich, mit blauen Schatten unter den Augen. Er machte einen korrekten Kratzfuß vor Klims Mutter, küsste ihr die Hand, trat darauf vor Warawka hin und erklärte mit klingender Stimme, er liebe Lida, könne nicht nach Petersburg fahren und bitte Warawka...

Ohne das Ende seiner Rede abzuwarten, brach Warawka in brüllendes Gelächter aus, dermaßen, dass sein ungetümer Kopf hin und her schaukelte und der Stuhl unter ihm krachte. Wera Petrowna lächelte herablassend. Klim betrachtete Igor mit unangenehmer Verwunderung. Igor aber stand regungslos, doch er schien immer länger zu werden. Er wartete, bis Warawka sich satt gelacht hatte, und sagte dann mit der gleichen, klingenden Stimme:

»Ich bitte Sie, meinem Vater zu sagen, wenn das nicht geschehe, würde ich mich umbringen. Ich bitte Sie, mir Glauben zu schenken. Papa glaubt mir nicht.«

Einige Sekunden blieben der Mann und die Frau stumm und wechselten Blicke miteinander. Dann wies die Mutter Klim mit den Augen die Tür. Klim ging verwirrt auf sein Zimmer, ratlos, wie er sich dieser Szene gegenüber verhalten solle. Vom Fenster aus sah er: Warawka führte, grimmig seinen Bart schüttelnd, Igor an der Hand auf die Straße und kehrte bald darauf mit Igors Vater zurück, einem kleinen dürren und kahlköpfigen Mann, der ein graues Jackett und graue Hosen mit roten Biesen trug. Lange wandelten sie im Garten auf und ab. Der graue Schnurrbart des alten Turobojew zitterte unaufhörlich. Er redete etwas mit heiserer, gebrochener Stimme, Warawka blökte dumpf, wischte sich ein Mal übers andre das rote Gesicht und nickte mit dem Kopf. Da kam die Mutter herein und befahl Klim streng:

»Es ist Zeit für dich, zu Tomilin zu gehen. Du wirst ihm natürlich kein Wort von diesen Dummheiten sagen ...«

Als Klim vom Unterricht heimkam, und zu Lida wollte, sagte man ihm, dass er das nicht dürfe. Lida sei in ihrem Zimmer eingesperrt. Es war ungewöhnlich öde und beängstigend still im Haus, Klim schien, dass gleich jemand mit schrecklichem Gepolter hinfallen würde, aber nichts fiel. Die Mutter und Warawka gingen aus. Klim lief in den Garten und versuchte, in das Fenster von Lidas Zimmer hineinzublicken. Das Mädchen ließ sich nicht sehen, nur der zerzauste Kopf Tanja Kulikows tauchte von Zeit zu Zeit auf. Klim setzte sich auf eine Bank und verweilte lange, ohne etwas zu denken. Er sah nichts vor sich als die Gesichter Igors und Warawkas und wünschte, dass Lida gehörig verprügelt würde, Lida aber ... Er grübelte lange, wie man sie bestrafen müsste, und fand für das Mädchen keine Strafe, die nicht auch ihm wehgetan haben würde.

Die Mutter und Warawka kehrten sehr spät zurück. Er schlief schon. Ihn weckten Gelächter und Lärm aus dem Esszimmer. Sie lachten wie Betrunkene. Warawka versuchte immerfort zu singen, die Mutter aber schrie:

»Nicht so! Falsch!«

Dann gingen sie in den Salon hinüber. Die Mutter spielte etwas Lustiges, doch plötzlich brach die Musik ab. Klim schlief wieder ein und wurde von einem dumpfen Hin- und Herrennen über seinem Kopfe geweckt. Gleich darauf ertönten Rufe:

»Was für eine teuflische Posse! Lida ist fort! Tatjana döst, und Lida ist fort! Verstehst du, Wera?«

Klim sprang aus dem Bett, warf sich in die Kleider und rannte ins Esszimmer, aber dort war es dunkel, nur im Schlafzimmer der Mutter brannte Licht. Warawka stand in der Tür und stemmte beide Arme gegen den Türpfosten wie ein Gekreuzigter. Er hatte einen Schlafrock an und Pantoffel an den nackten Füßen. Die Mutter hüllte sich hastig in ihren Rock.

Man befahl Klim, Dronow zu wecken, und Lida im Garten und auf dem Hof zu suchen, wo bereits Tanja Kulinow schuldbewusst mit gedämpfter Stimme rief:

»Lida! Was für Dummheiten! Liduscha!«

Klim war unsagbar wunderlich zumute, diesmal glaubte er, an einer Erfindung teilzunehmen, die unvergleichlich interessanter war als alles, was er kannte, – interessanter und schrecklicher. Auch die Nacht war seltsam, ein heißer Wind fuhr rauschend durch die Bäume und erstickte alle Gerüche in trockenem, warmem Staub. Über dem Himmel krochen Wolken, löschten jeden Augenblick den Mond aus. Alles schwankte und bot das Bild einer unheimlichen Widerstandslosigkeit, die angstvolle Beklommenheit einflößte. Dronow lief verschlafen und wütend auf seinen krummen Beinen umher, stolperte, gähnte und spuckte aus. Er hatte gestreifte Zwillichunterhosen und ein dunkles Hemd an. Seine Gestalt verschwand auf dem dunklen Grunde des Gebüsches, während sein Kopf gleich einer Blase in der Luft schwamm.

»Gewiss ist sie zu den Turobojews in den Garten gelaufen«, mutmaßte Dronow.

Ja, sie war dort. Sie kauerte auf der Lehne einer Gartenbank, unter einem Vorhang von Sträuchern. Die von der Dunkelheit verwischte zierliche Figur des Mädchens war unförmig gekrümmt, und etwas an ihr erinnerte entfernt an einen großen weißen Vogel.

»Lida«, rief Klim.

»Was brüllst du wie ein Gendarm«, sagte Dronow halblaut, stieß Klim brutal mit der Schulter zur Seite und forderte Lida auf:

»Was wollen Sie hier sitzen, kommen Sie mit nach Hause.«

Klim empörte Dronows Grobheit, ihn befremdete seine sanfte Stimme und das »Sie«, womit er Lida anredete, als wäre sie eine Erwachsene.

»Man hat ihn geschlagen, nicht wahr?«, fragte das Mädchen, ohne sich zu rühren und ohne die hingestreckte Hand Dronows zu nehmen. Ihre Worte klangen spröde, so wie kleine Mädchen sprechen, wenn sie sich ausgeweint haben. »Ich bin gefallen wie eine Blinde, als ich über den Zaun stieg«, sagte sie schluckend, »wie ein Schaf. Ich kann nicht gehen.« Klim und Dronow hoben sie von der Bank und stellten sie auf die Erde, aber sie stöhnte und fiel wie eine Puppe hintenüber. Die Knaben konnten sie kaum auffangen. Während sie sie nach Hause geleiteten, erzählte Lida, dass sie nicht beim Überklettern des Zauns gefallen sei, sondern bei dem Versuch, am Abflussrohr zu Igors Fenster hinaufzuklettern.

»Ich wollte wissen, was er macht.«

»Er schläft«, sagte Dronow.

Lida presste die Hand an den Mund und sog schweigend das Blut von den zerbrochenen Fingernägeln.

Auf dem Hof empfing Warawka sie im Schlafrock und einer ärmellosen tatarischen Jacke darüber und brüllte die Tochter an:

»Was fällt dir ein?«

Doch plötzlich nahm er sie erschrocken auf den Arm und hob sie hoch.

»Was hast du?«

Da sagte das Mädchen mit einer Stimme, deren Klang Klim lange nicht vergaß:

»Ach, Papa, das verstehst du nicht! Du kannst es ja nicht ... Du hast Mama nicht geliebt.«

»Still! Bist du verrückt geworden?« zischte Warawka und lief mit ihr ins Haus. Im Laufen verlor er einen seiner Saffianpantoffel.

»Nett wild geworden ist die Ziege!«, sagte spöttisch lachend Dronow. »Na, ich werde schlafen gehen.«

Aber er ging nicht, sondern hockte sich auf die Stufen der Küchentreppe, kratzte sich die Schulter und brummte:

»Hat die sich ein Spiel ausgedacht ...«

Klim schlenderte durch den Hof und grübelte bohrend: War das alles wirklich nichts als Spiel und Einbildung? Aus dem offenen Fenster im zweiten Stockwerk drangen die zänkischen Stimmen Warawkas und der Mutter. Tanja Kulikow kam eilig die Treppe herab.

»Sperr das Tor nicht ab, ich laufe zum Arzt«, sagte sie und rannte auf die Straße hinaus.

Dronow brummte höhnisch wütend:

»Rziga hat mich gezwungen, die Ilias und die Odyssee zu lesen. Das ist mal ein Quatsch! Trottel sind diese Achillesse und Patroklusse! Ein

Stumpfsinn. Die Odyssee geht noch, wenigstens hat Odysseus ohne Rauferei allen ein Schnippchen geschlagen. Ein Gauner. Wenn auch nur einer mit kurzen Beinen.«

»Klim, zu Bett!«, rief Wera Petrowna streng aus dem Fenster, »Dronow, weck den Hausmeister und geh dann auch schlafen.«

Dieser Roman war in wenigen Tagen Stadtgespräch. Die Gymnasiasten fragten Klim:

»Ist sie hübsch?«

Klim antwortete zurückhaltend. Er wünschte nicht, davon zu reden. Dronow hingegen schwatzte angeregt:

»Schön nicht, denn sie hat sich verliebt. Ein schönes Mädchen wird sich nie verlieben. Spaß!«

Klim hörte sein Geschwätz mit Unwillen, hoffte jedoch heimlich, Dronow würde etwas sagen, was seine Zweifel, unter denen er sehr litt, verscheuchte.

»Ich sag ihr: ›Du bist ja noch ein dummes Mädel‹«, erzählte Dronow den Knaben. »Und ihm sag ich auch ... Na, für ihn ist es natürlich eine Sache, wenn man sich in ihn verliebt ...«

Es war ärgerlich, mit anzuhören, wie Dronow aufschnitt, da er aber bemerkte, dass diese Lügen Lida zur Heldin der Gymnasiasten machten, hinderte Klim Iwan nicht. Die Jungen lauschten ernst, und die Augen einiger unter ihnen blickten mit jener seltsamen Trauer, die Klim schon von den porzellanenen Augen Tomilins her kannte.

Lida hatte sich den Fuß verstaucht und hütete elf Tage das Bett. Auch ihr linker Arm lag im Verband. Bevor Igor abreiste, brachte ihn die dicke, schnaufende Frau Turobojew unter schrecklichem Augenrollen zu Lida, damit er ihr Lebewohl sagen konnte. Die Liebenden umarmten sich weinend, und auch Igors Mutter vergoss Tränen.

»Es ist komisch, aber schön«, sagte sie und wischte sich behutsam ihre vorquellenden Augen, »es ist schön, weil es altmodisch ist.«

Warawka blökte unmutig ein massives und unbekanntes Wort.

Um die Kinder zu beruhigen, erklärte man ihnen: gewiss, sie seien Bräutigam und Braut, das sei ausgemacht. Sie sollten einander heiraten, sobald sie groß wären; bis dahin werde ihnen erlaubt, einander zu schreiben. Klim überzeugte sich bald, dass sie betrogen wurden. Lida schrieb Igor jeden Tag, übergab die Briefe Igors Mutter und wartete ungeduldig auf Antwort. Aber Klim stellte fest, dass Lidas Briefe in

Warawkas Hände fielen, dass der sie Klims Mutter vorlas und beide lachten. Lida wurde allmählich rasend, und dann sagte man ihr, Igors Schule sei so streng, dass die Vorgesetzten den Knaben nicht einmal gestatteten, ihren Angehörigen zu schreiben.

»Es ist wie im Kloster«, log Warawka, und Klim musste an sich halten, um nicht Lida zuzurufen:

»Deine Briefe sind in seiner Tasche.«

Aber Klim sah, dass Lida die Märchen ihres Vaters mit aufgeworfenen Lippen anhörte und ihnen keinen Glauben schenkte. Sie zupfte an ihrem Taschentuch oder am Saum ihrer Gymnasiastinnenschürze und blickte vor sich hin oder zur Seite, als schäme sie sich, in das breite, blutunterlaufene, bärtige Gesicht zu schauen. Trotzdem sagte Klim eines Tages:

»Weißt du, dass sie dich betrügen?«

»Schweig!«, schrie Lida und stampfte mit dem Fuß auf. »Das ist nicht deine Sache, nicht dich betrügt man. Und Papa betrügt mich auch nicht, er hat nur Angst ...« Sie errötete vor Zorn und lief weg.

In der Schule galt sie als eine der mutwilligsten Schülerinnen. Sie lernte ohne Ernst. Wie ihr Bruder brachte sie Schwung in alle Spiele und, wie Klim aus Klagen über sie erfuhr, viel Launenhaftigkeit, viel Sucht, andere auf die Probe zu stellen, und sogar Bosheit. Sie war noch frömmer geworden, besuchte eifrig den Gottesdienst, und in Augenblicken der Nachdenklichkeit blickte sie aus ihren schwarzen Augen so durchdringend auf alles, dass Klim Angst vor ihr empfand.

Ihn behandelte sie beinahe ebenso geringschätzig und ironisch wie die übrigen Knaben. Jetzt bat nicht sie Klim, sondern er sie:

»Komm, wir gehen und plaudern miteinander?«

Sie ließ sich nur selten und ungern darauf ein. Auch erzählte sie Klim nicht mehr von Gott, Katzen und Freundinnen, sondern hörte abwesend seine Berichte über das Gymnasium und seine Urteile über Lehrer, Knaben und gelesene Bücher. Als Klim ihr einmal mitteilte, dass er nicht an Gott glaube, sagte sie verächtlich:

»Das ist Unsinn. In meiner Klasse haben wir ein Mädel, das auch nicht an Gott glaubt, aber das tut sie nur, weil sie bucklig ist.«

Drei Jahre lang kam Igor Turobojew in den Ferien nicht nach Hause, Lida erwähnte ihn nie. Als Klim einmal den Versuch machte, das Gespräch auf ihren treulosen Geliebten zu bringen, schnitt sie kalt ab:

»Über Liebe kann man nur mit einem einzigen sprechen.«

Mit fünfzehn Jahren war Lida lang aufgeschossen, dabei aber zierlich und leicht wie früher, und sie schnellte im Gehen noch immer hoch wie eine Feder. Sie wurde eckig, die Knochen ihrer Schultern und Hüften ragten vor, und obwohl die Brüste sich bereits scharf abzeichneten, waren sie spitz wie Ellenbogen und stachen Klim unangenehm in die Augen. Ihr Gesicht war Klim vertraut. Umso angstvoller war sein Staunen, als er bemerkte, wie in ihren Zügen, die sich ihm so fest eingeprägt hatten, sich etwas Neues und Rätselhaftes zeigte. Zeitweilig war dieses Neue so deutlich sichtbar, dass es Klim trieb, das junge Mädchen zu fragen:

»Was haben Sie?«

Manchmal fragte er: »Was fehlt dir?«

»Nichts«, erwiderte sie mit leichtem Erstaunen, »warum fragst du?«

»Ihr Gesicht ist so anders.«

»Ja? Wie denn?«

Diese Frage konnte er nicht beantworten. Manchmal sagte er ihr »Sie«, ohne darauf zu achten. Sie merkte es auch nicht.

Besonders verwirrte ihn der Ausdruck der Augen in ihrem abweisenden Gesicht. Er war es, der sie in eine Fremde verwandelte. Dieser Blick, scharf und wach, erwartete, suchte, ja forderte, wurde unvermittelt geringschätzig und abstoßend kalt. Seltsam war, dass sie alle Katzen aus ihrer Umgebung verjagt hatte, überhaupt sich in ihrem ganzen Verhältnis zu Tieren ein gewisser krankhafter Abscheu bemerkbar machte. Wenn Pferde wieherten, fuhr sie zusammen, verzog das Gesicht und hüllte sich fröstelnd in ihren Schal. Hunde riefen Widerwillen in ihr hervor. Selbst Hähne und Tauben waren ihr sichtlich unangenehm.

Auch ihr Denken bekam wie ihr Körper etwas Eckiges und scharf Umrissenes. »Lernen ist langweilig«, sagte sie, »und wozu muss ich auch wissen, was ich selbst niemals anwenden oder sehen werde?«

Eines Tages sagte sie Klim:

»Du weißt viel. Das muss sehr lästig sein.«

Tanja Kulikow, Warawkas Haushofmeisterin, die allem auf der Welt wohlwollend und demütig zulächelte, sprach von Lida, wie Klims Mutter von ihrem prachtvollen Haar:

»Sie ist meine Qual.«

Sie sagte es ohne Ärger, vielmehr zärtlich und liebevoll. Auf ihren Schläfen erschienen graue Haare, auf dem zerknitterten Gesicht das Lächeln eines Menschen, der begreift, dass er in einer unglücklichen Stunde geboren wurde, niemand interessiert und an all dem sehr schuldig ist.

Im Flügel tauchte der lustige Schriftsteller Nestor Nikolajewitsch Katin auf nebst Frau, deren Schwester und einem tollpatschigen Hund, der auf den Namen »Traum« hörte. Der wirkliche Name des Schriftstellers war Pimow, aber er hatte sich ein Pseudonym gewählt und erklärte dies scherzhaft so:

»Bei uns sagt man bekanntlich nicht Nestor, sondern Nester, und ich hätte meine Erzählungen mit Nesterpimow unterzeichnen müssen. Tödlich, nicht wahr? Zudem ist es jetzt Mode, Pseudonyme nach dem Namen seiner Frau zu bilden: Werin, Walin, Saschin, Maschin ...«

Er war zottig, trug ein krauses Bärtchen, sein Hals war mit Ringellocken dunkler Haare bestickt, und selbst an den Handwurzeln und an den Gelenken der Finger wuchsen ihm kleine Büsche dunkler Wolle.

Lebendig, sehr beweglich, sogar ein wenig unstet und ein unermüdlicher Schwätzer, erinnerte er Klim an seinen Vater. In seinem behaarten Gesicht blitzten lebhaft die kleinen Äuglein, doch argwöhnte Klim trotzdem aus irgendeinem Grunde, dass dieser Mensch heiterer erscheinen wollte, als er war. Beim Sprechen neigte er den Kopf zur linken Schulter, als lausche er seinen eigenen Worten, und seine Ohrmuscheln zuckten ganz leise.

Er gebrauchte die Redewendungen der Kirchensprache und bemühte sich offensichtlich, wenn auch nicht sehr glücklich, damit die Leute zum Lachen zu bringen. Er pries überschwänglich die Schönheit der Wälder und Fluren, das patriarchalische Dorfleben, die Duldsamkeit der Bauernweiber, den Verstand der Bauern und die einfache und weise Seele des Volkes und schilderte, wie diese Seele durch die Stadt vergiftet werde. Oft musste er seinen Zuhörern Worte erklären, die sie nicht kannten, und bemerkte dann nicht ohne Stolz:

»Ich kenne die Sprache des Volkes besser als Gleb Uspenski. Er verwechselt das Bäurische mit dem Kleinstädtischen, mich wird man nicht dabei erwischen, o nein!«

Nestor Katin trug einen Bauernkittel, umgürtet von einem schmalen Riemen, schob die Hosenbeine in langschäftige Stiefel und trug die Haare kreisrund gestutzt, »à la Mushik«. Er sah aus wie ein Handwerker, der gut verdient und flott lebt. Beinah an jedem Abend besuchten ihn ernste, tiefsinnige Menschen. Klim schien, dass sie alle sehr stolz und über irgendetwas gekränkt waren. Sie tranken Tee und Branntwein und aßen dazu Gurken, Wurst und eingemachte Pilze. Der Schriftsteller rollte sich in merkwürdiger Weise bald zusammen, bald wieder auseinander, lief im Zimmer auf und ab und sagte:

»Ja, ja, Stepa, die Literatur hat sich dem Leben entfremdet, sie ist dem Volk untreu geworden. Jetzt schreibt man hübsche Nichtigkeiten zum Ergötzen satter Bäuche. Das Gefühl für Wahrheit ist verloren gegangen.«

Stepa, ein breitschultriger, graubärtiger Mann, saß stets abseits von den anderen, rührte schwermütig mit dem Löffel im Tee, nickte nur zustimmend mit dem Kopf und schwieg stundenlang. Plötzlich begann er zu reden, in gleichmäßigen Abständen und mit klangloser Stimme: Von den Nöten der Volksseele, den Pflichten der Intelligenz und besonders viel vom Verrat der Kinder am Vermächtnis der Väter. Klim fiel auf, dass der Sachverständige für die Pflichten der Intelligenz das Weiche vom Brot verschmähte und sich an die Rinde hielt, Tabakrauch nicht leiden konnte und Branntwein trank, ohne seinen Abscheu davor zu verbergen, gleichsam nur aus Pflichtgefühl.

»Du hast recht, Nestor, man vergisst, dass das Volk die Substanz, das heißt, der Grund aller Dinge ist, und jetzt tritt man mit der Lehre von den Klassen, mit einer deutschen Lehre auf ... Hm ...«

Makarow fand, dass dieser Mensch etwas von einer Milchamme hatte. Er sagte das so lange, bis es auch Klim so schien. Gewiss, Stepa hatte ungeachtet seines Bartes Ähnlichkeit mit einem vollbusigen Weib, das gemietet wird, um mit seiner Milch fremde Kinder zu nähren.

Sonntags versammelte sich die Jugend bei Katin, die ernsten Gespräche wichen Gesang und Tanz. Der blatternarbige Seminarist Saburow breitete langsam die Arme in der verqualmten Luft aus, als schwimme er im Stehen, und sein angenehmer Bariton empfahl dringend:

»Geh an die Wolga hinaus!«

»Wessen Stöhnen ...« fiel nicht sehr melodisch der Chor ein. Die Erwachsenen sangen feierlich, psalmodierend, der frohe Tenor des Schriftstellers klang schrill. In dem langsamen Gesang lag etwas Kirchliches, an eine Seelenmesse Erinnerndes. Fast immer wurde nach dem Gesang geräuschvoll Quadrille getanzt. Am lautesten lärmte der Schriftsteller, der gleichzeitig das Orchester und den Dirigenten machte. Mit seinen kurzen Beinchen stampfte er den Takt, bediente mit großer Kunst eine billige Harmonika und kommandierte schneidig:

»Die Kavaliere durch die Damen hindurch! Lass die eigene sausen, pack die fremde!«

Damit brachte er alle zum Lachen. Der Schriftsteller, der sich immer mehr erhitzte, sang nun zur Harmonika im Rhythmus der Quadrille:

»Die Kinder kommen in die Hütte gelaufen,
Rufen eilig den Vater.
Vater. Vater, in unseren Netzen
Hat sich ein Leichnam gefangen.«

Warawka nannte ärgerlich diese Lustbarkeit »Ball der Fische«.

Klim hatte den Eindruck, dass der Schriftsteller sich mit Anspannung aller Kräfte und geradezu verzweifelt amüsierte. Er hüpfte, zuckte mit allen Gliedern und schwitzte. In dem Wunsch, einen verwegenen Kerl darzustellen, stieß er Schreie aus, die nicht seine eigenen waren, mühte sich ab, die Tanzenden zu erheitern und ächzte, wenn er es erreicht hatte, erlöst: »Puh!«

Alsdann stürzte er sich von Neuem an die Arbeit, sie mit sinnlosen Redensarten und komischen Sprüngen zu belustigen, und zwinkerte seiner Frau zu, die, ein schläfriges Lächeln in dem Puppengesicht, selbstvergessen die Figuren der Quadrille ausführte.

»Ei du Weichherzige!«, schrie ihr Mann ihr zu.

Seine Frau, rundlich, rosig und schwanger, war zu allen von unerschöpflicher Zärtlichkeit. Mit kleiner, aber lieblicher Stimme sang sie zusammen mit ihrer Schwester ukrainische Volkslieder. Die Schwester, mit langer Nase, lebte mit geschlossenen Augen, als fürchte sie, etwas Erschreckendes zu sehen. Sie goss schweigsam und akkurat Tee ein, bot Imbiss herum, und nur ganz selten vernahm Klim ihre tiefe Stimme:

»Das ja!« Oder: »Daran ist schwer zu glauben.«

Sie sprach nur selten mehr als diese beiden Sätze.

Klim fühlte sich ganz gut in der Gesellschaft dieser spaßigen und neuen Menschen, in dem mit lustigen, hellen Tapeten bekleideten Zimmer. Alles ringsumher war unordentlich wie bei Warawka, aber harmlos. Von Zeit zu Zeit erschien Tomilin. Langsam, mit feierlichem Schritt, stelzte er über den Hof, ohne einen Blick in die Fenster der Samgins zu werfen. Beim Eintreten drückte er den Leuten stumm die Hand, setzte sich in die Ofenecke, senkte den Kopf auf die Brust und lauschte den Diskussionen oder Liedern. Eilig lief Tanja Kulikow herbei. Ihr unbedeutendes, nur schwer in der Erinnerung haftendes Gesicht lief bei Tomilins Anblick so dunkel an wie Fayenceteller im Alter dunkeln.

»Wie geht es Ihnen?«, fragte sie.

»Ganz leidlich«, erwiderte Tomilin leise und anscheinend ungehalten.

Ein oder zwei Mal kam auch Warawka selbst, sah sich die Sache an, hörte zu und sagte zu Hause mit einer abwinkenden Geste zu Klim und seiner Tochter:

»Die übliche russische Kwasküche. Eine Jahrmarktsbude, wo Kunststücke gezeigt werden, die längst aus der Mode sind.«

Klim fand diese Bemerkung sehr treffend. Seitdem schien ihm, dass in den Flügel alles zusammengefegt worden sei, was vor zehn Jahren die Gemüter im Hause aufgewühlt hatte. Gleichwohl sah er ein, dass es für ihn von Nutzen, wenn auch manchmal langweilig war, den Schriftsteller zu besuchen. Es erinnerte gewissermaßen an das Gymnasium, mit dem Unterschied jedoch, dass die Lehrer nicht ärgerlich wurden, ihre Schüler nicht anschrien, sondern sie mit unzweifelhaftem und heißem Glauben an ihre Kraft in der Wahrheit unterrichteten. Dieser Glaube sprach beinahe aus jedem Wort, und obwohl er Klim nicht hinzureißen vermochte, trug er doch einige Gedanken und treffende Aussprüche aus dem Flügel davon, außerdem aber etwas, was nicht klar war, was er aber brauchte. Er nannte es Menschenkenntnis.

Makarow trank andächtig Schnaps und aß dazu knirschende saure Gurken. Von Zeit zu Zeit flüsterte er Klim etwas Erbostes ins Ohr:

»Das Vermächtnis der Väter! Mein Vater vermachte mir: Lerne, du Taugenichts, sonst jage ich dich aus dem Hause, und du kannst Landstreicher werden! Na schön, ich lerne, aber ich glaube nicht, dass man an diesem Ort etwas lernen kann.«

Man machte den jungen Leuten den Hof, aber das genierte sie. Makarow, Ljuba Somow und selbst Klim saßen stumm und gedrückt da, und Ljuba bemerkte einmal seufzend:

»Wenn sie reden, ist es, als prassle ein Regenguss herab. Ich muss den Regenschirm aufspannen und kann nicht hören, was ich denke.«

Einzig Iwan Dronow stellte aufdringlich und in unnötig kreischendem Ton Fragen nach der Intelligenz und nach der Bedeutung der Persönlichkeit in der Geschichte. Fachmann für diese Fragen war jener Mensch, der an eine Milchamme erinnerte. Unter allen Freunden des Schriftstellers schien er Klim derjenige, der am tiefsten gekränkt war.

Bevor er eine Frage beantwortete, überflog dieser Mensch alle Anwesenden mit hellen Augen und krächzte zögernd, beugte sich alsdann nach vorn, streckte seinen Hals aus und zeigte hinter dem linken Ohr eine nackte, knochige Beule von der Größe einer kleinen Kartoffel.

»Dies ist eine Frage von tiefster, allgemein menschlicher Bedeutung«, hub er mit hoher, aber ein wenig müder und klangloser Stimme an. Der Schriftsteller Katin erhob, um auf den bedeutsamen Moment aufmerksam zu machen, die Hand und die Augenbrauen und überflog gleichfalls die Anwesenden mit einem Blick, der beredt »Ruhe! Aufmerksamkeit!« heischte.

»Nirgends in der Welt aber wird diese Frage so zugespitzt wie bei uns in Russland, nennen wir doch eine Kategorie Menschen unser eigen, die nicht einmal der hochgezüchtete Westen hervorbringen konnte. Ich spreche eben von der russischen Intelligenz, von jenen Menschen, deren Los Kerker, Sibirien, Zuchthaus, Folter und Galgen ist«, redete bedächtig dieser Mensch. Klim witterte im Ton seiner Reden immer etwas Eigentümliches, es war, als versuche der Redner gar nicht erst seine Zuhörer zu überzeugen, sondern begnüge sich mit dem hoffnungslosen Versuch, sie zu überreden. Die Worte »Zuchthaus«, »Folter« gebrauchte er so oft und geläufig, als wären es die gewöhnlichsten Ausdrücke. Klim gewöhnte sich daran, sie zu hören, ohne ihren schrecklichen Inhalt zu empfinden. Makarow, der alle immer skeptischer betrachtete, flüsterte:

»Er redet so, als wäre das alles vor dreihundert Jahren geschehen. Der Amme ist die Milch geronnen.«

Aus einer Ecke blickten Tomilins weiße Augen unverwandt auf die »Amme«. Leise erkundigte er sich von Zeit zu Zeit:

»Sie beschuldigen Marx, die Persönlichkeit aus der Geschichte gestrichen zu haben. Aber hat nicht das gleiche in ›Krieg und Frieden‹ Leo Tolstoi getan, der doch als Anarchist gilt?«

Auch hier war Tomilin unbeliebt. Man antwortete ihm wortkarg und achtlos. Klim fand, dass dies dem rothaarigen Lehrer gefiel, und dass er sie absichtlich reizte. Einmal schleuderte Katin eine Zeitschrift, nachdem er über einen darin veröffentlichten Aufsatz geschimpft hatte, auf die Fensterbank. Das Heft fiel auf den Fußboden. Tomilin sagte:

»Ein Heiligenbild würden Sie, obzwar Sie ungläubig sind, nicht so verächtlich in die Ecke geschleudert haben, und dabei steckt mehr Seele in einem Buch als in einer Ikone.«

»Seele?«, fragte verlegen und ärgerlich der Schriftsteller und fügte ungeschickt, aber noch unwilliger hinzu:

»Was hat das mit Seele zu tun? Es ist ein publizistischer Artikel, der sich auf statistische Daten stützt. Seele!«

Der Schriftsteller war ein leidenschaftlicher Jäger und Naturschwärmer. Wohlig blinzelnd, schmunzelnd und seine Worte mit einer Menge kleiner Gesten unterstreichend, erzählte er von jungfräulichen Birken, der versonnenen Stille der Waldschluchten, den bescheidenen Blümchen der Auen und dem hellen Gesang der Vögel, und erzählte es so, als habe er als Erster all das gesehen und belauscht. Während er die Handflächen in der Luft bewegte wie ein Fisch die Schwimmflossen, schwelgte er in Rührung:

»Und allüberall ist das unbesiegbare Leben, alles strebt empor zum Himmel und spottet des Gravitationsgesetzes!«

Tomilin erkundigte sich händereibend:

»Sie, der Sie so rührend von Ihrer Liebe zu allem Lebendigen zu sprechen wissen, wie kommt es, dass Sie aus bloßem Vergnügen am Mord Hasen und Vögel töten? Wie ist das Miteinander vereinbar?«

Der Schriftsteller wandte ihm die Seite zu und sagte barsch:

»Auch Turgeniew und Nekrassow waren Jäger. Ebenso Tolstoi in seiner Jugend, überhaupt viele bedeutende Geister. Sie sind wohl ein Anhänger Tolstois?«

Tomilin lächelte spöttisch und rief das verständnisinnige Lächeln Klims hervor. Ihm wurde dieser unabhängige Mann, der gelassen und eigensinnig, ohne jemand nachzugeben, treffliche Worte, die sich einprägten, zu sagen wusste, immer mehr zum Vorbild.

Krampfhaft mit den Armen fuchtelnd und vor Eifer bis zu den Schultern errötend, entkleidete der Schriftsteller die russische Geschichte ihres ehrwürdigen Schimmers und stellte sie als eine lastende, endlose Kette lächerlicher, schmutziger und alberner Anekdoten dar. Über das Lächerliche und Dumme daran lachte er selbst als erster, wenn er aber auf die Grausamkeiten der Regierung zu sprechen kam, presste er seine Faust gegen die Brust oder fuhr mit ihr in der Herzgegend herum. Stets war es peinlich zu sehen, dass er nach seiner flammenden Rede ein Glas Branntwein hinunterstürzte, das er mit einer dick mit Senf bestrichenen Brotrinde würzte.

»Lesen Sie die ›Geschichte von Dummenstadt‹«, riet er, »das ist die wahre und ungeschminkte Geschichte Russlands.«

Makarow hörte die Reden des Schriftstellers an, ohne ihn anzusehen. Er presste die Lippen fest aufeinander und bemerkte dann zu den Kameraden:

»Weshalb prahlt er damit, dass er unter Polizeiaufsicht steht? Als hätte er im Betragen ›Sehr gut‹ erhalten.«

Ein anderes Mal beobachtete er, wie der Schriftsteller sich wand und krümmte und sagte zu Lida:

»Sehen Sie, unter welchen Wehen die Wahrheit geboren wird?«

Lida runzelte die Stirn und rückte von ihm ab.

Sie besuchte selten den Flügel. Schon nach dem ersten Besuch, – sie hatte den ganzen Abend an der Seite der freundlichen und stimmlosen Schriftstellersgattin zugebracht –, sagte sie befremdet:

»Warum schreien die so? Schon denkt man, sie werden gleich aufeinander losschlagen, da setzen sie sich zu Tisch, trinken Tee und Schnaps und kauen Pilze ... Die Frau des Schriftstellers hat mir die ganze Zeit die Schulter gestreichelt, als wäre ich eine Katze ...«

Lida schauderte zusammen, furchte die Brauen und fügte fast mit Ekel hinzu:

»Und dann, ihr Bauch! Ich kann Schwangere nicht ausstehen!«

»Ihr alle seid böse!«, rief Ljuba Somow. »Mir aber gefallen diese Menschen. Sie gleichen dem Koch in der Küche vor einem hohen Feiertag, – Ostern oder Weihnachten.«

Klim sah das unschöne Mädchen missbilligend an. Neuerdings musste er feststellen, dass Ljuba klüger wurde, und dies berührte ihn aus irgendeinem Grunde unsympathisch. Aber es gefiel ihm sehr, zu sehen, dass Dronow seine Selbstgefälligkeit verlor, und auf seinem eingefallenen, sorgenvollen Gesicht Züge der Trübsal hervortraten. In seine kreischenden Fragen mischte sich jetzt eine Note des Ärgers, und er lachte zu lange und zu laut, als Makarow, der ihm etwas erzählte, scherzte:

»Nun, Iwan? Spürst du's, wie die Wissenschaft die Jünglinge foltert? Und dennoch, Brüder, was ist die Intelligenz?« forschte er.

Klim dozierte mit den Worten Tomilins:

»Die Intelligenz, das sind die Besten des Landes, Menschen, auf deren Schultern die Verantwortung für alles Schlechte lastet.«

Sogleich fiel Makarow ein:

»Also sind es jene Gerechten, um deretwillen Gott bereit war, Sodom und Gomorrha oder sonst was Verhurtes zu schonen? Diese Rolle ist nichts für mich. Nein.«

»Gut gesagt«, dachte Klim, und, um sich das letzte Wort zu sichern, erinnerte er an Warawkas Ausspruch:

»Es gibt da auch einen anderen Gesichtspunkt: Ein Intelligenzler ist ein hochqualifizierter Arbeiter, und damit basta.«

Doch Makarow erriet sofort:

»Das riecht nach Warawka.«

Das Gefühl heimlicher Abneigung gegen Makarow wuchs in Klim, Makarow pfiff laut und frech vor sich hin und sah auf alles mit den Augen eines Menschen, der soeben aus einer großen Stadt in eine kleine kommt, in der es ihm nicht gefällt.

Er gab oft und geläufig nicht weniger bemerkenswerte Aussprüche und Meinungen von sich als Warawka und Tomilin. Klim war eifrig bemüht, die Gabe eigener Worte in sich zu entwickeln, fühlte aber fast immer, dass sie entfernt nach dem Echo fremder klangen. Es wiederholte sich das gleiche, was sich mit den Büchern ereignete: Klims Wiedergabe war ausführlich und genau, aber die Leuchtkraft war verschwunden, während Makarow auch das Fremde zur rechten Zeit und lebendig zu erzählen wusste.

Einmal besuchte er mit Makarow und Lida das Konzert eines Pianisten. Aus dem Portal des Gouverneurpalais geleiteten zwei Stutzer feierlich die unförmig dicke, alte Gouverneursgattin am Arm hinaus und hoben sie mit Mühe in die Equipage.

Seufzend sagte Makarow zu Lida:

»Puschkin hat recht: Die beseligende Aufmerksamkeit der Frauen ist fast das einzige Ziel unserer Anstrengungen.«

Lida lächelte zögernd, vielleicht auch widerwillig. Klim verspürte aufs Neue den Stachel des Neides.

Ihn reizten die rätselhaften Beziehungen Lidas zu Makarow. Etwas an ihnen war verdächtig: Makarow, verwöhnt durch die Beachtung der Gymnasiastinnen, nahm Lida gleichwohl mit einem ihm sonst nicht eigenen Ernst aufs Korn, obgleich er für sie den gleichen ironischen Ton hatte wie für seine Verehrerinnen. Lida aber unterstrich offenkundig und zuweilen in recht schroffer Form, dass sie Makarow nicht mochte. Doch gleichzeitig bemerkte Klim, dass ihre gelegentlichen Begegnungen sich häuften. Klim kam sogar auf den Gedanken, dass sie auch den Schriftsteller nur aufsuchten, um einander zu sehen.

In diesem Verdacht bestärkte ihn eine sonderbare Szene im Stadtpark. Er saß mit Lida in einer Allee alter Linden auf der Bank. Die zottige Sonne tauchte ins Chaos bläulicher Wolken und entzündete ihre wuchtige Pracht mit blutigem Feuer. Auf dem Fluss schaukelten kupferrote Reflexe, rötete sich der Rauch der Fabrik jenseits des Flusses, entflammten grell in purpurnem Gold die Scheiben des Eiskiosk. Ein herbstlich wehmütiger Schauer liebkoste Samgins Wangen.

Klim fühlte sich bedrückt und innerlich aufgewühlt. Der farbensatte Fluss gemahnte ihn an Boris' Tod, in seiner Erinnerung tönte hartnäckig:

»War denn ein Junge da? Vielleicht war gar kein Junge da?«

Es drängte ihn, Lida etwas Bedeutendes und Angenehmes zu sagen. Er versuchte es schon einige Male, aber es gelang ihm nicht, das Mädchen seiner tiefen Nachdenklichkeit zu entreißen. Ihre schwarzen Augen sahen unverwandt auf den Fluss und die flammenden Wolken. Klim erinnerte sich plötzlich an eine Legende, die ihm Makarow erzählt hatte.

»Weißt du«, fragte er, »Clemens von Alexandrien behauptete, dass die Engel, wenn sie vom Himmel herabsteigen, Liebesabenteuer mit den Töchtern der Menschen unterhalten.«

Lida sagte, ohne den Blick von der Ferne loszureißen, gleichgültig und leise:

»Das Kompliment eines Heiligen ist nicht viel wert, denke ich.«

Ihre Gleichgültigkeit verwirrte Klim. Er verstummte und grübelte über den Grund nach, weshalb dieses gar nicht hübsche, launenhafte Mädchen ihn so oft aus der Fassung brachte. Sie tat nichts als ihn irritieren.

Plötzlich erschien Makarow in seinem vertragenen Mantel und abgetretenen Schuhen, die Mütze in den Nacken geschoben. Er sah aus wie einer, der soeben irgendwo entlaufen ist und nicht mehr weiterkann, und dem jetzt alles gleich ist.

»Er verlässt sich auf seine freche Visage«, dachte Klim.

Makarow reichte dem Kameraden stumm die Hand, fuchtelte in der Luft herum und grüßte Lida unerwartet, aber nicht komisch, indem er militärisch zwei Finger an den Mützenschirm legte. Dann rauchte er sich eine Zigarette an, nickte in die Richtung der Feuersbrunst des Sonnenuntergangs und fragte Lida:

»Schön, wie?«

»Etwas ganz Gewöhnliches«, entgegnete sie, stand auf, sagte: »Ich gehe zu Alina«, und verließ die beiden. Mit ihrem federnden Gang entfernte sie sich zwanzig Schritte. Makarow sagte leise:

»Wie zierlich sie ist! Eine Nadel. Übrigens ein seltsamer Name – Warawka.«

Unverhofft wandte Lida sich schroff um und setzte sich wieder neben Klim.

»Ich hab es mir überlegt.«

Makarow schob seine Mütze zurecht, lächelte ironisch und beugte den Rücken vor.

Sogleich spielte sich etwas ab, was Klim schmerzlich erstaunen ließ. Makarow und Lida sprachen aufeinander ein, als hätten sie sich bitter erzürnt und seien froh über die Gelegenheit, sich noch einmal zu zanken. Zornig musterten sie einander und wählten ihre Worte ohne ihren Wunsch, einander zu verletzen und zu kränken, zu verheimlichen.

»Schön ist, was mir gefällt«, sagte Lida schnippisch, und Makarow widersprach ironisch.

»Was Sie sagen? Ist das nicht ein bisschen wenig?«

»Vollkommen genug, um schön zu sein.«

Zwischen ihnen eingeklemmt, bemerkte Klim:

»Spencer definiert die Schönheit ...«

Aber man hörte ihn nicht. Sie fielen einander ins Wort und stießen ihn dabei hin und her. Makarow nahm seine Mütze ab und stieß Klim mit ihrem Schirm zweimal schmerzhaft gegen das Knie. Seine zweifarbigen widerspenstigen Haare sträubten sich und verliehen seinem höckernasigen Gesicht einen fremden, beinahe raubtierhaften Ausdruck. Lida, die fortwährend am Ärmel von Klims Mantel zerrte, fletschte die Zähne zu einem argen Lächeln. Auf ihren Wangen leuchteten rote Flecke auf, ihre Ohren färbten sich tief, ihre Hände zitterten. Nie hatte Klim sie so böse gesehen.

Er sah sich in der demütigen Lage eines Menschen, der nicht mitzählt. Einige Male war er im Begriff, aufzustehen und sich zu entfernen, blieb aber doch und hörte verwundert Lida zu. Sie liebte Bücher nicht. Woher wusste sie, wovon sie sprach? Sie war überhaupt nicht gesprächig und ging Diskussionen aus dem Wege. Einzig mit der üppigen Schönheit Alina Telepnew und vielleicht noch mit Ljuba Somow unterhielt sie sich ganze Stunden, indem sie ihnen leise und mit Ekel im Gesicht etwas sehr

Geheimnisvolles mitteilte. Für die Gymnasiasten empfand sie gleichfalls Widerwillen und suchte es nicht zu verheimlichen. Klim hatte den Eindruck, dass sie sich mindestens zehn Jahre älter als ihre Alterskameraden fühlte. Mit Makarow jedoch, der, nach Klims Ansicht, unverschämt gegen sie war, stritt sie nun mit einer Erbitterung, die nicht weit von Jähzorn entfernt war, so wie man mit einem Menschen streitet, den niederzuringen und zu demütigen Ehrensache ist.

»Es ist Zeit, nach Hause zu gehen«, sagte er ärgerlich, um sich bemerkbar zu machen.

Lida erhob sich sogleich, wobei sie sich kriegerisch aufrichtete.

»Sie spielen sehr schlecht den Originellen, Makarow«, sagte sie schnell, doch offenbar milder.

Makarow stand auf, verbeugte sich und führte die Hand mit der Mütze zur Seite, wie das miserable Schauspieler machen, wenn sie französische Marquis spielen.

Das Mädchen erwiderte mit einem Runzeln ihrer Augenbrauen und entfernte sich rasch an Klims Arm.

»Warum bist du so wütend geworden?«, fragte er. Sie steckte ihr Haar, das über die Ohren geglitten war, zurück und sagte empört:

»Nicht leiden kann ich diese ... diese Nihilisten. Er posiert ... raucht ... Die Haare sind buntscheckig und die Nase krumm. Er soll ein recht schmutziger Bengel sein.«

Ohne eine Antwort abzuwarten, vermerkte sie jedoch sogleich auch die Tugenden des von ihr Verurteilten.

»Schlittschuh läuft er wundervoll.«

Nach dieser Szene empfand Klim etwas wie Hochachtung vor diesem Mädchen, vor ihrem Verstand, der sich ihm so unerwartet erschlossen hatte. Diese Empfindung wurde noch gesteigert durch die Ausfälle von Misstrauen und die Achtlosigkeit, womit Lida ihm zuhörte. Manchmal besorgte er, Lida könne ihm auf irgendeine Weise hereinlegen, ihn entlarven. Schon längst hatte er bemerkt, dass Gleichaltrige ihm gefährlicher waren als Erwachsene. Sie waren schlauer und misstrauischer, während der Dünkel der Erwachsenen unbegreiflicherweise mit Arglosigkeit verbunden war.

Doch wenn er Lida gelegentlich auch fürchtete, empfand er doch keine Abneigung gegen sie, im Gegenteil, das Mädchen flößte ihm den Wunsch ein, ihr zu gefallen, ihr Misstrauen zu besiegen. Er wusste, verliebt war er nicht in sie, in dieser Hinsicht machte er sich nichts vor. Er kannte noch nicht das Verlangen, jungen Mädchen den Hof zu machen, und die Regungen des Geschlechts bedrängten ihn nicht allzu heftig. Die üblichen zahlreichen Liebesaffären der Gymnasiasten mit den Gymnasiastinnen nötigten ihm nur ein mitleidiges Lächeln ab. Für sich hielt er solche Liebesromane für unmöglich, da er überzeugt war, ein Jüngling, der eine Brille trug und ernste Bücher las, müsse in der Rolle des Verliebten lächerlich sein. Er hörte sogar auf zu tanzen, da er fand, dass Tanzen unter seiner Würde sei. In Gesellschaft der jungen Mädchen, die er kannte, befleißigte er sich eines trocknen Wesens, kühler Höflichkeit, die er sich von Igor Turobojew angeeignet hatte, und als Alina Telepnew mit Begeisterung erzählte, wie Ljuba Somow und der Telegrafist Inokow sich auf der Eisbahn geküsst hatten, schwieg Klim aufgeblasen, nur, damit man ihn nicht der Neugier für verliebte Albernheiten verdächtigen konnte. Umso grausamer fühlte er sich getroffen, als er eines Tages entdeckte, dass er verliebt war.

Es begann damit, dass Klim Samgin, der sich zur Schule verspätet hatte, rasch durch das Schneegestöber eines Februarsturms hindurchschritt und plötzlich, dicht vor dem gelben Gebäude des Gymnasiums, auf Dronow stieß. Iwan stand auf dem Trottoir, in der einen Hand hielt er den Riemen seiner Schultasche, die er über die Schultern geworfen hatte, die andere, mit der Mütze, hing ihm am Körper herab.

»Man hat mich von der Schule gejagt«, stammelte er. Auf seinem Kopf und in seinem Gesicht schmolz Schnee, die ganze Haut seines Gesichts von der Stirn bis ans Kinn schien Tränen auszuscheiden.

»Wofür?«, fragte Klim.

»Kanaillen.«

Klim riet ihm: »Setz die Mütze auf.«

Iwan hob langsam den Arm, als wäre die Mütze aus Eisen. Der Schnee war in sie hineingerieselt, und so, wie sie war, voll Schnee stülpte er sie sich auf den Kopf, um sie einen Augenblick später wieder abzunehmen und auszuschütteln. Während er sich mit Klim entfernte, redete er abgebrochen:

»Das ist Rziga ... und der Pfaffe. Ich übe einen schädlichen Einfluss aus, behaupten sie ... und überhaupt, sagt er, du, Dronow, bist eine zufällige und unerwünschte Erscheinung im Gymnasium. Sechs Jahre haben sie mir Wissen verabfolgt und nun ... Tomilin behauptet, dass alle Menschen auf der Welt eine zufällige Erscheinung sind ...«

Klim schlenderte Schulter an Schulter mit Dronow heimwärts. Er folgte aufmerksam seinen Worten, ohne sich zu wundern, ohne ihn zu bedauern, während Dronow immerfort stammelte und die Worte gleichsam aus sich herauskratzte.

»Den Kopf haben sie mir abgeschlagen, die Kanaillen! Schädlicher Einfluss! Sehr einfach, der Rziga hat mich dabei ertappt, wie ich mich mit Margarita geküsst hab.«

»Mit ihr?«, fragte Klim. Er verlangsamte den Schritt.

»Na ja doch und er, Rziga, selbst ...«

Doch Klim hörte nicht mehr zu. Jetzt war er sowohl unangenehm wie feindselig erstaunt. Er erinnerte sich Margaritas, der Näherin mit dem runden, blassen Gesicht und den dunklen Schatten unter den tief liegenden Augen. Diese Augen waren von unbestimmter gelblicher Farbe, ihr Blick schläfrig, müde. Sie musste schon bald dreißig sein. Sie nähte und besserte die Wäsche der Mutter, Warawkas sowie seine aus. Sie »kam ins Haus«. Es war verletzend, zu erfahren, dass ihn Dronow selbst in Bezug auf diese Frau überflügelt hatte.

»Und sie?«, fragte er und blieb stehen, unschlüssig, was er sonst noch sagen sollte.

»Dass sie mir nur kein ›Wolfsbillett‹[1]   ausstellen«, knurrte Dronow. »Erlaubt sie dir denn ...?«

»Wer?«

»Margarita.«

Dronow zuckte heftig mit der Schulter, als stoße er jemand beiseite und sagte:

»Welches Weib erlaubt es denn nicht?«

»Und bist du schon lange mit ihr zusammen?« verhörte ihn Klim.

»Ach, lass mich in Ruhe«, schnitt Dronow ab, bog unvermittelt um die Ecke und verschwand sofort im weißen Brei des Schnees.

Klim ging nach Hause. Er konnte nicht glauben, dass diese züchtige Näherin einen Dronow gern küssen sollte, wahrscheinlicher war, dass er sie gewaltsam geküsst hatte. Und gierig natürlich. Klim schauderte geradezu, als er sich vorstellte, wie Dronow beim Küssen schmatzte und mit der Zunge schnalzte.

---

[1] Zeugnis, das die Aufnahme des Relegierten in ein anderes Gymnasium unmöglich machte. D. Ü.

Während er ablegte, hörte er, wie die Mutter im Salon ein neues Musikstück einübte.

»Warum so früh?«, fragte sie. Klim erzählte die Sache mit Dronow und fügte hinzu:

»Ich bin nicht zur Schule gegangen. Dort herrscht wahrscheinlich große Erregung. Iwan war ein glänzender Schüler. Er hat vielen geholfen und besitzt eine Menge Freunde.«

»Das ist vernünftig von dir«, lobte die Mutter. In ihrer neuen blauen Matinee sah sie heute besonders jung und bezwingend schön aus. Sie nagte an ihren Lippen, warf einen Blick in den Spiegel und lud ihren Sohn ein:

»Bleib ein wenig bei mir.«

Und während sie mit leichtem, schwebendem Schritt im Zimmer auf und ab ging, begann sie gedämpft:

»Rziga hat mich davon benachrichtigt, dass man Iwan streng bestrafen würde. Er hat verbotene Bücher und unanständige Fotografien in die Klasse geschmuggelt. Ich sagte Rziga, in den Büchern stünde gewiss nichts Gefährliches, das sei wohl nur Prahlerei von Dronow.«

Klim brachte solide sein Sprüchlein an:

»Ja, Prahlerei oder jener bei Kindern und Jugendlichen verbreitete Hang zu Pistolen ...«

»Sehr treffend«, belobte lächelnd die Mutter. »Aber schädliche Bücher zusammen mit unanständigen Bildern, – das spricht schon von einer verdorbenen Natur. Rziga sagt sehr wahr, die Schule sei eine Anstalt, bestimmt, eine Auslese von Menschen zu treffen, die fähig sind, so oder anders das Leben zu bereichern und zu verschönen. Nun wohl, womit könnte ein Dronow das Leben verschönen?«

Klim lächelte spöttisch.

»Es ist doch ein wenig eigentümlich, dass Dronow und dieser verwilderte, schwachköpfige Makarow deine Freunde sind. Du bist ihnen so unähnlich. Du sollst wissen, dass ich auf deine Vernunft vertraue und nicht etwa für dich fürchte. Mir scheint nur, dich zieht ihre Genialität an. Aber ich bin überzeugt, diese Genialität ist nichts als Frechheit und Geriebenheit.«

Klim nickte zustimmend. Ihm gefielen die Worte der Mutter sehr. Er erkannte an, dass Makarow, Dronow und einige andere Gymnasiasten in

Worten gescheiter waren als er, war aber überzeugt, klüger zu sein, nicht in dem, was er sagte, sondern irgendwie anders, solider, innerlicher.

»Natürlich, auch Pfiffigkeit ist eine Tugend, aber von zweifelhafter Art, häufig wird sie, milde gesprochen, zur Unredlichkeit«, fuhr die Mutter fort, Klim behagten ihre Worte immer mehr. Er stand auf, umschlang innig ihre Taille, ließ aber sogleich wieder los: Er hatte plötzlich, zum ersten Mal, in seiner Mutter die Frau gefühlt. Dies verwirrte ihn so, dass er die zärtlichen Worte, die er ihr sagen wollte, vergaß und sogar eine Bewegung von ihr weg machte, aber die Mutter legte selbst ihren Arm auf seine Schulter, zog ihn an sich und sagte etwas über den Vater, über Warawka und die Motive für ihren Bruch mit dem Vater.

»Ich hätte dir das alles schon längst sagen müssen«, vernahm er, »aber ich wiederhole, da ich weiß, wie aufgeweckt und nachdenklich du bist, hielt ich es für überflüssig.«

Klim küsste ihr die Hand.

»Gewiss, Mama, es ist unnötig, davon zu sprechen. Du weißt, ich verehre Timofej Stepanowitsch sehr.«

Er empfand eine Erregung, die ihm neu war. Vor dem Fenster gischtete lautlos dichte weiße Trübe. Im milden, farblosen Dämmerlicht des Zimmers schienen alle Gegenstände gleichsam in tiefstes Sinnen versunken und verblasst. Warawka liebte Gemälde, Porzellan. Nach des Vaters Fortgang hatte alles im Hause sich bis zur Unkenntlichkeit verändert, war behaglicher, schöner und wärmer geworden. Die schlanke Frau mit dem mageren stolzen Gesicht war dem Jüngling nie so innig nahe gerückt wie in diesem Augenblick. Sie sprach zu Klim wie zu einem Gleichgestellten, bestechend freundschaftlich, und ihre Stimme klang ungewöhnlich weich und klar.

»Mich beunruhigt Lida«, sagte sie, während sie mit ihrem Sohn in gleichem Schritt auf und ab wandelte, »dieses Mädchen ist anormal und von ihrer Mutter her erblich schwer belastet. Erinnere dich an die Geschichte mit Turobojew. Natürlich, es war eine Kinderei, aber ... Und zwischen ihr und mir besteht auch nicht ein solches Verhältnis, wie ich es wünschte.«

Sie blickte ihrem Sohn in die Augen und fragte lächelnd:

»Du bist doch nicht in sie verliebt? Ein wenig, wie?«

»Nein«, antwortete Klim fest.

Nachdem sie in missbilligendem Ton noch einiges über Lida gesprochen hatte, fragte sie, vor dem Spiegel stehen bleibend:

»Du kommst gewiss mit deinem Taschengeld nicht aus?«

»Ich habe reichlich.«

»Du Lieber«, sagte die Mutter, umarmte ihn und küsste ihn auf die Stirn. »In deinem Alter braucht man sich gewisser Wünsche nicht mehr zu schämen.«

Da verstand Klim den Sinn ihrer Frage nach dem Geld, errötete tief und wusste nicht, was er ihr erwidern sollte.

Am Nachmittag suchte er Dronow im Zwischenstock auf. Dort stand an den Ofen gelehnt bereits Makarow, blies Rauchwolken gegen die Decke und glättete mit dem Finger den dunklen Schatten auf seiner Lippe, während Dronow mit untergezogenen Füßen, in der Stellung eines Schneiders auf dem Bett hockte und weinerlich jemand drohte:

»Ihr lügt! Ich komme doch noch auf die Universität!«

Gleich hinter Klim öffnete die Tür sich noch einmal. Auf der Schwelle erschien Lida. Sie blinzelte und fragte:

»Hier werden wohl Fische geräuchert?«

Dronow rief grob:

»Tür zu! Es ist nicht Sommer!«

Makarow verbeugte sich schweigend vor dem Mädchen und zündete sich am Zigarettenstummel eine neue an.

»Was für ein schlechter Tabak«, sagte Lida. Sie ging zum vom Schnee verklebten Fenster, blieb dort, allen das Profil zuwendend, stehen und begann Dronow auszufragen, weshalb man ihn davongejagt habe. Dronow stand ihr widerwillig und wütend Rede und Antwort. Makarow bewegte seine Brauen, zwinkerte und fixierte durch den Rauchschleier die kleine dunkelbraune Figur des Mädchens.

»Warum gibst du dumme Bücher zum Lesen weiter, Iwan?«, sagte Lida. »Du hast Ljuba Somow »Was tun«[2] geliehen. Aber das ist doch ein ganz dummer Roman. Ich habe versucht, ihn zu lesen, und es wieder aufgegeben. Er ist nicht zwei Seiten von Turgeniews ›Erste Liebe‹ wert.«

»Junge Mädchen lieben das Süßsäuerliche«, sagte Makarow und, selbst verlegen über seinen ungeschickten Ausfall, begann er heftig die Asche

---

[2] Programmatischer Roman eines Begründers der Volkstümler-Bewegung, N. G Tschernysehewskis. D. Ü.

von seiner Zigarette abzublasen. Lida würdigte ihn keiner Antwort. In dem, was sie gesagt hatte, hörte Klim den Wunsch, jemand zu verwunden, und fühlte auf einmal sich selbst getroffen, als sie schnippisch erklärte:

»Ein Mann, der eine Frau einem anderen abtritt, ist natürlich ein Waschlappen.«

Klim rückte seine Brille zurecht und bemerkte lehrhaft:

»Indessen, wenn man die Geschichte der Beziehungen Herzens ins Auge fasst ...«

»Des Schönredners ›Vom anderen Ufer‹?«, fragte Lida. Makarow lachte, drückte die Zigarette an einer Ofenkachel aus und schleuderte das Mundstück zur Tür.

»Weshalb belustigt Sie das?«, fragte herausfordernd das junge Mädchen. Einige Minuten später wiederholte sich die Szene im Stadtpark. Doch heute spielten sowohl Makarow als auch Lida sie in schroffem Ton.

Klim, der ihrem Streit angestrengt folgte, hörte, dass sie sich zwar bekannte Worte zuschrien, dass aber der Zusammenhang dieser Worte unfassbar war, und ihr Sinn von jedem der Streitenden auf seine Weise entstellt wurde. Es gab im Grunde gar nichts zu streiten, doch sie stritten erbittert, rot, mit fuchtelnden Händen. Klim erwartete, dass sie sich im nächsten Augenblick beschimpfen würden. Die raschen, harten Bewegungen Makarows erinnerten Klim fatal an das krampfhafte Zappeln der Hände des ertrinkenden Boris Warawka. Lidas großäugiges Gesicht verwandelte sich in jenes neue, fremde Antlitz, das dunkle Unruhe erregte.

»Nein, sie sind nicht verliebt«, überlegte Samgin, »Sie sind nicht verliebt, das ist klar.«

Dronow verfolgte vom Bett aus die Streitenden mit irren Augen. Er wiegte sich leise. Sein flaches Gesicht verzog sich von Zeit zu Zeit zu einem mitleidigen Lächeln.

Plötzlich riss Lida sich von ihrem Platz los und ging hinaus, wobei sie die Tür heftig zuschlug. Makarow wischte sich die schweißnasse Stirn und sagte blasiert:

»Wütend ist die.«

Er brannte sich eine Zigarette an und fügte hinzu:

»Aber gescheit. Na, auf Wiedersehen.«

Dronow grinste ihm nach und streckte sich auf dem Bett lang aus.

»Die zieren sich. Verstellen sich«, begann er leise hinter bedeckten Augen. Dann fragte er Klim, der am Tisch saß, in grobem Ton:

»Hast du Lida gehört? Sie hat dreist erklärt, in der Liebe gibt es kein Mitleid. Was? Die wird vielen den Hals umdrehen.«

Dronows roher Ton empörte Klim nicht, seitdem Makarow einmal gesagt hatte:

»Wanjka ist im Grunde eine ehrliche Haut. Er ist nur darum so roh, weil er nicht wagt, anders zu reden, aus Furcht, sich lächerlich zu machen. Die Rohheit ist bei ihm ein Abzeichen seines Handwerks, wie beim Feuerwehrmann der alberne Helm.«

Dronow horchte auf das Heulen der Windsbraut im Ofenrohr und fuhr mit der gleichen, tristen Stimme fort:

»Ich bin mit einem Telegrafisten bekannt. Er bringt mir das Schachspielen bei. Er spielt blendend. Er ist noch nicht alt, vielleicht vierzig, aber schon kahl wie der Ofen dort. Der hat mir über die Weiber gesagt: »Aus Höflichkeit sagt man Weib. Wenn man ehrlich sein will, muss man Sklavin sagen. Das Gesetz der Natur hat sie zum Gebären bestimmt, sie zieht aber das Huren vor.«

Plötzlich fuhr er wie von einer Tarantel gestochen hoch und sagte, mit der Faust gegen die Wand trommelnd:

»Ihr lügt, Teufel! Ich komme doch auf die Universität. Tomilin hat mir seine Hilfe zugesagt.«

Klim, der geduldig mit angehört hatte, wie Dronow Rziga und die anderen Lehrer beschimpfte, fragte lässig:

»Wie steht es jetzt zwischen dir und Margarita?«

»Was steht?«, fragte Dronow erst nach einer Weile zurück.

»Nun dieses – ist es Liebe?«

»Liebe«, wiederholte Dronow nachdenklich und senkte den Kopf. »Es ist so gewesen: erst küssten wir uns, und dann geschah das Übrige. Es ist nicht der Rede wert, mein Lieber.«

Wieder begann er mit dem Gymnasium. Klim hörte ihm noch einige Zeit zu und ging dann weg, ohne erfahren zu haben, was er gern wissen wollte.

Er fühlte sich wie festgeleimt und gefesselt an die Gedanken an Lida und Makarow, Warawka und die Mutter, Dronow und die Näherin. Doch ihm schien, diese lästigen Gedanken lebten nicht in ihm, sondern irgendwo draußen und würden nur durch Neugier herbeigerufen. Es lag etwas unversöhnlich Kränkendes in dem Umstand, dass es Beziehungen und Stimmungen gab, die er nicht begreifen konnte. Das Grübeln über die Frauen wurde ihm zur wichtigsten Beschäftigung, in ihm vereinigte sich alles Wirkliche und Bedeutungsvolle, alles Übrige wich zur Seite, wurde zu einer seltsamen Erscheinung zwischen Traum und Wachen.

Wachtraum schien auch alles, was das geräuschvolle Leben im Flügel ausmachte. Dort war ein langhaariger Mensch mit einem feinen, blassen und unbeweglichen Gesicht aufgetaucht. Er ähnelte in nichts einem Bauern, trug aber nach Bauernart einen grauen hausgewebten Rock, schwere Filzstiefel, ein vertragenes blaues Hemd und ebensolche Hosen. Bald schwenkte er seine feinen Hände, bald drückte er sie an die eingefallene Brust und hielt dabei den Kopf so seltsam, als habe man ihn früher einmal heftig gegen das Kinn gestoßen, sodass sein Kopf nach hinten geschleudert wurde, und er ihn seit der Zeit nicht mehr senken könne, sondern immerfort nach oben blicken müsse. Er drang in die Menschen, sich vom lasterhaften Stadtleben loszusagen, aufs Land zu gehen und die Scholle zu ackern.

»Das ist alt«, wehrte der Mensch, der einer Amme glich, ab. Der Schriftsteller tat das Gleiche:

»Wir haben's versucht – und uns dabei verbrannt.«

Der als Bauer vermummte Mensch sprach im Ton des Priesters auf der Kanzel:

»Ihr Blinden! Voll Eigennutz seid ihr hingegangen, mit der Predigt des Bösen und der Gewalt. Ich aber rufe euch auf zum Werk der Liebe und des Heils. Mit den geheiligten Worten meines Lehrers sage ich euch: Werdet einfältig, werdet wie die Kinder, werfet ab alle hoffärtige Lüge, die ihr erdacht habt und die euch verblendet!«

Aus der Ofenecke ertönte Tomilins Stimme:

»Ihr wollt, die Juweliere sollen Pflugscharen schmieden. Wird aber eine solche Rückkehr zur Einfachheit nicht gleichbedeutend mit Verwilderung sein?«

Klim bemerkte, dass der Lehrer lauter geworden war, und seine Worte überzeugter und schroffer klangen. Sein Haar wuchs ihm immer wilder übers Gesicht, er wurde offensichtlich immer ärmer, seine Jacke war an den Ellenbogen so sehr durchgescheuert, dass Löcher eingerissen waren. In den Hosenboden war ein dunkelgraues Dreieck eingesetzt. Die Nase spitzte sich zu. Das Gesicht hatte einen hungrigen Ausdruck bekommen.

Oft schüttelte er schief lächelnd den Kopf, die roten Haare fielen ihm über die Wangen und mischten sich mit dem Bart. Geduldig warf er sie mit beiden Händen immer wieder hinter die Ohren zurück. Gelassener als alle, trat er dem als Bauer verkleideten Mann, sowie einem anderen kahlen, rotgesichtigen entgegen, der behauptete, nur Käsesieden und Bienenzucht könne das Volk retten.

Klim bedrückte das Übermaß von Widerspruch und Eigensinn, womit jeder dieser Menschen seine Wahrheit verteidigte. Der Mann im Bauernkostüm sprach streng und mit apostolischer Inbrunst von Tolstoi und den beiden Gestalten des Christus – der kirchlichen und der volkstümlichen –, von Europa, das an übergroßer Empfindsamkeit und geistiger Armut zugrunde gehe, von den Verirrungen der Wissenschaft. Die Wissenschaft verachtete er vor allem.

»In ihr bergen sich alle Quellen unserer Irrtümer, in ihr wohnt das Gift, das unsere Seelen zerrüttet.«

Ein wirbelhaariges Männchen mit einem Kneifer hüpfte erregt vom Sofa, aus dessen zerfetztem Bezug die Bastfüllung zottige Bärte heraussteckte, auf, und brüllte mit einem Bass, der alle Stimmen übertönte:

»Barbarei!«

»Sehr richtig«, bekräftigte der Schriftsteller. Tomilin erkundigte sich neugierig:

»Glauben Sie im Ernst, dass die Rückkehr zur Weltanschauung der chaldäischen Hirten für uns möglich und heilsam sei?«

»Das Handwerk! Die Schweiz, – da haben Sie es!« versicherte der Kahle mit heiserer Stimme der Gattin des Schriftstellers. »Viehzucht. – Käse, Butter, Leder, Honig, Holz und weg mit der Fabrik!«

Das Chaos der Ausrufe und Reden wurde dauernd übertönt vom machtvollen Bass des Mannes mit dem Kneifer. Er war ebenfalls Schriftsteller und verfasste populärwissenschaftliche Broschüren. Er war sehr klein. Daher schien sein enormer, von widerspenstigen dunklen Haaren bedeckter Kopf auf den schmalen Schultern wie angesetzt, sein von den Haaren bedrängtes Gesicht nur eben angedeutet und seine ganze Gestalt unfertig. Aber sein sehr tiefer Bass besaß eine unerhörte Gewalt und erstickte mühelos alle Schreie wie Wasser die Kohlenglut. Er stürzte in die Mitte des Zimmers vor, schwankte wie ein Betrunkener, beschrieb mit den Händen in der Luft Kreise und Ellipsen und sprach über den Affen, den prähistorischen Menschen und den Mechanismus des Weltalls so überzeugt, als habe er eigenhändig das Universum erschaffen, die

Milchstraße hingestreut, die Sternbilder aufgehängt, die Sonne angezündet und die Planeten in Bewegung gebracht. Alle hörten ihm aufmerksam zu. Dronow riss gierig den Mund auf und starrte, ohne zu blinzeln, so angestrengt in das Gesicht des Redners, als erwarte er aus seinem Munde die Wahrheit, die alle Zweifel löste.

Die Züge des Mannes im Bauernkostüm blieben unbewegt, ja sie versteinerten noch mehr. Sobald er die ganze Rede angehört hatte, begann er im Diskant wie von der Kanzel herab:

»Wenngleich die Astronomen seit jeher berühmt sind wegen ihrer Entdeckungen über die Geheimnisse des Himmels, flößen sie doch nur Schrecken ein, da sie verschweigen, dass sie das Dasein des Geistes, der alles Lebendige erschaffen hat, leugnen.«

»Nicht alle leugnen ihn«, berichtigte Tomilin, »nehmen Sie nur Flammarion.«

Doch ohne seinen Einwand zu beachten, fuhr der Tolstoianer fort, schwelgerisch, wie Klim fand, ein grauenvolles Bild zu malen: grenzenlose, schweigende Finsternis, in der die zitternden, goldnen Würmer der Milchstraße sich krümmen und Welten entstehen und verschwinden:

»Und inmitten dieser unendlichen Vielzahl der Sterne, verloren in unbesiegbares Dunkel, irrt unsere winzige Erde, die Behausung der Kümmernisse und Leiden. Nun bitte, stellt euch dies vor und die Schrecken eurer Einsamkeit auf ihr, die Schrecken eurer Nichtigkeit in der schwarzen Leere, inmitten der zornig flammenden Sonnen, die zum Erkalten verurteilt sind ...«

Klim hörte sich diese Schrecken kaltblütig genug an. Nur dann und wann rieselte ihm ein unangenehmer Schauer den Rücken hinab. Die Art, wie man sprach, fesselte ihn mehr als das, was man sprach. Er sah, dass der großköpfige, unfertige Schriftsteller mit Entzücken vom Mechanismus des Weltalls redete, dass aber auch der als Bauer vermummte Mensch mit Wonne die Schrecken der Einsamkeit des Erdballs im Weltenraum ausmalte.

Auf Dronow wirkten diese Reden ungemein stark. Er krümmte den Rücken, blickte sich um und flüsterte bald Klim, bald Makarow zu:

»Wer, glaubst du, hat recht?«

Fieberhaft kratzte er sich mit dem Fingernagel die linke Augenbraue und knurrte:

»Zum Teufel noch mal, studieren muss man. Mit den Bettelpfennigen des Gymnasiums kommt man nicht weit.«

Auch Makarow befriedigten die hitzigen Wortgefechte bei Katin nicht.

»Sie wissen viel und verstehen es anzubringen, und das alles ist auch wichtig, aber es leuchtet nur und wärmt nicht. Und ist nicht die Hauptsache.«

Dronow fragte schnell:

»Was ist denn die Hauptsache?«

»Du fragst dumm, Iwan«, antwortete Makarow voll Ärger. »Wüsste ich es, wäre ich der Weiseste der Weisen.«

Spät nachts, nach der langen Redeschlacht, begleiteten sie zu dritt Tomilin. Dronow hielt ihm seine Frage entgegen:

»Wer hat recht?«

Tomilin schritt langsam aus und blickte mit seinen porzellanen Augen in die Sterne. Widerwillig begann er:

»Diese Frage ist nicht am Platz, Iwan. Es handelt sich um den unvermeidlichen Zusammenprall zweier Gewohnheiten, über die Welt nachzudenken. Diese Gewohnheiten begleiten uns von Urzeit her. Sie sind unversöhnbar und werden immer die Menschen in Idealisten und Materialisten scheiden. Wer recht hat? Der Materialismus ist einfacher, praktischer und zuversichtlicher. Der Idealismus ist schön, aber unfruchtbar. Er ist aristokratisch, stellt höhere Ansprüche an den Menschen. Alle Systeme der Welterklärung enthalten, mehr oder weniger kunstvoll verborgen, Elemente des Pessimismus. Im Idealismus gibt es davon mehr als in dem ihm entgegengesetzten System.«

Nach einigem Schweigen verlangsamte er noch mehr seinen trägen Schritt und sagte:

»Ich bin kein Materialist, aber auch kein Idealist. Alle diese Leute aber ...« Er deutete mit der Hand über seine Schulter hinweg. »Sie wissen wenig, darum sind sie Gläubige. Plump und ungeschickt wiederholen sie uralte Gedanken. Natürlich, jeder Gedanke hat seinen unstreitigen Wert. Richtig aufgefasst, kann er, selbst wenn er falsch ausgesprochen wird, Erwecker einer Menge neuer Gedanken sein, wie ein Stern, der seine Strahlen nach allen Seiten verstreut. Aber der absolute, reine Wert eines Gedankens verschwindet mit dem Prozess seiner praktischen Verwertung. Hüte, Schirme, Schlafmützen, Brillen und Klistiere, das sind die

Dinge, zu denen der reine Gedanke kraft unserer Sehnsucht nach Ruhe, Ordnung und Gleichgewicht verarbeitet wird.«

Er blieb stehen und zeigte mit der Hand über seine Schulter hinweg:

»Byron schrieb zwar Gedichte, doch begegnet man nicht selten auch tiefen Gedanken bei ihm. Hier ist einer: ›Der Denkende ist weniger wirklich als sein Gedanke.‹ Die dort – wissen das nicht.«

Mürrisch, unwirsch schloss er:

»Der Mensch ist das denkende Organ der Natur, eine andere Bedeutung kommt ihm nicht zu. Durch den Menschen strebt die Natur zur Erkenntnis ihrer selbst. Darin liegt alles.«

Als sie Tomilin bis zu seiner Wohnung geleitet und sich von ihm verabschiedet hatten, sagte Dronow:

»Er fängt an, wichtig zu tun, als hätten sie ihn zum Erzpriester geweiht. Und an den Hosen sind Flicken.«

Alle diese Gedanken, Worte und Eindrücke drangen durch jenes Andere, Beherrschende in Klims Bewusstsein, Sein Gedächtnis, gleichsam bestrebt, sich von der unnützen Last eintöniger Bilder zu befreien, weckte sie hartnäckig zum Leben, als wäre es mit geheimnisvoller Kraft zu einem Busch herangewachsen, der Blüten trug, die zu schauen ein wenig beschämend, aber sehr interessant und sehr angenehm war. Ihn wunderte, wie viel er von jenen Dingen sah, die als unanständig und schamlos galten. Er brauchte nur einen Augenblick die Augen zu schließen, und er sah die schlanken Beine Alina Telepnews, wenn sie beim Eislauf hinfiel, sah die nackten melonenförmigen Brüste des schläfrigen Dienstmädchens, die Mutter auf Warawkas Schoß und den Schriftsteller Katin, wie er die dicken Knie seiner halb entkleideten Frau küsste, die auf dem Tisch saß.

Die stumme, katzenhaft, sanfte Gattin des Schriftstellers goss an den Abenden ohne Pause den Tee in die Gläser. Sie war jedes Jahr schwanger. Früher hatte dies Klim abgestoßen, weil es ihm ein Gefühl des Abscheus erregte. Er teilte Lidas Ansicht, die brüsk bemerkte, schwangere Frauen hätten etwas Schmutziges. Doch nun, seit er ihre nackten Knie und ihr von Freude trunkenes Gesicht gesehen hatte, weckte diese Frau, die allen gleichmäßig freundlich zulächelte, in ihm eine Neugier, in der für Ekel kein Raum mehr war.

Selbst ihre fade Schwester, die um die Gäste bemüht war wie eine Magd, die sich etwas hat zuschulden kommen lassen und um jeden Preis die Zufriedenheit der Herrschaft erringen muss, – selbst dieses Mädchen, unscheinbar wie Tanja Kulikow, zog Klims Blicke durch ihren Busen, der eng in ein buntes Zitzjäckchen gepresst war, an. Klim hörte, wie Katin sie anschrie:

»Bin ich schuld, dass die Natur junge Mädchen auf die Welt bringt, die nicht einmal Pilze marinieren können ...«

Damals kam Klim dieser Hahnenschrei nur lächerlich vor, doch jetzt erschien ihm das langnäsige Mädchen mit dem pickligen Gesicht ungerecht beleidigt und sympathisch und das nicht nur, weil stille, unscheinbare Menschen überhaupt sympathisch sind, da sie nach nichts fragen und nichts verlangen.

Eines Abends brachte Klim dem Schriftsteller das neue Heft einer Zeitschrift. Katin empfing ihn, einen zerknüllten Brief schwenkend, und rief freudig erregt:

»Wissen Sie auch, Jüngling, dass in zwei oder drei Wochen Ihr Onkel aus der Verbannung zurückkommt? So nach und nach sammeln sich die alten Adler wieder!«

An der Wand platzten mit krachendem Geräusch die Tapeten. Durch den Spalt der angelehnten Tür steckte die Schwägerin ihr erschrockenes Gesicht.

»Es fängt an!«, sagte sie und verschwand sogleich wieder.

»Meine Frau kommt nieder, warten Sie, bei ihr geht das rasch!«, murmelte hastig Katin, nahm eine billige Bronzelampe vom Tisch und verschwand durch die schmale Tapetentür. Klim blieb in der Gesellschaft eines halben Dutzends Wiener Stühle am Tisch, der mit Büchern und Zeitungen beladen war, zurück. Ein weiterer Tisch nahm die ganze Mitte des Zimmers ein, auf ihm ragte ein erloschener Samowar, stand ungewaschenes Geschirr und waren die Teile einer auseinandergenommenen doppelläufigen Flinte verstreut. An der Wand lehnte das schwarze Sofa mit den heraushängenden Bastfetzen, darüber hingen Bildnisse Tschernyschewskis und Nekrassows. In einem goldenen Rahmen saß mit übergeschlagenen Beinen der fette Herzen. Neben ihm das finstere Gesicht Saltykows. Aus all diesem wehte Klim eine trübselige Armut an, nicht jene Armut, die den Schriftsteller hinderte, pünktlich seine Miete zu bezahlen, sondern eine andere, unheilbare, ängstigende und zugleich ergreifende.

Zehn Minuten später sprang der Schriftsteller aus der Wand heraus, hockte sich auf die Tischkante und prahlte:

»Erstaunlich leicht gebärt sie, die Kinder aber – wollen nicht leben.«

Er beugte sich zu ihm herab, stützte die Arme auf den Tisch und sprach hastig mit leiser Stimme:

»Jakow Samgin ist einer jener Matrosen auf dem Schiff der russischen Geschichte, die seine Segel mit ihrer Energie aufblähen, um seinen Lauf zu den Gestaden der Freiheit und Gerechtigkeit zu beschleunigen.«

Nacheinander titulierte er Jakow Samgin Steuermann, Schmied und Apostel, wiederholte aufgeregt: »Sie sammeln sich wieder, die Adler!« und verschwand hinter der Tür, von wo immer lauteres Stöhnen hereindrang. Klim entfernte sich eilig. Er befürchtete der Schriftsteller würde ihn über seine in der Zeitschrift veröffentlichte Erzählung ausfragen. Sie taugte nicht mehr als die übrigen Erzeugnisse Katins. In ihr gab es kindlich gutherzige Bauern, die, wie üblich, auf das Erscheinen der göttlichen Wahrheit warteten. Diese verhieß ihnen der Dorflehrer, ein redlich denkender Mensch, den zwei Bösewichte, der erbarmungslose Dorfreiche und der schlaue Pope, mit ihrem Hass verfolgten.

Zu Hause meldete Klim der Mutter, dass der Onkel zurückkehrte. Sie sah fragend Warawka an. Der beugte seinen Kopf über den Teller und sagte gleichgültig:

»Ja, ja, diese Leute, denen die Geschichte befohlen hat, abzutreten, kehren allmählich von »weiten Reisen« zurück. Bei mir im Kontor sind drei von ihnen beschäftigt. Ich muss gestehen, sie arbeiten gut.«

»Aber ...?«, fragte die Mutter.

Warawka erwiderte:

»Darüber – später.«

Klim begriff, dass Warawka in seiner Gegenwart nicht sprechen wollte, fand das unfein und blickte fragend die Mutter an, aber er begegnete nicht ihren Augen. Sie sah zu, wie Warawka, müde, struppig und wütend, Stücke Schinken verschlang. Rziga kam, nach ihm der Rechtsanwalt. Beinahe bis Mitternacht spielten sie und die Mutter vortrefflich. Die Musik berauschte Klim, erfüllte ihn mit nie gespürter Ergriffenheit und stimmte ihn so lyrisch, dass er, als er seiner Mutter beim Abschied die Hand küsste, der Gewalt dieser neuen Regung nachgab und flüsterte:

»Meine Teure, meine Geliebte!«

Die Mutter umarmte ihn innig, streichelte schweigend seine Wange und küsste ihn mit ihren heißen Lippen auf die Stirn.

Sowie er im Bett war, bemächtigte sich seiner jenes Unbesiegbare, das sein Leben ausmachte. Er erinnerte sich eines Gesprächs mit Makarow, das er kürzlich gehabt hatte. Als Klim ihm von Dronows Liebesroman mit der Näherin erzählte, murmelte Makarow:

»So? Das Vieh.«

Er sagte diese drei Worte ohne Ärger und Neid, ohne Abscheu oder Verwunderung und so, dass das letzte überflüssig klang. Dann lachte er spöttisch und erzählte:

»Mein Zimmerwirt, ein Briefträger, lernt bei mir Geige, weil er seine Mama liebt und sie nicht durch eine Heirat betrüben möchte. »Eine Frau ist schließlich doch ein fremder Mensch«, sagt er. »Versteht sich, heiraten werde ich, aber erst nach Mamas Tode.« Jeden Sonnabend besucht er ein öffentliches Haus und danach ein Bad. Er spielt schon das fünfte Jahr, aber nichts wie Übungen, denn er schwört darauf, wenn er nicht vorher sämtliche Etüden durchgenommen habe, würde das Spielen von Stücken seinem Gehör und seiner Hand schaden.

Makarow verstummte und wurde finster.

»Was soll das?«, fragte Klim.

»Ich weiß nicht«, antwortete Makarow. während er aufmerksam den Rauch seiner Zigarette verfolgte. »Es besteht hier ein Zusammenhang mit Wanjka Dronow. Wanjka lügt zwar todsicher, er hat bestimmt keinen Liebesroman gehabt, aber dass er mit unzüchtigen Fotografien gehandelt hat, ist wahr.«

Er schüttelte heftig den Kopf und fuhr fort, leise und erbost:

»Eine blöde Stimmung. Alles ist unwichtig, außer dem Einen. Ich fühle mich nicht als Mensch, sondern nur als ein Organ des Menschen. Beschämend und widerlich ist das. Als schärfe irgend so ein Inspektor dir ein: »Du bist ein Hahn, mach, dass du zu den dir zugewiesenen Hennen kommst!« Und ich will die Henne und will sie auch nicht. Ich will Übungen spielen. Du, gescheiter Kopf, fühlst du etwas derartiges?«

»Nein«, log Klim in bestimmtem Ton.

Man schwieg eine Weile. Makarow saß zusammengekrümmt, mit übereinandergeschlagenen Beinen. Klim fixierte ihn interessiert und fragte:

»Was empfindest du denn für das Weib?«

»Die Furcht Gottes!«, sagte finster Makarow, stand auf und griff nach seiner Mütze.

»Ich werde irgendwohin gehen.«

Als Klim sich dieser Szene erinnert hatte, dachte er mit Ärger an Tomilin. Dieser Mensch sollte etwas Beruhigendes wissen, etwas, das von Scham und Furcht befreite, und sollte es sagen. Schon mehrmals hatten Klim und Makarow, – jener behutsam, dieser ausfallend und drängend versucht, mit dem Lehrer ein Gespräch über die Frauen in Gang zu bringen, doch Tomilin war so eigentümlich taub für dieses Thema, dass er Makarow die verärgerte Bemerkung abnötigte:

»Er verstellt sich, der rothaarige Satan!«

»Vermutlich hat er sich verbrannt«, grinste Dronow, und dieses Grinsen, das Klim an die Szene im Garten denken ließ, weckte in ihm den Verdacht: »Wirklich, sollte er gesehen haben? Weiß er?«

Nur ein einziges Mal gab der Lehrer dem ausdauernden Drängen Makarows nach. Beiläufig und ohne die jungen Leute anzublicken, sagte er:

»Über die Frau muss man in Versen reden. Ohne Würze ist diese Speise ungenießbar, und – ich liebe Verse nicht.«

Die Augen zur Decke richtend, empfahl er:

»Lest Schopenhauers »Metaphysik der Liebe«, darin findet ihr alles, was ihr wissen müsst. Als ganz passable Illustration dazu mag euch die »Kreutzersonate« von Tolstoi dienen.«

Alle drei besuchten Tomilin immer seltener. Gewöhnlich trafen sie ihn hinter einem Buch an, er stemmte beim Lesen die Ellenbogen auf den Tisch und hielt sich mit den Händen die Ohren zu. Manchmal lag er mit eingezogenen Beinen auf dem Bett, hielt das Buch auf den Knien, und zwischen seinen Zähnen steckte ein Bleistift. Das Klopfen beachtete er zuweilen nicht, dann musste man es drei- bis viermal wiederholen.

»Ich bin keine Frau«, pflegte er zu erklären, und hinzuzufügen: »Ich bin nicht nackt.«

Nach einigem Nachdenken ergänzte er noch: »Nicht verheiratet.«

Er durchmaß das Zimmer und lehrte:

»In der Welt der Ideen hat man diejenigen Subjekte zu unterscheiden, die suchen, und solche, die sich verstecken. Jene wollen um jeden Preis den Weg zur Wahrheit finden, wohin immer er führe und sei es auch in den Abgrund, ins Verderben. Die zweiten wollen nichts als sich verkriechen, als ihre Furcht vor dem Leben, ihre Ratlosigkeit vor seinen Geheimnissen in einer bequemen Idee verstecken. Der Tolstoianer ist eine lächerliche Type, aber er vermittelt eine überaus plastische Vorstellung von den Menschen, die sich verkriechen.«

Klim sah, dass Makarow in gebückter Haltung des Lehrers Füße beobachtete, als warte er darauf, dass er stolpere, warte ungeduldig, und dass er seine Fragen aufdringlich und laut stellte, als wolle er einen Eingeschlafenen aufwecken, aber keine Antwort erhielt.

Während er der ruhigen, nachdenklichen Stimme seines Lehrers lauschte, suchte Klim zu erraten, wie die Frau sein musste, die einen Tomilin lieben konnte. Wahrscheinlich hässlich und unbedeutend wie Tanja Kulikow oder Katins Schwägerin, die alle Hoffnung auf Liebe verloren hatte. Doch diese Grübeleien hinderten Klim nicht, beißende Paradoxe und Aphorismen aufzufangen.

»Der Weg zum wahren Glauben geht durch die Wüste des Unglaubens«, vernahm er. »Glaube als bequeme Gewohnheit ist unendlich viel schädlicher als Zweifel. Denkbar ist sogar, dass der Glaube in seinen krassesten Erscheinungsformen eine psychische Krankheit ist: Gläubige sind Hysteriker und Fanatiker wie Savanarola oder der Protopop Awakum, im günstigsten Fall Schwachsinnige, wie der heilige Franziskus von Assisi.«

Von Zeit zu Zeit unterbrach Dronow ihn mit Fragen sozialen Charakters. Aber der Lehrer blieb ihm entweder die Antwort schuldig, oder er sprach widerwillig und verschwommen.

»Es ist falsch zu glauben, wenn die Menschen zu einer Organisation, zu einer Partei vereinigt seien, müsse ihre Energie wachsen. Das Gegenteil trifft zu: Indem die Menschen ihre Wünsche, Hoffnungen und Pflichten auf den Führer abwälzen, drücken sie sowohl die Temperatur als auch das Wachstum ihrer persönlichen Energie herab. Die idealste Verkörperung der Energie ist Robinson Crusoe.«

Als erster wurde Makarow dieser Offenbarungen müde.

»Wir müssen gehen«, sagte er grob. Tomilin gab ihnen seine warme und feuchte Hand, lächelte und unterließ es, sie noch einmal einzuladen. Makarow begegnete Tomilin immer respektloser, und einmal, als man, von einem gemeinsamen Besuch bei ihm kommend, die Treppe hinabstieg, sagte er absichtlich laut:

»Der Rothaarige kommt mir vor wie eine Tarantel. Ich habe dieses Insekt nie gesehen, aber in der altertümlichen Naturgeschichte von Gorisontow heißt es: »Die Taranteln sind dadurch nützlich, dass sie in Öl gesotten, als bestes Heilmittel gegen ihre eigenen Bisse dienen!«

Diese Bosheit entlockte Dronow ein unangenehm rülpsendes Lachen.

In seine Erinnerungen verloren, hörte Klim plötzlich ein eiliges Rascheln im Salon, dann das tiefe Tönen von Saiten, als habe Rzigas Cello, ausgeruht, sich seines gestrigen Gesangs erinnert und versuche nun, ihn für sich zu wiederholen. Dieser Gedanke, der Klim fremdartig anmutete, verschwand gleich wieder, um der Angst vor dem Rätselhaften Platz zu machen. Er lauschte. Ganz klar: Die Töne entstanden im Salon, nicht über ihm, wo Lida zuweilen noch spät nachts die Saiten des Flügels zu beunruhigen pflegte.

Klim zündete eine Kerze an, nahm eine Hantel in die rechte Hand und trat in den Salon. Er fühlte, dass seine Beine zitterten. Das Cello tönte jetzt lauter, das Rascheln wurde vernehmlicher. Augenblicklich erriet er, dass eine Maus im Instrument saß, legte es behutsam mit dem oberen Deckel auf den Fußboden und konnte sehen, wie eine junge Maus, winzig wie eine Küchenschabe, unter ihm hervorkugelte.

Durch die Dunkelheit des Zimmers der Mutter spannte sich ein vertikales und straffes Feuerband, das Licht aus dem Schlafzimmer.

»Sie schläft nicht. Ich werde ihr von dem Mäuschen erzählen.«

Doch als er sich der Tür genähert hatte, prallte er zurück: Der Schein der Nachtlampe beleuchtete das Gesicht und den nackten Arm der Mutter, der den behaarten Nacken Warawkas umschlang. Sein struppiger Kopf schmiegte sich an die Schulter der Mutter. Sie lag auf dem Rücken. Ihr Mund stand offen. Sie musste fest schlafen. Warawka schnarchte gaumig und schien aus irgendeinem Grunde kleiner, als er am Tage war. Dieses ganze Schauspiel hatte etwas Beschämendes, Verwirrendes und zugleich Rührendes.

Wieder in seinem Zimmer, legte Klim sich ins Bett, tief aufgewühlt. Vor seinem geistigen Blick schwebten, eine nach der anderen, die Gestalten der dicken, kleinen Ljuba Somow, der schönen Alina mit ihrer schnippisch aufgeworfenen Lippe, dem kühnen Blick ihrer blauen Augen und ihrer tiefen herrischen Stimme heran. Die Figur Lidas, vertrauter als die der anderen, verdunkelte ihre Freundinnen. Klim dachte an sie und verlor sich in einem sehr dunklen und verschwommenen Gefühl. Er wusste, dass Lida unschön, oft sogar unsympathisch war, und doch fühlte er sich unwiderstehlich zu ihr hingezogen. Sein nächtliches Grübeln über die jungen Mädchen wurde zum Reiz, erregte in seinem Körper eine beklemmende und beinahe schmerzhafte Spannung, und ließ Klim an das abschreckende Buch des Professors Tarnowski über die verderblichen Folgen der Onanie denken, ein Buch, das seine vorausschauende Mutter ihm längst unbemerkt zugesteckt hatte. Er sprang aus dem Bett, zündete die Lampe an und ergriff Melnikows Büchlein »Über die Liebe«. Das Buch war langweilig und handelte nicht von jener Liebe, die Klim aufwühlte. Draußen schüttelte der Wind die Bäume, ihr Rauschen weckte die Vorstellung vom Flug einer zahllosen Vogelschar, vom Rascheln der Mädchenröcke beim Tanz auf den Gymnasiastenbällen, die Rziga veranstaltete.

Klim schlief erst im Morgengrauen ein und erwachte spät, zerschlagen und unwohl. Es war Sonntag, schon läuteten die Glocken den Spätgottesdienst aus. Der Aprilregen klatschte ans Fenster, eintönig summte das Blech der Regentraufe. Klim dachte beleidigt:

»Muss ich wirklich dasselbe durchmachen wie Makarow?«

An Makarow zu denken, ging nicht mehr an, ohne zugleich an Lida zu denken. In Lidas Gegenwart war Makarow erregt und sprach lauter, frecher und spöttischer als gewöhnlich. Aber seine scharfen Züge wurden weicher, seine Augen blitzten fröhlicher.

»Ist es wahr, dass man Makarow wegen Betrunkenheit aus dem Gymnasium entfernen will?«, fragte Lida gleichgültig. Klim verstand, dass es eine gespielte Gleichgültigkeit war.

Die Tür öffnete sich zögernd. Das neue Dienstmädchen trat ins Zimmer, dick, dumm, mit gerümpfter Nase und farblosen Augen.

»Die Mama lässt fragen, ob Sie Kaffee wünschen. Weil bald gefrühstückt wird.«

Die weiße Schürze umspannte straff ihre Brust. Klim musste daran denken, dass ihre Brüste wohl ebenso hart und rau waren wie ihre Waden.

»Ich will nicht«, sagte er wütend.

Plötzlich fand er, dass Lidas Liebesroman mit Makarow dümmer sei als alle anderen Romane der Gymnasiasten mit den Gymnasiastinnen, und fragte sich:

»Vielleicht bin ich überhaupt nicht verliebt, sondern erliege nur allmählich der Atmosphäre allgemeiner Verliebtheit und bilde mir alles ein, was ich empfinde?«

Doch diese Überlegung, weit entfernt, ihn zu beruhigen, rief ihm nur das halb verrückte Geschwätz des angeheiterten Makarow in Erinnerung. Auf seinem Stuhl schaukelnd und sich abmühend, mit den Fingern die widerspenstigen, zweifarbigen Haarsträhnen zu kämmen, hatte er mit schwerer, betrunkener Zunge gesagt:

»Die Physiologie lehrt, dass nur neun von unseren Organen sich in progressiver Entwicklung befinden, und dass wir absterbende, rudimentäre besitzen – verstehst du? Vielleicht lügt die Physiologie, vielleicht aber haben wir tatsächlich absterbende Sinne. Jetzt stell dir vor, der Trieb zum Weibe sei so ein agonisierendes Gefühl. Daher ist es dann wohl so quälend, so ausdauernd, wie? Stell dir vor, der Mensch begehre nach Tomlins Theorie zu leben, he? Das Hirn, der Sitz des forschenden schöpferischen Verstandes, der Teufel hol ihn, beginnt schon, die Liebe als ein Vorurteil aufzufassen, nicht wahr? Und vielleicht sind Onanie und Homosexualität ihrem Wesen nach Bestrebungen, sich vom Weibe zu befreien? Wie denkst du?«

Diese Fragen richtete er an Klim, als sie ihn noch nicht ängstigten, und die betrunkenen Reden seines Kameraden flößten Klim damals nur Widerwillen ein. Doch jetzt erschien ihm das Wort »Befreiung vom Weibe« nicht gar so dumm, und es war beinahe wohltuend, sich zu vergegenwärtigen, dass Makarow immer mehr dem Trunk verfiel, wenngleich es den Anschein hatte, als würde er ruhiger und zuweilen so nachdenklich, dass man glauben konnte, er sei unversehens mit Blindheit und Taubheit geschlagen. Klim fiel auf, dass Makarow, wenn er sich eine Zigarette anzündete, das Streichholz nicht auslöschte, sondern es im Aschenbecher sorgsam zu Ende brennen ließ oder es solange zwischen seinen Fingern hielt, bis es heruntergebrannt war. Die stets aufs Neue versengte Haut an seinen beiden Fingerspitzen war dunkel geworden und schwielig wie bei einem Schlosser.

Klim unterdrückte die Frage, weshalb er das tue. Er zog überhaupt vor, stillschweigend zu beobachten, ohne auf Erklärungen zu drängen, eingedenk der unglücklichen Versuche Dronows und Warawkas schlagenden Ausspruchs:

»Dumme fragen mehr als Wissbegierige.«

Neuerdings trug sich Makarow mit dem Buch eines anonymen Autors, »Triumphe des Weibes«. Er pries es so flammend und beredt, dass Klim sich das dicke Buch von ihm auslieh. Er las es aufmerksam durch, fand aber darin nichts der Begeisterung Würdiges. Der Verfasser schilderte in ledernem Stil die Liebe Ovids und Korinnas, Petrarcas und Lauras, Dantes und Beatrices, Bocaccios und der Fiametta. Das Buch war angefüllt mit prosaischen Übersetzungen der Elegien und Sonette. Lange und argwöhnisch grübelte Klim darüber nach, was in aller Welt seinen Kameraden daran so bezaubert haben konnte. Da er es nicht entdecken konnte, fragte er Makarow selbst.

»Du hast es nicht verstanden?« staunte der, schlug das Buch auf und las den ersten besten Satz aus dem Vorwort des Verfassers:

»›Der Sieg über den Idealismus war gleichzeitig der Sieg über das Weib.‹ Da hast du die Wahrheit. Die Höhe der Kultur wird durch das Verhältnis zur Frau bestimmt, verstehst du?«

Klim nickte zustimmend, tat einen Blick in Makarows scharfes Gesicht, in seine frechen Augen und begriff sogleich, dass Makarow die »Triumphe des Weibes« wegen der zynischen Geständnisse Ovids und Bocaccios, keineswegs aber wegen der Dantes und Petrarcas brauchte. Ohne Zweifel diente ihm das Buch lediglich dazu, Lida in eine geeignete Gemütsverfassung zu bringen.

»Wie einfach ist alles im Grunde«, dachte er mit einem scheelen Blick auf Makarow, der mit Wärme von Troubadours, Turnieren und Duellen sprach.

Im Esszimmer fand Klim die Mutter, die erfolglos versuchte, ein Fenster zu öffnen. Mitten im Zimmer aber stand ein dürftig gekleideter Mann in schmutzigen, langen, bis an die Knie hinaufreichenden Stiefeln. Er hielt den Kopf weit zurückgeworfen, hatte den Mund geöffnet und schüttete ein weißes Pulver auf seine herausgestreckte, zu einem »Boot« gefaltete Zunge.

Klim trat zu seinem Onkel, machte eine Verbeugung und reichte ihm die Hand, ließ sie aber gleich wieder sinken. Jakow Samgin, ein Glas Wasser in der einen Hand, rollte mit den Fingern der anderen aus der Hülle des Pulvers ein Kügelchen, leckte sich die Lippen und sah in das Gesicht seines Neffen mit einem unnatürlich glänzenden Blick seiner grauen Augen, deren Lider entzündet waren. Nachdem er einen Schluck Wasser genommen hatte, stellte er das Glas hin, ließ das Papierkügelchen fallen und drückte sodann mit seiner dunklen, knochigen Hand die Hand des Neffen. Mit hohler Stimme fragte er:

»Das ist wohl der jüngere? Klim? Und Dmitri? Aha, Student? Naturwissenschaftler natürlich?«

»Sprich lauter, das Chinin macht mich allmählich taub«, verständigte Jakow Samgin Klim. Er setzte sich an den Tisch, schob das Service mit dem Ellenbogen zur Seite und zeichnete mit dem Finger einen Kreis aufs Tischtuch.

»Also einen geheimen Treffpunkt gibt es nicht? Zirkel sind nicht mehr da? Sonderbar. Was treibt man denn jetzt?«

Die Mutter zuckte die Achseln und zog die Augenbrauen in eine Linie zusammen. Ohne ihre Antwort abzuwarten, sagte Samgin zu Klim:

»Du staunst? Hast solche noch nicht gesehen? Ich, mein Lieber, habe zwanzig Jahre in Taschkent, im Gebiet von Semipalatinsk zugebracht, unter Menschen, die man gut und gern Wilde nennen kann. Ja. Als ich in deinen Jahren war, nannte man mich ›L'homme qui rit‹.«

Klim bemerkte, dass sein Onkel L'homme wie »Ljom« aussprach.

»Hab Gräben ausgehoben. Bewässerungskanäle. Dort wütet das Fieber, Freund.«

Der Onkel musterte das Esszimmer und rieb sich fest die Backe ab.

»Hm, Iwan ist reich geworden. Was macht er? Sein Geschäft geht?«

Er sandte noch einmal seinen tastenden Blick durch das Zimmer und entfärbte es in Klims Augen.

»Wie ein Bahnhofsbüfett.«

Er brachte ins Esszimmer den Geruch dumpfigen Leders und noch einen anderen, ebenso schweren. Von seinen knochigen Schultern hing eine weite, eisengraue, vorn aufgeknöpfte Jacke herab, darunter wurde ein graues Hemd von grobem Leinen sichtbar. Um den runzligen Hals, unterhalb des spitzen Adamsapfels, schlang sich, zu einer Schnur zusammengedreht, ein seidenes Tuch, alt und rissig in den Falten. Das erdfarbene Gesicht, die greisen, spärlichen Nadeln des gestutzten Schnurrbarts, der kahle, verräucherte Schädel mit den Überresten krausen Haars im Nacken, hinter den dunklen, ledernen Ohren, – das alles machte ihn einem alten Soldaten oder einem ausgestoßenen Mönch ähnlich. Doch seine Zähne blitzten weiß und jung, und der Blick seiner grauen Augen war klar. Dieser ein wenig zerstreute, doch tiefsinnige Blick unter buschigen Brauen und tiefen Stirnfalten hervor schien einem halb verrückten zu gehören. Der ganze Onkel hatte etwas beklemmend Fremdes. Die Möbel büßten unter seiner Gegenwart ihr solides Aussehen ein, die Bilder verblassten, vieles andere wurde schwer, überflüssig, beengend. Des Onkels Fragen klangen wir die Fragen eines Examinators, die Mutter war erregt, antwortete trocken, kurz und schuldbewusst.

»Nun, und was für Zirkel habt ihr auf dem Gymnasium?«, vernahm Klim, und da er schlecht unterrichtet war, antwortete er unsicher, doch achtungsvoll, als wäre es sein Lehrer Rziga, der fragte:

»Tolstoianer. Dann noch Ökonomisten ... ein paar.«

»Erzähle!«, forderte der Onkel auf, »Die Tolstoianer sind eine Sekte? Man erzählte mir, sie gründen Kolonien in den Dörfern.«

Er schüttelte den Kopf.

»Das hat sich überlebt. Wir haben es selbst getan. Ich kenne ja die Sektierer gut, ich war Propagandist bei den Molokanen im Gouvernement Saratow. Über mich, sagt man, hat Stepniak geschrieben, – Krawtschinski, kennst du ihn? Gussew – das bin ich.«

Gut, dass er die Antworten nie abwartete. Immerhin, über die Tolstoianer wollte er Genaues wissen.

»Nun, was machen die denn? Kolonien, schön, aber sonst?«

Klim schielte zur Mutter hin, die am Fenster saß. Er hätte sie gern gefragt, warum es kein Frühstück gab. Aber die Mutter blickte zum Fenster hinaus. So teilte er denn, um nicht aus dem Konzept zu kommen, dem Onkel mit, im Flügel wohne ein Schriftsteller, der ihm besser als er über die Tolstoianer und alles Wissenswerte Auskunft geben könne, er selbst sei zu sehr mit den Wissenschaften beschäftigt.

»Für uns waren die Wissenschaften kein Hindernis«, tadelte der Onkel und schürzte seine greise Lippe. Dann fragte er ihn nach dem Schriftsteller:

»Katin? Kenne ich nicht.«

Es gefiel ihm sehr, dass der Schriftsteller unter Polizeiaufsicht stand, er lächelte:

»Ah, also einer von den Ehrlichen. Zu meiner Zeit waren ehrliche Schriftsteller – Omulewski, Nefedow, Boshin, Stanjukowitsch, Sassodimski. Lewitow war ein Schwätzer. Slepzow liebte den Klatsch. Uspenski ebenfalls. Es gab zwei Uspenskis, der eine schrieb frech, der andere so so la la, mit einem ironischen Lächeln.«

Er überließ sich seinen Gedanken. Plötzlich fragte er die Mutter:

»Ich vergaß, Iwan schreibt mir, er habe sich von dir getrennt. Mit wem lebst du denn, Wera? Wohl mit einem reichen Mann? Advokat, wie? Aha, Ingenieur. Liberaler? Hm ... Und Iwan ist in Deutschland, sagst du? Warum nicht in der Schweiz? Er ist zur Kur dort, nur zur Kur? Früher war er gesund. Aber ohne feste Grundsätze. Das war allen bekannt.«

Er schrie wie ein Tauber, seine heisere Stimme klang herrisch. Auch die kargen Antworten der Mutter wurden lauter, noch einige Augenblicke, und sie würde zu schreien anfangen.

»Wie alt bist du, fünfunddreißig, siebenunddreißig, was? Jugendlich«, sagte Jakow Samgin, verstummte unvermittelt, zog ein Pulver aus seiner Jackentasche, nahm es ein, trank ein paar Schlucke Wasser nach, setzte das Glas fest auf den Tisch und befahl Klim:

»Nun denn, führe mich zu deinem Schriftsteller. Zu meiner Zeit hatten Schriftsteller etwas zu sagen.«

Über den Hof bewegte sich Onkel Jakow, indem er sich langsam umblickte wie jemand, der sich verlaufen hat und mühsam längst vergessene Einzelheiten aus seinem Gedächtnis hervorsucht.

»Das Haus gehört Iwan?«

»Dem Großvater, aber Warawka hat es ihm abgekauft.«

»Wer?«

Klim wusste nicht, wie er antworten sollte, da antwortete der Onkel, ihm ins Gesicht blickend, selbst:

»Verstehe, der Ehegenosse deiner Mutter. Warum wirst du verlegen? Eine ganz gewöhnliche Sache. Die Frauen lieben das, – Luxus und dergleichen. Was für ein Stutzer bist du, Bruder«, schloss er unvermittelt.

Katin empfing Samgin achtungsvoll wie einen Vater und überschwänglich wie ein Jüngling. Er lächelte, verbeugte sich, schüttelte mit beiden Händen die dunkle seines Gastes und sagte hastig:

»Ich sah Sie vom Fenster aus und fühlte sofort: Das ist er! Sarachanow schrieb mir aus Saratow ...«

Onkel Jakow musterte lächelnd die ärmliche Behausung, und Klim bemerkte sofort, wie sein dunkles, runzliges Gesicht heller und jünger wurde.

»Na, na«, sagte er, während er auf dem verfallenen Sofa Platz nahm. »So, so. Na, in Saratow weilt noch der und jener. In Samara scheinen irgendwelche ... Ich verstehe nicht Simbirsk ist wie eine unbewohnte Hütte.«

Er zählte noch einige Wolgastädte auf und fragte schließlich:

»Nun, und was macht ihr hier? Reden Sie lauter und nicht so schnell, ich höre schlecht, das Chinin macht taub«, und als wage er nicht zu hoffen, dass man ihn verstehe, hob er die Hände und zupfte an seinen Ohrläppchen. Klim dachte, diese von der Sonne versengten, dunklen Ohren müssten bei der Berührung knistern.

Der Schriftsteller schilderte nun das Leben der Intelligenz im Ton eines Menschen, der voraussieht, dass man ihn wegen irgendeiner Sache beschuldigen wird. Er lächelte verlegen, bewegte entschuldigend die Hände, nannte Namen von Freunden, die Klim kaum bekannt waren, und fügte regelmäßig kummervoll hinzu:

»Er hat ebenfalls einen Posten bei der Landschaftsversammlung angenommen ... als Statistiker.«

»Bei der Landschaftsversammlung, das ist gut«, billigte Onkel Jakow, schränkte aber ein: »Das genügt aber nicht.«

Dann seufzte er, seinen Adamsapfel vorschiebend:

»Verwildert seid ihr.«

»Klugwerden nennt man das jetzt«, erklärte schuldbewusst Katin. »Es gibt sogar eine Erzählung zu dem Thema Verrat an der Vergangenheit. Die heißt wörtlich so: ›Klug geworden.‹ Sie ist von Bobrykin.«

»Bobrykin ist ein Schwätzer«, verurteilte der Onkel. Er hob die Hand. »Ahmen Sie ihn nicht nach Sie sind jung. Man darf Bobrykin nicht nachahmen.«

Leise ging die Tür auf. Scheu trat die Gattin des Schriftstellers ins Zimmer. Er sprang auf und nahm sie an der Hand:

»Meine Frau. Jekaterina, Katja.«

Jakow Samgin musterte freundschaftlich die Frau und schmunzelte:

»Eine Popentochter?«

»Ja.«

»Die ganze Erscheinung! Man irrt sich nicht. Kinder?«

»Sie sterben alle.«

»Hm. Und was liest denn jetzt so die Jugend?«

Katin sprach jetzt leiser und weniger lebhaft. Ungeachtet der Freude, mit der der Schriftsteller den Onkel begrüßt hatte, schien er ihn zu fürchten wie ein Schüler seinen Lehrer, während Onkel Jakows heisere Stimme heftiger wurde und in seinen Worten zahlreiche gurrende Laute mittönten.

Klim wäre gern weggegangen, es schien ihm aber unpassend, den Onkel allein zurückzulassen. Von der Ofenecke aus beobachtete er, wie die Frau des Schriftstellers um den Tisch herumging und geräuschlos das Teeservice aufdeckte, während sie scheue Blicke auf den Gast warf.

Sie schrak sogar zusammen, als Onkel Jakow sagte:

»Die Revolution wird nicht mit Zwischenakten gemacht.«

Klim war froh, als das Mädchen ihn zum Frühstück holte. Onkel Jakow lehnte die Einladung ab.

»Ich nähre mich nur von gekochtem Reis, Tee und Brot. Und wer frühstückt auch um zwei Uhr?« tadelte er, nach einem Blick auf die Wanduhr.

Daheim im Esszimmer lief Warawka stirnrunzelnd und sich den Bart mit einem Kamm striegelnd auf und ab. Er empfing Klim mit der Frage:

»Und der Onkel?«

»Er nährt sich nur von gekochtem Reis.«

Schweigend ging man zu Tisch. Die Mutter seufzte und fragte:

»Wie gefällt er dir?«

Klim, der die Stimmung erriet, antwortete:

»Er ist sonderbar.«

Die Mutter lehnte sich zurück, kniff die Augen zu und sagte:

»Wie ein Gespenst.«

»Ein hungernder Hindu«, bekräftigte ihr Sohn.

»Er kann nicht älter sein als fünfzig«, grübelte laut die Mutter. »Er war fröhlich, ein flotter Tänzer, ein Spaßvogel. Plötzlich ging er ins Volk, zu den Sektierern. Eine unglückliche Liebe scheint dabei mitgespielt zu haben.«

»Sie haben alle eine unglückliche Liebe mit einer ganzen Geschichte. Diese Geschichte heißt ›Messalina‹, Klim. *Sie* liebt den Umgang mit jungen Leuten, aber nur flüchtigen. *Er* hat kaum mit ihr zu spielen und zu träumen angefangen, da haben schon neue Liebhaber seinen Platz eingenommen.«

Er wischte sich sorgfältig mit der Serviette den Bart ab und begann eindringlich zu belehren, dass nicht die Herzen und die Tschernyschewskis die Geschichte machen, sondern die Stevensons und Arkwrights, und dass in einem Land, wo das Volk an Hausgeister und Zauberer glaubt und die Erde mit einem Holzpflug aufritzt, Gedichte nichts vermögen.

»Als erstes brauchen wir einen guten Pflug. Dann erst ein Parlament. Kühne Reden sind wohlfeil. Man muss Worte finden, die die Instinkte bändigen und zugleich den Verstand wecken«, krähte er immer hitziger, durch irgendwas gereizt, und sein Gesicht lief rot an. Die Mutter schwieg besorgt, und Klim verglich unwillkürlich ihr Schweigen mit der Furchtsamkeit der Schriftstellersgattin. Auch die jähe Erbitterung Warawkas hatte etwas Verwandtes mit dem erregten Ton Katins.

»Ich gedenke, ihn im Zwischenstock unterzubringen«, sagte still die Mutter.

»Aber Dronow?«, wandte Warawka ein.

»Ja, ich weiß auch nicht ...«

Warawka zuckte die Schultern.

»Wie du willst.«

Aber Onkel Jakow weigerte sich, im Zwischenstock zu wohnen.

»Treppensteigen ist schädlich für mich, ich habe kranke Beine«, erklärte er und zog zum Schriftsteller, in das kleine Zimmer seiner Schwägerin. Die wurde in der Kammer untergebracht. Die Mutter fand es taktlos von Onkel Jakow, nicht bei ihr zu leben. Warawka stimmte ihr darin zu:

»Es ist eine Demonstration.«

Onkel Jakow führte sich in der Tat ein wenig ungewöhnlich auf. Wenn er im Hause vorsprach, grüßte er Klim zerstreut, und wie einen Fremden, schritt durch den Hof wie über eine Straße und blickte erhobenen Hauptes, den mit grauen Borsten verzierten Adamsapfel weit vorgereckt, mit den Augen eines Unbekannten in die Fenster. Er verließ den Flügel erst gegen Mittag, während der größten Hitze, und kehrte abends zurück, mit nachdenklich gesenktem Kopf, die Hände vergraben in den Taschen seiner dicken kamelhaargelben Hosen.

»Eine alte Axt«, nannte Warawka ihn. Er verhehlte nicht seine Unzufriedenheit mit Jakow Samgins Anwesenheit im Flügel. Täglich sagte er in grobem Ton etwas Herabsetzendes über ihn, was offensichtlich die Mutter bedrückte und selbst das Dienstmädchen Fenja ansteckte, die sich gegen die Bewohner des Flügels und ihre Gäste ängstlich und feindselig benahm, als hielte sie sie für imstande, das Haus anzuzünden.

Klim, vom Verlangen nach dem Weibe gepeinigt, fühlte, dass er abstumpfte, bleichsüchtig und hinfällig wurde wie Makarow, und er beneidete hasserfüllt Dronow, der zwar das Wolfsbillett erhalten, sich jedoch beruhigt hatte, und nachdem er in Warawkas Kontor eingetreten war, beharrlich fortfuhr, sich bei Tomilin für die Reifeprüfung vorzubereiten.

Klim, der nicht wusste, was er mit sich anfangen sollte, besuchte zuweilen den Schriftsteller. Dort waren neue Gestalten aufgetaucht: die langnäsige Heilgehilfin Isakson und ein kleiner Greis, dessen Augen hinter dunklen Gläsern versteckt waren. Er rieb sich jeden Augenblick die rundlichen Hände und rief:

»Das unterschreibe ich!«

Es kam ein Handwerker, nach seinen Händen zu urteilen, ein Schlosser. Seine Lieblingsredensart war:

»Das haben wir so nötig wie der Hund ein fünftes Bein.«

Die Fensterläden wurden geschlossen, die Scheiben verhängt, doch die Frau des Schriftstellers trat trotzdem von Zeit zu Zeit ans Fenster, hob die Gardine hoch und starrte auf das schwarze Quadrat. Ihre Schwester eilte auf den Hof, sandte Blicke zum Tor hinaus, und Klim hörte sie später beruhigend zu Katins Frau sagen:

»Niemand. Es ist keine Seele draußen.«

Klim achtete fast gar nicht auf die ihm allzu bekannten Reden und Streitigkeiten. Sie gingen ihn nichts an, interessierten ihn nicht. Auch der Onkel trug nichts Neues bei, er war wohl der am wenigsten Redegewandte von allen, seine Gedanken waren grob gezimmert und liefen alle auf eins hinaus: »Man muss das Volk auf eine höhere Stufe heben.«

Klim suchte den Flügel stets dann auf, wenn er vermutete oder sah, dass Lida hinging. Das bedeutete, dass auch Makarow dort sein würde. Aber seine Augen sagten ihm, dass sie noch etwas anderes als Makarow hinzog. Aus einem Winkel und – trotz der verqualmten Stickluft – fest in einen orangefarbenen Schal gehüllt, fixierte sie mit zusammengepressten Lippen und dem strengen Blick ihrer dunklen Augen die Menschen. Klim fand, in diesem Blick und in Lidas ganzem Betragen lag etwas Neues, beinahe Komisches, ein gewisser gemachter Witwenernst.

»Was sagst du zu meinem Onkel?«, fragte er und wunderte sich sehr, als er die merkwürdige Auskunft erhielt:

»Er sieht aus wie Johannes der Täufer.«

In einer Frühlingsnacht – sie und Klim hatten den Flügel verlassen und wandelten im Garten – sagte sie:

»Seltsam, dass es Menschen gibt, die nicht nur an sich denken. Mir scheint, darin liegt etwas Unsinniges. Oder – Gekünsteltes.«

Klim sah sie fast unwillig an: Sie hatte gerade dem Ausdruck verliehen, was er empfand, wofür er aber noch keine Worte gefunden hatte.

»Und dann«, fuhr das Mädchen fort, »steht bei ihnen alles gewissermaßen auf dem Kopf. Mir scheint, sie sprechen von der Liebe zum Volk mit Hass und vom Hass gegen die Regierung mit Liebe. Jedenfalls höre ich es so.«

»Aber es ist natürlich nicht so«, sagte Klim, in der Hoffnung, sie würde fragen: »Wie ist es dann?«, und dann würde er vor ihr glänzen, er wusste schon, womit und wie. Doch das Mädchen schwieg, schritt sinnend weiter und wickelte das Tuch fest um ihre Brust. So getraute Klim sich nicht, ihr zu sagen, was er wollte.

Er fand, Lida sprach zu ernst und zu gescheit für ihr Alter. Es berührte ihn unangenehm, immer häufiger überraschte sie ihn damit.

Einige Tage darauf sollte er abermals fühlen, dass Lida ihn bestahl. Nach dem Abendessen fragte die Mutter Lida aus, was im Flügel gesprochen wurde. Das Mädchen saß neben Wera Petrowna am offenen Fenster und antwortete gezwungen und wenig höflich. Plötzlich jedoch drehte sie sich schroff auf dem Stuhl herum und begann, schon einigermaßen gereizt, zu reden:

»Auch Vater fürchtet, diese Leute könnten mich irgendwie anstecken. Nein, ich denke, alle ihre Reden und Diskussionen sind nichts als Versteckspiel. Die Leute verstecken sich vor ihren Leidenschaften, vor der Langenweile, vielleicht vor dem Laster ...«

»Bravo, meine Tochter!«, rief Warawka aus, der sich, eine Zigarre im Bart, im Sessel rekelte.

Lida fuhr leiser und ruhiger fort:

»Man muss sich selbst vergessen. Das wollen viele, glaube ich. Nicht Menschen wie Jakow Akimowitsch. Er ... ich weiß nicht, wie ich es ausdrücken soll ... er hat sich der Idee mit einem Mal und für immer als Opfer vorgeworfen ...«

»Wie ein Blinder, der in eine Grube gestürzt ist«, warf Warawka ein. Klim, der fühlte, dass er vor Verdruss blass geworden war, grübelte darüber nach, wie es sein konnte, dass alle ihm zuvorkommen. Tomilins Ausspruch, dass die Menschen sich in den Ideen voreinander versteckten, hatte ihm besonders gefallen, und er hielt ihn für wahr.

»Tomilin sagt das«, bemerkte er ärgerlich.

»Ich habe nicht gesagt, dass ich es selbst erdacht habe«, gab Lida zurück.

»Du hast es von Makarow gehört«, beharrte Klim.

»Und wenn schon?«

»Onkel Jakow ist ein Opfer der Geschichte«, sagte Klim eilig. »Er ist nicht Jakob, sondern Isaak.«

»Verstehe ich nicht«, sagte Lida und zog die Brauen hoch. Klim, der wegen dieser Worte, die niemand beachtete, auf sich selbst wütend war, stammelte ärgerlich:

»Wenn Makarow betrunken ist, redet er immer einen entsetzlichen Unsinn zusammen. Er nennt sogar die Liebe ein rudimentäres Gefühl.«

Warawka lachte schallend und schwang seine Zigarre. Wera Petrowna lächelte herablassend und bemerkte:

»Er kennt den Begriff ›rudimentär‹ nicht.«

Lida sah sie an und ging still zur Tür, Sie schien beleidigt durch das Gelächter ihres Vaters. Warawka ächzte und wischte sich Tränen aus den Augen.

»Oh, oh, ach, Kinder, Kinder!«

Klim hatte Lust, Lida zu folgen und mit ihr Streit zu suchen. Doch Warawka, der sich endlich satt gelacht hatte, wandte sich zu ihm und sagte mit einem Ausfall gegen die Schule:

»Man lehrt euch nicht das, was ihr wissen müsst. Vaterländische Geschichte, das ist das Fach, das gleich in den untersten Klassen gelehrt werden sollte, wenn wir Anspruch darauf erheben wollen, eine Nation zu sein. Das Land der Russen ist immer noch keine Nation, und ich fürchte, es wird noch einmal so heftig durcheinandergeschüttelt werden müssen wie im 17. Jahrhundert. Dann werden wir wahrscheinlich eine Nation sein.«

Mit wachsender Lebhaftigkeit sprach er davon, dass die Stände einander ironisch und feindlich gegenüberstehen wie Rassen mit ganz verschiedenartiger Kultur, dass jeder von ihnen überzeugt sei, dass alle anderen ihn nicht verstehen und sich ruhig damit abfinden, und alle zusammen glauben, die Bevölkerung dreier, aneinandergrenzender Gouvernements bestehe, ihren Bräuchen, Sitten und sogar ihrem Dialekt nach, aus anderen Menschen, schlechteren, als die Einwohner einer bestimmten Stadt.

Klim langweilte sich. Er verstand nicht, über Russland, das Volk, die Menschheit und die Intelligenz nachzudenken. All das lag ihm fern. Von den sechzigtausend Einwohnern seiner Stadt kannte er vielleicht sechzig oder hundert und war doch überzeugt, die ganze Stadt, die staubig war und aus drei Vierteln aus Holz bestand, gut zu kennen. Vor der Stadt floss träge der trübe Fluss, über ihm, am Klosterfriedhof ging die Sonne auf, vollendete ohne Hast ihren Lauf und sank hinter den Schlachthof in die Gemüsegärten zurück. Ohne sich zu beeilen und in ihr Los ergeben, lebten Adlige, Händler, Kleinbürger und Handwerker, und die Geistlichkeit und die Beamten waren ihre Hirten, die sie schoren.

Und je schärfer er die Liebhaber der Wortgefechte und Meinungsverschiedenheiten beobachtete, desto argwöhnischer begegnete er ihnen. In ihm meldeten sich dunkle Zweifel an dem Recht dieser Menschen, die Aufgaben des Lebens zu lösen und ihm ihre Entscheidungen aufzuzwingen. Dazu bedurfte es verlässlicherer, weniger verzweifelter und in jedem Fall nicht halb wahnsinniger Menschen, wie Onkel Jakow einer war.

Tomilin wurde für Klim der einzige, der jenseits aller Zweifel stand und am meisten Mensch war. Er hatte sich dazu verurteilt, über alles nachzudenken, und konnte oder wollte selbst nichts tun. Er versuchte nicht, den Zuhörer mit seinen Gedanken aufzuräumen, gab nur von sich, was er dachte, und kümmerte sich offenbar wenig darum, ob man ihm zuhörte. Er lebte, ohne jemand zur Last zu fallen, ohne zu verlangen, dass man ihn besuche, wie dies die familiären Liebenswürdigkeiten und lächelnden Grimassen des Schriftstellers Katin forderten. Man konnte zu ihm kommen oder es lassen. Er weckte weder Sympathie noch Antipathie, während die Leute im Flügel zwar unruhiges Interesse, aber zugleich auch dunkle Feindseligkeit gegen sich hervorriefen. Schließlich musste man zugeben, dass Makarow recht hatte, wenn er von diesen Menschen sagte:

»Jeder von ihnen will mich abrichten wie einen Hund für die Hühnerjagd.«

Diese Absicht merkte auch Klim, und da er sie selbstsüchtig und für seine eigene Freiheit bedrohlich fand, lernte er es, jedes Mal, wenn er dem Ansturm des einen oder anderen Glaubenslehrers ausgesetzt war, eine Antwort schuldig zu bleiben oder ihr geschmeidig auszuweichen.

Seine sexuellen Regungen, entzündet durch das beständige selige Lächeln Dronows, wurden immer qualvoller. Das war schon Warawka aufgefallen, den Klim, als er eines Tages durch den Korridor ging, zur Mutter sagen hörte:

»In seinem Alter war ich in meine leibliche Tante verliebt. Beunruhige dich nicht, er ist kein Romantiker und nicht dumm. Schade, dass unser Dienstmädchen ein Scheusal ist.«

Der Zynismus, womit Warawka das Dienstmädchen erwähnte, verletzte Klim, unangenehm war auch, dass sein Schmachten bemerkt wurde, doch alles in allem wirkten Warawkas gelassene Worte lösend. Zwei Tage später gingen die Mutter und Warawka ins Theater, Lida und Ljuba Somow zu Alina. Klim lag in seinem Zimmer, er hatte Kopfschmerzen. Es war still im Haus. Plötzlich drang Kichern aus dem Esszimmer, etwas klatschte schallend wie eine Ohrfeige, ein Stuhl wurde gerückt, und zwei Frauenstimmen begannen leise zu singen. Klim stand geräuschlos auf und öffnete vorsichtig die Tür: Das Mädchen tanzte mit der Weißnäherin Rita einen Walzer rund um den Tisch, auf dem gleich einem bronzener Götzen der Samowar leuchtete.

»Eins, zwei, drei«, unterwies halblaut Rita. »Nicht mit den Knien schubsen ... eins, zwei!« Das Dienstmädchen neigte den Kopf vor und blickte ängstlich auf ihre Füße. Rita, die über die Schultern des Dienstmädchens hinwegblickte, sah, dass Klim in der Tür stand, stieß das Mädchen zur Seite, verbeugte sich von ihm, steckte mit beiden Händen ihr zerzaustes Haar auf und sagte munter und laut:

»Ach, entschuldigen Sie!«

»Bitte, bitte!« wehrte Klim hastig ab, während er die Hände in die Tasche steckte. »Ich kann Ihnen, wenn Sie wollen, aufspielen?«

Das verlegene Dienstmädchen ergriff den Samowar und eilte hinaus. Die Näherin machte: »Nein, weshalb denn?« und begann das Geschirr vom Tisch abzuräumen und auf ein Tablett zu stellen.

Klim erinnerte sich später nur dunkel, was dann geschah.

Er handelte im Zustand der Furcht und eines plötzlichen Rausches. Er packte Ritas Hand, schleppte sie in sein Zimmer und flehte im Flüsterton:

»Bitte ... bitte ...«

Sie kicherte in sich hinein, entriss ihm ihre weiße Hand und ging neben ihm her. Gleichfalls flüsternd wiederholte sie:

»Was tun Sie? Darf man denn das?«

Später, vom Bett aufspringend, beugte sie sich über ihn, presste sein Gesicht zwischen ihre Hände und küsste ihn dreimal auf die Lippen, dabei keuchte sie:

»Ach Sie, Sie, Sie!«

Als Klim wieder zu sich gekommen war, staunte er: Wie war dies alles einfach! Er lag auf dem Bett und ihn schwindelte. Sein Körper, gesättigt mit wohliger Ermattung, schien gleichwohl leichter und stärker geworden zu sein. Er glaubte sich zu erinnern, dass Ritas heißes Geflüster, ihre drei letzten Küsse sowohl Lob als auch Dankbarkeit ausgedrückt hatten.

»Und doch habe ich ihr nichts dafür versprochen«, dachte er und legte sich sofort die Frage vor, womit Dronow sie wohl bezahlte.

Die Erinnerung an Dronow kühlte ihn ein wenig ab, sie hatte etwas Dunkles, Zweideutiges und doppelt Lächerliches. Als rechtfertige er sich vor jemandem, sagte Klim beinahe laut:

»Natürlich werde ich mir das nicht noch einmal mit ihr erlauben.« Aber eine Minute später beschloss er schon: »Ich werde ihr verbieten, mit Dronow ...«

Er hatte Lust, aufzustehen, die Lampe anzuzünden, sich im Spiegel zu betrachten, aber die Gedanken an Dronow fesselten ihn, bedrohten ihn mit Unannehmlichkeiten. Doch Klim unterdrückte ohne besondere Anstrengung diese Gedanken. Er erinnerte sich Makarows, seiner düsteren Ängste, der armseligen »Triumphe des Weibes«, des »rudimentären Gefühls« und all des lächerlichen Unsinns, der das Dasein dieses Menschen ausfüllte. Kein Zweifel, Makarow hatte dies alles erdichtet, um sich ein Ansehen zu geben, und führte im geheimen einen unsittlicheren Lebenswandel als die anderen. Wenn er trank, musste er auch mit Weibern schlafen, das war klar.

Diese Betrachtungen gestatteten Klim, an Makarow mit verächtlichem Lächeln zu denken. Er schlief bald ein, und als er erwachte, fühlte er sich als ein neuer Mensch. Heiterkeit brodelte in ihm. Er hatte Lust zu singen. Die Frühlingssonne blickte gnädiger als gestern in sein Zimmer. Trotzdem zog er es vor, seine neue Stimmung vor den anderen geheim zu halten, benahm sich ehrbar wie immer und gedachte bereits freundlich dankbar der Weißnäherin.

Etwa fünf Tage später, er hatte sie in dem angenehmen Bewusstsein verbracht, einen so ernsten Schritt mit solcher Einfachheit getan zu haben, drückte das Dienstmädchen Fenja ihm heimlich ein kleines zerknülltes Kuvert mit einem gepressten blauen Vergissmeinnicht in einer Ecke in die Hand. Auf dem gleichfalls mit einem Vergissmeinnicht verzierten Papier las Klim nicht ohne Stolz:

»Wenn Sie mich nicht vergessen haben, kommen Sie morgen, wenn die Abendmesse ausgeläutet wird. – Stumpfe Ecke, Haus Wessjoly. Fragen Sie nach Marg. Waganow.«

Margarita empfing ihn so, als käme er nicht zum ersten, sondern zum zehnten Mal. Als er eine Schachtel Konfekt, ein Körbchen mit Gebäck und eine Flasche Portwein auf den Tisch stellte, fragte sie mit einem schalkhaften Lächeln:

»Sie wollen also Tee trinken?«

Klim umschlang sie und sagte:

»Ich will, dass du mich liebst.«

»Ach, ich kann es ja nicht!«, antwortete die Frau und lachte ein sehr gutherziges Lachen.

Wunderbar einfach war alles an ihr und rings um sie her in der kleinen, sauberen Stube, die mit einem seltsam berauschenden Geruch erfüllt war. Im Winkel, an der Wand, stand mit dem Kopfende zum Fenster das Bett, bedeckt mit einer weißen Piquedecke. Eine weiße Gardine verhängte die Scheiben. Über das Dach herab neigten sich die blassroten Zweige blühender Kirschen und Äpfel. Eine Wespe trommelte gegen die Fensterscheibe. Auf der Kommode, die mit einer gehäkelten Decke geschmückt war, stand ein Spiegel ohne Rahmen, waren Schächtelchen und Döschen adrett aufgestellt. In einer Ecke leuchtete milde der Silberornat der Ikone. Der Platz vor der Tür war mit einem hellgrauen Stück Kaliko ausgelegt. Dies alles war unendlich friedlich und still, das Summen der Wespe schien hierher zu gehören, alles war unendlich fern der Wirklichkeit und dem gewohnten Dasein Klims.

Margarita sprach mit gedämpfter Stimme leichte Worte, die sie faul dehnte, und fragte nichts. Auch Klim fand nichts, wovon man mit ihr reden konnte. Er kam sich dumm vor, war ein wenig verlegen darüber und lächelte. Margarita saß Schulter an Schulter neben ihrem Gast und verschlang ihn mit ihren Blicken. Das erregte Klim sehr. Er streichelte scheu ihre Schulter und ihre Brust und fand nicht den Mut, weiter zu gehen. Als man zwei Gläser Portwein getrunken hatte, meinte Margarita:

»Nun, ins Bettchen?«

Sie erhob sich mit diesen Worten, entkleidete sich und riet auch Klim sorglich:

»Du solltest dich auch ganz ausziehen, es ist besser ...«

Eine Stunde später saß sie auf dem Bettrand, ließ die Füße nackt baumeln und sagte vor Müdigkeit gähnend mit einem Blick auf Klims Socke:

»Das da muss gestopft werden.«

Klim nickte ein.

Nach dem fünften oder sechsten Wiedersehen fühlte er sich bei Margarita mehr zu Hause als in seinem eigenen Zimmer. Bei ihr brauchte man nicht auf sich aufzupassen, sie verlangte von ihm weder Geist noch gesittetes Benehmen, sie verlangte überhaupt nichts und bereicherte ihn unmerklich mit vielem, das er empfing wie etwas Wertvolles.

Von nun an sah er die Mädchen, die er kannte, mit anderen Augen an. Er bemerkte, dass Ljuba Somow fast ohne Hüften war, dass ihr Rock flach herabhing, dagegen hinten sich zu stark bauschte, und dass sie den hüpfenden Gang eines Sperlings hatte. Dick und plump gebaut, erzählte sie mit Vorliebe von Liebe und Romanen. Ihr Gesicht, das hübscher geworden war, rötete sich vor Erregung. In den guten grauen Augen leuchtete die stille Rührung eines alten Mütterchens, das die Wunder und den Erdenwandel der Heiligen und Märtyrer preist. Das brachte sie so naiv, ja manchmal so herzbewegend heraus, dass Klim es für nötig fand, sie auf jeden Fall durch ein freundliches Lächeln zu ermutigen, während er gleichzeitig dachte:

»Eine Schwachsinnige. Ein Schäfchen!«

Ihre Erzählungen reizten Lida fast stets, doch zuweilen erheiterten sie sie. Lida lachte zögernd, unsicher und mit schrillen Lauten. Wenn sie ein wenig gelacht hatte, blickte sie sich stirnrunzelnd um, als habe sie eine Ungehörigkeit begangen. Die Somow brachte Lida Romane. Lida las »Madame Bovary« und sagte unwillig:

»Was darin richtig ist, ist abscheulich, und was darin schön ist, ist Lüge.«

Über Anna Karenina äußerte sie sich noch härter:

»Hier sind alle Pferde, sowohl Anna wie Wronski und die übrigen.«

Die Somow empörte sich:

»Gott, wie bist du ungebildet, was für ein Monstrum! Du bist ja anormal!«

Auch Klim fand an Lida etwas Anormales. Er begann sogar ein wenig, ihren unverwandt-forschenden Blick zu fürchten, wenngleich sie nicht ihn allein, sondern auch Makarow so ansah. Doch bemerkte Klim, dass ihr Verhältnis zu Makarow freundschaftlicher wurde, und Makarow nicht mehr so ironisch und dreist mit ihr sprach.

Klim wunderte sehr Lidas Freundschaft mit Alina Telepnew, die zu einer ausgesprochenen Schönheit heranwuchs und offenkundig immer dümmer wurde, wie Klim nach dem Ausspruch seiner Mutter: »Dieses Mädel würde besser und klüger sein, wäre sie nicht so schön«, fand.

Klim erkannte sofort die Richtigkeit dieser Bemerkung. Die Schönheit des Mädchens war für sie eine Quelle unaufhörlicher Besorgnis. Alina wachte über sich wie über einen Schatz, der ihr nur für kurze Zeit gegeben war, mit der Drohung, dass er ihr genommen werde, sobald sie auch nur durch eine Kleinigkeit ihr bezauberndes Gesicht verdürbe. Schnupfen bedeutete für sie eine gefährliche Krankheit, erschrocken fragte sie:

»Ist meine Nase sehr rot? Die Augen sind trübe, nicht wahr?«

Ein einziges Pickelchen im Gesicht, eine Pustel, ein Mückenstich stürzten sie in Verzweiflung. Sie lebte in beständiger Furcht, dicker zu werden oder abzumagern, und hatte eine krankhafte Abneigung gegen den Donner.

»Mag es blitzen«, sagte sie. »Das ist ja schön. Aber ich ertrage es nicht, wenn über mir der Himmel kracht.«

Sie erfand für sich eine behutsame, gleitende Art zu gehen, und hielt sich so steif, als trüge sie ein Gefäß mit Wasser auf dem Kopf. Auf der Eisbahn schwebte sie in Ängsten, hinzufallen, und lief daher entweder allein, abseits, oder mit den erfahrensten Läufern, deren Gewandtheit und Kraft sie sicher war. Der einzige Zug an dem Mädchen, der Klim gefiel, war ihre Kunst, das Beste für sich herauszuschlagen. Sie verstand es stets, sich den vorteilhaftesten Platz an der Sonne auszuwählen. Etwas lächerlich war ihre übertriebene Reinlichkeit, ihr krankhafter Widerwille gegen Staub und Straßenschmutz. Bevor sie sich setzte, besah sie ängstlich prüfend den Stuhl oder Sessel und staubte heimlich mit ihrem Tuch die Sitzfläche ab. Hatte sie einen Gegenstand in der Hand gehalten, wischte sie sich sogleich die Finger. Sie aß so akkurat und gründlich, dass Makarow spöttelte:

»Sie essen religiös, Alinotschka! Nein, Sie essen gar nicht, wie etwa wir Sterblichen, Sie nehmen das Abendmahl.«

Ohne ihn eines Blickes zu würdigen, sagte Alina ruhig:

»Der Doktor hat mir gründliches Essen verordnet.«

Zuweilen hatten Alinas Ängste um ihre Schönheit Ausbrüche von Gereiztheit, ja, von Wut, zur Folge, so wie beim Dienstmädchen einer allzu anspruchsvollen Hausfrau. Wahrscheinlich waren es auch diese Ängste, die den unwiderstehlich sanften, hellblauen Augen Alinas einen fragenden Ausdruck gaben, der durch ihre langen, zitternden Wimpern flehend wurde.

Sie war fade in der Unterhaltung, sprach von nichts als von Kostümen, Bällen und Verehrern, und auch dies ohne Feuer, wie von einer langweiligen Pflicht.

Ihr wurde bereits von einem grauhaarigen General der Artillerie, einem schlanken und schönen Witwer und vom zweiten Staatsanwalt Ippolitow, einem lustigen und gewandten, kleinen Mann mit einem schwarzen Schnurrbart im dunklen Gesicht, heftig der Hof gemacht.

»Nein, ich heirate nicht«, sprach sie mit ihrer tiefen Bruststimme. »Ich will zur Bühne.«

Sie sprach – ziemlich gut, mit schmelzender Stimme, doch allzu wollüstig – Gedichte von Fet und Fofanow, sang träumerisch Zigeunerromanzen. Aber die Romanzen klangen unbeseelt, die Verse tot, verwischt und abgestumpft durch ihre samtene Stimme. Klim schwor darauf, dass sie den Sinn der Worte, die sie langsam absang, nicht verstand.

»Eine Puppe, die zu schade zum Spielen ist«, sagte Makarow wegwerfend, wie er immer von Mädchen sprach.

Klim sah ihn scheel an. Er empfand immer heftiger den Stachel des Neides, sooft er vernahm, wie sicher die Menschen einander charakterisierten, Makarow besonders fand oft Urteile, die den Nagel auf den Kopf trafen.

Klim wünschte, wie in allem, so auch in Alina etwas Erkünsteltes und Gemachtes zu finden. Manchmal fragte sie ihn:

»Ich bin heute blass, nicht wahr?«

Er verstand, dass Alina nur fragte, um ein übriges Mal die Aufmerksamkeit auf sich zu ziehen, doch dies erschien ihm natürlich und gerechtfertigt und weckte in ihm sogar Teilnahme für das Mädchen. Diese wuchs nach den Worten der Mutter, die ihm sagten, dass man Alinas Schönheit als eine Strafe ansehen musste, die ihr das Leben verbitterte, sie jede fünf Minuten vor den Spiegel jagte und sie auch alle Menschen als Spiegel behandeln ließ. Manchmal ahnte er dunkel, dass zwischen ihr und ihm etwas Gemeinsames bestand. Da er in dieser Erkenntnis jedoch etwas für ihn Demütigendes sah, versuchte er nicht erst, sie bis zu Ende zu durchdenken.

Makaraw und Lida gingen in der Beurteilung Almas schroff auseinander. Lida behandelte sie schonend, ja zärtlich, eine Regung, die Klim an ihr neu war, Makarow verspottete Alina zwar nicht boshaft, aber ausdauernd, Lida erzürnte sich mit ihm. Die Somow, die sich um Privatstunden bewarb, versöhnte sie, indem sie ihnen die langen und fesselnden Briefe ihres Freundes Inokow vorlas, der den Telegrafendienst quittiert hatte und mit einer Genossenschaft Sergatscher Fischer nach dem Kaspischen Meer aufgebrochen war.

Alles in allem war das Leben zu Hause qualvoll, öde und unruhig. Die Mutter und Warawka rechneten abends besorgt und ungehalten etwas zusammen, wobei sie mit Papieren raschelten, Warawka klatschte auf den Tisch und jammerte:

»Idioten! Nicht einmal stehlen können sie richtig!«

Klim zog die Langeweile vor, die er bei Rita fand. Diese Langeweile war für ihn nicht Qual, sondern Beruhigung. Sie nahm seinem Denken die Schärfe und enthob ihn der Mühe krampfhafter Einfälle. Margarita zog ihn merkwürdig an durch die Einfalt ihrer Gedanken und Gefühle. Manchmal, wohl wenn sie argwöhnte, dass er sich langweile, sang sie mit kleiner, miauender Stimme höchst sonderbare Lieder:

Ich kann nicht einschlafen, nicht liegen,
Mich flieht der Schlummer.
Ich ginge gern zu Rita,
Doch weiß ich nicht, wo sie weilt.
Gern fragte ich einen Freund,
Der könnte mich zu ihr führen.
Doch mein Freund ist besser und schöner,
Ich fürchte, er verdrängt mich bei Rita.

»Was für ein dummes Lied«, gähnte Klim, aber die Sängerin belehrte ihn:

»Das ist eben das Schöne daran, Freundchen. Alle Lieder sind dumm, in allen kommt die Liebe vor, das ist eben das Schöne an ihnen.«

Sie liebte überhaupt, Klim Belehrungen zu erteilen, und das belustigte ihn. Das Mädchen kam ihm treu sorgend wie eine Mutter entgegen, auch das war belustigend, aber auch ein wenig rührend. Klim bewunderte die Selbstlosigkeit Margaritas, er hatte sich die Meinung gebildet, alle Mädchen ihres Gewerbes seien habgierig. Doch wenn er Rita Näschereien und Geschenke mitbrachte, tadelte sie ihn:

»Närrischer kleiner Kauz! Für das Geld, das du für mich hinauswirfst, könntest du ein viel schöneres und jüngeres Mädchen finden!«

Sie sagte es so einfach und überzeugend, dass Klim nicht wagte, sie der Lüge zu verdächtigen.

Aber während sie von den Mädchen sprach, die schöner seien als sie, streichelte sie sich gleichzeitig mit den Händen Brust und Hüften und prahlte:

»Sieh, was für eine Haut ich habe! Nicht jedes Fräulein besitzt so eine.«

An der Wand, über der Kommode, war mit zwei Nägeln eine kleine Fotografie ohne Rahmen, die mittendurch geknickt war, befestigt. Sie zeigte einen Mann mit glatt gekämmtem Haar, dichten Brauen und starkem Schnurrbart und einem pompös geknüpften Schlips. Seine Augen waren ausgestochen.

»Wer ist das?«, fragte Klim.

Einige Sekunden betrachtete Margarita forschend, mit zugekniffenen Augen und gleichsam in ihrem Gedächtnis suchend, die Fotografie. Hierauf sagte sie:

»Ein Ikonenmaler.«

»Und warum sind ihm die Augen ausgestochen?«

»Weil er erblindet ist, Dummkopf«, entgegnete Rita und seufzte. Sie wünschte nicht mehr auf Klims weitere Fragen zu antworten, sondern schlug vor:

»Nun, ins Bettchen?«

In einem zärtlichen Augenblick wagte er endlich, sie nach Dronow zu fragen. Er musste es tun, wenn er auch fühlte, dass diese Frage je länger desto mehr an Bedeutung verlor. Was ihn verlegen machte, war das gewisse Unsaubere, das in der Sache lag. Als er die Frage an sie richtete, hob Rita erstaunt die Brauen:

»Wer ist das?«

»Tu nicht so!« Klim wollte es streng sagen, konnte aber nicht, sondern lächelte.

Rita richtete sich in den Kissen auf, setzte sich, zog ihr Hemd über den Körper und sagte, sich damit das Gesicht bedeckend, mitleidig:

»Ach, das ist ja Wanja, der bei euch im Zwischenstock wohnt! Denkst du, mit einem so Garstigen habe ich mich eingelassen? Da denkst du aber schlecht von mir.«

Während sie sich die Strümpfe über ihre weißen, blau geäderten Beine zog, fuhr sie eilig, aber bestimmt und aus irgendeinem Grunde seufzend fort:

»Er tut mir leid. Ich war doch dabei, als der Pfaffe ihn fortjagte. Ich nähte an dem Tage bei dem Popen. Wanja gab seiner Tochter Stunden und hat irgendwas ausgefressen, das Dienstmädchen gekniffen oder so was. Er wollte auch mich anfassen. Ich drohte ihm, dass ich mich bei der Popenfrau beschweren würde, da ließ er es. Er ist komisch, obwohl er schlimm ist.«

In verändertem Ton, leiser, beendete sie:

»Man hat ihn vom Gymnasium verjagt? Hätten sie ihm tüchtig die Ohren gezaust, das hätte genügt!«

Klim wünschte, ihr zu glauben und glaubte ihr, und Dronows Schatten, der ihm im Wege gestanden hatte, verschwand.

Der Jüngling hatte längst begriffen, dass das reinliche Bett an der Wand für Margarita ein Altar war, auf dem sie unermüdlich und beinahe ehrfürchtig eine heilige Handlung zelebrierte. Nach jenem Gespräch über Dronow, das ihn beruhigte, erwachte in Klim der Wunsch, Rita Liebes zu tun, soviel er konnte. Doch Rita mochte nur Honigkuchen und Küsse, die ihn zuweilen ermüdeten. Und schon kam ein Tag, an dem ihre anfeuernde Einladung: »Nun, ins Bettchen?« eine plötzliche und dunkle Gereiztheit, eine rätselhafte Verstimmung in ihm hervorrief. Fast wütend fragte er sie, weshalb sie keine Bücher lese, nicht ins Theater gehe und gar nichts Besseres kenne als das »Bettchen«. Rita, die offensichtlich seine Stimmung nicht erriet, sagte gelassen, während sie ihre Zöpfe aufflocht:

»Ja, wohin soll man denn mit dem Leben? Denk einmal nach. Nirgends.«

Dann sagte sie, das Theater besuche sie.

»Wenn heitere Komödien oder Vaudevilles gespielt werden, Dramen mag ich nicht. In die Kirche gehe ich auch – in die Himmelfahrtskirche, der Chor ist dort schöner als in der Kathedrale.«

Zuweilen, wenn Klim müde und mit sich unzufrieden war, grübelte er ängstlich:

»Das also ist Liebe?«

Es war aus irgendeinem Grunde unmöglich, zuzugeben, dass Lida Warawka für diese Liebe geschaffen sei. Es war auch schwer, sich vorzustellen, dass einzig diese Liebe den Romanen und Gedichten, die er gelesen hatte, und den Leiden Makarows zugrunde lag, der immer trauriger wurde, weniger trank, beharrlicher schwieg und sogar leiser pfiff.

Es folgten für ihn Tage, da er sich nach dem Zusammensein mit Margarita so verwüstet und abgestumpft fühlte, dass es ihn entsetzte. Dann zwang er sich, zum Ursprung aller Weisheit, zu Tomilin, zu wallfahren oder den Flügel aufzusuchen.

Mit Tomilin war etwas vorgegangen. Er kostümierte sich in bunte Fantasiehemden, trug statt eines Schlipses eine Kordel mit Quasten, eine graue Jacke und eine Art sehr weiter grauer Hosen. All das erschien an seinem Körper als etwas Fremdes und unterstrich noch krasser das feurige Rot seiner gestutzten Haare, die horizontal über seinen Ohren herausragten und sich über der weißen Stirn bäumten. Besonders fielen seine Manschettenknöpfe auf: große, schwere Mondsicheln. Tomilin sprach lauter, doch weniger überzeugt, machte häufig Pausen, betrachtete dabei seine Ärmel und drehte an den Manschettenknöpfen. Zugleich mit dem neuen Gewand schien Tomilin sich auch neue Gedanken zugelegt zu haben. Klim witterte, dass diese Gedanken ihn sogar durch ihre Nacktheit, die man entweder als Unerschrockenheit oder als Schamlosigkeit auslegen konnte, ängstigten. Klim stellte sich diese nackten Gedanken als Fetzen beißenden Qualms vor, die in der warmen Luft des engen Zimmers zerflossen und sich als grauer Staub auf Bücher, Wände, Fensterscheiben und auf den Denker selbst legten.

Toimilin wog einen der fünf ungeheuren Bände von Maurice Carrières »Einfluss der Kunst auf die Entwicklung der Kultur« auf der flachen Hand und sagte:

»Ein gewisser Italiener behauptet, Genialität sei eine Art Irrsinn. Möglich. Überhaupt müssen Menschen mit übermäßigen Fähigkeiten als anormal angesehen werden. Nehmen wir zum Beispiel die Gefräßigen, die Wüstlinge und ... die Denker. Ja, auch die Denker. Es ist durchaus wahrscheinlich, dass ein abnorm entwickeltes Gehirn eine ebensolche Missbildung ist wie ein hypertrophierter Magen oder ein unnatürlich großer Phallos. In diesem Fall bemerken wir eine Gemeinsamkeit zwischen Gargantua, Don Juan und dem Philosophen Immanuel Kant.«

Dieser Vergleich gefiel Klim, wie ihm immer vereinfachende Gedanken gefielen. Er fand, dass Tomilin selbst über seine offenbar zufällige Entdeckung erstaunt war. Er schleuderte das schwere Buch auf das Bett, bewegte die Augenbrauen, schlang die Hände um seinen flachen Nacken und blickte zum Fenster hinaus.

»Ja ...«, machte er blinzelnd. »Ich muss jetzt hinuntergehen. Tee trinken. Hm ...«

Immer häufiger und merkwürdig düster äußerte Tomilin sich über die Frauen und über das Weibliche. Zuweilen in skandalöser Form. So erklärte der Rothaarige einmal in der Gesellschaft im Flügel, als der Schriftsteller Katin hitzig seine Behauptung verfocht, Schönheit und Wahrheit seien eins, in dem ihm eigenen Ton eines Menschen, der der Wahrheit tief ins Angesicht geschaut hat:

»Nein, Schönheit ist gerade Unwahrheit, von Anfang bis zu Ende vom Menschen erfunden, um ihn zu trösten, genau so wie das Mitleid und vieles andere.«

»Und die Natur? Die Schönheit der Naturformen? Nehmen Sie Häckel!«, schrie triumphierend der Schriftsteller. Als Antwort klangen ihm die gleichmütigen Worte entgegen:

»Die Natur ist eine chaotische Anhäufung der verschiedensten Missgestaltungen und Monstra.«

»Die Blumen!« beharrte Katin.

»In der Natur gibt es nicht die Rosen und Tulpen, die die Menschen in England, Frankreich und Holland gezüchtet haben.«

Der Streit wurde immer gereizter und heftiger, und je mehr die Stimmen seiner Widersacher sich hoben, desto eigensinniger verteidigte Tomilin seine Ansicht. Schließlich sagte er:

»Wir bedürfen der Schönheit am meisten, wenn wir uns dem Weibe nähern wie ein Tier dem andern. Hier ist die Schönheit aus dem Schamgefühl entstanden, aus der Abneigung des Menschen, einem Bock oder einem Rammler zu gleichen.«

Er sagte einige noch derbere Worte, die allgemeine Betretenheit, boshaftes Lächeln und ironisches Flüstern auslösten, und erdrosselte mit ihnen den Meinungsstreit. Onkel Jakow, der kränkelte und halb aufgerichtet auf dem Sofa in einem Berg von Kissen ruhte, fragte halblaut und befremdet:

»Ist er wahnsinnig?«

Der Schriftsteller flüsterte ihm höhnisch lächelnd etwas ins Ohr, aber der Onkel schüttelte sein kahles Haupt und sagte:

»Er ist ein Nachzügler. Die Nihilisten waren gescheiter.«

Der Onkel war augenscheinlich mit etwas zufrieden. Sein sonnenverbranntes Gesicht war heller und knochiger geworden, aber seine Augen blickten milder, und er lächelte gern. Klim wusste, dass er im Begriff stand, für immer nach Saratow überzusiedeln.

Im Flügel fühlte Klim sich immer mehr als ein Fremder. Alles, was dort über das Volk und über die Liebe zum Volk geredet wurde, war ihm von Kindheit an vertraut. Alle Worte tönten leer, ohne in ihm eine Saite anzuklingen. Sie bedrückten durch ihre Langeweile, und Klim machte seine Ohren unempfänglich gegen sie.

Ihn beschäftigten lebhaft die unverhohlen bösen Blicke, die Dronow auf den Lehrer richtete. Auch Dronow hatte sich, ganz unvermittelt, verändert. Trotz seiner Beobachtungsgabe schien es Klim immer, dass die Menschen sich unberechenbar plötzlich veränderten, in Sprüngen, wie der Minutenzeiger der scharfsinnigen Uhr, die Warawka kürzlich gekauft hatte: Es gab keine Stetigkeit in der Bewegung ihres Minutenzeigers, er sprang von Strich zu Strich. So auch der Mensch: gestern noch der gleiche wie vor einem halben Jahr, zeigte er heute einen ganz neuen Zug.

Das dunkelblaue Jackett, die schwarze Hose und die stumpfen Stiefel verliehen Dronow eine komische Ehrbarkeit. Doch sein Gesicht war schmal geworden, die Augen starrer, die Pupillen trübe, und durch das Weiße der Augäpfel zogen sich die roten Äderchen eines Menschen, der an Schlaflosigkeit leidet. Er fragte nicht mehr so viel und so gierig wie früher, redete weniger und hörte abwesend zu, wobei er die Ellenbogen in die Seiten presste, die Finger ineinander verschränkte und die Daumen nach Greisenart umeinander drehte. Er sah gleichsam von der Seite her auf die Dinge, stieß oft und müde den Atem aus und schien gar nicht das zu sagen, woran er dachte.

Nach jedem neuen Zusammensein mit Rita nahm Klim sich vor, Dronow zu entlarven, aber dies tun, hieße, sein Verhältnis mit der Näherin aufdecken, und Klim verstand nur zu gut, dass er keinen Grund hatte, sich seiner ersten Liebe zu rühmen. Überdies ereignete sich etwas, was ihn tief befremdete. Eines Abends kam Dronow ungeniert in sein Zimmer, setzte sich müde und begann mit finsterer Miene:

»Hör mal, Warawka will mich nach Rjasan versetzen, aber das passt mir nicht, mein Lieber. Wer wird mich dort in Rjasan für die Universität vorbereiten? Und noch dazu umsonst wie Tomilin? Er nahm den Löscher vom Tisch, einen glänzenden Rhombus, hielt ihn gegen den schrägen Strahl der Sonne und fuhr fort, während er die Regenbogenflecke an der Wand und an der Decke verfolgte:

»Und dann – Margarita. Es ist nicht vorteilhaft für mich, sie zu verlassen, was ich am Leibe habe, ist von ihr. Und ich hänge auch an ihr. Ich verstehe ja, dass ich kein Honig für sie bin.«

Er schnitt eine Grimasse und lenkte den Regenbogenfleck auf das Bild von Klims Mutter, auf ihr Gesicht, was Klim wie eine Beleidigung berührte. Er saß am Tisch, sprang aber schnell und unvorsichtig auf die Füße, als er Ritas Namen hörte.

»Lass diesen Unfug«, sagte er trocken, blinzelnd, als habe der Sonnenstrahl seine Augen getroffen. Dronow ließ den Löscher achtlos auf den Tisch fallen. Klim, der sich bemühte, gelassen zu bleiben, fragte:

»Du lebst also immer noch mit ihr?«

»Warum sollte ich nicht ...?«

Klim hockte sich auf die Tischkante und musterte Dronow. In dem gleichmütigen Ton, in dem er von Margarita sprach, glaubte Klim etwas Verdächtiges zu hören. So begann er denn, sehr freundschaftlich und mit verstellter Naivität Dronow über das Mädchen auszuforschen. Dronow fand seine alte Ruhmredigkeit wieder. Eine Minute später empfand Klim den Wunsch, ihn anzuschreien: »Scher dich hinaus!«

»Sie ist gut«, sagte Dronow.

Klim wandte ihm den Rücken zu. Dronow verfinsterte sich plötzlich und wechselte das Thema:

»Ich bin auf dem besten Wege, Tomilin zu hassen. Schon jetzt habe ich manchmal Lust, ihm eins hinter die Löffel zu geben. Ich brauche Wissen, und er lehrt an nichts glauben, behauptet, die Algebra sei willkürlich, der Teufel soll wissen, was er eigentlich will! Er hämmert einem in den Schädel, der Mensch müsse das Spinngewebe der von der Vernunft gemachten Begriffe zerreißen und irgendwohin, in die Grenzenlosigkeit der Freiheit entspringen. Das ist so, als ob man mir sagte: ›Lauf nackt herum!‹ Was für ein Teufel mag diese Kaffeemühle drehen?«

Klim presste durch die Zähne:

»Ein sehr kluger Mensch.«

»Klug?«, fragte sichtlich befremdet Dronow, blickte wütend auf die Uhr und erhob sich.

»Sprich mal mit Warawka.«

Ohne ihn wurde das Zimmer gleich freundlicher, Klim stand am Fenster, zupfte an den Blättern der Begonien und verzog sein Gesicht, niedergedrückt vom Zorn und von der Demütigung. Als er im Vorzimmer Warawkas Stimme vernahm, lief er sogleich zu ihm hinaus. Warawka bewunderte sich im Spiegel, kämmte seinen fuchsigen Bart und schnitt Fratzen:

»Nach Rjasan, jawohl, nach Rjasan«, antwortete er zornig auf Klims Frage. »Oder nach allen vier Windrichtungen. Lass das Bitten!«

»Ich beabsichtige auch nicht, für ihn zu bitten«, sagte Klim mit Würde.

Waranka fasste ihn um die Taille und führte ihn in sein Kabinett. Inzwischen sagte er:

»Ich bin dieses Burschen überdrüssig. Er arbeitet schlecht, ist zerstreut und frech. Und liebt es allzu sehr, mit meinen Untergebenen zu schwatzen.«

»Ja«, sagte Klim solide, »es zieht ihn zu ihnen. Er weilt so häufig bei den Katins.«

Warawka drückte ihn in den Sessel neben dem gewaltigen Schreibtisch und fuhr fort:

»Ich begreife nicht, was dich zu solchen Typen wie Dronow oder dieser Makarow hinzieht? Du studierst sie wohl, wie?«

Immer spöttisch, oft scharf, wusste Warawka dennoch sowohl einschmeichelnde wie freundschaftlich eindringliche Töne anzuschlagen. Es war nicht das erste Mal, dass Klim empfand, wie leicht dieser Mensch ihn bewegen konnte, mehr zu sagen, als gut war, und er versuchte, mit dem Pflegevater ausweichend und vorsichtig zu sprechen. Doch wie stets, verstand Warawka unbemerkt aus ihm herauszulocken, dass Lida und Makarow sich zu oft sahen und ihre Beziehungen große Ähnlichkeit mit einem Liebesverhältnis hatten. Es ergab sich ganz von selbst; sehr einfach: Zwei ernste, geistig ebenbürtige Männer tauschten besorgt ihre Ansichten über jugendliche, noch ungefestigte Menschen aus und gaben ihrer Unruhe bezüglich ihrer Zukunft Ausdruck. Es wäre sogar unpassend gewesen, das seltsame Verhältnis zwischen Lida und Makarow zu verschweigen.

Warawka schloss einige Sekunden seine Bärenäuglein, schob die Hand unter den Bart und faltete ihn mit einer raschen Geste fächerartig auseinander. Dann sagte er mit einem Lächeln seiner fleischigen Lippen:

»Romantik! Die Krankheit ihrer Jahre. An dir wird sie vorübergehen, davon bin ich überzeugt. Lida ist in der Krim. Im Winter geht sie an eine Theaterschule.«

»Aber Makarow wird doch im Winter in Moskau studieren?«, erinnerte Klim.

Warawka antwortete nicht. Er schnitt sich die Nägel, die Splitter flogen auf den mit Papieren bedeckten Tisch. Dann zog er sein Notizbuch hervor, schrieb mit dem Blei Zeichen hinein und versuchte eine Melodie zu pfeifen, die jedoch nicht richtig herauskam.

»Bist du zuweilen drüben im Seitenflügel?«, fragte er und sagte sofort, Klim freundschaftlich aufs Knie klapsend:

»Mein Rat: Geh nicht hin. Natürlich, es sind unschuldige, harmlose Menschen, und ihre ganze Beredsamkeit läuft auf den Wunsch hinaus, sich zu häuten. Doch es gibt über sie auch eine andere Meinung. Wenn in einem Staat eine politische Polizei besteht, muss es auch politische Verbrecher geben. Zwar ist heute die Politik aus der Mode – so wie etwa die Reifröcke –, doch gibt es trotzdem so etwas wie zähes Festhalten am alten Glauben. Eine Revolution ist in Russland nur möglich als Bauernaufstand, das heißt nur als kulturell fruchtlose, zerstörende Erscheinung.«

Darauf verbreitete er sich lange über den Dekabristenaufstand, er nannte ihn eine »originelle tragische Bouffonade«, über die Sache der Petraschewzen, »eine Verschwörung gewerbsmäßiger Schwätzer«, doch ehe er zu den Volkstümlern übergehen konnte, erschien hoheitsvoll die Mutter in einer fliederfarben Robe mit Spitzen und mit einer langen Perlenschnur auf der Brust.

»Es ist Zeit«, sagte sie strenge, »und du bist noch nicht angezogen.«

»Verzeih!«, rief Warawka schuldbewusst aus, sprang auf und lief zur Tür, »wir hatten ein so interessantes Gespräch.«

Klim berührte es immer wohltuend, zu sehen, wie seine Mutter diesen Menschen lenkte gleich einem Geschöpf, das tiefer stand als sie, gleich einem Pferd. Sie sah Warawka nach, seufzte, glättete dann mit ihren wohlriechenden Fingern Klims Brauen und forschte:

»Wovon habt ihr denn gesprochen?«

»Ich glaube, ich habe taktlos gehandelt«, gestand Klim, der Dronow meinte, aber von Lida und Makarow zu sprechen schien.

»Wie hättest du anders handeln sollen?«, wunderte sich ein wenig die Mutter. »Es war deine Pflicht, ihren Vater zu warnen.«

»Fertig«, sagte Warawka, der in der Tür erschien. Im Gehrock sah er besonders grobschlächtig aus.

Sie gingen. Klim blieb in der Stimmung eines Menschen zurück, der Zweifel hat, ob er eine plötzlich vor ihm aufgetauchte Aufgabe lösen soll oder nicht. Er öffnete ein Fenster. Die ölige Luft des Abends schlug ins

Zimmer. Eine schmächtige blaue Wolke umhüllte die Mondsichel. Klim beschloss:

»Ich gehe zu ihr.«

Nachdem er so beschlossen hatte, zögerte er. Dem drängenden Wunsch, Margarita zu besuchen, stand ein Gefühl der Unsicherheit und die Befürchtung entgegen, er würde sich nicht beherrschen können, sie nach Dronow fragen, und plötzlich könne es sich erweisen, dass Dronow die Wahrheit sagte. Diese Wahrheit wünschte er nicht zu hören.

Aus dem Flügel traten, einer hinter dem anderen, dunkle Menschen, die Bündel und Koffer trugen. Der Schriftsteller führte Onkel Jakow am Arm. Klim wollte in den Hof laufen, ihm Lebewohl sagen, aber er blieb an seinem Fenster, da er sich erinnerte, dass sein Onkel ihn unter den Leuten längst nicht mehr bemerkte. Der Schriftsteller setzte den Onkel sorglich in eine Equipage. Der Onkel rief:

»Wo ist das Paket?«

»Bei mir«, antwortete laut der Schriftsteller.

Die Equipage rollte schwerfällig hinaus in den Straßennebel.

Der Onkel zog die Mütze über die Ohren. Er blickte nicht zum Tor zurück, wo die Frau des Schriftstellers, ihre Schwester und noch zwei Fremde Tücher und Hüte schwenkten und freudig riefen:

»Leben Sie wohl!«

Die ganze Szene und der Nebel erinnerten Klim an eine Episode in einem langweiligen Roman, an das Abschiedgeleit für ein junges Mädchen, das den Entschluss gefasst hat, eine Stellung als Gouvernante anzunehmen, um seine verarmten Angehörigen zu ernähren.

Klim seufzte, hörte zu, wie die Stille das Rollen der Equipage verschluckte, und zwang sich, an seinen Onkel zu denken, ihn in den Rahmen sehr bedeutender Worte einzufügen, doch im Kopf summte wie eine Mücke die schmerzliche Frage:

»Wie, wenn Dronow doch die Wahrheit gesagt hätte?«

Diese Frage, die ihn nicht zu Margarita ließ, erlaubte ihm gleichzeitig nicht, an etwas anderes als an sie zu denken. Nachdem er eine öde Stunde im Dunkeln zugebracht hatte, ging er auf sein Zimmer, zündete die Lampe an und betrachtete sich im Spiegel. Er zeigte ihm ein beinahe fremdes Gesicht, es sah beleidigt aus und war zerfurcht von Ratlosigkeit. Er löschte sofort das Licht, entkleidete sich im Finstern, legte sich ins Bett und zog das Laken über die Ohren. Doch nach wenigen Minuten redete er sich ein, er müsse gleich heute, sofort Margarita der Lüge überführen. Ohne Licht zu machen, warf er sich in die Kleider und ging zu ihr, kriegerisch gestimmt und fest auftretend. Wie immer begrüßte Margarita ihn mit dem vertrauten Ausruf:

»Aha, du bist gekommen!«

Schon lange bedrückten ihn diese Worte, nie hörte er in ihnen Freude oder Vergnügen. Und immer beschämender wurden ihre gleichförmigen Liebkosungen, die sie wahrscheinlich fürs ganze Leben eingeübt hatte. Das Bedürfnis nach diesen Zärtlichkeiten quälte Klim zeitweilig bereits ein wenig, es erschütterte sogar seine Selbstachtung.

Doch dieses Mal klangen die bekannten Worte auf eine neue Weise farblos. Margarita kam eben aus dem Bade. Sie saß an der Kommode, vor dem Spiegel und kämmte ihr feuchtes, dunkel gewordenes Haar. Ihr gerötetes Gesicht schien zornig.

Ausholend, ein Grinsen auf den Lippen, doch mit Wut zitternder Hand schlug Klim sie leicht auf die heiße, dampfende Schulter. Aber sie sagte abwehrend und ungehalten:

»Das tut weh, was fällt dir ein?«

Und sprach sofort in nüchternem Ton:

»Eine Neuigkeit: Ich trete eine gute Stelle an, in einem Kloster, in der Schule, ich werde den Mädchen dort Unterricht im Nähen erteilen. Eine Wohnung erhalte ich auch. In der Schule. Also, leb wohl. Männerbesuch ist dort untersagt.«

Sie ließ ihr Hemd bis zu den Knien herab, trocknete mit dem Handtuch Hals und Brust ab und bat nicht, sondern befahl:

»Reib mir den Rücken ab!«

Als der Jüngling sie nackt sah, fühlte er seinen Vorrat an kriegerischem Geist schwinden. Doch der Befehl des Mädchens befremdete und empörte ihn. Niemals hatte sie sich an ihn mit der Bitte um derartige Dienste gewandt, und er entsann sich nicht eines Falls, wo die Höflichkeit ihn hatte Rita einen solchen Dienst erweisen lassen. Er saß und schwieg. Das Mädchen fragte:

»Bist du faul?«

Da gab er der aufflammenden Wut nach und sagte leise und verächtlich: »Du hast mich belogen. Dronow ist dein Geliebter.«

Sofort erkannte er, dass er nicht die richtigen Worte gewählt hatte. Margarita, die ihre neuen Stiefel anprobierte, wandte ihm den Rücken zu. Sie antwortete nach einer Weile gelassen:

»Wie gut sich das trifft!«

Und fragte darauf:

»Hat Fenjka es dir gesagt?«

Klim fühlte sich durch diese Frage wie vor die Brust gestoßen. Er trommelte krampfhaft mit den Fingern auf seiner Gürtelschnalle und wartete auf das, was sie noch sagen würde. Doch Margarita, die jetzt mit einem Haken die Stiefel zuknöpfte, sagte weiter nichts.

»Dronow hat es mir selbst erzählt«, sagte Klim grob.

Sie stand auf, schürzte ein wenig den Rock und besah kritisch ihre Füße. Setzte sich dann wieder auf den Stuhl, seufzte erleichtert auf und wiederholte:

»Wie gut sich das trifft! Seit einer Woche denke ich darüber nach, wie ich es dir sagen soll, dass ich nicht mehr mit dir zusammen sein kann.«

Klim fühlte, dass sie ihn um den klaren Verstand brachte. Beinahe zerstreut fragte er:

»Warum hast du gelogen?«

Das Mädchen blickte aus dem Fenster, als sie mit fester Stimme und so, wie wenn ihre Gedanken wo anders weilten, sagte:

»Deine Mama hat mir nicht dazu Geld bezahlt, dass ich dir die Wahrheit sagen sollte, sondern damit du dich nicht mit Straßenmädchen herumtreibst und bei ihnen womöglich ansteckst.«

Klim, der die Empfindung hatte, geröstet zu werden, schrie:

»Du lügst, meine Mutter konnte das nicht tun!«

»Er drückt«, sagte leise Rita, ihren Fuß unter dem Rocksaum vorstreckend, und nachdem sie irgendjemand »Lump« geschimpft hatte, fuhr sie gleichgültig und belehrend fort:

»Der Mama solltest du nicht zürnen, sie sorgt sich um dich. In der ganzen Stadt weiß ich nur drei Mütter, die sich so um ihre Söhne sorgen.«

Klim vernahm ihre unsinnigen Worte durch ein Sausen im Kopf hindurch. Seine Beine zitterten. Hätte Rita nicht so gelassen gesprochen, würde er geglaubt haben, sie mache sich über ihn lustig.

»Also hat Mutter sie gemietet«, überlegte er. »Hat sie bezahlt. Darum war dieses elende Weib auch so selbstlos.«

»Sie ist zwar hochmütig und hat mich beleidigt, aber trotz alledem sage ich, sie ist eine seltene Mutter. Jetzt, nachdem sie mir meine Bitte, Wanja nicht nach Rjasan zu schicken, abgeschlagen hat, brauchst du nicht mehr zu mir kommen. Ich werde auch bei euch nicht mehr nähen.«

Das letztere sprach sie wie eine Drohung aus, als glaube sie, dass ohne ihre Arbeit die Samgins und die Warawkas die unglücklichsten aller Sterblichen würden.

Klim verspürte eine Anwandlung, seinen Gurt abzuschnallen und dem Mädchen damit in das immer noch rote und schwitzende Gesicht zu schlagen. Doch er fühlte sich entkräftet durch diese alberne Szene und war von den Ohren bis zu den Schultern rot vor Scham und Kränkung. Ohne einen Blick, ohne ein Wort für Margarita ging er hinaus. Ihn begleitete ihr vorwurfsvoller Ausruf:

»Pfui, wie hässlich! Früher warst du höflich!«

Lange irrte er durch die Straßen, saß dann grübelnd im Stadtpark. Was tun? Er hatte Lust, Dronow zu prügeln oder ihm ins Gesicht zu sagen, dass man Margarita mietete wie eine Prostituierte, er wollte seiner Mutter etwas sehr Rüdes sagen, das sie in Verwirrung setzte. Doch diese Wünsche glitten nur über die Oberfläche des hartnäckigen, eigensinnigen Gedankens an Margarita. Er war gewohnt, sie herablassend und ironisch zu behandeln und beschäftigte sich nun zum ersten Mal mit dem ganzen Ernst, dessen er fähig war, mit dem Mädchen. Margaritas Bild spaltete sich auf unerklärliche Weise. Er gedachte ihrer unzweifelhaft ehrlichen Liebkosungen, ihrer einfachen, oft lächerlichen, doch aufrichtigen Worte, jener dummen, zärtlichen Worte der Liebe, die einen Helden Maupassants bestimmten, sich von seiner Geliebten loszusagen. Mit welchen Liebkosungen mochte sie Dronow belohnen, was für Worte mochte sie ihm zuflüstern? In stumpfer Ratlosigkeit vergegenwärtigte er sich die Sorge des Mädchens für die Wonnen seines Körpers und fragte sich, wie sie es fertigbrachte, so unauffällig und geschickt zu lügen. Als ihm ihre Äußerung über die drei umsichtigen Mütter einfiel, und er sich vorstellte, ihrer Fürsorge könnten vielleicht noch zwei solcher Menschen wie er anvertraut sein, schoss ihm ein seltsamer, bizarrer Gedanke durch den Kopf:

»Prostituierte oder barmherzige Schwester?«

Doch er verwarf diesen Gedanken, sobald er sich erinnerte, dass Rita offenbar nur den Vierten, den hässlichen, abstoßenden Dronow liebte.

Diese Betrachtungen, die ein immer heftigeres Gefühl des Ekels und des Schmerzes auslösten, wurden unerträglich quälend, aber sie abzuweisen, fehlte Klim die Kraft. Er saß auf der eisernen Bank und starrte auf den dunklen, öden Fluss. Seine Wasser schimmerten stumpf wie ein ungeheures Stück Wellblech; sie flossen träge und lautlos und scheinbar in großer Entfernung dahin. Die Nacht war dunkel, mondlos, im Wasser spiegelten sich, gelbe Tropfen Fett, die Sterne. Hinter seinem Rücken hörte Klim Schritte, Gelächter und Stimmen. Ein verschmitzter Tenor sang nach der Melodie »La donne e mobile«:

Hör' deine Stimme ich
Zärtlich verheißend,
Heißt's, für die Stimme hol'
Geld aus dem Beutel!

Vernichtende Gewöhnlichkeit schmetterte sieghaft aus dem Liedchen. Klim musste plötzlich zusammenfahren. Er sprang auf und eilte nach Hause.

Die Mutter und Warawka fuhren in die Sommerfrische. Alina befand sich ebenfalls auf dem Lande, Lida und Ljuba Somow in der Krim. Klim war in der Stadt geblieben, um die Hausreparatur zu überwachen und mit Rziga Latein zu lernen. Allein mit sich selbst, war Klim der Notwendigkeit, seine gewohnte Rolle zu spielen, enthoben, und er erholte sich langsam vor dem Schlag, der ihn getroffen hatte. Seine Gedanken weilten immer bei Margarita, doch diese Gedanken verloren allmählich ihre Schärfe und wurden, wenn sie auch noch schmerzten, verschwommener. Sie ließen ihn das Mädchen in einem neuen Licht sehen. Klim war schon nicht mehr geneigt, anzunehmen, Margaritas Verstand sei dumpf. Die Erinnerung weckte ihre ermahnenden Reden auf und ließ ihn denken, am häufigsten seien sie von Erbitterung gegen die Frauen gefärbt gewesen. So hatte Margarita einmal, während sie aus dem Bett sprang und ihren schweißnassen Körper mit einem Schwamm abrieb, beifällig gesagt:

»Es ist sehr gut für dich, dass du nicht heiß bist. Unsereins liebt es, die Heißen zum Glühen zu bringen und sie dann zu einem Haufen Asche zu verbrennen. Durch uns gehen viele zugrunde.«

Ein anderes Mal beteuerte sie zärtlich:

»Glaub nicht an Weiberliebe. Denk daran, dass das Weib nicht mit dem Herzen, sondern mit dem Körper liebt. Die Weiber sind schlau, hu! Und böse. Sie lieben nicht einmal einander, sieh' einmal zu, wie erbost sie auf der Straße sich anblicken! Das macht alles die Gier: Jede ist wütend, dass außer ihr noch andere auf der Welt sind.«

Sie machte sogar Anstalten, ihm eine Liebesgeschichte von sich zu erzählen, doch er nickte ein, und von dem ganzen Roman erhielten sich in seinem Gedächtnis nur die wenigen Worte:

»Und was wollte sie? Ihn mir abspenstig machen, weiter nichts. Denn sie sah, dass ich es besser verstand.«

Nun, da ihre Ermahnungen vor ihm auftauchten, wunderte er sich darüber, dass sie so zahlreich gewesen waren und einander so glichen, und war bereit zu glauben, ihr Gewissen habe sie so reden lassen, um ihn vor ihrem Betrug zu warnen.

»Will ich sie denn entschuldigen?«, fragte er sich. Doch zugleich erschien Dronows plattes Gesicht, sein beständiges, prahlerisches Lächeln, seine schamlosen Erzählungen über Margarita.

»Wenn ich und sie zusammen ins Wasser fielen, würde sie mich ertränken wie Wera Somow Boris«, dachte er erbittert.

Aber mochte er auch voll Erbitterung an Margarita denken, er fühlte doch in sich den Wunsch wachsen, sie zu sehen, und das empörte ihn noch mehr. Ein Ventil für seine Wut fand er in den Arbeitern.

Schräg gegenüber dem Samginschen Haus rissen Bauarbeiter ein zweistöckiges kasernenartiges Gebäude mit kleinen trübseligen Fenstern nieder, das einmal gelb gestrichen gewesen war. Warawka hatte dieses Haus für den Kaufmannsklub erworben. Es arbeiteten ungefähr zwanzig staubige Menschen, doch unter ihnen ragten besonders zwei hervor: ein kraushaariger wulstlippiger Bursche mit runden Augen im zottigen, vom Staub grau gefärbten Gesicht und ein altes Männchen in einer blauen Bluse und einem gewaltigen Schurz. Die gusseisernen Hände des Jüngeren zertrümmerten mit einer Brechstange die fest zusammengeballten Ziegel der alten Mauer. Die Kraft des Burschen war groß, er spielte und prahlte mit ihr, während das alte Männchen ihn quiekend anstachelte:

»Feste, Motja! Schlag alles kaputt, Motja – bald ist Feierabend!«

Der Vorarbeiter, ein fuchsbärtiger, stämmiger Bauer, mahnte:

»Lass den Unsinn, Nikolaitsch! Wozu den Ziegel zerschlagen?« Der Alte witzelte:

»Bin ich's denn? Das ist doch Motja! Ach, Motja, dass du einen Ast ins Ohr kriegst! Eine Kraft bist du aber auch!« Und bemühte sich dabei selbst, mit dem Brecheisen nicht zwischen die Ziegel, auf den Mörtel, zu treffen, der sie zusammenhielt, sondern auf die heilen Steine. Der Vorarbeiter rief von Neuem gewohnheitsmäßig, aber gleichgültig, alter Ziegel sei noch zu gebrauchen, er sei größer und stärker als neuer, und das alte Männchen quiekte beifällig:

»Recht so! Unsere Väter machten bessere Arbeit als wir! Ach, Motja!«

Alle Arbeiter brachen mit Wonne die Mauer nieder, doch der Alte hatte offenbar alle Grenzen überschritten, und seine Raserei war widerwärtig. Motja hingegen arbeitete blind, wie eine Maschine, drauf los, und wenn es ihm geglückt war, mehrere Backsteine auf einmal loszuhauen, ächzte er betäubend, die Arbeiter lachten, pfiffen, und das Männchen kreischte wütig und schauerlich:

»Feste!«

»Idioten!«, dachte Klim. Ihm fielen die stummen Tränen seiner Großmutter angesichts der Trümmer ihres Hauses ein, Straßenszenen, Schlägereien der Handwerker, Ausschreitungen betrunkener Bauern vor den Türen der Marktschenken auf dem städtischen Platz gegenüber dem Gymnasium und Warawkas höhnische Glossen über das betrunkene, schlaue und faule Volk. Nach der Geschichte mit Margarita hatte er den lebhaften Eindruck, dass alle Menschen schlechter geworden waren, sowohl der gottesfürchtige tugendsame alte Hausmeister Stepan wie die schweigsame dicke Fenja, die unersättlich alles Süße, das sie zwischen die Finger bekam, verschlang.

»Das Volk!«, dachte er amüsiert, während er sich jene hitzigen Reden über die Liebe zum Volk und über die Notwendigkeit, für seine Aufklärung zu wirken, zurückrief.

Klim begab sich zu Tomilin, um mit ihm über das Volk zu plaudern, in der heimlichen Erwartung, seine Abneigung werde gerechtfertigt werden. Doch Tomilin schüttelte sein kupferrotes Haupt und sagte:

»Ein aufrichtiges Interesse für das Volk mögen Industrielle, Ehrgeizige und Sozialisten hegen. Das Volk ist kein Thema, das mich angeht.«

Tomilin wurde augenscheinlich wohlhabend. Er kleidete sich nicht nur reinlicher, auch die Wände seines Zimmers bedeckten sich rasch mit neuen Büchern in deutscher, französischer und englischer Sprache.

»Es gibt nichts Russisches zum Lesen«, erläuterte er. Auf Russisch wird zwar interessant empfunden, aber unscharf, unselbstständig und unoriginell gedacht. Das russische Denken ist tief gefühlsmäßig, daher roh. Denken ist nur dann fruchtbar, wenn es vom Zweifel bewegt wird. Dem russischen Verstand ist aber Skepsis ebenso fremd, wie dem Geist der Hindu oder der Chinesen. Bei uns strebt alles zum Glauben, gleichgültig woran, sei es an die erlösende Kraft des Unglaubens oder an Christus, an die Chemie oder an das Volk. Wir haben keine Menschen, die sich zur Ruhelosigkeit eigenen Denkens verdammt haben.«

Nicht alle diese Urteile behagten Klim. Viele von ihnen konnte er seiner ganzen Natur nach nicht anerkennen. Aber er versuchte redlich, alles aufzubewahren, was Tomilin im Takt seiner schlurrenden Filzpantoffeln oder bloßen Füße von sich gab.

»Es gibt bei uns niemand, der der Wahrheit um ihrer selbst willen, um der Seligkeit, die sie gewährt, bedürfte. Ich wiederhole: Der Mensch begehrt die Wahrheit, weil er nach Frieden dürstet. Dieses Bedürfnis wird vollauf befriedigt durch die sogenannten wissenschaftlichen Wahrheiten, deren praktische Bedeutung ich nicht leugne.«

Als er eines Tages wieder einmal den Lehrer aufsuchte, wurde er von der Witwe des Hauswirts – der Koch war an Lungenentzündung gestorben – angehalten. Sie saß auf dem Söller und scheuchte mit einem Akazienzweig die Fliegen aus ihrem ölig gleißenden Gesicht. Sie zählte bereits vierzig Jahre, massig, mit dem Busen einer Amme, vertrat sie Klim den Weg, deckte die Tür mit ihrem breiten Rücken und sagte mit einem Lächeln ihrer Schafsaugen:

»Entschuldigen Sie, er schreibt gerade und hat befohlen, niemand vorzulassen. Selbst Vater Innokenti hat er abgewiesen. Zu ihm kommen nämlich jetzt die Priester. Aus dem Seminar und aus der Himmelfahrtskirche.«

Sie sprach mit gedämpfter Stimme, verschluckte die Worte, und ihre Schafsaugen leuchteten vor Freude. Klim sah, dass sie sich anschickte, lange über Tomilin zu sprechen. Aus Anstand hörte er sie drei Minuten an und verabschiedete sich, als sie seufzend sagte:

»Anfangs hatte ich Mitleid mit ihm, jetzt fürchte ich ihn.«

Häufig und stets zur unrechten Stunde stellte sich Makarow ein, staubig, in einer von einem breiten Riemen umgürteten Segeltuchbluse, sein zweifarbiges Haar war verwildert und hing in dichten Strähnen herab, was ihm das Aussehen eines Klosterbruders gab. Sein verwittertes Gesicht war von der Sonne verbrannt, von Ohren und Nase schälte sich, gleich Fischschuppen, die Haut, und in den Augen staute sich Trauer. Doch von Zeit zu Zeit flammten sie in einer Weise auf, die Klim fremdartig berührte und ihn mit einer unbestimmten Vorahnung erfüllte. Er begegnete Makarow zurückhaltend und verheimlichte seinen Verdruss über die strolchmäßige Liederlichkeit seines Anzugs und seinen mitleidigen Spott über seine langweilig gewordenen Reden. Makarow pilgerte durch Dörfer und Klöster und erzählte davon wie von Reisen in fernen Ländern, doch was immer er erzählen mochte, Klim hörte immer das Weib und die Liebe hindurch.

»Du studierst wohl das Volk?«

»Mich selbst natürlich. Mich selbst, nach dem Gebot der alten Weisen«, entgegnete Makarow. »Was heißt das: Das Volk studieren? Lieder aufzeichnen? Die Bauerndirnen plärren den schimpflichsten Blödsinn. Die Greise singen Totenmessen. Nein, mein Lieber, auch ohne Lieder ist es traurig genug auf der Welt«, schloss er und strich mit den Fingern die zerknüllte Zigarette, die mit Staub gestopft zu sein schien, glatt. Dann sagte er noch:

»Manchmal dünkt mich, die Tolstoianer haben recht: das Klügste, was man tun kann, ist, wie Warawka das ausdrückt, wieder dumm werden. Vielleicht ist wahre Weisheit hundemäßig einfältig, und wir verrennen uns ganz vergebens in unendliche Fernen?«

Klim konnte auf diese Fragen nur mit Tomilins Worten entgegnen, die Makarow ohnehin bekannt waren. Er schwieg und dachte, wenn Makarow es über sich brächte, mit einem Mädchen wie Rita zu verkehren, würden alle seine Ängste im Nu verschwinden. Noch besser wäre es, wenn dieser wildhaarige Adonis Dronow die Näherin fortnahm und aufhörte, bei Lida zu scharwenzeln. Makarow erkundigte sich nie nach ihr, aber Klim bemerkte, dass er manchmal, während er erzählte, seinen Kopf horchend gegen die Zimmerdecke richtete.

»Er denkt, sie ist zurück«, erriet Klim amüsiert, wenn auch mit leichtem Verdruss. Makarow murmelte gedankenvoll:

»Manchmal scheint einem, Verstehen sei etwas Dummes. Ich habe wiederholt auf freiem Feld übernachtet. Man liegt schlaflos auf dem Rücken, starrt in die Sterne, denkt an Bücher und plötzlich, verstehst du, durchzuckt es einen wie ein elektrischer Schlag: wie wenn die Erhabenheit und Grenzenlosigkeit des Weltenraums nur Dummheit wäre, irgendjemandes Unfähigkeit, die Welt vernünftiger, einfacher einzurichten.

»Das hast du, scheint's, von Tomilin«, erinnerte Klim.

Makarow dachte nach und stieß Rauchwolken aus seiner Zigarette:

»Ganz gleich, woher. Jedenfalls läuft es darauf hinaus, dass der Mensch seinem eigenen Verstand unzugänglich bleibt.«

Makarows Missvergnügen über die Welt reizte Klim, erschien ihm als abgeschmackter Versuch, den Philosophen herauszukehren, Tomilin nachzuäffen. Er sagte unwillig, ohne seinen Freund anzusehen:

»Noch ein, zwei Jahre, und wir denken überhaupt nicht mehr an diese ...«

Er wollte sagen »Albernheiten« oder »Bagatellen«, beherrschte sich aber und ergänzte:

»So naiv.«

Makarow drückte die Zigarette an seiner Sandale aus und fragte:

»Werden Trottel, wie?«

Darauf lieh er sich von Klim drei Rubel und verschwand. Klim, der von seinem Fenster aus sah, wie leichtfüßig und beschwingt er über den Hof eilte, verspürte eine Anwandlung, ihm die Faust zu zeigen.

Am Sonnabend fuhr Klim in die Sommerfrische hinaus. Schon von fern sah er auf der Veranda in einem Schaukelstuhl am Säulchen die Mutter und Lida in einem weißen Kleid, einen himbeerroten Schal um die Schultern. Unwillkürlich schrak er zusammen, reckte sich und sagte, obwohl der Gaul ganz bedächtig trabte:

»Nicht so laut.«

Er empfand sogar etwas wie Schüchternheit, als Lida ihm ohne ein Lächeln die Hand drückte und einen schnellen, unfreundlichen Blick in sein Gesicht warf. Seit den letzten zwei Monaten hatte sie sich auffallend verändert. Ihr braunes Gesicht war noch dunkler geworden, ihre hohe, ein wenig spröde Stimme klang voller.

»Das Meer ist ganz anders, als ich dachte«, sagte sie der Mutter. »Einfach eine große, flüssige Langeweile. Die Berge sind eine steinerne Langeweile, vom Himmel begrenzt. Nachts denkt man, die Berge kriechen auf die Häuser und drängen sie ins Wasser und die See ist schon auf dem Sprunge, sie zu fassen.«

Wera Petrowna warf einen Blick auf den Waldsaum, aus dem die Straße herauskam, und gab zu bedenken:

»Nachts denkt man nicht, sondern schläft.«

»Dort schläft es sich schlecht, die Brandung stört, die Steine knirschen wie Zähne. Das Meer schmatzt wie eine Million Schweine.«

»Du bist noch immer so ... nervös«, sagte Wera Petrowna. Am Stocken erriet Klim, dass sie etwas anderes sagen wollte. Er bemerkte, dass Lida ein ganz erwachsenes Mädchen geworden war, ihr Blick war starr, man musste denken, dass sie angestrengt auf etwas warte. Sie sprach in einer ihr sonst nicht eigenen hastigen Art, als wünsche sie, sich alles recht schnell von der Seele zu reden.

»Ich verstehe nicht, weshalb man übereingekommen ist, die Krim schön zu finden.«

Ihr Eigensinn ärgerte offensichtlich die Mutter. Klim beobachtete, dass sie die Lippen zusammenpresste und dass ihre rot gewordene Nasenspitze zitterte.

»Die meisten Menschen suchen die Schönheit, ganz wenige schaffen sie«, begann er, »Möglich, dass der Natur die Schönheit so vollständig abgeht wie dem Leben die Wahrheit. Es ist der Mensch, der sich Wahrheit und Schönheit schafft.«

Lida fiel ihm ins Wort:

»Du bist alt geworden, ich meine – reif ...«

Wera Petrowna stand auf und ging ins Haus. Auf dem Wege sagte sie unnötig laut:

»Es war eine sehr treffende Bemerkung von dir, das über die Schönheit, Klim.«

Allein mit Lida, fühlte er zu seinem Erstaunen, dass er ihr nichts zu sagen wusste. Das Mädchen wandelte auf der Veranda auf und ab. Nach dem Walde blickend, sagte sie:

»Vater ist auf die Jagd gegangen?«

»Ja.«

»Allein?«

»Mit einem Bauern. Einem von den sieben Bauern, die der Gouverneur im Frühjahr hat auspeitschen lassen.«

»So?« machte Lida. »Dort haben auch irgendwo die Bauern rebelliert. Man hat sogar auf sie geschossen. Na, ich werde jetzt gehen, ich bin müde.«

Sie schritt die Verandastufen hinab, auf das kleine Gehölz aus schlanken Birken zu, und sagte, ohne sich umzuwenden:

»Ljuba hat die Stellung einer Gesellschafterin bei einem schwindsüchtigen Mädchen angenommen.«

Sie verschwand im Birkenwäldchen und ließ Klim empört über ihre Kälte allein. Er saß im Schaukelstuhl seiner Mutter, schlug sich mit einem gelben französischen Buch, Maupassants Roman »Stark wie der Tod«, auf die Knie und tauchte in einem Strom wirrer Gedanken unter. Natürlich war sie kein Mädchen für eine Liebe wie die Ritas. Es war unmöglich, sich ihren gebrechlichen, feinen Körper im Sturm wollüstiger Zuckungen vorzustellen. Dann erinnerte er sich der rot gewordenen Nase seiner Mutter und der Reden, die sie bei seinem letzten Besuch in der Sommerfrische hier auf der Veranda mit Warawka getauscht hatte. Klim hielt sich in seinem Zimmer auf und hörte, wie die Mutter gleichsam mit Genugtuung sagte:

»Gott, du bekommst ja eine Glatze!«

Warawka erwiderte:

»Und ich, siehst du, bemerke die grauen Haare an deinen Schläfen nicht. Meine Augen sind höflicher.«

»Bist du verstimmt?«

»Nein, aber es gibt Worte, die man aus dem Munde einer Frau nicht gern hört. Noch dazu einer Frau, die so erfahren in den Regeln französischer Galanterie ist.«

»Weshalb sagtest du nicht – der geliebten Frau?«

»Und der geliebten«, ergänzte Warawka.

Klim fiel Margaritas Ausspruch über seine Mutter ein. Er ließ das Buch fallen und blickte zum Wäldchen hin. Lidas weiße, zierliche Figur war zwischen den Birken verschwunden.

»Ich bin neugierig, wie sie wohl Makarow begrüßen wird. Ob sie wohl erraten wird, dass ich das Geheimnis zwischen Mann und Weib schon erforscht habe? Und wenn sie es errät, ob mich dies in ihren Augen heben wird? Dronow will wissen, dass Mädchen und Frauen an gewissen Kennzeichen untrüglich erraten, ob ein Jüngling die Unschuld verloren hat. Die Mutter sagt von Makarow, man sehe es ihm an den Augen an, dass er ein ausschweifender Mensch sei. Die Mutter beginnt immer häufiger ihre nüchternen Bemerkungen mit der Anrufung Gottes, obgleich sie nur an Gott glaubt, weil es sich gehört..«

Im Sessel schaukelnd, fühlte Klim sich aufgewühlt und unfähig, die Unruhe, die Lidas Ankunft in ihm hervorrief, zu deuten. Dann begriff er plötzlich, dass er Furcht hatte, Lida könne vom Dienstmädchen Fenja seinen Roman mit Margarita erfahren.

»Hätte Mutter diese Dirne nicht bestochen, so würde Margarita mich abgewiesen haben«, dachte er und presste seine Finger so heftig zusammen, dass sie knackten. »Eine seltene Mutter.«

Lida war, von niemand bemerkt, von ihrem Spaziergang zurückgekehrt. Als man sich zum Abendessen setzte, stellte es sich heraus, dass sie schon schlief. Am nächsten Morgen tauchte sie nur einmal morgens und abends für kurze Zeit auf. Wera Petrownas Fragen beantwortete sie nicht gerade höflich und so, als suche sie Streit.

Wera Petrowna reichte ihr den Maupassant. »Hast du das gelesen?«, erkundigte sie sich.

»Ja, es ist recht langweilig.«

»Wirklich? Ich finde es nicht.«

»Eine komische Angewohnheit, das Lesen«, meinte Lida. »Es ist dasselbe, als ob man auf fremde Kosten lebte. Und alle fragen einander: Hast du gelesen, hat er gelesen, hat sie gelesen?«

»Gott weiß, was du da redest«, bemerkte, ein wenig verletzt, Wera Petrowna; Lida aber fuhr boshaft lächelnd fort:

»Das reine Spatzengezwitscher. Außerdem stimmt es gar nicht, dass die Liebe ›stärker als der Tod‹ ist.«

Jetzt war es Wera Petrowna, die lachte:

»Was du sagst! Du hast es wohl schon erfahren.«

»Ich sehe es. Man liebt fünfmal hintereinander und lebt doch.«

Klim schwieg besorgt, er sah voraus, dass sie sich zanken würden, und fühlte, dass er Angst vor Lida hatte.

Am späten Abend fuhr er in die Stadt zurück. Das alte, verwahrloste Wägelchen der Kleinbahn rüttelte wie ein Bauernkarren. Draußen schwamm der schwarze Strom des Waldes vorüber, am Himmel funkte Wetterleuchten. Klim ängstigte die Vorahnung böser Dinge. In sein Grübeln über sich mischte sich das seltsame Mädchen und zwang ihn immer herrischer, an sie zu denken. Dies aber war mühselig. Sie entzog sich seinen Versuchen, Sinn und Richtung ihres Fühlens und Denkens zu ergründen. Doch war es notwendig, dass sie berechenbar sei wie alle anderen Menschen, wie Zahlen. Man musste feste Schranken finden, alle künstlichen Einfälle, die einen am leichten, einfachen Leben hinderten, aufdecken und von sich werfen und sich in jene Schranken einfügen, – das war notwendig!

Am nächsten Tage trafen Lida und ihr Vater ein. Klim besichtigte mit ihnen, durch Hobelspäne und Abfälle watend, das von Bretterstapeln eingeschlossene Haus, an dem die Stuckateure arbeiteten. Das Eisen des Dachs dröhnte unter den Schlägen der Dachdecker. Warawka schüttelte zornig seinen Bart und hämmerte Klim seine immer ungewöhnlichen Urteile in den Schädel:

»Sie arbeiten wie Sargtischler, flüchtig und unsolide.«

Lida schmiegte sich an ihren Vater, bei dem sie sich eingehakt hatte, was ein neuer Zug an ihr war, und sagte:

»Du, Papa, wärst imstande, eine ganze Stadt zu bauen.«

»Jawohl!« bestätigte Warawka. »Zehn Städte würde ich bauen. Die Stadt, liebes Kind, ist ein Bienenkorb, in der Stadt sammelt sich der Honig der Kultur. Wir müssen um jeden Preis das halbe bäuerliche Russland in Städten aufsaugen, dann erst werden wir anfangen zu leben.«

Nachdem er mit Lida und Klim geplaudert hatte, schimpfte er mit den Arbeitern, teilte reichlich Trinkgelder aus und fuhr irgendwohin. Lida zog sich auf ihr Zimmer zurück, verkroch sich dort und neckte beim Abendessen Tanja Kulikow mit Fragen:

»Warum ist das so interessant?«

Tanja Kulikow wurde immer grauhaariger, trocknete ein und verblich, als hätte sie es eilig, zu einem Nichts zusammenzuschrumpfen.

»Wie wenig lest ihr jungen Leute, wie wenig wisst ihr!«, sagte sie bekümmert. »Unsere Generation ...«

Lida zog ihre Worte ins Lächerliche.

Jene Rüdheit, die Klim in der Kindheit an ihr aufgefallen war, nahm jetzt Formen an, deren Härte Klim betreten machte. Sie hielt ihm immer die gleiche Frage entgegen:

»Weshalb soll man sich interessieren? Wozu muss man das wissen?«

Beim Tee, während des Mittagessens, immer versank sie unvermittelt in Gedanken, saß minutenlang da wie eine Taubstumme, schrak dann zusammen, wurde unnatürlich lebhaft und neckte wieder Tanja, indem sie erklärte, Katin zöge sich Bastschuhe an, wenn er Geschichten aus dem Bauernleben schreiben wolle.

»Das braucht er für die Inspiration.«

Klim, der sie scharf beobachtete, sah ihre gerunzelten Brauen, den gespannt suchenden Blick ihrer dunklen Augen, hörte die allzu stürmische

Wiedergabe der zarten Musik Chopins und Tschaikowskis und ahnte, dass sie sich an etwas, was sie sehr erbitterte, festgehakt hatte, ja, festgehakt wie an einer Dornenhecke, das war es.

»Ob sie verliebt ist?«, fragte er zweifelnd, vermochte aber nicht daran zu glauben. Nein, wenn sie liebte, würde sie sich wohl anders verhalten.

An einem unfreundlichen Augustabend, als Klim von der Sommerfrische zurückkehrte, fand er bei sich Makarow vor. Er saß mitten im Zimmer in gebückter Haltung auf einem Stuhl, stützte die Arme auf die Knie und wühlte mit den Fingern in seinem verwilderten Haar. Zu seinen Füßen lag seine zerdrückte an der Sonne ausgeblichenen Mütze. Makarow rührte sich nicht, als Klim leise die Tür öffnete.

»Er ist betrunken«, dachte Klim und sagte vorwurfsvoll:

»Du bist ja reizend.«

Makarow hob, ohne die Finger aus dem Haar zu nehmen, schwerfällig den Kopf. Sein Gesicht war formlos zerschmolzen, die Backenknochen gleichsam geschwollen, die Augäpfel rot, doch die Augen glänzten nüchtern.

Klim erkundigte sich, wann er aus Moskau zurückgekehrt sei und ob er die Universität bezogen habe. Makarow kramte in den Hosentaschen und sagte leise:

»Vor drei Tagen. Die Universität habe ich bezogen.«

»Die medizinische Fakultät?«

»Verschone mich!«

Nachdem er so eine Minute gesessen hatte, stand er auf und ging in einer ihm fremden Art, träge die Füße nachschleifend, zur Tür.

»Zu ihr?« Klim deutete mit den Augen zur Decke. Makarow sah gleichfalls zur Decke empor, fasste den Türpfosten an und antwortete:

»Nein. Lebewohl.«

Beim Anblick seiner langsamen, unsicheren Schritte dachte Klim mit einem aus Furcht, Mitleid und Schadenfreude gemischten Gefühl:

»Hat er sich angesteckt?«

Fenja lief ins Zimmer und rief verängstigt:

»Das Fräulein bittet, auf ihn aufzupassen und ihn nirgendwo hinzulassen!«

Sinnlos glotzend, stöhnte sie:

»Was das für einen Auftritt gegeben hat!«

Klim ging nach oben. Ihm entgegen lief Lida und rief mit schallender Stimme: »Du hast ihn weggehen lassen? Warum?« Im Schein der Wandlampe, die dürftig des Mädchens Kopf erhellte, sah Klim, dass ihr Kinn zitterte, ihre Hände krampfhaft das Tuch an die Brust pressten und dass sie vornüber sank und jeden Augenblick hinfallen konnte.

Erschrocken und wie im Traum rannte Klim davon. Vor dem Tor horchte er. Es war schon dunkel und sehr still, aber ein Geräusch von Schritten war nicht vernehmbar. Klim rannte in der Richtung der Straße, in der Makarow wohnte. Bald erblickte er in der Dunkelheit Makarow unter den Linden der Kircheneinfriedigung. Mit einer Hand hielt er sich am hölzernen Stakett der Einfriedigung, die andere war zur Schläfe erhoben, und wenngleich Klim keinen Revolver darin sehen konnte, begriff er doch, dass Makarow im nächsten Augenblick abdrücken würde, und schrie:

»Unterlass das!«

»Er war auf zwei Schritte an Makarow herangekommen, als der mit betrunkener Stimme sagte:

»Halleluja, zum Teufel mit dem Ganzen!«

Klim konnte ihm gerade noch einen Stoß geben und prallte zurück, erschreckt durch den Knall. Makarow ließ die Hand mit dem Revolver sinken und stöhnte gepresst auf.

In der Folge, wenn Klim sich diese Szene ausmalte, erinnerte er sich, wie Makarow schwankte, als sei er unschlüssig, nach welcher Seite er hinstürzen solle, wie er langsam den Mund öffnete, aus seltsam runden Augen erschrocken um sich blickte und stammelte;

»Jetzt.. jetzt ...«

Klim fasste ihn um, hielt ihn aufrecht und führte ihn weg. Es war eigenartig: Makarow hinderte ihn am Gehen, stieß, ging aber selbst rasch, er lief beinahe. Der Weg zum Hoftor war qualvoll lang. Makarow knirschte mit den Zähnen, flüsterte und pfiff:

»Lass, lass mich ...«

Auf dem Hof, an der Vortreppe, auf der drei weibliche Gestalten standen, murmelte er undeutlich:

»Ich weiß ... es war dumm ...«

Tanja Kulikow schüttelte vorwurfsvoll den glattgescheitelten Kopf und jammerte weinerlich:

»Schämen Sie sich nicht?«

»Schweig!«, befahl Lida, »Fekla, hol den Arzt!«

Und Makarow stützend, sagte sie leise:

»Wohin hast du geschossen, du – Gymnasiast?«

Sie sprach es erbittert, ja, voller Verachtung aus.

In seinem Zimmer, bei Licht, sah Klim, dass Makarows Bluse auf der linken Seite dunkel war, feucht schimmerte und dass schwarze Tropfen auf den Fußboden fielen, Lida stand schweigend vor ihm und stützte seinen vornüber sinkenden Kopf, Tanja richtete eilig Klims Bett und schluchzte dabei auf.

»Zieh ihn aus«, befahl Lida. Klim näherte sich, ihn schwindelte von dem süßlichen, fetten Geruch.

»Nein, erst wollen wir ihn ins Bett legen«, kommandierte Lida, Klim schüttelte verneinend den Kopf, ging in halber Ohnmacht in den Salon und sank dort in einen Sessel.

Als er wieder zu sich kam und in sein Zimmer zurückkehrte, lag Makarow, nackt bis zum Gürtel, auf seinem Bett. Über ihn beugte sich ein fremder, grauhaariger Arzt, schürzte die Ärmel, bohrte mit einer langen, blinkenden Sonde in seiner Brust herum und sagte:

»Dass ihr jungen Leute immer Unfug treiben und knallen müsst!«

An den Schläfen und auf der Stirn Makarows glitzerte Schweiß. Seine Nase war totenhaft spitz geworden. Er biss die Lippen zusammen und schloss fest die Augen. Am Fußende des Bettes stand Fenja mit einer kupfernen Schale und die Kulikow mit Bandagen und Gaze.

»Die Puschkins und Lermontows schossen anders«, murmelte der Arzt.

Klim ging ins Esszimmer. Am Tisch saß Lida und starrte ins Kerzenlicht. Sie hatte die Arme auf der Brust gekreuzt und die Beine von sich gestreckt.

»Ist es gefährlich?« presste sie zwischen den Zähnen hervor?

»Weiß ich nicht.«

»Der Doktor scheint ein Grobian zu sein?«

Klim antwortete erst, nachdem er sich ein Glas Wasser vollgegossen und es geleert hatte:

»Da hast du es. Deinetwegen schießt man sich schon tot!«

Lida sagte leise, aber strenge:

»Hör auf!«

Sie verstummten und lauschten.

Klim stand am Büfett und rieb sich die Hände mit dem Taschentuch ab. Lida saß regungslos und starrte hartnäckig in das goldene Lichtbündel der Kerze. Kleinliche Gedanken nahmen von Klim Besitz. Der Arzt hatte mit Lida achtungsvoll wie mit einer Dame gesprochen. Natürlich nur, weil Warawka eine immer bedeutendere Rolle in der Stadt spielte. Wieder würde sie Stadtgespräch werden, wie nach ihrem kindischen Roman mit Turobojew. Unbegreiflich, warum sie Makarow auf sein Bett gelegt hatten! Man sollte ihn auf den Dachboden schaffen. Dort hatte er es auch ruhiger.

Diese Gedanken waren unpassend, Klim wusste das, konnte aber an nichts anderes denken.

Der Doktor kam herein und sagte, sich die Hände abtrocknend:

»Nun, alles steht so gut wie möglich. Der Revolver war miserabel. Die Kugel prallte auf die Rippe, hat sie, wie es scheint, ein wenig gequetscht, ist dann durch die linke Lunge hindurchgegangen und in der Rückenhaut stecken geblieben. Ich habe sie herausgeschnitten und dem Helden zum Andenken verehrt.«

Während er redete, sah er unverwandt mit einem Schmunzeln auf Lida. Aber sie merkte es nicht, damit beschäftigt, mit dem Stiel eines Teelöffels den Ruß von der Kerze abzukratzen. Der Doktor erteilte einige Ratschläge und verbeugte sich. Auch dies beachtete sie nicht. Als er gegangen war, sagte sie, in die Ecke starrend:

»Die Nachtwache übernehmen Tanja und ich. Du geh schlafen, Klim.«

Klim war froh, dass er gehen durfte. Er wusste nicht, wie er sich verhalten und was er sagen sollte. Er fühlte, dass seine schmerzliche Miene sich in eine Grimasse nervöser Müdigkeit verwandelt hatte.

Vier Tage verbrachte Makarow in Klims Zimmer, am fünften bat er, ihn nach Hause zu bringen. Diese Tage, voll von schweren und ängstigenden Erlebnissen, waren Klim eine Last. Gleich am ersten Tag fand er Lida am Lager des Kranken. Ihre Augen waren gerötet und glänzten unnatürlich, während sie das graue, erschöpfte Gesicht Makarows mit den eingesunkenen Augen betrachtete. Seine dunkel gewordenen Lippen gaben ein trockenes Flüstern von sich. Manchmal schrie er auf und knirschte mit entblößten Zähnen.

»Er spricht im Fieber«, hauchte sie, Klim winkend. »Geh hinaus.«

Doch Klim säumte einen Augenblick auf der Schwelle und vernahm eine erstickende, heisere Stimme;

»Ich bin nicht schuld, ich kann nicht ...«

Lida wiederholte in befehlendem Ton:

»Geh hinaus!«

Gegen Abend trat eine Besserung ein, und am dritten Tag sagte er lächelnd zu Klim:

»Entschuldige, Bruder! Ich hab dir hier alles verschmiert.«

Er war befangen und sah Klim mit tief umränderten Augen unangenehm durchdringend an, als erinnere er sich an etwas, was er nicht glauben könne. Lida benahm sich affektiert und schien es selbst zu empfinden. Sie redete Nichtigkeiten, lachte, wo es nicht am Platze war, befremdete durch eine an ihr ungewohnte Ungezwungenheit und neckte, dann plötzlich wieder gereizt, Klim:

»Du hast den Geschmack eines alten Mannes. Nur Greise und alte Weiber hängen sich so viele Fotografien hin.«

Makarow schwieg, sah auf die Decke und erschien neu, fremd. Auch das Hemd, das er trug, war ein fremdes – es gehörte Klim.

Als Wera Petrowna und Warawka, von der Sommerfrische zurückgekehrt, Klims eingehenden Bericht entgegengenommen hatten, fingen sie sofort leise zu streiten an. Warawka stand vorm Fenster und wandte der Mutter sein Profil zu. Er umschloss seinen Bart in der Faust und schnitt eine Grimasse, als habe er Zahnschmerzen. Die Mutter kämmte vor dem Trumeau ihr üppiges Haar aus und schüttelte den Kopf.

»Lida ist zu kokett«, sagte sie.

»Nun, das ist eine Einbildung von dir! Nicht ein Schatten von Koketterie!«

»Die Mittel der Koketterie sind verschieden.«

»Weiß ich, aber ...«

»Makarow ist ein sittenloser Jüngling, Klim weiß es.«

»Du bist ungerecht gegen Lida!«

Klim hörte wortlos zu. Die Mutter sprach immer rechthaberischer, Warawka geriet in Zorn, kläffte, brüllte und ging fort. Dann sagte die Mutter zu Klim:

»Lida ist arglistig. Ich wittere in ihr etwas von einem Raubtier. Aus solchen kalten Mädchen entwickeln sich die Abenteurerinnen. Sei auf der Hut vor ihr!«

Klim wusste längst, dass seine Mutter Lida nicht liebte, aber in so bestimmtem Ton sprach sie es zum ersten Mal aus.

»Ich würdige natürlich deine kameradschaftlichen Gefühle, aber es wäre wirklich vernünftiger, diesen Menschen ins Krankenhaus zu schaffen. Ein Skandal, bei unserer Stellung in der Gesellschaft, du verstehst natürlich ... O du mein Gott!«

Über ihnen stampfte Warawka wie ein Elefant, und man vernahm sein dumpfes Schreien:

»Ich verbiete es. Unsinn!«

Dann hörte man Lida die innere Treppe hinabbrennen und Klim sah vom Fenster aus, dass sie in den Garten stürmte. Nachdem Klim geduldig noch einige Bemerkungen über sich ergehen lassen hatte, ging er ebenfalls in den Garten, überzeugt, Lida dort beleidigt und in Tränen aufgelöst zu finden und sie trösten zu müssen.

Aber sie saß mit übergeschlagenen Beinen auf der Bank vor der Laube und empfing Klim mit der Frage:

»Du wirst dich aus Liebe nicht totschießen, nicht wahr?«

Sie fragte ihn so gelassen und unhöflich, dass Klim dachte:

»Sollte die Mutter recht haben?«

»Es kommt darauf an«, antwortete er achselzuckend.

»Nein, du tust das nicht!«, sagte sie überzeugt, und, wie in den Kindertagen, lud sie ihn ein:

»Komm, sitzen wir ein wenig!«

Dann sah sie ihn von der Seite an und sagte nachdenklich:

»Du wirst wohl einmal unsittlich leben. Ich glaube, schon jetzt, nicht wahr?«

Der verblüffte Klim kam nicht dazu, zu antworten. Lidas Gesicht zuckte, verzerrte sich, sie warf den Kopf heftig in den Nacken, umschlang ihn mit den Händen und flüsterte voller Verzweiflung:

»Wie ist das furchtbar! Und wozu? Du bist geboren, ich bin geboren und wozu? Was denkst du darüber?«

Klim setzte eine würdige Miene auf und schickte sich an, eine gescheite und lange Rede zu halten, aber sie sprang auf, sagte: »Lass nur. Schweig!« und ging weg.

Es trieb Klim, der Verschwundenen nachzulaufen, aber nicht mehr, um Weisheiten von sich zu geben, sondern bloß, um an ihrer Seite zu gehen. Der Trieb war so mächtig, dass Klim aufsprang und ihr nachlief, doch vom Hof her ertönte der leise, aber klangvolle Ausruf Almas:

»Wirklich? Aha, ich habe dir ja gesagt!«

Klim zögerte eine Weile, setzte sich dann wieder und überlegte: Ja, Lida und vielleicht auch Makarow kannten eine andere Liebe. Diese Liebe weckte in der Mutter und in Warawka offenbar sehr eifersüchtige und missgünstige Gefühle. Weder er noch sie haben auch nur einmal den Kranken besucht. Warawka rief den Wagen des Roten Kreuzes herbei, und als die Sanitäter, die wie Köche aussahen, Makarow über den Hof trugen, stand er am Fenster und hielt sich an seinem Bart fest. Er erlaubte Lida nicht, Makarow zu begleiten. Die Mutter war anscheinend demonstrativ ausgegangen.

Auf dem Hof erhellte sich Makarows Gesicht augenblicklich, er wurde lebhaft und sagte, während er in den durchsichtigen, kühlen Himmel blickte, leise:

»Wunderbar!«

Im Wagen krümmte er sich unter den heftigen Stößen der Räder und streichelte mit der rechten Hand Klims Knie.

»Nun, Bruder, habe Dank. Vielleicht war der Aderlass heilsam. Er beruhigt.«

Er lächelte matt, als er hinzufügte:

»Aber du versuch es nicht, es tut weh, und obendrein muss man sich schämen.«

Er schloss die Augen, die in den dunklen Höhlen versanken und sein Gesicht auf unheimlichere Weise blind erscheinen ließen, als es bei Blinden von Geburt zu sein pflegt. Auf dem kleinen grasbewachsenen Hof eines Puppenhauses, das seine drei Fensterchen kokett hinter einer Palisade versteckte, empfing Makarow ein unnatürlich langer, hagerer Mensch mit dem Gesicht eines Clowns. Er hielt einen Besen in der Hand. Den Besen warf er fort, lief an die Tragbahre heran, beugte sich über sie, wobei er gleichsam in zwei Hälften einknickte, und fing, während er die Sanitäter anstieß, an, mit komischer Stimme zu sprechen:

»Ei Kostja, ei, ei, ei! Als Lida Timofejewna es uns sagte, da sind wir nur so erstarrt! Dann hat sie uns froh gemacht, es ist keine Gefahr, sagte sie. Na, Gott sei Dank! Sofort haben wir alles blank gescheuert und aufgeräumt. Mama!« rief er, fasste mit langen Fingern Klims Ellenbogen und stellte sich vor:

»Globin Pjotr! Post- und Telegrafenbeamter. Sehr erfreut.«

Aus der Tür eines kleinen Schuppens kletterte eine starke, rotbäckige Alte in einem grauen Kleid, das wie eine Kutte aussah, bückte sich mit Anstrengung hinab, küsste Makarow auf die Stirn und brummte, während ihr Tränen übers Gesicht liefen:

»Du bist mir ein Dummchen!«

Klim empfand Rührung. Es war ergötzlich zu sehen, wie ein so langer Mensch und eine so riesenhafte Alte in einem Puppenhause lebten, in sauberen Stübchen, in denen es viel Blumen gab und wo an der Wand auf einem kleinen ovalen Tisch feierlich eine Geige in ihrem Kasten ruhte. Makarow wurde in einem freundlichen sonnigen Zimmer gebettet. Slobin setzte sich linkisch auf einen Stuhl und sagte:

»Weißt du auch, dass ich mir eigens zu diesem Anlass erlaubt habe, eine kleine Pièce »Souvenir de Vilna« einzuüben? Sie ist ganz reizend. Drei Abende habe ich geschwitzt.«

Stumpfnasig, blauäugig, igelhaarig und schon grau meliert, erschien er Klim einem Clown immer ähnlicher. Seine massige Mama stapfte, sich in den Hüften wiegend, wie eine Kuh von Zimmer zu Zimmer und trug auf dem Tisch vor Makarows Bett alle möglichen Karaffen und Gläser zusammen, wobei sie brummte:

»Nun und was kommt dabei Gutes heraus? Ihr verhöhnt euch selbst, junge Leute, und hinterher trauert ihr!«

Sie bot Klim Tee an, Klim dankte höflich und drückte Makarow, der mit schweigendem Lächeln die Slobins ansah, die Hand:

»Komm bitte wieder«, bat Makarow. Die Slobins echoten einstimmig:

»Wir bitten!«

Klim trat auf die Straße. Ihm wurde traurig zumute. Die spaßigen Freunde Makarows mussten ihn wohl sehr lieb haben, und mit ihnen zu leben, musste behaglich und einfach sein. Ihre Einfalt ließ ihn an Margarita denken. Das wäre der Mensch, bei dem er von den unsinnigen Aufregungen dieser Tage ausruhen könnte. Und wie er ihrer gedachte, fühlte er mit einem Mal, dass dieses Mädchen in seinen Augen unmerklich gewachsen war, aber irgendwo seitab von Lida und ohne sie zu verdunkeln.

Sobald Lida in seinen Gedankengang einbrach, konnte er an nichts anderes mehr denken als an sie. Im Grunde war es gar kein Denken, er stand vor dem Mädchen und betrachtete es gedankenlos, so wie er zuweilen den Lauf der Wolken und die Strömung des Flusses betrachtete. Wolken und Wellen spülten jedes Denken fort und riefen in ihm eine ebenso gedankenleere Stimmung halber Hypnose hervor wie dieses Mädchen. Doch sobald er sie nicht geistig, sondern körperlich vor sich hatte, erwachte in ihm ein beinah feindliches Interesse für sie. Er empfand den heftigen Wunsch jeden ihrer Schritte zu überwachen, zu erfahren, was sie dachte und wovon sie mit Alina oder ihrem Vater sprach, und sie zu ertappen.

Einige Tage später fragte Lida so nebenhin, aber schnippisch, wie Klim schien:

»Warum besuchst du nicht Makarow?«

Er sagte, er sei sehr verstimmt durch das Verhalten der Lehrerkonferenz, ein Teil ihrer Mitglieder könne sich nicht entschließen, ihm das Reifezeugnis zu geben, und verlange eine nochmalige Prüfung.

»Na, Rziga wird's schon machen«, sagte achtlos Lida, dann kniff sie die Augen zu, kicherte und fügte hinzu:

»Versuch doch nicht, glauben zu machen, dass du bedauerst, deinen Kameraden am Selbstmord gehindert zu haben.«

Sie ging weg, ehe er antworten konnte. Natürlich scherzte sie, Klim sah es ihr vom Gesicht ab. Doch wenn ihre Worte auch scherzhaft gemeint waren, sie ärgerten ihn doch. Auf welche Weise und dank welchen Beobachtungen konnte ihr ein so kränkender Gedanke kommen? Klim prüfte lange und angestrengt sich selbst: Hatte er jenes Mitleid empfunden, das Lida zu ahnen glaubte? Er entdeckte es nicht bei sich und beschloss, sich ihr zu erklären. Aber es vergingen zwei Tage, ohne dass er Zeit für eine Erklärung gefunden hätte, am dritten ging er zu Makarow, getrieben von einer ihm selbst nicht ganz klaren Absicht.

An der Schwelle eines der Stübchen des Puppenhauses hielt er mit einem unwillkürlichen Lächeln an: an der Wand, auf einem Sofa, lag, bis zur Brust in eine Decke verpackt, Makarow. Der aufgeknöpfte Hemdkragen entblößte seine verbundene Schulter. An einem runden Tischchen saß Lida. Auf dem Tisch stand eine mit Äpfeln gefüllte Schale. Ein schiefer Sonnenstrahl drang durch die oberen Scheiben und beleuchtete die tiefroten Früchte, Lidas Nacken und die Hälfte von Makarows höckernasigem Gesicht. Duft erfüllte das Zimmer, und es war sehr heiß. Der Kranke und das junge Mädchen aßen Äpfel.

»Eine paradiesische Beschäftigung«, murmelte Klim.

»Der Dritte im Paradiese war der Teufel«, gab Lida schlagfertig zurück und rückte mit dem Stuhl ein wenig vom Sofa ab, während Makarow, der Klim die Hand drückte, ihren Scherz aufnahm:

»Samgin gleicht mehr Faust als Mephisto.«

Beide Scherze missfielen Klim und zwangen ihn zur Vorsicht. Makarow und Lida jedoch plänkelten witzig miteinander und verletzten ihn dabei immer häufiger. Er revanchierte sich ungeschickt und verlegen und glaubte aus ihren Worten den Verdruss von Menschen herauszuhören, die gestört worden sind. Unmut gegen sie stieg in ihm auf und noch ein anderes, wehmütiges Gefühl. Der Mensch, den er am Selbstmord verhindert hatte, war allzu aufgeräumt und noch schöner geworden. Die Blässe seines Gesichts unterstrich vorteilhaft den heißen Glanz seiner Augen, der Schatten auf der Lippe war tiefer und auffälliger geworden. Der ganze Makarow war in den wenigen Tagen auf unnatürliche Weise gereift. Er sprach sogar mit tieferer, wenn auch schwächerer Stimme. Lida benahm sich in seiner Gesellschaft unangenehm einfach, ohne jene Anmaßung und Aufgeblasenheit, die man bei ihr sonst gewohnt war, und wenn Klim auch bemerkte, dass sie zu ihm gütiger war als früher, so empfand er selbst das schmerzlich.

»Wie nett ist es hier, nicht wahr?« wandte sie sich an Samgin und zeigte mit der Hand im Kreis herum.

»Ganz gewöhnlich, so wie bei Spießbürgern.«

»Denkt mal, was für ein Aristokrat!«, sagte Makarow und versteckte sein Gesicht vor der Sonne. Auch Lida lächelte, und Klim stellte sich rasch ihre Zukunft vor. Sie ist mit dem Gymnasiallehrer Makarow verheiratet. Er ist natürlich ein Säufer. Sie geht schon mit dem dritten Kind schwanger, latscht in Pantoffeln herum, die Ärmel ihrer Bluse sind bis zum Ellenbogen aufgekrempelt, in der Hand hält sie einen schmutzigen Lappen, mit dem sie Staub wischt, wie eine Dienstmagd. Am Boden kriechen Säuglinge mit roten Hintern umher und wimmern. Dieses rasch entstandene Bild hob ein wenig seine gedrückte Stimmung. Jetzt blickte die alte Slobin ins Zimmer und lud ein:

»Bitte zum Tee! Heute gibt es Ihre Lieblingsplätzchen, Lida Timofejewna.«

Lida lief zu ihr hin und flüsterte hastig etwas, wobei sie mit ihren dünnen Fingern die graue Haarflechte streichelte, die der Alten auf die feuerrote Backe gefallen war. Die Slobin schüttelte sich und lachte in tiefem Bass. Klim hörte nicht, was Lida sagte. Auf Makarows Frage: »Warum blickst du sie so an?«, zuckte er nur die Achseln. »Also so steht es!«, dachte er. »Sie kommt also seit Langem und häufig hierher, sie gehört schon zur Familie? Aber weshalb wollte Makarow sich dann erschießen?«

Mit unwiderstehlicher Beharrlichkeit schoss ihm immer wieder der Gedanke durch den Kopf, dass Makarow mit Lida lebte, wie er selbst mit Margarita gelebt hatte, und während er sie von Zeit zu Zeit scheel ansah, schrie er innerlich: »Lügner! Falsche Menschen!«

Neben ihm saß Slobin, stieß ihn mit seiner knochigen Schulter an und redete davon, dass er nur die Musik und seine Mama liebe:

»Um dieser Liebe willen bin ich unverheiratet geblieben. Denn, wissen Sie, ein Dritter im Haus ist schon ein Störenfried! Und nicht jede Gattin erträgt Übungen auf der Geige. Ich übe aber jeden Tag. Meine Mama hat sich so daran gewöhnt, dass sie es nicht mehr hört.«

Klim verließ diese Leute in so niedergeschlagener Gemütsverfassung, dass er Lida nicht einmal seine Begleitung anbot. Doch sie selbst lief ihm bis vors Tor nach, hielt ihn an und bat freundlich, mit einem listigen kleinen Lächeln in den Augen:

»Sag zu Hause nichts davon, dass du mich hier gesehen hast.«

Er nickte zustimmend. Nach Hause zu gehen, hatte er keine Lust. Er trat an das Ufer des Flusses, schlenderte an ihm entlang und grübelte:

»Ich sollte rauchen, man sagt, es beruhigt.«

Hinter dem Fluss stülpte sich über die glatt rasierte Erde gleich einem Becher eine rosafarbene Leere, die aus irgendeinem Grunde an das saubere Puppenhäuschen und seine Bewohner erinnerte.

»Wie dumm ist das alles!«

Zu Hause traf er Warawka und die Mutter im Esszimmer. Der riesige Tisch war mit einer Menge Papiere überschwemmt. Warawka klapperte mit den Kugeln des Rechenbretts und brummte in seinen Bart:

»Spitzbuben!«

Die Mutter schrieb rasch Zahlen von gleichförmigen Papierblättchen auf einen großen weißen Bogen ab. Vor ihr stand eine Platte mit einer gewaltigen Wassermelone, vor Warawka eine Flasche Sherry.

»Nun, was macht dein Schütze?«, fragte Warawka. Nachdem er Klims Bescheid entgegengenommen hatte, musterte er ihn misstrauisch, goss sich sein Glas voll, leerte es andächtig zur Hälfte, leckte sich die fleischige Lippe und fing an zu reden, wobei er sich im Stuhl zurückwarf und mit dem Finger auf dem Tischrand Takt schlug.

»Die Welt zerfällt in Menschen, die klüger sind als ich. Diese kann ich nicht leiden. Und in solche, die dümmer sind als ich. Diese verachte ich.«

Die Mutter warf einen forschenden Blick auf ihn und fragte:

»Was hast du bloß auf einmal?«

»Notgedrungen«, antwortete Warawka, enterte mit der Gabel ein würfelförmiges Stück Melone und beförderte es in den Mund. »Aber«, fuhr er klangvoll und eindringlich fort, »es gibt auch eine Sorte Menschen, die ich fürchte. Das sind die guten echtrussischen Leute, die glauben, man könne mit der Logik der Worte auf die Logik der Geschichte einwirken. Ich rate dir freundschaftlich, Klim, hüte dich, einem guten russischen Menschen Glauben zu schenken! Fr ist ein reizender Mensch, gewiss! Mit ihm über die Zukunft zu plaudern ist ein Hochgenuss! Aber die Gegenwart ist ihm ein Buch mit sieben Siegeln, und er sieht nicht, wie traurig diese Rolle eines Kindes ist, das verträumt in der Mitte der Straße schlendert und von den Pferden zerstampft werden wird, weil den schweren Lastwagen der Geschichte Pferde ziehen, die von erfahrenen, aber nicht zartfühlenden Kutschern gelenkt werden. Unsere guten Leute sind an dieser Arbeit völlig unbeteiligt. Im besten Fall dienen sie als Stuck auf der Fassade des zu errichtenden Gebäudes, doch da dieses Gebäude ja erst errichtet werden soll, so ...«

Die Mutter unterbrach eifrig den Redner:

»Denke aber auch daran, dass Christus ...«

»Auch eine verfrühte und folglich schädliche Erscheinung ist«, ergänzte Warawka, mit seinem dicken Finger Takt schlagend. »Die sogenannte christliche Kultur gleicht einem regenbogenfarbigen Fleck Petroleum auf einem breiten und trüben Fluss. Kultur, das ist vorerst: Bücher, Bilder, ein wenig Musik und sehr wenig Wissenschaft. Die Kultiviertheit einiger weniger Menschen, die sich das »Salz der Erde«, »Ritter des Geistes« und so weiter zu nennen belieben, äußert sich lediglich darin, dass sie nicht laut fluchen und ironisch vom Wasserklosett sprechen. Alle, die »in Christo« leben, sind tief kulturfeindlich in meinem Sinne des Kulturbegriffs. Kultur, meine Teure, ist Liebe zur Arbeit, aber eine ebenso unzähmbar gierige wie die Liebe zum Weibe.«

181

Hastig zündete er sich eine Zigarette an und redete unermüdlich weiter, zwischendurch blauen Rauch ausstoßend. Die Saffianhaut seiner Stirn glitzerte rötlich, die scharfen Äuglein funkelten erregt, sein Fuchsbart rauchte, und ebenso rauchten auch seine Worte. Klim waren Warawkas Anfälle von Beredsamkeit längst vertraut, sie befielen ihn besonders heftig in Tagen der Müdigkeit. Die Leute grüßten Warawka immer respektvoller. Klim wusste, dass sie in ihren vier Wänden immer schlechter und böser über ihn redeten. Er nahm auch ein merkwürdiges Zusammentreffen wahr: je mehr und schlechter man in der Stadt über Warawka sprach, desto hemmungsloser und wilder philosophierte er zu Hause.

Heute war der Anfall besonders hartnäckig. Warawka knöpfte sich sogar unten die Weste auf, wie er es zuweilen bei Tisch tat. In seinem Bart funkelte ein rotes Lächeln. Unter ihm ächzte der Stuhl. Die Mutter hörte ihm zu und beugte sich dabei so ungeschickt vornüber, dass ihre mädchenhaften Brüste auf der Tischkante lagen. Klim berührte dieser Anblick peinlich.

»Erlaube mal, erlaube mal«, schrie Warawka sie an, »diese Menschenliebe, die wir erfunden haben, ist unserer eigenen Natur, die nicht nach Liebe zu unserem Nächsten, sondern nach Kampf gegen ihn dürstet, zuwider. Diese unselige Liebe bedeutet nichts und ist nichts wert ohne den Hass und Ekel gegen den Schmutz, in dem dieser Nächste lebt. Endlich darf man nicht vergessen, dass das geistige Leben sich nur auf dem Boden materieller Wohlfahrt entfalten kann.«

Klim, der in sich hineinhorchte, verspürte in seiner Brust und in seinem Kopfe eine stille, nagende Schwermut, fast Schmerz. Das war ihm eine neue Empfindung. Er saß neben der Mutter, aß träge Melone und fragte sich, warum alle philosophierten. Ihm kam es so vor, als philosophierte man in der letzten Zeit mehr und heftiger. Er war erfreut, als man im Frühjahr, unter dem Vorwand, der Flügel solle renoviert werden, dem Schriftsteller Katin die Wohnung kündigte. Jetzt sah er, wenn er über den Hof kam, mit Vergnügen die geschlossenen Fensterläden des Flügels.

Oft schien ihm, er sei so unter fremden Meinungen verschüttet, dass er sich selbst nicht mehr sah. Jeder Mensch schien etwas zu befürchten und suchte in ihm einen Verbündeten, bedacht, ihm seine Meinung in die Ohren zu schreien. Alle hielten ihn für eine Abladestelle für ihre Ansichten und begruben ihn im Sand ihrer Worte. Heute befand er sich gerade in einer solchen Stimmung.

Fenja kam und meldete, der Bauunternehmer sei da.

»Aha!«, rief Warawka wütend, sprang auf und entfernte sich mit dem schwerfälligen und zugleich schnellen Schritt eines Bären. Klim stand ebenfalls auf, doch die Mutter nahm seinen Arm und führte ihn in ihr Zimmer. Inzwischen fragte sie:

»Dich hat die Geschichte mit Lida wohl sehr aufgeregt?«

Während sie sich auf dem Teppich des Salons erging, wiederholte sie mit gedämpfter Stimme ermüdend und offensichtlich bestrebt, nicht mehr zu sagen, als gut war, die Klim wohlbekannten Bemerkungen über Lida und Makarow. Ihr Sohn hörte schweigend diese Rede eines Menschen, der überzeugt ist, stets das Klügste und Wichtigste auszusprechen, und dachte unvermittelt: »Worin unterscheidet sich ihre und Warawkas Liebe von der Liebe, die Margarita kennt und lehrt?«

Er begriff sogleich die ganze Schwere, den ganzen Zynismus dieses Vergleichs, fühlte sich vor der Mutter schuldig, küsste ihr die Hand und bat, ohne ihr in die Augen zu sehen:

»Beunruhige dich nicht, Mama – und verzeih, ich bin so müde.«

Auch sie küsste ihn sehr innig auf die Stirn.

»Ich verstehe, du mit deiner besonderen Innerlichkeit hast es schwer.«

Bei sich in seinem Zimmer dachte er, während er seine Jacke abstreifte, wie schön es wäre, wenn er diese ganze Innerlichkeit, diesen Wirrwarr der Empfindungen und Gedanken genau so leicht abstreifen könnte wie die Jacke und so einfach leben könnte wie die anderen, ohne sich zu scheuen, alle Dummheiten auszusprechen, die ihm auf die Zunge kamen, ohne an die profunden Weisheiten eines Tomilin oder Warawka, – ohne an einen Dronow denken zu müssen!

Er schlief schlecht, verließ früh das Bett und fühlte sich halb krank. Er ging ins Esszimmer Kaffee trinken und fand dort Warawka, der sich für die Schlacht des Tages rüstete, Toast aß und dazu Portwein trank.

»Höre mal«, sagte er mit zusammengerückten Augenbrauen leise, ohne Klims Hand loszulassen, was Unangenehmes verhieß. »Mit Rücksicht auf Wera habe ich gestern nicht sagen wollen und aus Zeitmangel auch nicht können, dass ich schlechte Nachrichten über Dronow habe. Friedensrichter Kusmin, der nicht weiß, dass dieses Subjekt nicht mehr bei mir arbeitet, gab mir davon Kenntnis, dass Dronow sich das Sparkassenbuch eines Mädchens angeeignet habe und dass Anzeige gegen ihn erstattet sei. Obgleich der Richter »sich aneignen« sagte, ist es doch klar, dass es sich um einen Diebstahl handelt und obendrein, da er dreihundert Rubel übersteigt, um eine Sache, die nicht vor den Friedensrichter gehört. Das bedeutet also Kreisgericht. In welchen Beziehungen stehst du zu dem Burschen? Aha, du hast dich von ihm getrennt? Ich bin sehr erfreut.«

Auch Klim war erfreut. Um es zu verbergen, senkte er den Kopf. Ihm war, als sei auch das triumphierende »Aha« in seinem Innern erklungen, ein Spektrum von Gedanken flammte auf, darunter von solchen der Teilnahme für Margarita.

Warawka, der offensichtlich seine Freude als Schreck missverstanden hatte, sagte ein paar tröstende Aphorismen:

»Nun ja, für die Anständigkeit eines Menschen kann man niemals bürgen. Wir wählen uns unsere Freunde achtloser als ein Paar Stiefel. Merke dir: Ein Mensch ohne Freunde ist mehr Mensch.«

Selbstgefällig schloss er:

»Ich habe keine Freunde.«

Da trieb ein Gefühl der Dankbarkeit Klim, ihm zu verraten, dass Lida häufig bei Makarow war. Zu seinem Erstaunen wurde Warawka nicht unwillig. Er blickte nur ängstlich in die Richtung des Zimmers der Mutter und sagte mit gedämpfter Stimme:

»Ja, ja, ich weiß. Romantik, der Teufel hole sie! Wenngleich Romantik immer noch besser ist, als ...«

Er machte eine unbestimmte Geste mit seiner rechten Hand, schob seine dicke Aktenmappe unter die Achsel und fragte leise:

»Du hast der Mutter nichts erzählt? Nein? Erzähl' ihr auch nichts. Sie lieben einander ohnehin nicht sehr. Nun, ich gehe.«

Kaum war er verschwunden, schwand auch Klims Freude, ausgelöscht von dem Bewusstsein, eine Schlechtigkeit begangen zu haben, als er Lida verriet. Da ging er, der sonst nicht zu raschen Entschlüssen neigte, immer zwei Stufen gleichzeitig nehmend, zu ihr hinauf.

Lida saß ungekämmt, in einem orangefarbenen Kittel und mit Schuhen an den nackten Füßen in der Sofaecke, in ein Notenheft vertieft. Ohne Hast bedeckte sie ihre nackten Beine mit dem Saum des Kittels und fragte mit unfreundlichem Blick:

»Was fehlt dir? Weshalb machst du so ein Gesicht?«

Er setzte sich auf die Sofakante und sagte erst nach einer Pause, als fürchte er, etwas Falsches zu sagen:

»Verzeih mir, ich habe mich versehentlich versprochen ...«

Lida ließ die Noten in ihren Schoß fallen und hielt ihn an:

»Ich weiß. Ich dachte mir gleich, dass du es dem Vater sagen würdest. Ich habe dich vielleicht auch nur deshalb gebeten, zu schweigen, um dich auf die Probe zu stellen. Aber ich habe es ihm gestern selbst mitgeteilt. Du bist zu spät gekommen.«

In ihrer Stimme, in ihren Augen war etwas, was Klim tief verwundete. Er schwieg und fühlte, wie die Wut ihn aufblähte. Das Mädchen jedoch fuhr zweifelnd fort:

»Ich begreife dich nicht. Du scheinst anständig zu sein und begehst doch immer wieder Schlechtigkeiten. Wie soll man sich das erklären?«

Klim fühlte in ihren Worten Abscheu. Er sprang vom Sofa auf und nun entspann sich mit unglaublicher Schnelligkeit zwischen ihnen ein Streit. Klim sagte im Ton des Älteren:

»Das ist so zu erklären, dass ich dein Betragen nicht billige.«

»Wie komisch du bist«, antwortete das Mädchen, schlug ihre Beine unter und zog sich ganz in die Sofaecke zurück.

»Dein Roman mit Makarow ...«

Das Mädchen riss erstaunt und zornig die Augen auf und sagte leise:

»Mein Betragen? Roman? Wie wagst du es, dummer Junge! Bildest du dir ein ...«

Sie erstickte, offenbar außerstande, ein bestimmtes Wort auszusprechen. Ihr dunkles Gesicht verfärbte sich und schien sogar anzuschwellen. Tränen traten ihr in die Augen. Sie warf ihren leichten Körper vor und flüsterte:

»Du glaubst ...«

Klim erschrak plötzlich vor ihrem Zorn, er fasste nicht ganz, was sie sagte, und wollte nur noch das eine: Den Sturzbach ihrer immer schrofferen und verworreneren Worte anhalten. Sie stemmte ihren Finger gegen seine Stirn, zwang ihn den Kopf zu heben, blickte ihm in die Augen und sagte:

»Glaubst du im Ernst, dass ich ... dass Makarow und ich in solchen Beziehungen stehen? Verstehst du nicht, dass ich das nicht will ... dass er sich deshalb erschießen wollte? Verstehst du nicht?«

Klim fühlte auf der Stirnhaut den spitzen Stoß von dem Finger des Mädchens und dachte, zum ersten Male in seinem Leben sei ihm eine solche Beleidigung zugefügt worden. Lida redete dumm und kindlich, aber sie benahm sich wie eine Erwachsene, eine Dame. Er sah in ihr ernstes Gesicht, in ihre traurigen Augen und wünschte ihr etwas sehr Hässliches zu sagen, aber es wollte nicht über seine Lippen. So ging er denn wortlos auf sein Zimmer. Er verspürte eine bittere Trockenheit im Munde und im Kopf wirren Lärm von Worten, trat zum Fenster und sah zu, wie der Wind das Laub von den Bäumen riss. In der Scheibe sah er sein Gesicht. Obgleich die Züge zerflossen, ähnelte es doch unverkennbar dem nüchternen, würdigen Gesicht seiner Mutter.

Mit aller Entschiedenheit, deren Klim in diesem Augenblick fähig war, prüfte er, was echt war an seinen Gefühlen für Lida. Nicht ohne Mühe und erst nach längerer Zeit entwirrte er den straffen Knäuel dieser Gefühle: die wehmütige Empfindung eines sehr schweren Verlustes, scharfe Unzufriedenheit mit sich selbst, den Wunsch sich an Lida für die Beleidigung zu rächen, erotische Neugier, daneben das angestrengte Verlangen, das Mädchen von seiner Bedeutung zu überzeugen und hinter all diesen Regungen die Gewissheit, dass er Lida schließlich doch mit der richtigen Liebe, mit jener Liebe, die in den Gedichten und Romanen vorkam und in der nichts Knabenhaftes, Lächerliches und Erklügeltes war, liebe.

Weiter grübelnd, seufzte er erleichtert auf: Wenn Lida Makarow wirklich liebte, musste sie aus Gründen der Dankbarkeit ihr hochmütiges Benehmen gegen denjenigen, der ihrem Geliebten das Leben gerettet hatte, ändern. Aber er hatte kein einziges Wort der Dankbarkeit aus ihrem Munde gehört. Das war eigentümlich. Heute hatte sie etwas Rätselhaftes gesagt: Makarow habe aus Furcht vor der Liebe, so musste man ihre Worte verstehen, auf sich geschossen. Richtiger aber war wohl, dass diese Furcht in ihr selbst wohnte. Klim erinnerte sich rasch einer Reihe Anzeichen, die ihn von der Richtigkeit seiner Vermutung überzeugten: Lida fürchtete die Liebe, sie hatte mit ihrer Furcht Makarow angesteckt und war folglich schuldig, einen Menschen an den Rand des Selbstmords getrieben zu haben. Dieses Ergebnis war angenehm. Klim überprüfte noch einmal den Gang seiner Gedanken, erhob das Haupt und gestattete sich ein selbstgefälliges Lächeln darüber, dass er ein so starker Mensch war und so rasch mit schwierigen Situationen fertig wurde.

Er beschloss, gegen Lida Großmut zu üben, wie die seltensten und edelsten der Romanhelden, jene, die, weil sie lieben, alles verzeihen. Es war nun schon das zweite Mal, dass er diese Position beziehen musste, doch dieses Mal erkannte er bald, dass eine solche Rolle ihn in Lidas Augen noch unansehnlicher machen musste. Sich im Spiegel musternd, fand er, dass die lyrische, schwermütige Miene sein Gesicht unbedeutend machte. Er war überhaupt unzufrieden mit seinem Gesicht, dessen Züge er kleinlich und im Missverständnis zur Kompliziertheit seines Seelenlebens fand. Seine Kurzsichtigkeit ließ ihn blinzeln, durch die Gläser erschienen seine Pupillen unangenehm vergrößert. Ihm missfiel die Nase, die gerade nüchtern und nicht groß genug war, die Lippen waren zu dünn, das Kinn übertrieben spitz, der Schnurrbart spross nur an den Mundwinkeln in zwei lichten Büscheln. Wenn er die Stirn runzelte und die dünnen Brauen zusammenrückte, wurde sein Gesicht interessanter und klüger. Auf die lyrische Note musste er verzichten.

Er begann, Lermontow zu lesen. Die heftige Bitterkeit dieser Gedichte schien ihm brauchbar. Immer häufiger zitierte er die beißenden Verse dieses düsteren Dichters.

Er versuchte sogar, Lida zu behandeln wie ein kleines Mädchen, für dessen Verirrungen man Verständnis hat, obwohl man sie ein wenig lächerlich findet. Wenn die Mutter und Warawka dabei waren, gelang es ihm, diesen Ton einzuhalten, doch sobald er mit ihr allein blieb, entglitt er ihm.

Lida sollte nach Moskau, rüstete sich aber nur langsam und widerwillig zur Reise. Während sie Warawkas Gesprächen mit Klims Mutter zuhörte, betrachtete sie sie mit forschendem Blick wie Fremde und, offenbar nicht einverstanden mit dem, was sie hörte, schüttelte sie heftig den Kopf unter der Kappe krauser Haare.

Makarow war gleich nach seiner Genesung auf die Universität gefahren. Er hatte dabei eine verdächtige Eile an den Tag gelegt. Zum Abschied hatte er Klims Hand fest zwischen seine Finger gepresst, aber nur zwei Worte gesagt:

»Ich danke dir, Bruder.«

Nach seiner Abreise wich Lida noch geflissentlicher einem Zusammensein unter vier Augen aus. In ihren Augen war etwas mönchisch Lebensfeindliches und Unmutiges erstarrt, doch schien sie Klim jetzt wieder kindlicher zu sein als vor einigen Wochen. Er beobachtete, dass sie für seine Mutter nicht mehr wie früher jenen trocknen und fremden Ton hatte, dass sie zuweilen das Zimmer der Mutter aufsuchte und beide dort in stillem Geplauder beieinandersaßen. Einmal, es war gegen Mitternacht, nach einem langweiligen Preferancespiel mit Warawka und der Mutter, suchte Klim sein Zimmer auf. Nach einigen Minuten trat die Mutter herein, schon im violetten Nachtkleid und Pantoffeln, setzte sich auf das

Kanapee und begann besorgt, während sie nervös mit den Quasten ihres Gürtels spielte:

»Seit dem Sommer bist du eigentümlich farblos. So schlaff, dir selbst gar nicht ähnlich.«

Er schwieg, zupfte an den Büscheln seiner Barthärchen und sagte sich, dies sei nur die Einleitung zu einem ernsten Gespräch. Er täuschte sich nicht. Mit beinahe grober Direktheit sagte die Mutter und blickte ihn dabei mit ihren immer ruhigen Augen an, sie sehe sein Interesse für Lida. Klim fühlte, wie er tief errötete, und fragte dabei ironisch lächelnd:

»Irrst du dich auch nicht?«

Als habe sie seine Frage nicht gehört, fuhr sie lehrhaft fort:

»Die Liebe ist in deinem Alter noch nicht jene Liebe, welche ... Es ist noch nicht Liebe, nein ...«

Sie schwieg einige Sekunden, dann seufzte sie:

»Als ich deinen Vater heiratete, war ich achtzehn Jahre alt, und schon zwei Jahre später wusste ich, dass ich mich geirrt hatte.«

Wieder verstummte sie, da sie wohl nicht das gesagt hatte, was sie wollte. Klim, der abwesend einige Sätze auffing, suchte sich klar zu werden, weshalb diese Worte seiner Mutter ihn empörten.

»Mein Verhältnis zu deinem Vater«, hörte er, während er erwog, mit welchen Worten er sie daran erinnern sollte, dass er ein erwachsener Mensch war. Plötzlich sagte er stirnrunzelnd in achtlosem Ton:

»Ich empfinde freundschaftlich für Lida, und natürlich schreckt mich ein wenig ihre Affäre mit Makarow, einem Menschen, der selbstredend ihrer unwürdig ist. Mag sein, dass ich mit ihr ein wenig zu hitzig, zu unbeherrscht über ihn gesprochen habe. Das ist, denke ich, alles und alles Übrige nur Einbildung.«

Während er so sprach, war er überzeugt, nicht zu lügen, und fand, dass er gut sprach. Ihm schien, er müsse noch etwas Gewichtiges hinzufügen, und dozierte:

»Weißt du, nur der Mensch existiert, alles Übrige besteht in seiner bloßen Einbildung. Ich glaube, das hat Protagoras gesagt.«

Die Mutter kniff ein wenig die Augen zu und sagte:

»Das ist nicht ganz so, aber klug gesagt. Du hast ein wunderbares Gedächtnis, und natürlich hast du recht: Die Mädchen sind immer voreilig in ihren Schlüssen, wenn sie sich mit dem Unvermeidlichen beschäftigen. Du hast mich beruhigt. Ich und Timofej legen so viel Wert auf die Beziehungen, die sich zwischen uns entwickelt haben und die immer inniger werden ...«

Klim, betreten über diesen offenherzigen Egoismus seiner Mutter, senkte den Kopf. Er verstand, dass sie in diesem Augenblick nur das Weib war, das für ihr Glück fürchtete.

Er sagte:

»Mir scheint, du bist jetzt netter zu Lida?«

»Mein Urteil kennst du, es wird sich nicht ändern«, antwortete die Mutter. Sie stand auf und küsste ihn. »Geh schlafen!«

Sie ging und ließ auf den Lippen ihres Sohnes den aufreizenden Geruch von starkem Parfüm und ein leichtes Lächeln zurück.

Die Gespräche mit ihr bestärkten ihn immer in seiner Selbstsicherheit, nicht so sehr durch ihre Worte wie durch ihren unerschütterlich überzeugten Ton. Wenn er ihr zuhörte, glaubte er, dass alles im Grunde sehr einfach war, und dass man leicht und angenehm leben konnte. Die Mutter lebte nur sich selbst und lebte dabei nicht schlecht. Sie litt nicht an Einbildungen!

Natürlich, irgendetwas musste man sich schon einbilden, um das Leben zu würzen, wenn es zu nüchtern, um es zu versüßen, wenn es zu bitter war. Doch man musste ein genaues Maß finden. Es gab Empfindungen, die aufzubauschen gefährlich war. So ein Gefühl war natürlich die Liebe zur Frau, aufgebauscht bis zu Schüssen aus einem schlechten Revolver. Man weiß: die Liebe ist ein Instinkt wie der Hunger, aber wer wird sich aus Hunger oder Durst, oder weil er keine Hosen anhat, töten?

In Augenblicken solcher Auseinandersetzung mit sich selbst, fühlte Klim sich klüger, stärker und origineller als alle Menschen, die er kannte. Allmählich entwickelte sich bei ihm eine herablassende Haltung gegen sie, eine Art lächelnder Ironie, die er heimlich genoss. Schon erregte zuweilen auch Warawka dieses neue Gefühl in ihm, – er war ein Tatmensch und dennoch ein wunderlicher Schwätzer.

Klim erhielt endlich das Zeugnis der Reife und sollte demnächst an die Petersburger Universität, als seinen Weg noch einmal Margarita kreuzte. Die Begegnung verwunderte ihn nicht, er wusste, dass er die Näherin einmal wiedersehen musste, er erwartete diese zufällige Begegnung, aber seine Freude darüber verbarg er.

Sie wechselten vorsichtig nichtssagende Redensarten. Margarita erinnerte ihn an seine Unhöflichkeit gegen sie. Sie schritten langsam. Sie sah ihn scheel, mit aufgeworfenen Lippen und stirnrunzelnd an. Er bemühte sich, freundlich zu sein, blickte ihr milde in die Augen und überlegte, auf welche Weise er sie veranlassen könnte, ihn zu sich einzuladen.

Ihn zog sowohl der Wunsch, noch einmal ihre Liebkosungen zu empfangen, wie ein plötzlicher, dringender Einfall zu ihr. Als er sich teilnahmsvoll nach Dronow erkundigte, widersprach sie:

»Es ist nicht wahr, er hat das Buch nicht gestohlen.«

Und erklärte kurz und bündig:

»Er schämte sich, Geld zusammenzuscharren, und ließ es auf meinem Buch in der Sparkasse stehen. Und als wir uns mal gezankt hatten ...«

»Weswegen?«

»Na, weswegen zanken Männer mit Frauen? Wegen Männer, wegen Frauen natürlich. Er bat mich um sein Geld, aus Scherz gab ich es ihm nicht. Da hat er mir das Buch entwendet, und ich musste es dem Friedensrichter melden. Daraufhin hat Wanjka es mir zurückgegeben. Das ist alles.«

An der Ecke eines dunklen, nebelerfüllten Gässchens lud sie ihn ein:

»Kommst du ein wenig mit? Ich habe eine neue Wohnung. Wir trinken zusammen Tee.«

In dem engen Stübchen, das sich durch nichts von dem früheren unterschied, verbrachte er wohl vier Stunden. Sie küsste ihn, schien es, heißer und hungriger als früher, aber ihre Zärtlichkeiten vermochten Klim nicht so sehr zu berauschen, dass er vergessen hätte, was er erfahren wollte. Sich ihre Müdigkeit zunutze machend, pirschte er sich bedächtig an das Gewünschte heran und fragte sie zunächst etwas, was ihn niemals interessiert hatte:

»Wie hast du früher gelebt?«

Die Frage wunderte sie.

»Wie alle.«

Aber Klim drang beharrlich in sie. Da rückte sie ein wenig von ihm ab, gähnte und sagte:

»Ich lebte wie alle Mädchen. Erst verstand ich gar nichts. Dann begriff ich, dass man euch lieben muss, da liebte ich eben einen. Er versprach, mich zu heiraten, hat es sich aber anders überlegt ...«

Sie sagte das ruhig, ohne Erbitterung und schloss die Augen. Klim streichelte ihr Wange, Hals und Schulter. Dann richtete er seine Hauptfrage an sie:

»Wie bist du Weib geworden?«

»Auf die gleiche Weise wie alle«, antwortete die Frau und bewegte die Schultern. Sie öffnete die Augen nicht.

»Und hattest du Angst?«

»Wovor?«

»Beim ersten Mal, in der ersten Nacht?«

Margarita dachte ein wenig nach, als müsse sie sich erinnern und leckte sich die Lippen.

»Es war nicht nachts, sondern am Tage, am Tage Allerheiligen, auf dem Kirchhof ...«

Sie machte die Augen auf und warf die Haare zurück, die ihr über Ohren und Wangen gefallen waren. In ihren Gesten bemerkte Klim eine alberne Hast. Sie machte Klim wütend, weil sie ihn nicht in den eigentlichen Vorgang einweihen wollte oder konnte, obwohl Klim bei seinen Fragen kein Blatt vor den Mund nahm.

»Sehr einfach, es schwindelt einem und ade, Jungfernschaft!«

Außer diesem sagte sie nichts weiter über die Technik der Sache, dafür begann sie wohlwollend, ihn mit der Theorie bekannt zu machen. Um behaglicher sprechen zu können, richtete sie sich sogar im Bett auf:

»Ich hörte, dein Freund hat aus einem Revolver auf sich geschossen. Wegen der Mädchen und Weiber erschießen sich viele. Die Weiber sind niederträchtig und launisch. Sie haben so einen Eigensinn, ich kann nicht sagen, wie er ist. Der Mann ist hübsch und gefällt ihr auch, aber es ist nicht der Richtige. Nicht weil er arm oder nicht schön genug wäre. Er ist wohl schön, aber nicht der Richtige.«

Während sie sich den Zopf flocht, sagte sie immer nachdenklicher:

»Wenn du heiratest, nimm dir ein Mädel mit Charakter. Die mit Charakter sind dümmer, die passen selbst auf sich auf. Vor den Stillen, Züchtigen sei auf der Hut, sie betrügen dich zweimal in einer Stunde.«

Ihr Gesicht veränderte sich plötzlich. Ihre Pupillen verengten sich wie bei einer Katze, auf die gelblichen Augäpfel legte sich der Schatten der Wimpern. Sie schien mit fremden Augen auf etwas hinzustarren, sich rachedurstig zu erinnern. Klim hatte den Eindruck, dass sie früher nicht so böse von den Frauen gesprochen hatte, sondern wie von entfernten Verwandten, von denen sie weder Gutes noch Schlechtes erwartete, die sie nicht interessierten und die sie fast vergessen hatte, und während er ihr zuhörte, dachte er nochmals ängstlich daran, dass alle Menschen, die er kannte, sich gleichsam verschworen hatten, ihm zuvorzukommen, klüger und geheimnisvoller zu sein als er und sich schlau hinter ihren Worten zu verstecken. Ja, geheimnisvoller wollten sie sein, das war es, sie fürchteten, Klim Samgin könne sie allzu rasch durchschauen.

Margarita aber sagte:

»Ich kann auch nicht glauben, dass es heilige Frauen geben soll. Wahrscheinlich werden es alte Jungfern sein, und heilig werden sie wohl nur sein, weil sie alte Jungfern sind.«

Müde, sie anzuhören, sagte Klim endlich gelangweilt:

»Du bist heute in philosophischer Stimmung.«

Margarita besah sich hastig und fragte dann:

»In was?«

Als er ihr seine Worte erklärt hatte, sagte sie:

»Oh je! Und ich glaubte, du hast Blut gesehen. Ich muss meine Blutung bekommen.«

Klim zuckte angewidert zusammen und sprang vom Bett auf. Die Einfalt dieses Mädchens war von ihm auch früher zuweilen als Schamlosigkeit und Unsauberkeit empfunden worden, aber damals hatte er sich damit ausgesöhnt. Jetzt jedoch verließ er Margarita mit einem Gefühl heftiger Abneigung gegen sie, und er tadelte sich hart wegen dieses ergebnislosen Besuchs. Er war froh, dass er am nächsten Tag nach Petersburg abreiste. Warawka hatte ihn überredet, in das Ingenieurinstitut einzutreten, und alle Schritte zu Klims Aufnahme getan.

Die Nacht war nasskalt und schwarz. Die Lichter der Laternen brannten träge und trist, als hätten sie die Hoffnung, jemals die dichte, klebrige Finsternis zu besiegen, aufgegeben. Klim war qualvoll ums Herz, er konnte an nichts denken. Aber unvermittelt durchzuckte ihn der Gedanke, dass zwischen Warawka, Tomilin und Margarita etwas Gemeinsames bestand. Sie alle belehrten, warnten und schreckten ab, und hinter der Tapferkeit ihrer Reden schien Angst zu lauern. Wovor? Vor wem? Doch nicht vor ihm, dem Menschen, der einsam und furchtlos seinen Weg durch das Dunkel suchte?

Drittes Kapitel.

Von Petersburg hatte Klim sich unmerklich die für den Provinzialen typische ablehnende und sogar ein wenig feindselige Vorstellung gebildet, diese Stadt sei keine russische Stadt, sie sei eine Stadt herzloser, misstrauischer und sehr scharfsinniger Menschen. Dieses Haupt des ungetümen Körpers Russland sei angefüllt mit einem kalten und bösen Gehirn. Nachts im Wagen dachte Klim an Gogol und Dostojewski.

In der Hauptstadt traf er ein mit dem festen Entschluss, im Verkehr mit den Menschen Vorsicht walten zu lassen, überzeugt, dass sie ihn sogleich auf Herz und Nieren prüfen, analysieren und mit ihren Glaubensmeinungen anstecken würden.

Dichter Nebel hüllte die Stadt ein. Obwohl es nicht später als drei Uhr mittags war, strengten sich die an gigantischen Pusteblumen erinnernden regenbogenfarbigen Blasen der Laternen an, den Newski Prospekt zu erhellen. Klebrige Feuchtigkeit netzte die Gesichtshaut, bitterer Geruch von Rauch kitzelte die Nase. Klim zog den Kopf ein und blickte nach rechts und links in die nassen Scheiben der Läden, die innen so hell erleuchtet waren, als würde in ihnen mit den Sonnenstrahlen sommerlicher Tage gehandelt. Ungewohnt war der gedämpfte Lärm der Stadt, zu weich und stumpf der Schlag der Hufe auf das Holzpflaster, das Schleifen der Gummi- und Eisenreifen an den Rädern der Equipagen hatte fast den gleichen Klang, auch die Stimmen der Menschen tönten gleichförmig hohl. Seltsam berührte es, kein Klirren der Hufeisen auf dem Steinpflaster, kein Knarren und Rattern der Chaisen, keine durchdringend hellen Rufe der Händler zu hören. Auch das Läuten der Glocken fehlte.

Auf den mit flüssigem Kot beschmierten Trottoirs strebten die Menschen übertrieben eilig vorwärts, und sie waren unnatürlich farblos. Die gleichfalls farblos grauen Steinhäuser, von keinem Zaun auseinandergerückt und dicht aneinander geschmiegt, erschienen dem Auge als ein einziges, unendlich langes Gebäude, dessen hell erleuchtetes unteres Stockwerk an die Erde gedrückt war, während die oberen dunkel in einen grauen Nebel hinaufragten, hinter dem man keinen Himmel fühlte.

Inmitten dieser Häuser waren Menschen, Pferde und Polizisten kleiner und unbedeutender, sie waren stiller und gehorsamer als in der Provinz. Klim bemerkte an ihnen etwas Fischähnliches, lautlos Schnellendes, als wären sie darauf bedacht, möglichst schnell an die Oberfläche des tiefen, mit Wasserstaub und dem Geruch faulenden Holzes angefüllten Kanals emporzutauchen.

In kleinen Gruppen stauten die Leute sich sekundenlang unter den Laternen und zeigten einander unter schwarzen Hüten und Schirmen hervor die gelben Flecke ihrer Physiognomien.

Der eilige Schritt der Menschen rief in Klim einen melancholischen Gedanken hervor. Alle diese Hunderte und Tausende von kleinen Willen liefen, einander begegnend und sich trennend, ihren wahrscheinlich nichtigen, doch jedem von ihnen klaren Zielen zu. Man konnte sich vorstellen, der beißende Nebel sei der heiße Atem dieser Menschen, und alles in der Stadt sei schweißnass nur von ihrer Hast. Furcht beschlich ihn, sich in der Masse kleiner Menschen zu verlieren, und ihm fiel eine der zahllosen Glossen Warawkas ein:

»Die meisten Menschen haben die Pflicht, sich gehorsam in ihr Los, Rohstoff der Geschichte zu sein, zu ergeben. Genau so wenig wie etwa die Hanffasern haben sie darüber nachzudenken, von welcher Stärke und Festigkeit das Seil, das man aus ihnen knüpft, und welches seine Bestimmung sein wird.«

»Ganz überflüssigerweise habe ich den Vorstellungen Mamas und Warawkas nachgegeben, ganz überflüssigerweise bin ich in diese erstickende Stadt gefahren«, dachte Klim gereizt gegen sich selbst. »Vielleicht versteckt sich hinter den Ratschlägen der Mutter der Wunsch, zu vereiteln, dass ich mit Lida in einer Stadt lebe? Wenn es so ist, dann ist es dumm. Sie haben Lida in Makarows Hände gegeben.«

Am weiteren Denken hinderten ihn die heftig zitternden, gleichsam zum Platzen bereiten opalenen Ballons um die Laternen herum. Sie bildeten sich aus Nebelstäubchen, die unaufhörlich ihre Sphäre dringend, ebenso unaufhörlich aus ihr heraussprangen, ohne ihren Umfang zu vergrößern oder zu verringern. Dieses seltsame Spiel der Regenbogenstäubchen war fast unerträglich für das Auge und löste den Wunsch aus, es mit etwas in Vergleich zu setzen, mit Worten auszulöschen und nicht weiter zu beachten.

Klim nahm die beschlagene Brille ab, die ungeheuren Kugeln flüssigen Opals wurden etwas weniger grell, verdichteten sich, trafen aber nur noch unangenehmer das Auge, während das Licht trüber wurde und immer tiefer in seinen Brennpunkt zurücktrat. Warawkas verwaschener Vergleich zwischen der Stadt und dem Bienenkorb war unbrauchbar. Mit mehr Glück konnten diese undurchsichtigen Lichter mittels der Worte des großköpfigen Verfassers populärwissenschaftlicher Broschüren gelöscht werden: Er hatte einmal in Katins Flügel mit flammender Beredsamkeit bewiesen, Denken und Wille des Menschen seien elektrochemische Erscheinungen, und die Konzentration der Willen in der Idee könne Wunder wirken. Mit solchen Konzentrationen seien auch die bewegtesten Epochen der Geschichte, die Kreuzzüge, die Renaissance, die große Französische Revolution und ähnliche Ausbrüche der Willensenergie zu erklären.

Auf dem Senatsplatz beleuchteten ebensolche opalene Ballons das dunkle ölig gleißende Standbild des tollen Zaren. Mit seiner Bronzehand wies der Zar den Weg nach Westen, jenseits des breiten Flusses. Über dem Fluss war der Nebel noch dicker und kälter. Klim fühlte sich verpflichtet, an die Verse aus dem »Bronzenen Reiter« zu denken. Stattdessen fielen ihm die aus dem Gedicht »Poltawa« ein:

> Und mit drohendem Wink der Hand
> Gegen die Schweden rückt er seine Völker.

Darauf inspirierte sein Gedächtnis ihm merkwürdigerweise Goethes Erlkönig;

»Wer reitet so spät durch Nacht und Wind ...«

Die Hufe der Pferde pochten gegen das Holz der Brücke über dem schwarzen, ruhelosen Fluss. Endlich brachte der Kutscher das Pferd, das sich heiß galoppiert hatte, vor einem ausdruckslosen Haus in einer der »Linien« der Wassiliinsel zum Stehen und sagte in rauem Ton:

»Sie müssen zulegen, kleiner Herr.«

»Weshalb kleiner Herr?«, dachte Klim und legte nicht zu.

Ein alter Portier mit einem chinesischen Schnurrbart, Medaillen auf der eingefallenen Brust und einem schwarzen Käppchen auf dem nackten Schädel, sagte dienstmäßig:

»Die Wohnung der Frau Premirow zweiter Stock, vierte Tür.«

Er wackelte mit seinen roten Ohren und wies mit dem Finger heftig in eine Ecke. Die Steintreppe herab, die rot gemalt und mit einem grauen rot gesäumten Läufer belegt war, flatterte hauchleicht ein kleines Stubenmädchen in einer weißen Schürze. Die Treppe erinnerte Klim an das Gymnasium, das Dienstmädchen an die Porzellanschäferin aus Andersens Märchen.

Mit feiner Stimme sagte sie:

»Ihr Zimmer ist im Korridor rechts die erste Tür, das Zimmer ihres Bruders rechts das Eckzimmer.«

»Meines Bruders?«, fragte Klim befremdet.

»Dmitri Iwanowitschs«, sagte gleichsam sich entschuldigend das Dienstmädchen, nahm in jede Hand einen Koffer und reckte sich zwischen ihnen auf. »Sie sind doch Herr Samgin?«

»Ja«, antwortet Klim mürrisch. Er dachte darüber nach, weshalb seine Mutter ihm verschwiegen hatte, dass er mit seinem Bruder die Wohnung teilen würde.

Bevor er sein Zimmer aufsuchte, klopfte er wütend und herausfordernd an Dmitris Tür. Hinter der Tür wurde fröhlich: »Bitte!«, gerufen.

Dmitri lag auf dem Bett. Sein linker Fuß war bandagiert. In blauer Hose und gesticktem Hemd, sah er wie ein Mitglied einer kleinrussischen Schauspielertruppe aus. Er hob den Kopf, wobei er sich mit dem Arm auf das Bett stützte, verzog das Gesicht und stammelte:

»Das ... das ist Klim? Du?«

Und dem Bruder beide Hände hinstreckend, rief er fröhlich aus:

»Aha, das also war die Überraschung!«

Samgin sah sich einem Unbekannten gegenüber: Nur Dmitris Augen erinnerten an den Jüngling, der er vor vier Jahren gewesen war, sie strahlten noch immer in demselben Lächeln, das Klim weibisch zu nennen pflegte. Dmitris rundes, weiches Gesicht umrahmte ein lichter Bart, seine langen Haare kräuselten sich an den Spitzen. Lustig und rasch erzählte er, dass er vor fünf Tagen hierher gezogen sei, weil er sich den Fuß zerschlagen und Marina ihn hergebracht hatte.

»Sie hat mir seit Langem schon einen Schreck eingejagt: »Machen Sie sich auf eine Überraschung gefasst!« Wer Marina ist? Frau Premirows Nichte. Ihre Tante ist auch sehr lieb. Eine Liberale. Sie ist eine entfernte Verwandte Warawkas.«

Dmitris Gehobenheit verschwand, als er sich nach der Mutter, nach Warawka und Lida erkundigte. Klim spürte einen bitteren Geschmack im Munde, Schwere im Kopf. Es war ermüdend und langweilig, die respektvoll gleichgültigen Fragen des Bruders zu beantworten. Der gelbliche Nebel vor dem Fenster, von Telegrafendrähten liniiert, erinnerte an altes Notenpapier. Aus dem Nebel zeichnete sich die rostfarbene Wand eines dreistöckigen Hauses ab, dicht besetzt mit den Flicken zahlreicher Aushängeschilder.

»Nun, wie geht es Onkel Jakow? Krank? Hm. Neulich, in einer Abendgesellschaft, erzählte ein Schriftsteller, ein Narodnik, sehr fesselnd von ihm. Ein solches Dasein, weißt du. Eben Dasein, nicht Leben. Du weißt natürlich, dass sie ihn in Saratow wieder verhaftet haben?«

Klim wusste es nicht, aber er nickte bejahend.

»Die Volkstümler rühren sich wieder«, sagte Dmitri so beifällig, dass Klim ein Lächeln anwandelte. Er musterte den Bruder gleichgültig wie einen Fremden, während sein Bruder seinerseits vom Vater wie von einem fremden, aber spaßigen Menschen redete.

»Du würdest ihn nicht wiedererkennen. Er ist jetzt gesetzt und versucht sogar, im Bariton zu sprechen. Er verkauft Fassdauben an die Franzosen und Spanier, bummelt in Europa herum und isst schrecklich viel. Im Frühling war er hier, jetzt hält er sich in Dijon auf.«

Er hüpfte auf einem Bein im Zimmer umher, wobei er sich an den Stuhllehnen festhielt, schüttelte heftig sein Haar, und seine weichen, dicken Lippen lächelten. Die Krücke unter die Achsel schiebend, sagte er:

»Wir wollen Tee trinken. Du willst dich umziehen? Nicht nötig, du bist auch so gut lackiert.«

Trotzdem ging Klim in sein Zimmer. Der Bruder begleitete ihn, er stieß mit dem Krückstock auf und redete mit einer Freude drauf los, die Klim nicht verstand und die ihn verwirrte:

»Na, fertig. Du bist bezaubernd. Gehen wir!«

In der warmen, wohligen Dämmerung eines kleinen Zimmers, am Tisch vor dem Samowar saß eine kleine alte Dame mit glatt gekämmtem Haar und einer goldgefassten Brille auf dem spitzen, rosigen Näschen. Sie streckte Klim ein graues, am Knöchel von einem roten Pulswärmer umhülltes Affenpfötchen hin und sagte, nach Art kleiner Mädchen das »r« vermeidend:

»Seh efheut.«

Als Klim ihr die Hand drückte, stöhnte sie leise auf und erklärte ihm, dass sie an Rheumatismus leide. Eilig, mit hastigen Worten, schickte sie sich an, ihn über Warawka auszufragen, als ein üppiges junges Mädchen, das sich das Gesicht mit dem Ende ihres dicken goldblonden Zopfs fächelte, ins Zimmer trat und mit tiefer Altstimme sagte:

»Marina Premirow.«

Sie setzte sich an Dmitris Seite und meldete:

»Auf der Straße liegt allerdurchlauchtigster und mächtigster Dreck!«

Wie es Klim schien, wurde es eng im Zimmer. Marina nahm mit schroffer Geste unter seiner Nase vorbei einen Zwieback von einem Teller, bestrich ihn dick mit Butter und Konfitüre und knabberte, wobei sie den Mund weit aufriss, um ihre prallen Himbeerlippen nicht zu beflecken. Aus ihrem Mund glänzten grimmig große, dicht aneinandergereihte Zähne. Sie war so erhitzt und rot im Gesicht, als käme sie nicht von der Straße, sondern aus einem heißen Bad, und beinahe unnatürlich üppig. Klim fühlte sich erdrückt von dieser Fleischmasse, die straff von gelbem Jersey umspannt war, der ihn an Tolstois »Kreutzersonate« erinnerte. Innerhalb von fünf Minuten wusste Klim, dass Marina ein ganzes Jahr an einem Hebammenkursus teilgenommen hatte, gegenwärtig aber singen lernte, dass ihr Vater, ein Botaniker, nach den Kanarischen Inseln entsandt worden und dort verstorben war und dass es eine sehr komische Operette »Die Geheimnisse der Kanarischen Inseln« gab, die aber leider nicht gespielt wurde.

»Darin kommen spaßige Generäle vor – Pataquez, Bombardos ...«

Sie brach ihren Satz in der Mitte ab und sagte Dmitri:

»Heute kommt Kutusow und mit ihm dieser ...«

Sie zeigte mit den Augen auf die Decke. Ihre Augen waren groß, gewölbt und bernsteingelb. Ihr Blick unangenehm direkt und zurückstoßend.

»Du wirst einem Bekannten begegnen«, unterrichtete ihn zwinkernd Dmitri.

»Wem?«

»Das verrate ich nicht.«

Über den Tisch huschten die Affenpfötchen der alten Dame, die sicher und behände die Schüsseln hin und her rückten. Ohne zu verstummen, raschelten ihre flinken gaumigen Worte, die niemand beachtete. In mausgraues Tuch gekleidet, erinnerte sie doppelt stark an einen Affen. Die Falten ihres dunklen Gesichtchens entlang huschte jeden Augenblick ein feines Lächeln, Klim fand dieses Lächeln verschmitzt und die ganze Alte unnatürlich. Ihr Stimmchen ertrank in der groben und dummen Dmitris:

»Die Eigenschaften der Rasse werden durch das Blut der Frau bestimmt, das steht fest. So haben die Autochthonen Chiles und Boliviens ...«

Fräulein Premirow wurde plötzlich zornig.

»Was heißt das – Autochthone? Wozu gebrauchen Sie unverständliche Ausdrücke?«

Neben der gewaltigen Marina erschien der plumpe, aus breiten Knochen und schlecht anliegenden Muskeln zusammengesetzte Dmitri klein und unglücklich. Er war offensichtlich beglückt, Schulter an Schulter mit Marina sitzen zu dürfen, während sie Klim unaufhörlich mit ihren zurückstoßenden Blicken musterte und in der Tiefe ihrer Pupillen grellrote Funken sprühten.

»Verzogen und launenhaft«, konstatierte Klim.

»Die Tante hat recht«, sagte Marina mit ihrer saftigen Stimme, laut und im singenden Tonfall eines Bauernmädchens. »Die Stadt ist faul und ihre Menschen nüchtern. Und geizig! Sie schneiden die Zitrone zum Tee in zwölf Scheiben!«

Klim wählte einen günstigen Augenblick, um Müdigkeit vorzuschützen und fortzugehen. Sein Bruder, der ihn begleitete, setzte ihm zu:

»Nette Leute, was?«

»Ja.«

»Na, ruh dich nur aus.«

Klim warf wütend Jacke und Stiefel ab, streckte sich auf dem Bett aus und schlief ein, entschlossen, auf keinen Fall hier zu bleiben, sondern aus Höflichkeit eine oder zwei Wochen auszuhalten und sich dann nach einer neuen Wohnung umzusehen.

Drei Stunden später wurde er von seinem Bruder geweckt, der ihn nötigte, sich zu waschen, und ihn abermals zu den Premirows führte. Klim folgte willenlos, nur damit beschäftigt, seine Gereiztheit zu verbergen. Im Esszimmer war es eng. Die Akkorde eines Flügels erklangen. Marina schrie dazu, mit dem Fuß aufstampfend:

»Das arme Schlachtross fiel im Feld …«

Ein Student der Universität mit grauen Augen und einem faltigen bäurischen Bart, in einem langen kaftanähnlichen Rock, stand mitten im Zimmer einem geckenhaft in elegantes Schwarz gekleideten Mann mit bleichem Gesicht gegenüber. Dieser Mensch sprach, während er die Stuhllehne, an der er sich festhielt, hin und her schaukelte, mit betonter Liebenswürdigkeit, hinter der Klim sofort die Ironie heraushörte:

»Ich kann mir keinen freien Menschen vorstellen, ohne das Recht und den Wunsch, Macht über andere auszuüben.«

»Ja, wozu denn noch Macht, wenn das persönliche Eigentum abgeschafft ist?«, rief mit einer schönen Baritonstimme der bärtige Student, blickte flüchtig zu Klim hin, hielt ihm eine breite Hand hin und nannte mit unverhohlenem Verdruss seinen Namen:

»Kutusow.«

Der schwarzgekleidete Mann fragte lächelnd:

»Erkennen Sie mich nicht, Samgin?«

Dmitri brach in ein albernes Lachen aus:

»Das ist doch Turobojew! Staunst du?«

Zum Staunen hatte Klim nicht mehr Zeit, denn Marina wirbelte ihn im Zimmer umher, wobei sie ihn wie einen kleinen Jungen gängelte.

»Noch ein Samgin, er ist furchtbar ernst«, sagte sie zu einer hochgewachsenen Dame mit einem Katzengesicht. »Das ist Jelisaweta Lwowna, und dies ist ihr Mann.«

Am Flügel saß, mit dem Ordnen von Noten beschäftigt, ein kleines, stark gebücktes Männchen mit einem Helm krauser schwarzer Haare, die blau schillerten. Auf den Backenknochen seines fahlen Gesichts schimmerten hektische Flecke.

»Spiwak«, sagte er mit hoher Stimme. »Sie singen?«

Die verneinende Antwort wunderte ihn. Er nahm den rauchgrauen Kneifer von der melancholischen Nase und sah hüstelnd und mit seinen entzündeten. Augen zwinkernd in Klims Gesicht, als frage er:

»Ja, was wollen Sie dann hier?«

»Gehen wir, er versteht nichts außer Noten!«

Auf dem Sofa ruhte in halb liegender Pose ein mageres Mädchen in einem dunklen Reformkleid, das wie eine Mönchskutte aussah. Über sie neigte sich Dmitri und summte:

»Ergilla, ein Freund des Cervantes, Verfasser des Poems ›Araucana‹.«

»Genug mit den Spaniern!«, schrie Marina. »Samgin – Serafima Nechajew. Das sind alle.«

Sie ließ Klim stehen und stürzte zum Flügel. Die Nechajew nickte lässig, zog ihre schmächtigen Füßchen an sich und verhüllte sie mit dem Saum ihres Kleides. Klim fasste dies als Einladung auf, sich neben sie zu setzen.

Er ärgerte sich. Ihn irritierte Marinas geräuschvolle Lebhaftigkeit, und die Begegnung mit Turobojew war ihm peinlich. Es war schwer, gerade in diesem Menschen mit dem blutleeren Gesicht und den schreienden Augen jenen Knaben wiederzuerkennen, der einst vor Warawka gestanden und mit heller Stimme seine Liebe zu Lida bekannt hatte. Unangenehm war auch der bärtige Student.

Dieser sang mit Jelisaweta Spiwak ein Duett, das Klim nicht kannte. Der kleine Musiker begleitete vortrefflich. Musik übte immer eine beruhigende Wirkung auf Klim aus, genauer, sie machte ihn leer, indem sie alle Gedanken und Empfindungen vertrieb. Beim Anhören der Musik fühlte er nichts als eine milde Trauer. Die Dame sang seelenvoll. Sie hatte einen kleinen, aber geschulten Sopran. Ihr Gesicht verlor die Ähnlichkeit mit einer Katze, es wurde geadelt durch Trauer. Ihre schlanke Gestalt erschien noch größer und feiner. Kutusow hatte einen sehr schönen Bariton, er sang leicht und sicher. Besonders ergreifend sangen sie das Finale:

»O Nacht, hülle rascher in deinen
Durchsichtigen Schleier,
In deine Vergessen spendende Schale
Die sehnsuchtgequälte Seele
Stille sie, wie die Mutter ihr Kind.«

Klim schien, dass die Sehnsucht, von der hier gesungen wurde, ihm längst bekannt sei. Doch jetzt erst fühlte er sich bis zum Ersticken und bis zu Tränen mit ihr angefüllt.

Als der Gesang zu Ende war, ging die Dame an den Tisch, nahm aus einer Vase einen Apfel, streichelte ihn sinnend mit ihrer kleinen Hand und legte ihn dann in die Vase zurück.

»Haben Sie es bemerkt?«, fragte seine Nachbarin Klim.

»Was?«, fragte er zurück und warf einen Blick auf ihren glatten Dohlenkopf und ihr Vogelgesicht, das winzig wie das eines halbwüchsigen Mädchens war.

»Haben Sie bemerkt, wie sie den Apfel genommen hat?«

»Na ja, ich hab's gesehen.«

»Welche Anmut, nicht wahr?«

Klim nickte zustimmend, dachte aber:

»Ein Institutsmädel vermutlich.«

In seinem Gedächtnis erhielt sich der sonderbare, gleichsam fehlende Ausdruck ihrer schmalen Augen, die von unbestimmter grünlich-grauer Tönung waren.

Dmitri, mit seiner Krücke bewaffnet, machte sich umständlich zu schaffen. Neckend sagte er:

»Ihr Verlaine ist doch schlechter als Fofanow.«

Vom Flügel her klang Kutusows angenehme Stimme:

»Schon Gallin wusste, dass das Gehirn der Sitz der Seele ist.«

»Singen Sie mit dem Gehirn so beseelt?«, witzelte Turobojew.

»Wie überall«, dachte Klim. »Es gibt nichts, worüber sie nicht streiten würden.«

Marina ergriff Kutusow beim Ärmel, schleppte ihn zum Flügel, und beide sangen »Versuche mich nicht!« Klim fand den Gesang des Bärtigen allzu gefühlvoll, was mit seiner knorrigen Gestalt und seinem derben Bauerngesicht schlecht harmonierte, ja, ein wenig lächerlich wirkte. Marinas starke und reiche Stimme betäubte. Sie hatte sie schlecht in der Gewalt, in den höheren Lagen klang sie schrill, kreischend. Klim war sehr zufrieden, als Kutusow ihr nach dem Duett rücksichtslos sagte:

»Nein, Mädchen, das ist nicht für Sie geschrieben.«

Marina und Dmitri samt seinem Krückstock nahmen mehr Raum im Zimmer ein als alle anderen. Dmitri folgte dem Mädchen wie der Kahn dem Schleppdampfer. Der unruhige Gang Marinas hatte etwas Aufreizendes, er sprach von einem Überschuss an tierischer Energie und verwirrte Klim, indem er in ihm unzüchtige, für das Mädchen wenig ehrende Gefühle erregte. Man erwartete schon aus der Entfernung, dass sie einen mit ihren prallen hohen Brüsten oder mit ihrer Hüfte streifen würde. Klim beobachtete sie feindselig und dachte sich, dass sie wahrscheinlich nach Schweiß, Küche und Bad roch. Da stand sie, stemmte sich mit ihrer Brust gegen Kutusow und sagte schreiend und, wie es schien, beleidigt:

»Na ja, ich trage Jersey, weil ich Tolstois Predigten nicht ausstehen kann.«

»Hu«, machte Kutusow und schloss die Augen so fest, dass sein ganzes Gesicht sich greisenhaft verzerrte.

Die Frau des Pianisten irrte gleichfalls im Zimmer umher, wie eine Katze, die sich in eine fremde Wohnung verlaufen hat. Ihr wiegender Gang, der zerstreute Ausdruck ihrer blauen Augen, ihre Manier, Gegenstände zu berühren, das alles zog Klims Aufmerksamkeit an. Das Lächeln ihrer straff gespannten Lippen schien gezwungen, ihre Schweigsamkeit verdächtig.

»Sie ist schlau«, dachte Klim.

Die Nechajew war unsympathisch. Sie nahm eine gekrümmte Haltung ein. Ein betäubender Geruch von starkem Parfüm ging von ihr aus. Man mochte meinen, die Schatten in ihren Augenhöhlen seien künstlich, ebenso die Röte ihrer Wangen und die unnatürliche Grellheit ihrer Lippen. Das über die Ohren gekämmte Haar machte ihr Gesicht schmal und spitz, doch Klim fand das Mädchen schon nicht mehr so garstig, wie sie ihm auf den ersten Blick erschienen war. Ihre Augen blickten traurig auf die Menschen, sie sah so aus, als fühle sie sich ernster als alle in dem Zimmer.

Unvermittelt fiel Klim ein, wie empörend Lida sich von ihm verabschiedet hatte, als sie nach Moskau reiste.

»Ich glaube daran, dass du mit dem Schild und nicht auf dem Schild heimkehren wirst«, hatte sie mit einem bösen Lächeln gesagt.

Jetzt trat sein Bruder hinzu, streckte sich neben Klim aus und nach einer Minute hörte Klim die Nechajew gleichsam die Namen der Kalenderheiligen abbeten:

»Mallarmé, Rolina, René Giles, Peladan ...«

»Max Nordau hat sie glänzend abgefertigt«, sagte Dmitri in neckendem Ton.

Kutusow zischte und drohte ihm mit dem Finger, denn Spiwak begann, Mozart zu spielen. Behutsam trat Turobojew herein und hockte sich, mit einem Lächeln für Klim, auf die Sofalehne. Aus der Nähe betrachtet, erschien er zu alt für seine Jahre. Das eigentümliche Weiß seines Teints schien gepudert, unter den Augen zeichneten sich blaue Schatten ab, die Mundwinkel hingen müde herab. Als Spiwak aufgehört hatte zu spielen, sagte Turobojew:

»Sie haben sich sehr verändert, Samgin. Ich erinnere mich Ihrer als eines kleinen Pedanten, der es liebte, alle zu belehren.«

Klim biss fest die Zähne zusammen und überlegte, was er diesem Menschen antworten sollte, unter dessen beharrlichem Blick er sich beengt fühlte. Dmitri begann, unpassend und viel zu laut über Konservativismus zu reden. Turobojew sah ihn mit zugekniffenen Augen an und versetzte gleichgültig:

»Mir dagegen gefällt Beständigkeit des Geschmacks und der Anschauungen.«

»Das Dorf ist noch beständiger.«

»Ich kann darin nichts Schlechtes sehen«, meinte Turobojew, der sich eine Zigarette angesteckt hatte. »Hier hingegen haben alle Erscheinungen und die Menschen selbst etwas in höherem Maße Vergängliches, ich würde sogar sagen: Sie scheinen sterblicher zu sein.«

»Das ist sehr richtig«, stimmte die Nechajew zu. Turobojew lächelte ironisch. Seine Lippen waren ungleich, die untere war bedeutend dicker als die obere, die dunklen Augen schön geschnitten, aber ihr Blick unangenehm vieldeutig und unergründlich. Samgin schloss, dass es die schreienden Augen eines Menschen waren, der krank war und bemüht, seine Leiden zu verbergen, und dass Turobojew ein frühzeitig verlebter Mensch war. Der Bruder stritt mit der Nechajew über den Symbolismus. Sie wies ihn ein wenig gereizt zurecht:

»Sie bringen die Sachen durcheinander. Beim Symbolismus muss man von den Ideen Platons ausgehen.«

»Erinnern Sie sich Lida Warawkas?«, fragte Klim. Turobojew antwortete nicht gleich. Er starrte auf den Rauch seiner Zigarette.

»Natürlich. So ein frisches Zigeunermädel? Was ... wie geht es ihr? Sie will Schauspielerin werden? Eine wahrhaft weibliche Wahl«, schloss er, lächelte Klim ins Gesicht und sah zur Spiwak hinüber. Sie stand, über die Schulter ihres Mannes auf die Klaviatur geneigt und fragte Marina:

»Hörst du? E, B, Moll.«

»Und das ist alles?«, fragte Klim, innerlich zu Lida gewandt. Dieser Gedanke sollte schadenfroh sein, war aber ein trauriger.

Wieder begann man zu singen, und wieder mochte Klim kaum glauben, dass dieser bärtige Mensch mit dem groben Gesicht und den roten Fäusten so geschult und schön singen konnte. Marina ergoss sich stürmisch, riss aber beim Detonieren den Mund weit auf, runzelte ihre goldenen Brauen, und die Hügel ihrer Brüste spannten sich unschicklich.

Gegen Mitternacht zog Klim sich unauffällig zurück, entkleidete sich gleich und ging betäubt und müde zu Bett. Aber er hatte vergessen, die Tür abzuschließen, und einige Augenblicke später drang Dmitri ein, ließ sich auf dem Bettrand nieder und sagte mit einem seligen Lächeln:

»Das gibt es jeden Sonnabend bei ihnen. Du musst dir Kutusow genau ansehen, ein außerordentlich kluger Mensch. Turobojew ist auch ein

Original, aber in anderer Art. Er hat die Rechtsakademie mit der Universität vertauscht, hört aber keine Vorlesungen und trägt keine Uniform.«

»Trinkt er?«

»Das auch. Überhaupt leben viele hier in einer quälenden Spannung. Es ist eine seelische Krise!« fuhr Dmitri mit der gleichen Seligkeit fort. »Ich dagegen scheine Dronow nachgeraten zu sein: Ich will alles wissen und schaffe nichts. Bin Naturwissenschaftler und Philologe dazu ...«

Klim fragte nach der Nechajew, obwohl er eigentlich nach der Spiwak fragen wollte.

»Die Nechajew? Sie ist komisch, übrigens auch bemerkenswert. Die französischen Decadents haben ihr den Kopf verdreht. Aber die Spiwak, mein Lieber, das ist eine Erscheinung! Sie ist schwer zu verstehen. Turobojew macht ihr den Hof und, wie es scheint, nicht ohne Hoffnung. Ich weiß übrigens nichts darüber ...«

»Ich will schlafen«, sagte Klim unliebenswürdig, und als der Bruder hinausgegangen war, erinnerte er sich noch einmal:

»Gleich morgen suche ich mir eine andere Wohnung.«

Aber er hatte kein Glück damit, denn gleich am anderen Morgen fiel er in die festen Hände Marinas.

»Nun, kommen Sie, sehen Sie sich die Stadt an«, befal sie mehr, als dass sie vorschlug. Klim hielt es für unhöflich, abzulehnen, und streifte drei Stunden mit ihr durch den Nebel, über schlüpfrige Trottoirs, die mit einem besonders widerwärtigen Dreck, der gar nicht dem fetten Schmutz der Kleinstadt glich, überzogen waren. Marina schritt gleichmäßig rasch und hart aus wie ein Soldat, ihr Gang war ebenso stürmisch wie ihre Worte, aber ihre Naivität nahm Klim ein wenig für sie ein.

»Petersburg hat hundert Gesichter. Sehen Sie, heute hat es ein geheimnisvolles und ängstigendes Gesicht. In den weißen Nächten ist es bezaubernd lustig. Es ist eine lebendige, tief empfindende Stadt.«

»Gestern musste ich annehmen, dass Sie es nicht lieben.«

»Gestern hatte ich mich mit ihm gezankt. Zanken heißt nicht – nicht lieben.«

Klim fand, dass die Antwort nicht dumm war.

Durch den Nebel sah Klim den bleigrauen Glanz des Wassers, die eisernen Gitter der Kais, plumpe Kähne, die tief in das schwarze Wasser tauchten, wie Schweine in den Kot. Diese Kähne passten empörend schlecht zu den herrlichen Bauten. Die trüben Scheiben unzähliger Fenster erweckten den seltsamen Eindruck, als seien die Häuser inwendig mit unsauberem Eis vollgepfropft. Die nassen Bäume waren unerhört missgestaltet und jammervoll nackt, die Sperlinge unlustig, ja stumm. Stumm ragten die Glockentürme zahlreicher Kirchen, es schien, dass Glockentürme überflüssig waren in dieser Stadt. Über der Newa mischte sich der schwarze Rauch der Dampfschiffe träge mit den Nebelschwaden, Fabrikschlote durchbohrten sie mit steinernen Fingern. Trist war der gepresste Lärm dieser seltsamen Stadt und demütigend klein in der Masse riesenhafter Häuser waren die grauen Menschen, und alles ließ die Bemerkbarkeit der eigenen Existenz angsterregend zusammenschrumpfen. Klim ließ sich willenlos, aber in einem Zustand der Selbstvergessenheit, fortziehen. Er dachte nichts und hörte nur Marinas tiefen Alt:

»Der wahnsinnige Paul wollte ein schöneres Denkmal bauen als das von Falkonetow, aber es ist ein Dreck daraus geworden.«

Das Mädchen holte so rasch aus, als müsse sie unbedingt müde werden, und Klim empfand den Wunsch, sich in einen trockenen, hellen Winkel zu verkriechen und dort ungestört alles zu überdenken, was, von Blei und Vergoldung glitzernd, bronze- und Kupfer schimmernd, an seinen Augen vorüberschwamm.

»Weshalb schweigen Sie?«, fragte streng Marina, und als Klim antwortete, dass die Stadt ihm die Sprache raube, rief sie triumphierend:

»Aha!«

Ganze Tage führte sie ihn durch Museen, und Klim sah, dass es ihr Vergnügen machte, wie einer Hausfrau, die mit ihrer Wirtschaft prahlt.

Als Samgin abends seinen Bruder aufsuchte, fand er bei ihm Kutusow und Turobojew. Sie saßen einander am Tisch gegenüber in der Haltung von Damespielern. Turobojew sagte, sich eine Zigarette anbrennend:

»Und wenn sich plötzlich erweist, dass der Zufall nur ein Pseudonym des Teufels ist?«

»Ich glaube nicht an Teufel«, sagte ernst Kutusow. Er drückte Klim die Hand.

Turobojew, der die Zigarette an der soeben zu Ende gerauchten Kippe angebrannt hatte, stellte diese in eine Reihe von sechs weiteren, bereits erloschenen. Turobojew hatte getrunken, sein welliges, dünnes Haar war zerwühlt, die Schläfen feucht. Sein bleiches Gesicht war dunkel geworden, aber seine Augen, die das rauchende Mundstück beobachteten, leuchteten blendend. Kutusow sah ihn mit tadelnden Blicken an. Dmitri hockte auf dem Bett und dozierte:

»Die Anschauung von der Schädlichkeit des Einflusses der Wissenschaft auf die Sitten ist ein alter, schäbig gewordener Gedanke. Zum letzten Mal wurde er im Jahre 1750 sehr geschickt von Rousseau vorgetragen in seiner Antwort an die Akademie von Dijon. Unser Tolstoi hat sie wahrscheinlich aus den »Discours« des Jean Jacques abgelesen. Und was für ein Tolstoianer sind Sie auch, Turobojew! Sie sind einfach ein spleeniger Mensch.«

Ohne ihm zu antworten, lächelte Turobojew spöttisch, während Kutusow Klim fragte:

»Was halten Sie vom Tolstoianismus?«

»Es ist der Versuch, wieder dumm zu werden«, antwortete Klim mutig, dem im Gesicht und in den Augen Turobojews eine gewisse Ähnlichkeit mit Makarow, wie er vor dem Selbstmordversuch gewesen war, auffiel.

»Wieder dumm zu werden, das ist nicht schlecht gesagt. Ich glaube, das wird sich nicht vermeiden lassen, ob wir nun von Leo Tolstoi oder Nikolai Michailowski ausgehen.«

»Und wenn wir von Marx ausgehen?«, fragte heiter Kutusow.

»An die erlösende Kraft des Fabrikkessels für Russland glaube ich nicht.«

Klim blickte Kutusow zweifelnd an. Dieser Bauer, der sich als Student herausgeputzt hatte, wollte Marxist sein? Die schöne Stimme Kutusows harmonierte nicht mit dem lesenden Tonfall, womit er langweilige Worte und Zahlen vortrug. Dmitri störte Klim beim Zuhören.

»Ich habe ein Billett für die Oper – willst du hingehen? Ich habe es für mich genommen, bin aber verhindert. Marina und Kutusow gehen hin.«

Darauf berichtete er entrüstet, dass die Zensur endgültig die Aufführung der Oper »Der Kaufmann Kalaschnikow« verboten habe.

Turobojew stand auf, presste die Stirn an die Fensterscheibe und sah hinaus und ging dann plötzlich fort, ohne sich von jemandem zu verabschieden.

»Ein kluger Junge«, sagte Kutusow, gleichsam bedauernd, seufzte und fügte hinzu:

»Und giftig ...«

Er knipste die Reihe der Zigarettenstummel mit den Fingernägeln vom Tisch und begann Klim eingehend auszuforschen, wie man in seiner Vaterstadt lebe, erklärte aber bald, sich durch den Bart hindurch am Kinn kratzend und eine Grimasse schneidend:

»Dasselbe wie bei uns in Wologda.«

Klim merkte, je zurückhaltender er antwortete, desto freundlicher und aufmerksamer betrachtete ihn Kutusow. Er beschloss, vor dem bärtigen Marxisten ein wenig zu glänzen, und sagte bescheiden:

»Im Grunde steht uns schwerlich das Recht zu, so bestimmte Schlüsse aus dem Leben der Menschen zu ziehen. Unter zehntausend wissen wir im besten Fall, wie hundert leben, reden aber so, als hätten wir das Leben aller erforscht.«

Sein Bruder gab ihm recht.

»Ein zutreffender Gedanke.«

Aber Kutusow fragte:

»Wirklich?« Und verbreitete sich von Neuem über den Prozess der Klassenbildung und die entscheidende Rolle des ökonomischen Faktors. Er redete schon nicht mehr so langweilig wie zu Turobojew, sondern mit gewinnendem Feingefühl, womit er Klim besonders in Erstaunen setzte. Samgin hörte seine Rede aufmerksam an, flocht vorsichtige Bemerkungen ein, die Kutusows Schlüsse bestätigten, gefiel sich und fühlte, dass sich in ihm Sympathie für den Marxisten regte.

Er suchte sein Zimmer mit der Gewissheit auf, den ersten Grundstein zu dem Piedestal gelegt zu haben, auf dem er, Samgin, mit der Zeit monumental ragen werde. Im Zimmer staute sich ein schwerer Ölgeruch. Am Morgen hatte der Glaser für den Winter die Fensterrahmen verkittet. Klim schnupperte, öffnete die Luftklappe und sagte gnädig mit leiser Stimme:

»Man wird es hier vielleicht doch aushalten können.«

Nach zwei Wochen überzeugte er sich endgültig davon, dass das Leben bei den Premirows unterhaltsam sei. Hier schien jedermann ihn nach Gebühr zu schätzen, und es setzte ihn sogar in einige Verlegenheit, wie wenig Anstrengung es ihn kostete. Aus all dem Scharfen, das er den Glossen Warawkas, den Betrachtungen Tomilins entnommen hatte, flocht er wohlabgerundete Urteile, die er mit der Miene eines Menschen vortrug, der Worten nicht recht glaubt. Er bemerkte schon, dass die derbe Marina ihn mit schmeichelhafter Aufmerksamkeit fixierte, während die Nechajew lieber und vertraulicher mit ihm plauderte als mit allen anderen. Es war deutlich zu sehen, dass auch Dmitri, der stets in die Lektüre umfangreicher Bücher versunken war, auf seinen klugen Bruder stolz war. Klim seinerseits war bereit, auf die kolossale Belesenheit Dmitris stolz zu sein, der als Lexikon für die verschiedensten Wissensgebiete diente. Er zeigte der alten Premirow, wie man Eier auf »Björnburger« Art zubereitete und erklärte Spiwak den Unterschied zwischen einem echten Volkslied und den süßlichen Nachahmungen eines Zyganow, Weltmann und anderer. Sogar Kutusow fragte ihn:

»Samgin, wer war es doch, der den Grafen Jakow Tolstoi der Spionage überführte?«

Worauf Dmitri eingehend über ein niemand bekanntes Buch Iwan Golowins, erschienen im Jahre 1846, Bericht erstattete. Er liebte es, sehr ausführlich zu erzählen und im Ton eines Professors, doch immer so, als ob er es sich selbst erzähle.

Die maßgeblichste Person bei den Premirows war Kutusow, aber versteht sich, nicht weil er viel und eindringlich von Politik sprach, sondern weil er künstlerisch sang. Er besaß einen unerschöpflichen Vorrat derber Gutherzigkeit, wurde niemals unwillig während der endlosen Diskussionen mit Turobojew, und oft sah Klim, dass dieser schlecht zugeschnittene, aber fest genähte Mensch alle mit einem eigentümlich sinnenden und gleichsam bedauernden Ausdruck seiner hellgrauen Augen betrachtete. Klim befremdete sein wegwerfendes, mitunter schroffes Benehmen gegen Marina, in seinen Augen schien dieses junge Mädchen ein tief stehendes Wesen zu sein. Einmal abends, beim Tee, sagte sie wütend:

»Wenn Sie singen, Kutusow, mochte man glauben, dass Sie Gefühl haben, aber ...«

Kutusow ließ sie nicht zu Ende reden.

»Wenn ich singe, kann ich mich nicht verstellen. Wenn ich aber mit jungen Damen spreche, fürchte ich, dass das alles bei mir zu einfach herauskommt, und nehme aus Furcht falsche Noten. So wollten Sie doch sagen?«

Schweigend wandte Marina sich von ihm ab.

Mit Jelisaweta sprach Kutusow selten und wenig, verkehrte aber in freundschaftlichem Ton mit ihr. Er duzte sie und nannte sie manchmal Tante Lisa, obwohl sie höchstens zwei oder drei Jahre älter war als er. Die Nechajew übersah er, lauschte aber aufmerksam und stets aus der Ferne ihrem Streit mit Dmitri, der das Mädchen unermüdlich aufzog.

Kutusows Derbheit fasste Klim als die Gutmütigkeit eines wenig kultivierten Menschen auf und entschuldigte sie, da er in ihr nichts Erklügeltes sah. Es war ihm angenehm, die Nachdenklichkeit auf dem bärtigen Gesicht des Studenten zu sehen, wenn Kutusow Musik hörte. Angenehm war das mitleidige Lächeln, der traurige auf einen Punkt gerichtete, die Menschen und die Wand durchdringende Blick. Dmitri erzählte ihm, dass Kutusow der Sohn eines kleinen, zugrunde gerichteten Dorfmüllers war. Er war zwei Jahre Dorflehrer gewesen und hatte sich während dieser Zeit für die Universität vorbereitet, von der man ihn ein Jahr später wegen seiner Teilnahme an Studentenunruhen entfernte. Doch nach einem weiteren Jahr gelang es ihm mithilfe des Vaters von Jelisaweta Spiwak, des Adelsmarschalls seines Distrikts, von Neuem die Universität zu beziehen.

Turobojew begegnete man in unbestimmter Weise. Bald betreute man ihn wie einen Kranken, bald äußerte man für ihn eine Art ärgerliche Furcht. Klim begriff nicht, wozu Turobojew überhaupt bei den Premirows verkehrte. Marina behandelte ihn mit ehrlicher Feindseligkeit, die Nechajew pflichtete nur unwirsch seinen Urteilen bei, während die Spiwak selten und immer mit gedämpfter Stimme mit ihm plauderte. Alles in allem war dieser Kreis recht interessant und regte an, zu ergründen, was diese so verschiedenartigen Menschen einte, wozu die derbe und allzu fleischliche Marina die beinahe körperlose Nechajew brauchte und warum Marina ihr so offenkundig und komisch den Hof machte.

»Iss! Du musst mehr essen!« predigte sie ihr. »Wenn du auch nicht magst, iss trotzdem! Deine schwarzen Gedanken kommen davon, dass du dich schlecht nährst. Samgin Senior, wie heißt es auf Latein? In einem gesunden Körper wohnt ein gesunder Geist ...?«

Marinas Fürsorge, die die Nechajew verlegen lächeln machte, rührte sie, was Klim am dankbaren Aufleuchten der Augen dieses mageren und dürftigen Mädchens sah. Mit durchsichtiger Hand streichelte die Nechajew die blühende Wange ihrer Freundin, und auf ihrem blassen Handrücken verschwanden die blutunterlaufenen Äderchen.

Klim fand, dass die Nechajew und Turobojew unter allen am wenigsten in diese Umgebung passten, wohl überhaupt in jedem Haus und zwischen allen Leuten den Eindruck von Menschen erwecken mussten, die sich verirrt haben. Er fühlte seine Abneigung gegen Turobojew ständig wachsen. Dieser Mensch hatte etwas Verdächtiges, eisig Kaltes, der durchdringende Blick seiner schreienden Augen war der Blick eines Spions, der Verborgenes ans Licht bringen will. Zuweilen blickten seine

Augen boshaft. Klim ertappte ihn häufig dabei, dass er gerade ihn mit diesem aufreizenden und unverschämten Blick fixierte. Turobojews Worte bestärkten Klim in seinem Argwohn: Kein Zweifel, dieser Mensch war durch irgendetwas erbittert, verbarg seine Wut hinter ironischer Blasiertheit und sprach nur, um seinen Partner zu ärgern. Manchmal schien Turobojew Klim unausstehlich, das geschah immer mehr während seiner Gespräche mit Kutusow und Dmitri. Es war Klim unfassbar, wie Kutusow gutmütig lachen konnte, wenn er die blasierten Meinungen dieses Gecken hörte.

»Sie prophezeien, Kutusow. Nach meiner Ansicht reden die Propheten nur zu dem Zweck von der Zukunft, um die Gegenwart abzulehnen.«

Kutusow lachte saftig, während Dmitri Turobojew auf alle jene Fälle hinwies, wo soziale Prophezeiungen eingetroffen waren.

Was Marina betraf, so pflegte Turobojew sie offenkundig zu hänseln.

»Das ist nicht wahr!«, schrie sie, über etwas aufgebracht, und er entgegnete ernsthaft:

»Möglich. Aber ich bin kein Souffleur, und nur Souffleure sind verpflichtet, die Wahrheit zu sagen.«

»Warum die Souffleure?«, fragte Marina und riss ihre ohnehin großen Augen auf.

»Nun ja, wenn der Souffleur lügt, verdirbt er Ihnen das Spiel.«

»Was für ein Unsinn!«, sagte das Mädchen voll Verdruss und entfernte sich von ihm.

Ja, alles war fesselnd, und Klim fühlte, dass in ihm die Begierde, die Menschen zu ergründen, wuchs.

Die Universität ließ Klim völlig kalt. Die einführenden Vorlesungen des Historikers erinnerten ihn an den ersten Tag im Gymnasium. Große Ansammlungen von Menschen drückten ihn stets nieder. In der Menge zog er sich innerlich zusammen und büßte die Fähigkeit ein, seinen eigenen Gedanken zu folgen. Unter den uniform gekleideten und gewissermaßen ihrer individuellen Gesichter beraubten Studenten fühlte auch er sich als Larve.

Unten, über dem Katheder, erhob sich unter monotonen Armbewegungen der Oberkörper des dürren Professors, schwankte sein kahler, bärtiger Kopf, funkelten die Gläser und die goldene Fassung seiner Brille. Laut und mit Emphase sprach er tönende Worte.

»Vaterland. Volk. Kultur. Ruhm«, vernahm Klim. »Die Errungenschaften der Wissenschaft. Das Heer der Arbeiter, die im Kampf mit der Natur günstigere Lebensbedingungen schaffen. Der Triumph der Humanität.«

Klims Nachbar, ein magerer Student mit einer großen Nase in einem von Blattern zerfressenen Gesicht, stotterte:

»Z ... zahm ...«

Dann sah er lange und aufmerksam mit stark gewölbten, trüben Augen auf das Zifferblatt der Wanduhr. Als der Professor, nachdem er die Luft mit dem Kopf aufgerührt hatte, verschwand, hob der Stotterer dreimal die langen Arme und klatschte gemessen in die Hände, wobei er jedoch wiederholte:

»N ... nein, z ... ahm. Und man erzählt von ihm, er sei ein R ... radikaler. Sind Sie nicht aus Nowgorod Kollege? Nicht? Na, egal, lassen Sie uns Bekanntschaft schließen. Popow Nikolai.«

Er schüttelte Samgin heftig die Hand und rannte davon.

Die Wissenschaften interessierten Klim nicht besonders, er wünschte die Menschen kennenzulernen, und fand, dass ein Roman ihm über sie weit mehr Wissen vermittelte als ein wissenschaftliches Werk oder eine Vorlesung. Er äußerte sogar gegen Marina, die Kunst wisse vom Menschen mehr als die Wissenschaft.

»Na selbstredend«, stimmte Marina zu. »Man fängt jetzt an, das einzusehen. Sie sollten nur die Nechajew hören.«

Spät abends erschien Dmitri, durchnässt und müde. Heiser fragte er:

»Nun? Dein Eindruck?«

Als Klim bekannte, dass er im Tempel der Wissenschaft keinerlei ehrfürchtigen Schauder verspürt habe, sagte sein Bruder unter Räuspern:

»Ich fühlte mich von der ersten Vorlesung aufgewühlt.«

Augenscheinlich mit etwas anderem beschäftigt, fügte er hinzu:

»Aber heute sehe ich, dass Kutusow recht hat. Die Studentenunruhen sind wahrhaft eine sinnlose Kraftvergeudung.«

Klim lächelte spöttisch, schwieg aber. Es war ihm schon aufgefallen, dass alle Studenten, die zum Bekanntenkreis seines Bruders und Kutusows gehörten, von den Professoren und der Universität ebenso feindselig sprachen wie die Gymnasiasten von den Lehrern und dem Gymnasium. Auf der Suche nach den Gründen eines solchen Verhaltens fand er, dass so ungleiche Menschen wie Turbojew und Kutusow den Ton angaben. Mit der ihm eigenen Ironie sagte Turobojew:

»An der Universität arbeiten nur die Deutschen, Polen und Juden und von den Russen bloß die Popensöhne. Alle übrigen Russen ziehen es vor, sich der Poesie unverantwortlicher Streiche hinzugeben, und leiden unter überraschenden Anfällen von spanischem Hochmut. Noch gestern wurde so einer von Väterchen an den Haaren gebeutelt, und heute hält der Bursche eine achtlose Antwort oder den schiefen Blick eines Professors für einen hinreichenden Grund für ein Duell. Wenn man will, kann man in einem so anmaßenden Benehmen auch ein unerklärlich rasches Wachstum der Persönlichkeit sehen, ich meinerseits bin jedoch geneigt, anders darüber zu denken.«

»Gewiss«, nickte Kutusow mit seinem klotzigen Schädel, »es ist ein kälberhaftes Hochrecken des Schweifs zu beobachten. Andererseits muss aber zugegeben werden, dass man die jungen Leute allzu plump aufzuhetzen versucht, indem man sich bemüht, den Saft der Rebellion aus ihnen herauszupressen.«

»Der Randaliersucht!« verbesserte Turobojew.

Klim suchte eifersüchtig zu ergründen, was diese Menschen verband. Einmal saß er bei den Premirows – in Erwartung des üblichen Konzerts – neben dem Dandy auf dem Sofa; und Kutusow ermahnte ihn:

»Streifen Sie doch diese Ironie ab. Sie ist so billig.«

»Und unvorteilhaft«, gab Turobojew zu. »Ich begreife wohl, dass es vorteilhafter ist, sich auf der linken Seite des Lebens niederzulassen, aber ach! Ich bin dazu nicht imstande ...«

Mit ansteckendem Gelächter schrie Kutusow:

»Ja, aber Sie haben sich doch schon gerade auf dieser, auf der linken Seite niedergelassen!«

Am selben Abend fragte ihn Klim:

»Was gefällt Ihnen eigentlich an Turobojew?«

Der Bärtige entgegnete in väterlichem Ton:

»Eine bestimmte Dosis Säure braucht der Organismus ebenso notwendig wie Salz. Ich ziehe die Tschaadajewsche Stimmung der Allwissenheit gewisser literarischer Küster vor.«

Das wurde in Dmitris Gegenwart gesagt, der eilig erläuterte:

»Turobojew ist interessant als Vertreter einer aussterbenden Klasse.«

Kutusow, der ihm einen lächelnden Blick zuwarf, belobte:

»Brav, Mitja!«

Samgin fand dieses Lächeln wenig schmeichelhaft für den Bruder. Dieses feine, herablassende und ein wenig verschmitzte Lächeln fing er nicht selten in dem bärtigen Gesicht Kutusows auf, doch es weckte in ihm keine Zweifel an dem Studenten, sondern steigerte nur noch sein Interesse für ihn.

Auch die Nechajew gewann mit jedem Mal, doch sie genierte Klim durch den ungestümen Wunsch, in ihm den Gleichdenkenden zu finden. Sie zählte die Namen ihm unbekannter französischer Dichter auf und sprach so, als weihe sie ihn in Geheimnisse ein, die zu wissen Klim allein würdig sei.

»Haben Sie Lagores ›Illusionen‹ gelesen?« fragte sie. Der allwissende Dmitri erläuterte:

»Pseudonym des Doktors Casalez.«

»Er ist Buddhist, dieser Lagore, aber ein so boshafter, bitterer.«

Dmitri blickte zur Decke und erinnerte sich selber:

»Da ist ›Die Liebe des Satan‹.«

»Wie schade, dass Sie soviel Unnützes wissen«, sagte ihm die Nechajew mit Verdruss und wandte sich wieder an den jüngeren Samgin, dem sie Rostands »Prinzessin Traum« pries.

»Es ist ein Meisterwerk der neuen Romantik. Rostand wird in naher Zukunft als Genie verehrt werden.«

Klim merkte, dass die Unmenge von Namen und Büchern, niemand bekannt außer Dmitri, alle befangen machte, dass man die literarischen Meinungen der Nechajew mit Misstrauen und unernst aufnahm und dass dies das Mädchen verletzte. Sie tat ihm ein wenig leid. Turobojew hingegen, der Feind der Propheten, suchte mit bewusster Grausamkeit das Feuer ihrer Begeisterung auszutreten, indem er sagte:

»Dies muss als Zeichen der Übersättigung der Spießer mit billigem Rationalismus angesehen werden. Es ist der Anfang vom Ende einer geistlosen Epoche.«

Klim begann auf die Nechajew zu sehen wie auf ein fantastisches Wesen. Sie war irgendwohin weit vorangeeilt oder von der Wirklichkeit abgeirrt und lebte in Gedanken, die Klim Kirchhofgedanken nannte. In diesem Mädchen war eine an Verzweiflung grenzende Spannung, es gab Augenblicke, wo es schien, als würde sie sogleich aus dem Fenster springen. Besonders setzte Klim die Geschlechtslosigkeit, die physiologische Unsichtbarkeit der Nechajew in Erstaunen. Sie erregte in ihm nicht eine Spur männlichen Begehrens.

Sie aß und trank so, als tue sie sich Gewalt an, beinahe mit Abscheu, und es war deutlich zu sehen, dass dies kein Spiel und keine Koketterie war. Ihre dünnen Finger hielten sogar Messer und Gabel unbeholfen. Mit Überwindung zupfte sie vom Brot kleine Stückchen ab. Ihre Vogelaugen sahen auf diese Flocken weißen Brotes mit einem Ausdruck, als denke sie: ob dieses Zeug auch nicht bitter oder giftig ist?

Immer häufiger musste Klim anerkennen, dass die Nechajew gebildeter und klüger als ihre ganze Gesellschaft war, aber diese Erkenntnis erweckte, ohne ihm das Mädchen näherzubringen, in ihm die Befürchtung, sie könne ihrerseits ihn durchschauen und mit ihm ebenso gnädig oder ärgerlich sprechen wie mit Dmitri.

Nachts in seinem Bett lächelte Klim, wenn er bedachte, wie schnell und leicht er aller Sympathien gewonnen hatte. Er war überzeugt, dass ihm das völlig geglückt sei. Doch wenn er das Vertrauen seiner Bekannten in ihn verzeichnete, vergaß er doch nicht die Vorsicht eines Menschen, der weiß, dass er ein gefährliches Spiel spielt, und empfand ganz die Schwierigkeit seiner Rolle. Es gab Momente, wo diese Rolle ihm lästig wurde und in ihm ein dunkles Bewusstsein seiner Abhängigkeit von einer Macht wachrief, die ihm feindlich war. Dann fühlte er sich als Diener eines unbekannten Herrn. Ihm fiel einer der zahllosen Aussprüche Tomlins ein:

»Auf die meisten Menschen wirkt das Übermaß an Erleben zerrüttend, indem es ihr moralisches Empfinden verschüttet. Doch dasselbe Übermaß an Erlebnissen züchtet bisweilen hochinteressante Typen. Nehmen Sie nur die Lebensbeschreibungen berühmter Verbrecher, Abenteurer oder Dichter. Überhaupt sind alle durch Erfahrung überlasteten Menschen amoralisch.«

Diese Worte des rothaarigen Lehrers hatten für Klim etwas ebenso wohl Abschreckendes wie Verführerisches. Ihm schien, dass er schon mit Erfahrungen überlastet sei, doch zuweilen ahnte er wohl auch, dass alle Eindrücke, alle Gedanken, die er gesammelt hatte, ihm nichts nützten. Sie enthielten nichts, was fest mit seinem Wesen verwachsen wäre, nichts, was er sein eigenes, persönliches Denken, sein Bekenntnis nennen konnte. Dieses Gefühl feindseliger Diskrepanz zwischen ihm, dem Gefäß, und seinem Inhalt, empfand Klim immer häufiger und mit wachsender Unruhe. Er beneidete Kutusow, der einen Glauben erlernt hatte und ruhig sein Evangelium predigte, aber er beneidete auch Turobojew: Dieser glaubte offenkundig an nichts und besaß die Kühnheit, die Glaubenswahrheiten der anderen zu verlachen. Wenn Turobojew mit Kutusow und Dmitri sprach, erinnerte sich Klim des alten Handlangers vom Bau, der so arglistig und schadenfroh den dummen Kraftprotzen anstachelte, die noch brauchbaren Ziegel zu zertrümmern.

Samgin war überzeugt, dass alle Menschen ehrgeizig waren, dass jeder Abstand von den anderen wahrte, nur um stärker aufzufallen, und dass dies die Quelle aller Meinungsverschiedenheiten und Streitigkeiten war. Aber er begann zu argwöhnen, dass daneben noch etwas anderes in den Menschen steckte, was er nicht verstand, und es stachelte ihn der beharrliche Wunsch an, sie zu entblößen und zu ergründen, von welcher Art das Federwerk war, das sie zwang, gerade so und nicht anders zu sprechen und zu handeln. Für einen ersten Versuch wählte Klim die Nechajew. Sie schien ihm am tauglichsten, denn ihr fehlte das Fluidum des Weibes, und man konnte sie studieren, sezieren und entlarven, ohne befürchten zu müssen, in die dumme Situation jenes Greloux, des Helden von Bourgets Roman »Der Schüler«, der seinerzeit Aufsehen erregt hatte, zu geraten. Marina stieß ihn durch ihre animalische Energie ab, auch hatte sie nichts Rätselhaftes. Wenn Klim zufällig mit ihr allein im Zimmer blieb, fühlte er sich unter dem Blick ihrer vorquellenden Augen in Gefahr, und diesen Blick fand er herausfordernd und schamlos. Die Nechajew verschärfte seine Neugier, als sie beinahe hysterisch Dmitri ins Gesicht schrie:

»Wenn Sie doch verstehen wollten, dass ich Ihre normalen Menschen nicht ertrage ... dass ich die Heiteren nicht ertrage! Heitere Leute sind erschreckend dumm und platt.«

Ein anderes Mal sagte sie wütend:

»Nietzsche war ein Scharlatan, aber er musste um jeden Preis tragische Rollen spielen, und darüber hat er den Verstand verloren.«

Wenn sie grollte, verschwanden die hektischen Flecke von ihren Wangen, ihr Gesicht wurde aschfahl und versteinte, und in den Augen lohten grüne Funken.

An einem strahlenden Wintertag schlenderte Samgin über den Newakai, beschäftigt, die tönendsten Phrasen aus der Vorlesung in seinem Gedächtnis zu verstauen. Schon von Weitem bemerkte er die Nechajew. Das Mädchen trat aus dem Portal der Akademie der Künste, überquerte die Straße und blieb vor der Sphinx stehen, von wo sie auf den mit blendend weißem Schnee bedeckten Fluss schaute. Hier und dort war die

Schneedecke vom Wind aufgerissen und entblößte bläuliche Eisflächen. Die Nechajew begrüßte Klim freundlich lächelnd und sagte mit ihrer schwachen Stimme:

»Ich komme von der Ausstellung. . Nichts als gemalte Anekdoten. Mörderische Unbegabtheit. Gehen Sie in die Stadt? Ich auch.«

In einer Pelzjacke von der grauen Farbe des Herbsthimmels und einem merkwürdigen Mützchen aus blauem Eichhorn, die Hände in einem Muff von dem gleichen Pelz vergraben, sah sie doppelt auffallend aus. Sie ging sprunghaft, es machte Mühe, mit ihr Schritt zu halten. Die blaue, funkelnde Luft kitzelte brennend ihre Nüstern, und sie versteckte ihre Nase in dem Muff.

»Wenn das Leben doch stehen bliebe wie dieser Fluss, um den Menschen Zeit zu geben, sich ruhig und tief auf sich selbst zu besinnen«, sprach sie kaum vernehmlich in ihren Muff hinein.

»Unter dem Eis fließt der Fluss trotzdem weiter«, wollte Klim sagen. Da er jedoch einen Blick in ihr Vogelgesicht warf, bemerkte er:

»Leontjew, der bekannte Konservative, fand, dass man Russland gefrieren lassen müsste.«

»Warum nur Russland? Die ganze Welt müsste für eine Weile gefrieren, ausruhen.«

Ihre Augen blinzelten unter dem stechenden Glanz der Schneefunken. Leise und trocken hüstelnd, sprach sie mit lange unterdrückter Gier, als hätte man sie soeben aus der Einzelhaft im Kerker entlassen. Klim antwortete ihr im Ton eines Menschen, der sicher ist, nichts Bemerkenswertes zu hören, folgte aber aufmerksam ihren Worten. Von einem Thema zum anderen springend, fragte sie:

»Was halten Sie von Turobojew?«

Und antwortete selbst:

»Er ist mir rätselhaft. Ein Nihilist, der zu spät auf die Welt gekommen ist, gleichgültig gegen sich und alles. Wie seltsam, dass diese kalte, enge Spiwak in ihn verliebt ist.«

»Wirklich?«

»O ja!«

Sie schwieg eine Minute, dann wollte sie wissen, wie Klim Marina gefalle, und wieder wartete sie die Antwort nicht ab, sondern sagte:

»Sie wird glücklich werden in dem bestimmten weiblichen Sinn des Begriffs Glück. Wird viel lieben, wird dann, müde geworden, Hunde und Kater lieben, mit jener Liebe, mit der sie mich liebt. Sie ist so satt, so russisch. Ich bin eine Petersburgerin. Moskau macht mich zur Larve. Überhaupt kenne und verstehe ich Russland schlecht. Mir scheint, das ist ein Land von Menschen, die niemandem und am wenigsten sich selbst nötig sind. Die Franzosen, die Engländer sind der ganzen Welt nötig. Auch die Deutschen, obwohl ich die Deutschen nicht liebe.«

Sie sprach unermüdlich und verwirrte Klim durch die Eigenartigkeit ihrer Urteile. Aber hinter ihrer Vertrauensseligkeit fühlte Klim keine Harmlosigkeit und wurde noch vorsichtiger mit seinen Worten. Auf dem Newskiprospekt schlug sie vor, Kaffee zu trinken. Im Restaurant benahm sie sich für Klims Geschmack zu ungebunden für ein junges Mädchen.

»Ich lade Sie ein«, sagte sie, bestellte Kaffee, Likör, Biskuits und knöpfte ihre Pelzjacke auf. Klim hüllte der Geruch eines exotischen Parfüms ein. Sie saßen am Fenster. An den reifbeschlagenen Scheiben flutete der dunkle Menschenstrom vorbei. Die Nechajew knabberte mit ihren Mausezähnen an den Biskuits und sprach weiter:

»In Russland spricht man nicht über das, was wichtig ist, liest man nicht die Bücher, die notwendig sind, tut man nicht das, was getan werden muss, und nichts für sich, sondern alles zum Schein.«

»Das ist wahr«, sagte Klim. »Es ist viel Erklügeltes darin, und alle examinieren einander.«

»Kutusow ist ein so gut wie fertiger Opernsänger, studiert aber politische Ökonomie. Ihr Bruder weiß unglaublich viel und ist doch – Sie entschuldigen mich – ein Ignorant.«

»Auch das ist richtig«, gab Klim zu. Er hielt es für an der Zeit, ihr entgegenzutreten, aber die Nechajew war plötzlich müde geworden, auf ihren Wangen, die der Frost rot geschminkt hatte, waren nur noch die hektischen Flecke geblieben, die Augen erloschen. Träumerisch sprach sie davon, dass man nur in Paris ganz aus dem Innern leben könne, dass sie die Absicht gehabt habe, diesen Winter in der Schweiz zu verbringen, dass aber eine langweilige und unbedeutende Erbschaftssache sie in Petersburg zurückhielte. Sie verzehrte alle Biskuits, trank zwei Gläschen Likör, und als sie ihren Kaffee getrunken hatte, kreuzte sie mit einer raschen, unauffälligen Geste die Arme auf ihrer schmalen Brust.

»Wahrscheinlich reise ich in zwei oder drei Wochen.«

Sich auf die Lippen beißend, während sie ihren Handschuh überzog, seufzte sie:

»Vielleicht für immer.«

Auf der Straße fragte sie:

»Kennen Sie Maeterlinck? Oh, Sie müssen unbedingt den ›Tod des Tentagiles‹ und die ›Blinden‹ lesen. Das ist ein Genie. Er ist noch jung, aber erstaunlich tief.«

Plötzlich blieb sie auf dem Trottoir stehen, wie vor einer Mauer, und streckte ihm die Hand hin:

»Leben Sie wohl. Besuchen Sie mich.«

Sie nannte ihm ihre Adresse und stieg in einen Schlitten. Als das durchfrorene Pferd sich jäh in Trab setzte, gab es der Nechajew einen so heftigen Stoß, dass sie hintenüber flog und fast über die Schlittenlehne gestürzt wäre. Auch Klim nahm einen Schlitten. Während er hin und her gerüttelt wurde, dachte er über dieses Mädchen nach, das seinen übrigen Bekannten so wenig glich. Für eine Minute schien ihm, dass sie etwas Gemeinsames mit Lida hätte, aber unverzüglich wies er diese Ähnlichkeit ab, da er sie für sich nicht schmeichelhaft fand. Er erinnerte sich der übel gelaunten Bemerkung Warawkas:

»Wenn man nicht versteht, vermutet man und irrt sich.«

Dies hatte Warawka seiner Tochter gesagt.

Die Begegnung mit der Nechajew machte sie nicht angenehmer, doch hatte das Mädchen Klims Neugier besonders dadurch erregt, dass sie sich in dem Restaurant mit einer Ungebundenheit benahm, als wäre sie dort Stammgast.

An dem Tage, an dem Klim Samgin sie aufsuchte, fiel beklemmend dichter Schnee auf die mürrische Stadt. Er fiel rasch, ausdauernd, seine Flocken waren ungewöhnlich groß und raschelten wie Fetzen feuchten Papiers.

Die Nechajew wohnte möbliert. Es war die letzte Tür am Ende eines langen Ganges, der schwach von einem Schrank fast ganz verdeckten Fenster erhellt wurde. Das Fenster war gegen eine braune glatte Mauer gepresst. Zwischen Fenster und Mauer fiel der Schnee, grau wie Asche.

»In was für einem schmutzigen Loch wohnt sie«, dachte Klim. Doch als er in dem kleinen, dürftig beleuchteten Flur abgelegt hatte und ihr Zimmer betrat, fühlte er sich märchenhaft weit entführt aus dieser Gegend unter einem unsichtbaren Himmel, der sich in Flocken zerkrümelte, aus dieser im Schnee verschütteten Stadt. Das Zimmer war vom warmen Schein einer stark brennenden, von einem orangegelben Schirm verhängten Lampe erhellt und mit orientalischen Stoffen in den blassen Tönen der erlöschenden Abendröte dekoriert. Auf Tisch und Ruhebett waren die gelben Bändchen französischer Bücher wie Blätter einer exotischen Pflanze verstreut. Die Nechajew, in einem goldfarbenen Kittel, umgürtet mit einer breiten grünlichen Schärpe, begrüßte ihn erschrocken:

»Entschuldigen Sie, ich bin im Negligé.«

»Es ist schön bei Ihnen«, sagte Klim.

»Gefällt es Ihnen?«

Sie zündete eilig einen Spirituskocher an, stellte einen wunderlich geformten kupfernen Teekessel auf und sagte dabei:

»Ich kann Samoware nicht leiden.«

Sie stieß mit ihrem Fuß, der in einem grünen Saffianpantöffelchen steckte, die Bücher, die vom Tisch herabgefallen waren, erbarmungslos unter den Tisch und schob alle Gegenstände an seinem Rand zusammen, zum mit einem dunklen Stoff verhängten Fenster hin, all das sehr eilig, Klim ließ sich auf dem Ruhebett nieder und blickte sich um. Die Ecken des Raums waren durch Draperien ausgeglättet, ein Drittel des Zimmers von einem chinesischen Schirm abgeteilt. Hinter dem Schirm sah der Zipfel eines Bettes hervor. Die Fensterbank war mit einem schweren Teppich von stumpfroter Farbe verkleidet, ein ebensolcher Teppich bedeckte den Boden. Die warme Luft des Zimmers war stark mit Parfüms getränkt.

»Ich liebe schreiende Farben, laute Musik und gerade Linien nicht. Das alles ist zu wirklich und darum verlogen«, hörte Klim.

Die eckigen Bewegungen des Mädchens ließen die Ärmel ihres Kittels sich aufspannen wie Flügel, ihre irrenden Hände erinnerten ihn an die blinden Hände Tomilins, und sie sprach in dem verzogenen Ton Lidas, als die noch ein Backfisch von dreizehn oder vierzehn Jahren war. Klim hatte den Eindruck, dass das Mädchen sich in einer Verwirrung befand und sich verhielt, wie ein Mensch, den man überrumpelt hat. Sie vergaß, sich umzuziehen. Der Kittel glitt ihr von den Schultern und entblößte das Schlüsselbein und die vom Lampenlicht unnatürlich gefärbte Haut der Brust.

Während des Tees erfuhr Klim, dass das Wahre und Ewige in den Tiefen der Seele eingeschlossen sei, alles Äußere aber, die ganze Welt eine verworrene Kette von Fehlschlägen, Irrtümern, verkrüppelter Impotenz und kläglichen Versuchen, die ideale Schönheit jener Welt, die im Geist erlesener Menschen eingefriedigt ist, zum Ausdruck zu bringen.

»Oh, ich vergaß!«, rief sie plötzlich vom Ruhebett aufflatternd, holte aus einem Schränkchen eine Flasche Wein, Likör, eine Schachtel Schokolade und Biskuits, verstreute alles über den Tisch und fragte dann, während sie die Ellenbogen aufstützte und dabei ihre dünnen Arme entblößte:

»Verstehen Sie es, über die Sinnlosigkeit des Daseins nachzudenken?«

Klim hatte Lust zu lächeln, doch er beherrschte sich und antwortete gesetzt: »Manchmal regt einen das sehr auf.«

Und weil er bemerkte, dass die Augen der Nechajew aufflammten, fügte er hinzu:

»Es gibt Tage, wo man morgens aufwacht und das Gefühl hat, zwecklos erwacht zu sein.«

Die Nechajew nickte:

»Ja, natürlich, gerade Sie müssen so empfinden. Ich erkannte es an Ihrer Zurückhaltung, an Ihrem immer ernsten Lächeln, daran, wie schön Sie zu schweigen verstehen, während alle schreien. Und worüber?«

Sie kreuzte die Arme auf der Brust, legte die Hände auf ihre spitzen Schultern und fuhr mit Unwillen fort:

»Volk! Arbeiterklasse! Sozialismus! Bebel! Ich habe seine ›Frau‹ gelesen, mein Gott, wie ist das öde! In Paris und Genf begegnete ich Sozialisten. Es sind Menschen, die sich bewusst begrenzen. Sie haben etwas Verwandtes mit den Mönchen, sie sind ebenso wenig frei von Heuchelei wie diese. Sie alle ähneln mehr oder weniger Kutusow, doch ohne seine lächerliche, bäurische Herablassung für Menschen, die er nicht verstehen kann oder will. Kutusow selbst ist nicht dumm und glaubt anscheinend ehrlich an alles, was er sagt, aber der Kutusowismus, all diese nebelhaften Begriffe: Volk, Masse, Führer – wie ist das alles zum Sterben öde!«

Sie schrak sogar zusammen, ihre Hände glitten leblos von den Schultern. Sie hob einen kleinen, an eine langstielige Blüte erinnernden Kelch gegen das Licht der Lampe, erfreute sich an der giftgrünen Farbe des Likörs, trank ihn aus und hustete, am ganzen Körper zuckend, in ihr Tüchlein.

»Es schadet Ihnen«, sagte Klim und schnippte mit dem Nagel an sein Glas. Die Nechajew, immer noch hustend, schüttelte verneinend den

Kopf. Später erzählte sie schwer atmend und mit Pausen zwischen jedem Satz von Verlaine und dass ihn der Absinth, die »grüne Fee«, zugrunde gerichtet habe.

»Liebe und Tod«, vernahm Klim nach einigen Augenblicken, »in diesen beiden Mysterien ist der ganze furchtbare Sinn unseres Daseins verborgen. Alles andere – auch der Kutusowismus – sind nur erfolglose und feige Versuche, sich mit Nichtigkeiten zu betrügen.«

Klim fragte: »Und die Humanität, gehört sie auch zu den Nichtigkeiten?«, und passte auf, denn er erwartete, sie nun von der Liebe sprechen zu hören, und es wäre ergötzlich gewesen zu hören, was dieses körperlose Mädchen über die Liebe zu sagen hatte. Doch die Nechajew fertigte die Humanität als »kleinbürgerlichen Traum allgemeiner Sattheit«, den schon Malthus widerlegt habe, ab und sprach dann über den Tod. Anfangs beobachtete Klim in ihrem Tonfall etwas Kirchliches. Sie trug sogar einige Verse aus den Liturgien für die Seelen der Abgeschiedenen vor, aber diese düsteren Verse klangen matt. Klim rieb sorgfältig mit einem Stück Ledersamt seine Brillengläser blank und dachte für sich, dass die Nechajew wie ein altes Mütterchen sprach. Er senkte den Kopf und vermied es, das Mädchen anzusehen, damit sie nicht entdeckte, dass er sich langweilte. Doch sie schien es schon erraten zu haben oder müde zu sein, ihre Worte klangen immer leiser. Klim hob den Kopf, wollte seine Brille aufsetzen, kam aber nicht dazu. Seine Hände sanken langsam auf die Tischkante herab.

»Nein, stellen Sie sich nur vor«, sagte, fast flüsternd, zu ihm geneigt, die Nechajew. Ihre zitternde Hand mit den dünnen Knöchelchen der Finger schwebte in der Luft. Ihre Augen waren unnatürlich geweitet, das Gesicht schärfer als sonst. Er lehnte sich zurück, während er dem einschmeichelnden Geflüster lauschte.

»Eine geheimnisvolle Macht schleudert den Menschen hilflos, ohne Verstand und Sprache, in die Welt. Dann, in der Jugend, reißt sie seine Seele vom Fleisch los und macht sie zur ohnmächtigen Zuschauerin der qualvollen Leidenschaften des Körpers. Dann schlägt dieser Dämon den Menschen mit schmerzhaften Lastern, zermartert ihn, hält ihn lange in der Schande des Alters, ohne ihn endlich von der Liebesgier zu erlösen, ohne ihm die Erinnerung an die Vergangenheit, an die Funken Glücks zu nehmen, die trügerisch vor ihm aufblitzen und ihn mit Neid für die Freuden der Jungen foltern. Endlich, sich gleichsam am Menschen dafür rächend, dass er gewagt hat zu leben, entseelt ihn die erbarmungslose

Macht! Wo ist hier ein Sinn? Wohin verschwindet jene geheimnisvolle Wesenheit, die wir Seele nennen?«

Sie flüsterte nicht mehr, Ihre Stimme klang ziemlich laut und war mit leidenschaftlichem Zorn gesättigt. Ihr Gesicht verzerrte sich grausam und erinnerte Klim an die Zauberin in Andersens Märchen. Der trockene Glanz ihrer Augen kitzelte heiß sein Gesicht, ihm schien, in ihrem Blick brenne ein arges und rachsüchtiges Gefühl. Er senkte den Kopf und erwartete, dass dieses seltsame Wesen im nächsten Augenblick in den verzweiflungsvollen Schrei der Doktorsfrau Somow: »Nein! Nein! Nein!« ausbrechen würde.

Wenn Klim Bücher und Gedichte über die Liebe und den Tod las, erregten sie ihn nicht. Jetzt aber, da die Gedanken über Tod und Liebe im Kleid der zornigen Worte des kleinen, beinahe verwachsenen Mädchens erschienen, fühlte Klim mit einem Mal, dass diese Gedanken ihn brutal ins Herz und in den Kopf trafen. Alles vermischte und wölkte sich in ihm gleich Rauch. Er hörte nicht mehr die erregte Nechajew, er sah sie an und dachte, weshalb gerade dieses hässliche, an der Krankheit hinsiechende Mädchen mit der flachen Brust verdammt war, sich mit so unheimlichen Gedanken zu tragen. Darin lag etwas beispiellos Ungerechtes. Er empfand Mitleid mit diesem, mit einem kranken Leib und einer kranken Seele gestraften Menschen. Zum ersten Mal verspürte er die Regung des Mitleids mit solcher Schärfe, es war ihm in solcher Heftigkeit bisher fremd geblieben.

Er nahm einen Kelch, der wie eine Blüte aussah, aus der alle Farbe herausgesogen war, presste seinen schlanken Stiel zwischen seinen Fingern und seufzte:

»Es muss schwer sein für Sie, mit diesen Gedanken zu leben.«

»Aber doch auch für Sie? Für Sie?«

Sie sagte diese Worte so seltsam, als frage sie nicht, sondern bitte. Ihr entflammtes Gesicht verblasste, schmolz, sie wurde gleichsam schöner.

Klim empfand den Wunsch, ihr etwas Zärtliches zu sagen, aber er zerbrach den Fuß des Glases.

»Haben Sie sich geschnitten?«, rief das Mädchen aus, sprang auf und lief zu ihm hin.

»Ein wenig«, sagte er schuldbewusst und umwickelte den Finger mit seinem Taschentuch. Die Nechajew jedoch streichelte seine Hand mit der ihren, die unnatürlich heiß war, und sagte leise und dankbar:

»Wie tief Sie empfinden!«

Sie huschte im Zimmer umher, zerriss ein Taschentuch, träufelte etwas brennend heißes in die Wunde, verband sie straff und lud dann ein:

»Nehmen Sie Wein.«

Nachdem sie sich Likör eingeschenkt hatte, nahm sie wieder am Tisch Platz.

Eine Minute schwiegen beide, ohne einander anzusehen. Klim fand ein längeres Schweigen peinlich und hoffte, die Nechajew würde weiter sprechen. Er fragte sie:

»Lieben Sie Schopenhauer?«

Seufzend schraubte sie die Lampe herab. Es wurde enger im Zimmer, alle Gegenstände und die Nechajew selbst drängten dichter zu Klim heran. Sie nickte bejahend:

»Auch Maeterlinck ist die Ethik des Mitleids nicht fremd und vielleicht hat er sie bei Schopenhauer geschöpft. Aber was nützt Mitleid den zum Tode Verurteilten?«

Klim starrte über den Kopf des Mädchens hinweg in die orangefarbige Dunkelheit und fragte sich:

»Warum hat sie die Lampe kleiner geschraubt?«

Die Nechajew bückte sich, stieß mit dem Fuß die gelben Bücher unter dem Tisch hervor und redete hinunter:

»Wir leben in einer Atmosphäre der Grausamkeit. Das gibt uns das Recht, grausam in allem zu sein ... in der Liebe ... im Hass ...«

Ehe Samgin einfiel, ihr zu helfen, hatte sie eins der Bücher aufgehoben, es geöffnet und sagte strenge:

»Hören Sie zu!«

Halblaut und die Vokale dehnend, begann sie Verse vorzulesen. Sie las angestrengt, mit unvermittelten Pausen und dirigierte dabei mit dem bis zum Ellenbogen entblößten Arm. Die Verse waren sehr musikalisch, aber ihr Sinn rätselhaft. Sie handelten von Jungfrauen mit goldenen Binden um die Augen, von drei blinden Schwestern. Nur in den zwei Versen

Hab Erbarmen mit mir, weil ich zögre
An der Schwelle meines Begehrens ...

fing er so etwas wie einen Lockruf oder eine Anspielung auf. Fragend blickte er das Mädchen an, aber sie sah ins Buch. Ihre rechte Hand schweifte durch die Luft, mit dieser, in dem Dämmerlicht bläulich schimmernden astralen Hand berührte die Nechajew ihr Gesicht, ihre Brust und ihre Schultern, als bekreuzige sie sich, oder als wolle sie sich vergewissern, dass sie noch da sei.

Klim fühlte, wie der Wein, die Parfüms und die Gedichte ihn sonderbar berauschten. Allmählich ergab er sich einer nie gespürten Melancholie, die alles entfärbte und in ihm den Wunsch auslöste, sich nicht zu rühren, nichts zu hören, an nichts zu denken. Und er dachte auch nicht, sondern horchte nur, wie sich in ihm allmählich der niederdrückende Eindruck von den Worten des Mädchens verflüchtigte.

Als sie aufgehört hatte zu lesen, schleuderte sie das Buch auf das Ruhebett und schenkte sich mit zitternder Hand ein neues Glas Likör ein, Klim rieb sich die Stirn und blickte um sich wie jemand, der soeben erwacht. Mit Staunen fühlte er, dass er noch lange diesen wohllautenden, aber wenig verständlichen Versen in fremder Sprache hätte lauschen können.

»Verlaine! Verlaine!« seufzte zweimal die Nechajew. »Er gleicht einem gefallenen Engel!«

Sie schnellte ihren Körper vom Stuhl und legte sich mit ungewöhnlicher Leichtigkeit auf das Ruhebett.

»Sind Sie müde?«, fragte Klim.

Er stand auf und sah in das Gesicht des Mädchens, das fahl war und auf den Schläfen rote Flecke zeigte.

»Ich danke Ihnen«, sagte er eilig. »Ein wundervoller Abend. Bitte, bleiben Sie liegen.«

»Kommen Sie bald«, bat sie, während sie seine Hand zwischen den heißen Knöchelchen ihrer Finger zusammenpresste. »Ich verschwinde ja bald.«

Mit der anderen Hand reichte sie ihm ein Buch.

»Und lesen Sie dies!«

Auf der Straße fiel immer noch Schnee. Er fiel so dicht, dass es schwer war zu atmen. Die Stadt war völlig stumm geworden, verschwunden in dem weißen Flaum. Die Laternen, bedeckt mit dicken Kappen, standen in Lichtpyramiden. Klim klappte den Mantelkragen hoch, steckte die Hände in die Taschen und schlenderte, die Eindrücke des Abends abwägend, durch den lautlosen Schnee. Weiße Asche rieselte ihm ins Gesicht und schmolz sogleich, die Haut kühlend. Klim blies unmutig die Wassertröpfchen von Oberlippe und Nase. Er fühlte, dass er eine niederdrückende Last, ein furchtbares Traumgesicht, das er niemals vergessen würde, mitgenommen hatte. Vor ihm, im Schnee, zitterte das Gesicht der alten kleinen Zauberin. Als Klim die Augen schloss, um ihm zu entfliehen, wurde es noch deutlicher, und der dunkle Blick schien jetzt hartnäckig fordernd. Doch der Schnee und sein vorzüglich entwickelter Selbsterhaltungstrieb riefen schnell protestierende Gedanken in Klim wach. Zwischen der äußeren Erscheinung des Mädchens, ihren großen Worten und der Schönheit der Verse, die sie vorgelesen hatte, bestand etwas verdächtig Unvereinbares. Weiter vermerkte Klim, dass die Nechajew zu viel Likör trank und zu viel Konfekt mit Rumfüllung genoss.

»Ein kranker Mensch. Es ist ganz natürlich, dass ihr Denken und Reden ständig um den Tod kreist. Solcher Art Gedanken – über den Sinn des Daseins und so weiter – taugen nicht für sie, sie sind für die Gesunden bestimmt. Für Kutusow zum Beispiel. Für Tomilin.«

Als Klim die langweiligen Predigten Kutusows einfielen, musste er lächeln.

»Kutusowismus – das ist gar nicht übel.«

Als Klim in die Nähe seines Hauses gelangt war, hatte er sich bereits Gewissheit darüber verschafft, dass das Experiment mit der Nechajew beendet war. Die Triebfeder, die in ihr wirkte, war die Krankheit, und es hatte keinen Sinn, ihre hysterischen Reden, die die Furcht vor dem Tode ihr auf die Lippen trieb, noch weiter anzuhören.

»Im Grunde ist alles sehr einfach ...«

Nachts las er Maeterlincks »Blinde«. Die eintönige Sprache dieses Dramas ohne Handlung hypnotisierte ihn, erfüllte ihn mit dunkler Traurigkeit, aber der Sinn des Stücks blieb Klim verschlossen. Unmutig warf er das Buch auf den Fußboden und versuchte, erfolglos einzuschlafen. Die Gedanken kehrten zu der Nechajew zurück. Aber sie wurden milder. Er erinnerte sich ihrer Bemerkung über das Recht der Menschen, grausam in der Liebe zu sein, und fragte sich:

»Was wollte sie damit sagen?«

Dann seufzte er mitleidig:

»Es wird sich schwerlich ein Mensch finden, der sie liebt.«

Seine müden Augen sahen in der Finsternis des Zimmers einen Haufen durchsichtiger grauer Schattengestalten und unter ihnen ein kleines Mädchen mit einem Vogelgesicht und einem glatt gekämmten Kopf ohne Ohren.

»Vor Furcht erblindet!«

Die Schatten schwankten wie die kaum sichtbare Spiegelung herbstlicher Wolken im dunklen Wasser eines Flusses. Die Bewegung der Finsternis im Zimmer, die sich aus einer eingebildeten in eine wirkliche verwandelte, vertiefte seine Trauer. Die Einbildungskraft, die sowohl das Einschlafen wie das Denken vereitelte, erfüllte die Dunkelheit mit tristen Lauten, dem Echo eines entfernten Klanges oder den singenden Tönen einer von einer Gitarre übertönten Geige. Die schwarzen Fensterscheiben verblichen langsam und nahmen die Farbe des Zinns an.

Klim erwachte gegen Mittag in der Stimmung eines Menschen, der am Abend vorher etwas Wichtiges erlebt hat und nun zweifelt, ob er dabei gewonnen oder verloren habe. Der sonst so leichte Fluss seiner Selbstbetrachtung war aufgehalten, belastet. Er hörte seine Gedanken schlecht und diese Taubheit reizte ihn. Sein Gedächtnis war verschüttet durch ein Chaos seltsamer Worte, Verse, Klagen der »Blinden«, von einschmeichelndem Geflüster und zornigen Ausrufen der Nechajew. Als er sich ankleidete, nahm er wütend das Buch auf, las stehend eine Seite, warf das Buch auf das Bett und zuckte die Schultern. Vor dem Fenster fiel immer noch Schnee, aber er war bereits trockner und feiner.

Klim Samgin beschloss, sein Zimmer nicht zu verlassen, aber das Dienstmädchen sagte, als sie den Kaffee brachte, gleich würden die Dielenputzer kommen. Er nahm das Buch und ging zu seinem Bruder. Dmitri war fort. Am Fenster stand Turobojew im Studentenrock und trommelte gegen die Scheiben. Er sah träge zu, wie eine zottige Rauchwolke zum Himmel emporkroch.

»Feuer«, sagte er. Er drückte Klim matt und lässig wie stets die Hand.

Der unebenen Linie warm mit Schnee bekleideter Dächer entstiegen dünne, graue Rauchwölkchen. Über die dicke Schneeschicht krochen schwerfällig Leute mit Messingknöpfen, ebenso grau wie der Rauch.

Dieses Bild hatte für Klim etwas frappierend Tristes.

»Es will nicht brennen«, sagte Turobojew und entfernte sich vom Fenster. Hinter seinem Rücken hörte Klim einen leisen Ausruf:

»Ah, Maeterlinck!«

Klim gab einem Wunsch, diesen fatalen Menschen zu verletzen nach, und suchte in seinem Gedächtnis ein besonders giftiges Wort. Da er keins entdeckte, murmelte er:

»Geschwätz!«

Turobojew war nicht beleidigt. Er trat von Neuem an Klims Seite, und während er auf etwas horchte, begann er leise und gleichmütig zu sprechen:

»Nein, warum denn Geschwätz? Es ist mit großer Kunst geschrieben, wie eine Allegorie zur Belehrung von Kindern reiferen Alters. Die ›Blinden‹ sind die heutige Menschheit, den Führer kann man, je nachdem, als die Vernunft oder als den Glauben deuten. Übrigens habe ich das Zeug nicht zu Ende gelesen.«

Klim verließ das Fenster voll Verdruss über sich selbst. Wie konnte ihm der Sinn des Stückes entgehen? Turobojew setzte sich, zündete sich eine Zigarette an, stopfte sie aber sogleich nervös in den Aschenbecher.

»Die Nechajew klärt Sie auf? Sie versucht, auch meinen Verstand zu entwickeln«, sagte er, zerstreut in dem Buch blätternd, »Sie liebt spitze Sachen. Augenscheinlich hält sie ihr Gehirn für eine Art Nadelkissen, wissen Sie, Kissen, die mit Sand gefüllt sind.«

»Sie ist sehr belesen«, sagte Klim, um nur etwas zu sagen. Turobojew ergänzte leise seine Worte:

»Eine Herbstfliege.«

An der Decke wurde mit etwas Schwerem, wohl einem Stuhlbein, dreimal aufgeklopft. Turobojew stand auf, warf auf Klim einen Blick wie auf einen leeren Fleck und, ihn mit diesem Blick am Fenster festnagelnd, verließ er das Zimmer.

»Er geht zur Spiwak, sie ist es, die gepocht hat«, erriet Klim, der auf das Dach blickte, wo die Feuerwehrmänner den Schnee auseinandertraten und ihm immer dickere Wolken grauen Rauchs entlockten.

»Er selbst, Turobojew, ist eine Herbstfliege.«

Ohne anzuklopfen, als wäre es ihr eigenes Zimmer, trat Marina ein:

»Wünschen Sie Tee?«

»Nein, danke.«

Sie sah Klim ärgerlich ins Gesicht und fragte:

»Wo ist Ihr Bruder?«

»Ich weiß es nicht.«

Sie wandte sich zur Tür, öffnete sie, trat aber dann wieder einen Schritt zu Samgin hin.

»Er hat nicht zu Hause übernachtet.«

Klim lachte boshaft.

»Das pflegt bei jungen Leuten vorzukommen.«

Tief errötend fragte Marina:

»Sie reden da augenscheinlich Abgeschmacktheiten? Sie wissen doch, dass er sich mit den Arbeitern beschäftigt und dass dafür ...«

Sie unterbrach sich und ging hinaus, ehe Samgin, empört durch ihren Ton, ihr sagen konnte, dass er nicht Dmitris Erzieher sei.

»Kuh!«, schimpfte er, auf und ab laufend. »Grobe Kuh!«

Er entsann sich, dass er einmal, als er ins Esszimmer trat, gesehen hatte, wie Marina, die in ihrem Zimmer vor Kutusow stand, sich mit ihrer zur Faust geballten Rechten auf die linke, flache Hand schlug und dabei dem bärtigen Studenten ins Gesicht rief:

»Ich – ein Bauernweib! Ein Bauernweib?«

Zuerst schienen diese Ausrufe Klim nur Äußerungen des Staunens oder Gekränktseins, Sie wandte ihm den Rücken zu, er konnte ihr Gesicht nicht sehen. Aber in den nächsten Sekunden begriff er, dass es sich um einen Wutanfall handelte und dass sie im nächsten Augenblick vielleicht ohrenbetäubend brüllen und mit den Füßen trampeln würde.

»Verstehen Sie?«, fragte sie, jedes Wort mit einem klatschenden Schlag der Faust auf die weiche Handfläche begleitend. »Er wird seinen eigenen Weg gehen. Er wird Gelehrter! Jawohl! Professor!«

»Brüllen Sie nicht so!«, sagte Kutusow.

Er überragte Marina um einen halben Kopf, und es war zu sehen, dass seine grauen Augen das Gesicht des Mädchens neugierig musterten. Mit der einen Hand strich er sich über den Bart, in der anderen, die am Körper herabhing, rauchte eine Zigarette, Marinas Wutausbruch wurde heftiger und sichtbarer.

»Er ist gutherzig, ehrlich, aber ihm fehlt der Wille.«

»O weh, ich glaube, ich habe Ihnen Ihren Rock verbrannt!«, rief Kutusow aus, wobei er von ihr wegrückte. Marina drehte sich um, bemerkte Klim und ging ins Esszimmer hinüber, mit dem gleichen knallroten Gesicht, das er soeben an ihr beobachtet hatte.

Das Leben seines Bruders interessierte Klim nicht. Doch seit dieser Szene begann er, Dmitri in stärkerem Maße sein Augenmerk zuzuwenden. Er überzeugte sich bald, dass der Bruder, der vollkommen unter Kutusows Einfluss stand, die beinahe demütigende Rolle eines Werkzeugs seiner Interessen und Ziele spielte. Einmal gab Klim dies Dmitri so brüderlich und ernst, wie er konnte, zu verstehen. Aber Dmitri riss glotzend seine Schafsaugen auf und lachte:

»Du bist wohl verrückt geworden?«

Dann klapste er Klim aufs Knie und sagte:

»Auf jeden Fall danke ich dir! Das hast du gut gesagt, närrischer Kauz!«

Klim schwieg, da er sein Erstaunen, das Lachen und die Geste dumm fand. Einige Male entdeckte er auf dem Tisch des Bruders verbotene Broschüren. Die eine trug den Titel »Was muss der Arbeiter wissen und behalten?«, die andere »Über die Strafabzüge«. Beide waren schmutzig, zerknittert, und die Schrift stellenweise mit schwarzen Flecken verschmiert, die an polizeiliche Daumenabdrücke erinnerten.

»Es ist klar, er gibt sich mit den Arbeitern ab. Wenn man ihn verhaftet, kann auch ich mit hineingezogen werden. Wir sind Brüder und wohnen unter einem Dach ...«

Aufgeregt beschleunigte er sein Auf- und Abschreiten, so heftig, dass das Fenster in der Wand von rechts nach links zu schaukeln begann.

Unter allen Menschen, denen Klim begegnet war, rief allein der Sohn des Müllers in ihm den Eindruck des in seiner Abgeschlossenheit ganz Einzigartigen hervor. Samgin bemerkte an ihm nichts Überflüssiges, Erkünsteltes, was erlaubt hätte, anzunehmen, dass dieser Mensch anders sei, als er sich gab. Seine derbe Ausdrucksweise, die plumpen Gesten, sein gnädiges Lächeln in den Bart, die schöne Stimme – alles war fest zusammengefügt, alles gehörte zusammen wie Teile einer Maschine. Klim fiel sogar ein Vers aus dem Gedicht eines jungen, aber bereits sehr bekannten Dichters ein:

»Es liegt Schönheit in der Lokomotive ...«

Aber Kutusows Predigten wurden immer aufdringlicher und gröber. Klim fühlte, dass Kutusow imstande war, sich nicht nur den moluskenhaften Dmitri, sondern auch ihn selbst Untertan zu machen. Kutusow zu widersprechen war schwer: Er sah einem gerade in die Augen, sein Blick war kalt, im Bart regte sich ein verletzendes Lächeln. Er sagte:

»Sie, Samgin, urteilen naiv. Sie haben Grütze im Kopf. Es ist unmöglich, daraus schlau zu werden, wer Sie sind. Ein Idealist? Nein. Em Skeptiker? Es scheint nicht so. Und wie sollten Sie, junger Mann, auch zur Skepsis kommen? Turobojews Skepsis ist rechtmäßig, sie ist die Weltanschauung eines Menschen, der sehr wohl fühlt, dass seine Klasse ihre Rolle ausgespielt hat und rasch auf der schiefen Ebene ins Nichts hinabgleitet.«

Kutusow verbreitete sich darauf langweilig über Agrarpolitik, über die Adelsbank, über das Wachstum der Industrie.

Klim dachte bekümmert, dass Kutusow es sich allzu leicht mache, sein Vertrauen zu sich selbst zu erschüttern, dass dieser Mensch ihn vergewaltigte, indem er ihn zwang, Argumenten zuzustimmen, gegen die er, Samgin, nur einen Einwand hatte: »Ich will nicht.«

Doch ihm fehlte der Mut, diesen Einwand auszusprechen.

Er blieb plötzlich in der Mitte des Zimmers stehen, kreuzte die Arme auf der Brust und horchte, wie eine tröstliche Ahnung in ihm reifte. Alles, was die Nechajew sagte, sollte ihm als tüchtige Waffe für den Selbstschutz dienen. All dies widerstand sehr energisch dem »Kutusowismus«! Die sozialen Fragen waren nichts bedeutend neben der Tragödie des individuellen Seins.

»Gerade dadurch erklärt sich meine Gleichgültigkeit gegen Kutusows Lehre«, konstatierte Klim, er schritt wieder auf und ab. »Niemand hat mir das eingeflüstert, ich habe es längst gewusst.«

Er ging ins Esszimmer hinüber, trank seinen Tee, blieb eine Weile einsam dort, sich daran erfreuend, wie leicht neue Gedanken ihm zuwuchsen, machte dann einen Spaziergang und befand sich auf einmal am Portal des Hauses, in dem die Nechajew wohnte.

»Die Gespräche mit ihr sind nützlich«, entschuldigte er sich gleichsam gegen jemand.

Das Mädchen empfing ihn mit Freude. Wieder lief sie planlos und geschäftig von Ecke zu Ecke. Dabei erzählte sie kläglich, sie habe in der Nacht keinen Schlaf gefunden, die Polizei sei im Hause gewesen. Man habe jemand verhaftet. Eine betrunkene Frau habe geschrien. Im Korridor habe es ein Getrampel und Hin- und Herrennen gegeben.

»Gendarmen?«, fragte Klim düster.

»Nein, Polizei. Man hat einen Dieb festgenommen.«

Beim Tee äußerte sich Klim über Maeterlinck mit Zurückhaltung, wie ein Mensch, der eine wohlbegründete Meinung hat, sie aber seinem Partner nicht aufzuzwingen wünscht. Immerhin bemerkte er, die Allegorie in den »Blinden« sei allzu durchsichtig, und Maeterlincks Verhältnis zur Vernunft nähere ihn Tolstoi. Es berührte ihn wohltuend, dass die Nechajew ihm beipflichtete.

»Ja«, sagte sie, »aber Tolstoi ist gröber. Er hat vieles aus der Vernunft selbst, also aus einer trüben Quelle. Mir scheint auch, dass seiner ganzen Natur das Gefühl innerer Freiheit feindlich ist. Tolstois Anarchismus ist eine Legende, der Anarchismus wird ihm nur dank der Freigebigkeit seiner Verehrer unter die Zahl seiner Verdienste zugerechnet.«

An diesem Abend stach ihre körperliche Dürftigkeit besonders heftig Klims Augen. Das schwere wollene Kleid von unbestimmter Farbe machte sie alt, ihre Bewegungen, die langsamer wurden und gezwungen erschienen, schwerfällig. Ihr unlängst gewaschenes Haar hatte sie in einem losen Knoten aufgesteckt, und dies vergrößerte in unschöner Weise ihren Kopf. Klim empfand auch heute leichte Stiche des Mitleids für dieses Mädchen, das sich in den dunklen Winkel möblierter, unsauberer Zimmer verkrochen hatte, wo sie es dennoch verstand, sich ein gemütliches Nest einzurichten.

Wie gestern sprach sie über das Mysterium von Leben und Tod, nur mit anderen Worten und ruhiger, auf etwas horchend und gleichsam Einwände erwartend. Ihre leisen Worte legten sich als feine Schicht auf Klims Gedächtnis, wie Stäubchen auf eine lackierte Fläche.

»Aber über die Liebe traut sie sich nicht, zu reden. Sie möchte schon, aber sie wagt es nicht.«

Er selbst fühlte sich nicht getrieben, das Gespräch auf dieses Thema zu lenken. Der tief herabhängende Lampenschirm erfüllte das Zimmer mit orangefarbigem Nebel. Die dunkle Decke, von Rissen kreuz und quer überzogen, die mit Stoffen ausgeschlagenen Wände, der rötliche Teppich auf dem Fußboden, – all das flößte Klim das seltsame Gefühl ein, dass er in einem Sack saß. Es war sehr warm und unnatürlich still. Nur von Zeit zu Zeit drang ein dumpfes Brausen herein, dann bebte das ganze Zimmer und schien sich zu senken. Auf der Straße musste wohl ein schwer beladenes Fuhrwerk vorübergefahren sein.

Klim ließ unaufmerksam die kleine Stimme der Nechajew an sich vorbei und dachte:

»Das Leben ist mir nicht dazu gegeben, um zu entscheiden, wer recht hat, die Volkstümler oder die Marxisten.«

Er hatte nicht darauf geachtet, weshalb und wann die Nechajew begonnen hatte, von sich zu erzählen.

»Mein Vater war Professor, Physiologe. Er heiratete, als er bereits vierzig war. Ich bin sein erstes Kind. Mir ist, als hätte ich zwei Väter gehabt, bis zu meinem siebenten Lebensjahr den ersten – er hatte ein gutes, glattes Gesicht mit einem mächtigen Schnurrbart und lustige helle Augen. Er spielte sehr gut Cello. Später ließ er seinen grauen Bart verwildern, verwahrloste, wurde wütend, versteckte seine Augen hinter rauchfarbigen Gläsern und betrank sich häufig. Das kam daher, weil meine Mutter nach einer Fehlgeburt gestorben war. Ich sehe sie vor mir: Weiß oder hellblau gekleidet, mit einem dicken kastanienbraunen Zopf auf der Brust oder im Nacken. Sie sah nicht aus wie eine Dame, sie blieb bis zu ihrem Tode ein junges Mädchen, voll und sehr lebendig. Sie starb im Sommer, als ich in der Sommerfrische auf dem Lande lebte. Ich hatte damals mein sechstes Lebensjahr vollendet. Ich weiß noch, wie seltsam das war: Ich kam nach Hause, meine Mutter war fort und mein Vater ein anderer geworden ...«

Die Nechajew erzählte langsam, leise, doch ohne Trauer, und das war eigentümlich. Klim sah sie an: Sie kniff häufig die Augen zu, und ihre untermalten Augenbrauen, zitterten. Die Lippen leckend, machte sie unnötige Pausen zwischen den Sätzen, noch weniger am Platze war das Lächeln, das über ihre Lippen glitt. Klim bemerkte zum ersten Male, dass sie einen schönen Mund hatte, und fragte sich mit der Neugier eines Jungen:

»Wie sie wohl nackt aussieht? Wahrscheinlich komisch.«

In der nächsten Sekunde verurteilte er ärgerlich seine Neugier und hörte stirnrunzelnd aufmerksamer zu.

»Auf meine kindlichen Fragen, woraus der Himmel gemacht sei, wozu die Menschen leben, wozu sie sterben, antwortete mein Vater: ›Das weiß niemand. Du, Fima, bist geboren, um es zu erfahren.‹ Er nahm mich auf den Schoß, hauchte mir Biergeruch ins Gesicht, und sein rauer Bart kratzte mir unangenehm Hals und Ohren. Bier trank er entsetzlich viel. Er schwemmte davon auf, seine Backen blähten sich, wurden blau, und seine Augen verschwammen in öligem Fett. Seine ganze Erscheinung war mir fatal. Er erregte in mir ein böses Gefühl, weil er mir keine einzige von meinen Fragen beantworten konnte – wollte, glaubte ich damals. Mir schien, er verberge vor mir absichtlich märchenhafte Geheimnisse, von ihm enträtselt, und lasse mich sie selbst lösen, wie er mich die Aufgaben aus dem Rechenbuch selbst lösen ließ. Er half mir niemals bei den Schularbeiten und verbot auch andern, mir zu helfen. Ich musste alles allein machen. Aber besonders stieß mich von ihm ab, dass er beständig wiederholte: Das weiß man nicht. Versuch selbst, es herauszufinden.«

»Mein Vater beantwortete alle meine Fragen«, schob Klim plötzlich und unerwartet für sich selbst ein.

»Ja, beantwortete er sie?«, fragte die Nechajew. »Aber ...«

Sie brach den Satz ab, schwieg sekundenlang, und von Neuem säuselte ihre Stimme. Klim hörte sinnend zu und fühlte, dass er das Mädchen heute mit fremden Augen betrachtete. Nein, sie glich Lida in nichts, aber es bestand eine entfernte Ähnlichkeit zwischen ihr und ihm. Er war sich nicht klar darüber, ob ihm dies angenehm oder unangenehm war.

»Nachts spielte mein betrunkener Vater Cello. Die heulenden Laute weckten mich. Mir schien, mein Vater spielte nur auf den Basssaiten und nicht mehr so gut wie früher. Es ist dunkel, still, und in der Dunkelheit die langen Streifen der Töne, noch dunkler als die Nacht. Mich ängstigte nicht dieses schwarze Geheul, aber es war so traurig, dass ich weinte. Der Vater starb, nachdem er nur vier Tage krank gewesen war. Wie widerwärtig sind Zahlen, Daten! Vier Tage lag er da, erstickend, blau, gedunsen, starrte durch die nassen Augenritzen zur Decke und schwieg. An seinem Sterbebett versuchte er – es war das einzige Mal – mir etwas zu sagen, sagte aber nur: »Siehst du, Klawdia, du selbst ...« Zu Ende sprechen konnte er nicht mehr, aber ich verstand natürlich, was er meinte. Ich betrauerte ihn nicht sehr, obwohl ich viel weinte, dies wahrscheinlich aus Furcht. Er war so schrecklich im Sarg, so riesengroß und – blind.«

Die Nechajew verstummte, neigte den Kopf und strich den Rock auf ihren Knien glatt. Ihre Erzählung stimmte Klim lyrisch, und er seufzte:

»Ja, unsere Väter ...«

»Die Väter haben Heringe gegessen, den Kindern aber läuft davon das Wasser im Munde zusammen – hat das nicht einer der Propheten gesagt? Ich habe es vergessen.«

»Ich weiß es auch nicht mehr«, sagte Klim, der die Propheten nie gelesen hatte.

Die Nechajew hob langsam mit einer unschlüssigen Geste die Hände und steckte ihre nachlässige Frisur fester auf, aber plötzlich lösten sich ihre Haare und fielen ihr über die Schultern. Klim wunderte sich, wie dicht und üppig ihr Haar war. Das Mädchen lächelte:

»Entschuldigen Sie.«

Klim verbeugte sich und beobachtete, wie sie sich erfolglos abmühte, ihr Haar aufzunehmen. Sein Gedächtnis produzierte keine bedeutenden Worte, während einfache, alltägliche nicht an dieses Mädchen heranreichten. Ihn verwirrte die Vorahnung eines peinlichen Moments oder einer Gefahr.

»Ich muss gehen.«

»Weshalb?«

»Es ist spät.«

»Wirklich?«

Sie ließ die Arme sinken, ihr Haar fiel wieder über ihre Schultern und Wangen, ihr Gesicht wurde kleiner.

»Kommen Sie bald wieder«, sagte sie in einem so seltsamen Ton, als befehle sie.

Es war gegen Mitternacht, als Klim nach Hause kam. Vor der Zimmertür seines Bruders standen dessen Stiefel. Dmitri selbst schlief wohl schon, er meldete sich nicht auf sein Klopfen, obwohl in seinem Zimmer Licht brannte. Das Schlüsselloch ließ in die Dunkelheit des Korridors einen gelben Lichtstreif hindurch. Klim hatte Hunger. Vorsichtig warf er einen Blick ins Esszimmer. Dort wandelten Marina und Kutusow, Schulter an Schulter, auf und nieder. Marina hatte die Arme auf der Brust verschränkt und hielt den Kopf gesenkt. Kutusow fuchtelte mit einer Zigarette vorm Gesicht und redete mit verhaltener Stimme:

»Wir verfügen nur über eine Kraft, die wirklich imstande ist, uns zu verändern. Das ist die wissenschaftliche Erkenntnis.«

Tief, aber kläglich brummte Marina:

»Und die Kunst?«

»Tröstet uns, aber erzieht uns nicht.«

Klim verzog spöttisch das Gesicht, ging verdrossen auf sein Zimmer und legte sich schlafen, während er bedachte, um wie viel fesselnder, als dieser Mensch doch die Nechajew war!

Zwei Tage darauf saß er abends wieder bei ihr. Er erschien früh, um sie zu einem Spaziergang abzuholen, aber auf der Straße schwieg das Mädchen langweilig, und nach einer halben Stunde klagte sie, dass sie friere.

»Lassen Sie uns zu mir hinausfahren.«

»Aber im Schlitten werden Sie noch mehr frieren.«

»Nein, es geht dann schneller«, sagte sie bestimmt.

Zu Hause legte sie sowohl in ihren Worten wie in allem, was sie tat, eine nervöse Hast und Gereiztheit an den Tag, bog den Hals wie ein Vogel, der den Kopf unter seine Flügel versteckt, blickte nicht auf Klim, sondern unter ihre Achsel und sagte:

»Ich ertrage nicht festtägliche Straßen und Menschen, die am siebenten Tag der Woche säuberliche Kleider und Mienen von Glückspilzen anlegen.«

Klim gab spöttisch Kutusows Ausspruch über die Macht der Wissenschaft wieder. Die Nechajew zuckte die Achseln und bemerkte beinahe zornig:

»Schwerlich werden Leute wie er deshalb besser leben, weil überall das blutlose Feuer des elektrischen Lichts aufflammen wird.«

Klim, der etwas mehr trank als gewöhnlich, hielt sich ungezwungener und sprach kühner.

»Ich verstehe wohl, das Leben ist maßlos schwer. Aber Kutusow gedenkt nicht, es zu vereinfachen, sondern zu verstümmeln.«

Er spielte mit dem Papiermesser, einer kapriziös geschweiften Bronzeplastik, die in den vergoldeten Kopf eines bärtigen Satyrs statt in einen Griff auslief. Das Messer entglitt seinen Händen und fiel vor die Füße des Mädchens. Als Klim sich bückte, um es aufzuheben, geriet er auf seinem Stuhl ins Schwanken, suchte nach einem Halt und ergriff dabei die Hand der Nechajew. Das Mädchen riss sich los und Klim, seiner Stütze beraubt, fiel auf die Knie. An das Weitere erinnerte er sich nur dunkel, er entsann sich nur zweier heißer Hände auf seinen Wangen, eines trockenen hastigen Kusses auf seine Lippen und eiligen Flüsterns:

»Ja, ja ... Oh Gott!«

Dann, mehr Verwunderung als Vergnügen empfindend, hörte er, wie die Nechajew, die neben ihm lag, gepresst schluchzte und gleichzeitig heiß flüsterte:

»Lieben ... lieben ... Das Leben ist so schrecklich. Es ist ein Grauen ohne Liebe.«

Klim hob ihren Kopf hoch, bettete ihn an seine Brust und drückte ihn mit seiner Hand fest an sich. Er wollte ihre Augen nicht sehen, es war so peinlich, und ihn beengte das Bewusstsein der Schuld gegen diesen seltsam heißen Körper. Sie lag auf der Seite, ihre kleinen, dünnen Brüste hingen unschön nach einer Seite herab.

»Lieber«, flüsterte sie, und warme Tränentröpfchen kitzelten die Haut seiner Brust. »So lieb und einfach wie der Tag. So schrecklich, so teuer.«

Er schwieg und streichelte ihren Kopf. Durch die Seite des Wandschirmes, die mit silbernen Vögeln bestickt war, sah er auf den orangeroten Fleck der Lampe, während er unruhig überlegte, was nun sein würde. Würde sie wirklich in Petersburg bleiben, nicht zur Kur fahren? Er hatte dies doch gar nicht gewollt, ihre Zärtlichkeiten nicht gesucht. Er hatte nur Mitleid mit ihr gehabt.

Doch während er so dachte, empfand er gleichzeitig Stolz auf sich: Unter allen Männern, die sie kannte, hatte sie gerade ihn erwählt. Diesen Stolz steigerten ihre neugierigen Liebkosungen und in ihrer Naivität schamlosen Worte.

»Ich weiß, ich bin hässlich, aber ich möchte so gern lieben. Ich habe mich darauf vorbereitet, wie eine Gläubige auf das Abendmahl. Und ich verstehe zu lieben, nicht wahr, ich verstehe es?«

»Ja«, sagte Klim sehr aufrichtig. »Du bist wunderbar. Aber trotzdem, es ist dir schädlich, und du solltest reisen ...«

Sie hörte nicht. Über sein Gesicht gebeugt, blickte sie in seine verlegenen Augen mit den ihren, aus denen immerfort Tränen fielen, klein und heiß, und flüsterte, von erstickendem Husten unterbrochen:

»Lieber! Verurteilter!«

Ihre Tränen erschienen unpassend. Worüber hatte sie zu weinen? Er hatte sie ja nicht beleidigt, ihre Liebe nicht verschmäht. Das Klim unverständliche Gefühl, welches ihre Tränen auslöste, schreckte ihn. Er küsste die Nechajew auf die Lippen, damit sie schwieg, und verglich sie unwillkürlich mit Margarita; die war schöner und ermüdete nur körperlich. Diese aber flüsterte:

»Denk nur: Die Hälfte aller Frauen und Männer auf dem Erdball lieben sich in dieser Minute wie du und ich. Hunderttausende werden zur Liebe geboren, Hunderttausende sterben liebessatt! Lieber, Unverhoffter!«

Ihre Worte waren überflüssig und vielleicht sogar unwahrhaftig.

»Unverhoffter? Wirklich?«

Der orangefarbige Fleck auf dem Schirm erinnerte an die Abendsonne, wenn sie sich eigensinnig sträubt, hinter den Wolken zu verschwinden.

Die Zeit schien anzuhalten in einer Unschlüssigkeit, die der Langenweile glich.

»Wir bringen uns gehorsam und leidenschaftlich dem schrecklichen Mysterium, das uns erschaffen hat, zum Opfer.«

Klim umschlang sie und schloss den heißen Mund des Mädchens fest mit einem Kuss. Dann schlief sie plötzlich ein, mit qualermattet hochgezogenen Brauen und geöffnetem Mund, ihr mageres kleines Gesicht nahm einen Ausdruck an, als sei sie stumm geworden, wolle schreien und könne nicht. Klim stand vorsichtig auf und kleidete sich an.

Er verließ sie sehr spät. Der Mond schien in jener entschiedenen Klarheit, die vieles auf Erden als Unnötiges entblößt. Gläsern knirschte der trockene Schnee unter den Füßen. Die ungeheuren Häuser sahen einander mit den Augäpfeln der eingefrorenen Fenster an. Vor den Toren die schwarzen Leiber der Wächter. Im leeren Raum des Himmels ein paar verspätete und nicht sehr helle Sterne. Alles klar.

Physisch ermattet, schlenderte Klim dahin. Er fühlte, wie die helle Kälte der Nacht die unklaren Gedanken und Regungen in ihm abfror. Er trällerte sogar zu der Melodie einer Operette:

»War denn ein Junge da? Vielleicht war gar kein Junge da?«

Er rieb sich die klammen Hände und seufzte erleichtert auf. Also spielte die Nechajew nur die von Pessimismus Angesteckte, spielte sie nur, um sich in ein besonderes Licht zu stellen und so die Männer anzulocken. So machen es die Weibchen gewisser Insekten. Klim Samgin fühlte, wie in seine Entdeckerfreude sich Wut auf jemand mischte. Es war schwer zu bestimmen, ob auf die Nechajew oder auf sich Oder auf jenes Unfassbare, das ihm nicht gönnte, einen Stützpunkt zu finden.

Dann fiel ihm ein, dass in seiner Tasche ein Brief von seiner Mutter lag, den er im Laufe des Tages erhalten hatte. Ein wortkarger Brief, geschrieben mit algebraischer Genauigkeit, der ihn wissen ließ, dass gebildete Menschen die Pflicht hatten, zu arbeiten, und dass sie in der Stadt eine Musikschule eröffnen wolle, während Warawka Bürgermeister zu werden beabsichtige.

Lida würde die Tochter eines Bürgermeisters sein. Möglich, dass er ihr mit der Zeit die Geschichte seines Romans mit der Nechajew anvertrauen würde. Darüber sprach man am besten in komischem Ton.

Er zwang sich, noch weiter an die Nechajew zu denken, aber dies geschah bereits mit Wohlwollen. In dem, was sie getan hatte, lag im Grunde nichts Befremdliches. Jedes Mädchen will Weib werden. Die Nägel an ihren Zehen waren schlecht gepflegt, und sie hatte ihm anscheinend die Haut der Kniekehle heftig zerkratzt. Klim schritt immer fester und rascher aus. Es dämmerte. Der Himmel färbte sich im Osten grün und wurde noch frostiger. Klim Samgin schnitt eine Grimasse: Es war unangenehm, frühmorgens nach Hause zu kommen. Das Stubenmädchen würde natürlich ausplaudern, dass er nachts fortgewesen war.

Er erwachte in frischer Laune. Das unerwartete Liebesabenteuer erhob ihn und bekräftigte seinen Verdacht, dass, wovon die Menschen immer reden mochten, hinter den Worten eines jeden etwas ganz Einfaches steckte, wie sich das bei der Nechajew herausgestellt hatte. Klim verspürte kein Verlangen, am Abend zu ihr zu gehen, aber er begriff, dass sie, wenn er nicht hinging, selbst erscheinen und ihn vielleicht in irgendeiner Weise in den Augen seines Bruders, seiner Hausgenossen und Marinas bloßstellen, könnte.

Aus irgendeinem Grunde war ihm besonders unerwünscht, dass Marina von seinem Verhältnis mit der Nechajew erfuhr, doch hatte er nichts dagegen, dass die Spiwak es wusste.

Während er im Bett lag, gedachte Klim besorgt der hungrigen, gierigen Liebkosungen der Nechajew, und ihm schien, dass sie etwas Krankhaftes, etwas, das an Verzweiflung streifte, hatten. Sie hatte sich heftig an ihn gedrückt, als wollte sie in ihm verschwinden. Doch war an ihr auch etwas kindlich Zärtliches, für Augenblicke erregte sie auch seine Zärtlichkeit.

»Man muss hingehen«, entschied er, und am Abend ging er. Dem Bruder sagte er, dass er in den Zirkus wolle.

Im Zimmer der Nechajew, am Tisch, stand ein rundes Mütterchen, das wie ein Wollknäuel aussah. Geräuschlos nahm es Gegenstände und Bücher in die Hand und stäubte sie mit einem Lappen ab. Bevor es eine Sache anfasste, nickte es höflich, und dann wischte es sie so behutsam ab, als wäre die Vase oder das Buch lebendig und zerbrechlich wie ein Kücken. Als Klim eintrat, zischte sie ihn an:

»Pst! Sie schläft!«

Klim trat in den gelblichen Nebel hinter dem Schirm, nur von einer Sorge erfüllt: vor der Nechajew zu verbergen, dass sie enträtselt war. Doch gleich fühlte er, dass ihm Schläfen und Stirn gefroren. Die Decke war so glatt über das Bett gespannt, dass es schien, als läge kein Körper darunter, sondern nur der Kopf auf einem Kissen allein für sich, und die Augen unter der grauen, flachen Stirn glänzten unnatürlich.

»Mache!«, sagte er sich, aber dieses Wort fiel ihm nicht gleich ein.

»Ich habe sechsunddreißig sechs«, vernahm er eine leise und schuldbewusste Stimme. Setzen Sie sich. Ich bin so froh. Tante Taßja, Sie kochen Tee, ja?«

»Sehr wohl«, antwortete man ihr mit dem piepsenden Stimmchen eines Spielzeugs.

Die Nechajew befreite einen nackten Arm aus der Plüschdecke und wickelte sich mit dem anderen von Neuem bis ans Kinn hinein. Ihre Hand war feuchtheiß und unangenehm leicht. Klim zuckte zusammen, als er sie drückte. Aber ihr Gesicht, das, vom aufgelösten Haar umschattet, rosig erglüht war, erschien Klim mit einem Mal auf neue Weise lieblich, und ihre brennenden Augen riefen in ihm sowohl Stolz wie Trauer hervor. Hinter dem Wandschirm raschelte und schwebte eine dunkle Wolke, die den orangefarbenen Fleck des Lampenlichts zudeckte. Das Gesicht des Mädchens veränderte sich, flammte auf und erlosch.

An diesem Abend trug die Nechajew keine Gedichte vor, zählte nicht Namen von Dichtern auf, redete nicht über ihre Furcht vor dem Leben und dem Tode, in Worten, derengleichen Klim noch nie vernommen, nie gelesen hatte, sprach sie von nichts als Liebe. Sie lächelte, spielte mit seinen Fingern, sog gierig die Luft ein und hauchte diese sonderbaren Worte, und Klim, der nicht an ihrer Wahrhaftigkeit zweifelte, dachte, dass nicht jeder sich rühmen konnte, eine solche Liebe geweckt zu haben. Zugleich war sie so kindlich rührend, dass auch er ehrlich gegen sie sein wollte. In ihren Worten empfand er soviel trunkenes Glück, dass sie auch ihn berauschten und in ihm das Verlangen erregten, ihren unsichtbaren Körper zu umarmen und zu küssen. Ihn durchschoss ein seltsamer Gedanke: Man konnte sie kneifen, beißen, auf jede Weise quälen, und sie würde alles als Liebkosung empfangen.

Sie fragte im Flüsterton:

»Ich gefalle dir doch? Du liebst mich ein wenig?«

»Ja«, entgegnete Klim und glaubte, dass er nicht lüge. »Ja!«

Er blickte in die geweiteten Pupillen ihrer halbwahnsinnigen Augen, und sie enthüllten ihm in ihrer Tiefe ein Geheimnis, an das er unwillkürlich denken musste.

»Das also ist Liebe?«

Und sogleich sah er Lidas Augen, den stummen Blick der Spiwak. Dunkel erkannte er, dass wahre Liebe ihn die Liebe lehrte und dass dies wichtig für ihn war. Ohne dass er es bemerkt hätte, fühlte er an diesem Abend, dass dieses Mädchen ihm nützlich war: Mit ihr allein, empfand er eine Folge der mannigfaltigsten, ihm sonst fremden Regungen und wurde sich selbst interessanter. Er verstellte sich nicht, schmückte sich nicht mit fremden Redensarten, und die Nechajew feierte ihn:

»Um wie viel aristokratischer bist du mit deiner Beherrschtheit als die anderen! Es ist so wohltuend zu sehen, dass du deine Gedanken und dein Wissen nicht so sinnlos verschleuderst, wie alle es tun, um sich ein Ansehen zu geben! Du hast Ehrfurcht vor den Mysterien deiner Seele, das findet man so selten! Ich ertrage nicht Menschen, die schreien wie Blinde, die sich im Walde verirrt haben. ›Ich! Ich!‹ schreien sie.«

Klim billigte:

»Ja, wovon immer sie schreien mögen, am Ende schreien sie nur von ihrem Ich.«

»Weil ihr Ich keine Farbe hat und sie es nicht sehen«, spann sie seinen Gedanken weiter.

An der Nechajew war von besonderem Wert, dass sie es verstand, von ferne und von oben herab auf die Menschen zu sehen. In ihrer Darstellung wurden sogar diejenigen unter ihnen, von denen man voller Achtung sprach und voll des Lobes schrieb, klein und unbedeutend gegenüber dem Mystischen, das sie empfand. Dieses Mystische regte Klim nicht allzu sehr auf, aber es war ihm ein Labsal, dass das Mädchen, indem es die Großen von ihrer Höhe herunterzog, ihm das Bewusstsein seiner Gleichheit mit ihnen einflößte.

Seitdem besuchte er sie, jeden Abend, sättigte sich mit ihren Reden und fühlte sich wachsen. Ihr Liebesverhältnis wurde natürlich bemerkt, und Klim sah, dass es ihn vorteilhaft herausstrich. Jelisaweta Spiwak musterte ihn neugierig und gleichsam ermutigend. Marina sprach mit ihm noch freundschaftlicher. Sein Bruder schien ihn zu beneiden. Dmitri war aus irgendeinem Grunde finsterer und verschlossener geworden und sah auf Marina mit einem beleidigten Blinzeln.

Klim fühlte in sich lebhafte und heitere Herablassung gegen alles, ein Jucken, Kutusow auf die Schulter zu klopfen, der mit gleichbleibender Ausdauer die Notwendigkeit, Marx zu studieren, und die Schönheit Mussorgskis predigte. Er fiel über den stummen und stillen Spiwak her, der stets am Flügel saß, und sagte:

»Die schwächste Oper von Rimski-Korsakow ist talentvoller als die beste Oper von Verdi.«

»Schreien Sie mir nicht ins Ohr«, bat Spiwak.

Im Hause war es ein wenig langweilig. Man sang immer die gleichen Romanzen, Duette und Trios. Kutusow zankte immer in der gleichen Weise mit Marina, weil sie detonierte, und ebenso stritten er und Dmitri mit Turobojew und erregten in Klim den Wunsch, ihnen herausfordernd etwas Ironisches zuzurufen.

Die Nechajew hatte ihr Bett verlassen. Die hektischen Flecke auf ihren Wangen brannten noch greller. Unter ihren Augen lagen Schatten, die ihren Backenknochen eine noch ausgeprägtere Schärfe und ihrem Blick einen beinahe unerträglichen Glanz verliehen. Marina begrüßte sie mit zornigem Geschrei:

»Du bist verrückt geworden! Passt denn dein Arzt nicht auf? Das ist doch Selbstmord!«

Die Nechajew lächelte ihr zu, leckte sich die trocknen Lippen, kuschelte sich in die Sofaecke, und bald ertönte von dorther ausdauernd ihr Stimmchen, mit dem sie Dmitri Samgin lehrhaft versicherte:

»Die Neigung des Gelehrten, Naturerscheinungen zu analysieren, gleicht dem Mutwillen des Kindes, das sein Spielzeug zerbricht, um nachzusehen, was darin ist.«

»Ist das nicht etwas banal, Fräuleinchen?«, fragte aus der Entfernung Kutusow, er zupfte sich den Bart und runzelte die Brauen. Sie antwortete ihm nicht. Diese Aufgabe übernahm Turobojew, der träge sagte:

»Im Innern zeigt sich dann gewöhnlich entweder Unerforschliches oder irgendein Plunder, wie der Kampf ums Dasein ...«

Die Nechajew blieb eine oder einundeinhalbe Stunde und brach dann auf. Klim pflegte sie zu begleiten, nicht immer gern.

Sie liebte es, ihn mit Büchern und Reproduktionen moderner Bilder zu erfreuen, schenkte ihm eine Schreibmappe, in deren Leder ein Faun gepresst war, und ein Tintenfass von unglaublich bizarrer Form. Sie hatte eine Menge komischer Züge, kleine Abergläubigkeiten, deren sie sich schämte, wie übrigens auch ihres Glaubens an Gott. Als sie und Klim einmal die Ostermesse in der Kasaner Kathedrale hörten und man das »Christ ist erstanden« sang, erbebte sie, wankte und brach in leises Schluchzen aus.

Später, auf der Straße, unter einem schwarzen Himmel und in einem kalten Wind, der wütend den trocknen Schnee aufwirbelte und den dünnen Klang der Glocken zerriss und über die Stadt hin verstreute, sagte sie hustend und schuldbewusst:

»Es war komisch, dass ich weinte? Aber mich erschüttert das Geniale, und die russische Kirchenmusik ist genial ...«

Dunkle, winzige Gestalten rissen sich aus den steinernen Umarmungen der Kathedrale los und liefen nach allen Richtungen auseinander. Die Lichter der nicht sehr prunkvollen Illumination ließen sie dunkler als sonst erscheinen. Nur unterhalb der Bekleidung der Frauen blickten Streifen lichter Stoffe hervor.

Klim dachte, während er ihr zuhörte, daran, dass die Provinz feierlicher und freudevoller war als diese kalte Stadt, die zweimal pedantisch und trist der Länge nach zerschnitten war: von dem unter Granitmassen erdrückten Fluss und dem endlosen Kanal des Newskiprospekt, der gleichfalls durch Felsen hindurchgehauen schien. Gleich lebendig gewordenen Steinen bewegten die Menschen sich über den Prospekt, rollten Equipagen, mit automatenhaften Pferden bespannt, dahin. Der kupferne Ton sang zwischen den Steinmauern nicht so wohllautend wie in der holzgebauten Provinz.

Die Nechajew, die an Klims Arm hing, sprach von der düsteren Poesie der Totenliturgie und ließ ihren Gefährten unmutig an das Märchen von dem Dummen denken, der auf einer Hochzeit Totenlieder sang. Sie gingen gegen den Wind. Das Sprechen fiel ihr schwer. Sie keuchte. Klim sagte streng im Ton des Älteren:

»Schweig, mach den Mund zu und atme durch die Nase.«

Doch als sie einen Wagen genommen hatten und zu den Premirows fuhren, begann sie von Neuem, hinter dem vorgehaltenen Muff, zu reden:

»Für dich ist das alles natürlich Vorurteil, aber ich liebe die Poesie der Vorurteile. Irgendjemand hat gesagt: ›Vorurteile sind Bruchstücke alter Wahrheiten.‹ Das ist sehr geistreich. Ich glaube daran, dass die alten Wahrheiten in höherer Schönheit auferstehen werden.«

Klim verhielt sich schweigend. Er merkte, dass dieses Mädchen Lust bekam, seinen Widerspruch herauszufordern, ihm zu opponieren. Es war nicht das erste Mal, dass er diese Beobachtung machte, und er verheimlichte nur mit Mühe vor der Nechajew, dass sie ihn ermüdete. Ihre hysterischen Liebkosungen wurden einförmige Gewohnheit, ihre Ausdrücke wiederholten sich. Immer häufiger irritierten ihn ihre sonderbaren Anfälle von fragender Schweigsamkeit. Es war beklemmend, mit einem Menschen zusammen zu sein, der einen stumm beobachtete, als suche er etwas in einem zu erraten. Der trockene Husten der Nechajew erinnerte ihn daran, dass die Schwindsucht eine ansteckende Krankheit war.

Das Esszimmer der Premirows war hell erleuchtet. Auf dem blumengeschmückten Tisch funkelte das Glas zahlreicher Flaschen, Pokale und Gläser, blitzte der Stahl der Messer. In den breiten blauen Rändern des Fayenceservices spiegelte sich angenehm das Lampenlicht und beleuchtete grell einen Berg bunt gefärbter Eier. Quer über die Mitte des Tisches, auf einer Platte, wälzte sich im Schaum des sauren Rahms und geriebenen Meerrettichs ein heiter lächelndes Ferkel, von drei Seiten flankiert von einer gebratenen Gans, einem Truthahn und einem gekochten Schinken.

»Bitte zu Tisch«, verkündete das Mütterchen Premirow, ganz in Seide und mit einem Spitzenkopfputz im grauen Haar. Sie setzte sich als erste und rühmte bescheiden:

»Bei mir ist alles nach altem Brauch.«

Neben ihr saß Marina in einem pompösen fliederfarbenen Kleid mit Puffärmeln und unzähligen Falten und Garnierungen, die ihren gewaltigen Körper noch ausdehnten. Auf ihrem Herzen war gleich einem Orden eine kleine emaillierte Uhr angesteckt. Zur anderen Seite der alten Dame saß Dmitri Samgin. Er trug einen weißen Kittel und war so frisiert, dass er Ähnlichkeit mit einem Kommis aus einem Mehlgeschäft hatte. Der Stutzer Turobojew bekam seinen Platz weit von Klim entfernt am anderen Ende des Tisches zugewiesen, Kutusow zwischen Marina und der Spiwak. Er saß, mit krumm hochgezogenen Schultern in einem abgetragenen und engen Gehrock da, der nicht zu seiner breiten Figur passte. Sogleich sagte er zu Marina:

»Sie sehen aus wie ein ›Widder‹.«

»Was ist denn das?«, fragte sie zornig.

Kutusow erläuterte liebenswürdig:

»Das ist ein Rammbock, der im Altertum bei der Belagerung einer Stadt verwendet wurde.«

Marina regte ihre starken Brauen, dachte nach, erinnerte sich an etwas und errötete:

»Sie sind sehr grob.«

Dmitri Samgin stieß mit dem Löffel auf die Tischkante und öffnete den Mund, sagte jedoch nichts, sondern schmatzte nur mit den Lippen, während Kutusow der Spiwak schmunzelnd etwas ins Ohr flüsterte. Sie trug Hellblau, ohne alberne Ballons an den Schultern und dieses glatte, schmucklose Kleid, das glatt zurückgekämmte kastanienbraune Haar betonten den Ernst ihres Gesichts und den unfreundlichen Glanz ihrer kalten Augen. Klim bemerkte, dass Turobojew seine Lippen zu einem schiefen Lächeln verzog, als sie Kutusow zustimmend zunickte.

Die Nechajew, in einem weißen Kinderkleidchen, das niemand mehr trug, rümpfte die Nase, während sie auf die Fülle der Speisen blickte, und hustete diskret in ihr Tüchlein. Etwas an ihr erinnerte an eine arme Verwandte, die nur aus Gnade eingeladen ist. Dies verstimmte Klim: Seine Geliebte sollte leuchtender, aufsehenerregender sein. Sie aß auch womöglich mit noch größerem Widerwillen, als sie sonst zeigte. Man konnte glauben, dass sie es demonstrativ tat. Man sprach den Speisen mit Eifer zu, war bald satt, und nun begann eine jener zusammenhanglosen Unterhaltungen, die Klim von seiner Kindheit her kannte. Jemand klagte über Kälte und sogleich, zu Klims Erstaunen, lobte die schweigsame Spiwak überschwänglich den Kaukasus. Turobojew hörte ihr ein paar Minuten zu, gähnte und sagte mit betonter Faulheit:

»Und das interessanteste am ganzen Kaukasus ist das tragische Gebrüll der Esel. Augenscheinlich verstehen nur sie allein das Unsinnige dieser Anhäufung von Felsen, Schluchten und Gletschern, dieser ganzen viel gepriesenen Herrlichkeit der Gebirgslandschaft.«

Er zog beim Sprechen nervös an seiner Zigarette und blickte, während er den Rauch durch die Nase blies, auf ihr Ende. Die Spiwak reagierte nicht. Das Mütterchen Premirow seufzte und sagte:

»Im Kaukasus ist mein Vater ermordet worden.«

Auch sie blieb ohne Antwort, da fügte sie eilig hinzu:

»Er ähnelte Lermontow.«

Doch auch diese Worte wurden überhört. An alles gewöhnt, wischte die Alte mit ihrer Serviette den silbernen Becher, aus dem sie Wein zu trinken pflegte, aus, bekreuzigte sich und verschwand ohne ein Wort.

Klim, der wusste, dass Turobojew in die Spiwak verliebt, und nicht ohne Glück verliebt war – wenn man die drei Klopfzeichen gegen die Zimmerdecke seines Bruders in Anschlag brachte – wunderte sich. In das Verhältnis Turobojews zu dieser Frau hatte sich etwas Spöttisches,

Aufreizendes gemischt. Turobojew lachte ihre Urteile aus und schien überhaupt ungern zu sehen, dass sie mit anderen sprach.

»Sie haben sich gewiss gezankt«, konstatierte Klim, angenehm berührt.

Er spürte ein leichtes Sausen im Kopf und zugleich den Wunsch, sich bemerkbar zu machen. Als Zuhörer und Betrachter durchquerte er das Zimmer und entdeckte an allen etwas Ergötzliches: Marina zum Beispiel sagte soeben einem blonden Jüngling, während sie ihn fast an die Wand presste:

»Sie sollten Prosa schreiben, Prosa bringt mehr ein und macht rascher berühmt.«

»Aber wenn ich nun einmal Lyriker bin?«, fragte erstaunt der Jüngling und rieb sich die Stirn.

»Reiben Sie nicht die Stirn, davon werden Ihre Augen so rot«, verwies ihn Marina.

Turobojew erklärte einem hochgewachsenen Mann mit jüdischen Zügen:

»Nein, mich lockt es nicht, Geschichte zu machen. Mich befriedigt vollkommen Professor Kljutschewski, er macht vorzüglich Geschichte. Man sagte mir, er ähnele äußerlich dem Zaren Wassili Schuiski. Geschichte schreibt er, wie dieser sie geschrieben haben würde.«

Seine Worte wurden übertönt von Dmitris zorniger Stimme:

»Keine Neuigkeit. Die Parallele zwischen Dionysos und Christus ist längst gezogen worden.«

Kapriziös wie stets erklang das Stimmchen der Nechajew: »In Russland kennt man den Lyrismus und das Pathos der Zerstörung.«

»Sie, mein Fräulein, kennen Russland schlecht.«

»Liebe von Schnee und Barmherzigkeit von Eis.«

»Oho! Was für Worte!«

»Ausgetüftelte Seelen!«

Die Nechajew schrie zu laut. Klim vermutete, dass sie mehr getrunken hatte, als ihr zuträglich war, und bemühte sich, ihr nicht zu nahe zu kommen. Die Spiwak thronte auf dem Sofa und fragte:

»Gibt es in Ihrer Stadt noch Samgins?«

»Gewiss – meine Mutter.«

»Augenscheinlich ist sie es, die meinen Mann einlädt, dort eine Musikschule ins Leben zu rufen?«

Dmitri, betrunken und rot, sagte lachend:

»Sie haben mich doch schon einmal danach gefragt.«

»Wirklich?«, rief die Spiwak verwundert aus. »Ich habe ein schlechtes Gedächtnis.«

Sie erhob sich federnd vom Sofa und bewegte sich in wiegendem Gang in Marinas Zimmer, von wo das Geschrei der Nechajew drang. Klim blickte ihr lächelnd nach und ihm schien, ihre Schultern und Hüften wollten das Gewebe, das sie verhüllte, abwerfen. Sie parfümierte sich stark, und Klim fiel plötzlich ein, dass er ihr Parfüm zum ersten Mal vor zwei Wochen gerochen hatte, als die Spiwak, die Romanze »Auf den Hügeln Georgiens« trällernd, an ihm vorbeiging und den erregenden Vers sprach: »Von dir, von dir allein!«

Wie, wenn sie den Vers so gesungen hatte, dass ein Mann gemeint wäre?

Er ging rasch in Marinas Zimmer, wo Kutusow, mit zurückgeschlagenen Rockschößen, die Hände in den Taschen, wie ein Monument inmitten des Zimmers ragte und mit hochgezogenen Brauen Turobojew zuhörte. Zum ersten Mal sprach Turobojew ohne die üblichen Grimassen und das ironische Lächeln, die sein schönes Gesicht entstellten.

»Es ist vollkommen klar, dass die Kultur zugrunde geht, weil die Menschen sich daran gewöhnt haben, auf Kosten fremder Kräfte zu leben, und diese Gewohnheit alle Klassen, alle Beziehungen und alle Handlungen der Menschen erfasst hat. Ich weiß wohl: Diese Gewohnheit entsprang dem Wunsch des Menschen, sich die Arbeit zu erleichtern, aber sie ist ihm zur zweiten Natur geworden und hat bereits nicht nur abstoßende Formen angenommen, sondern untergräbt auch in der Wurzel den tiefen Sinn der Arbeit, ihre Poesie.«

Kutusow lächelte freundschaftlich:

»Ein Idealist sind Sie, Turobojew. Und ein Romantiker obendrein, und das ist nun schon gar nicht zeitgemäß.«

Marina zerrte wütend an der Schnur der Fensterklappe. Die Spiwak näherte sich ihr, um ihr zu helfen, doch Marina hatte die Schnur abgerissen und auf den Fußboden geworfen.

»Männer raus!« kommandierte sie. »Serafima, du schläfst bei mir. Alle sind betrunken, begleiten kann dich niemand.«

»Ich bin nicht betrunken«, erklärte Klim.

Die Spiwak war auf einen Stuhl geklettert und bemühte sich hartnäckig, die Luftklappe zu öffnen. Kutusow trat zu ihr, hob sie wie ein Kind vom Stuhl, stellte sie auf den Boden, öffnete sodann die Klappe und sagte:

»Gehen wir zu Samgin senior. Gehen wir, Tante Lisa?«

Man ging. Im Esszimmer ließ Turobojew mit dem Griff eines Taschenspielers eine Flasche Wein vom Tisch verschwinden, doch die Spiwak nahm sie ihm ab und stellte sie auf den Fußboden. Klim fühlte sich jäh von einer schlimmen Frage verbrannt: Weshalb warf das Leben ihm nur solche Frauen vor die Füße, wie die käufliche Margarita oder die Nechajew? Er folgte als letzter ins Zimmer seines Bruders und mischte sich nach einigen Minuten in das ruhige Gespräch Kutusows und Turobojews. Hastig gab er von sich, was ihn seit Langem auszusprechen drängte:

»Seit meiner Kindheit höre ich Reden über das Volk, über die Notwendigkeit der Revolution, über alles, was die Leute sagen, um vor den anderen klüger zu erscheinen, als sie sind. Wer ... wer redet so? Die Intelligenz.«

Klim erkannte dunkel, dass er einen allzu herausfordernden Ton angeschlagen hatte und dass die Worte, die ihm längst teuer geworden waren, ihm nur mit Mühe einfielen und nur schwer von der Zunge wollten. Er verstummte einen Augenblick und musterte die Anwesenden. Die Spiwak zerfloss als blauer Fleck an der dunklen Fensterscheibe. Der Bruder stand am Tisch, hielt sich ein Zeitungsblatt vor die Augen und blickte über es hinweg trübe auf Kutusow, der ihm spöttisch lachend etwas sagte.

»Sie hören mir gar nicht zu«, konstatierte Klim und geriet in Wut.

Turobojew saß vornübergebeugt in einer Ecke, rauchte und ließ aus seiner Zigarette Ringe in die Mitte des Zimmers steigen. Er sagte leise:

»Ihr Onkel, wie ich hörte ...«

Klim schrie:

»Was wollen Sie sagen? Mein Onkel ist genau so ein Zersetzungsprodukt der oberen Gesellschaftsschichten wie Sie selbst, wie die ganze Intelligenz. Sie findet für sich keinen Platz im Leben und darum ...«

Turobojew sagte von seinem Winkel her:

»Sie sind anscheinend Marxist geworden, Samgin, aber ich glaube nur deshalb, weil Sie bei Tisch unvorsichtigerweise weißen Wein mit rotem gemischt haben.«

Dmitri lachte geräuschvoll. Kutusow sagte ihm:

»Stör' nicht!«

Klim wollte, dass man mit ihm stritt. Noch herausfordernder sagte er mit Warawkas Worten:

»Das Volk selbst macht niemals Revolution. Es sind die Führer, die es vorantreiben. Für eine Weile unterwirft es sich ihnen, um sich sehr bald den Ideen, die ihm von außen aufgezwungen worden sind, zu widersetzen. Das Volk weiß und fühlt, dass das einzige Gesetz, das für es Gültigkeit besitzt, die Evolution ist. Die Führer suchen auf jede Weise gegen dieses Gesetz zu verstoßen. Das ist es, was die Geschichte lehrt ...«

»Eine kuriose Geschichte«, sagte Turobojew.

»Und eine alte«, fügte Kutusow hinzu und stand auf. »Na, für mich ist es Zeit, zu gehen.«

Alle Gedanken Klims brachen auf einmal ab, die Worte versanken. Ihm schien, dass die Spiwak, Kutusow und Turobojew wuchsen und aufschwollen, nur sein Bruder blieb der gleiche. Er stand mitten im Zimmer, hielt sich die Ohren zu und schwankte.

»Sie haben eine unangenehme Art, das linke Bein vorzusetzen, wenn Sie stehen. Das bedeutet, dass Sie glauben, bereits ein Führer zu sein, und an Ihr Denkmal denken.«

»Um in Schnee und Regen zu stehen«, murmelte Dmitri und fasste den Bruder um die Taille, Klim stieß ihn mit einer Bewegung seiner Schulter zurück und fuhr in kreischendem Ton fort:

»Ihre Lehre, Kutusow, gibt Ihnen keinen Anspruch auf die Rolle eines Führers. Marx lässt das nicht zu, die Massen sind es, die die Geschichte machen. Leo Tolstoi hat diese irrige Idee verständlicher und einfacher entwickelt. Lesen Sie nur ›Krieg und Frieden‹!«

Klim Samgin stieß wieder den Bruder zurück.

»Lesen Sie es! Übrigens, Ihr Name ist der gleiche wie der des Heerführers, den seine Armee befehligte!«

Überzeugt davon, mit dieser Wendung etwas Boshaftes und Geistreiches gesagt zu haben, brach Klim in Lachen aus und schloss die Augen. Als er sie öffnete, war niemand im Zimmer außer dem Bruder, der aus einer Karaffe Wasser in ein Glas goss.

Weiter erinnerte sich Klim an nichts mehr.

Er erwachte mit schwerem Kopf und der trüben Erinnerung an einen Fehler, an eine Unvorsichtigkeit, die er gestern begangen hatte. Das Zimmer füllte das unangenehm zerstreute, weißliche Licht der Sonne, die in der farblosen Leere jenseits des Fensters versteckt war. Dmitri kam. Sein nasses, glatt gescheiteltes Haar schien mit Öl eingerieben zu sein und legte unschön die rötlichen Augen und das weibische, etwas geschwollene Gesicht frei. Schon an seinem tristen Aussehen merkte Klim, dass er sogleich Schlimmes zu hören bekommen würde.

»Was fiel dir eigentlich ein, gestern?«, begann der Bruder, wobei er die Augen senkte und seine Hosenträger verkürzte. »Da hast du nun solange geschwiegen ...; Man hielt dich für einen ernsthaft denkenden Menschen und plötzlich lässt du so was Kindisches vom Stapel. Man weiß nicht, wie man dich verstehen soll. Natürlich, du hattest getrunken, aber man sagt doch: ›Was der Nüchterne im Sinn hat, liegt dem Betrunkenen auf der Zunge.‹«

Dmitri sprach nachdenklich und mit Überwindung. Nachdem er mit seinen Hosenträgern zurechtgekommen war, setzte er sich auf einen knarrenden Stuhl.

»Es kam so heraus, weißt du, als sei in ein Orchester ein Fremder gesprungen und habe, aus reinem Schabernack, etwas ganz anderes geflötet, als die anderen spielten.«

»Welch ein stumpfer, schwachköpfiger Mensch«, dachte Klim. »Ganz Tanja Kulikow.«

Und fing plötzlich an, zu reden:

»Nun, genug! Du bist nicht mein Erzieher! Du solltest dich lieber der albernen Versuche zu kalauern enthalten. Es ist beschämend, statt Hosenträger Rosenträger und statt Druckfehler Druckwähler zu sagen. Noch weniger geistreich ist es, den Bottnischen Meerbusen einen Botanischen und das Adriatische Meer idiotisches Meer zu nennen ...;«

Er erhitzte sich und sagte seinem Bruder auch das, wovon er mit ihm nicht hatte sprechen wollen: Eines Nachts, als er aus dem Theater heimkam und leise die Treppe hinaufstieg, hörte er über sich auf dem Vorplatz die gedämpften Stimmen Kutusows und Marinas.

»Wann wirst du es endlich Samgin sagen?«

»Mir fehlt der Mut ... und er tut mir leid, er ist so ...;« »Ich bin auch so ...«

Saftig knallte ein Kuss. Marina sagte ziemlich laut:

»Wag es nicht!«

Kutusow blökte etwas, und Klim stieg geräuschlos die Treppe hinunter, um dann von Neuem hinaufzusteigen, nun aber eilig und mit festem Tritt. Als er den Vorplatz erreichte, war niemand mehr dort. Er wünschte heftig, seinem Bruder unverzüglich dieses Zwiegespräch mitzuteilen, nach einigem Nachdenken entschied er jedoch, dass es noch verfrüht sei: Der Roman versprach interessant zu werden, seine Helden waren alle so fleischlich, animalisch. Diese körperliche Fleischlichkeit war es vor allem, die Klims Neugier erregte. Kutusow und sein Bruder würden sich wahrscheinlich erzürnen, und dies würde für den Bruder, der Kutusow allzu hörig war, heilsam sein.

Nachdem er Dmitri das erlauschte Gespräch erzählt hatte, fügte er, um ihn zu reizen, hinzu:

»Natürlich wird sie ihn dir vorziehen.«

Während des Sprechens sah er zur Decke hinauf und merkte nicht, was Dmitri tat. Zwei schwere klatschende Schläge ließen ihn zusammenzucken und im Bett hochfahren. Der Bruder klatschte sich mit einem Buch auf die Handfläche, er stand in der markigen Haltung Kutusows mitten im Zimmer. Mit fremder Stimme, stotternd, sagte er:

»Solche Dinge erzählen sich Dienstboten. Das ist nur im Katzenjammer entschuldbar.«

Er schleuderte das Buch auf den Tisch und verschwand. Er ließ Klim so entmutigt zurück, dass er erst nach zwei Minuten überlegte:

»Dmitri hätte in diesem Ton nicht mit mir gesprochen. Ich bin ihm eine Erklärung schuldig.«

Er beschloss, den Bruder aufzusuchen und ihn davon zu überzeugen, dass seine Mitteilung über Marina hervorgerufen sei durch das natürliche Gefühl des Mitleids für einen Menschen, den man hinterging. Doch bis er sich gewaschen und angekleidet hatte, waren sein Bruder und Kutusow nach Kronstadt gefahren.

Jelisaweta Spiwak hatte sich erkältet und lag zu Bett, Marina, übertrieben besorgt, sprang die Treppe hinauf und hinunter, blickte häufig aus dem Fenster und fuchtelte albern mit den Armen in der Luft herum, als fange sie eine Motte, die niemand sah als sie. Als Klim den Wunsch aussprach, die Kranke zu besuchen, sagte Marina trocken:

»Ich werde fragen.«

Doch Klim war überzeugt, dass sie nicht angefragt hatte. Man bat ihn nicht nach oben. Es war langweilig. Nach dem Frühstück kam wie immer der kleine Spiwak ins Esszimmer hinunter.

»Störe ich?«, fragte er und begab sich zum Flügel. Wäre im Zimmer auch niemand gewesen, würde er, schien es, trotzdem gefragt haben, ob er nicht störe, und wenn man ihm erwidert hätte, »Gewiss, Sie stören«, würde er sich nichtsdestoweniger an den Flügel geschlichen haben.

Klim konnte ihn sich nicht anders vorstellen als am Flügel, an ihn festgeschmiedet, wie der Sträfling an seinen Karren, den er nicht vom Fleck fortbewegen kann. Er wühlte mit seinen Fingern in den zweifarbigen Gebeinen der Klaviatur, entlockte dem schwarzen Mechanismus leise Noten und sonderbare Akkorde und schien, wie er so den Kopf tief in die Schultern zog und ihn auf die Seite legte, den Tönen zuzusehen. Er redete wenig und ausschließlich über zwei Themen: mit geheimnisvoller Miene und stillem Entzücken über die chinesische Tonleiter und jammernd, mit Kümmernis, über die Unvollkommenheit des europäischen Gehörs.

»Unser Ohr ist verstopft vom Lärm der steinernen Städte und der Fuhrleute, jawohl! Wahre, reine Musik kann nur aus vollkommener Stille hervorwachsen. Beethoven war taub, aber das Ohr Wagners hörte unvergleichlich schlechter als das Beethovens, daher ist seine Musik nur ein chaotisch zusammengelesenes Material für eine Musik. Mussorgski musste sich mit Wein betäuben, um in der Tiefe seiner Seele die Stimme seines Genius zu vernehmen, verstehen Sie?«

Klim Samgin hielt diesen Menschen für einen Schwachsinnigen. Aber nicht selten machte die kleine Figur des Musikers, über die schwarze Masse des Flügels gelehnt, ihm den unheimlichen Eindruck eines Grabmals: ein großer, schwarzer Stein, an dessen Sockel ein Mensch wortlos trauert.

Für Klim begann eine schwere Zeit. Das Verhältnis zu ihm veränderte sich schroff, und niemand machte ein Hehl daraus. Kutusow hörte auf, seine geizigen, sorgsam bedachten Redewendungen zu beachten, grüßte gleichgültig, ohne Lächeln. Sein Bruder verschwand schon in der Frühe irgendwohin, und kehrte spät abends, müde, zurück. Er magerte ab, verlor seine Redelust und lachte verlegen in sich hinein, wenn er Klim begegnete. Als Klim versuchte, sich zu erklären, sagte Dmitri leise, aber fest:

»Lass das.«

Turobojew schnitt mehr als früher Grimassen, übersah Klim und starrte auf die Zimmerdecke.

»Was sehen Sie immer nach oben?«, fragte ihn die alte Premirow.

Er antwortete durch die Zähne:

»Ich warte, bis die Fliegen zum Leben erwachen.«

Die Nechajew reiste nicht ab. Klim fand, dass ihre Gesundheit sich besserte, dass sie weniger hustete und scheinbar sogar voller wurde. Dies beunruhigte ihn sehr, er hatte gehört, dass die Schwangerschaft den Verlauf der Tuberkulose nicht nur aufhalte, sondern sie manchmal sogar heile. Der Gedanke aber, dass er ein Kind von diesem Mädchen haben könne, schreckte Klim.

Sie war schweigsamer geworden und sprach nicht mehr so leidenschaftlich und farbenreich wie früher. Ihre Zärtlichkeit wurde süßlich, in ihren vergötternden Blick trat etwas Seliges. Dieser Blick weckte in Klim das Verlangen, seinen schwachsinnigen Glanz mit einem Spottwort auszulöschen. Aber er konnte den richtigen Augenblick dafür nicht erwischen. Jedes Mal, wenn er im Begriff war, dem Mädchen etwas Unfreundliches oder Spitzes zu sagen, sahen die Augen der Nechajew, ihren Ausdruck sogleich ändernd, ihn fragend, forschend an.

»Worüber machst du dich lustig?«, fragte sie.

»Ich mache mich nicht lustig«, leugnete Klim, zurückschreckend.

»Aber ich sehe es doch«, beharrte sie. »Du hast Schneeflocken in den Augen.«

Seine Furcht nahm noch zu, denn er erwartete, dass sie ihn gleich fragen würde, wie er über ihre weiteren Beziehungen denke.

Petersburg wurde noch fataler, weil die Nechajew dort lebte.

Der Frühling näherte sich schleppend. Zwischen den trägen Wolken, die beinahe täglich melancholisch Regen säten, erschien die Sonne nur für flüchtige Augenblicke und legte widerwillig und leidenschaftslos den Schmutz der Straßen und den Kohlenruß an den Hausmauern bloß. Vom Meer wehte ein kalter Wind, der Fluss schwoll bläulich an, die schweren Wellen leckten hungrig den Granit der Ufer. Vom Fenster seines Zimmers aus sah Klim hinter den Giebeln die drohend gen Himmel erhobenen Finger der Fabrikschornsteine, sie erinnerten ihn an die historischen Gesichte und Weissagungen Kutusows, erinnerten ihn an den Arbeiter mit den scharfen Zügen, der an Feiertagen, über die Hintertreppe, seinen Bruder Dmitri besuchte, und das ebenfalls geheimnisvolle

Fräulein mit dem Gesicht einer Tatarin, die sich von Zeit zu Zeit bei seinem Bruder einfand. Das Fräulein hatte etwas Tonloses und blinzelte kurzsichtig mit ihren teerschwarzen Augen.

Zuweilen schien es, als habe der schwere Qualm der Fabrikschlote eine seltsame Eigenschaft: aufsteigend und über der Stadt zerfließend, zerfraß er sie gleichsam. Die Dächer der Häuser zerschmolzen, verschwanden nach oben schwebend und sanken von Neuem aus dem Rauchmeer herab. Die gespenstische Stadt schwankte und gewann eine unheimliche Haltlosigkeit, die Klim mit einer rätselhaften Schwere erfüllte und ihn zwang, an die Slawophilen zu denken, die Petersburg, den »Bronzenen Reiter« und die krankhaften Geschichten Gogols nicht liebten.

Ihm missfiel auch die Nadel der Peter-Paul-Festung und der von ihr durchbohrte Engel. Missfiel ihm deshalb, weil man von dieser Festung mit respektvollem Hass sprach, aus dem jedoch zuweilen etwas wie Neid klang. Der Student Popow nannte die Festung voller Begeisterung ein »Pantheon«.

Mit dem Laut »P« ahmte er gleichsam den Schuss aus einem Spielzeugrevolver nach, während er die übrigen Laute in halbem Ton aussprach.

»B–akunin«, sagte er, die Finger einknickend. »Netsch–schajew«. F–fürst Krap–potkin.«

Es war etwas Absurdes in der granitenen Masse der Isaaks-Kathedrale, in den an ihr befestigten grauen Hölzchen und Brettchen der Gerüste, auf denen Klim niemals auch nur einen einzigen Arbeiter bemerkte. Durch die Straßen marschierten im Maschinenschritt ungewöhnlich stattliche Soldaten. Einer von ihnen, der an der Spitze schritt, pfiff durchdringend auf einer kleinen Pfeife. Ein anderer wirbelte grausam die Trommel. Im höhnischen, arglistigen Pfiff dieser Pfeife, in den vielstimmigen Sirenen der Fabriken, die am frühen Morgen den Schlaf zerrissen, hörte Klim etwas, das ihn aus der Stadt forttrieb.

Er bemerkte, dass in ihm Gedanken, Bilder, Gleichnisse keimten, die ihm nicht eigentümlich waren. Wenn er über den Schlossplatz oder an ihm vorbeiging, sah er, dass nur wenige Passanten hastig über die kahlen Flächen des Holzpflasters eilten, während er wünschte, dass der Platz erfüllt sein möge von einer bunten, lärmend-frohen Menschenmenge. Die Alexandersäule erinnerte unangenehm an einen Fabrikschlot, dem ein bronzener Engel entflogen war, welcher nun reglos in der Luft schwebte, als überlege er, wohin er seinen Kranz abwerfen solle. Der Kranz sah aus wie ein Rettungsring in der Hand eines Matrosen. Das Zarenpalais, immer stumm, mit leeren Fensterfronten, rief den Eindruck eines unbewohnten Hauses hervor. Zusammen mit dem Halbkreis langweiliger Gebäude von der Farbe des Eisenrostes, die den wüsten Platz einfassten, erregte das Palais ein Gefühl der Trübsal. Klim fand, es wäre besser, wenn das Haus des Beherrschers Russlands die Schrecken einflößenden Karyatiden der Eremitage stützten.

Beim Anblick dieses Platzes erinnerte Klim sich der lärmenden Universität und der Studenten seiner Fakultät, Leute, die lernten, Verbrecher anzuklagen und zu verteidigen. Sie klagten schon jetzt die Professoren, die Minister und den Zaren an. Die Selbstherrschaft des Zaren verteidigten, ungeschickt und furchtsam, recht unbedeutende Leute. Ihrer waren wenig, und sie gingen in der Menge der Ankläger unter. Klim hatte die endlosen Streitigkeiten zwischen den Volkstümlern und Marxisten satt und ihn erbitterte, dass er nicht erkennen konnte, wer von ihnen sich am gröbsten irrte. Er war unerschütterlich überzeugt, dass sich sowohl die einen wie die anderen irrten, er konnte einfach nicht anders denken, aber er wurde sich nicht recht klar darüber, welche von diesen beiden Gruppen eher das Gesetz allmählicher und friedlicher Entwicklung des Lebens anerkannte. Zuweilen hatte es den Anschein, als begriffen die Marxisten tiefer als die Volkstümler die Unerschütterlichkeit des Gesetzes der Evolution, aber er sah gleichwohl auf die einen wie auf die anderen als auf Repräsentanten des ihm geradezu verhassten »Kutosowismus«. Es war unerträglich, diese schwatzhaften Leutchen zu sehen, denen die Dummheit ihrer Jugend das freche Gelüst einflößte, sich gegen die von Jahrhunderten geheiligte, stetige Bewegung des Lebens aufzulehnen.

Vor allem beschäftigten ihn die Meinungsverschiedenheiten über das Thema, ob die Führer den Willen der Massen lenken oder ob die Masse, die die Führer hervorbringt, sie zu ihrem Werkzeug, zu ihrem Opfer macht. Der Gedanke, dass er, Klim, Werkzeug eines fremden Willens sein könnte, schreckte und verwirrte ihn. Er erinnerte sich der Art, wie der Vater die biblische Legende von der Opferdarbietung Abrahams auslegte, und die gereizten Worte der Nechajew:

»Das Volk ist der Feind des Menschen! Das sagen Ihnen die Biografien fast aller großen Menschen.«

Klim fand, das sei richtig. Irgendein ungeheuerlicher Schlund verschlang, einen nach dem anderen, die besten Menschen der Erde und spie aus seinem Bauch die Feinde der Kultur aus, solche wie Bolotnikow, Rasin und Pugatschew.

Klim ging auch der Student Popow auf die Nerven: Dieser hungrige Mensch rannte unermüdlich durch die Korridore und Hörsäle. Seine

Arme zuckten krampfhaft, wie ausgerenkt, in den Schultergelenken. Auf seine Kollegen zustürzend, entriss er den Taschen seiner abgetragenen Jacke Briefe und hektografiertes Zigarettenpapier und stotterte, den Laut »s« in sich hineinziehend:

»S–amgin, hören Sie, aus Odessa schreibt man ... die S–tudentenschaft ist die Avantgarde ... die Universität der Sammelpunkt für die Organisation der kulturellen Kräfte. Die Landsmannschaften sind die Keimzellen des Allrussischen Bundes ... Aus Kasan wird gemeldet ...«

Solche Menschen wie Popow, geschäftig und aus den Gelenken gerenkt, gab es mehrere. Klim hatte gegen sie eine besonders heftige Abneigung, fürchtete sie sogar und bemerkte, dass sie nicht nur ihn, sondern alle Studenten, die ernsthaft arbeiteten, abschreckten.

Sie drängten einem beständig Billetts für Abende zugunsten einer Landsmannschaft, für irgendwelche Konzerte, die zu irgendeinem geheimnisvollen Zweck veranstaltet wurden, auf.

Die Vorlesungen, die Diskussionen, der ganze chaotische Radau von Hunderten junger Leute, die berauscht waren vom Durst, zu leben und zu handeln, all das betäubte Klim Samgin so sehr, dass er seine eigenen Gedanken nicht mehr vernahm. Es schien, dass alle Menschen besessen seien vom Wahnwitz eines Spiels, das sie umso zügelloser mitriss, je gefahrvoller es war.

Unvermittelt, aber fest, fasste er den Entschluss, an eine Provinzuniversität zu gehen, wo man gewiss stiller und einfacher lebte. Er musste die Beziehungen zur Nechajew lösen. Mit ihr zusammen fühlte er sich wie ein Reicher, der einer Bettlerin ein verschwenderisches Almosen gibt und sie gleichzeitig verachtet. Den Vorwand für eine plötzliche Abreise gab ein Brief seiner Mutter, der ihn davon unterrichtete, dass sie krank sei.

Auf dem Wege zur Nechajew, um Abschied zu nehmen, machte er sich finster auf Tränen und klagende Worte gefasst, war aber selbst fast zu Tränen gerührt, als das Mädchen seinen Hals fest mit ihren dünnen Armen umschlang und flüsterte:

»Ich weiß, du hast mich nicht sehr, nicht so besonders stark geliebt. Ja, ich weiß es. Aber ich danke dir unendlich, mit ganzem Herzen für diese Stunden zu zweien ...«

Sie drängte sich an ihn mit der ganzen Kraft ihres armen, mageren Körpers und schluchzte heiß:

»Möge Gott dich davor bewahren, die Grenzenlosigkeit der Einsamkeit so zu fühlen, wie ich sie gefühlt habe.«

Drei spitze Finger zusammenlegend, tippte sie mit ihnen heftig gegen Klims Stirn, Schultern und Brust und bebte am ganzen Körper, Sie wankte, während sie mit der flachen Hand hastig die Tränen aus dem Gesicht wischte.

»Ich verstehe wohl nur schlecht, an Gott zu glauben, aber für dich will ich zu irgendjemand beten, das will ich! Ich wünsche, dass du es gut haben mögest, dass das Leben dir leicht werde ...«

Ihr Weinen war nicht drückend anzusehen, sondern beinahe angenehm, wenn auch ein wenig traurig. Sie weinte heiß, aber nicht heftiger, als sich gehörte.

Klim reiste mit der Gewissheit ab, von der Nechajew gut und für immer Abschied genommen zu haben und durch diesen Roman sehr bereichert zu sein. Nachts im Zug dachte er:

»Sehen Sie, Lidia Timofejewna, ich kehre mit dem Schild heim.«

Er beschloss, sich zwei Tage in Moskau aufzuhalten, um vor Lida zu glänzen, und scherzte in Gedanken:

»Die Universitätsexamen können aufgeschoben werden, dieses aber werde ich jetzt sofort ablegen.«

Im Einnicken erinnerte er sich, dass Lida auf seine sorgsam in humoristischem Ton gehaltenen Briefe nur zweimal und sehr kurz und uninteressant geantwortet hatte. In einem dieser Briefe hieß es:

»Es gefällt mir nicht, dass Du Deine Bekannte Smertjaschkina nennst, und ich finde es nicht komisch.«

»Sie ist unbegabt. Ihre Schularbeiten hat immer die Somow gemacht«, rief er sich selbst ins Gedächtnis und schlief, dadurch getröstet, fest ein.

Über Moskau leuchtete prahlerisch ein Frühlingsmorgen. Über das holprige Pflaster pochten die Hufe, ratterten Fuhrwerke. In der warmen, lichtblauen Luft tönte festlich der Kupfergesang der Glocken. Über die ausgetretenen Trottoirs der engen, krummen Straßen schritten rüstig leichtfüßige Menschen. Ihr Gang war weitausholend, das Stampfen der Füße klang präzis, sie scharrten nicht mit den Sohlen wie die Petersburger. Überhaupt war hier mehr Lärm als in Petersburg, und der Lärm war von anderer Art, kein so feuchter und ängstlicher wie dort.

»Im Lärm von Moskau ist der Mensch vernehmlicher«, dachte Klim, und es war ihm angenehm, dass seine Worte sich gleichsam zu einem

Sprichwort gefügt hatten. Während er in der ächzenden Equipage des zerlumpten Kutschers schaukelte, sah er sich um wie jemand, der aus der Fremde in die Heimat zurückkehrt.

»Sollte ich vielleicht die hiesige Universität beziehen?«, fragte er sich.

Im Hotel wurde er mit jenem geschliffenen, zutunlichen Moskauer Wohlwollen empfangen, welches, da seine wahre Natur Klim unbekannt war, in ihm den Eindruck von Einfachheit und Klarheit, den er empfangen hatte, vertiefte.

Mittags suchte er Lida auf.

»Es ist Sonntag, Sie muss zu Hause sein.«

Während er durch warme, übermütig verschlungene Gässchen schritt, überlegte er, was er Lida sagen, wie er sich im Gespräch mit ihr verhalten würde. Er musterte die bunten, freundlichen Häuschen mit netten Fenstern und Blumen auf den Fensterbänken. Über den Zäunen streckten die Bäume ihre Äste zur Sonne, die Luft war gesättigt von dem feinen, süßlichen Duft soeben aufgebrochener Knospen.

Aus einer Straßenecke bogen zwei Studenten, Arm in Arm, sie pfiffen einträchtig einen Marsch. Der eine stemmte sich mit den Füßen gegen den Ziegel des Trottoirs und fing ein Gespräch mit einem Weib an, das Fensterscheiben abwusch. Der andere zog ihn weiter und redete ihm zu:

»Hör auf Wolodjka! Gehen wir.«

Klim Samgin verließ das Trottoir in der Absicht, den Studenten auszuweichen, wurde aber sogleich von einer festen Hand an der Schulter gepackt. Er wandte sich rasch und zornig um, und ihm ins Gesicht rief freudig Makarow:

»Klimuscha? Woher? Darf ich vorstellen: Samgin – Ljutow.«

»Kaufmannssohn im dritten Semester der humoristischen Fakultät «', präsentierte sich blödelnd, den Kopf auf die Seite gelegt, der schielende, angeheiterte Student.

»Wolodja, er war es, der mich abgehalten hat, mich zu erschießen!«

»Ihnen gebührt die goldene Medaille, Kollega! Denn indem Sie das Leben dieses Jünglings erhielten, trugen Sie ein wenig zur Vertiefung der russischen Blödistik bei.«

Beide benahmen sich so laut, als gäbe es außer ihnen niemand auf der Straße. Makarows Freude schien verdächtig. Er war nüchtern, sprach aber so erregt, als wünsche er den wirklichen Eindruck dieser Begegnung für sich zuzudecken, zu überschreien. Sein Kamerad bewegte unruhig den Hals hin und her, in dem Bestreben, seine schielenden Augen auf Klims Gesicht einzustellen. Die beiden schritten, Schulter eng an Schulter, langsam vorwärts, ohne den entgegenkommenden Fußgängern den Weg freizugeben. Klim, der Makarows rasche Fragen gemessen beantwortete, fragte nach Lida.

»Aber hat sie dir denn nicht geschrieben, dass sie die Theaterschule aufgegeben hat und Vorlesungen hören wird? Sie ist vor zwei Wochen nach Hause gereist.«

Beim Sprechen blickte er mit Erstaunen in Klims Gesicht.

»Sie hat gefunden, dass sie sich nicht verstellen kann.«

»Richtig; das versteht sie nicht!« bekräftigte Ljutow und schüttelte so heftig den Kopf, dass seine Mütze ihm in die Stirn rutschte.

»Die Telepnew verlässt ebenfalls die Schule. Sie heiratet, – das hier ist ihr Bräutigam.«

Ljutow tippte mit dem Zeigefinger auf seine Brust, in die Herzgegend, und drehte ihn um wie einen Pfropfenzieher. Seine sehr leuchtenden Augen von vieldeutiger Farbe trafen Klims Gesicht mit einem unangenehm tastenden Blick. Das eine Auge versteckte sich unter der Nasenwurzel, das hintere lief bis zur Schläfe hinauf. Beide zuckten ironisch, als Klim sagte:

»Ich gratuliere Ihnen. Ein hervorragend schönes Mädchen.«

»Sie ist sinnbetörend«, verbesserte Ljutow und schob seine Mütze in den Nacken zurück.

Makarow schlug vor, zu frühstücken.

»Versteht sich«, sagte Ljutow, der Klim ungeniert untergefasst hatte. »Dafür existiert Moskau, damit man isst.«

Einige Minuten später saßen sie in dem finsteren, aber behaglichen Winkel eines kleinen Restaurants. Ljutow bestellte bei dem alten Lakai im Gebetston.

»Und gib uns, Vater, zum Wodka westfälischen Schinken und spanische Zwiebeln, in dicke Scheiben geschnitten ...«

»Ich weiß, Herr.«

»Ich zweifle nicht daran, sondern rufe nur ins Gedächtnis ...«

»Es ist angenehm, dich zu sehen!«, sagte Makarow, der eine Zigarette angebrannt hatte, mit einem Lächeln, das vom Rauch umkräuselt war.

»Seltsam, Bruder, dass wir einander nicht schreiben, wie? Nun, wie, bist du Marxist?«

Er beeilte sich, seine Fragen an den Mann zu bringen und trieb dadurch Klim noch mehr zur Vorsicht an.

»Marxist?«, rief Ljutow aus. »Solche verehre ich!«

Er legte die Ellenbogen auf den Tisch und begann, mit belegter Stimme sich von Zeit zu Zeit überschreiend, was Klim an Dronow denken ließ:

»Ich verehre sie nicht als Repräsentant jener Klasse, der Marx erschöpfend die Dynamik des Kapitals, seine kulturelle Macht erklärt hat, sondern als russischer Mensch, der da aufrichtig wünscht: Möge jegliches lästige Hinzögern ein Ende finden! Dieweilen wir in der Person Marxens endlich den Glaubenslehrer von neunzigprozentiger Stärke haben. Das ist nicht unser russisches Dünnbier, das eine lyrische Krätze der Seele nach sich zieht, noch, das Gebräu eines Fürsten Krapotkin, eines Grafen Tolstoi, eines Obersten Lawrow und jener Seminaristen, die sich zu Sozialisten umgetauft haben, mit denen sich gut reden lässt. Nein! Mit Marx lässt sich kein Schwätzchen machen! Bei uns ist es doch so: man beleckt mit der Zunge die gallige Leber seiner Exzellenz Michail Jewgrafowitsch Saltykows, versüßt sich die Bitterkeit mit dem Lampenöl Ihrer Durchlaucht von Jasnaja Poljana und – ist vollauf befriedigt! Die Hauptsache bei uns ist, dass was zu schwatzen da ist, leben kann man auf jegliche Art, und setze man einen auf einen spitzen Pfahl, er lebt!«

Ljutow trug seine Rede flüssig, ohne Pausen, vor. Nach ihren Worten sollte sie ironisch oder bösartig klingen, doch fing Klim darin weder Ironie noch Bosheit auf. Das setzte ihn in Erstaunen. Noch erstaunlicher war aber, dass ein vollkommen nüchterner Mensch sprach. Klim musterte ihn und zweifelte:

»Sollte ich mich geirrt haben? Er war noch vor fünf Minuten betrunken.

Er fühlte in Ljutow etwas Unechtes. Die Farbe seiner ausgerenkten Augen war schmutzig, nichts Trübes, sondern eben etwas Schmutziges war in dem Weiß der Augäpfel, sie waren gleichsam von innen heraus mit dunklem Staub bestreut. Aber in den Pupillen lohten schlaue Fünkchen, die zur Vorsicht mahnten.

»Diese Augen sind nach außen gestülptes Hirn«, erinnerte Klim irgendjemandes Worte.

Ljutows gelbes Haar war à la cappoule gekämmt, das passte so wenig zu seinem langen Gesicht, dass es wie absichtlich gemacht wirkte. Sein Gesicht verlangte einen breiten Bart, während dessen rasierte Ljutow sich die Wangen bis auf ein spitzes Bärtchen. Über diesem blähten sich wulstige, kautschukartige Negerlippen, die Oberlippe war mit dünnen Barthärchen bestanden. Seine Hände waren rot, stark geädert, ebenso wie sein Hals, auf den Schläfen schwollen bereits bläuliche Venen. Er schien sich auch mit gewollter Saloppheit zu kleiden: Unter dem abgetragenen Jackett von sehr teurem Tuch trug er ein seidenes Hemd. Er musste siebenundzwanzig Jahre alt sein, vielleicht sogar dreißig und ähnelte in nichts einem Studenten. Makarow, der in herausfordernder Weise noch schöner geworden war, hatte sich anscheinend, als Folie, diesen Menschen zum Freund gewählt. Doch weshalb hatte die schöne Alina ihn gewählt?

Während er von dem Schnaps, der so kalt war, dass die Zähne schmerzten, ein Glas nach dem andern leerte und dicke Scheiben Zwiebel, auf dünne Blättchen Schinken gelegt, zerbiss, fragte Ljutow:

»Die nicht kanonische Literatur, das ist: Die Apokryphen, schätzen Sie?«

»Er ist ein Ketzerfürst«, sagte Makarow mit gutmütigem Lachen und sah Ljutow freundlich an.

»Die ›Offenbarung Adams‹, – haben Sie die gelesen?«

Er erhob die Hand mit dem Messer und sagte heilig:

»Und der Teufel sprach zu Adam: ›Mein ist die Erde, Gottes – der Himmel. So du mein sein willst, bebaue die Erde!‹ Und Adam sprach: ›Wessen die Erde ist, dem bin auch ich mit Kind und Kindeskind zu eigen,‹ Da habt ihr's! Solcher Art ist er formuliert, unser bäuerlicher, nach innen gerichteter Materialismus!«

In dem Bestreben, sich Unverständliches zu vereinfachen, überzeugte Klim sich innerhalb einer Stunde, dass Ljutow tatsächlich etwas von einem Spitzbuben hatte und ungeschickt den Hanswurst spielte. Alles an ihm war künstlich, in allem zeigte sich nackt die Gemachtheit. Besonders krass offenbarte dies seine gekrampfte Sprache, gesättigt mit Slawismen, lateinischen Zitaten und boshaften Versen von Heine, verziert mit jenem rohen Humor, mit dem die Schauspieler der Provinzbühnen glänzen, wenn sie in den »Divertissements« Witze erzählen.

Er, Ljutow, schien wieder betrunken. Er streckte Klim einen Pokal Champagner hin, errötete und schrie:

»Wünschen Sie mir weder Daunen noch Federn, und lassen Sie uns auf die Gesundheit der herrlichen Jungfrau Alina Telepnew anstoßen!«

In seiner Stimme klang Begeisterung, Makarow stieß mit Ljutow an und sagte streng:

»Jetzt hast du aber genug getrunken.«

Ljutow leerte sein Glas mit einem Zug und zwinkerte Klim zu:

»Er erzieht mich. Ich bin dessen würdig, dieweilen ich des Öfteren trunken bin und schweinigele, um der Zähmung des Fleisches willen. Ich fürchte die Hölle – diese« – er beschrieb mit der Hand einen Halbkreis in der Luft – »und die jenseitige. Aus jüdischer Furcht halte ich Freundschaft mit der Geistlichkeit. Ach, Kollega, einen Diakonus will ich Ihnen zeigen!«

Ljutow schloss die Augen, wiegte den Kopf und zog dann aus der Hosentasche eine stählerne Schlüsselkette, an deren Ende eine massive goldene Uhr baumelte.

»Hallo, ich muss gehen! Kostja, sag, sie sollen anschreiben.«

Er reichte Samgin die Hand:

»Sehr erfreut, Sie kennengelernt zu haben. Hörte viel Gutes von Ihnen. Vergessen Sie nicht: Ljutow, Daunen und Federn en gros ...«

»Kokettiere nicht«, empfahl Makarow, der Schieläugige aber drückte fest Samgins Hand und sagte mit einem kleinen Grinsen in dem Hinterwälder Gesicht:

»Wissen Sie, es gibt so Jungfrauen mit kleinen Mängeln. Niemand würde diesen kleinen Mangel bemerken, wenn die Jungfrau nicht selber warnte: ›Sehen Sie, meine Nase ist nicht ganz geglückt, dafür ist das Übrige ... ‹«

Er stieß Klim sanft zurück, setzte sich in Bewegung, stolperte mit dem Fuß über ein Stuhlbein, drohte ihm mit der Faust und verschwand.

»Was für ein Kauz!«, sagte Klim.

Makarow stimmte nachdenklich zu:

»Ja, er ist wunderlich.«

»Ich verstehe Alina nicht – was hat sie dazu veranlasst?«

Makarow zuckte mit der Schulter und begann hastig, als müsse er sich rechtfertigen, zu sprechen:

»Nein, wieso? Ihre Schönheit verlangt einen würdigen Rahmen, Wolodjka ist reich. Interessant, gutherzig bis zur Lächerlichkeit. Er hat sein juristisches Studium beendet, augenblicklich studiert er Geschichte und

Philologie. Übrigens arbeitet er nicht, er ist verliebt, aufgestört und überhaupt auf den Kopf gestellt.«

Makarow zündete sich eine Zigarette an, ließ das Hölzchen zu Ende brennen und warf stattdessen die Zigarette auf den Teller. Er war sichtlich berauscht, auf seinen Schläfen trat Schweiß aus, Klim sagte, er wolle sich Moskau ansehen.

»Fahren wir auf die Sperlingsberge«, schlug Makarow angeregt vor.

Sie verließen das Restaurant und nahmen eine Droschke. Makarow, der auf den gekrümmten, straff von dem blauen Rock umspannten Rücken des Kutschers starrte, sagte:

»Moskau verwirrt ein wenig die Sinne. Ich bin von ihm behext, bezaubert und fühle, dass ich hier verblödet bin. Findest du das nicht? Du bist liebenswürdig.«

Er nahm seine Mütze ab. An seiner Schläfe klebte eine Haarsträhne, nur sie allein war unbeweglich, während die übrigen Wirbel sich regten und bäumten. Klim seufzte: Von einer prachtvollen Schönheit war Makarow. Er sollte die Telepnew heiraten. Wie dumm war das alles. Durch den ohrenbetäubenden Straßenlärm hörte Klim:

»Fantastisch begabt sind die Menschen hier. Wahrscheinlich waren von dieser Art die Menschen der Renaissance. Ich zweifle: Wo sind hier Heilige, wo Betrüger? Beides findet sich fast in jedem gleichzeitig. Und die Menge derer, die das Kreuz auf sich genommen haben! Und um wessentwillen? Der Teufel weiß es. Du musst das verstehen ...«

Klim blickte seinen Kameraden argwöhnisch von der Seite an:

»Warum ich?«

»Du bist ein Philosoph, du siehst mit Gelassenheit auf die Dinge ...«

»Wie harmlos er ist«, dachte Klim. »Du hast ein gutes Gesicht«, sagte er und verglich Makarow mit Turobojew, der die Menschen mit dem Blick eines Leutnants maß, der alle Zivilisten verachtet. »Du bist auch ein guter Junge, wirst aber wohl durch das Trinken auf den Hund kommen.«

»Möglich«, gab Makarow gleichmütig zu, als wäre nicht von ihm die Rede. Doch daraufhin schwieg er, in Gedanken verloren.

In den Sperlingsbergen kehrten sie in einem verlassenen Gasthaus ein. Der dicke Kellner führte sie auf die Veranda, auf der ein Maler die Fensterrahmen weiß anstrich, brachte dann Tee und befahl in hastiger Rede einem Glaser:

»Störe die Herrschaften nicht, sich an der Schönheit zu erfreuen.«

263

»Er ist aus Kostroma«, stellte Makarow fest, er blickte in die unsichtbare Weite, auf die brokatene Stadt, die mit den goldenen Flecken der Kirchenkuppeln reich durchwirkt war.

»Ja, es ist schön«, sagte er leise. Samgin nickte zustimmend, bemerkte aber sogleich:

»Ein bedingter Begriff.«

Makarow antwortete nicht. Er schob das Glas, in dessen roter, von einer Zitronenscheibe bedeckter Flüssigkeit ein Sonnenstrahl badete, von sich, stemmte die Ellenbogen auf den Tisch und versenkte die Finger in seine dichten, zweifarbigen Haarwirbel.

Moskau verführte Klim nicht zur Begeisterung. Für seine Augen ähnelte die Stadt einem ungeheuerlichen Honigkuchen, in schreienden Farben bemalt, mit opalenem Staub gepudert, und brüchig. Als von Schönheit gesprochen war, zog Klim es klug vor zu schweigen, wenngleich er seit Langem bemerkt hatte, dass man immer häufiger von ihr sprach, und dieses Thema ebenso gewöhnlich wurde wie das Wetter und die Gesundheit. Er verhielt sich gleichgültig gegen die allgemein anerkannten Naturschönheiten, da er fand, dass Sonnenuntergänge ebenso gleichförmig waren wie der gesprenkelte Himmel frostiger Nächte. Weil er aber fühlte, dass Schönheit ihm unzugänglich sei, begriff er, dass es ein Mangel seiner Natur war. In der letzten Zeit erbitterte ihn sogar die ständige Verherrlichung der Naturschönheiten und weckte in ihm die Befürchtung, ob nicht vielleicht Lidas Widerwille gegen die Natur ihm diese Kälte eingeflößt habe.

Ihn hatte Turobojew sehr verwirrt, der, um Jelisaweta Spiwak und Kutusow zu ärgern, spottlustig gefragt hatte:

»Wenn nun aber unsere ganze Schönheit nichts ist als der Pfauenschweif der Vernunft, eines ebenso dummen Vogels wie der Pfau?«

Klim verblüffte die Frechheit dieser Worte, und sie legten sich noch fester in sein Gedächtnis, als Turobojew im Streit fortfuhr:

»Je leuchtender und schöner ein Vogel ist, desto dümmer ist er, aber je hässlicher ein Hund ist, desto klüger ist er. Das trifft auch auf die Menschen zu: Puschkin sah wie ein Affe aus, Tolstoi und Dostojewski sind keine Schönheiten, ebenso wenig wie überhaupt alle klugen Köpfe.«

Das lyrische Schweigen Makarows ärgerte Klim. Er fragte:

»Denkst du an Puschkins ›Moskau! Wie schrecklich ist dem Russen dein freudloses Gesicht!‹?«

Makarow maß ihn mit nüchternen Augen und antwortete nicht. Das missfiel Klim, es erschien ihm unhöflich. Seinen Tee schlürfend, sagte er in einem Ton, der Aufmerksamkeit heischte:

»Wenn man von Schönheit spricht, scheint es mir, dass man mich ein wenig betrügt.«

Makarow zog heftig die Finger aus seinem Haar, nahm die Ellenbogen vom Tisch und fragte befremdet:

»Wie hast du gesagt?«

Klim wiederholte seinen Ausspruch und fuhr fort:

»Was ist Schönes an einer Wassermasse, die in einem Abstand von sechzig Werst aus einem See in ein Meer fließt? Aber jeder sagt, die Newa sei schön, während ich sie langweilig finde. Dies berechtigt mich, zu denken, dass man sie schön nennt, um die Langeweile zu verdecken.«

Makarow trank rasch den abgestandenen Tee aus, kniff die Augen zu und sah Klim aufmerksam ins Gesicht.

»Den gleichen Wunsch, sich selbst die Dürftigkeit der Natur zu verheimlichen, sehe ich in den Landschaften Lewitans, in den lyrischen Birkenbäumchen Nesterows, in den leuchtend blauen Schatten auf dem Schnee. Der Schnee blinkt wie der Beschlag der Särge, in denen man junge Mädchen zu beerdigen pflegt, er schneidet die Augen, blendet. Blaue Schatten gibt es in der Natur nicht. All das wird zum Zweck des Selbstbetrugs erdacht, damit man gemütlicher leben kann.«

Klim, der sah, dass Makarow aufmerksam zuhörte, sprach zehn Minuten lang. Er erinnerte sich der finsteren Klagen der Nechajew und vergaß nicht, den Ausspruch Turohojews über den Pfauenschweif der Vernunft anzubringen. Er hätte noch eine ganze Menge sagen können, aber Makarow murmelte:

»Erstaunlich, wie all das mit Lidas Gedanken zusammenfällt.«

Sich die Stirn reibend, fragte er:

»Was willst du eigentlich?« und lachte verlegen.

»Ich weiß nicht, was ich fragen soll ... es ist so seltsam ...«

Plötzlich schoss ihm das Blut ins Gesicht, sogar die Ohren färbten sich dunkel. Seine Augen blitzten im Zorn, als er halblaut zu sprechen anfing:

»Mich berühren diese Fragen nicht, ich sehe die Dinge von einer anderen Seite und finde, die Natur ist ein Schwein, vernunftlos und böse. Kürzlich hatte ich die Leiche einer Frau, die an einer Geburt gestorben war, zu präparieren. Mein Herzchen, hättest du gesehen, wie zerfleischt und verstümmelt sie war! Bedenke nur: Der Fisch laicht, das Huhn legt Eier ohne Schmerzen, das Weib aber gebärt unter teuflischen Qualen. Weshalb?«

Makarow zählte die lateinischen Bezeichnungen von Körperorganen auf, deren Umrisse er mit den Fingern in der Luft malte, und stellte vor Klims Augen rasch und zornig etwas so Abscheuliches dar, das Klim ihn bat:

»Hör auf!«

Sich in immer heftigere Empörung steigernd, sagte Makarow, wobei er mit dem Finger auf den Tisch klopfte:»Nein, bedenke doch nur: weshalb das alles, wie?« Klim fand die Empörung seines Freundes naiv und ermüdend und hatte Lust, Makarow die Erwähnung Lidas heimzuzahlen. Er lächelte boshaft:

»Nun, beschäftige dich doch mit Gynäkologie, dann kannst du Frauenarzt werden. Deine äußere Erscheinung ist vorteilhaft.«

Makarow stutzte, blickte ihn verständnislos an und sagte, nach einigem Schweigen, mit einem Seufzer:

»Du scherzst seltsam.«

»Und du philosophierst augenscheinlich immer noch über die Frauen, statt sie zu küssen?«

»Das hört sich an wie eine Phrase aus einem Offizierslied«, sagte Makarow unbestimmt, rieb sich heftig das Gesicht und schüttelte den Kopf. In seinem Gesicht erschien ein zweifelnder, verlegener Ausdruck, er nickte gleichsam für eine Minute ein und kam dann wieder zu sich, aufgestört durch einen Stoß und sehr betreten darüber, dass er eingeschlafen war.

»Er wird nüchtern«, erriet Klim, der den Wunsch empfand, dem Kameraden auch das Offizierslied zu entgelten.

Darin waren ihm zwei Fliegen behilflich, die sich auf dem Bügel des Teelöffels niederließen. Eilig genossen sie einander. Die eine verschwand sofort in der Luft, die andere folgte ihr zwei oder drei Sekunden später.

»Hast du's gesehen? Das ist alles!« sagte Klim.

»Nein!«, antwortete beinahe schroff Makarow. »Ich glaube dir nicht«, fuhr er in protestierendem Ton fort. Er blickte unter gefurchten Brauen hervor. »Du kannst so nicht denken. Nach meiner Meinung ist Pessimismus auch nichts anderes als Zynismus.«

Nachdem er den abgestandenen Tee ausgetrunken hatte, sprach er, mit leiserer Stimme, weiter:

»Ich muss wohl ein wenig Dichter sein, vielleicht auch einfach dumm – aber ich kann nicht ... ich habe Achtung vor den Frauen, und – weißt du – manchmal glaube ich, dass ich sie fürchte. Grinse nicht, warte! Vor allen Dingen Achtung, selbst für diejenigen, die sich verkaufen. Und auch nicht Furcht, mich anzustecken, nicht Widerwillen, nein! Ich habe viel darüber nachgedacht ...«

»Aber du redest schlecht«, vermerkte Klim.

»Ja?«

»Unklar.«

»Du wirst mich verstehen!«

Makarow schüttelte abermals heftig den Kopf, blickte zum farbenschillernden Himmel, presste heftig die Finger zu einer Faust zusammen und schlug sich aufs Knie.

»Dieses Gefühl hat mir Lida eingeflößt, weißt du?«

»Ach so?« machte Klim unbestimmt und wurde wachsam.

»Wir sind Freunde«, fuhr Makarow fort und seine Augen lächelten dankbar. »Nicht verliebt, aber sehr vertraut. Ich liebte sie, aber das ist vorbei. Es ist schrecklich schön, dass ich gerade sie geliebt habe, und schön, dass es vorübergegangen ist.«

Er fing an zu lachen, sein Gesicht strahlte vor Freude.

»Bin ich wirr?«, fragte er unter Lachen. »Ich bin nur in Worten wirr, aber in der Seele ist alles klar. Du musst verstehen: Sie hat mich am Rande eines Abgrundes angehalten. Aber natürlich, wichtig ist nicht, dass sie mich angehalten hat, sondern, dass sie da ist.«

Samgin dachte nicht ohne Stolz:

»Niemals würde ich mir erlaubt haben, so zu einem fremden Menschen zu sprechen. Und warum hat sie ihn ›angehalten‹?«

»So lieben, wie man überhaupt zu lieben pflegt, darf man sie nicht«, sagte streng Makarow.

»Warum denn nicht?«

»Lach nicht. Ich fühle es so: Man darf nicht. Sie ist ein wunderbarer Mensch, Bruder.«

Er schloss die Augen und dachte nach.

»In der Bibel hat sie gelesen: »Und ich will Feindschaft säen zwischen dir und deinem Weibe.« Sie glaubt daran und fürchtet die Feindschaft, die Lüge. Ich nehme es an, dass sie das fürchtet. Weißt du, Ljutow sagte ihr einmal: ›Wozu müssen Sie auf der Bühne schauspielern, wenn Ihr Weg, der Natur Ihrer Seele nach, ins Kloster führt?‹ Sie ist mit ihm ebenso befreundet wie mit mir.«

Klim hörte angestrengt zu, begriff aber nicht und glaubte auch nicht Makarow. Die Nechajew hatte auch philosophiert, bevor sie nahm, was ihr nottat. Ebenso musste es sich auch mit Lida verhalten. Er schenkte auch dem keinen Glauben, was Makarow über sein Verhältnis zu den Frauen, über seine Freundschaft mit Lida erzählte.

»Das ist auch – ein Pfauenschweif. Es ist auch klar, dass er Lida liebt.«

Samgin wendete nun den verworrenen, unklaren Reden Makarows weniger Aufmerksamkeit zu. Die Stadt wurde heller, feuriger. Der Glockenturm Iwans des Großen ragte gleich einem mit rötlichem Nagel verzierten Finger empor. In den Lüften schwebte ein weiches Tönen, vielstimmig läuteten die Kirchenglocken die Abendmesse ein. Klim zog seine Uhr hervor und warf einen Blick auf sie.

»Ich muss zum Bahnhof. Begleitest du mich?«

»Natürlich.«

»Du hast, zu Beginn unseres Gesprächs, sehr richtig bemerkt, dass die Menschen sich Dinge einbilden. Möglich, dass es so sein muss, weil dadurch der bittere Gedanke der Zwecklosigkeit des Lebens versüßt wird ...«

Makarow blickte ihn erstaunt an und erhob sich:

»Wie seltsam, dass du, ausgerechnet du, das sagst! Ich dachte nichts dergleichen, selbst als ich beschloss, mir das Leben zu nehmen ...«

»Du warst in jenen Tagen nicht normal«, erinnerte ihn gelassen Klim.

»Dein Leben ist schwer?«, fragte leise und freundschaftlich Makarow.

Klim fand, dass es bedeutender aussehen würde, wenn er weder ja noch Nein sagte, und schwieg, mit hart zusammengepressten Lippen. Sie gingen zu Fuß, ohne Eile. Klim fühlte, dass Makarow ihn von der Seite mit traurigen Augen ansah. Während er die widerspenstigen Haarsträhnen unter die Mütze zurückschob, erzählte er leise:

»Nach dem Examen komme ich auch, ich habe dort eine Lehrstelle, ich werde Repetitor des Adoptivsohnes Radejews, des Reeders, weißt du? Auch Ljütow kommt hin.«

»Aha. Und wo ist die Somow?«

»Sie ist Lehrerin an einer Dorfschule.«

Aus einer Wolke regenbogenfarbigen Staubs löste sich ein bärtiger Kutscher auf seinem Gefährt. Die Freunde stiegen in die Equipage und fuhren einige Minuten später durch die Straßen der Stadt, hart am Trottoir entlang. Klim betrachtete die Menschen, dicke gab es hier mehr als in Petersburg, und sie sahen, ungeachtet ihrer Bärte, wie Weiber aus.

»Wahrscheinlich beunruhigt nicht einen von ihnen der Gedanke an den Sinn des Daseins«, dachte er verächtlich und erinnerte sich an die Nechajew.

»Nein, sie ist doch nett. Sogar ein ungewöhnliches Mädchen. Wie würde Lida sich wohl gegen sie verhalten?«

Makarow schwieg. Sie fuhren am Bahnhof vor. Makarow, dem etwas eingefallen war, hatte es eilig, umarmte Klim und ging fort.

»Wir sehen uns bald wieder!«

Klim sah ihm nach und ging dann zum Büfett. Er setzte sich in eine Ecke an einen Tisch. Bis zum Abgang des Zuges blieb noch eine reichliche Stunde. An Makarow zu denken, hatte er keine Lust. Schließlich hinterließ er den Eindruck eines verblichenen Menschen, und unklug war er immer gewesen. Alle Bekannten riefen in Klim diesen Eindruck des Verblichenen, Farblosgewordenen hervor. Er nahm das als ein Zeichen seines geistigen Wachstums. Diesen Eindruck gab ihm ein und befestigte die Eile, womit alle bestrebt waren, sich mit den Pfauenfedern Nietzsches oder Marxens zu schmücken. Klim war es ärgerlich, daran zu denken, dass auch Turobojew diesen Eifer sah und ihn zu verlachen verstand. Jawohl, dieser eilte nirgendwohin und verblich nicht. Er sprach, die gestickten Brauen hochziehend, und seine Augen blitzten:

»Ich anerkenne die Rechtmäßigkeit des Strebens jedes ledigen Menschen, sich dieses oder jenes Ideechen zur Gemahlin zu erkiesen und mit ihr bis ans Ende seiner Tage in gutem Einvernehmen zu leben, aber ich persönlich ziehe es vor, Junggeselle zu bleiben.«

Klim neidete Turobojew seine Manier zu sprechen bis zum Hass gegen ihn. Turobojew nannte die Ideen »Jungfrauen geistlichen Standes«, behauptete, dass »humanitäre Ideen das Gefühl des Glaubens in bedeutend höherem Maße in Anspruch nehmen, als die kirchlichen«, weil Humanismus »verderbte Religion« sei. Samgin grämte sich: Weshalb verstand nicht auch er es, gelesene Bücher so gewandt auszulegen?

Es schien, als ob Turobojew ihn allzu aufmerksam beobachtete, ihn schweigend studierte und auf Widersprüchen ertappte. Einmal bemerkte er wegwerfend, während er Klim mit frechen Augen ins Gesicht blickte:

»Auf alle Fragen, Samgin, gibt es nur zwei Antworten; ja oder nein. Sie wollen anscheinend eine dritte erfinden? Das ist der Wunsch der meisten Menschen, doch bis zum heutigen Tag ist es noch niemandem gelungen, ihn zu verwirklichen.«

Es war kränkend, diese Worte zu hören, und unangenehm zuzugeben, dass Turobojew nicht dumm war.

Das Glockenzeichen und der Ruf des Bahnhofsdieners, die den Abgang des Zuges verkündeten, unterbrachen Klims Sinnen über den fatalen Menschen. Er blickte sich um, im Saal hasteten die Reisenden, sie stießen einander und drängten zum Ausgang nach dem Bahnsteig.

Klim stand auf und fragte sich achselzuckend:

»Was sollen mir Turobojew und Kutusow?«

Viertes Kapitel.

Das Sonnenlicht, das seine Strahlen durch die Musselingardinen vor den Fenstern streute, erfüllte, durch sie gemildert, den Salon mit der duftigen Wärme eines Frühlingsnachmittags. Die Fenster standen auf, aber der Musselin regte sich nicht, die Blätter der auf den Fensterbänken stehenden Blumen waren unbewegt. Klim Samgin fühlte, dass er einer solchen Stille entwöhnt war, und dass sie ihn auf eine neue Weise in die Worte der Mutter hineinhorchen ließ.

»Du bist sehr, sehr männlich geworden«, sagte Wera Petrowna wohl schon zum dritten Mal. »Selbst deine Augen sind dunkler geworden.«

Sie empfing ihren Sohn mit einer Freude, die ihn überraschte. Klim war von Kind auf an ihre nüchterne Zurückhaltung gewöhnt, war gewöhnt, die Trockenheit der Mutter mit respektvoller Gleichgültigkeit zu beantworten, jetzt jedoch musste er einen anderen Ton finden.

»Nun, und – Dmitri?«, fragte sie. »Studiert er die Arbeiterfrage? O Gott! Übrigens habe ich es mir auch gedacht, dass er sich mit etwas in der Art beschäftigen würde. Timofej Stepanowitsch ist überzeugt, dass diese Frage künstlich aufgebauscht wird. Es gibt Leute, die glauben, dass Deutschland aus Furcht über das Wachstum unserer Industrie den Arbeitersozialismus bei uns einführt. Was sagt Dmitri über den Vater? In diesen acht Monaten, nein, es sind mehr, hat Iwan Akimowitsch mir nicht geschrieben ...«

Sie war festlich gekleidet, als erwarte sie Gäste oder beabsichtige selbst, eine Visite zu machen. Das lila Kleid, das straff ihre Büste und ihre Formen umspannte, gab ihrer Figur etwas Angestrengtes oder Herausforderndes. Sie rauchte eine Zigarette – eine Neuigkeit! Als sie sagte: »Mein Gott, wie rasch fliegt die Zeit!«, hörte Klim aus dem Ton ihrer Worte eine Klage heraus, was auch nicht zu ihren Gewohnheiten gehörte.

»Du weißt, zur Fastenzeit war ich genötigt, nach Saratow zu fahren, in der Angelegenheit Onkel Jakows. Es war eine sehr schwere Reise. Ich kenne dort niemand und geriet in die Gefangenschaft der dortigen ... Radikalen. Sie haben mir viel verdorben. Es gelang mir nicht, etwas zu erreichen, man gewährte mir nicht einmal eine Zusammenkunft mit Jakow Akimowitsch. Ich gestehe, ich bestand auch nicht besonders energisch darauf. Was hätte ich ihm sagen können?«

Klim neigte einverstanden den Kopf:

»Ja, es ist schwer, mit ihm umzugehen.«

Die Redseligkeit seiner Mutter irritierte ihn ein wenig, aber er nahm sie wahr, um zu fragen, wo Lida sei.

»Sie ist mit Alina Telepnew in ein Kloster gefahren, zu ihrer Tante, der Äbtissin. Du weißt, sie hat eingesehen, dass sie kein Talent für die Bühne besitzt. Das ist schön. Aber sie sollte einsehen, dass sie überhaupt keine Talente besitzt. Dann wird sie aufhören, sich als etwas Einzigartiges zu betrachten, und vielleicht lernen, die Menschen zu achten.«

Wera Petrowna seufzte, sah auf die Uhr und horchte auf irgendetwas.

»Hörtest du, dass die Telepnew einen reichen Bräutigam gefunden hat?«

»Ich habe ihn in Moskau gesehen.«

»Ja? Wer ist er?«

»Irgend so ein Hanswurst«, sagte Klim achselzuckend.

»Es scheint, Timofej Stepanowitsch ist gekommen ...«

Die Mutter erhob sich und ging zur Tür, aber die Tür tat sich weit auf, geöffnet von der gebieterischen Hand Warawkas.

»Aha, Jurist, angekommen, guten Tag. Nun, zeig dich mal!«

Er erfüllte augenblicklich das Zimmer mit dem Knarren neuer Stiefel, dem Ächzen hin- und hergerückter Sessel, auf der Straße aber wieherte ein Pferd, Kinder schrien, und hoch stieg ein klingender Tenor in die Luft:

»Zwie–beln, Zwiebeln, Zwiie–beln!«

»Wera, bitte, Tee. Um halb acht ist Sitzung. Die Stadt hat beschlossen, dir eine Subvention für die Schule zu gewähren, hörst du?«

Aber sie war schon nicht mehr im Zimmer. Warawka warf einen Blick zur Tür, schüttelte mit der Hand seinen Bart auf und zwängte sich schwer in den Sessel.

»Nun, Jurist, wie stehen die Dinge? Nach deinem Gesicht zu urteilen, haben die Wissenschaften dich nicht schlecht ernährt. Erzähle!«

Aber nachdem er mit seinen Bärenäuglein in Klims Augen geblickt hatte, gab er ihm einen Klaps aufs Knie und begann selbst zu erzählen:

»Eine Zeitung will ich herausgeben, he? Eine Zeitung, mein Lieber. Wollen mal versuchen, den Küchenklatsch durch die organisierte öffentliche Meinung zu ersetzen.«

Minuten später, nachdem er seinen runden Rumpf ins Speisezimmer hinübergerollt hatte, schrie er, während er den Tee nervös im Glas umrührte:

»Was ist uns Russen die soziale Revolution? Es ist der Prozess des Auswechselns zerlumpter Hosen gegen anständige ...« Klim schien, die Mutter betreue Warawka mit demonstrativer Unterwürfigkeit, mit einer Verletztheit, die sie nicht verbergen könne oder wolle. Nachdem Warawka eine halbe Stunde gelärmt und drei Glas Tee getrunken hatte, verschwand er, wie von der Bühne eine episodische Person verschwindet, nachdem sie das Stück belebt hat.

»Er arbeitet erstaunlich viel«, sagte, nach einem Seufzer, die Mutter. »Ich sehe ihn fast gar nicht. Wie alle kulturellen Arbeiter liebt man ihn nicht.«

Wera Petrowna räsonierte lange über die Rohheit und stumpfsinnige Wut der Kaufmannschaft und über die Kurzsichtigkeit der Intelligenz. Sie anzuhören, war langweilig, und es hatte den Anschein, als suche sie sich zu betäuben. Nach Warawkas Weggang wurde es von Neuem still im Haus und auf der Straße, nur die trockene Stimme der Mutter ertönte, sich gleichmäßig hebend und senkend. Klim war froh, als sie ermüdet sagte:

»Ich denke, du wirst müde sein?«

»Ich würde gern ein wenig spazieren gehen. Willst du nicht auch?«

»O nein«, sagte sie und strich mit den Fingern die grauen Haare an den Schläfen glatt oder versuchte, sie zu verstecken.

Klim trat auf die Straße, als es bereits dunkel war. Die hölzernen Wände und Zäune der Häuser hauchten noch Wärme aus, aber irgendwo links ging der Mond auf, und auf das graue Steinpflaster des Straßendamms legten sich die kühlen Schatten der Bäume. Die Fensterscheiben waren mit dem gelben Fett des Lampenlichts bestrichen. Die spärlichen Sterne waren ebenfalls Tröpfchen fetten Schweißes. Die Häuser waren gegen die Erde gedrückt, sie schienen unmerklich zu schmelzen und als Schatten über die Straße auseinanderzufließen. Von Haus zu Haus rannen in dunklen Bächen die Zäune. Im Stadtpark, auf dem Pfad, der rings um den Teich herumlief, schritten bedächtig Menschen, über dem gläsernen Kreis schwarzen Wassers schwebten träge gedämpfte Stimmen. Klim erinnerte sich der Bücher Rosenbachs, der Nechajew: Hier müsste sie leben, in dieser Stille, inmitten bedächtiger Menschen.

Er ließ sich auf einer Bank nieder, unter dem dichten Vorhang eines Strauchs. Die Allee bog scharf nach rechts ab, hinter der Biegung saßen Leute, es waren zwei. Der eine knurrte hohl, der andere scharrte mit einem Stock oder mit der Stiefelsohle in dem noch glatten, knirschenden Schotter. Klim vertiefte sich in das monotone Gurren und erkannte längst vertraute Gedanken:

»Er sucht, wie Tolstoi, den Glauben und nicht die Wahrheit. Frei über die Wahrheit nachdenken kann man erst, wenn die Welt wüst ist: Entferne aus ihr alle Dinge, Erscheinungen und alle deine Wünsche, außer einem: den Gedanken in seinem Wesen zu erkennen. Beide philosophieren über Mensch, Gott, Gut und Böse, und das sind nur Richtpunkte auf der Suche nach der ewigen, alles lösenden Wahrheit ...«

»Haben Sie nicht einen Rubel?«, fragte auf einmal die säuerliche Stimme Dronows.

Klim stand auf, da er sich unauffällig zu entfernen wünschte, bemerkte aber, dass auch Dronow und Tomilin sich erhoben und auf ihn zukamen. Er setzte sich, beugte den Oberkörper vor und versteckte sein Gesicht.

»Ich habe keinen Rubel«, sagte Tomilin in demselben Ton, in dem er von der ewigen Wahrheit gesprochen hatte.

Ohne den Kopf zu heben, folgte Klim ihnen mit den Augen. Dronows Füße staken in alten Stiefeln mit schiefen Absätzen, auf seinem Kopf saß eine Wintermütze. Tomilin trug einen langen, bis zu den Fersen reichenden schwarzen Mantel und einen breitkrempigen Hut. Klim lachte in sich hinein, da er fand, dass dieses Kostüm in sehr charakteristischer Weise die wunderliche Gestalt des Provinzweisen unterstrich. Da er sich mit seiner Philosophie hinreichend gesättigt fühlte, hegte er nicht den Wunsch, Tomilin zu besuchen, und dachte mit Verdruss an die unvermeidliche Begegnung mit Dronow.

Im Park wurde es stiller und heller, die Menschen verschwanden, lösten sich auf. Der grünliche Streif des Mondlichts spiegelte sich im Wasser des Teichs und erfüllte den Park mit einschläfernder, aber nicht beschwerender Traurigkeit. Rasch näherte sich ein Mann im gelben Anzug, nahm neben Klim Platz, entledigte sich schwer seufzend seines Strohhuts, wischte sich die Stirn, sah in die Handfläche und fragte wütend:

»Billard spielen Sie nicht, Student?«

Auf ein kurzes »Nein!« hin stand er auf und entfernte sich ebenso rasch mit einem höflichen Lüften des Hutes. Kaum war er jedoch zwanzig Schritt entfernt, als er laut ausrief:

»Schmarotzer, Milchbart!«

Unter teuflischem Gelächter verschwand er. Klim lachte auch, blieb gedankenleer noch einige Minuten sitzen und ging dann nach Hause.

Am vierten Tag erschien Lida.

»O bist du gekommen!«, sagte sie und hob erstaunt die Brauen. Ihr Erstaunen, die unentschlossen hingestreckte Hand und ihr rasch über Klims Gesicht gleitender Blick, all das machte, dass er sich finster von ihr abwandte. Sie war jetzt voller, aber ihre dunkel umränderten Augen waren abgründiger geworden, und ihr Gesicht schien krank. Sie trug ein graues Kleid mit Gurt und einen Strohhut mit weißem Schleier. So reisen englische Damen in Ägypten. Auch Wera Petrowna begrüßte sie achtlos, klagte etwa fünf Minuten launisch über die Langeweile des Klosters und den Staub und Kot der Straße und ging dann fort, sich umzukleiden. Der unangenehme Eindruck, den Klim von ihr empfing, hatte sich verstärkt.

»Wie fandest du sie?«, fragte die Mutter, die vor dem Spiegel stand und ihre Frisur ordnete, und gab sofort selbst die Antwort:

»Sie schauspielert bereits ein wenig. Das ist der Einfluss der Schule.«

Zum Abendtee kam Alina, Sie nahm Samgins Komplimente entgegen wie eine Dame, die gut Bescheid weiß in allen Kombinationen der Schmeichelei. Ihre trägen Augen lächelten Klim mit leisem Spott an.

»Denkt nur, er redet mich mit ›Sie‹ an!« rief sie aus. »Das will etwas heißen. Ach so! Du hast meinen Verlobten gesehen? Zum Totlachen, was?« Sie schnippte mit den Fingern und fügte genussvoll hinzu: »Ein gescheiter Kopf! Schielt! Ist eifersüchtig! Es ist bis zum Wahnsinn kurzweilig mit ihm!«

»Und reich ...«

»Das ist das Beste davon natürlich!«

Sie leckte ein schnelles Lächeln von ihren vollen Lippen und fragte:

»Verurteilst du mich?«

Sie hatte eine singende Art zu sprechen, weitausholende, doch weiche und überzeugte Gesten und jene Freiheit der Bewegungen erworben, die in Kaufmannskreisen Wichtigtuerei genannt wird. Durch jede Wendung ihres Körpers betonte sie gewandt und stolz die unterwerfende Macht seiner Schönheit. Klim sah, dass seine Mutter mit Trauer in den Augen Alina bewunderte.

»Meine Freundinnen tadeln: Das Mädel hat sich durchs Geld verlocken lassen«, sagte die Telepnew, und nahm mit einer Zange Konfekt aus einer Schachtel. »Vor allem ist es Lida, die stichelt. Wenn es nach ihr ginge, müsste man unbedingt mit einem Liebsten in einer Hütte leben. Aber ich bin alltäglich, ein Mädchen aus einem Vaudeville, ich brauche ein anständiges Häuschen und eigene Pferde. Mir wurde erklärt: Ihnen, Telepnew, geht vollständig der Sinn für Dramatik ab.' Das hat mir nicht irgendjemand gesagt, sondern der Direktor, der selbst Dramen schreibt. Mit einem Liebsten ist aber ohne Drama kein Leben, das ist in Poesie und Prosa nachgewiesen ...«

»Die hat die Schule mehr verdorben als Lida«, dachte Klim. Die Mutter trank ihre Tasse Tee aus und ging unauffällig hinaus. Lida hörte die saftige Stimme ihrer Freundin mit einem kaum merklichen, feinen Lächeln ihrer wohl sehr heißen Lippen an. Alina erzählte komisch den dramatischen Liebesroman irgendeiner Gymnasiastin, die sich in einen intelligenten Buchbinder verliebt hatte.

»Ein wirklich intelligenter, mit Brille, Bärtchen und ausgebeulten Hosen. Er lobte die säuerlichen Gedichte Nadsons, jawohl! Sieh mal, Lidotschka, ein Intelligenzler und eine Hütte! Das ist doch schrecklich! Mein Ljutow dagegen ist ein Altgläubiger, ein Kaufmannssöhnchen, und verehrt Puschkin. Das ist ebenfalls Altgläubigkeit, wenn man Puschkin liest. Jetzt ist ja in Mode dieser, wie heißt er doch gleich? Witebski, Wilenski?«

Mit rosigen Fingern, deren Nägel glänzten wie Perlmutter, nahm sie sich Konfekt und biss kleine Stückchen so ab, dass sie dabei das blendende Weiß ihrer Zähne zeigen konnte. Ihre Stimme klang gutmütig, ihre schmachtenden Augen glänzten freundlich.

»Wir, ich und Ljutow, lieben keine grimmigen Verse:

Glaube: Auferstehen wird Baal
und verschlingen das Ideal

Nun mag er es verschlingen, wohl bekomms!«

Sie erglühte plötzlich und erhob sich sogar ein wenig vom Stuhl.

»Ach, Liduscha, was für Gedichtchen ich heute aus Moskau erhalten habe! Irgendein neuer Dichter, Brussow, Brossow? – erstaunlich! Sie sind ein wenig ... indezent, aber die Musik, die Musik!«

Sie suchte eilig in den Falten ihres Rocks, fand die Tasche und schwenkte einen zerknitterten Briefumschlag.

»Hier!«

Ins Esszimmer segelte geräuschvoll die rundliche Somow. Hinter ihr schritt behutsam, als durchquere er eine Furt über glatte Steine hinweg, ein hochgewachsener Jüngling in blauen Hosen, einem Hemd aus ungebleichtem Leinen und mit einer Art Sandalen an den nackten Füßen.

»Liebe Freundinnen, das ist eine Schweinerei!«, schrie die Somow. »Ihr seid angekommen und schweigt, obwohl Ihr wisst, dass ich ohne euch nicht leben kann.«

»Und ohne mich«, sagte in hohlem Bass der Jüngling mit dem wilden Aussehen.

»Und ohne dich, Strafe Gottes und ohne dich, jawohl! Darf ich vorstellen, Mädchen: Inokow, ein Kind meiner Seele, Landstreicher, künftiger Schriftsteller.«

Somow küsste die Freundinnen ab und setzte sich an Klims Seite. Sie wischte sich ihr schwitzendes Gesicht mit dem Zipfel ihres Kopftuchs und betastete Samgin mit einem lustigen Blick.

»Wie niedlich du geworden bist!«

Sogleich kugelte sie sich zu Lida hinüber und sagte:

»Also, aus dem Kreis der Lehrerinnen hat man mich ausgeschifft, wie gefällt dir das?«

Auf ihren Platz setzte sich mit Wucht Inokow. Er rückte den Stuhl ein wenig von Klim ab, striegelte mit den Fingern seine rötlichen langen Haare und heftete seine blauen Augen schweigend auf Lida.

Klim hatte die Somow länger als drei Jahre nicht gesehen. Inzwischen hatte sie sich aus einem lymphatischen, plumpen Backfisch in ein dralles Landmädchen verwandelt. Ihre an den Schläfen verschossenen Haare waren von einem weißen Tuch zusammengehalten, ihre Backen hatten sich prall gerundet, die Augen blitzten lebhaft. Sie sprach laut und mengte verschwenderisch volkstümliche Wendungen in ihre Rede, wobei sie rosenfarbig lächelte. Sie hatte etwas Vulgäres, weshalb Klim innerlich Grimassen schnitt. Inokow ähnelte einem dümmlichen Dorfhirten. Auch er hatte nichts mehr von dem Gymnasiasten, als den Klim ihn in Erinnerung hatte, zurückbehalten. Aus seinem breitkiefrigen, mit Sommersprossen übersäten Gesicht stak unschön eine stumpfe Nase. Nervös blähten sich die breiten Nasenlöcher. Auf der Oberlippe spross ein spärlicher, tatarischer Schnurrbart. Der Ausdruck seiner blauen Augen veränderte sich oft und widerspruchsvoll, bald war er allzu weiblich sanft, bald unbegründet finster. Die gewölbte Stirn war bereits von Falten zerschnitten.

»Machorka rauchen darf man hier nicht?«, fragte er leise Klim. Samgin empfahl ihm, zum Fenster zu gehen, das zum Garten hin geöffnet war, und folgte ihm selbst dorthin. Inokow holte dort Tabakbeutel und Papier hervor, drehte sich ein »Hundefüßchen«, schwenkte das Zündhölzchen in der Luft, um es auszulöschen und sagte mit einem Seufzer:

»Was für eine Dämonische ...«

»Wer?«

Inokow zeigte mit den Augen auf Alina.

»Die dort. Wie ein Traum.«

Klim hielt ein Lächeln zurück und fragte:

»Womit beschäftigen Sie sich?«

Inokow zuckte die Schulter.

»So, überhaupt ... arbeite. Im Herbst habe ich im Kaspischen Meer Fische gefangen. Das ist interessant. Schreibe für Korrespondenzen. Manchmal.«

»Wird es gedruckt?«

»Wenig. Ich schreibe wohl zu selten.«

Wenn Inokow stand, kam an ihm etwas Keilartiges zum Vorschein: Die Schultern waren breit, das Becken schmal, die Beine dünn.«

»Ich denke mich ernsthaft mit der Fischerei zu befassen, mit Ichthyologie.«

Die Mädchen am Tisch lärmten sehr, doch die Somow hatte gleichwohl Inokows Worte aufgefangen.

»Schriftstellern wirst du«, rief sie.

Inokow schleuderte die halb aufgerauchte Zigarette aus dem Fenster, blies heftig den beißenden Rauch aus dem Munde und ging zum Tisch, mit den Worten:

»Schreiben muss man wie Flaubert, oder überhaupt nicht. Bei uns schreibt man nicht, sondern flicht Bastschuhe für die Seele.«

Er fasste mit beiden Händen die Lehne eines schweren Stuhls und sagte mit großer Glut, wobei er die O's stark betonte:

»Da sind wir nun das erste Land in Europa, was den Reichtum an Fischen betrifft, aber wir betreiben den Fischfang barbarisch, wir beuten ihn räuberisch, ohne Verstand aus. Nach Astrachan kam Professor Grimm, ein Ichthyologe, ich habe ihn durch die Fanggebiete begleitet, aber er war blind, absichtlich blind ...«

»Braucht denn das Volk Heringe?«, schrie die Somow, sie rieb sich ihre prallen Backen mit einem unangenehm gelben Tüchlein.

Alina lachte ungeniert, während sie auf sie blickte und heimlich zu Inokow hinschielte. Lida sah ihn blinzelnd, wie man etwas sehr Entferntes und Undeutliches betrachtet, an, er aber stieß zum Takt seiner Rede mit dem schweren Stuhl auf den Boden auf und predigte selbstvergessen:

»Der Aralsee, das Kaspische Meer, das Asowsche Meer, das Schwarze Meer, dazu die nördlichen, dazu die Ströme ...«

»Austrocknen sollen sie!« erboste sich die Somow. »Ich kann es nicht anhören!«

Lida erhob sich und lud alle zu sich nach oben ein. Klim säumte einen Augenblick vor dem Spiegel, um einen Pickel auf der Lippe zu betrachten. Aus dem Salon trat die Mutter. Sie verglich sehr glücklich Inokow und die Somow mit Liebhabern der dramatischen Kunst, die eine verfehlte Farce spielen, legte ihren Arm auf Klims Schulter und fragte:

»Wie gefällt dir Alina?«

»Sie ist blendend.«

»Und nicht dumm, obwohl sie mutwillig ist ... in etwas grober Weise.«

Seine Schulter streichelnd, sagte« sie leise:

»Das wäre eine Braut für dich, wie?«

»Aber Mama, das ist doch ein Götzenbild!«, antwortete lächelnd ihr Sohn. »Man muss Zehntausende jährliches Einkommen haben, um es würdig zu schmücken.«

»Das ist wahr«, sagte die Mutter ernst und seufzte. »Du hast recht.«

Klim ging zu Lida hinauf. Dort saßen die jungen Mädchen, wie in der Kindheit, auf dem Sofa. Es war stark verschossen, seine Sprungfedern ächzten greisenhaft. Aber er war ebenso weich und breit geblieben wie einst. Die kleine Somow hatte die Beine hinaufgezogen. Als Klim hinzutrat, machte sie ihm einen Platz an ihrer Seite frei. Aber Klim setzte sich auf einen Stuhl.

»Er ist immer noch der gleiche, ein Außenseiter«, sagte die Somow den Freundinnen, während sie mit ihrem plumpen Stiefel dem Stuhl einen Stoß gab. Alina bat Klim, von Petersburg zu erzählen.

»Ja, was für Menschen leben dort?«, murmelte Inokow, der auf dem Sofapfühl saß mit Warawkas dicker Zigarre zwischen den Zähnen.

Klim begann zu erzählen, bedächtig, vorsichtig in der Wahl seiner Ausdrücke – über Museen, Theater, literarische Abende und Künstler, doch bald bemerkte er mit Verdruss, dass er uninteressant erzählte und dass man ihm nur unaufmerksam zuhörte.

»Die Menschen sind dort weder besser noch klüger als überall«, fuhr er fort. »Selten begegnet man einem Menschen, für den die wichtigsten Fragen des Daseins die Liebe und der Tod sind.«

Lida rückte eine Haarsträhne zurecht, die ihr über Ohr und Wange gerutscht war. Inokow nahm die Zigarre aus dem Mund, streifte die Asche in die linke, hohle Hand ab, presste sie in der Faust zusammen und bemerkte vorwurfsvoll:

»Das predigt ja Leo Tolstoi ...«

»Weniger als die anderen ...«

»Gibt es auch andere?«

»Sie verhalten sich ablehnend gegen Fragen dieser Art?«

Inokow schob die linke Hand in die Tasche und wischte sie dort ab.

»Ich weiß nicht.«

Klim fühlte, dass dieser Bursche ihn reizte, weil er ihn hinderte, sich der Aufmerksamkeit der jungen Mädchen zu bemächtigen.

»Wahrscheinlich ein Propagandist und vermutlich dumm.«

Er suchte nun anzüglichere Worte zu brauchen, sah aber darauf, dass sie sanft und überzeugend klangen. Nachdem er über Maeterlinck, über die »Blinden« sowie über Rosenbachs »Spinnrad des Nebels« berichtet hatte, wandte er sich in strengem Ton, wobei er Inokow mit dem Blick maß, zur Politik:

»Unsere Väter haben sich allzu eifrig mit der Lösung von Fragen materieller Natur beschäftigt und die Rätsel des seelischen Lebens vollständig ignoriert. Die Politik ist das Gebiet der Selbstgewissheit, die die tiefsten Regungen der Menschen abzustumpfen pflegt. Ein Politiker ist ein bornierter Mensch. Er betrachtet die Nöte des Geistes als so etwas wie eine Hautkrankheit. Alle diese Volkstümler und Marxisten sind Gewerbetreibende. Das Leben aber verlangt Künstler, Schöpfer.«

Inokow, der seine Zigarre wie eine Kerze aufgerichtet hielt, hieb mit dem Finger der linken Hand durch die blauen Spiralen des Rauchs.

»Nun sind Menschen von anderem Schlag erschienen, sie eröffnen uns die geheimnisvolle Grenzenlosigkeit unseres inneren Lebens, sie bereichern die Welt der Gefühle, der Fantasie. Indem sie den Menschen über die hässliche Wirksamkeit erheben, zeigen sie sie nichtiger und weniger schrecklich, als sie scheint, wenn man in gleicher Ebene mit ihr steht.«

»In der Luft kann man nicht leben«, sagte verhalten Inokow und bohrte die Zigarre in die Erde eines Blumentopfes.

Klim verstummte. Ihm schien, dass er etwas Falsches, ja etwas ihm selbst Unbekanntes ausgesprochen habe. Er traute nicht den zufälligen Gedanken, die ihm bisweilen von irgendwoher, abseitig, ohne Zusammenhang mit einer bestimmten Person oder einem Buch kamen. Das, was sich auf andere Menschen bezog, sich mit seiner Grundstimmung deckte und leicht in sein Gedächtnis einging, erschien ihm verlässlicher als diese schweifenden, unvermittelt aufflammenden Gedanken, in denen etwas Gefährliches lag, weil sie ihn gleichsam von dem Vorrat schon gesicherter Meinungen abzulenken und zu trennen drohten. Klim Samgin ahnte dunkel, dass die Angst vor plötzlichen Gedanken in Widerspruch zu irgendeinem seiner Gefühle stand, aber dieser Widerspruch war gleichfalls dunkel und wurde von dem Bewusstsein der Notwendigkeit eines Selbstschutzes gegen den Sturzbach von Meinungen verkörpert, die seiner Natur feindlich waren.

Einigermaßen aufgeregt, musterte er seine Zuhörer. Ihre Aufmerksamkeit beruhigte ihn, während Lidas durchdringender Blick ihm sehr schmeichelte.

Die Somow, die sinnend den Zipfel ihres Zopfes auflöste und wieder zusammenflocht, sagte:

»Dronow, der Unglückliche, philosophiert auch.«

»Ja, ein Bedauernswerter«, bestätigte Inokow nach einem bekräftigenden Nicken seines Krauskopfes. »Und auf dem Gymnasium war er ein so frischer Junge. Ich rede ihm zu, werde Dorflehrer ...«

Die Somow empörte sich:

»Was ist er denn für ein Lehrer? Er ist böse. Ich kenne ihn wenig – und liebe ihn nicht.«

Inokow trat schwankend zur Seite, postierte sich am Fenster und sagte von dort her:

»Als man mich vom Gymnasium jagte, glaubte ich, das sei durch Dronows Gnade geschehen, weil er mich angegeben habe. Ich fragte ihn sogar unlängst: ›Hast du mich angegeben?‹ Nein, sagt er. Na, schön. Wenn du es nicht warst, dann warst du es eben nicht. Ich frage nur aus Neugier.«

Beim Sprechen lächelte Inokow, obwohl seine Worte kein Lächeln erforderten. Dieses Lächeln machte, dass die ganze Haut auf seinem knochigen Gesicht sich sanft und strahlend runzelte, die Sommersprossen näher aneinander rückten und das Gesicht dunkler wurde.

»Natürlich ist er dumm«, entschied Klim.

»Ja, Dronow ist böse«, sagte nachdenklich Lida. »Aber er ist es in einer langweiligen Weise, als sei die Bosheit sein Gewerbe, das er satt bekommen habe.«

»Wie klug du bist, Liduscha«, seufzte die Telepnew.

»Ein gepfeffertes Mädel«, stimmte die Somow, die Lida umarmte, zu.

»Hören Sie«, wandte Inokow sich an sie. »Die Zigarre riecht nach Kirgisen. Darf ich ein wenig Machorka rauchen? Ich werde es zum Fenster hinaustun.«

Klim stand plötzlich auf, trat zu ihm und fragte:

»Erinnern Sie sich meiner nicht?«

»Nein«, antwortete, ohne ihn anzuschauen, Inokow und rauchte seine Zigarette an.

»Wir besuchten zusammen die Schule«, beharrte Klim.

Inokow entließ einen langen Rauchstrahl aus seinem Mund und schüttelte den Kopf.

»Ich erinnere mich Ihrer nicht. Wir waren in verschiedenen Klassen, nicht wahr?«

»Ja«, sagte Klim und verließ ihn.

»Was hatte ich nur, wozu?«, dachte er.

Lida verschwand aus dem Zimmer. Auf dem Sofa stritten geräuschvoll die Somow und Alina.

»Durchaus nicht jede Frau ist dazu da, Kinder zu gebären«, schrie beleidigt Alina. »Die Hässlichsten und die Schönsten dürfen es nicht tun.«

Die Somow wandte unter Lachen ein:

»Dummchen! Dann müsste ich also ins Kloster oder ins Zuchthaus und du dein Leben im Gebet verbringen?«

Klim schritt durchs Zimmer, er dachte: Wie schnell und unkenntlich verändern sich alle. Nur er blieb »immer noch derselbe Außenseiter«, wie die Somow bemerkt hatte.

»Darauf kann ich stolz sein«, erinnerte er sich. Dennoch war ihm traurig zumute.

Tanja Kulikow trat, still und flach wie ein Schatten, mit der angezündeten Lampe ins Zimmer.

»Schließt das Fenster, sonst fliegt das ganze Ungeziefer herein«, sagte sie. Dann, als sie dem Streit der jungen Mädchen auf dem Sofa folgte und mit zwinkernden Augen den breiten Rücken Inokows betrachtete, seufzte sie:

»Ihr solltet in den Garten gehen.«

Man antwortete ihr nicht. Sie knipste mit dem Nagel gegen den milchweißen Lampenschirm, lauschte mit auf die Seite gesenktem Kopf dem Klang des Glases und verschwand lautlos, eine noch tiefere Traurigkeit in Klim zurücklassend.

Er ging in den Garten. Dort war es schon bläulich dunkel. Die Rispen der weißen Syringen schienen blau. Der Mond war noch nicht aufgegangen. Am Himmel leuchteten eine Menge Sterne. Der vermischte Duft der Blumen hob sich von der Erde. Das schimmernde Laub berührte kühl bald den Hals, bald die Wangen. Klim schritt über den knirschenden Sand des Pfades, der Lärm der Reden, der sich aus dem Fenster ergoss, hielt ihn vom Denken ab, übrigens trieb es ihn auch nicht, nachzudenken. Der starke Blumenduft berauschte, und Klim schien, dass er über dem Gartenweg Kreise ziehe und sich selbst irgendwohin entfliehe.

Plötzlich erschien Lida. Ihren Schal fest um die Brust wickelnd, ging sie neben ihm her.

»Du hast schön gesprochen. Als ob nicht du es gewesen seiest.«

»Danke«, sagte er ironisch.

»Ich erhielt heute einen Brief von Makarow. Er schreibt, du habest dich sehr verändert und gefielst ihm.«

»So? Schmeichelhaft.«

»Lass diesen Ton. Warum solltest du dich nicht freuen, wenn du gefällst? Du liebst es doch zu gefallen, ich weiß es ...«

»Das habe ich noch nicht an mir bemerkt.«

»Bist du schlecht gelaunt? Weshalb hast du sie verlassen?«

»Und – du?«

»Ich habe sie satt bekommen. Aber, trotzdem, es ist unangenehm, lass uns zu ihnen gehen.«

Lida nahm seinen Arm und sagte nachdenklich:

»Ich war überzeugt, dich zu kennen, aber heute warst du mir ein Unbekannter.«

Klim Samgin drückte vorsichtig und dankbar ihren Arm, da er fühlte, dass sie ihn zu sich selbst zurückgeführt hatte.

Im Zimmer wurde erbittert geschrien. Alina stand am Flügel und wehrte die Somow ab, die wie ein Huhn auf sie lossprang und dabei rief:

»Schamlosigkeit! Zynismus!«

Inokow aber lächelte einigermaßen fassungslos und sagte mit scharfer Betonung der O's:

»Eigentlich ziehe ich immer den Zynismus der Heuchelei vor, indessen Sie verteidigen die Poesie der Familienbäder ...«

»Alina, man darf doch nicht ...«

»Man darf!«, schrie, mit dem Fuß stampfend, die Telepnew. »Ich werde es beweisen. Lida, hör zu, ich werde Gedichte vortragen, Sie, Klim, auch. Übrigens, Sie ... na, ganz gleich ...«

Ihr Gesicht flammte, die trägen Augen blitzten zornig, sie blähte die Nüstern, aber in ihrer Entrüstung bemerkte Klim etwas Ungeschicktes und Lächerliches. Als sie ein Blatt Papier aus der Tasche riss und es kriegerisch in der Luft schwenkte, musste Klim unwillkürlich lächeln – Alinas Geste war ebenfalls von kindlicher Lächerlichkeit. »Ich kann sie auch so«, erklärte sie, ruhiger geworden, und barg das Blatt sorgsam in ihrer Tasche. »Hört zu!«

Sie schloss die Augen und stand einige Sekunden schweigend, sich gerade richtend, und als ihre dichten Brauen sich langsam hoben, schien es Klim, als sei das Mädchen plötzlich um einen Kopf gewachsen. Gedämpft, nur mit dem Atem, sprach sie:

»Wollüstige Schatten auf dunklem Bett umkreisten, mich, schmiegten sich, lockten ...«

Sie stand, den Kopf und die Brauen erhoben, und blickte erstaunt in die bläuliche Dunkelheit vor dem Fenster. Ihre Arme hingen am Körper herab, die geöffneten, rosigen Handflächen standen ein wenig von den Hüften ab.

»Ich schaue im Schimmer der Knie Bildwerk, Weißmarmor der Hüften, den Umriss des Haars ...« hörte Klim.

Die Nechajew lispelte häufig solche krankhaft sensiblen Verse, und sie weckten in Klim stets vollkommen eindeutige Regungen. Bei Alina blieben diese Emotionen aus. Sie erzählte erstaunt und schlicht mit fremden Worten eine Traumerscheinung. In Klims Erinnerung erstand die Gestalt jenes kleinen Mädchens, das einst vor langer Zeit schelmisch die geliebten Gedichte Fets aufgesagt hatte. Doch heute klang auch keine Schelmerei in den wollüstigen Versen, nur Staunen. Eben dieses Gefühl hörte Klim aus den Lauten der schönen Stimme heraus, sah er in dem, vielleicht vor Scham oder Furcht erblassten Gesicht, in den geweiteten Augen. Ihre Stimme sank immer tiefer herab, belastet von den fiebrigen Worten. Immer langsamer und kraftloser sprach sie, als entziffere sie mit Mühe eine undeutliche Schrift, und plötzlich sagte sie, unter erleichtertem Seufzen, eine Strophe mit erhobener Stimme:

»O ferner Morgen auf schäumendem Strande, fremd purpurne Farben der schamhaften Früh'.«

Es schien, als ob sie mühsam die Worte des Dichters wiederhole, der unsichtbar neben ihr, ihr, unhörbar für die anderen, berauschende Worte eingab.

Klim, an die Wand gelehnt, vernahm bereits nicht mehr Worte, sondern nur noch die rhythmischen Schwingungen der Stimme und blickte gebannt auf Lida. Sie saß, sich wiegend, auf dem Stuhl und blickte in einer Richtung mit Alina.

»Chaos!«, sagte Alina das letzte Wort des Gedichts, bedeckte ihr Gesicht mit der Hand und sank auf das Taburett vor dem Flügel nieder.

»Empörend schön«, murmelte Inokow.

Die Somow näherte sich leise der Freundin, streichelte ihren Kopf und sagte schmachtend:

»Du brauchst nicht zu heiraten – du bist eine Schauspielerin.«

»Nein, Ljuba, nein ...«

Inokow hatte es plötzlich eilig:

»Ljuba, wir müssen gehen.«

»Ich auch«, sagte Alina und erhob sich.

Sie trat zu Lida, küsste sie schweigend und fest und fragte Inokow:

»Nun?«

»Sie haben recht behalten– empörend schön!«, antwortete er ihr unter kräftigem Händeschütteln.

Sie gingen. Der Mond schien in das offene Fenster. Lida schob ihren Stuhl näher zu ihm hin, setzte sich und legte die Arme auf die Fensterbank. Klim stellte sich neben sie. In der bläulichen Dämmerung zeichnete sich klar das Profil des Mädchens ab, glänzten ihre dunklen Augen.

»Liebe trägt sie unnachahmlich vor«, sagte Lida, »aber ich glaube, sie schwärmt nur, fühlt nicht. Makarow spricht ebenfalls festlich über die Liebe und wie sie ... an der Liebe vorbei. Gefühl hat – Ljutow. Es ist ein erstaunlich interessanter Mensch, aber er ist auf irgendeine Weise verstört, er fürchtet etwas ... Manchmal tut er mir leid.«

Sie sprach, ohne Klim anzusehen, still, und als ob sie ihre Gedanken prüfe. Sie schlang die Arme um den Nacken und reckte sich. Ihre spitzen Brüste hoben das leichte Gewebe ihrer Bluse ganz hoch. Klim schwieg abwartend.

»Wie ist das alles so seltsam ... Weißt du, in der Schule machte man mir ausdauernder und häufiger den Hof als ihr, und doch bin ich neben ihr beinahe ein Scheusal. Und ich nahm mir das sehr zu Herzen, nicht um meinetwillen, sondern um ihrer Schönheit willen. Ein merkwürdiger Mensch, Diomidow, nicht einfach Dimidow, sondern Diomidow, sagte, Alina sei eine abstoßende Schönheit. Ja, mit diesen Worten hat er das gesagt. Aber er ist ein ungewöhnlicher Mensch, es ist schön, ihm zuzuhören, aber schwer, ihm zu glauben ...«

Ehe Samgin Zeit fand, ihr zu sagen, dass er ihre Andeutungen nicht verstehe, fragte Lida nach einem Blick hinter seine Brille:

›Hast du auch bemerkt, dass sie, wenn sie deklamiert, einem Fisch ähnelt? Sie hält ihre Hände wie Schwimmflossen.«

Klim verpflichtete ihr bei:

»Ja, eine hölzerne Pose.«

»Das konnte man ihr in der Schule nicht abgewöhnen. Glaubst du, ich schmähe sie? Beneide sie? Nein, Klim, das ist es nicht«, fuhr sie, nach einem Seufzer, fort. »Ich glaube, es muss eine Schönheit geben, die keine rohen Gefühle erregt ... nicht wahr?«

»Natürlich«, sagte Klim. »Du redest seltsam. Weshalb muss Schönheit rohe Gefühle erregen ...«

»Doch, widersprich nicht! Wäre ich schön, würde ich nur rohe Gefühle wecken ...«

Sie sagte es in entschiedenem Ton und hastig und fragte sogleich:

»Wie nanntest du den Verfasser der ›Blinden‹? Maeterlinck? Besorge mir dieses Buch. Nein, wie wunderbar, dass du gerade heute vom Wichtigsten gesprochen hast!«

Ihre Stimme klang liebevoll, sanft und erinnerte Klim an die halb vergessenen Tage, als sie noch klein war und, müde vom Spielen, ihn einlud:

»Komm, sitzen wir ein wenig.«

»Mich regen diese Fragen auf«, antwortete sie, zum Himmel hinaufschauend. »In der Woche vor Weihnachten nahm Dronow mich zu Tomilin. Er ist in Mode, Tomilin. Man ladet ihn ein in die Häuser der Intelligenz, zur Predigt. Aber mir scheint, dass er alles auf der Welt in Worte verwandelt. Ich war noch ein zweites Mal bei ihm, allein. Er warf mich in diese kalten Werte, wie ein Kätzchen ins Wasser, das war alles.«

Obwohl sie dies spöttisch, ohne Klage, sagte, fühlte Klim sich ergriffen. Er empfand den Wunsch, herzlich zu ihr zu reden, ihre Hand zu streicheln.

»Erzähle etwas«, bat sie.

Er begann von Turobojew zu erzählen, während er dachte:

»Wie, wenn ich ihr die Geschichte mit Nechajew anvertraute?«

Lida hörte seine ironische Rede noch nicht eine Minute lang an und sagte:

»Das ist uninteressant.«

Doch fast im gleichen Augenblick fragte sie lässig:

»Er ist sehr krank?«

»Ich weiß es nicht«, erwiderte Klim befremdet. »Weshalb fragst du? Ich meine, weshalb glaubst du es?«

»Ich hörte, er habe die Schwindsucht.«

»Es fällt nicht auf.«

Lida verstummte, rieb sich mit dem Tuch die Lippen und die Wange und sagte seufzend:

»Wir hatten in der Schule einen Freund Turobojews, einen ganz unerträglichen Flegel, aber ein hervorragendes Talent. Und – plötzlich ...«

Sie zuckte nervös zusammen, sprang auf die Füße, trat zum Sofa, wickelte sich in den Schal und flüsterte, dort stehen bleibend, empört:

»Denke dir, wie entsetzlich – mit zwanzig Jahren von einer Frau krank zu werden. Wie gemein! Das ist schon eine Niederträchtigkeit! Liebe und dann – dies ...«

»Nun, was denn für eine Liebe?«

Lida unterbrach ihn im Zorn:

»Ach, lass nur! Du verstehst es nicht. Es darf hier keine Krankheiten geben, keine Schmerzen, nichts Schmutziges ...«

Während sie sich, mit gekrümmtem Rücken, wiegte, sprach sie durch die Zähne:

»Überhaupt alle, ein Grauen! Du weißt es nicht: Mein Vater hat sich im vergangenen Winter mit einer Soubrette eingelassen, – dick, rot und gemein wie ein Marktweib. Ich stehe nicht freundschaftlich zu Wera Petrowna, wir lieben uns nicht, aber – mein Gott! Wie hat sie gelitten! Ihre Augen sind wahnsinnig geworden. Hast du gesehen, wie sie ergraut ist? Wie roh und furchtbar ist das alles. Die Menschen treten aufeinander mit Füßen herum. Ich will leben, Klim, aber ich weiß nicht, wie.«

Die letzten Worte sprach sie mit solcher Schroffheit aus, dass Klim ängstlich wurde. Sie aber forderte:

»Nun, sag du, wie man leben soll!«

»Liebe«, antwortete er still. »Liebe, und alles wird klar sein.«

»Du weißt es? Hast es erfahren? Nein. Nichts wird klar sein. Nichts. Ich weiß, dass man lieben muss, aber ich bin überzeugt, dass es mir nicht gelingen wird.« »Warum?«

Lida biss sich auf die Lippen und schwieg, sie stützte ihre Arme auf die Knie. Ihr dunkles Gesicht wurde tiefer vom Andrang des Blutes, sie bedeckte geblendet ihre Augen. Klim hätte ihr gern etwas Tröstendes gesagt, aber er kam nicht so weit.

»Da bin ich nun auf der Theaterschule gewesen, um nicht zu Hause leben zu müssen, und weil ich keinerlei Hebammenkurse, Mikroskope und dergleichen liebe«, sagte Lida sinnend in gedämpftem Ton. »Ich habe eine Freundin mit einem Mikroskop, sie glaubt daran, wie ein altes Mütterchen an das Mysterium des heiligen Abendmahls. Aber im Mikroskop sieht man weder Gott noch Teufel.«

»Man sieht sie ja auch durch das Teleskop nicht«, scherzte Klim zaghaft und tadelte sich für seine Furchtsamkeit.

Lida setzte sich in die Sofaecke und zog die Beine hinauf.

»Mir scheint«, begann Klim energisch, »ich bin sogar davon überzeugt, dass Menschen, die ihrer Einbildungskraft Spielraum geben, es leichter haben. Schon Aristoteles hat gesagt, dass die Einbildung der Wahrheit näher sei als die Wirklichkeit.«

»Nein«, sagte Lida hart. »Das ist nicht so.«

»Aber ist denn die Dichtung – keine Einbildung?«

»Nein«, sagte noch schroffer das Mädchen, »Ich verstehe nicht zu streiten, aber ich weiß, es ist nicht wahr. Ich – bin keine Einbildung.«

Sie berührte mit der Hand Klims Arm und bat:

»Sprich nicht in Zitaten wie Tomilin ...«

Dies verwirrte Klim so heftig, dass er von ihr abrückte und fassungslos stammelte:

»Wie du willst ...«

Zwei oder drei Minuten schwiegen beide. Dann erinnerte Lida leise:

»Es ist schon spät.«

Während Klim sich auf seinem Zimmer entkleidete, empfand er ein scharfes Missvergnügen. Weshalb war er ängstlich geworden? Er bemerkte bereits zum wiederholten Male, dass er sich unter vier Augen mit Lida gedrückt fühlte und dass dieses Gefühl nach jedem Wiedersehen wuchs.

»Ich bin kein Gymnasiast, der in sie verschossen ist, kein Makarow«, grübelte er. »Ich sehe sehr wohl ihre Mängel, während ihre Vorzüge mir eigentlich nicht klar sind«, beschwichtigte er sich. »Was sie von der Schönheit sagte, war dumm. Überhaupt spricht sie, wie die Laune es ihr eingibt, unnatürlich für ein Mädchen in ihren Jahren ...«

Bemüht, zu ergründen, was ihn zu diesem Mädchen hinzog, entdeckte er bei sich nicht nur keine Verliebtheit, sondern nicht einmal jene physiologische Neugier, die die kundigen Liebkosungen Margaritas und die Gier der Nechajew in ihm entfachten. Doch es zog ihn immer gewaltiger zu Lida, und in dieser Anziehung witterte er dunkel eine Gefahr für sich. Zuweilen schien Lida ihm mit jener Überheblichkeit zu begegnen, die ihr in der Kindheit eignete, als alle Mädchen außer Lida ihn tiefer stehende Geschöpfe dünkten als er. Als er sich erinnerte, dass in seiner zierlichen, geschmeidigen Freundin immer der Hang zum Befehlen lebte, hielt er bei der Erkenntnis, dass dieser Hang sich nun in missgestalteter Form ausgewachsen hatte, bleischwer geworden war und durch eben diese Wucht Lida zu Boden drückte. Er lag nicht in dem, was Lida sagte, er verbarg sich hinter ihren Worten und verlangte gebieterisch, dass Klim ein anderer Mensch wurde, anders dachte und sprach, verlangte eine ungewöhnliche Aufrichtigkeit. Sie belehrte:

»Du sprichst zu gelehrsam und behandelst die Menschen wie ein Beamter in besonderem Auftrag. Weshalb lächelst du so gezwungen?«

All das erregte Klims Protest, das Bewusstsein der Notwendigkeit einer Abwehr und eben dieses Bewusstsein, das ihm Makarow vor Augen hielt, diktierte:

»Ich werde sie nicht beachten und basta! Ich will ja nichts von ihr!«

Er versuchte, eine unabhängige Haltung einzunehmen, bemühte sich, Lida davon zu überzeugen, dass sie ihm gleichgültig sei, führte ihr seine neue Miene recht deutlich vor die Augen und wünschte sehr, dass sie seine Unabhängigkeit bemerke. Sie bemerkte sie und fragte wegwerfend:

»Mit wem schmollst du eigentlich?«

Um darauf unabweisbar zu forschen:

»Warum gefällt dir ›Unser Herz‹? Es ist unnatürlich. Einem Mann darf ein solches Buch nicht gefallen.«

Nicht immer war es leicht, ihre Fragen zu beantworten. Klim fühlte, hinter ihnen versteckte sich der Wunsch, ihn auf Widersprüchen zu ertappen, und noch etwas, was gleichfalls in der Tiefe der dunklen Pupillen, im hartnäckigen, sezierenden Blick versteckt war.

Einmal verlor er die Beherrschung und sagte wütend:

»Du examinierst mich wie einen Schuljungen.«

Lida fragte verwundert:

»In der Tat?«

Sie blickte ihm mit einem rätselhaften Lächeln in die Augen und sagte dann ziemlich sanft:

»Nein, einen Jüngling kann man dich nicht nennen, du bist so ein ...«

Sie suchte ein passendes Wort und fand nur ein sehr vages:

»Besonderer ...«

Und, nach ihrer Gewohnheit, verhörte sie ihn:

»Was findest du an Rodenbach? Das ist schlechter Seifenschaum für meinen Geschmack.«

Eines Abends, als ein Frühlingsschauer stürmisch gegen das Fenster schlug, Klims Zimmer in blauem Feuer aufflammte und die Scheiben unter den Donnerschlägen zusammenbebten, stöhnten und klirrten, küsste Klim, lyrisch gestimmt, dem Mädchen die Hand. Sie nahm diese Geste gelassen auf, als habe sie sie nicht einmal gefühlt, aber als Klim versuchte, sie noch einmal zu küssen, entzog sie ihm still ihre Hand.

»Du glaubst mir nicht, aber ich ...«, begann Klim, aber sie fiel ihm ins Wort:

»Am allerwenigsten gleichst du dem Chevalier des Grieux. Und ich bin keine Manon.«

Einen Augenblick später zuckte sie zusammen und sagte:

»Ich glaube, am widerwärtigsten lieben die Schauspieler uns Frauen.«

Klim fragte beunruhigt:

»Warum ausgerechnet Schauspieler?«

Keine Antwort.

Derartige Gedanken äußerte sie unerwartet, ohne Zusammenhang mit dem Vorangehenden, und Klim witterte in ihnen stets etwas Verdächtiges, eine verletzende Anspielung, ob sie ihn wohl für einen Schauspieler hielt? Er ahnte bereits, dass Lida, worüber immer sie reden mochte, an die Liebe dachte, so wie Makarow an das Los der Frauen, Kutusow an den Sozialismus, so wie die Nechajew fälschlich an den Tod dachte, bis es ihr gelang, Liebe zu erzwingen. Klims Abneigung und Furcht vor Menschen, die von einer Idee besessen waren, wuchs beständig. Sie waren Gewaltmenschen und alle beherrscht von dem Drang, andere zu unterjochen.

Zeitweilig hatte er den Eindruck, dass Lida mit ihm spielte. Das vertiefte seine Feindseligkeit gegen sie, steigerte auch seine Zaghaftigkeit. Doch er nahm mit Erstaunen wahr, dass auch dies ihn von dem Mädchen nicht abstieß.

Am übelsten war er dran, wenn sie, mitten im Gespräch, in eine sonderbare Erstarrung fiel. Mit fest zusammengepressten Lippen und weit geöffneten Augen stierte sie ihn an und gleichsam durch ihn hindurch. Auf ihrem dunklen Gesicht erschien der Schatten unergründlicher Gedanken. In solchen Augenblicken schien sie plötzlich gealtert, durchdringend und gefährlich weise. Klim, unfähig, diesen Blick zu ertragen, senkte den Kopf und erwartete, dass sie gleich etwas Ungewöhnliches, Anormales ersinnen und verlangen würde, dass er diesen ihren Einfall ausführen solle. Er fürchtete, dass er es ihr nicht abschlagen könnte. Und nur ein einziges Mal fand er in sich Mut genug, um zu fragen:

»Was hast du?«

»Nichts«, antwortete sie mit dem allen gewohnten, leeren Wort.

Doch dann erhellte ein langsames Lächeln ihr Gesicht, und sie sagte:

»Der Schweiger hat mich gepackt. Pawla, erinnerst du noch? Das Dienstmädchen, das uns bestahl und spurlos verschwand? – Sie erzählte mir, es gebe ein Wesen, das »Schweiger« heiße. Ich verstehe sie, ich sehe ihn beinahe – als Wolke, als Nebel. Er umfängt und durchdringt den Menschen, um ihn zu verwüsten. Es ist eine Art Schauer. In ihm verschwindet alles, Gedanken, Worte, Gedächtnis, Verstand – alles! Nur eines bleibt im Menschen zurück: die Furcht vor sich selbst. Verstehst du?«

»Ja«, antwortete Klim, der beobachtete, wie ihr gemachtes Lächeln erlosch, und dachte; »Sie schauspielert. Natürlich schauspielert sie.«

»Ich aber verstehe nicht«, fuhr sie fort, mit einem neuen, spitzen Lächeln. »Nicht mich und nicht die anderen. Ich verstehe nicht zu denken, scheint mir. Oder ich denke nur an meine eigenen Gedanken. In Moskau wurde ich einem Sektierer vorgestellt, so einem Einfaltstropf mit einem Hundeschnäuzchen. Der wiegte sich und murmelte:

»Mein Fuß singt – wohin gehe ich? Meine Hand singt – weshalb nehme ich? Mein Fleisch singt – wozu lebe ich?« Nicht wahr, das ist seltsam? So ein Einfältiger, Kümmerlicher. Das ist nicht notwendig, meiner Meinung nach.«

Klim stimmte zu:

»Nein, das ist es nicht.«

Aber Lida fragte plötzlich sehr streng:

»Wenn es aber doch notwendig ist? Sicher weißt du, ob ja oder nein?«

Sie machte es beständig so: zwang ihn, ihr zuzustimmen und bestritt sofort ihre eigene Behauptung. Klim pflichtete ihr gern bei, hatte aber keine Lust, mit ihr zu streiten, da er es fruchtlos fand, weil er sah, dass sie Einwände überhörte.

Er sah auch, dass seine einsamen Gespräche mit Lida seiner Mutter missfielen. Auch Warawka verfinsterte sich, kaute mit roten Lippen an seinem Bart und sagte, die Vögel bauten ihr Nest erst, nachdem sie flügge geworden seien. Langeweile, Müdigkeit und Erbitterung gingen von ihm aus. Er erschien zuhause zerknittert wie nach einer Schlägerei. Er zwängte seinen wuchtigen Körper in einen Ledersessel, trank Selters mit Kognak, nässte den Bart und beklagte sich über die Stadtverwaltung, die Landschaftsversammlung, den Gouverneur. Er sagte:

»In Russland leben zwei Rassen: Die Menschen der einen können nur über das Vergangene denken und sprechen, die Menschen der anderen nur über die Zukunft und unbedingt über eine sehr entfernte. Die Gegenwart, der morgige Tag, interessiert niemand.«

Die Mutter saß ihm gegenüber, als sitze sie einem Porträtisten. Lida begegnete auch früher dem Vater nicht gerade zärtlich, jetzt aber sprach sie mit ihm unhöflich, behandelte ihn gleichgültig, wie einen Menschen, den sie nicht brauchte. Die qualvolle Langeweile trieb Klim auf die Straße. Dort sah er, wie ein betrunkener Kleinbürger einem dicken einäugigen Weib Eier abkaufte, sie aus dem Korb nahm, eins nach dem anderen gegen das Licht hielt und sie mit den tatarischen Worten: »Jakschi. Tschoch jakschi!« in die Tasche steckte.

Ein Ei geriet neben die Tasche, er zertrat es. Unter der Sohle seines schmutzigen Stiefels schnalzte gelbe Jauche. Vor dem Hotel »Moskau« hockten auf dem zerbrochenen Schild Tauben, die in ein Fensterchen guckten. Dahinter stand in Hemdsärmeln ein Mann mit schwarzem Schnurrbart, der, pfeifend und besorgt die Stirn runzelnd, prüfend seine blauen Hosenträger spannte. Ein altes Weiblein mit freundlichem Gesicht stieß ein Wägelchen vor sich her, aus dem ein Paar winziger rosiger Händchen in die Luft griffen. Die Alte streifte Klim mit dem Rad des Wägelchens und rief wütend:

»Haben Sie denn keine Augen? Und dabei noch ein Bebrillter!«

Sie blieb einen Augenblick stehen, um eine Prise zu nehmen, und sagte laut etwas über die gottlosen Studenten. Klim ging und dachte an den Sektierer, der brummte: »Mein Fuß singt – wohin gehe ich?«, an den betrunkenen Kleinbürger, an die strenge Alte, an den schwarzbärtigen

Mann, der mit seinen Hosenträgern beschäftigt war. Welcher Sinn war in dem Dasein dieser Menschen?

In einer engen Sackgasse zwischen faulenden Zäunen lärmten etwa zwanzig Jungen. Abseits lag barfüßig und ohne Mütze, Inokow auf dem Bauche. Sein zerzaustes Haar glänzte an der Sonne wie Seide, sein gesprenkeltes Gesicht runzelte sich in einem seligen Lächeln, die Sommersprossen zitterten. Aufgeregt, in flehendem Ton, schrie er den Jungen zu:

»Petja, nicht so hastig! Ruhig! Schlag den Popen! Den Popen ... autsch, vorbeigetroffen!«

Inokow tauchte häufig vor Klims Augen auf. Bald ging er irgendwohin, weit ausholend, den Blick auf die Erde geheftet, die geballten Hände auf dem Rücken versteckt, als schleppe er auf seinen Schultern eine unsichtbare Last. Bald saß er im Stadtpark auf einer Bank, ließ die Lippe hängen und verfolgte verzaubert die launischen Spiele der Kinder.

Aus dem Keller der Kaufleute Sinewoi krochen Tausende von Maden, wimmelten umher, erklommen den grauen Stein des Fundaments und bedeckten ihn mit lebendem schwarzen Spitzenwerk. Sie krochen über das Trottoir vor die Füße der Menschenmenge. Die Menschen wichen ihnen aus, die einen voll Abscheu, die andern furchtsam, und knurrten, bald böse, bald schadenfroh:

»Ein böses Zeichen! Ein böses Zeichen!«

»Unsinn!«, schrie Inokow. Er lachte laut und entblößte die schiefen bösen Zähne, er erklärte:

»Es ist etwas verfault ...«

Die Leute wichen ihm, der lang und hager war, ebenso aus wie den Maden.

Einmal stand Klim ihm von Angesicht zu Angesicht gegenüber und wollte mit ihm einen Gruß tauschen, aber Inokow schritt mit glotzenden Augen, sich auf die Lippe beißend, wie ein Blinder an ihm vorüber.

Zwei- oder dreimal sprach Inokow zusammen mit Ljubow Somow bei Lida vor, und Klim sah, dass dieser keilförmige Jüngling sich bei Lida als ungebetener Gast fühlte. Planlos, wie ein schläfriger Flussbarsch in einem Zuber mit Wasser, schleppte er sich von einer Ecke in die andere, wobei er heftig seinen langmähnigen Kopf schüttelte und sein bunt gesprenkeltes Gesicht verzog. Die Augen sahen fragend auf die Gegenstände. Es war klar, dass Lida ihm unsympathisch war und er sich innerlich mit ihr auseinandersetzte. Unvermittelt trat er an sie heran, zog die Brauen in die Höhe, riss die Augen auf und fragte:

»Lieben Sie Turgenjew?«

»Ich lese ihn.«

»Das heißt – wie verstehen Sie das, dass Sie ihn lesen? Sie haben ihn gelesen?«

»Also gut, ich habe ihn gelesen«, gab Lida mit einem Lächeln zu. Inokow aber machte ihr in lehrhaftem Ton klar:

»Die Bibel, Puschkin, Shakespeare liest man, Turgenjew hingegen ›hat man gelesen‹, um der russischen Literatur den Tribut der Höflichkeit zu zollen.«

Darauf befleißigte er sich, Albernheiten und Frechheiten zu sagen:

»Turgenjew ist ein Konditor. Bei ihm findet man nicht Kunst, sondern Törtchen. Wahre Kunst ist nicht süß, sie hat immer etwas Bitteres.«

Sprach's und entfernte sich. Ein anderes Mal trat er von hinten auf sie zu, beugte sich über ihre Schulter und fragte ebenso unvermittelt:

»Haben Sie ›Eine langweilige Geschichte‹ von Tschechow gelesen? Spaßig, was? Der Professor hat da sein ganzes Leben irgendetwas gelehrt und zum Schluss muss er erkennen: Es gibt keine allgemeine Idee. An was für einer Kette hat er dann sein Leben lang gesessen? Was hat er – ohne allgemeine Idee – die Menschen gelehrt?«

»Ist die allgemeine Idee nicht ein – Gemeinplatz?«, fragte Lida.

Inokow sah sie verwundert an und murmelte:

»Ach so! Hm ... ja, daran habe ich nicht gedacht. Ich weiß es nicht.«

Und fuhr hartnäckig fort:

»Tschechow hat auch keine allgemeine Idee. Er hat ein Gefühl des Unglaubens an den Menschen, an das Volk. Ljeskow, der glaubte an den Menschen, an das Volk freilich auch nicht besonders glühend. Er hat gesagt: Slawischer Plunder, heimatlicher Mist! Aber er, Ljeskow, hat ganz Russland durchdrungen. Tschechow verdankt ihm überaus viel.«

»Das sehe ich nicht ein«, sagte Lida, die Inokow neugierig betrachtete.

»Lesen Sie erst den einen, dann den anderen, so werden Sie es einsehen ...

Er tippte dem Mädchen auf die Schulter, sodass sie zurückfuhr:

»Hören Sie mal, wo ist denn diese Schönheit, Ihre Freundin?«

»Wahrscheinlich bei sich zuhause. Wollen Sie etwas von ihr?«

Lida lächelte. Auch die Sommersprossen in Inokows Gesicht hüpften, die Lippen zogen sich wie bei Kindern auseinander, und in den Augen erstrahlte ein sanftes Lachen.

»Habe ich komisch gefragt? Na, macht nichts. Natürlich will ich nichts von ihr, ich bin bloß neugierig, wie sie einmal leben wird? Mit einer solchen Schönheit ist es schwer. Und dann denke ich immer, dass wir unter dem neuen Zaren eine Lola Montez haben müssen.«

»Er hat sich in sie verliebt, das ist es«, sagte die Somow und sah ihren Freund liebevoll an. »Er ist gierig nach Grellem ...«

»Dass ich mich verliebt habe, ist Quatsch. Verlieben kann ich mich gar nicht. Ganz einfach – dieses Fräulein stimmt mich tief nachdenklich. Allzuwenig passt sie in ihre Umgebung. Darum ist es traurig, an sie zu denken.«

»Versuchen Sie, nicht an sie zu denken«, riet Lida.

Inokow wunderte sich und bewegte krampfhaft die Brauen.

»Ist denn so etwas möglich: Sehen und nicht daran denken?«

Als er und die Somow weggegangen waren, fragte Klim Lida:

»Weshalb redest du mit ihm im Ton einer alten Gnädigen?«

Lida kicherte und erklärte, während sie die Arme auf der Brust kreuzte, achselzuckend:

»Ich fühle selbst, dass es albern ist, aber ich finde keinen anderen Ton. Mir scheint, spräche ich mit ihm auf andere Weise, würde er mich auf seine Knie setzen, umarmen und ausfragen: »Sie – was sind Sie eigentlich?«

Klim dachte nach und sagte:

»Ja, von ihm kann man jede Frechheit erwarten.«

Eines Abends kam die Somow allein, sehr müde und offensichtlich beunruhigt:

»Ich werde bei dir übernachten, Liduscha«, erklärte sie. »Mein allerliebster Grischuk hat sich irgendwohin in den Distrikt aufgemacht, er muss zusehen, wie die Bauern rebellieren. Gib mir was zu trinken, nur keine Milch. Hast du Wein?«

Klim ging in den Keller und kam mit einer Flasche Weißwein zurück. Man setzte sich zu dritt aufs Sofa, und Lida begann, ihre Freundin auszuforschen, was für ein Mensch dieser Inokow sei.

»Ich weiß es selbst nicht, meine Freunde!«, begann die Somow und breitete ratlos die Arme aus, was Klim für aufrichtig hielt.

»Ich bin sechs Jahre mit ihm bekannt, lebe mit ihm das zweite Jahr, sehe ihn aber selten, weil er beständig nach allen Richtungen hin von mir abspringt. Er kommt wie eine Motte hereingeflogen, dreht sich, schwirrt ein wenig und plötzlich heißt es: »Ljuba, morgen fahre ich nach Cherson.« Merci, Monsieur. Mais – pourquoi? Meine Lieben, furchtbar albern und sogar bitter ist es, in unserem Dorf französisch zu sprechen, aber man möchte es so gern! Wahrscheinlich möchte man es zur Vertiefung der Albernheit, vielleicht auch, um sich daran zu erinnern, dass es noch ein anderes Leben gibt.«

Sie hatte scherzhaft, mit komischen Intonationen angefangen, fuhr aber bereits nachdenklich fort, jedoch ohne ihren traurigen Humor zu verlieren.

»Man muss, sagt er, Russland kennenlernen. Alles kennen – das ist sein Spleen. Er sagt es sogar in Versen:

›Doch diese Ketten werde ich zerreißen,
Dafür ist mir der Wille gegeben,
Dazu hat meine Seele nur erweckt
Der Fanatiker des Wissens – Satanas!‹

Ja, so ist er also verschwunden. Auch kein Brief, und auch ich selbst bin scheinbar nicht da. Plötzlich stapft er zur Tür herein, zärtlich, schuldbewusst. Erzähle, wo warst du, was hast du gesehen? Er erzählt dann etwas nicht sehr Aufregendes, aber trotzdem ...«

Tränen traten der Somow in die Augen, sie zog ihr Tuch hervor, wischte sich verlegen die Augen und lächelte:

»Die Nerven. Also: in Mariupol, sagt er, hat eine Kaufmannswitwe einen Neger, einen Matrosen von Beruf, geheiratet, er hat den orthodoxen Glauben angenommen und singt den Tenor im Kirchenchor.«

Die Somow schluchzte laut auf und bedeckte wieder mit dem Tuch die Augen.

»An den Neger glaube ich nicht, den Neger hat er erdichtet. Aber Unvereinbares zu erdichten, das ist auch ein Steckenpferd von ihm. Er zankt mit dem Leben wie mit einer launenhaften Frau: Ach, so bist du? Nun, ich kann es noch etwas kniffliger! Ach, meine Kinder, wie er mich damit schreckt. In unserem Dorf gab es einen verzweifelten Raufbold, Mikeschko, der Fröner genannt. Niemanden ließ er in Frieden mit seinen

Frechheiten. Als Grischa bei uns lebte, wurde er auf ihn aufmerksam und stand bei jeder Begegnung vor ihm auf dem Kopf. Alle lachen, was ist los? Auch Mikeschka lacht. Aber die Mädels und Burschen begannen ihn zu necken: ›Du, Fröner, kannst das aber nicht!‹ Der wurde wütend und suchte mit Grischa Händel. Aber Grischa war stärker als er, zwang ihn zu Boden und begann ihm, wie einem Jungen, die Ohren zu zausen. Mikeschka war aber vierzig Jahre alt. Er zitterte am ganzen Körper und bat: ›Mach keinen Unsinn! Unsinn machen kann jeder, sogar noch besser als du!‹«

Die Somow schnitt eine Grimasse, seufzte und fuhr leiser fort:

»Um die Wahrheit zu sagen, es war nicht schön anzusehen, wie er auf Mikeschkas Rücken ritt. Wenn Grigori böse ist, ist sein Gesicht ... grauenhaft. Dann weinte Mikeschka. Hätte man ihn bloß geschlagen, hätte er es sich nicht so zu Herzen genommen, so aber hatte man ihn bei den Ohren genommen. Man lachte ihn überall aus, und er ist als Landarbeiter ins Gehöft der Shadowskis gegangen. Ich muss gestehen, ich war froh, dass er wegging, er warf mir alles mögliche Zeug zum Fenster herein, tote Mäuse, Maulwürfe, lebende Igel, und ich habe schreckliche Angst vor Igeln!«

Die Somow bebte, nahm einen Schluck Wein, leckte sich die Lippen und sagte so, als erinnere sie etwas lange Vergangenes:

»Die Bauern liebten Grigori. Er erzählte ihnen alles, was er wusste. Er war auch bereit, ihnen bei der Arbeit zu helfen. Er ist ein guter Zimmermann. Hat Fuhrwerke ausgebessert. Er verstand sich auf jede Arbeit.«

Sie schwieg trübsinnig eine Weile, dann fügte sie seufzend hinzu:

»Fröhlich arbeitet er.«

Nachdem er diese Erzählung gehört hatte, war Klim überzeugt, dass Inokow in der Tat ein anormaler und gefährlicher Mensch war. Am nächsten Tag teilte er seine Ansicht Lida mit, doch die sagte sehr fest:

»Mir gefallen solche.«

»Du aber bist, glaube ich, nicht ganz nach seinem Geschmack.«

Lida warf ihm einen schiefen Blick zu und schwieg.

Zwei Tage später kam die Somow in großer Aufregung angelaufen.

»Der Gouverneur hat befohlen, Inokow aus der Stadt auszuweisen, beleidigt durch einen Korrespondenzbericht über eine Lotterie, die seine Frau zugunsten der Abgebrannten veranstaltet hat. Man sucht Grischa, die Polizei ist bei mir gewesen, man hat verlangt, ich soll angeben, wo er sich befindet. Aber ich weiß es ja selbst nicht. Man glaubt mir nicht.«

Sie saß auf dem Stuhl, griff sich an den Kopf und fuhr, während sie hin- und herschwankte, fort:

»Ich kann doch nicht sagen, er ist dorthin gegangen, wo die Bauern rebellieren? Ich weiß auch nicht, wo die überhaupt rebellieren!«

Lida begann, sie zu beruhigen, aber sie sagte unter Schluchzen:

»Du verstehst nicht. Er ist ja blind gegen sich selbst. Er sieht sich nicht. Er braucht einen Blindenführer, eine Kinderfrau, das ist ja mein Amt bei ihm. Lida, bitte deinen Vater ... übrigens, lass, es ist nicht nötig!«

Sie riss sich vom Stuhl los, küsste hastig ihre Freundin und lief zur Tür, sagte aber von dort her, stehen bleibend:

»Ich denke, Dronow hat über die Korrespondenz geschwatzt, niemand außer ihm hatte Kenntnis von ihr. Sie haben es zu schnell erfahren. Gewiss war es Dronow. Lebt wohl!«

Weg war sie, und schon seit mehr als zwei Wochen wurde sie in der Stadt nicht gesehen.

Klim fiel das alles ein, als er im Stadtpark über den Rand des Teiches gebeugt saß und sein verzerrtes Spiegelbild im grünlichen Wasser betrachtete. Er tauchte seinen Spazierstock ins Wasser, ließ Wassertropfen auf den weißen Fleck spritzen, und wenn er ihn zerstört hatte, verfolgte er, wie von Neuem sein Kopf und seine Schultern auftauchten und seine Brillengläser funkelten.

»Wozu taugen solche Menschen wie die Somow, wie Inokow? Erstaunlich verworren und verschüttet ist das Leben«, dachte er und redete sich ein, das Leben würde erträglicher und einfacher ohne Lida sein, die wahrscheinlich nur deshalb rätselhaft erschien, weil sie feige war, feiger als die Nechajew, doch ebenso gespannt auf eine bequeme Gelegenheit wartete, um sich der Gewalt ihrer Triebe zu überlassen. Es wäre ruhiger zu leben ohne Tomilin, ohne Kutusow, ja, ohne Warawka, überhaupt ohne alle diese Weisen und Taschenspieler. Es gab zu viel Menschen, die bestrebt waren, anderen ihre Einfälle aufzuzwingen, und darin das Ziel ihres Lebens erblickten. Turobojew hatte nicht schlecht gesagt:

»Jeder von uns läuft mit einer Schelle am Hals in der Welt umher, wie eine Schweizer Kuh.«

Wenn Samgin Gedanken dieser Farbe und Natur kamen, fühlte er sehr wohl, dass das seine eigenen Gedanken waren, diejenigen, die ihn wirklich von allen übrigen Menschen unterschieden. Doch zu gleicher Zeit fühlte er auch, dass diese Gedanken etwas Unentschiedenes, Ungelöstes und Zaghaftes enthielten. Sie laut auszusprechen, war nicht wünschenswert. Er verstand, sie sogar vor Lida zu verbergen.

Im Wasser des Teichs, neben dem weißen Fleck seiner Jacke, erschien plötzlich ein dunkler, im selben Augenblick fragte ihn eine beleidigte Weiberstimme:

»Warum so hochmütig, Samgin?«

Klim schrak zusammen, schwang seinen Stock und erhob sich. Neben ihm stand Dronow. Der Mützenkopf war ihm über die Stirn gerutscht und ließ seine Ohren noch weiter abstehen. Unter dem Schirm hervor funkelten die irren Augen.

»Ich bat dich doch um eine Zusammenkunft. Hat die Somow es dir nicht ausgerichtet?«

»Ich hatte keine Zeit«, sagte Samgin, während er die raue, harte Hand drückte.

»Aber am dumpfigen Wasser zu sitzen, hast du Zeit?«

Dronow spuckte unter Rülpsen und Husten in den Teich. Klim bemerkte, dass er jedes Mal genau oder annähernd einen Punkt traf, dieser Punkt war seine, Klims, weiße Mütze, die sich im Wasser spiegelte. Nachdem er Iwan Dronow aufmerksam ins Gesicht gesehen hatte, rückte er von ihm weg. In dem sehr eingefallenen Gesicht regte sich wütend ein rotes, geschwollenes Näschen, gereizt funkelten die Augen. Sie waren heller und frostiger geworden und irrten nicht mehr so fieberhaft umher, wie Klim es in der Erinnerung hatte. Mit fremder, näselnder Stimme erzählte Dronow abgerissen und eilig, dass es ihm schlecht ginge, er habe keine Arbeit. Vierzehn Tage lang habe er im Keller eines Bierlagers Flaschen gespült und sich dabei erkältet.

»Hast du keine Zigaretten?«

»Ich rauche nicht.«

»Ja, ich vergaß. Und du wirst auch nicht rauchen?«

»Weiß ich nicht«, antwortete Klim achselzuckend.

»Natürlich wirst du es nicht.«

Dronow seufzte gedehnt, mit einem pfeifenden Geräusch, hustete und sagte darauf:

»Also – du studierst? Mich, siehst du, hat man begehrlich gemacht und dann weggeworfen. Hätte man mich nicht ins Gymnasium gesteckt, würde ich Aushängeschilder und Ikonen malen oder Uhren ausbessern. Überhaupt irgendwie leichte Arbeit machen. Jetzt kann ich so als Stecken gebliebener weiterleben.«

Klim blickte auf sein abstehendes Ohr und dachte:

»Hättest du nicht verbotene Bücher ins Gymnasium geschleppt.«

Er war sogar im Begriff, es Dronow zu sagen, als dieser, der seine Gedanken zu erraten schien, selbst zu sprechen anfing:

»Als diese Idioten mich vom Gymnasium jagten, lasen dort nur drei Unterprimaner Broschüren von Tolstoi, heute dagegen ...«

Er winkte ab.

»Das Gehirn juckt immer heftiger. Es ist hier ein Prophet Jesaja erschienen, in der Art deines lieben Onkels, der beschwört: ›Liebe Kinder, seid Helden, verjagt den Zaren ...!‹«

»Nun – und du? Bist du einverstanden, ihn davonzujagen?«

»Ich mache dieses Spiel nicht mit. Ich, Bruder, glaube weder Onkeln noch Tanten.«

Mit leichtem Spott um die schiefen Lippen sagte Dronow gutmütiger, während er den dunklen Flaum auf seinem Kinn glättete:

»Tomilin – glaube ich. Er verlangt nichts von mir, er stößt mich nirgendwo hin. Er hat auf seinem Dachboden eine Art Jüngstes Gericht etabliert und ist zufrieden. Wühlt in Büchern und Ideen und beweist sehr einfach, dass überall in der Welt mit Wasser gekocht wird. Er lehrt nur eins, Bruder: den Unglauben. Das ist doch nun wirklich Uneigennützigkeit, wie?«

Er blickte Klim in die Augen und wiederholte:

»Es ist doch uneigennützig, wie?«

»Ja ...«

Dronow nahm seine Mütze ab und klatschte sich mit ihr aufs Knie, während er beruhigter fortfuhr:

»Ein wunderbarer Mensch. Er lebt, ohne Grimassen zu schneiden. Dieser Tage wurde hier jemand beerdigt. Einer der Leidtragenden sagte spaßig: ›Dreißig Jahre hat er gelebt und Grimassen geschnitten, als er es nicht länger aushielt, starb er!‹ Tomilin – wird viel aushalten ...«

»Zäh ist der Tatar – der zerbricht nicht!
Sehnig ist der Hund – ¦ er zerreißt nicht!«

Graues Gewölk stieg aus den Bäumen, das Wasser verlor seinen öligen Glanz, ein kühler Wind seufzte auf, bedeckte den Teich mit einer feinen Gänsehaut, säuselte im Laub der Bäume und verschwand.

»Wird er noch lange reden?«, dachte Klim, der Dronow von der Seite scheel musterte.

»Er hat ein Werk ›Über den dritten Instinkt‹ geschrieben, ich weiß nicht, wovon es handelt, aber ich habe ins Nachwort hineingeschielt: ›Nicht Trost suche ich, sondern Wahrheit.‹ Er hat das Manuskript einem Professor in Moskau geschickt, der hat ihm mit grüner Tinte auf dem ersten Blatt der Handschrift geantwortet: ›Ketzerei und zensurwidrig.‹«

Mit sichtlichem Vergnügen, doch nicht laut und irgendwie linkisch, begann er zu lachen. Seine Finger dehnten die Mütze.

»Er wäre natürlich vor Hunger eingegangen, hätte die Witwe des Kochs ihn nicht gerettet. Sie hält ihn für einen Heiligen. Hat ihm die Anzüge ihres Mannes gegeben, speist ihn, tränkt ihn. Sogar schlafen tut sie mit ihm. Nun, was?

Umsonst wird nichts gewährt. Das Schicksal heischt Sühneopfer ...

Die Frau des Kochs ist für ihn, den Philosophen, das Schicksal.«

Dronow sprach abgerissen und hastig, in dem Wunsch, zwischen zwei Hustenanfällen soviel wie möglich zu sagen. Ihm zuzuhören, war schwierig und langweilig. Klim hing seinen eigenen Gedanken nach, während er beobachtete, wie Dronow seine Mütze misshandelte.

»Der Literat Pissemski hatte gleichfalls eine Köchin zum Schicksal. Ohne sie machte er keinen Schritt auf die Straße. Mein Schicksal dagegen hat immer noch kein Auge für mich.«

Samgin hatte auf einmal Lust, nach Margarita zu fragen, aber er unterdrückte diesen Wunsch, da er befürchtete, auf diese Weise Dronows Geschwätz noch mehr in die Länge zu ziehen und seinem familiären Ton noch Vorschub zu leisten. Er erinnerte sich daran, wie dieser lästige Bursche einmal, in der Absicht, Makarows Nöte auszuspotten, herablassend und zynisch bemerkt hatte:

»Der Trottel. Was fürchtet er? Soll er doch beim ersten Mal die Augen zumachen, so, als nehme er Rizinus ein, und fertig ...«

»Dein Onkel predigt brüllend ›Das Evangelium der Liebe‹ ...«

»Er ist verhaftet.«

»Ich weiß. Aber die Liebe ist ihm ein Mittel für Raufhändel ...«

»Das ist vielleicht wahr«, dachte Klim.

»Während Tomilin aus seinen Operationen sowohl die Liebe als auch alles Übrige ausschaltet. Das lob ich mir, Bruder. Da gibt es keinen Betrug. Warum besuchst du ihn nicht? Er weiß, dass du hier bist. Er lobt dich: das ist ein Mensch von unabhängigem Denken, sagt er.

»Natürlich werde ich ihn besuchen«, sagte Klim. »Ich muss aufs Land fahren, ich habe da eine Arbeit zu erledigen. Morgen fahre ich schon ...«

Er hatte gar keine Arbeit. Aufs Land zu fahren, schickte er sich auch nicht an. Aber er hatte keine Lust, Tomilin aufzusuchen, und der familiäre Ton Dronows irritierte ihn immer mehr. Er fühlte sich sicherer, wenn Dronow ihn wütend tadelte. Nun jedoch flößte ihm Dronows Redseligkeit die Befürchtung ein, dass er geflissentlich Begegnungen mit ihm suchen und ihm überhaupt lästig fallen würde.

»Brauchst du nicht Geld, Iwan?«

Er erkannte sogleich, dass er über dieses Thema entweder vorher oder nachher hätte sprechen müssen.

Dronow erhob sich, sah sich um, zog langsam die Mütze über seinen flachen Schädel und setzte sich wieder, mit den Worten:

»Ich brauche welches ...«

Nachdem er Geld erhalten hatte, stopfte er es in die Tasche seiner zerknitterten Hose, streckte mit schroffer Geste ein Bein vor und schloss den einzigen Knopf seiner grauen, an den Ellenbogen durchgescheuerten Jacke.

»Ich bessere Schuhe aus.«

Er spuckte in das dunkle Wasser des Teichs und sagte aus irgendeinem Grunde:

»Im vergangenen Sommer hat sich an dieser Stelle, unter den Augen des promenierenden Publikums, der Landeshauptmann Mussin-Puschkin nackt ausgezogen und ein Bad genommen. Einige Tage darauf aber, auf seinem Gut, hat er mit Wolfsschrot in eine von der Weide heimkehrende Herde gefeuert. Die Bauern fesselten ihn und brachten ihn in die Stadt, wo die Ärzte feststellten, dass der Landeshauptmann lange, seit zwei Monaten schon, irrsinnig war. In diesem Zustand der Geistesgestörtheit hat er seinen Dienst versehen und Menschen abgeurteilt. Bronski dagegen, gleichfalls Landeshauptmann, straft die Bauern mit einem halben Rubel, weil sie nicht den Hut vor seinem Pferd ziehen, wenn der Stallknecht es zur Schwemme führt.«

Klim blieb noch ein paar Minuten, verabschiedete sich dann und ging nach Hause. An der Wegbiegung wandte er sich um: Dronow saß immer noch auf der Bank, mit dermaßen gekrümmtem Körper, als sei er im Begriff, ins dunkle Wasser des Teichs zu springen, Klim Samgin stieß verdrossen seinen Stock gegen die Erde und beschleunigte den Schritt.

Er war sehr unzufrieden über dieses Wiedersehen und über sich selbst, über die Farblosigkeit und Mattheit, die er im Gespräch mit Dronow an den Tag legte. Während er mechanisch seine Reden aufnahm, hatte er zu erraten versucht, worüber bereits seit drei Tagen Lida so geheimnisvoll mit Alina tuschelte und weshalb sie heute unerwartet aufs Land gefahren waren? Die Telepnew war beunruhigt. Sie hatte augenscheinlich geweint. Ihre Augen waren müde. Lida, die sie besorgt betreute, biss sich zornig die Lippen.

Er schritt gegen den Wind durch die Hauptstraße der Stadt, die schon mit den Lichtern der Laternen und Läden geschmückt war. Papierfetzen flogen ihm vor die Füße, eine Erinnerung an den Brief, den Lida und Alina gestern im Garten zusammengelesen hatten, an Alinas Ausruf:

»Nein, das ist einer! Das ist ein Rüpel!«

»Ob sie wirklich Ljutow meint?«, überlegte Klim. »Wahrscheinlich hat sie nicht nur diesen einen Roman.«

Der Wind spritzte ihm Regentropfen ins Gesicht, warm wie die Tränen der Nechajew. Klim nahm eine Droschke, kroch unter das Lederverdeck und dachte empört, dass Lida ihm zu einem Ärgernis, einer Krankheit wurde, die ihm das Leben verbitterte.

Daheim angelangt, hatte er sich kaum ausgezogen, als Ljutow und Makarow erschienen. Makarow, zerknittert, aufgeknöpft, strahlte und betrachtete den Salon wie eine Lieblingskneipe, die er lange nicht besucht hatte. Ljutow, ganz in Flanell, in knallgelben Stiefeln, sah unvergleichlich albern aus. Er hatte sich sein Bärtchen bis auf die spärlichen Härchen eines Katerschnurrbarts abnehmen lassen, was seinem Gesicht eine fatale Nacktheit verlieh. Es sah für Klims Augen jetzt wie das Gesicht eines Mongolen aus. Ljutows wulstlippiger Mund war im Vergleich zu seinem Gesicht von grotesker Größe. Hinter dem verkrampften und schiefen Lächeln hervor blitzten die kleinen Fischzähne.

Klim befremdete die unhöfliche Flüchtigkeit, mit der Ljutow der Mutter die Hand küsste, die Art, wie er unter Verrenkungen seines Halses ihre Figur mit seinen verdrehten Augen umfing.

»Ist er schüchtern oder ein Flegel?«, fragte sich Klim, während er feindselig beobachtete, wie Ljutows Pupillen flink über Warawkas dunkelrotes Gesicht liefen, und erstaunte noch heftiger, als er bemerkte, dass Warawka den Moskauer mit Vergnügen, ja sogar achtungsvoll empfing.

»Mein Onkel, Radejew, hat Ihnen mitgeteilt ...«

»Natürlich, natürlich!«, rief Warawka aus und schob seinem Gast einen Sessel hin.

»Sie kaufen das Land eines gewissen Turobojew ...«

»Ganz recht.«

»Darunter befindet sich ein strittiges Revier, dessen Eigentumsrecht Turobojew streitig gemacht wird von einer Tante meiner Braut Alina Nikolajewna Telepnew, der Freundin Ihrer Tochter ...«

Klim hörte, dass Ljutow die Stimme des Amtsschreibers aus »Kaschirs alte Zeit« nachahmte und absichtlich näselnd, im Ton eines Intriganten sprach. Natürlich meinte Alina mit dem Rüpel ihn.

»... die sich, wie ich hoffe, bei guter Gesundheit befindet?«

»Durchaus. Sie ist heute zusammen mit Ihrer Braut aufs Land gefahren!«

»Heute?«, fragte Ljutow schneidend und richtete sich auf, wobei er die Arme auf die Seitenlehnen des Sessels stützte. Doch sogleich ließ er sich mit den Worten: »Ungeachtet des schlechten Wetters!« wieder fallen.

Klim bemerkte in dieser Bewegung Ljutows etwas Eigentümliches und nahm ihn schärfer aufs Korn, aber Ljutow hatte bereits seinen Ton verändert und sprach mit Warawka über das Land sachlich und ruhig, ohne Mätzchen.

Verdächtig war die von der Mutter vorgetäuschte Verwunderung, mit der sie Ljutow empfing. So empfing sie nur Leute, die ihr unsympathisch waren, die sie aber aus irgendeinem Grund brauchte. Als Warawka Ljutow zu sich in sein Kabinett geführt hatte, begann Klim sie zu beobachten. Sie saß, mit dem Lorgnon spielend und süß lächelnd, auf dem Ruhebett, Makarow auf einem Polsterschemel ihr gegenüber.

»Klim sagte mir, dass die Professoren Sie lieben ...«

Makarow lachte:

»Es ist leichter Wissenschaften vorzutragen, als sie sich anzueignen.«

»Warum denkt sie sich das aus?«, rief Klim. »Ich habe niemals dergleichen gesagt.«

Das Mädchen trat ein und meldete Wera Petrowna:

»Der gnädige Herr lassen bitten ...«

Als die Mutter eilig verschwand, fragte Makarow erstaunt:

»Alina ist heute fortgefahren? Seltsam.«

»Weshalb?«

»Nun, so.«

Klim lachte spöttisch.

»Ein Geheimnis?«

»Ach Unsinn, fühlst du dich schlecht oder bist du böse?«

»Müde.«

Klim sah aus dem Fenster. Vom Himmel lösten sich graue Fetzen Gewölk und fielen auf Dächer und Bäume.

»Es ist unhöflich von mir, ihm den Rücken zuzuwenden«, dachte Klim schlaff, wandte sich jedoch nicht um, als er fragte:

»Haben sie sich verzankt?«

Statt Makarows Antwort ertönte die strenge Frage der Mutter:

»Glauben Sie nicht auch, dass Vereinfachen das sichere Merkmal eines normalen Verstandes ist?«

Ljutow brannte sich eine Zigarette an, die krumm aus einer Bernsteinspitze ragte, schmatzte mit den Lippen, zwinkerte und murmelte:

»Eines naiven, bitte, eines naiven ...«

Er, die Mutter und Warawka drängten sich in der Tür, als getrauten sie sich nicht, die Schwelle zu überschreiten. Makarow trat zu ihnen, riss die Zigarette aus Ljutows Spitze, schob sie in seinen Mundwinkel und sagte heiter:

»Wenn er Ihnen etwas Entsetzliches verkündet hat, glauben Sie ihm nicht. Das ist nur Bluff.«

Ljutow zog die Uhr aus der Tasche, klopfte mit der Spitze aufs Glas und fragte:

»Gehen wir, Makarow?«

Und zu Warawka gewandt:

»Also Sie werden Turobojew drängen?«

Neben dem massiven Warawka erschien er als ein Halbwüchsiger, er hatte die Schultern fallen lassen und wand sich. Es war etwas Zerfließendes, Gedrücktes in ihm.

Als die unerwarteten Gäste gegangen waren, bemerkte Klim:

»Eine sonderbare Visite.«

»Eine geschäftliche Visite«, verbesserte Warawka, und sogleich drückte er, seinen Bart liebkosend, Klim mit dem Bauch an die Wand und kommandierte:

»Morgen früh fährst du aufs Land und richtest den beiden unten zwei Zimmer her. Für Turobojew aber eins im oberen Stock. Merkst du was? Na also ...«

Er begab sich in sein Zimmer hinauf, wobei er wie ein Jüngling die Treppe hinaufhüpfte. Die Mutter sah ihm nach, seufzte und verzog ihr Gesicht:

»Mein Gott! Wie unsympathisch ist dieser Ljutow! Was hat Alina an ihm gefunden?«

»Geld«, sagte Klim widerwillig und setzte sich an den Tisch.

»Wie gut, dass du kein Sittenrichter bist«, sagte nach einem Schweigen die Mutter. Klim schwieg ebenfalls, da er nichts fand, worüber er mit ihr reden könnte. Dann sagte sie, nicht laut und augenscheinlich mit anderen Dingen beschäftigt:

»Ein schreckliches Gesicht hat dieser Makarow. Ein so aufreizendes, wenn man das Profil sieht. Aber en face ist es das Gesicht eines anderen Menschen. Ich sage nicht, dass er ein doppeltes Gesicht hätte in einem für ihn nicht schmeichelhaften Sinn. Nein, er ist es auf eine unglückliche Weise.«

»Wie ist das zu verstehen?«, fragte Klim aus Höflichkeit, mit einem Achselzucken, Wera Petrowna antwortete:

»Mein Eindruck.«

Sie sagte noch etwas über Turobojew. Klim, der nicht hinhörte, dachte:

»Sie wird alt. Geschwätzig.«

Als sie hinausgegangen war, fühlte er, dass ihn ein nie gespürtes, krankhaftes Gefühl des Gesättigtseins mit einem beißenden Rauch, der Gedanken und Wünsche verzehrte und eine beinahe körperliche Übelkeit hervorrief, erfasste wie ein Zugwind. Als habe sich in seinem Kopf, in seiner Brust die menschliche Fähigkeit zu denken und zu reden, die Fähigkeit des Erinnerns plötzlich entzündet, ohne zu brennen, und verglimme jetzt ganz langsam. Dann tauchte ein wie Schmerz gedehnter Widerwille gegen seine Umgebung auf, gegen diese mit Bilderquadraten gesprenkelten Wände, gegen die schwarzen, in die Finsternis hineingehauenen Fensterscheiben, gegen den Tisch, dem ein vergiftender Geruch von gequollenen Teeblättern und Holzkohle entstieg.

Klim starrte hartnäckig in sein leeres Glas, hörte das feine Piepen des verlöschenden Samowars und wiederholte mechanisch das eine Wort:

»Öde!«

Sein untätiger Verstand bedurfte weder anderer Worte, noch brachte er sie hervor. In diesem Zustand innerer Stummheit ging Klim Samgin in sein Zimmer hinüber, öffnete das Fenster, setzte sich davor hin, starrte in die feuchte Finsternis des Gartens und horchte, wie jenes zweisilbige Wort stampfte und pfiff. Nebelhaft erschien der Gedanke, dass es wohl dieser Zustand der Niedergedrücktheit durch das Gefühl der Sinnlosigkeit sein müsse, der die Landeshauptleute irrsinnig machte. In welcher Absicht hatte Dronow ihm von diesen Landeshauptleuten erzählt? Weshalb erzählte er fast immer so gräuliche Anekdoten? Nach Antwort auf diese Fragen suchte er nicht.

Kältegefühl ließ ihn der Leere seiner Selbstvergessenheit entgleiten. Ihm kam es so vor, als seien schon einige Stunden verstrichen, aber während er sich träge entkleidete, um sich ins Bett zu legen, vernahm er entfernten Glockenschlag und zählte elf Schläge.

»Nicht mehr? Seltsam.«

Er hatte sich in dem Gefühl des Niedergedrücktseins, der Verwüstung niedergelegt und erwachte infolge eines Klopfens an der Tür. Das Mädchen weckte ihn zum Zug. Rasch sprang er aus dem Bett und stand einige Sekunden mit geschlossenen Augen, geblendet von dem wunderbar leuchtenden Glanz der Morgensonne. Die feuchten Blätter der Bäume vor dem offenen Fenster, deren kristallene Regentropfen schillernde, kurze und scharfe Strahlen zurückwarfen, leuchteten blendend. Der Genesung spendende Duft von feuchter Erde und Blumen erfüllte das Zimmer. Die Frische des Morgens kitzelte die Haut. Klim Samgin dachte bebend:

»Eine dumme Stimmung habe ich gestern gehabt!«

Aber als er in sich hineinhorchte, fand er, dass von dieser Stimmung ein schwacher Schatten zurückgeblieben war.

»Eine Wachstumskrankheit der Seele«, entschied er, während er sich eilig anzog.

Abends saß er auf dem Sandhügel an der Lichtung eines von Birken durchsetzten Fichtengehölzes. Hundert Schritt weiter plätscherte vor seinen Augen freundlich der Fluss dahin, schillernd in den Strahlen der Sonne. Das Dach der zwischen verkrüppelten Weiden versteckten Mühle flammte brokaten. Die Felder jenseits des Flusses sträubten sich heiter im Stachelgewand des Korns. Klim sah eine Landschaft, ähnlich den bunt gemalten Bildchen aus einem Buch für Kinder, obgleich er wusste, dass dieser Ort wegen seiner Schönheit berühmt war. Auf dem Buckel eines Hügels, der aussah wie die feierliche Kopfbedeckung eines Friedensrichters, hatte Warawka ein großes, zweistöckiges Landhaus erbaut, an den Abhängen liefen noch sechs buntfarbige, von Schnitzwerk im russischen Stil geschmückte Häuschen zum Fluss hinab. Im äußersten Haus rechts lebte Alinas Vormund, ein finsterer Greis, Mitglied des Kreisgerichts. Auch die übrigen Sommerhäuschen waren von Städtern gemietet, jedoch noch nicht bewohnt.

Es war sehr still, nur die Käfer summten im feinen Laub der Birken, und der Abendwind seufzte warm in den Nadeln der Fichten. Schon mehrere Male waren die saftige Stimme, das weiche Lachen Alinas durch die Stille zu Klim gedrungen, aber eigensinnig versagte er es sich, zu den jungen Mädchen zu gehen. An dem Rauch, der aus dem Schornstein von Warawkas Landhaus stieg, an den geöffneten Fenstern und der Geschäftigkeit der Dienstboten mussten Lida und Alina merken, dass jemand gekommen war. Klim trat einige Male auf den Balkon der Villa und verweilte lange in der Hoffnung, dass die jungen Mädchen ihn sehen und herbeilaufen würden. Er erblickte Lidas zierliche Figur in einer orangefarbenen Bluse und einem blauen Rock, sah Alina in Rot gekleidet. Es war schwer zu glauben, dass sie ihn nicht bemerkt haben sollten.

Es wäre schön, unverhofft vor ihnen aufzutauchen und etwas Ungewöhnliches, Verblüffendes zu sagen oder zu tun, zum Beispiel in die Luft emporzusteigen oder den schmalen, aber tiefen Fluss wie festes Land zu durchqueren.

»Wie dumm ist das«, tadelte sich Klim und erinnerte sich, dass solche kindlichen Gedanken in letzter Zeit häufig in ihm auftauchten wie Schwalben. Beinahe immer waren sie verknüpft mit Lida, und stets folgte ihnen eine stille Bangigkeit, die dunkle Vorahnung einer Gefahr.

Es dunkelte rasch. In der Bläue über dem Fluss hingen an dünnen Strahlenfäden drei Sterne und erschienen als Öltröpfchen im Wasser wieder. In Alinas Landhaus wurde in zwei Fenstern Licht angezündet. Über dem Fluss stieg ein ungeheuerlich großes, quadratisches Gesicht mit gelben, verfließenden Augen empor, über das sich eine spitze Kappe stülpte. Einige Minuten später traten die jungen Mädchen vom Söller des Sommerhäuschens ans Ufer hinunter, und Alina rief klagend aus:

»Mein Gott, welch eine Langeweile! Ich überlebe es nicht ...«

»Geh doch«, sagte Lida mit sichtlichem Verdruss.

Klim erhob sich und schritt ihnen rasch entgegen.

»Du?« verwunderte sich Lida. »Weshalb so geheimnisvoll? Wann bist du gekommen? Um fünf Uhr?«

Neben dem Erstaunen glaubte Klim, aus ihren Worten Freude herauszuhören. Auch Alina war erfreut.

»Wundervoll! Wir werden Boot fahren. Du wirst rudern. Nur, bitte, Klim, ohne gescheite Reden. Ich habe schon alles Gescheite intus, von den Ichtyosauren bis zu den Flammarions, mein Erkorener hat mich in alles eingeweiht.«

Eine halbe Stunde ruderte Klim gegen den Strom, die Mädchen schwiegen und lauschten, wie das dunkle Wasser unter den Ruderschlägen spröde plätscherte. Der Himmel bedeckte sich mit immer reicherer Sternenpracht. Die Ufer hauchten trunkene Frühlingswärme aus. Alina seufzte und sagte:

»Du und ich, Lidok, sind Gerechte, und dafür darf Samgin, so ein weißer kleiner Engel, uns lebendig ins Paradies hinüberfahren.«

»Charon«, sagte Klim leise.

»Was? Charon ist grauhaarig, mit einem gewaltigen Bart, und du hast es selbst bis zum Bärtchen noch weit. Du hast mich gestört«, fuhr sie launisch fort, »ich hatte etwas Komisches ausgedacht und wollte es gerade sagen, und du ... Erstaunlich, wie sehr alle es lieben, zu verbessern und zu gängeln! Die ganze Welt ist eine Art Korrektionsanstalt für Alina Telepnew. Lida hat mich den lieben langen Tag mit den trostlosen Dichtungen irgendeines Metelkin oder Metalkin bedrängt. Mein Vormund versichert mir ernsthaft, dass die ›Herzogin von Gerolstein‹ keine historische Frauengestalt sei, sondern eine von Offenbach für die Operette erfundene. Mein verdammter Bräutigam betrachtet mich als sein Notizbuch, in das er, zum Festhalten, seine Einfälle einträgt ...«

Lida kicherte, auch Klim musste lächeln.

»Nein, im Ernst«, fuhr das Mädchen fort, während sie ihre Freundin umschlang und sich mit ihr schaukelte, »er wird mich bald ganz und gar beschrieben haben. Wenn er in einen lyrischen Ton verfällt, leiert er wie ein Küster:

›O herrliche Jungfrau! Erlöse mich von dem Schweigen, auf dass ich dir Worte sage, so die Seele erbauen.‹ Er findet das, müsst ihr wissen, witzig, diese – ›auf dass ‹und ›so‹ ...«

Gedankenvoll ertönte Lidas Stimme:

»Du behandelst ihn zu leichtfertig. Er ist schüchtern. Augen bringen ihn in Verwirrung ...«

»So? Leichtfertig?« fragte Alina kriegerisch. »Und wie würdest du deinen Bräutigam behandeln, der dir immerfort nur von Materialismus, Idealismus und sonstigen Schrecken des Lebens erzählt? Klim, hast du eine Braut?«

»Noch nicht.«

»Stell dir vor, du hast schon eine. Wovon würdest du mit ihr sprechen?«

»Natürlich über alles«, sagte Klim, der begriff, dass er vor einem verantwortungsvollen Moment stand. Mit eingeschobenen Zwischenpausen, die vollkommen natürlich waren und mit dem Rhythmus der Ruderschläge übereinstimmten, verbreitete er sich weise darüber, dass ein Glück mit einer Frau nur möglich sei bei vollkommener Offenheit im Gedankenaustausch. Aber Alina winkte ab und unterbrach ironisch seine Rede:

»Habe ich schon gehört. Wahrscheinlich quaken auch die Frösche das gleiche.«

Klim, ohne aus der Fassung zu geraten, sagte:

»Aber jede Frau glaubt sich einmal im Monat verpflichtet, zu lügen und sich zu verstecken ...«

»Warum nur einmal?«, fragte, mit derselben Ironie Alina. Lida jedoch sagte dumpf:

»Das ist furchtbar wahr.«

»Was ist wahr?«, fragte Alina ungeduldig und empörte sich:

»Schämen Sie sich nicht, Samgin?«

»Nein, ich bin traurig«, entgegnete Klim, ohne sie und Lida anzusehen. »Mir scheint, es gibt ...«

Er wollte sagen ›Mädchen‹, aber er beherrschte sich. »Frauen, die sich aus falschem Schamgefühl verachten, weil sie glauben, dass die Natur, als sie sie schuf, ein grobes Versehen begangen habe. Und es gibt Mädchen, die sich fürchten zu lieben, weil ihnen scheint, dass die Liebe sie erniedrige, zum Tiere herabwürdige.‹

Er sprach vorsichtig, in Angst, dass Lida aus seinen Worten das Echo der Gedanken Makarows heraushören könnte, Gedanken, die ihr wahrscheinlich nur zu gut bekannt waren.

»Vielleicht sind manche Frauen gerade deshalb ausschweifend, weil sie so schnell wie möglich ihr Weibliches, – wie sie es auffassen: ihr Tierisches – ausleben wollen, um dann Mensch zu sein, erlöst von der Gewalt der Triebe ...«

»Das ist erstaunlich wahr, Klim«, sagte Lida, nicht laut, aber vernehmlich.

Klim fühlte, dass seine über der lautlosen Bewegung des dunklen Wassers schwebenden Worte eindrucksvoll klangen.

»Kennen Sie solche Frauen? Wenigstens eine?« fragte leise und aus irgendeinem Grunde unwillig Alina.

»Ja oder nein?« forschte Klim bei sich selbst. »Nein, ich kenne keine. Aber ich bin überzeugt, dass es solche Frauen geben muss.«

»Gewiss«, sagte Lida.

Klim verstummte. Die jungen Mädchen schwiegen auch. Fest in ihre Schals gehüllt, schmiegten sie sich eng aneinander. Einige Minuten später schlug Alina vor:

»Es ist wohl Zeit, heimzufahren?«

Das Boot schaukelte und glitt geräuschlos in der Strömung dahin. Klim ruderte nicht, sondern steuerte nur. Er war zufrieden. Wie leicht hatte er Lida veranlasst, sich ihm zu erschließen. Jetzt war es vollkommen klar, dass sie die Liebe fürchtete und dass diese Furcht alles war, was ihm an ihr rätselhaft erschien. Seine Zaghaftigkeit aber ihr gegenüber fand ihre Erklärung darin, dass Lida ihn in gewisser Weise mit ihrer Furcht ansteckte. Wunderbar einfach war alles, wenn man zu schauen verstand. Während er sich seinen Gedanken überließ, hörte Klim die zornigen Klagen Alinas:

»Es ist also doch nicht ohne ein gescheites Gespräch abgegangen! Ach, diese Gespräche werden mich irgendwohin jagen, wo nicht Trübsal wohnt, noch Seufzen, sondern das Leben ... das flüchtige ...«

Alina brach in lautes Lachen aus, sie schaukelte sich, klatschte sich mit den Händen auf die Knie und wiederholte:

»O mein Gott!«

Klim fand sowohl ihr Lachen wie ihre Gesten roh.

Lida ließ die Arme über die Bootswand fallen und schaukelte das Boot so heftig, dass ihre Freundin erschrak:

»Bist du verrückt geworden?«

Lida spritzte ihr Wasser ins Gesicht, streichelte sich mit der nassen Hand die Wangen und sagte:

»Feigling!«

An dem einen Rand des schwarzen Wasserstreifens erhoben sich rote Sandhügel, am anderen schob sich das Gestrüpp des Dickichts vor. Alina deutete mit der Hand auf das Ufer: »Sieh doch, Lida: Das Haupt der Erde neigt sich zum Wasser, um zu trinken, und ihre Haare sträuben sich«

»Der Kopf eines Schweins«, sagte Lida.

Als man sich trennte, fühlte Klim, dass sie seine Hand sehr fest drückte, und sie sagte ungewöhnlich sanft:

»Bist du für den ganzen Sommer gekommen?«

Alina blickte in die Sterne und riet:

»Also wird morgen mein Erkorener erscheinen?«

Sie umschloss Lida und entfernte sich langsam zum Sommerhaus hin. Klim hielt sich an den Nadeltatzen der jungen Fichten fest und kroch den steilen Abhang des Hügels hinab. Durch das Rascheln der Nadeln und das Knirschen des Sandes hindurch vernahm er das Lachen der Telepnew und dann ihre Worte:

»... Turobojew. Wie wirst du es, Herzchen, zwischen zwei Feuern aushalten?«

»Ja«, dachte Klim. »Wie?«

Er blieb stehen, um zu horchen, konnte jedoch die Worte nicht mehr verstehen. Lange, bis ihm die Augen schmerzten, starrte er in den in der Finsternis völlig unbewegten Fluss, in die glanzlosen Abbilder der Sterne.

Am nächsten Morgen trafen Ljutow und Makarow zu Fuß von der Station ein, ihnen folgte ein Gefährt, solide bepackt mit Koffern, Kisten, irgendwelchen Bündeln und Paketen. Klim hatte sie kaum mit Tee bewirtet, als Doktor Ljubomudrow erschien, ein Bekannter Warawkas, hager, lang, glatzköpfig und bartlos, mit winzigen Äuglein von goldiger Tönung, die sich unter den schwarzen Büscheln seiner gerunzelten Brauen verbargen. Klim verbrachte beinahe den ganzen Tag damit, dem Doktor die Landhäuschen zu zeigen. Der Doktor überflog alles mit dem traurigen Blick eines Menschen, der sich mit einer Umgebung vertraut macht, in der er wider Willen zu leben gezwungen ist. Er biss sich die Lippen. Dicht neben den Ohren bewegten sich kleine Kugeln, und während man von einem Landhaus zum anderen schritt, murmelte er:

»So. Nun ja. S–sehr nett.«

Endlich sagte er Klim in entschiedenem Basston: »Also, reservieren Sie mir dieses.«

Doch nachdem er den grauen, zerdrückten Hut auf seinem Kopf zurechtgerückt hatte, fügte er hinzu:

»Oder das da.«

Klim war erschöpft von dem Doktor und der Neugier, die ihn den ganzen Tag quälte. Er hätte wissen mögen, wie das Wiedersehen Lidas mit Makarows abgelaufen war, was sie machten und wovon sie sprachen? Er beschloss sogleich zu Lida zu gehen, doch als er an seinem Sommerhaus vorüberkam, hörte er Ljutows Stimme:

»Nein, warte doch, Kostja, lass uns noch sitzen bleiben.«

Ljutow sprach in der Nähe, hinter einer dichten Birkengruppe etwas unterhalb des Pfades, auf dem Klim ging, aber er war nicht zu sehen. Anscheinend lag er, man sah Makarows Mütze und ein blaues Rauchwölkchen darüber.

»Ich habe Lust zu schimpfen, mich mit jemand zu zanken«, ertönte deutlich die Klarinettstimme Ljutows. »Mit dir, Kostja, ist das ausgeschlossen. Wie soll man sich mit einem Lyriker zanken?«

»Versuche es ruhig.«

»Nein, das werde ich unterlassen.«

»Man sagt, Fet soll böse sein. Der ist doch auch ein Lyriker.«

Klim blieb stehen. Er wünschte weder Ljutow noch Makarow zu sehen, der Weg aber senkte sich; wenn er ihm folgte, musste er unweigerlich entdeckt werden. Den Hügel hinaufzusteigen, hatte er jedoch keine Lust, er war müde geworden, und ohnehin hätten sie das Geräusch seiner Schritte gehört. Dann hätten sie denken können, dass er ihr Gespräch belausche. Klim Samgin blieb stehen und horchte stirnrunzelnd.

»Weshalb trinkst du in ihrer Gegenwart?«, fragte gleichmütig Makarow.

»Damit sie es sieht. Ich bin ein ehrlicher Junge.«

»Ein Hysteriker bist du. Und kommst nicht ohne Einbildung aus. Liebst du schon, gut, dann liebe ›ohne Grübeln, ohne Schwermut, ohne finstere Zweifelsucht‹!«

»Dazu müsste ich mir erst das Gehirn aus dem Kopf klopfen.«

»Dann lass sie in Ruhe.«

»Dazu bedarf es des Willens.«

Makarow sprach zwei Minuten lang mit gedämpfter Stimme und so schnell, dass Klim nur abgerissene Bruchstücke von Sätzen unterschied.

»Egoismus des Geschlechts ... Täuschung ...«

Darauf fing wieder Ljutow an, ebenfalls leise, aber durchdringend auf der Stille zu hämmern:

»Ungemein reif und sehr interessant. Du vergisst jedoch, dass meine Wenigkeit ein Kaufmannssohn ist. Das verpflichtet mich, mit äußerster Genauigkeit zu taxieren und abzuwägen. Alina Markowna ist auch nicht jeglicher Weltklugheit beraubt. Sie sieht, dass der künftige Gefährte ihrer ersten Schritte ins Leben einem Adonis nur sehr entfernt ähnelt, ja durchaus unähnlich ist. Aber sie weiß und hat wohl erwogen, dass er der einzige Erbe der Firma ›Gebrüder Ljutow. Daunen und Federn‹ ist.«

Ljutow wurde sekundenlang von Makarows Gezwitscher unterbrochen.

»Mein Freund, du bist dumm wie Bohnenstroh«, fuhr Ljutow fort. »Ich kaufe doch nicht ein Gemälde, ich breite mein Ich vor einem Weibe aus, mit dem nicht nur mein irdischer Leib, sondern auch meine hungrige Seele sich zu verschmelzen begehrt. Und so, die wundervolle Hand dieses Weibes liebkosend, spreche ich: Werkzeug der Werkzeuge. Was heißt denn das wieder? Fragt sie. Ich antworte: So weise hat ein alter Grieche die menschliche Hand benamset. Sie sollten sagt sie, lieber Ihre eigenen Worte gebrauchen, vielleicht würde es dann spaßiger sein. Denk bloß, Kostja, spaßiger! Und das ist alles! Ich stehe ratlos: Bin ich denn nur zum Spaßmachen geschaffen?«

»Genug jetzt, Wladimir. Geh schlafen«, sagte laut und zornig Makarow. »Ich sagte dir schon, dass ich dieses ... Finten nicht verstehe. Ich weiß eins: Das Weib gebärt den Mann für das Weib«

»Abscheuliche Ketzerei«

»Das Matriarchat«

Ljutow pfiff klingend, und die Worte der Freunde wurden undeutlich.

Klim seufzte erleichtert auf. Ein Käfer war ihm in den Hemdkragen gekrochen, lief über seinen Rücken und verursachte einen unerträglichen Juckreiz. Mehrmals hatte er vorsichtig versucht, den Rücken am Stamm einer Birke zu scheuern, aber der Baum knarrte und schwankte rauschend. Er hatte vor Aufregung geschwitzt, als er sich vorstellte, dass Makarow gleich aufstehen, sich umschauen und den Horcher entdecken würde.

Ljutows Klagen vernahm er mit Vergnügen. Er hatte sogar zweimal ein Lächeln nicht verbeißen können. Ihm schien, an Makarows Stelle würde er klüger gesprochen und auf Ljutows Frage: »Bin ich denn nur zum Spaßmachen da?« mit der Gegenfrage geantwortet haben: »Wozu denn sonst?«

An der Stelle, wo Makarow saß, wölkte sich immer noch blauer Rauch. Klim stieg hinunter. In einer Sandgrube schlängelten sich goldene und blaue Feuerwürmer und fraßen rotes Nadellaub und kleine Stückchen seidiger Birkenrinde.

»Was für eine Kinderei!«, dachte Klim, schüttete das lebende Feuer mit Sand zu, den Sand trat er sorgsam mit den Füßen fest. Als er sich in gleicher Höhe mit Warawkas Landhaus befand, rief ihn aus einem Fenster leise Makarow an:

»Wo willst du hin?«

Die unvermeidliche Zigarette zwischen den Zähnen, ein Papier in der Hand, stand er sehr malerisch da. Er sagte:

»Die jungen Mädchen befinden sich in gereizter Stimmung. Alina fürchtet, dass sie sich erkältet hat und quäkelt. Lida ist unversöhnlich gestimmt und hat Ljutow angeschrien, weil er das »Tagebuch der Baschkirzew«[3] nicht gebilligt hat.«

Da Klim befürchtete, dass Makarow ebenfalls zu den Mädchen gehen würde, beschloss er, sie später aufzusuchen und trat ins Zimmer. Makarow ließ sich auf einem Stuhl nieder, knöpfte den Hemdkragen auf und schüttelte heftig den Kopf. Dann legte er ein Heft dünnen Papiers auf die Fensterbank und beschwerte es mit dem Aschenbecher.

---

[3] Baschkirzew, Maria Konstantinowna (1860-1884), Malerin und Schriftstellerin. Ihr 1887 in französischer Sprache erschienenes »Tagebuch« ist ein unerbittlicher Spiegel des Pessimismus und der Lebensflucht, die die aristokratische russische Jugend ihrer Zeit beherrschten.

»Alle, Bruder, befinden sich in so einer bangen Erwartung«, sagte er stirnrunzelnd und wühlte sein Haar auf. »Aus der Literatur ist nicht ersichtlich, dass die Menschen vergangener Zeiten eine so sonderbare Bangigkeit verspürt hätten. Am Ende ist es gar keine Bangigkeit?«

»Ich weiß nicht«, sagte Klim, der eben diese Bangigkeit empfand. Darauf fügte er träge hinzu: »Man sagt, dass sich eine Belebung ankündigt …«

»In den Büchern.«

Klim schwieg eine Weile, beschäftigt, den seltsamen Flug der entfärbten Fliegen im rötlichen Strahl der Sonne zu verfolgen. Einige schienen in der Luft einen unbeweglichen Punkt zu erspähen und hielten lange Zeit zitternd über ihm, ohne sich zu getrauen, sich niederzusetzen, fielen, dann fast bis zum Fußboden hinab und stiegen von Neuem zu dem unsichtbaren Punkt empor. Klim zeigte mit den Augen auf das Heft:

»Was hast du da?«

»Den Programmentwurf des »Bundes der Sozialisten«. Es wird darin behauptet, dass die Dorfgemeinde unseren Bauern aufnahmefähiger für den Sozialismus mache, als es der Bauer des Westens ist. Alte Geschichte. Ljutow interessiert sich dafür.«

»Aus Langeweile?«

Makarow zuckte die Achseln.

»N-nein, er hat sein besonderes Verhältnis zur Politik. In diesem Punkt verstehe ich ihn nicht.«

»Und in allem Übrigen, außer diesem, was ist er da?«

Makarow hob die Brauen und zündete sich eine Zigarette an. Er wollte das brennende Zündholz in den Aschenbecher werfen, steckte es aber aus Versehen in ein Glas mit Milch.

»Oh, Teufel!«

Er goss die Milch aus dem Fenster, folgte dem weißen Bach mit den Augen und teilte verdrießlich mit:

»Auf die Blumen. – Habt ihr ein Klavier?«

Er hatte augenscheinlich Klims Frage vergessen oder wünschte sie nicht zu beantworten.

»Wozu brauchst du ein Klavier? Spielst du denn?« fragte trocken Samgin.

»Ja, denke dir, ich spiele!«, sagte Makarow mit den zusammengepressten Fingern krachend. »Ich begann nach dem Gehör, habe dann Stunden genommen. Das war noch damals im Gymnasium. In Moskau hat mein Lehrer mich überredet, ein Konservatorium zu besuchen. Jawohl. Talent, sagt er. Ich glaube ihm nicht. Ich habe gar keine Talente. Doch – ohne Musik erträgt man das Leben schlecht, das ist die Sache, mein Lieber«

»Das Klavier befindet sich dort, im Zimmer der Mutter«, sagte Klim. Makarow erhob sich, steckte das Heft achtlos in die Tasche und entfernte sich händereibend.

Sobald die ersten Akkorde auf dem Klavier ertönten, trat Klim auf die Veranda hinaus und verweilte dort einen Augenblick. Er schaute auf das Gelände jenseits des Flusses, welches rechts von dem schwarzen Halbkreis des Waldes, links von einem blauen Wolkenberg begrenzt wurde, hinter dem die Sonne bereits untergegangen war. Der leise Wind jagte sanft die grünlich-grauen Wellen des Korns zum Fluss. Die wohllautende Melodie eines unbekannten Liedes in Moll ertönte. Klim ging zum Landhaus der Telepnew hinüber. Ein bärtiger Bauer mit einem Holzbein trat ihm in den Weg.

»Will der Herr einen Wels fangen?«

Klim machte eine wortlose Geste der Ablehnung.

»Ein hübscher Wels – er wiegt seine zwei Pud«, rief der Bauer ihm mit mutloser Stimme nach.

Alinas Stubenmädchen sagte Klim, das Fräulein befinde sich nicht wohl, und Lida sei spazieren gegangen. Klim Samgin stieg zum Fluss hinab, blickte stromauf und ab, aber Lida war nicht zu sehen. Makarow spielte etwas sehr Wildes. Klim wandte sich heimwärts und stieß abermals auf den Bauern. Der stand mitten im Weg, hielt sich an einem Fichtenzweig fest und scharrte mit seinem Holzbein im Sand, bemüht, einen Kreis zu ziehen. Er blickte gedankenvoll in Klims Gesicht, gab ihm den Weg frei und sagte leise, fast ins Ohr:

»Eine Soldatenfrau habe ich auch eine saftige!«

Als Klim auf die Veranda des Landhauses gelangt war, hatte Makarow aufgehört zu spielen, und aufgeregt hastete Ljutows schneidendes Stimmchen:

»Das Volk hat über alles nachgedacht, liebe Lida Timofejewna, sowohl über das Paradies der Unschuld wie über die Hölle der Erkenntnis.«

Im Zimmer war kein Licht, das Dunkel verzerrte Ljutows Gestalt, der es die festen Umrisse nahm. Lida, weiß gekleidet, saß am Fenster, auf dem Musselin der Gardine zeichnete sich nur ihr kraushaariger, schwarzer Kopf ab. Klim blieb auf der Schwelle hinter Ljutows Rücken stehen und vernahm:

»Als Adam, aus dem Paradiese vertrieben, sich nach dem Baum der Erkenntnis umwandte, sah er, dass Gott den Baum schon zerstört hatte: Er war verdorrt. Und Satan trat zu Adam und sprach: ›Verstoßenes Kind, dir steht kein anderer Weg offen, denn der zu irdischer Qual führt.‹ Und er entführte Adam in die irdische Hölle und zeigte ihm alle Herrlichkeit und alle Gräuel, so Adams Same erschaffen sollte. Über dieses Thema hat der Magyare Imre Madacz ein sehr bedeutsames Werk verfasst. – Also so muss das verstanden werden, Lidotschka, Sie aber ...«

»Ich meine nicht dies«, sagte Lida. »Ich glaube nicht ... wer ist da?«

»Ich«, antwortete Klim.

»Warum erscheinst du so geheimnisvoll?«

Klim hörte in ihrer Stimme Unmut, war verletzt, ging zum Tisch und zündete die Lampe an. Blinzelnd trat der zerzauste Makarow ein, warf einen scheelen Blick auf Ljutow und sagte, während er beide Hände gegen Ljutows Schultern stemmte und ihn so in den geflochtenen Sessel hineinzwängte:

»Du kannst selbst nicht schlafen und schläferst die anderen ein?«

Lida fragte:

»Weshalb hast du die Lampe angezündet? Das Wetterleuchten blitzte so schön.«

»Das ist nicht Wetterleuchten, sondern ein Gewitter«, berichtigte Klim und schickte sich an, die Lampe wieder zu löschen, aber Lida sagte:

»Lass nur.«

Makarow wandelte leise pfeifend auf der Veranda auf und nieder, bald tauchte er auf, bald verschwand er, erhellt von dem stummen Züngeln der Blitze.

Lida erhob sich:

»Begleiten Sie mich«, wandte sie sich an Ljutow.

»Mit Wonne.«

Als sie auf die Veranda hinaustraten, erklärte Makarow:

»Ich komme auch mit.«

Aber Lida sagte:

»Nein, es ist nicht nötig.«

Makarow schlang die Hände um den Nacken, sah eine oder zwei Minuten lang zu, wie Ljutow Lida beim Gehen behilflich war, indem er die Zweige der jungen Fichten zurückbog, und sagte darauf, Klim zulächelnd:

»Hast du gehört? Nicht nötig. Häufiger als alle anderen Worte, die ihr Verhältnis zur Welt und zu den Menschen bestimmen, hört man aus ihrem Munde: ›nicht nötig‹.«Nachdem Makarow sich eine Zigarette angezündet hatte, ließ er das Zündholz herunterbrennen, stemmte sich mit der Schulter gegen den Türpfosten und fuhr im Ton eines Arztes, der einem Kollegen eine interessante Krankengeschichte erzählt, fort:

»Wenn sie sich mit dem einen unterhält, ist sie immer darauf bedacht, dass der andere nicht hört und nicht weiß, wovon die Rede ist. Sie scheint zu fürchten, dass andernfalls die Menschen nicht aufrichtig seien, sondern einstimmig dasselbe sagen würden. Aber obwohl Widersprüche sie fesseln, liebt sie selbst nicht, sie herauszufordern. Vielleicht glaubt sie, jeder Mensch besitze ein Geheimnis, das er nur der Jungfrau Lida Warawka allein anvertrauen könne?«

Klim fand, dass Makarow recht hatte, und war empört: Weshalb musste gerade Makarow und nicht er das sagen? Und über die Brille hinweg seinen Kameraden musternd, stellte er fest, dass die Mutter wahr gesprochen hatte: Makarows Gesicht war schillernd. Wenn nicht die kindlichen, einfältigen Augen – es wäre das Gesicht eines lasterhaften Menschen. Mit spöttischem Lächeln sagte Klim:

»Und du bist doch in sie verliebt?«

»Ich sagte dir bereits – nein.«

Makarow blies so heftig auf seine Zigarette, dass aus ihrem Brand Funken stoben.

»Dabei ist sie nicht eitel. Mir scheint sogar, sie hat eine zu geringe Meinung von sich. Sie fühlt sehr gut, dass das Leben eine todernste Sache ist und nicht für harmlose Scherze taugt. Zuweilen scheint es, als lebe in ihr die Feindschaft gegen sich selbst, gegen den Menschen, der sie gestern war.«

Makarow schwieg, dann lachte er ganz leise und sagte:

»Ein Naturwissenschaftler, ein Bekannter von mir, ein sehr begabter Junge, aber ein Schwein und ein Louis – er lebt offen mit einem reichen alten Weibsbild – sagte sehr gut: ›Wir alle werden von der Vergangenheit ausgehalten.‹ Ich tadelte ihn einmal, und da tat er diesen Ausspruch. Es ist etwas Wahres daran, mein Lieber ...«

»Ich sehe darin nichts außer Zynismus«, sagte Klim.

Das Gewitter zog herauf. Eine schwarze Wolke hüllte alles rings umher in undurchdringlichen Schatten. Der Fluss verschwand, nur an einer Stelle beleuchtete Licht aus einem Fenster des Hauses der Telepnew das tiefsatte Wasser.

Makarow glich sehr wenig jenem Jüngling in der blutgetränkten Segeltuchbluse, den Klim voll Angst durch die Straßen geführt hatte. Diese Verwandlung seines Wesens erregte sowohl Neugier als auch Verdruss.

»Du hast dich verändert, Konstantin«, sagte Samgin missbilligend.

Makarow fragte lächelnd:

»Zum Besseren?«

»Ich weiß nicht.«

Makarow nickte und führte die Handflächen über die auseinanderstehenden Haare:

»Mir scheint, ich bin ruhiger geworden. Ich habe, weißt du, von mir den Eindruck zurückbehalten, als hätte ich damals auf ein wildes Tier Jagd gemacht und nicht auf mich geschossen, sondern auf es. Und dann habe ich auch um die Ecke geblickt.«

Nach einigem Schweigen begann er, nachdenklich und leise zu erzählen:

»Als Kind fürchtete ich nichts, weder Dunkelheit noch Donner, weder Schlägereien noch den Schein nächtlicher Feuersbrünste. Wir wohnten in einer Säuferstraße, dort brannte es häufig. Aber Ecken fürchtete ich sogar am Tage. Ging ich durch die Straße und musste um eine Ecke biegen, so schien mir immer, dass dahinter etwas auf mich lauerte, nicht Jungen, die mich verprügeln konnten, überhaupt nichts Reales, sondern etwas ... aus dem Märchen. Vielleicht war es auch nicht Furcht, sondern allzu gierige Erwartung dessen, was anders war, als das, was ich sah und kannte. Ich, mein Lieber, habe schon mit zehn Jahren viel gekannt, beinahe alles, was man in diesem Alter nicht kennen sollte. Möglich, dass ich auf das wartete, was mir noch unbekannt war, ganz gleich: ob Schlimmeres oder Besseres, nur etwas anderes sollte es sein.«

Er sah Klim mit lachenden Augen an und seufzte tief:

»Und jetzt blicke ich ruhig um alle Ecken, weil ich weiß: Auch hinter jener Ecke, die man für die allerschrecklichste hält, ist nichts.«

»Ich glaube, das Schrecklichste im Leben ist – die Lüge!«, sagte Klim Samgin in unbeugsamem Ton.

»Ja. Und – die Dummheit. Nach meiner Meinung leben die Menschen sehr dumm.«

Beide verstummten.

»Ich gehe jetzt. Ich werde noch ein wenig spielen«, sagte Makarow.

Über dem Tisch, rund um die Lampe, flatterten kleine graue, unnütze Lebewesen, verbrannten sich, fielen auf das Tischtuch und bedeckten es mit ihrer Asche. Klim sperrte die Tür auf die Veranda ab, löschte das Licht und ging schlafen.

Während Klim dem Brüllen des heranziehenden Donners lauschte, verloren seine Gedanken sich im Gegenstandslosen, das sich weder in Worte noch in Bilder fügte. Er fühlte sich im Sturzbach des Unfasslichen. In einem Sturzbach, der langsam mitten durch ihn hindurchging, aber scheinbar auch außerhalb seines Gehirns schäumte; im dumpfen Rollen des Donners, im Pochen der vereinzelten schweren Regentropfen gegen das Dach, in dem Lied von Grieg, das Makarow spielte. Nachdem die Wolke in tristem Zuge einige Dutzend schwere Tropfen herabgeworfen hatte, schwebte sie vorüber. Der Donner wurde leiser, entfernter. Leuchtend blickte der Mond ins Fenster, und sein Licht störte gleichsam ringsum alles auf, die Möbel rührten sich, die Wand schwankte. In der Mühle bellte ängstlich ein Hund. Makarow hörte auf zu spielen. Eine Tür fiel ins Schloss. Gedämpft ertönte die Stimme Ljutows. Dann verstummte alles, und in dieser erstarrten Stille fühlte Klim noch stärker den Strom eines ungestalteten Gedankens.

Das hatte keine Ähnlichkeit mit jener Schwermut, die er unlängst durchlitten halte, es war die traumhafte, bange Empfindung eines Sturzes ins Bodenlose, an seinen gewohnten Gedanken vorüber, einem neuen ihm feindlichen entgegen. Seine Gedanken befanden sich irgendwo in seinem Innern, aber sie waren gleichfalls stumm und ohnmächtig wie Schatten. Klim Samgin fühlte dunkel, dass er sich etwas gestehen musste, aber er war unfähig oder fürchtete sich, zu begreifen, was.

Ein Sturm brach los. Die Fichten rauschten, auf dem Dache pfiff etwas gepresst. Das Mondlicht schoss ins Zimmer, verschwand darin, und von Neuem erfüllten es die raschelnden Geräusche und das Wispern der Dunkelheit. Der Sturmwind zerstreute schnell die kurze Frühlingsnacht, der Himmel färbte sich in frostiges Grün. Klim wickelte den Kopf in die Decke, ihn durchzuckte der jähe Gedanke:

»Im Grunde bin ich impotent.«

Doch diese Ahnung verschwand, ohne ihn zu verwunden, und er begann von Neuem in sich hineinzuhorchen, wo das Verwüstende, Gestaltlose mitten durch ihn hindurchströmte.

Er erhob sich früh mit der Empfindung, dass sein Kopf inwendig eingestaubt war, und dachte:

»Woher und wozu kommen mir solche Stimmungen?«

Als er allein beim Tee saß, erschienen Turobojew und Warawka, grau, in Staubmänteln. Warawka sah aus wie eine Tonne, während Turobojew auch in dem grauen, weiten Sack seine Seltsamkeit nicht einbüßte und als er das Segeltuch von den Schultern geworfen hatte, Klim noch gestraffter und betont trocken erschien. Seine kalten Augen waren in die Tiefe grünlicher Schatten gebettet, und Klim bemerkte etwas sehr Trauriges und Böses in ihrem regungslosen Blick.

Warawka schüttelte den Staub aus seinem Bart und teilte Klim mit, seine Mutter bitte ihn, schon morgen Abend in die Stadt zurückzukehren.

»Sie erwartet den Besuch dieser Musiker, du kennst sie ja, nun, und ...«

Er machte eine unbestimmte Bewegung mit seiner roten Hand. Klim dachte beinahe erbost;

»Warawka und die Mutter jagen mich anscheinend absichtlich hin und her. Sie wollen, dass ich so wenig wie möglich mit Lida zusammen bin.«

Er musste ferner auf den Gedanken kommen, dass die Menschen, die er kannte, sich mit so verdächtiger Geschwindigkeit um ihn versammelten, wie sie nur auf der Bühne oder auf der Straße, nach einem Unfall, glaubwürdig war. In die Stadt zu fahren, hatte er keine Lust; ihn quälte die Neugier, wie Lida wohl Turobojew empfangen würde.

Warawka zog aus seiner dickbäuchigen Aktenmappe Pläne und Papiere und verbreitete sich über die Hoffnungen der liberalen Landwirte auf den neuen Zaren. Turobojew hörte ihm mit undurchdringlicher Miene zu, während er langsam Milch aus einem Glase schlürfte. In der Verandatür tauchte, mit feuchtem Haar und rotem Gesicht, Ljutow auf und zwinkerte mit seinen schielenden Augen.

»Und ich habe gebadet!«

»Etwas früh, etwas gewagt«, sagte vorwurfsvoll Warawka. »Gestatten Sie, Ihnen vorzustellen ...«

Klim nahm wahr, dass Turobojew Ljutows Hand sehr lässig drückte, die seinige sogleich in die Tasche steckte und sich über den Tisch neigte. Seine Finger rollten nervös Brotkügelchen. Warawka schob rasch das Geschirr beiseite, faltete einen Plan auseinander und sprach, während er mit dem Stiel eines Teelöffels auf ihre grünen Flecken klopfte, von Wäldern, Sümpfen und Sandflächen. Klim stand auf und ging hinaus, da er fühlte, wie in ihm der Hass gegen diese Leute erwachte.

Auf einem Hügel im Walde wählte er sich einen Platz, von wo aus er alle Villen, das Flussufer, die Mühle und die Straße nach dem kleinen in der Nähe der Landhäuser Warawkas gelegenen Kirchdorf Nikonowo überschauen konnte, setzte sich in den Sand unter den Birken und packte Brunetieres Buch »Symbolisten und Decadente« ars. Aber die Sonne störte, und noch mehr die Notwendigkeit, zu verfolgen, was dort unten geschah.

Neben der Mühle teerte ein bärtiger Bauer in einem roten Hemd, winzig wie ein Spielzeug, den Boden eines Kahns. Die dumpfen Schläge des hölzernen Hammers zerteilten mit festem Ton die Stille. Ein ebenso winziges Bauernweib trieb, ihren Rocksaum schüttelnd, Gänse zum Fluss. Zwei Knaben mit Angelruten über der Schulter gingen am Ufer entlang – der eine gelb, der andere blau. Da kam auch Makarow, sein Handtuch schwenkend, trat er auf den Steg des Badehauses, ließ seinen nackten Fuß ins Wasser hängen, zog ihn heraus und schüttelte ihn wie ein Hund. Darauf legte er sich bäuchlings über den Steg und wusch Kopf und Gesicht, worauf er zum Landhaus zurückschlenderte. Im Gehen trocknete er seine Haare, es schien, als wickle er das Handtuch um den Kopf, um ihn abzureißen.

Von der Sonne gewärmt, von den würzigen Düften des Waldes berauscht, nickte Klim ein. Als er die Augen öffnete, stand unten Turobojew am Flussufer. Er hatte den Hut abgenommen und folgte, wie auf Drehangeln jeder Wendung Alina Telepnews, die den Weg zur Mühle einschlug. Und linker Hand, in der Ferne, auf der Straße zum Dorf, schwebte gleichsam über dem Erdboden das zierliche weiße Figürchen Lidas.

»Ob sie ihn gesehen hat? Ob sie miteinander gesprochen haben?«

Er stand auf, um zum Fluss hinabzusteigen, doch ihn hemmte das Gefühl schwerer Abneigung gegen Turobojew, gegen Ljutow, gegen Alina, die sich verkaufte, gegen Makarow und Lida, die ihr ihre Schamlosigkeit nicht vorhalten wollten oder konnten.

»Stände ich ihr so nahe wie sie ... Übrigens hol sie alle der Teufel!«

Er ließ sich träge in den Sand sinken, der bereits stark von der Sonne erhitzt war, putzte seine Brillengläser und beobachtete dabei Turobojew, der immer noch auf demselben Fleck stand, sein Bärtchen zwischen zwei Finger presste und sich mit seinem grauen Hut das Gesicht fächelte. Ihm näherte sich Makarow, und nun wandten sie sich beide zur Mühle.

»Im Grunde sind alle diese Gescheiten fade Menschen. Und – falsche«, zwang sich Klim zu denken, da er fühlte, dass sich seiner von Neuem die Stimmung der vergangenen Nacht bemächtigte. »In der Seele jedes von ihnen, hinter ihren Worten, liegt gewiss etwas Banales. Der Unterschied zwischen ihnen und mir besteht nur darin, dass sie es verstehen, gläubig oder ungläubig zu erscheinen, während ich bis jetzt weder einen festen Glauben noch einen standhaften Unglauben besitze.« Klim Samgin hatte nicht zum ersten Mal die Vorstellung, dass von außen her eine Menge spitzer und gleichwertiger Gedanken in ihn eindrangen. Sie waren widerspruchsvoll, und es war notwendig, von ihnen diejenigen abzusondern, die ihm am besten passten. Doch jeder Versuch, Ordnung in all das hineinzubringen, was er vernahm und las, einen Kreis von Meinungen zu schaffen, der ihm als Schild gegen den Ansturm der Gescheiten dienen und gleichzeitig seine Persönlichkeit mit hinreichender Schärfe betonen konnte, scheiterte. Er fühlte, dass sich in ihm ein langsamer Wirbel verschiedener Meinungen, Ideen und Theorien drehte, aber dieser Wirbel schwächte ihn nur, ohne ihm etwas zu geben, ohne in seine Seele, in sein Herz einzugehen. Zuweilen schreckte ihn bereits diese Empfindung seiner selbst als eines Leerraums, in dem unaufhörlich Worte und Gedanken siedeten – siedeten, ohne zu wärmen. Er fragte sich sogar:

»Ich bin doch nicht dumm?«

An diesem heißen Tage, als er im Sand saß und sah, wie Turobojew, Makarow und zwischen ihnen Alina von der Mühle zurückkehrten, durchzuckte ihn eine tröstliche Ahnung:

»Ich ängstige mich unnötig. Im Grunde ist alles sehr einfach: Meine Stunde, zu glauben, ist noch nicht gekommen. Doch schon reift irgendwo tief in meiner Seele das Korn des wahren Glaubens, meines Glaubens! Er ist mir noch nicht klar, aber es ist seine geheimnisvolle Kraft, die alles Fremde von mir abwehrt und mir nicht erlaubt, es anzunehmen. Es gibt Ideen, die für mich und solche, die nicht für mich bestimmt sind. Die einen muss ich erleben, die anderen brauche ich nur zu kennen. Ich bin nur noch nicht den mir »chemisch verwandten« Ideen begegnet, Kutusow sagt sehr richtig, dass für jedes soziale Individuum ein bestimmter Kreis von Meinungen und Anschauungen existiert, die ihm chemisch verwandt sind.«

Die Erinnerung an Kutusow verwirrte Klim einigermaßen, er sah sich innerlich über einen Widerspruch stolpern, doch rasch machte er einen Bogen um ihn, indem er sich sagte:

»Hier ist eine Wirrnis, doch sie zeigt nur an, dass es gefährlich ist, sich fremder Ideen zu bedienen. Es gibt einen Korrektor, der diese Fehler anstreicht.«

Darauf kehrte Klim Samgin von Neuem zu seiner Erkenntnis zurück:

»Daher erscheint es mir auch zuweilen, dass meine Gedanken im leeren Raum sieden. Auch was ich diese Nacht empfinden musste, hängt natürlich mit dem Heranreifen meines Glaubens zusammen.«

Er lächelte zögernd, froh über seine Entdeckung, doch noch nicht ganz überzeugt von ihrem Wert. Indessen, sich vollends davon zu überzeugen, war nun nicht mehr schwierig. Nachdem er noch einige Minuten nachgedacht hatte, erhob er sich, reckte sich wollüstig, um die ermüdeten Muskeln zu lockern, und ging rüstig nach Hause.

Warawka und Ljutow saßen am Tisch, Ljutow mit dem Rücken zur Tür. Beim Eintreten hörte Klim ihn sagen:

»Die erste Geige in einer Zeitung ist nicht der politische Redakteur, sondern der Feuilletonist.«

Warawka empfing Klim übellaunig:

»Wo warst du? Man hat dich vor dem Frühstück gesucht und nicht gefunden. Und wo ist Turobojew? Mit den Mädchen? Hm ... ja! Sei so gut Klim und schreib mir diese beiden Zettel ab.«

Ljutow sah mit scheelem, argwöhnischem Blick auf Klim, beugte sich dann über ein Blatt Papier und unterstrich etwas:

»Wahrscheinlich wird mein Onkel auf Ihre Bedingungen nicht eingehen«, sagte er.

Er nahm mit nervöser Bewegung eine Flasche vom Tisch und goss Bier in sein Glas. Drei Flaschen waren schon geleert Klim ging fort. Während er die Papiere abschrieb, lauschte er den undeutlichen Stimmen Warawkas und Ljutows. Ihre Stimmen waren beinahe gleich hoch und kreischten manchmal auf eine so seltsame Weise, als kläfften zwei Hündchen, die man in einem Zimmer eingesperrt hatte, einander zornig an.

Turobojew, Makarow und die Mädchen erschienen erst zum Abendessen. Klim erkannte sogleich, dass Lida unfroh und nachdenklich gestimmt war, schob es aber auf ihre Müdigkeit. Makarow hatte das Aussehen eines Menschen, der soeben aufgewacht ist. Ein zerstreutes Lächeln säumte seine schön geschnittenen Lippen, aber er rauchte nach seiner Gewohnheit ohne Unterlass. Die Zigarette qualmte in seinem Mundwinkel, und ihr Rauch zwang Makarow, das linke Auge zuzukneifen. Es war seltsam zu sehen, wie unverwandt und erstaunt Alina Turobojew ansah, während in den frostigen Augen des Aristokraten zwar eine gewisse Besorgtheit bemerkbar war, doch das gewohnte maliziöse Lächeln fehlte. Alle erschienen in dem Moment, als Klim Samgin das Schauspiel der rhetorischen Raserei Warawkas und Ljutows beobachtete.

Es lag etwas Hungriges, Wollüstiges und schließlich sogar Lächerliches in der Wut, mit der diese Menschen stritten. Es schien, als hätten sie schon lange eine Gelegenheit gesucht, einander zu begegnen, um sich ironische Ausrufe an den Kopf zu werfen, in spöttischen Grimassen zu wetteifern und einander auf jegliche Art zu beweisen, dass man den anderen nicht achte. Warawka rekelte sich salopp im Korbstuhl. Er hatte seine kurzen Beine von sich gestreckt und die Hände in den Taschen vergraben, es sah so aus, als habe er sie in seinen Bauch gebohrt. Beim Zuhören blies er seine knallroten Backen auf und kniff die Bärenäuglein zu. Wenn er sprach, wand sein ungetümer Bart sich wogend auf dem Batist seines Hemdes gleich einer monströsen Zunge, die bereit ist, alles wegzulecken.

»Erlauben Sie!«, kreischte er durchdringend. »Sie haben selbst zugegeben, dass die Industrie des Landes sich im Keimzustand befindet – und trotzdem halten Sie es für möglich, ja für unvermeidlich, den Arbeitern Feindseligkeit gegen die Unternehmer einzuflößen?«

»Hähähä«, lachte Ljutow näselnd und aufreizend. »Fügen Sie noch hinzu, dass der Klassenhass notwendig die Entwicklung der Kultur aufhält, wie dies aus dem Beispiel Europas hervorgeht ...«

Klim machte dieses Lachen, in dem nichts Scherzhaftes lag, aus dem aber deutlich unverschämter Spott sprach, staunen. Ljutow saß mit gekrümmtem Rücken auf dem Stuhlrand und stemmte die Hände flach gegen die Knie. Klim sah, wie seine schielenden Augen zitterten, in dem Bestreben, sich auf Warawkas Gesicht einzustellen, und, da es ihnen nicht gelang, hüpften und Ljutow zwangen, den Kopf hin und her zu drehen. Klim sah ferner, dass dieser Mensch alle gegen sich aufbrachte, Lida, die Tee eingoss, ausgenommen. Makarow blickte durch die offene

Verandatür, klopfte sich mit dem Löffel auf die Nägel der linken Hand und hörte offensichtlich nichts.

»Aber die Beweggründe? Ihre Beweggründe?« krähte Warawka, »Was veranlasst Sie, die Feindschaft anzuerkennen ...«

»Mein Name«, kreischte Ljutow. »Grimmig hasse ich die Langeweile des Lebens.«

Turobojew schnitt eine Grimasse. Alina, die es bemerkte, beugte sich zu Lida, flüsterte ihr etwas ins Ohr und versteckte ihr rot gewordenes Gesicht hinter der Schulter ihrer Freundin. Ohne sie anzusehen, stieß Lida ihre Tasse zur Seite und runzelte die Stirn.

»Wladimir Iwanowitsch«, heulte Warawka. »Sprechen wir ernsthaft oder nicht?«

»Durchaus«, rief erregt Ljutow.

»Ja, was wollen Sie eigentlich?«

»Freiheit!«

»Anarchie?«

»Wie Sie wünschen. Wenn bei uns Fürsten und Grafen hartnäckig Anarchie predigen, gestatten Sie auch einem Kaufmannssohn, gutherzig über dieses Thema zu schwatzen! Gestatten Sie dem Menschen die ganze Süßigkeit und den ganzen Schrecken – jawohl, Schrecken! – des freien Handelns auszukosten. Setzen Sie ihm keine Schranken.«

»Und dann?«, fragte laut Turobojew.

Ljutow schaukelte auf dem Stuhl nach seiner Richtung hin und reckte den Arm gegen ihn aus.

»Dann wird er sich selbst, kraft seiner eigenen Freiheit, Schranken setzen. Er ist feige, der Mensch, er ist gierig. Er ist klug, weil er feige ist, gerade deshalb. Erlauben Sie es, und Sie erhalten die vortrefflichsten, zahmsten, fleißigsten Menschen, die unverzüglich sich selbst und einander bändigen und fesseln, sich dem Gotte wohltätigen und friedlichen Lebens hingeben werden.«

Warawka riss empört die Hand aus der Tasche und winkte ab:

»Verzeihen Sie, das ist nicht ernsthaft!«

»Darf man ein paar Worte sagen?«, fragte Turobojew.

Er wartete die Erlaubnis nicht ab, sondern begann, ohne Ljutow anzusehen:

»Wenn ich Leute streiten höre, entsteht bei mir der schmerzliche Eindruck, dass wir russischen Menschen unseres Verstandes nicht mächtig sind. Bei uns lenkt nicht der Mensch seinen Gedanken, sondern dieser knechtet jenen. Sie erinnern sich, Samgin, Kutusow nannte unsere Diskussionen eine »Parade der Paradoxien«?«

»Nun, Herr? Nun und, Herr?« kreischte Ljutow anzüglich. »Es gibt bei uns erstaunlich viele Leute, die, nachdem sie einmal einen fremden Gedanken angenommen haben, sich gleichsam scheuen, ihn zu prüfen, von sich aus zu verbessern, vielmehr, umgekehrt, lediglich bestrebt sind, ihn auszurichten, zu überspitzen und über alle Grenzen der Logik und des Möglichen hinaus zu treiben. Überhaupt will mir scheinen, als sei das Denken für den russischen Menschen etwas Ungewohntes, ja Ängstigendes, wenn auch Verführerisches. Diese Unfähigkeit, seinen Verstand zu lenken, flößt dem einen Furcht vor ihm, Feindseligkeit gegen ihn, dem anderen sklavische Unterordnung unter die Willkür seines Spiels ein, eines Spiels, welches überaus häufig die Menschen verdirbt.«

Ljutow rieb sich die Hände und grinste höhnisch. Klim musste daran denken, dass er am häufigsten, ja so gut wie immer gute Gedanken aus dem Munde unangenehmer Menschen zu hören bekam. Ihm gefielen die schreienden Versicherungen Ljutows über die Notwendigkeit der Freiheit, er billigte Turobojews Hinweis auf die russische Unfähigkeit, kaltblütig zu denken. Sich seinen Gedanken überlassend, überhörte er die letzten Worte Turobojews und wurde von Ljutows Schrei überrumpelt:

»Sie tadeln mit großem Hochmut!«

»Wir sind erfüllt von einer barbarischen Gier nach besonders glänzenden Gedanken, sie erinnert an die Gier der Wilden nach Glasperlen«, sagte Turobojew, er schaute Ljutow nicht an und betrachtete die Finger seiner rechten Hand. »Ich glaube, nur dadurch erklären sich solche Kuriosa wie Voltairianer unter den Gutsbesitzern, darwinistische Popensöhne, idealistische Kaufleute »erster Gilde« und Marxisten aus demselben Stande.«

»Soll das ein Stein in meinen Garten sein?«, fragte Ljutow kreischend.

»Nein, ich will niemand damit treffen. Ich suche ja nicht zu überzeugen, sondern berichte«, antwortete Turobojew nach einem Blick aus dem Fenster. Klim wunderte sehr der sanfte Ton seiner Antwort. Ljutow wand sich, hüpfte auf seinem Stuhl, suchte Einwände und musterte alle Anwesenden. Da er aber feststellte, dass man Turobojew aufmerksam zuhörte, grinste er spöttisch und schwieg.

»Ich weiß nicht, ob man sich diese Gier nach Fremdem mit der Notwendigkeit organisierender Ideen für unser Land erklären soll«, sagte Turobojew und erhob sich.

Ljutow sprang gleichfalls auf:

»Und die Slawophilen? Die Volkstümler?«

»Die einen gibt es nicht mehr, die anderen sind weit entfernt von der Wirklichkeit«, antwortete, zum ersten Male lächelnd, Turobojew.

Ljutow rückte ihm auf den Leib, er kreischte:

»Aber auch Sie denken ja nicht selbstständig! Ach nein! Tschaadajew ...«

»Hat Russland mit den Augen eines klugen und liebenden Europäers angesehen.«

»Nein, warten Sie, unterstellen Sie mir nichts ...«

Ljutow redete auf Turobojew ein, drängte ihn auf die Veranda und schrie dort:

»Das standesmäßige Denken ...«

»Ein anderes soll unmöglich sein ...«

»Sonderbare Type«, murmelte Warawka, und an seinem scheelen Blick nach Alinas Seite war zu sehen, dass er Ljutow meinte.

Minutenlang schwiegen im Zimmer vier Menschen, ganz Ohr für den Streit auf der Veranda. Der fünfte, Makarow, schlief schamlos im Winkel, auf einem niedrigen Schemel. Lida und Alina saßen Schulter an Schulter, Lida senkte den Kopf, man sah ihr Gesicht nicht. Die Freundin flüsterte ihr etwas ins Ohr. Warawka, der die Augen bedeckt hielt, rauchte seine Zigarre.

»Jetzt, da wir voreinander die Wimpel unserer Originalität gehisst haben ... Was gibt es?«

Eine dritte Stimme, heiser und weinerlich, sagte:

»Vielleicht wollen die Herrschaften einen Wels fangen? Hier lebt zu Ihrer Unterhaltung ein Wels, drei Pud schwer ... Eine amüsante Zerstreuung ...«

Klim trat auf die Veranda hinaus. Vor ihm stand der Bauer mit dem Holzbein, erhob sein Pelzgesicht und sagte in flehendem Ton:

»Ich würde Ihnen für fünfundzwanzig Rubel eine herrliche Jagd einrichten. Es ist ein gefährlicher Fisch. Sie könnten sich später vor Verwandten und Bekannten rühmen ...«

Turobojew trat zur Seite. Ljutow reckte den Hals und betrachtete aufmerksam den Bauern, der breitschultrig, in einem roten Hemd ohne Gürtel, bedeckt von einer Kappe wuchernder grauer Haare, dastand. Seine einundeinhalb Beine waren mit blauen Hosen bekleidet. In der einen Hand hielt er ein Messer, in der anderen einen hölzernen Krug und schnitzte, während er sprach, mit dem Messer den schartigen Rand des Kruges glatt, wobei er mit hellen Augen zu den Herrschaften emporblickte. Sein Gesicht war nüchtern, sogar finster, seine Stimme klang hoffnungslos. Als er aufgehört hatte zu reden, zogen seine Brauen sich düster zusammen.

Ljutow eilte zu ihm hinab und sagte:

»Gehen wir.«

Er wandte sich zum Fluss. Der Bauer folgte ihm humpelnd. Im Zimmer lachte Alina.

»Wie gefällt Ihnen Ljutow?«, fragte Klim Turobojew, der sich auf die Brüstung der Veranda gehockt hatte. »Originell?«

»Er gehört nicht zu den Leuten, die mir Achtung abzwingen, aber er ist – interessant«, sagte Turobojew nach einigem Überlegen leise. »Er hat sehr boshaft über Krapotkin, Bakunin und Tolstoi gesprochen und über das Recht eines Kaufmannssohns, gutherzig zu schwatzen. Das ist das Klügste, was er gesagt hat.«

Eine hinter der anderen, traten Lida und Alina auf die Veranda. Lida setzte sich auf die Stufen. Alina warf hinter der schützenden Hand einen Blick auf die emporsteigende Sonne und näherte sich lautlos, mit gleitendem Schritt, wie über eine Eisfläche, Turobojew.

»Das hätte ich nicht gedacht, dass Sie gern streiten!«

»Ist das ein Mangel?«

»Natürlich. Es taugt für Greise.«

»Unser Geschlecht weiß nichts von Jugend«, zitierte Turobojew.

»Au, Nadson«, rief Alina mit verächtlicher Grimasse. »Mir scheint, nur erfolglose, unglückliche Menschen lieben das Streiten. Die Glücklichen leben schweigsam.«

»Meinen Sie?«

»Ja. Den Unglücklichen fällt es aber schwer, zu gestehen, dass sie nicht zu leben verstehen, daher reden und schreien sie. Und immer an der Sache vorbei, nicht über sich, sondern über die Liebe zum Volk, an die niemand glaubt.«

Turobojew lachte ganz leise und weich.

»Oho! Sie sind mutig«, sagte er.

Sowohl sein milder Ton als auch sein Lachen reizten Klim. Er fragte ironisch:

»Sie nennen es mutig? Wie nennen Sie dann die Volkstümler und Revolutionäre?«

»Es sind gleichfalls mutige Leute. Besonders diejenigen, die selbstlos, aus Neugier Revolution machen.«

»Sie sprechen von den Abenteurern.«

»Wieso? Von Menschen, die sich eingeengt fühlen und die Ereignisse zu beschleunigen suchen. Cortez und Columbus waren ja auch Ausdruck des Volkswillens, Professor Mendelejew ist nicht weniger Revolutionär als Karl Marx. Neugier ist Tapferkeit. Wenn aber die Neugier sich in Leidenschaft verwandelt, dann ist sie schon – Liebe.«

Lida blickte Turobojew über die Schulter und fragte:

»Sprechen Sie aufrichtig?«

»Ja«, entgegnete er zögernd.

Klim empfand steigende Erbitterung gegen diesen Menschen. Er wünschte Einwände gegen diese Gleichsetzung von Neugier und Mut zu erheben, fand aber keine. Wie immer, wenn in seiner Gegenwart im Ton der Wahrheit Paradoxien vorgetragen wurden, beneidete er die Menschen, die das verstanden.

Ljutow kehrte zurück und schrie, sein Taschentuch schwenkend:

»Morgen vor Tagesanbruch werden wir den Wels fangen! Für dreizehn Rubel bin ich mit ihm handelseinig geworden.«

Er lief auf die Veranda und fragte Alina:

»Erkorene! Haben Sie niemals einen Wels gefangen?«

Sie ging an ihm vorüber, mit den Worten:

»Weder Fische noch Kraniche am Himmel ...«

»Verstehe!«, schrie Ljutow. »Sie ziehen den Sperling in der Hand vor. Ich billige es.«

Klim sah, dass Alina sich mit einem Ruck umwandte, einen Schritt zu ihrem Verlobten hin machte, dann aber zu Lida trat und sich neben sie setzte, wobei sie an sich zupfte, wie ein Huhn vor dem Regen. Händereibend und die Lippen schief ziehend, musterte Ljutow alle mit erregt fliehenden Augen, und sein Gesicht bekam einen betrunkenen Ausdruck.

»Wir leben in der Sünde«, murmelte er. »Jener Bauer aber ... jawohl!«

Alle schienen zu merken, dass er in noch verzweifelterer Stimmung wiedergekommen war, gerade damit erklärte sich Klim das unhöfliche, zuwartende Schweigen, womit man Ljutow antwortete. Turobojew lehnte mit dem Rücken an einer der gedrechselten Verandasäulen. Die Arme auf der Brust gekreuzt, seine gestickten Brauen furchend, fing er aufmerksam Ljutows irren Blick, als erwarte er einen Überfall.

»Ich bin einverstanden!«, sagte Ljutow und trat mit eiligen Schritten ganz dicht an ihn heran. »Richtig: Wir irren im Gestrüpp unseres Verstandes oder rennen als erschrockene Dummköpfe vor ihm davon.«

Er holte so rasch mit der Hand aus, dass Turobojew mit der Wimper zuckte und um dem Schlag auszuweichen, zur Seite fuhr. Er tat es und erbleichte. Ljutow entging augenscheinlich diese Bewegung, und er sah nicht das zornige Gesicht. Mit der Hand fuchtelnd wie der ertrinkende Boris Warawka, redete er weiter:

»Aber das geschieht, weil wir ein metaphysisches Volk sind. In jedem unserer landwirtschaftlichen Statistiker steckt ein Pythagoras, und unser Statistiker nimmt Marx wie einen Swedenborg oder Jakob Böhme in sich auf. Und die Wissenschaft können wir nur als Metaphysik vertragen. Für mich zum Beispiel ist die Mathematik die Mystik der Zahlen, einfacher gesprochen, Zauberei.«

»Nichts Neues«, flocht Turobojew leise ein.

»Dass der Deutsche der geborene Philosoph sein soll, ist Unsinn!«, sagte Ljutow mit gedämpfter Stimme und sehr rasch, und seine Beine knickten ein. »Der Deutsche philosophiert maschinell, es ist für ihn Tradition, Handwerk, Feiertagsbeschäftigung. Wir aber philosophieren leidenschaftlich, selbstmörderisch, Tag und Nacht, im Schlaf, an der Brust der Geliebten und auf dem Sterbebett. Eigentlich philosophieren wir nicht, weil es bei uns, sehen Sie, nicht aus dem Verstand, sondern aus der Fantasie kommt. Wir vernünfteln nicht, wir träumen mit der ganzen bestialischen Kraft unserer Natur. Den Begriff ›bestialisch‹ müssen Sie nicht im absprechenden, sondern im quantitativen Sinn nehmen.«

Er fuchtelte mit den Armen und beschrieb in der Luft einen weiten Kreis.

»Verstehen Sie ihn als Grenzenlosigkeit und Unersättlichkeit. Vernunft wird nicht heimisch bei uns, wir sind unvernünftige Talente. Und wir alle ersticken, alle – von unten bis oben. Fliegen und stürzen. Ein Bauer steigt zum Präsidenten der Akademie der Wissenschaften auf. Aristokraten lassen sich ins Bauerntum herab. Und wo finden Sie so mannigfaltige und zahlreiche Sekten wie bei uns? Und dazu die fanatischsten: die Kastraten, die Flagellanten, der ›Rote Tod‹. Selbstverbrenner sind wir, wir brennen im Traum, angefangen mit Iwan dem Schrecklichen und dem Oberpriester Awwakum bis zu Michail Bakunin, Netschajew und Wsewolod Garschin. Lehnen Sie Netschajew nicht ab, das geht nicht an! Denn er ist ein prachtvoller russischer Mensch! Dem Geist nach ein leiblicher Bruder des Konstantin Leontjew und des Konstantin Pobedonoszew.«[4]

Ljutow knüpfte, fuchtelte mit den Armen und wollte sich in Stücke reißen. Doch sprach er immer leiser, zuweilen fast flüsternd. Etwas Unheimliches, Betrunkenes und wirklich Leidenschaftliches, etwas furchtbar Erlebtes brach bei ihm durch. Es war zu sehen, dass es Turobojew Anstrengung kostete, sein Geflüster und sein leises Heulen zu ertragen, in dieses erregte, rote Gesicht mit den verdrehten Augen zu schauen.

»Wie wird nur Alina mit ihm leben?«, dachte Klim mit einem Blick auf das junge Mädchen. Sie hatte ihren Kopf in Lidas Schoß gelegt. Lida spielte mit ihrem Zopf und hörte aufmerksam zu.

»Sie sind anscheinend in vielem mit Dostojewski einer Meinung?«, fragte Turobojew.

Ljutow fuhr zurück.

»Nein! Worin? Was das betrifft, ist mein Gewissen rein. Ich liebe ihn nicht.«

Auf der Schwelle zeigte sich Makarow und fragte böse:

»Wladimir, willst du Milch? Sie ist kalt.«

»Dostojewski ist hingerissen vom Zuchthaus. Was ist sein Zuchthaus? Eine Parade. Er war Inspektor der Parade im Zuchthaus. Und sein ganzes Leben lang vermochte er nichts zu schildern außer Zuchthäuslern, sein tugendhafter Mensch aber ist ein ›Idiot‹. Das Volk kannte er nicht, es beschäftigte ihn nicht.«

Makarow kam heraus, reichte Lida ein Glas Milch und setzte sich neben sie. Laut knurrte er:

---

[4] Netschajew – Terrorist, Anhänger Bakunins. – Oberpriester Awwakum, Volkspriester und Reformator, 1682 zu Moskau verbrannt. Garschin – realistischer Erzähler. Leontjew, konservativer Politiker. Konstantin Pobedonoszew, Jurist und Staatsmann, Apologet des Absolutismus und des orthodoxen Kirchenglaubens. D. Ü.

»Wird dieser Redefluss bald ein Ende nehmen?«

Ljutow drohte ihm mit der Faust.

»Unser Volk ist das freieste auf der ganzen Erde. Es ist innerlich durch nichts gebunden. Die Wirklichkeit liebt es nicht. Es liebt Finten und Gauklerstückchen. Zauberer und Wundertäter. Idioten. Es ist selbst so ein ***+– Idiot. Morgen schon kann es den mohammedanischen Glauben annehmen – zur Probe. Jawohl, zur Probe, Herr! Kann alle seine Hütten niederbrennen und in die Sandwüste ziehen, um das Oponische König-reich zu suchen.«

Turobojew versteckte die Hände in den Taschen und fragte frostig:

»Nun, und was folgt endlich daraus?«

Ljutow schaute sich um, offenbar, um die Aufmerksamkeit noch mehr auf sich zu lenken, und antwortete, sich wiegend:

»Daraus folgt, dass das Volk die Freiheit will, nicht jene, die ihm die Politiker aufdrängen, sondern die Freiheit, die die Pfaffen ihm geben könnten, die Freiheit, furchtbar und auf jede Art zu sündigen, um zu er-schrecken und dann für dreihundert Jahre in sich selbst still zu sein: So, erledigt! Alles ist erledigt! Alle Sünden sind erfüllt. Wir haben Luft!«

»Eine merkwürdige Theorie«, sagte Turobojew achselzuckend und stieg von der Veranda ins nächtliche Dunkel hinab. Zehn Schritt entfernt, sagte er laut:

»Und es ist doch – Dostojewski. Wenn nicht seine Gedanken, so doch sein Geist ...«

Ljutow kniff seine schielenden Augen zu und murmelte:

»Wir leben, um zu sündigen und uns so von den Anfechtungen zu be-freien. Sündigst du nicht, kannst du nicht bereuen, ohne Reue aber gibt es keine Erlösung ...«

Alle schwiegen und blickten auf den Fluss. Auf der schwarzen Bahn bewegte sich lautlos ein Kahn. An seinem Bug brannte und kräuselte sich eine Fackel. Ein schwarzer Mann rührte behutsam die Ruder, ein zweiter, mit einer langen Stange in den Händen, beugte sich über Bord und zielte mit der Stange auf das Spiegelbild der Fackel im Wasser. Das Bild änderte wundersam seine Formen, bald glich es einem goldenen Fisch mit vielen Flossen, bald einer tiefen, auf den Grund des Flusses rei-chenden roten Gruft, in die der Mann mit der Stange sich zu springen anschickte, aber nicht getraute.

Ljutow blickte zum Himmel empor, der verschwenderisch mit Sternen besät war, zog seine Uhr hervor und sagte:

»Es ist noch früh. Wünschen Sie nicht spazieren zu gehen, Alina Markowna?«

»Wenn Sie schweigen – ja.«

»Wie das Grab?«

»Ich gestatte armenische Witze.«

»Nun, auch dafür weiß ich Ihnen Dank«, sagte Ljutow, während er seiner Braut beim Aufstehen behilflich war. Sie nahm seinen Arm.

Als sie sich ungefähr dreißig Schritte entfernt hatten, sagte Lida still:

»Er tut mir leid.«

Makarow knurrte etwas Undeutliches. Klim fragte:

»Weshalb – leid?«

Lida antwortete nicht, aber Makarow sagte halblaut:

»Hast du gesehen – wie er sich aufregt? Er möchte sich selbst überschreien.« »Verstehe ich nicht.«

»Was ist denn dabei nicht zu verstehen?« Lida erhob sich.

»Begleite mich, Konstantin.«

Auch sie gingen fort. Der Sand knirschte. In Warawkas Zimmer klapperten hart und flink die Kugeln des Rechenbretts. Das rote Feuer auf dem Boot leuchtete in weiter Ferne, am Mühlenwehr. Klim saß auf den Verandastufen, sah der verschwindenden weißen Figur des Mädchens nach und beteuerte sich selbst:

»Ich bin doch nicht in sie verliebt?«

Um nicht denken zu müssen, ging er zu Warawka und fragte, ob er ihn brauche. Er brauchte ihn. Ungefähr zwei Stunden saß er hinter dem Tisch mit dem Abschreiben der Projekte eines Vertrages zwischen Warawka und der Stadtverwaltung über den Bau eines neuen Theaters beschäftigt. Er schrieb und horchte mit allen Sinnen in die Stille. Doch alles rings umher schwieg steinern. Keine Stimme, kein Rascheln von Schritten.

Bei Sonnenaufgang stand Klim unter den Weiden des Mühlenwehrs und hörte zu, wie der Bauer mit dem Holzbein mit leiser begeisterter Stimme erzählte:

»Der Wels liebt Grütze. Hirsebrei oder, sagen wir mal, Buchweizen-grütze, ist seine Lieblingsspeise. Ein Wels hätte sich für Grütze zu allem herankriegen.«

Das Holzbein des Bauern bohrte sich in den Sand. Er stand, in der Hüf-te gekrümmt, und hielt sich am Stumpf eines Weidenastes. Mit zucken-den Bewegungen der Schultern zog er das Holzbein aus dem Sand, setz-te es auf einen anderen Fleck, bis es wieder im lockeren Grund einsank, und von Neuem knickte die Hüfte des Bauern ein.

»Grütze haben wir ihm gegeben, dem Biest«, sagte er, die Stimme noch mehr dämpfend. Sein pelziges Gesicht war feierlich, in seinen Augen strahlte Würde und Seligkeit. »Wir kochen die Grütze so heiß es geht und schütten sie in einen Topf, der Topf aber hat einen Sprung – begrei-fen Sie die Chose?«

Er zwinkerte Ljutow zu und wandte sich zu Warawka hin, der in ei-nem kirschfarbenen Schlafrock, einer grünen, goldverbrämten tatari-schen Kalotte und bunt gestreiften Saffianstiefeln beinahe hoheitsvoll dastand. »Er schluckt also den Topf hinunter, der Topf aber, der ja ge-sprungen ist, fällt in seinem Bauch auseinander, und nun beginnt die Grütze ihm die Eingeweide zu verbrennen, begreifen Eure Exzellenz die-se Chose? Es tut ihm weh, er zappelt, er springt, und nun fassen wir zu ...«

Die Sonnenstrahlen zielten auf Warawkas Gesicht, er blinzelte wohlig und streichelte mit den Handflächen seinen kupfernen Bart.

Ljutow, im zerdrückten Anzug, besät mit Fichtennadeln, hatte das Aussehen eines Menschen, der nach einem ausgedehnten Gelage soeben erst zu sich gekommen ist. Sein Gesicht war gelb geworden, das Weiße seiner halbirren Augen blutunterlaufen. Schmunzelnd, mit belegter, lei-ser Stimme, sagte er seiner Braut:

»Natürlich lügt er! Aber niemand in der Welt außer einem russischen Bauern kann solchen Unsinn ausdenken!«

Die jungen Mädchen standen verschlafen in einer Reihe, gähnten um die Wette und schauerten in der Morgenfrische. Ein rosiger Dunst stieg aus dem Fluss, hinter einem Schleier, auf dem lichten Wasser, erschienen Klim die bekannten Gesichter der Mädchen zum Verwechseln gleich. Makarow, in einem weißen Hemd mit aufgeknöpftem Kragen, saß mit bloßem Hals und struppigem Haar im Sand zu Füßen der Mädchen und erinnerte an die triviale Reproduktion des Bildnisses eines Italienerkna-ben, eine Beilage der Zeitschrift »Niwa«. Samgin bemerkte zum ersten

Mal, dass die breitbrüstige Figur Makarows ebenso keilförmig war wie die des Vagabunden Inokow.

Turobojew stand abseits in gestraffter Haltung, blickte unverwandt auf Ljutows wulstigen, gewölbten Nacken und schob, als flüstere er lautlos, langsam seine Zigarette aus einem Mundwinkel in den anderen.

»Nun, wird's bald?«, fragte Ljutow ungeduldig.

»Sprechen Sie ein wenig leiser, Herr«, sagte der Bauer in strengem Flüsterton. »Die Bestie ist schlau, sie hört uns.«

Er wandte sich zur Mühle um und rief:

»Mikola? He!«

Zwei Stimmen antworteten zögernd, eine männliche und eine weibliche.

»Hallo? Was soll's?«

»Hast du nachgesehen? Hat er es gefressen?«

»Ich habe nachgesehen.«

»Nun und?«

»Er hat's gefressen.«

Ljutow sah den Bauern wütend an und gab ihm einen Stoß.

»Was fällt dir ein? Ich soll nicht sprechen, und du selbst brüllst aus vollem Halse?«

Der Bauer blickte ihn erstaunt an und lächelte, dass sein ganzes Gesicht sich borstig sträubte.

»Mein Gott, er, dieser Wels, kennt mich ja, Sie aber sind ihm ein fremder Mensch. Jedes Geschöpf hat seine Vorsicht im Leben.«

Diese Worte gab der Bauer flüsternd von sich. Darauf warf er, unter der Handfläche hervor, einen Blick auf den Fluss und sagte, ebenfalls sehr leise:

»Jetzt - schauen Sie hin! Jetzt beginnt die Grütze ihn zu brennen, und er - zu springen. Jetzt gleich ...«

Er sagte dies so überzeugend, mit einem so begeisterten Gesicht, dass alle lautlos ans Ufer schlichen, und es sogar schien, als habe auch das rosig-goldene Wasser seine langsame Strömung angehalten. Den Sand tief mit dem Holzbein aufwühlend, humpelte der Bauer zur Mühle. Alina schrak zusammen und flüsterte angstvoll:

»Seht, seht! Dort am anderen Ufer das Dunkle, unterm Strauch ...«

Klim sah nichts Dunkles. Er glaubte nicht an den Wels, der Buchweizengrütze liebte. Aber er sah, dass alle rings um ihn her daran glaubten, selbst Turobojew und anscheinend auch Ljutow. Das blitzende Wasser musste den Augen wehtun, doch alle starrten unverwandt hin, als wollten sie bis auf den Grund des Flusses dringen. Dies verwirrte Klim minutenlang. Wenn nun doch –?

»Da ist er ... er schwimmt, schwimmt!«, flüsterte von Neuem Alina, aber Turobojew sagte laut:

»Das ist der Schatten einer Wolke.«

»Pst«, zischte Warawka.

Alle schauten zum Himmel hinauf. Ja, dort zerfloss einsam ein weißes Wölkchen, nicht größer als ein Lammfell. Aus dem dichten Gestrüpp des Buschwerks und Schilfrohrs, nahe am Wehr, glitt vorsichtig ein Boot, in dessen Mitte der lahme Bauer stand. Er stützte sich auf einen Fischhaken und winkte ihnen mit der Hand zu. Ein breitschultriger blonder Bursche in einem grauen Hemd trieb, lautlos die Ruder ins Wasser tauchend, das Boot voran. Er saß unbeweglich, wie aus Stein, da, nur die Hände regten sich, es schien, als ob die Ruder, die das Wasser mit einer Schuppenhaut bedeckten, allein arbeiteten. Der Lahme hörte jetzt auf, mit der Hand zu winken, erhob sie über den Kopf, blickte unverwandt ins Wasser und erstarrte gleichfalls. Das Boot beschrieb erst einen Winkel von Ufer zu Ufer, darauf einen zweiten. Der Bauer ließ die linke Hand langsam sinken und erhob ebenso langsam die rechte mit dem Fischhaken.

»Schlag zu!«, brüllte er und bohrte, weit ausholend, den Fischhaken in den Fluss.

Klim stand im Hintergrund und über den Anderen, er sah deutlich, dass der Lahme in einen leeren Fleck hineingestoßen hatte, und als der Bauer, ungeschickt wankend, sich mit dem Oberkörper flach über Bord und ins Wasser legte, war Klim seiner Sache sicher:

»Ein abgekartetes Spiel.«

Doch der Lahme erschütterte sofort seine Sicherheit.

»Vorbeigetroffen!«, heulte er gleich einem Wolf und zappelte im Wasser. Sein rotes Hemd bauschte sich auf dem Rücken zu einer unförmigen Blase. Krampfhaft zuckte das Holzbein mit der polierten, ringförmigen Eisenspitze über dem Wasser. Er schnaubte und wackelte mit dem Kopf. Aus Haar und Bart flogen gläserne Spritzer. Er klammerte sich mit der einen Hand ans Heck des Bootes, hämmerte mit der zur Faust geballten anderen verzweifelt auf die Bootswand, heulte und stöhnte:

»A-a-ch, vorbeigetroffen! Mikolka, Satan, weshalb hast du ihn nicht mit dem Ruder erwischt, he? Mit dem Ruder, du Schafskopf! Auf den Schädel, wie? Blamiert hast du mich, Kerl!«

Der Bursche fischte bedächtig den Haken auf, legte ihn längs der Bootswand, half schweigend dem Lahmen ins Boot und trieb es mit kräftigen Ruderschlägen ans Ufer. Der Bauer stolperte nass und schlüpfrig auf den Sand, breitete die Arme aus und schwor verzweifelt:

»Ich habe vorbeigetroffen, Herrschaften! Mich blamiert, verzeihen Sie um Christi Willen! Ich habe ihn um ein Haar getroffen, habe auf den Kopf gezielt und danebengetroffen! Begreifen Sie die Chose? Ach, ihr heiligen Väter, ist das ein Jammer!«

Der Kummer hatte sogar seine Stimme verändert, sie klang hoch und schrillte kläglich. Sein gedunsenes Gesicht war eingeschrumpft und drückte ehrlichstes Leid aus. Über die Schläfen, über die Stirn, aus den Augen rieselten Wassertropfen, als schwitze sein ganzes Gesicht Tränen. Seine hohlen Augen glänzten verlegen und schuldig. Er drückte aus Kopfhaar und Bart das Wasser in die hohle Hand, es spritzte auf den Sand, auf die Rocksäume der Mädchen, und er schrie kläglich:

»Riesig war er, mehr als vier Pud schwer! Kein Wels, ein Stier, so wahr mir Gott helfe! Und der Bart – so!«

Und der Lahme maß mit den Armen in der Luft zwölf Zoll ab.

»Ein Kerl, wie?«, rief, ebenfalls begeistert, Ljutow.

»Ein ausgezeichneter Schauspieler«, bestätigte Turobojew lächelnd und zog eine kleine Brieftasche aus gelbem Leder heraus.

Ljutow hielt seine Hand an.

»Entschuldigen Sie, es war meine Idee.«

Lida betrachtete den Bauern, angeekelt, die Lippen zusammenpressend und stirnrunzelnd, Warawka neugierig. Alina fragte ratlos alle:

»Aber es war doch ein Wels da? War einer da oder nicht?«

Klim hielt sich abseits, da er sich doppelt betrogen fühlte.

»Gehen wir?«, sagte Lida zu ihrer Freundin, aber Ljutow rief:

»Warten Sie einen Augenblick!«

Und er fragte den Bauern ins Gesicht:

»Angeführt?«

»Angeführt, der Satan«, gab der Lahme zu und breitete traurig die Arme aus.

»Nein, nicht der Satan, sondern du? Hast du uns angeführt?«

Der Bauer trat zurück.

»Wie meinen Sie das? Wen?« fragte er erstaunt.

»Hab keine Furcht! Ich bezahle auf jeden Fall und lege noch für einen Schnaps drauf. Nur sag geradeheraus: Hast du uns betrogen?«

»Lassen Sie ihn«, bat Turobojew. Der Lahme überflog alle mit einem verständnislosen Blick und fragte mit prachtvoller Naivität:

»Wie sollte ich wohl die Herrschaften betrügen?«

Ljutow schlug ihn mit aller Kraft auf die nasse Schulter und brach unvermittelt in ein kreischendes, weibisches Lachen aus. Auch Turobojew lachte, leise und gleichsam verlegen, selbst Klim musste lächeln, dermaßen komisch war die kindliche Angst in den hellen, ratlos zwinkernden Augen des bärtigen Bauern.

»Darf man denn die Herrschaften betrügen?«, stammelte er, und sein Blick lief wieder von einem zum andern, während die Angst in den Augen rasch einem Forschen Platz machte und sein Kinn hüpfte.

»Teufel noch mal!«, rief Warawka, abwinkend, und lachte gleichfalls amüsiert.

Ljutow lachte bereits tobend, zuckend, mit geschlossenen Augen und in den Nacken geworfenem Kopf. In seinem vorgestülpten Kehlkopf klirrte es wie Glas.

Der Lahme jedoch sah Warawka an und schmunzelte breit, hielt sich aber sogleich die Hand vor den Mund. Da dies nicht half und er hinter seiner Hand laut losplatzte, machte er eine abwinkende Geste zur Seite hin und rief mit feiner Stimme:

»Sie versündigen sich!«

Jetzt begann auch er zu lachen, erst zögernd, dann freier und mit wachsendem Gefallen, und schließlich brüllte er so laut, dass er Ljutows schluchzendes Lachen ganz zudeckte. Er riss den behaarten Mund weit auf, rammte sein Holzbein in den Sand, wiegte sich und ächzte, den Kopf schüttelnd:

»Oh Gott – o–ho–ho–, Sie versündigen sich, bei Gott!«

Am ganzen Körper nass, gleißte er überall, und es schien, als glänzte auch sein urgesundes Lachen ölig.

»Spitzbube!«, schrie Ljutow, »wo ... wo ist der Wels?«

»Ich habe ihn doch ...«

»Den Wels?«

»Verfehlt ...«

»Wo ist der Wels?«

»Er ... lebt ...«

Einander anblickend, schüttelten die beiden sich wiederum in einem Anfall von Lachen, und Klim Samgin sah, dass jetzt richtige Tränen über das pelzige Gesicht des Lahmen liefen.

»Na, das geht schon ein wenig zu weit«, sagte Turobojew achselzuckend und entfernte sich, um die Mädchen und Makarow einzuholen. Auch Samgin folgte ihm, begleitet von Lachen und Ächzen:

»O Gott – oh ...«

Vorn schrie Alina empört:

»Man muss ihn für den Betrug bestrafen!«

»Das ist töricht von dir, Alina«, hielt Lida sie in strengem Ton an.

Schweigend setzte man den Weg fort, doch bald holte Ljutow sie ein.

»Begreifen Sie die Chose?«, schrie er und rieb sich mit dem Taschentuch Schweiß und Tränen aus dem Gesicht. Er hüpfte, wand sich und blickte allen in die Augen. Er hinderte am Weitergehen. Turobojew sah ihn scheel an und blieb zwei Schritt zurück.

»Sauber angeführt, wie?«, fragte er unaufhörlich. »Talent. Kunst! Wahre Kunst führt immer an.«

»Gar nicht dumm!«, sagte Turobojew mit einem Lächeln zu Klim. »Er ist überhaupt nicht dumm, aber so verkrampft!«

»Genug, Wolodja!«, schrie Makarow zornig. »Was tobst du so? Warte, bis sie dich zum Professor der Beredsamkeit gemacht haben, dann kannst du deiner Wut freien Lauf lassen.«

»Kostja, ein leichtsinniges Huhn bist du doch! Begreife die Chose!«

»Nein, ernsthaft, hör auf!«

»Sie schreien entsetzlich viel«, klagte Alina.

»Nun, ich tu's nicht wieder.«

»Wie ein Irrsinniger.«

»Ich schweige ja schon.«

Wirklich verstummte er, aber Lida nahm seinen Arm und fragte:

»Warum hat dieser Bauer Sie nicht empört?«

»Mich? Wodurch?« rief Ljutow verwundert und hitzig aus. »Im Gegenteil, Lidotschka, ich habe ihm drei Rubel mehr gegeben und mich bedankt. Er ist klug. Unsere Bauern sind bewundernswürdig klug. Sie erteilen einem Lehren!«

Er blieb stehen, streichelte Lidas Hand, die auf seinem Handgelenk ruhte und lächelte glückselig:

»Jetzt sind Sie ja klug genug, nicht mehr an den Wels zu glauben, nicht wahr? Der Wels ist das wenigste an der Sache, Sie lieber Mensch ...«

Von Neuem brach er in ein Gelächter aus. Makarow und Alina beschleunigten ihren Schnitt. Klim blieb zurück, musterte Turobojew und Warawka, die langsam auf das Landhaus zuschritten, setzte sich auf die Bank am Badesteg und verlor sich in ärgerliches Grübeln.

Ihm fiel ein, was Makarow gestern beiläufig hingeworfen hatte:

»Eine gesunde Psychik besitzest du, Klim! Du lebst für dich, wie ein Standbild auf einem Platz, rings um dich herum ist Lärm, Geschrei, Gepolter. Du aber bleibst kaltblütig, ohne Erregung.«

»Aber diese Worte besagen ja nur, dass ich es verstehe, mich nicht zu verraten. Doch diese Rolle des aufmerksamen Zuhörers und Beobachters von der Seite, vom Winkel her, ist meiner nicht mehr würdig. Ich muss endlich aktiver werden. Wenn ich jetzt vorsichtig anfange, den Menschen ihre Pfauenfedern auszurupfen, wird ihnen das heilsam sein. Jawohl. In einem Psalm heißt es: ›Lüge, um dich zu retten!‹ Gut, aber dann soll man es nur selten und ›um der Rettung willen‹ tun, aber nicht um miteinander zu spielen.«

Er dachte lange über diese Frage nach und wollte, als er sich kriegerisch gestimmt und zum Kampf gerüstet fühlte, zu Alina gehen, wo auch alle anderen, außer Warawka waren. Er besann sich jedoch, dass es für ihn Zeit war, in die Stadt zu fahren. Auf dem Wege zum Bahnhof, auf einer unbequemen und sandigen Straße, die an mit verkrüppeltem Kiefernholz bestandenen Hügeln vorbeiführte, verflüchtigte sich Klim Samgins kampfesmutige Stimmung bald. Seinen langen Schatten vor sich herstoßend, dachte er bereits daran, wie schwer es sei, mitten im Chaos fremder Gedanken, hinter denen unverständliche Gefühle lauerten, sich selbst zu suchen.

Zu Hause langte er eine halbe Stunde früher als das Ehepaar Spiwak an.

Seine Mutter empfing die Spiwaks hoheitsvoll, wie Beamte, die ihr zu ihrer persönlichen Verfügung attachiert waren. In trockenem Ton näselte sie französische Phrasen, wobei sie mit dem Lorgnon vor ihrem stark gepuderten Gesicht fuchtelte, und nahm erst selbst umständlich Platz, bevor sie die Gäste zum Sitzen aufforderte. Klim bemerkte, dass dieses gespreizte Gehabe der Mutter in den bläulichen Augen der Spiwak spöttische Fünkchen entzündete. Jelisaweta Lwowna erschien in ihrer ungewöhnlich weiten Mantille gealtert, mönchisch schlicht und nicht so interessant wie in Petersburg. Doch seine Nüstern kitzelte angenehm der vertraute Duft ihres Parfüms, und in seiner Erinnerung erklangen die schönen Worte:

»Von dir, von dir allein ...«

Der kleine Pianist trug ein seltsames Damenmäntelchen, in dem er wie eine Fledermaus aussah. Er schwieg, als wäre er taub, und wiegte im Takt der Worte, die die Frauen wechselten, seine trübsinnige Nase. Samgin drückte wohlwollend seine heiße Hand. Es war so angenehm zu sehen, dass dieser Mann mit einem Gesicht, das stümperhaft aus gelbem Knochen gedrechselt zu sein schien, der schönen Frau an seiner Seite ganz unwürdig war. Als die Spiwak und die Mutter ein Dutzend liebenswürdiger Phrasen gewechselt hatten, seufzte Jelisaweta Spiwak und sagte:

»Es bedrückt mich sehr, Wera Petrowna, Ihnen bei unserer ersten Begegnung eine traurige Mitteilung machen zu müssen: Dmitri Iwanowitsch ist verhaftet.«

»O mein Gott!«, rief die Samgin aus. Sie fiel auf die Lehne des Sessels zurück, ihre Wimpern zuckten, und die Spitze ihrer Nase rötete sich.

»Ja!«, sagte die Spiwak laut. »Nachts kamen sie und holten ihn ab.«

»Und – Kutusow?«, fragte Klim wütend.

Die Spiwak antwortete, Kutusow sei drei Wochen vor Dmitris Verhaftung zur Beerdigung seines Vaters in die Heimat gefahren.

Die Mutter legte vorsichtig, um den Puder nicht von den Wangen zu wischen, ihr Miniaturtüchlein an die Augen, aber Klim sah, dass für das Tüchlein keine Verwendung war. Ihre Augen waren ganz trocken.

»Mein Gott! Wofür nur!« fragte sie theatralisch.

»Ich glaube, es ist nichts Ernstes«, sagte in sehr sanftem, tröstendem Ton die Spiwak. »Man hat einen Bekannten Dmitri Iwanowitschs, den Lehrer einer Fabrikschule und dessen Bruder, den Studenten Popow, festgenommen, – ich glaube, Sie kennen ihn?« wandte sie sich an Klim.

Samgin sagte trocken:

»Nein.«

Nachdem die Mutter diesem Ereignis eine Viertelstunde gewidmet hatte, fand sie, dass sie ihrer Betrübnis überzeugend Ausdruck verliehen habe, und bat ihre Gäste zum Tee in den Garten.

Lustig tummelten sich die Vögel, verschwenderisch blühten die Blumen. Der sammetfarbige Himmel erfüllte den Garten mit einem tiefen Leuchten, und im Glanz dieser Frühlingsfreude wäre es unschicklich gewesen, von traurigen Dingen zu reden. Wera Petrowna begann, Spiwak über Musik auszufragen. Er wurde augenblicklich lebhaft und berichtete, während er blaue Fäden aus seiner Krawatte zog und kleine Kommata in die Luft setzte, dass es im Westen keine Musik gebe.

»Dort gibt es nur Maschinen. Dort ist man vom Menuett und von der Gavotte zu Folgendem herabgesunken.« Und er spielte mit Fingern und Lippen ein plattes Motiv.

»Rupf nicht die Krawatte«, bat ihn seine Frau.

Er legte gehorsam die Hände auf den Tisch wie auf eine Klaviatur. Den Zipfel seiner Krawatte tauchte er in den Tee. Verlegen wischte er sie mit dem Tuch ab und sagte:

»In Norwegen Grieg. Sehr interessant. Man sagt, er sei ein zerstreuter Mensch.«

Und verstummte. Die Frauen lächelten, in immer angeregterem Geplauder, einander zu. Doch Klim fühlte, dass sie sich gegenseitig missfielen. Spiwak fragte ihn verspätet:

»Wie ist Ihre Gesundheit?«

Und als Klim ihm Erdbeeren anbot, lehnte er heiter ab:

»Ich bekomme davon Nesselfieber.«

Die Mutter bat Klim:

»Zeige Jelisaweta Lwowna den Flügel.«

»Eine merkwürdige Stadt«, sagte die Spiwak, die Klims Arm genommen hatte und irgendwie besonders behutsam über den Gartenweg schritt. »So gutherzig brummig. Dieses Gebrumme war das erste, was mir auffiel, sobald ich den Bahnhof verlassen hatte. Es muss hier wohl langweilig sein wie im Fegefeuer. Gibt es hier häufig Feuer? Ich fürchte mich vor Feuer.«

Die Papierschnitzel in den Zimmern des Flügels erinnerten Klim an den Schriftsteller Katin. Die Spiwak musterte sie flüchtig und sagte dann:

»Man wird sich behaglich einrichten können. Und das Fenster geht auf den Garten. Wahrscheinlich werden so kleine behaarte Käfer von den Apfelbäumen ins Zimmer krabbeln? Die Vögelchen werden früh am Morgen zwitschern? Sehr früh!«

Sie seufzte.

»Es gefällt Ihnen nicht?«, fragte Klim mit Bedauern. Sie trat in den Garten hinaus und mit schöner Biegung des Halses lächelte sie ihm über die Schulter an.

»Nein, weshalb denn? Aber es wäre besonders gut für zwei unverheiratete alte Schwestern geeignet. Oder für – Jungvermählte. Setzen wir uns«, lud sie an der Bank unter einem Kirschbaum ein und schnitt eine reizende kleine Grimasse. »Mögen sie dort ... handelseinig werden.«

Sie schaute sich um und fuhr nachdenklich fort:

»Ein wundervoller Garten. Auch der Flügel ist schön. Ja, für Jungvermählte! In dieser Stille lieben, soviel einem gegeben ist und dann ... Übrigens, Sie sind ein Jüngling, Sie werden mich nicht verstehen«, schloss sie plötzlich mit einem Lächeln, das Klim durch seine Zweideutigkeit ein wenig verwirrte. Barg sich Spott darin oder Herausforderung?

Nach einem Blick in den Himmel, fragte die Spiwak, während sie Blätter von einem Kirschzweig abzupfte:

»Wie lebt man eigentlich hier im Winter? Theater, Karten, kleine Romane aus Langerweile, Klatsch – wie? Ich würde es vorziehen, in Moskau zu leben, man würde sich nicht sobald an die Stadt gewöhnen. Haben Sie sich noch keine Gewohnheiten zugelegt?«

Klim staunte. Er hatte nicht geahnt, dass diese Frau so einfach scherzen konnte. Gerade Einfachheit war das letzte, was er bei ihr erwartete. In Petersburg erschien die Spiwak verschlossen, gefesselt durch schwere Gedanken. Es war wohltuend, dass sie mit ihm wie mit einem alten und lieben Bekannten sprach. Unter anderem fragte sie, ob der Flügel mit oder ohne Brennholz vermietet würde, und richtete dann noch ein paar sehr praktische Fragen an ihn – dies alles leichthin, nebenher.

»Das Porträt über dem Flügel – ist das Ihr Stiefvater? Er hat den Bart eines sehr reichen Mannes.«

Klim sah ihr forschend ins Gesicht und sagte, Turobojew würde bald herkommen.

»So?«

»Er verkauft sein Land.«

»Aha.«

Klim fühlte, dass ihr gelassener Ton ihn freute. Froh machte ihn auch, dass sie, als sie ihn mit ihrem Ellenbogen anstieß, sich nicht entschuldigte.

Zu ihnen kam die Mutter, an ihrer Seite Spiwak. Er schwang die Flügel seines Mäntelchens, als versuche er sich über den Erdboden zu erheben, und sagte:

»Das wird in Nonen geschrieben sein, ganz tief: tumtumm ...«

Seine Frau machte der Musik rücksichtslos ein Ende, indem sie mit Wera Petrowna über den Flügel sprach. Sie entfernten sich, während Spiwak sich zu Klim setzte und mit ihm in ein Gespräch eintrat, das er mit Redewendungen aus der Grammatik unterhielt:

»Ihre Mutter ist ein angenehmer Mensch. Sie versteht etwas von Musik. Ist der Friedhof weit von hier? Ich liebe alles Elegische. Bei uns sind die Friedhöfe das Schönste. Alles, was mit dem Tod zusammenhängt, ist bei uns vortrefflich.«

In die Pausen zwischen seinen Phrasen mischten sich die Stimmen der Frauen.

»Habe ich nicht recht?«, fragte herrisch die Spiwak.

»Ich werde es Ihnen machen lassen.«

»Sind wir fertig?«

»Ja.«

Einige Minuten später – er hatte inzwischen die Spiwaks hinausbegleitet und kehrte nun in den Garten zurück – fand er seine Mutter immer noch unter dem Kirschbaum. Sie saß mit auf die Brust geneigtem Kopf da und hielt die Arme hinter sich auf die Lehne der Bank gestützt.

»Mein Gott, das scheint keine sehr angenehme Dame zu sein!«, sagte sie mit müder Stimme. »Ist sie Jüdin? Nein? Merkwürdig, sie ist so praktisch. Feilscht wie auf dem Markt. Übrigens sieht sie auch nicht wie eine Jüdin aus. Hattest du nicht auch den Eindruck, dass sie die Nachricht über Dmitri mit einem Schatten von Vergnügen mitteilte? Gewissen Leuten gefällt es sehr, Überbringer schlechter Nachrichten zu sein.«

Voll Verdruss schlug sie sich mit der Faust aufs Knie.

»Ach Dmitri, Dmitri! Jetzt werde ich nach Petersburg fahren müssen.«

Rosenfarbiges Zwielicht füllte den Garten und färbte die weißen Blüten. Die Wohlgerüche wurden berauschender. Die Stille verdichtete sich.

»Ich gehe jetzt mich umziehen. Du warte hier auf mich. In den Zimmern ist es schwül.«

Klim sah ihr feindselig nach. Das, was die Mutter über die Spiwak gesagt hatte, widersprach in grausamer Weise seinem eigenen Eindruck. Aber sein Misstrauen gegen die Menschen, das immer erregbarer wurde, klammerte sich fest an die Worte der Mutter, und Klim grübelte, Worte, Gesten und Lächeln der sympathischen Frau rasch prüfend. Die freundliche Stille stimmte ihn lyrisch und ließ ihn in dem Betragen der Spiwak nichts finden, was geeignet war, das Urteil der Mutter zu rechtfertigen. Sanft regten sich andere Gedanken: War Jelisaweta im Flügel eingezogen, so würde er ihr den Hof machen und von der unbegreiflichen, qualvollen Schwäche für Lida geheilt werden.

Die Mutter kehrte in einer sonnenfarbigen, mit silbernen Schnallen geschlossenen Kapotte und weichen Schuhen zurück. Sie schien wunderbar verjüngt.

»Glaubst du nicht, dass die Verhaftung deines Bruders auch für dich Folgen haben könnte?«, fragte sie leise.

»Weshalb?«

»Ihr habt zusammengelebt.«

»Das bedeutet noch nicht, dass wir solidarisch sind.«

»Gewiss, aber ...«

Sie schwieg und glättete mit den Fingern die Fältchen an den Schläfen. Plötzlich sagte sie mit einem Seufzer: »Diese Spiwak hat eine gute Figur. Nicht einmal ihre Schwangerschaft entstellt sie.«

Klim zuckte vor Überraschung zusammen und fragte schnell:

»Ist sie schwanger? Hat sie es dir erzählt?«

»Mein Gott, ich sehe es doch selbst. Bist du intim mit ihr bekannt?«

»Nein«, sagte Klim. Er nahm die Brille ab, damit er, um die Gläser abzureiben, den Kopf vorbeugen musste. Er wusste, dass er ein böses Gesicht hatte, und wünschte nicht, dass die Mutter es sah. Er fühlte sich betrogen, geplündert. Ihn betrogen alle: Die gedungene Margarita, die schwindsüchtige Nechajew, ihn betrog auch Lida, die sich nicht so gab, wie sie in Wahrheit war. Endlich hatte ihn nun auch die Spiwak betrogen: Er konnte nicht mehr so gut von ihr denken, wie vor einer Stunde.

»Wie mitleidlos muss man sein, was für ein kaltes Herz muss man haben, um seinen kranken Mann hintergehen zu können«, dachte Klim empört. »Und die Mutter – wie rücksichtslos, wie roh drängt sie sich in mein Leben.«

»O Gott!«, seufzte die Mutter.

Klim sah sie scheel von der Seite an. Sie saß in steifer Haltung da, Ihr trockenes Gesicht verzog sich trübsinnig. Es war das Gesicht einer alten Frau, Ihre Augen standen weit offen, und sie biss die Lippen zusammen, als halte sie gewaltsam einen Schrei des Schmerzes zurück. Klim war erbittert auf sie, aber ein Teilchen seines Bedauerns für sich selbst übertrug sich auf diese Frau. Er fragte ganz leise:

»Bist du traurig?«

Sie schrak zusammen und bedeckte ihre Augen.

»In meinem Alter gibt es wenig Heiteres.«

Sie befreite mit zitternder Hand ihren Hals von dem Kragen der Kapotte und sagte im Flüsterton:

»Irgendwo in der Nähe wartet auf dich schon eine Frau ... ein Mädchen ... Du wirst sie lieben ...«

In ihrem Geflüster vernahm Klim etwas Ungewohntes, es war ihm, als würde sie, die immer stolz und beherrscht war, gleich anfangen zu weinen. Er konnte sie sich weinend nicht denken.

»Du musst nicht davon sprechen, Mama.«

Sie rieb bebend ihre Wange an seiner Schulter und, als ersticke sie an einem trocknen Husten oder einem missglückten Lachen, flüsterte sie:

»Ich verstehe nicht, davon zu reden, aber ich muss es endlich. Von Großmütigkeit, von Barmherzigkeit für eine Frau! Jawohl! Von Barmherzigkeit, Sie ist das einsamste Geschöpf auf der Welt, die Frau, die Mutter. Warum? Einsam bis zum Wahnsinn. Ich rede nicht von mir allein, nein ...«

»Soll ich dir Wasser bringen?«, fragte Klim und begriff sogleich, dass er eine Dummheit begangen hatte. Er wollte sie sogar umarmen, aber sie wankte zurück und versuchte zitternd ein Schluchzen zurückzuhalten. Und immer heißer, immer erbitterter klang ihr Flüstern:

»Nur Stunden zum Lohn für Tage, Nächte, Jahre der Einsamkeit.«

»Das sagte die Nechajew«, erinnerte Klim sich.

»Der Stolz, den man so grausam verachtet. Die gewohnte – begreife – die gewohnte Abneigung, liebevoll, freundschaftlich in die Seele des anderen hineinzublicken. Ich sage nicht das Richtige, aber dafür findet man keine Worte ...«

»Und du sollst auch nicht«, wünschte Klim ihr zu sagen. »Du sollst nicht, es erniedrigt dich. So sprach zu mir ein schwindsüchtiges, hässliches Mädchen.«

Aber für seine Großmut fand sich keine Gelegenheit. Die Mutter flüsterte keuchend:

»Heulen müsste man. Aber dann nennen sie einen eine Hysterikerin. Raten einem zum Arzt, zu Brom, zu Wasser.«

Der Sohn streichelte ratlos die Hand der Mutter und schwieg, da er keine Worte des Trostes fand, während er fortfuhr zu denken, wie vergebens sie das alles sagte. Sie hatte in der Tat ein hysterisches Lachen, und ihr Flüstern war so grauenhaft trocken, als platze und reiße die Haut ihres Körpers.

»Du musst wissen: Alle Frauen leiden unheilbar an Einsamkeit. Sie ist die Ursache für alles, was euch Männern unverständlich ist, für unsere Untreue und ... für alles! Niemand von euch sucht und dürstet so sehr nach Herzlichkeit wie wir.«

Klim, der einsah, dass es notwendig war, sie zu trösten, murmelte:

»Weißt du, sehr originell denkt über die Frauen Makarow ...«

»Unser Egoismus ist keine Sünde«, fuhr die Mutter, ohne ihn zu hören, fort, »Dieser Egoismus kommt von der Kälte des Lebens, davon, dass alles schmerzt: Seele, Leib, Knochen ...«

Aber plötzlich sah sie ihren Sohn an, rückte von ihm weg, verstummte und sah in das grüne Netz der Bäume. Eine Minute später steckte sie eine Haarsträhne, die ihr über die Wange geglitten war, zurecht, stand von der Bank auf und ließ ihren Sohn – zerwühlt von dieser Szene – allein.

»Natürlich kommt das davon, dass sie altert und an Eifersucht leidet«, dachte er stirnrunzelnd und schaute auf die Uhr. Die Mutter hatte mit ihm nicht länger als eine halbe Stunde verbracht, aber es schien, als wären zwei Stunden vergangen. Es war peinlich zu fühlen, dass sie innerhalb dieser halben Stunde in seinen Augen eingebüßt hatte. Wieder einmal musste Klim Samgin sich davon überzeugen, dass man in jedem

Menschen einen primitiven Mast bloßlegen konnte, an dem er die Flagge seiner Originalität hisste.

Früh an anderen Tag erschien überraschend Warawka – angeregt, mit funkelnden Äuglein, unanständig zerzaust. Die ersten Worte Wera Petrownas waren:

»Wie, hat dieses Fräulein oder diese Dame ein Sommerhaus gemietet?«

»Welches Fräulein?«, wunderte sich Warawka.

»Ljutows Bekannte?«

»Ich habe keine gesehen. Dort – sind zwei: Lida und Alina. Und drei Kavaliere, der Teufel soll sie holen!«

Der schwere, dicke Warawka glich einem ungeheuerlich vergrößerten chinesischen »Gott der Bettler«, Das unförmige Figürchen dieses Gottes stand im Salon auf dem Spiegelschrank; und das Groteske seiner Form paarte sich auf unbegreifliche Weise mit einer eigenartigen Schönheit. Warawka schlang gierig, wie ein Enterich Stücke Schinken herunter und brummte:

»Turobojew ist ein Kretin. Wie sagt man? Ein Dekadent. Fin de siecle etcetera. Versteht nicht zu verkaufen. Ich habe sein Stadthaus gekauft, werde es zu einem Technikum umbauen. Er hat es verschleudert, als wäre es gestohlen. Überhaupt ein Idiot von erlauchter Abkunft. Ljutow, der von ihm für Alma Land erworben hat, gedachte ihn übers Ohr zu hauen und hätte das besorgt, wenn ich es zugelassen hätte. Dann will ich doch lieber derjenige sein ...«

»Was redest du?« verwies ihn sanft Wera Petrowna.

»Ich spreche ehrlich. Man muss es verstehen, zu nehmen. Besonders von den Dummköpfen. So wie Sergej Witte Russland schröpft ...«

Warawka sättigte sich, seufzte mit wollüstig geschlossenen Augen, stürzte ein Glas Wein hinunter und begann, sich mit der Serviette das Gesicht fächelnd, von Neuem zu reden:

»Dieser Ljutow hingegen ist eine geriebene Kanaille. Du, Klim, sei auf der Hut ...«

Hier teilte ihm Wera Petrowna, die dabei ihren Kopf steif und unbeweglich hielt wie eine Blinde. Dmitris Verhaftung mit. Klim fand, dass sie es in einer ungehörigen und sogar herausfordernden Form tat. Warawka sammelte seinen Bart auf der flachen Hand, betrachtete ihn und blies ihn dann hinunter.

»Was soll das heißen? Erbliche Schwäche fürs Gefängnis bei der älteren Linie der Samgins?«

»Ich werde nach Petersburg fahren müssen.«

»Versteht sich«, sagte knurrig Warawka, legte seine Hand auf Klims Knie und ermahnte ihn, während er ihn hin und her schaukelte:

»Du solltest ins Institut für Zivilingenieure eintreten, Bruder. An Advokaten haben wir einen Überfluss. An Staatsanwälten auch, in jeder Zeitung sitzen fünfundzwanzig. Architekten aber fehlen. Wir verstehen nicht, zu bauen. Studiere Architektur. Dann erhalten wir ein gewisses Gleichgewicht: der eine Bruder baut, der andere zerstört, und ich, der Lieferant, habe den Vorteil davon.«

Er lachte schallend, sein ganzer Bauch zuckte. Dann schlug er Klim vor, aufs Land hinauszufahren.

»Es ist notwendig, dass jemand von uns draußen ist. Ich denke, ich werde Dronow als Kommis mit hinausnehmen. Na, also ich fahre jetzt zum Notar ...«

Nachdem die Mutter ihn zur Tür geleitet hatte, sagte sie seufzend:

»Was für eine Energie, was für ein Kopf!«

»Ja«, stimmte Klim höflich zu, dachte aber im Stillen:

»Er spielt Fangball mit mir.«

Im Landhaus langte er abends an und nahm vom Bahnhof den Weg über eine Fichtenschonung, um die sandige Straße zu vermeiden. Unlängst hatte man auf ihr Glocken ins Kirchdorf geschafft, und Menschen und Pferde hatten sie tief aufgewühlt. Das Gehen in der Stille war schön. Die Kerzen der jungen Fichten strömten harzigen Duft aus. Durch die Lichtungen zwischen den mächtigen Kolonnen des hundertjährigen Waldes spannten sich im schimmernden Dunst die roten Streifen der Sonnenstrahlen. Die Rinde der Fichten glänzte wie Bronze und Brokat.

Plötzlich zeigte sich am Waldessaum hinter einer kleinen Erhebung der ungeheure Fliegenpilz eines roten Schirms, wie ihn weder Lida noch Alina besaßen. Darauf erblickte Klim unter dem Sonnenschirm den schmalen Rücken einer Frau in einem gelben Leibchen und den entblößten, struppigen Spitzkopf Ljutows.

»Ist das die Frau, nach der die Mutter gefragt hat? Ljutows Geliebte? Das letzte Wiedersehen?«

Er war so nahe herangekommen, dass er schon das feste Stimmchen der Frau und die kurzen, dumpf hallenden Fragen Ljutows hören konnte. Er wollte in den Wald einbiegen, aber Ljutow rief ihn an:

»Ich sehe Sie! Verstecken Sie sich nicht.«

Der Anruf klang spöttisch, und als Klim ganz dicht herankam, empfing Ljutow ihn mit einem unangenehmen Lächeln, das seine Zähne entblößte.

»Warum glauben Sie, dass ich mich verstecke?«, fragte er wütend, nachdem er vor der Frau mit betonter Langsamkeit den Hut gelüftet hatte.

»Aus Zartgefühl«, sagte Ljutow. »Darf ich bekannt machen.«

Die Frau streckte ihm eine Hand mit sehr harten Innenflächen hin. Ihr Gesicht gehörte zu denen, die man nur mit Anstrengung im Gedächtnis behält. Sie sah Klim unverwandt, mit dem fotografierenden Blick ihrer hellen Augen ins Gesicht und nannte undeutlich einen Namen, den er sofort vergaß.

Ljutow blickte sich um und schnitt Grimassen.

»Erweisen Sie mir einen Gefallen«, sagte er. »Sie hat den Zug verpasst. Richten Sie ihr ein Nachtlager bei Ihnen ein, doch so, dass niemand davon erfährt. Man hat sie schon gesehen. Sie ist gekommen, um ein Landhäuschen zu mieten, aber es ist nicht nötig, dass man sie ein zweites Mal sieht. Besonders dieser lahme Teufel, das witzige Bäuerlein.«

»Vielleicht sind diese Vorsichtsmaßregeln überflüssig?«, fragte mit leiser Stimme die Frau.

»Ich glaube nicht«, sagte ärgerlich Ljutow.

Die Frau lächelte und stocherte mit der Spitze ihres Schirms im Sand, Sie lächelte merkwürdig: Bevor sie die fest zusammengepressten Lippen ihres kleinen Mundes öffnete, legte sie sie noch fester aufeinander, sodass an den Mundwinkeln strahlenförmige Fältchen erschienen. Das Lächeln schien gezwungen und hart und wandelte jäh ihr alltägliches Gesicht.

»Nun, lustwandeln Sie!«, befahl ihr Ljutow. Er erhob sich, nahm Klims Arm und schritt den Landhäusern zu.

»Sie sind nicht sehr höflich zu ihr«, bemerkte Klim finster, empört von Ljutows Rücksichtslosigkeit gegen ihn.

»Sie verträgt es«, murmelte Ljutow.

»Ich muss Sie davon in Kenntnis setzen, dass mein Bruder in Petersburg verhaftet worden ist.«

Ljutow fragte rasch:

»Volksrechtler?«

»Marxist. Volksrechtler? Wer sind denn die?«

»Und wieder erneuert sich die Sammlung der revolutionären Kraft«, äffte er jemanden nach. »Sammlung? ... Teufel auch!«

Samgin zürnte Ljutow, weil er ihn in ein unangenehmes und, wie es schien, gefährliches Abenteuer verwickelt, und sich selbst, weil er sich so willfährig gezeigt hatte. Aber Staunen und Neugier trugen den Sieg über seinen Unwillen davon. Er hörte schweigend dem gereizten Gezwitscher Ljutows zu und schaute sich über die Schultern weg um: Die Dame mit dem roten Sonnenschirm war verschwunden.

»Wieder erneuert sich ... Diese da ist erschienen, um mir mitzuteilen, dass in Smolensk ein Bekannter festgenommen worden ist ... Er hatte eine Druckerei bei sich ... der Teufel hol es! In Charkow Verhaftungen, in Orjol, Sammlung!«

Er brummte wie Warawka über seine Zimmerleute, Steinmetzen und Kontoristen. Klim befremdete dieser eigentümliche Ton, noch heftiger befremdete ihn Ljutows Bekanntschaft mit den Revolutionären. Nachdem er ihn einige Minuten hatte reden lassen, konnte er sich nicht länger beherrschen:

»Aber was geht denn Sie die Revolution an?«

»Eine richtige Fragestellung«, gab Ljutow zurück, indem er lächelte. »Ich bedaure sehr, dass man Ihren Bruder erwischt hat. Er hätte Ihnen vermutlich die Antwort erteilt.«

»Hanswurst«, schimpfte Samgin in Gedanken und befreite seinen Arm von dem Ellenbogen seines Gefährten, ohne dass der jedoch davon Notiz genommen hätte. Ljutow bewegte sich mit sinnend vorgeneigtem Kopf vorwärts und stieß mit dem Fuß Fichtenzapfen vor sich her. Klim schritt rascher aus.

»Wohin eilen Sie? Dort«, Ljutow nickte mit dem Kopf in der Richtung der Landhäuser, »ist niemand. Sie sind im Boot zu irgendeinem Fest gefahren, auf einen Jahrmarkt.«

Abermals schob er seinen Arm in Samgins, und als sie an einem verstreuten Holzstapel anlangten, kommandierte er:

»Wir setzen uns.«

Sogleich begann er in halbem Ton, doch höhnisch zu reden:

»Wozu, Teufel noch einmal, haben wir bei solchen Bauern unsere Intelligenz nötig? Das ist dasselbe, als wollte man Dorfhütten mit Perlmutter verzieren. Seelischer Adel, Herzlichkeit, Romantik und sonstige Kinkerlitzchen, Talent, im Gefängnis zu sitzen, an mörderischen Verbannungsorten zu leben, rührende Geschichten und Artikel zu schreiben. Heilige Märtyrer und dergleichen. Alles in allem – ungebetene Gäste.«

Er roch nach Schnaps und knirschte beim Sprechen mit den Zähnen, als zerbisse er Fäden.

»Die Volkstümler zum Beispiel. Sie sind ja eine Übersetzung aus dem Mexikanischen, Emard und Main-Reed. Die Pistolen treffen ins Blaue, die Minen explodieren nicht, von den Bomben platzt auf zehn eine, und auch noch zur unrechten Zeit.«

Ljutow ergriff ein krummes, knorriges Holzscheit und versuchte ohne Erfolg, es aufrecht in den Sand zu stellen. Das Holzscheit fiel immer wieder träge um.

»Nichts ist klarer, als dass Russland mit der Axt behauen werden muss. Mit Federmesserchen lässt es sich nicht spitzen. Was meinen Sie?«

Samgin, von der Frage überrumpelt, wusste nicht gleich Antwort.

»Das letzte Mal sprachen Sie ganz anders vom russischen Volk.«

»Von diesem Volk sagte ich stets ein und dasselbe: ein vortreffliches Volk! Ein Einzigartiges! Jedoch ...«

Mit überraschender Kraft warf er spielend das Scheit hoch in die Luft, und als es, sich überschlagend, zu seinen Füßen niederfiel, ergriff er es und rammte es in den Sand.

»Aus diesem Ding kann man eine Menge verschiedener Gegenstände herstellen. Ein Künstler wird daraus ebenso gut einen Teufel wie einen Engel schnitzen. Aber, sehen Sie, dieses verehrliche Holzscheit ist bereits angefault, dieweil es hier lag. Immerhin kann man es noch im Ofen verheizen. Das Verfaulen ist nutzlos und schändlich, das Verbrennen ergibt eine gewisse Menge Wärme. Ist die Allegorie deutlich? Ich bin dafür, das Leben mit Wärme und Licht zu beglücken, es zum Glühen zu bringen.«

»Das lügst du«, dachte Klim.

Er saß einen Meter höher als Ljutow und sah sein zerrissenes, uneinheitliches Gesicht nicht gewölbt, sondern hohl wie einen Teller, einen unsauberen Teller. Die Schatten der Nadeltatzen einer niedrigen Fichte zitterten auf diesem Gesicht, und die schielenden Augen rollten darin wie zwei Nüsse. Die Nase hüpfte, die Nüstern blähten sich, die Kautschuklippen klatschten gegeneinander und legten die böse obere Zahnreihe und die Zungenspitze frei. Der spitze, unrasierte Kehlkopf sprang vor, und hinter den Ohren arbeiteten die knöchernen Kugeln. Ljutow fuchtelte mit den Armen. Die Finger seiner rechten Hand arbeiteten wie die eines Taubstummen. Er zappelte mit dem ganzen Körper wie eine Marionette am Draht. Es war widerwärtig, ihn anzusehen. Er erregte in Klim eine melancholische Wut, ein Gefühl des Protestes.

»Und wenn ich ihm nun sage, dass er ein Komödiant, ein Taschenspieler, ein Verrückter ist und sein Gerede krankhaftes, verlogenes Geschwätz? Aber was veranlasst diesen Menschen, der reich, verliebt und in naher Zukunft, Gatte einer schönen Frau ist, zu lügen und zu schauspielern?«

»Stellen Sie sich vor«, vernahm Klim eine Stimme, trunken von Erregung. »Stellen Sie sich vor, dass von hundert Millionen russischer Gehirne und Herzen auch nur zehn, nur fünf mit der ganzen Kraft der in ihnen eingeschlossenen Energie arbeiten werden.«

»Ja, gewiss«, sagte Klim widerwillig.

Am dunklen Himmel kochte bereits ein Sternengischt. Die Luft war gesättigt mit feuchter Wärme. Der Wald schien zu schmelzen und als öliger Dampf zu zerfließen. Fühlbar fiel Tau. In der tiefen Dunkelheit hinter dem Fluss flammte ein gelbes Licht auf, wuchs rasch zu einem Holzfeuer an und beleuchtete die kleine, weiße Figur eines Menschen. Ein gleichmäßiges Plätschern des Wassers unterbrach das Schweigen.

»Die Unsrigen kommen«, bemerkte Klim.

Ljutow schwieg lange, bevor er erwiderte:

»Es ist Zeit.«

Er erhob sich und lauschte.

»Das Bäuerlein pirscht umher. Ich werde ihn anhalten, und Sie gehen voraus und versorgen diese ...«

Samgin entfernte sich in der Richtung zum Landhaus und hörte zu, wie lustig und keck Ljutows Stimme schallte.

»Fängst du auch im Walde Welse?«

»Sie lachen, Herr, aber er war da, der Wels!«

»Er war da?«

»Ja, was denken Sie?«

»Wo?«

»Wo soll er denn sein, wenn nicht im Fluss?«

»In diesem?«

»Weshalb nicht? Ein würdiger Fluss.«

»Komödiant«, dachte Klim, während er horchte.

»Brauchen Sie, Herr, was Weibliches? Es gibt hier eine Soldatenfrau ...«

»In der Art des Wels?«

»Sie sehnt sich sehr ...«

»Warawka hat recht, es ist ein gefährlicher Mensch«, entschied Klim.

Zu Hause erteilte Klim dem Dienstmädchen Anweisung, das Abendessen aufzutragen und sich dann schlafen zu legen, trat dann auf die Veranda hinaus und blickte auf den Fluss und auf die goldnen Lichtflecken, die aus den Fenstern des Landhauses der Telepnew fielen. Er wäre gern hingegangen, durfte aber nicht, solange die geheimnisvolle Dame oder Person nicht gekommen war.

»Ich habe keinen Willen. Ich hätte es ihm abschlagen sollen.«

In Erwartung des Knirschens von Schritten im Sand und im Nadellaub suchte Klim sich vorzustellen, wie Lida mit Turobojew und Makarow plauderte. Ljutow war wohl auch dorthin gegangen. In der Ferne rollte Donner. Zerrissene Klänge eines Klaviers drangen zu ihm. In den Wolken über dem Fluss versteckte sich der Mond und beleuchtete von Zeit zu Zeit mit trübem Licht die Wiesen. Nachdem Klim Samgin bis Mitternacht auf den ungeladenen Gast gewartet hatte, schlug er krachend die Tür zu und suchte sein Bett auf, erbost bei dem Gedanken, dass Ljutow wahrscheinlich nicht zu seiner Braut gegangen, sondern sich im Wald mit der Frau, die nicht zu lächeln verstand, angenehm die Zeit vertrieb. Vielleicht hatte er sich das alles auch ausgedacht: diese »Volksrechtler«, die Druckerei und die Verhaftungen.

»Alles ist viel einfacher: Es war das letzte Wiedersehen.«

Mit diesem Ergebnis schlief er auch ein. Am Morgen weckte ihn das Pfeifen des Windes. Trocken rauschten die Fichten vor dem Fenster. Bang raschelten die Birken. Auf der bläulichen Fläche des Flusses kräuselten sich zierlich kleine Wellen. Hinter dem Fluss zog eine tiefblaue Wolke herauf. Der Wind zerfaserte ihren Rand, pompöse Fetzen jagten rasch über dem Fluss dahin und streichelten ihn mit rauchigen Schatten. Im Badehaus schrie Alina. Als Samgin sich gewaschen und angezogen hatte und sich an den Frühstückstisch setzte, – prasselte plötzlich ein Regenschauer herab, und eine Minute später trat Makarow, sich die Regentropfen aus dem Haar schüttelnd, herein.

»Wo ist denn Wladimir?«, fragte er besorgt, »Er ist nicht zu Bett gegangen, sein Bett ist unberührt.«

Klim lächelte anzüglich und suchte spitze Worte, er hatte vor, etwa sehr Boshaftes über Ljutow zu sagen, aber er hatte seine Absicht noch nicht ausgeführt, als Alina ins Zimmer stürzte.

»Klim, Kaffee, rasch!«

Das nasse Kleid klebte ihr am Körper, es sah aus, als wäre sie nackt. Das Wasser spritzte ihr aus dem Haar, während sie es auspresste, und sie schrie:

»Die verrückte Lidka ist zu mir gerannt, um ein Kleid zu holen. Der Blitz wird sie erschlagen ...«

»War Ljutow gestern Abend bei euch?«, fragte finster Makarow.

Alina stand vor dem Spiegel und breitete klagend die Arme aus.

»Da habt ihr's! Mein Bräutigam ist verschwunden, und ich kriege Schnupfen und Bronchitis. Klim, wag es nicht, mich mit schamlosen Blicken anzusehen!«

»Gestern hat der Lahme Ljutow eingeladen, mit zur Mühle zu kommen«, sagte Klim dem Mädchen. Sie saß schon am Tisch und schlürfte ihren Kaffee, dabei verbrühte sie sich und gab zischende Laute von sich. Makarow stellte sein halb geleertes Glas hin und trat an die Verandatür. Dort blieb er stehen und pfiff leise vor sich hin.

»Werde ich mich erkälten?«, fragte Alina ernsthaft.

Turobojew kam, musterte sie mit einem prüfenden Blick, verschwand, erschien von Neuem und warf ihr seinen Staubmantel über die Schulter, mit den Worten:

»Ein schöner Regen für die Ernte.«

Es blitzte grell, der Donner knallte, die Fensterscheiben dröhnten, jenseits des Flusses aber hellte es bereits auf.

»Ich werde in die Mühle gehen«, murmelte Makarow.

»Das ist ein wahrer Freund«, rief Alina aus, und Klim fragte:

»Weil er keine Angst hat, sich einen Schnupfen zu holen?«

»Vielleicht auch deshalb.«

Der Mantel glitt dem Mädchen von den Schultern und entblößte ihre vom feuchten Batist prall umspannte Büste. Dies genierte sie nicht, aber Turobojew bedeckte von Neuem ihre schön gemeißelten Schultern, und Klim sah, dass ihr dies gefiel. Sie blinzelte belustigt, bewegte kokett die Schultern und bat:

»Lassen Sie, mir ist heiß.«

»Ich würde nicht wagen, so dreist zu sein wie dieser Geck«, dachte Samgin neidisch und fragte Turobojew in herausforderndem Ton:

»Gefällt Ihnen Ljutow?«

Er bemerkte, dass Turobojews Wange zusammenzuckte, als hätte ihn eine Fliege gestochen. Während er sein Zigarettenetui hervorzog, antwortete er sehr höflich:

»Ein interessanter Mensch.«

»Ich finde interessante Menschen am aufrichtigsten«, sagte Klim und fühlte plötzlich, dass er die Herrschaft über sich verlor. »Interessante Menschen gleichen Indianern im Kriegsputz, sie sind bemalt, mit Federn geschmückt. Ich habe immer Lust, sie zu waschen und ihnen die Federn auszurupfen, damit unter der Hautbemalung der wirkliche Mensch sichtbar wird.«

Alina trat zum Spiegel und seufzte:

»Oh, was für eine Vogelscheuche!«

Turobojew zog an seiner Zigarette und sah Klim fragend an. Klim sagte sich, dass er so bedächtig und sorgfältig rauche, weil er nicht sprechen wolle.

»Hör mal, Klim«, sagte Alina. »Du könntest dich heute deiner Weisheit enthalten. Der Tag ist auch ohne dich verdorben.«

Sie sprach das in einem so naiv flehenden Ton, dass Turobojew leise lachte. Aber dies verletzte sie. Sie wandte sich rasch zu Turobojew herum und sagte finster:

»Weshalb lachen Sie? Klim hat doch die Wahrheit gesagt, ich möchte sie nur nicht hören.«

Mit dem Finger drohend, fuhr sie fort:

»Sie lieben das doch gewiss auch – Kriegsbemalung, Federn?«

»Ich bekenne mich dessen schuldig«, sagte Turobojew mit gesenktem Kopf. »Sehen Sie, Samgin, es ist bei Weitem nicht immer bequem und beinahe stets zwecklos, die Menschen in ehrlicher Münze zu bezahlen.

Und ist die Münze der Wahrheit denn wirklich ehrlich? Es gibt einen altertümlichen Brauch: Bevor die Glocke, die uns ins Gotteshaus ruft, gegossen wird, verbreitet man irgendeine Lüge. Davon soll der Klang des Metalls voller werden.«

»Sie verteidigen also die Lüge?«, fragte Klim streng.

Turobojew zuckte die Achseln.

»Das trifft nicht ganz zu, aber ...«

»Alina, geh, zieh dich um«, rief Lida, die in der Tür erschienen war. Sie trug ein bunt gesprenkeltes Kleid, hatte sich ein Handtuch wie einen Turban um den Kopf gewunden und sah aus wie eine tscherkessische Odaliske auf einem Bild.

Trällernd ging Alina hinaus. Klim stand auf und öffnete die Verandatür. Eine Welle von Frische und Sonnenlicht schlug ins Zimmer. Der sanfte, aber ironische Ton Turobojews weckte in ihm das einst empfundene Gefühl scharfer Ablehnung gegen diesen Menschen mit dem spanischen Spitzbart, den niemand mehr trug. Samgin begriff, dass er nicht stark genug war, um einen Streit mit ihm zu bestehen, wollte sich jedoch das letzte Wort sichern. Aus dem Fenster schauend, sagte er:

»Swift, Voltaire und alle die anderen fürchteten nicht die Wahrheit.«

»Ein moderner deutscher Sozialist, ein Bebel zum Beispiel, ist noch kühner. Mir scheint, Sie kennen sich schlecht aus in der Offenherzigkeit. Es gibt die Offenherzigkeit eines Franz von Assisi, eines Bauernweibes und eines Negers aus Zentralafrika. Und es gibt die Offenherzigkeit des Anarchisten Netschajew, die wiederum für einen Bebel unannehmbar ist.«

Klim trat auf die Veranda hinaus. Ausgedörrt von der heißen Sonne rauchten die Dielenbretter unter seinen Füßen. Er fühlte, dass auch die Wut in seinem Kopf rauchte.

»Sie selbst sprachen von den Pfauenfedern der Vernunft, wissen Sie noch?«, fragte er, mit dem Rücken zu Turobojew gekehrt, und hörte die leise Antwort:

»Das war etwas anderes.«

Turobojew hob die Arme, schlang sie um den Nacken und presste krachend die Finger zusammen. Dann streckte er die Beine von sich und glitt gleichsam kraftlos vom Stuhl. Klim wandte sich ab. Doch als er eine Minute später wieder ins Zimmer schaute, sah er, dass Turobojews bleiches Gesicht sich unnatürlich verändert hatte. Es war breit geworden, er musste wohl mit aller Gewalt die Kiefern aufeinanderstoßen. Seine Lippen krümmten sich schmerzhaft. Mit hoch hinaufgezogenen Brauen blickte er zur Decke, und Klim sah in seinen schönen, kalten Augen zum ersten Male einen so finster ergebenen Ausdruck. Als beuge sich über ihn ein Feind, mit dem zu kämpfen er keine Kräfte fand, und der zum vernichtenden Schlag ausholte. Auf die Veranda trat Makarow und sagte wütend:

»Wolodjka hat die ganze Nacht mit dem Lahmen getrunken und schläft jetzt wie ein Toter.«

Klim zeigte mit den Augen auf Turobojew, doch der erhob sich und ging hinaus, krumm wie ein Greis.

»Er ist krank«, sagte Klim leise und ganz ohne Schadenfreude, aber Makarow bat, ohne von Turobojew Notiz zu nehmen: »Sag Alina nichts davon.«

Samgin war froh über die Gelegenheit, seine Wut an jemand auszulassen.

»Du musst es ihr sagen. Verzeih, aber deine Rolle in diesem Roman scheint mir eigentümlich.«

Er wandte Makarow beim Sprechen den Rücken zu, das war angenehmer.

»Ich begreife nicht, was dich mit diesem Säufer verbindet. Es ist ein leerer Mensch, in dem fremde, widerspruchsvolle Worte und Gedanken spuken. Er ist ein ebensolcher Kretin wie Turobojew.«

Er redete lange, und es gefiel ihm, dass seine Worte ruhig und fest klangen. Als er einen Blick über die Schulter hinweg zu seinem Kameraden tat, sah er, dass Makarow die Beine übereinandergeschlagen hatte und zwischen seinen Zähnen die übliche Zigarette qualmte. Er zerbrach die Streichholzschachtel, legte die Splitter in den Aschenbecher, zündete sie an und beobachtete, die Streichhölzer zu einem kleinen Scheiterhaufen aufschichtend, aufmerksam, wie sie Feuer fingen.

Als Klim schwieg, sagte er, ohne die Augen vom Feuer loszureißen:

»Moralisieren kann jeder.«

Der Scheiterhaufen erlosch, die halb verkohlten Zündhölzer rauchten. Es war nichts mehr da, um sie in Brand zu stecken. Makarow schöpfte mit dem Teelöffel Kaffee aus seinem Glas und übergoss damit, mit sichtlichem Bedauern, die Reste des Feuers.

»Die Sache ist die, Klim. Alina ist nicht dümmer als ich. Ich spiele keinerlei Rolle in ihrem Roman. Ljutow hebe ich. Turobojew gefällt mir. Und endlich wünsche ich nicht, dass mein Betragen gegen die Menschen Gegenstand deiner oder anderer Leute Ermahnungen sei.«

Makarow sprach nicht verletzend, in einem sehr überzeugenden Ton. Klim sah ihn mit Verwunderung an: Sein Kamerad erschien ihm auf einmal als ein ganz anderer Mensch, den er bis zu diesem Augenblick nicht gekannt hatte. Was bedeutete das? Makarow war für ihn ein Mensch gewesen, den ein missglückter Selbstmordversuch verwirrt hatte, ein bescheidener Student, der eifrig lernte, und ein lächerlicher Jüngling, der noch immer die Frauen fürchtete.

»Zürne nicht«, sagte Makarow, als er wegging, und stolperte über ein Stuhlbein. Klim blickte auf den Fluss und suchte zu erraten, was diese immer häufiger beobachteten Wandlungen der Menschen bedeuteten. Er fand bald genug eine einfache und klare Antwort: Die Menschen probieren verschiedene Masken aus, um die bequemste und vorteilhafteste zu finden. Auf der Suche nach dieser Maske taumeln sie, rennen wie besessen umher und streiten miteinander, alles in dem Bestreben, ihre Blassheit und Leere zu verdecken.

Als die Mädchen auf die Veranda hinaustraten, begrüßte Klim sie mit einem gönnerhaften Lächeln.

»Siehst du, Lida«, sagte Alina und stieß die Freundin an. »Er ist heil. Und du hast mir Hartherzigkeit vorgeworfen. Nein, das Joch ist nicht ihm, sondern mir bestimmt; er wird mich in das Joch seiner Weisheit spannen. Makarow, gehen wir! Es ist Zeit, zu arbeiten ...«

»Wie sorglos sie ist«, sagte Lida leise und ließ über die Freundin und Makarow einen sinnenden Blick gleiten. »Und doch hat sie ein schweres Leben.«

Lida saß in dem offenen Fenster, mit dem Rücken zum Zimmer, das Gesicht zur Terrasse gewandt. Sie war von den Pfosten des Fensters wie von einem Rahmen umgeben. Ihr Zigeunerhaar fiel aufgelöst über ihre Wangen und Schultern und über die auf der Brust gefalteten Hände. Unter dem leuchtend bunten Rock sah man ihre nackten, sehr braunen Beine. Sie biss sich die Lippen und sagte:

»Ljutow ist sehr schwierig, eis ist, als befände er sich auf der Flucht vor etwas und lebe immer im Laufen. Er läuft auch um Alina herum.«

»Er hat die ganze Nacht in der Mühle gezecht und schläft jetzt dort«, sagte Klim, jedes Wort hämmernd, streng.

Lida sah ihn aufmerksam an und fragte:

»Weshalb ärgerst du dich? Er trinkt, aber darin besteht doch sein Unglück. Weißt du, mir scheint, wir alle sind unglücklich, hoffnungslos unglücklich. Ich fühle es besonders heftig, wenn viele Menschen um mich sind.«

Sie stieß mit den Sohlen gegen die Wand und lächelte:

»Gestern, auf dem Jahrmarkt, hat Ljutow den Bauern Gedichte von Nekrassow vorgetragen. Er spricht wundervoll, nicht so schön wie Alina, aber herrlich! Man lauschte ihm sehr ernst, aber dann fragte ein kahlköpfiger Greis: ›Kannst du auch tanzen?‹ ›Ich habe geglaubt‹, sagte er, ›Ihr seid Komödianten vom Theater.‹ Makarow sagte: ›Nein, wir sind einfach Menschen.‹ ›Was heißt denn das – einfach? Einfach Menschen gibt es nicht, ‹«

»Ein kluger Bauer«, bemerkte Klim. Er hörte, ohne mit den Gedanken bei dem zu sein, was das Mädchen sagte, und überließ sich einem traurigen Gefühl. Ihre Worte, ›wir alle sind unglücklich‹, hatten ihm einen sanften Stoß gegeben und ihn daran erinnert, dass auch er unglücklich und einsam war und dass niemand ihn verstehen wollte.

»Und am Abend und nachts, als wir heimfuhren, haben wir von unserer Kindheit gesprochen ...«

»Du und Turobojew?«

»Ja. Und Alina. Alle. Furchtbare Dinge erzählt Konstantin von seiner Mutter. Und von sich als Kind. Es war so seltsam: Jeder gedachte seiner selbst wie eines Fremden. Wie viel Überflüssiges erleben die Menschen.«

Sie sprach still und sah Klim liebevoll an, und ihm schien, dass die dunklen Augen des Mädchens etwas von ihm hofften, ihn etwas fragten. Plötzlich empfand er den Andrang eines ihm unbekannten wollüstigen Gefühls der Selbstvergessenheit, fiel auf die Knie nieder, umschlang die Beine des Mädchens und schmiegte fest sein Gesicht an sie.

»Lass!«, rief Lida streng, stemmte die Hände gegen seinen Kopf und stieß ihn zurück.

Klim Samgin sagte laut und sehr einfach:

»Ich liebe dich.«

Sie sprang von der Fensterbank hinunter, zerriss den Ring seiner Arme und stieß ihn mit ihren Knien so heftig gegen die Brust, dass er fast hintenüberfiel.

»Mein Ehrenwort, Lida.«

Sie ließ ihn empört allein.

»Das kommt, weil ich fast nackt bin.«

Sie blieb auf der Verandastufe stehen und rief bekümmert aus: »Schämst du dich nicht? Ich war ...«

Ohne zu Ende zu sprechen, lief sie die Treppe hinab.

Klim lehnte sich gegen die Wand, verwundert über die Weichheit, die so unvermittelt gekommen und ihn dem Mädchen zu Füßen geworfen hatte. Er hatte niemals etwas Ähnliches verspürt – eine Seligkeit, wie sie ihn in diesen Augenblicken erfüllt hatte. Er fürchtete sogar, dass er gleich weinen würde vor Freude und Stolz, endlich in sich ein wunderbar starkes und doch nur ihm gehörendes, anderen unzugängliches Gefühl entdeckt zur haben.

Während des ganzen Tages lebte er unter dem Eindruck dieser Entdeckung, schweifte durch den Wald, um niemand sehen zu müssen, und sah sich immer nur auf den Knien vor Lida, umschlang ihre heißen Beine, fühlte ihre seidige Haut auf seinen Lippen und an seinen Wangen und hörte sich selbst sagen:

»Ich liebe dich.«

»Wie schön, wie einfach habe ich es gesagt. Und gewiss war auch mein Gesicht schön.«

Er dachte nur an sich in dieser unbeschreiblichen Minute, dachte so angestrengt, als fürchte er, die Weise eines Liedes zu vergessen, das er zum ersten Mal vernommen und das ihn sehr ergriffen hatte.

Lida traf er erst am nächsten Morgen. Sie ging zum Badehaus, während er vom Bad ins Landhaus zurückkehrte. Das Mädchen stand plötzlich vor ihm, als sei sie aus der Luft herniedergestiegen. Nachdem sie einige Redensarten über den heißen Morgen und die Temperatur des Wassers gewechselt hatten, fragte sie:

»Warst du beleidigt?«

»Nein«, antwortete Klim aufrichtig.

»Man darf nicht beleidigt sein. Man spielt ja nicht mit diesen Dingen«, sagte Lida leise.

»Ich weiß«, meinte er ebenso ehrlich.

Weder wunderte ihn ihre Sanftheit, noch freute sie ihn, – sie musste etwas Derartiges sagen, hätte wohl auch etwas Herzlicheres finden können. Während Klim über sie nachdachte, fühlte er mit Gewissheit, dass er Lida besitzen würde, wenn er nur beharrlich war. Aber er durfte sich nicht übereilen. Er musste abwarten, bis sie das Wunderbare, das in ihm erwacht war, fühlte und nach Verdienst einschätzte.

Jetzt kam Makarow, der mit Ljutow in der Mühle genächtigt hatte, und fragte, ob Klim mit ins Dorf gehen wollte. Die Glocke sollte aufgehängt werden.

»Natürlich komme ich mit!«, antwortete Klim fröhlich. Eine halbe Stunde später schritt er unter der prallen Sonnenglut am Ufer des Flusses entlang. Die Sonne und das schlichte Kleidchen aus Bauernleinen betonten aufreizend die schamlose Schönheit des meisterhaft gegossenen Körpers Alinas. Sie und Makarow hielten gleichen Schritt mit Turobojew und sangen ein Duett aus der »Mascotte«. Turobojew sagte ihnen den Text vor. Ljutow führte Lida am Arm und flüsterte ihr etwas Komisches zu. Klim Samgin fühlte sich reifer als die fünf vor ihm, empfand jedoch seine Einsamkeit ein wenig als Last. Es musste schön sein, Lida in den Arm zu nehmen, wie es Ljutow geglückt war, sich mit der Schulter an ihre zu schmiegen und so, mit geschlossenen Augen, zu gehen. Während er verfolgte, wie Lidas zierliche, von perlenfarbigem Batist eingehüllte Figur sich wiegte, gestand er sich zweiflerisch, dass ihn keine jener Empfindungen beseelte, die er bei den Meistern des Wortes gefunden hatte.

»Ich bin kein Romantiker«, erinnerte er sich.

Ihn beunruhigte einigermaßen die Undurchsichtigkeit der Stimmung, die das Mädchen heute in ihm auslöste und die von dem, was er gestern verspürt hatte, abwich. Gestern und noch vor einer Stunde war er frei von dem Bewusstsein der Abhängigkeit von ihr und ohne unbestimmte Hoffnungen. Vor allem waren es diese Hoffnungen, die ihn verwirrten. Gewiss, Lida würde seine Frau werden, ihre Liebe würde nichts gemein haben mit den hysterischen Zuckungen der Nechajew. Davon war er überzeugt. Doch darüber hinaus irrten in ihm gewisse Wünsche, die mit Worten wie Erwartung und Verlangen nicht ausgedrückt werden konnten.

»Sie hat es geweckt, sie wird es auch befriedigen«, beruhigte er sich.

Als er in das Dorf, das bogenförmig auf der Krümmung des hohen und steilen Flussufers angelegt war, eintrat, hatte er es herausgefunden:

»Man darf kein Analytiker sein.«

Die besonnte Dorfstraße war dicht vollgepfropft mit Bewohnern und Landleuten aus den umliegenden Dörfern. Die Bauern verharrten schweigend. Sie hatten ihre kahlen, zottigen oder mit viel Öl eingeriebenen Kopfe entblößt. Unter den vielfarbigen, zitzenen Köpfen der Frauen hervor stieg als unsichtbarer Rauch das schluchzende Geflüster der Gebete. Es war, so schien es, gerade dieses erstickte, zischende Geflüster, vermischt mit dem beißenden Geruch von Teer, Schweiß und an der Sonne faulendem Dachstroh, das die Luft erhitzte und im einen für das Auge unsichtbaren Dampf verwandelte, der das Atmen schwer machte. Die Leute erhoben sich auf den Zehenspitzen, reckten die Hälse, ihre auf und nieder wogenden Köpfe schwankten. Einige Hundert weit geöffneter Augen waren auf *einen* Punkt gerichtet: auf die blaue Zwiebel des plumpen Glockenturms mit den leeren Henkeln, durch die ein Stück des entfernten Himmels hindurchleuchtete. Klim hatte den Eindruck, als sei dieses Stück sowohl von tieferem Blau wie von stärkerer Leuchtkraft als der Himmel, der sich über dem Dorf wölbte. Das stille Brausen der Menge verdichtete sich und erfüllte einen mit der gespannten Erwartung eines donnerartigen Ausbruchs von Schreien.

Turobojew ging voran und drängte sich durch die nachgebende Menschenwand. Ihm folgten im Gänsemarsch die anderen, und je näher die fleischige Masse des Glockenturms heranrückte, desto dumpfer wurde das klagende Summen der betenden Weiber, desto vernehmlicher die beschwörenden Stimmen der Geistlichkeit, die die Messe abhielt. Im Mittelpunkt eines kleinen Kreises, gebildet aus den bunten Figuren von Menschen, die gleichsam in die Erde, in den aufgewühlten, zerstampften Rasen eingerammt waren, stand auf dicken Stangen eine zweihundert Pud schwere Glocke, vor ihr drei weitere, eine kleiner als die andere. Die große Glocke erinnerte Klim an das Haupt des Recken aus »Ruslan und Ljudmila«, während der kleine, gekrümmte Pope in dem hellen, österlichen Gewand und mit dem grauhaarigen, bronzefarbigen Gesicht dem Zauberer Finn ähnelte. Der kleine Pope umschwebte die Glocken, sang mit heller Tenorstimme und besprengte das Metall mit Weihwasser. Drei Knäuel starker Seile lagen auf der Erde. Der Pope stolperte über das eine, schwenkte wütend das Becken und besprengte die Seile mit einem Regenbogen von Perlen.

Turobojew führte sie zum Söller der Pfarrschule, die soeben erbaut, aber noch ohne Fensterrahmen war. Auf den Stufen des Söllers wimmelte, schrie und weinte ein Haufen von Kindern im Alter von zwei und drei Jahren. Dieser lebende Haufen schmutziger, skrofulöser kleiner Körper wurde regiert von einem buckligen, halbwüchsigen Mädchen. Sie tat das, indem sie halblaute Rufe ausstieß und dabei ihre Arme und Beine in Tätigkeit setzte. Auf der obersten Stufe keuchte pfeifend eine blinde alte Frau mit einem knallroten, aufgedunsenen Gesicht. Sie hatte ihre blauen Beine breit auseinandergespreizt.

»Du musst ihnen die Rute geben, Gascha, die Rute ...«, empfahl sie, heftig den schweren Kopf schüttelnd. In ihren taubengrauen, blinden Augen spiegelte sich die Sonne wie in den Scherben einer Bierflasche. Aus der Tür der Schule trat der Landgendarm. Er zwirbelte mit der Hand die grauen Schnurrbartspitzen und den peinlich gestutzten Kinnbart und musterte mit dem wachsamen Blick seiner roten Augen die Sommerfrischler. Als er Turobojew gewahrte, hob er grüßend die Hand an die neue Mütze und befahl jemand hinter ihm in strengem Ton:

»Jag die Kinder weg!«

»Nicht nötig.«

»Ausgeschlossen, Igor Alexandrowitsch, sie beschmutzen den Bau.«

»Ich sagte: Nicht nötig«, erinnerte leise Turobojew, während er in sein von Runzeln verschwenderisch zerknittertes Gesicht sah.

Der Gendarm reckte sich, wölbte die Brust so heftig vor, dass die Medaillen klingelten, salutierte und wiederholte wie ein Echo:

»Nicht nötig.«

Er schritt, über die Kinder hinweg, die Stufen hinab. In der Tür stand der Lahme aus der Mühle und grinste bis zu den Ohren hinauf:

»Guten Tag.«

»Begreifen Sie?«, flüsterte Ljutow mit einem Zwinkern Klim zu.

Klim begriff gar nichts. Er und die jungen Mädchen sahen gebannt zu, wie die kleine Bucklige eilig und gewandt die Kinder von den Stufen wegschleppte, wobei sie die halb nackten Körper mit griffigen Raubvogelklauen fasste und auf den mit feinen Holzsplittern besäten Erdboden schleuderte.

»Lass!«, rief Alina, mit dem Fuß stampfend. »Sie werden sich an den Splittern blutig kratzen.«

»O, Gottesmutter, Heilige Jungfrau!« pfiff keuchend die Blinde. »Gaschka, was für Leute sind da gekommen?«

Sie tastete mit zitternden Händen rings um sich:

»Wem gehört das Stimmchen? Hündin, wo hast du meine Krücke gelassen?«

Ohne Alina oder sie zu beachten, fuhr die Bucklige fort, die Kinder wegzuschleppen, wie eine Hündin ihre Jungen. Lida schauderte und wandte sich ab. Alina und Makarow trafen Anstalten, die Kinder von Neuem auf die Stufen zu setzen, doch das Mädel maß sie kühn mit klugen Augen und rief:

»Was soll der Unfug? Es sind doch nicht Ihre Kinder!«

Und sie begann abermals, die Kinder von den Stufen fortzuschleppen, während der Lahme mit Begeisterung murmelte:

»Schau, ein eigensinniges kleines Scheusal, wie?«

Der Anschnauzer des Mädels verwirrte Makarow, er lächelte verlegen und sagte Alina:

»Lassen Sie es lieber.«

Samgin hatte den Eindruck, dass alle durch die kleine Bucklige aus der Fassung gebracht waren und vor ihr gleichsam still wurden. Ljutow sagte Lida etwas in tröstendem Ton. Turobojew streifte einen Handschuh ab und zündete sich eine Zigarette an, Alina zupfte ihn am Ärmel und fragte voll Zorn:

»Wie ist das möglich?«

Er lächelte ihr sanft ins Gesicht.

Zwei Burschen in neuen, gleichsam aus rosa Blech gefertigten Hemden, einander ähnlich wie zwei Hammel, hatten am Söller Fuß gefasst. Der eine warf einen Blick auf die Sommerfrischler, trat zu der Blinden, nahm ihre Hand und sagte unbeugsam:

»Großmutter Anfissa, räume den Herrschaften den Platz.«

»O Gott? Windet man die Glocken schon empor?«

»Gleich wird man anfangen. Geh zu!«

»Ich hab's erlebt, Gott sei gelobt ... Mütterchen ...«

»Als wären wir Aussätzige!« rebellierte Alina.

Ljutow drang begierig in den Lahmen:

»Welchen Glauben hast du?«

Der Lahme kicherte in seinen struppigen Bart und schüttelte den Kopf:

»Na-hein, unser Glaube ist ein anderer.«

»Ein christlicher?«

»Gewiss, nur noch strenger.«

»Dann sag doch, du Teufel, worin strenger?«

Der Lahme seufzte schwer:

»Das lässt sich nicht so sagen. Man kann es nur einem Glaubensbruder sagen. Wir erkennen Glocken und die ganze Kirchlichkeit an, aber trotzdem.«

Klim Samgin beobachtete, lauschte und fühlte, dass Empörung in ihm hochstieg. Man schien ihn ja ausgerechnet zu dem Zweck hergeführt zu haben, um seinen Kopf mit einer trüben und vergiftenden Flut zu füllen. Alles ringsum war unversöhnlich fremd, stieß ihn jedoch in irgendeinen finsteren Winkel und zwang ihn mit Gewalt, an das bucklige Mädel, an Alinas Worte und an die Frage der blinden Greisin: »Was für Leute sind da gekommen?« zu denken.

Im Kopf brauste noch das betende Geflüster der Weiber. Es beeinträchtigte das Denken, hemmte jedoch nicht die Erinnerung an alles, was er gesehen und vernommen hatte. Der Gottesdienst war zu Ende. Ein unförmig langer und dünner Greis warf sein Wams ab, bekreuzigte sich, zum Himmel schauend, dreimal, kniete vor der Glocke nieder, küsste dreimal ihren Rand und kroch unter Bekreuzigungen und Verneigungen vor den Abbildungen der Heiligen auf den Knien rings um sie herum.

»So ist's recht!«, sagte beifällig der Lahme. »Das ist Wassili Wassiljewitsch Panow, der Wohltäter des Dorfes. Er bläst ein wunderbares Glas und versorgt das ganze Gouvernement mit Bierflaschen.«

Der Lärm auf dem Platz flaute ab. Alle verfolgten aufmerksam Panow, der an der Erde kroch und den Rand der Glocke küsste. Auch kniend war er lang.

Jemand rief:

»Leute, teilt euch in drei Haufen!«

Eine zweite Stimme fragte:

»Wo bleibt der Schmied?«

Panow erhob sich, musterte eine Weile schweigend die Menge und sagte mit einer Bassstimme:

»Fangt an, Rechtgläubige!«

Die Menge zerriss unter Schreien langsam in drei Teile: Zwei wichen in der Diagonale nach rechts und links von der Glocke aus, der dritte entfernte sich auf der geraden Linie von ihr. Alle drei Haufen trugen sorgsam wie Perlenschnüre die Seile und schienen an ihnen aufgereiht. Die Seile liefen an den Henkeln der großen Glocke zusammen, die sie gleichsam nicht von sich ließ und immer straffer anspannte.

»Halt! Stehenbleiben!«

»Da ist er!«

»Jetzt, Nikolai Pawlowitsch, diene Gott!«, sagte Panow laut.

Zu ihm trat auf krummen Beinen langsam ein breitschultriger, stämmiger Bauer in einem Lederschurz. Seine roten Haare standen aufrecht auf seinem Kopf, sein klumpiger Bart steckte tief im Kragen des bunten Hemdes. Mit schwarzen Händen schürzte er die Ärmel bis zum Ellenbogen, bekreuzigte sich zur Kirche hin und verneigte sich vor den Glocken, doch ohne den Rumpf zu beugen, vielmehr, indem er mit der Brust gleichsam zur Erde fiel und die Arme ausgestreckt nach hinten warf, um das Gleichgewicht zu bewahren. Darauf verneigte er sich in derselben Weise nach allen vier Richtungen vor dem Volk, nahm seinen Schurz ab, faltete ihn umständlich zusammen und schob ihn einem großen Weib in einem roten Leibchen in die Hand. Dies alles tat er schweigend, langsam und feierlich.

Man reichte ihm einige Mützen hin. Er nahm zwei davon, legte sie sich über die Stirn und fiel, während er sie mit der Hand festhielt, in die Knie. Fünf Bauern hoben eine der kleineren Glocken empor und bedeckten mit ihr den Kopf des Schmieds in der Weise, dass der Rand auf die Mützen und auf die Schultern zu liegen kam, auf die die Bäuerin den aufgerollten Schurz legte. Der Schmied wankte, löste die Knie vom Erdboden, richtete sich auf und schritt ruhig, weit ausholend auf den Glockenturm zu. Die fünf Bauern, zu Paaren angeordnet, geleiteten ihn.

»Hat er sie doch hochgestemmt, der Berserker!«, sagte neiderfüllt der Lahme und kratzte sich seufzend am Kinn. »Und dieses Glöckchen wiegt, musst du wissen, seine siebenzehn Pud und will die Treppe hinaufgetragen sein. Hier im ganzen Kreis kommt diesem Schmied keiner gleich. Er besiegt alle. Man hat versucht, ihn zu verprügeln, um einen solchen Kerl zu zwingen, braucht es natürlich eine Masse Volk, und dennoch ist es nicht geglückt.«

Auf dem Platz trat immer tiefere Stille, immer höhere Spannung ein. Alle Köpfe sahen nach oben. Die Augen blickten erwartungsvoll in den halbkreisförmigen Henkel des Glockenturmes, aus dem drei dicke Balken mit Flaschenzügen schräg hervortraten. An den Flaschenzügen liefen die um die Glockenhenkel gewundenen Seile zum Erdboden hinab.

Der Landgendarm trat an die große Glocke heran, gab ihr mit der flachen Hand einen Klaps, wie man einem Pferd einen Klaps gibt, nahm die Mütze ab, bedeckte mit der anderen Hand die Augen und richtete ebenfalls seine Blicke nach oben.

Immer stiller, immer gespannter wurde es ringsum, selbst die Kinder hörten auf, umherzurennen und reckten gebannt die Köpfe empor.

Jetzt bewegte sich im Henkel des Glockenturms etwas Formloses, eine Mütze flatterte hinunter, eine zweite folgte. Hierauf flog die zu einem Klumpen zusammengerollte Schürze hinab. Die Menschen unten rafften sich krampfhaft zusammen, heulten auf und begannen zu schreien. Wie Bälle hüpften die Jungen, während das kahlköpfige Bäuerlein mit dem grauen Schnurrbart allen Lärm mit seinem hohen Winseln durchschnitt:

»Nikolai Pawlitsch, Gevatter! Imperator ...«, kreischte er.

Der Gendarm setzte die Mütze auf, rückte die Medaillen auf seiner Brust zurecht und versetzte dem Bauern einen Hieb über den kahlen Nacken. Der Bauer sprang zurück und ergriff die Flucht. Von Zeit zu Zeit hielt er an, strich sich über den Kopf und sagte mit einem Blick nach dem Söller der Schule kummervoll:

»Nicht einmal zu scherzen wird einem erlaubt ...«

Der Schmied stieg den Glockenturm hinab und bekreuzigte sich mit langer Hand gegen die Kirche, Panow bog seinen Rumpf im rechten Winkel ein, umarmte den Schmied und küsste ihn:

»Recke!«

Und schrie:

»Rechtgläubige! Packt mit vereinten Kräften an! Mit Gott!«

Die drei auf die Seile aufgereihten Menschenhaufen gerieten in Bewegung, schwankten, stemmten sich mit den Füßen gegen den Boden und legten sich nach hinten über, wie Fischer, die ein Netz ziehen. Drei graue Saiten spannten sich in der Luft. Auch die Glocke rührte sich, schaukelte unschlüssig und hob sich widerwillig von der Erde.

»Gleichmäßiger, gleichmäßiger, Kinder Gottes!«, schrie mit seiner Bruststimme der Verfertiger von Bierflaschen begeistert und bang.

Stumpf gegen die Sonne blinkend, schwebte die schwere kupferne Kappe in weitem Bogen hinauf, und die Zuschauer reckten sich, während sie ihr mit den Blicken folgten, als wollten auch sie sich vom Erdboden lösen. Lida bemerkte es.

»Seht, wie alle emporstreben, als ob sie wüchsen«, sagte sie leise. Makarow bekräftigte:

»Ja, auch mich zieht es empor ...«

»Das lügst du«, dachte Klim Samgin.

Auf dem Platz war es nicht sehr laut, nur die Kinder tauschten Rufe, und Säuglinge weinten.

»Gleichmäßiger, Rechtgläubige«, trompetete Panow. Der Landgendarm wiederholte nicht ganz so ohrenbetäubend, doch sehr strenge:

»Gleichmäßiger, he! Gerechte!«

Die drei Menschengruppen, die die Glocke emporwanden, stöhnten, ächzten und brüllten. Der Flaschenzug winselte. Etwas im Glockenturm knarrte, doch es schien, als erlöschen alle Laute und als würde gleich eine feierliche Stille eintreten. Klim wünschte es aus irgendeinem Grunde nicht, er fand, hierher gehörte ein heidnisches Jauchzen, wilde Schreie und geradezu etwas Lächerliches.

Er sah, dass Lida nicht auf die Glocke, sondern auf den Platz, auf die Leute schaute. Sie biss sich die Lippe und runzelte finster ihr Gesicht. Alinas Augen drückten kindliche Neugier aus. Turobojew langweilte sich. Er hielt den Kopf gesenkt und blies ganz leise Zigarettenasche vom Ärmel. Makarows Gesicht war dumm, wie es immer zu sein pflegte, wenn Makarow grübelte. Ljutow zerrte seinen Hals seitwärts, er war lang, sehnig, die Haut rau wie Chagrinleder. Er hatte den Kopf auf die Schulter geneigt, um die widerspenstigen Augen auf einen Punkt zu richten.

Plötzlich, in der Höhe des letzten Drittels des Glockenturms, durchlief ein Beben die Glocke, pfeifend wand sich das gerissene Seil durch die Luft. Die linke Menschengruppe geriet ins Wanken, die hinteren fielen haufenweise um, ein einziges hysterisches Geheul ertönte:

»Hilf Hi–i–mmel!«

Die Glocke schaukelte und stieß träge mit dem Rand gegen die Ziegelwand des Glockenturms. Es regnete Späne und Kalkstaub. Samgin zwinkerte heftig, er glaubte, von diesem Staub blind zu werden. Alina stampfte mit den Füßen und winselte verzweifelt.

»Ach ihr Teufel!«, murmelte Ljutow und spie aus.

»Haltet fest, Rechtgläubige!«, brüllte Panow und fuchtelte, zurückspringend, mit den Armen.

Der krummbeinige Schmied lief jener Gruppe in den Rücken, die gerade gegenüber dem Glockenturm am Seil zog, und begann das Seilende um die Wurzel eines dicken Weidenstammes zu schlingen. Ihm half der Bursche im rosa Hemd. Das Seil, das sich immer straffer spannte, schwang wie eine Saite, die Leute sprangen zurück, der Schmied brüllte:

»Haltet fest! Ich schlag euch tot!«

Klim bedeckte die Augen, er erwartete jeden Augenblick, die Glocke auf die Erde schmettern zu hören, und lauschte, wie die Leute heulten und wimmerten, der Schmied brüllte und Panow trompetete.

»Knotet zusammen!«

»Fürchtet euch nicht, Rechtgläubige! Ruhig! Einmütig! Lo-os!«

Die Glocke schwebte von Neuem, fast unmerklich, in die Höhe, aus dem Fenster des Glockenturms steckten Bauern ihre Köpfe.

»Nach Hause!«, sagte Lida scharf. Ihr Gesicht war grau, in den Augen Entsetzen und Abscheu. Irgendwo im Korridor der Schule schluchzte laut Alina und murmelte Ljutow. Die heulenden Litaneien zweier Bauernweiber drangen vom Platz her. Klim Samgin erriet, dass eine dunkle Minute seines Lebens verstrichen war, ohne sein Bewusstsein zu beschweren.

Der Lahme kam den Söller herab, hielt die Schulter eines verängstigten Halbwüchsigen umfasst und forschte:

»Nun, lebt er?«

»Ich weiß nicht. Lass mich los, Onkel Michailo ...«

»Idiot! Du siehst, aber begreifst nicht ...«

Unter der Weide redete Turobojew auf den Gendarmen ein, wobei er ihm seinen weißen Finger unter die Nase hielt. Über den Platz, zur Weide, kam eilig der Priester geschritten. Er trug ein Kreuz in der Hand. Das Kreuz schien im Sonnenglanz zu schmelzen und beleuchtete ein dunkles, nüchternes Gesicht. Weiber umdrängten in dichtem Kreis die Weide. Der Gendarm war im Begriff, sie auseinanderzustoßen, als der Pope herantrat. Samgin erblickte unter der Weide den Burschen mit dem rosa Hemd und auf den Knien vor ihm Makarow.

»Wie ist das geschehen?«, fragte Klim leise, während er sich umschaute. Lida war nicht mehr auf dem Söller.

Sie verließ, Alina an ihrem Arm, die Schule. Hinter ihnen der Grimassen schneidende Ljutow. Alina schluchzte:

»Ich wollte so ungern hierher, aber ihr ...«

Die Dorfstraße passierte man in raschem Schritt, ohne zurückzublicken. Hinter dem Gemeindeanger holte man den Lahmen ein, der sogleich mit der Sicherheit eines Augenzeugen zu erzählen begann:

»Er ist mit dem Hals ins Seil geraten, da ist ihm eben die Wirbelsäule zerschmettert worden.«

Ljutow zeigte dem Lahmen die Faust und flüsterte:

»Schweig!«

Der Lahme sah erst ihn, dann Klim fragend an und fuhr fort:

»Vielleicht hat der Schmied sich einen Scherz erlaubt und ihm das Seil mit Absicht um den Hals geworfen. Oder er hat sich versehen. Alles ist möglich ...«

Ljutow, der ihn am Rockärmel festhielt, verlangsamte seinen Schritt, aber auch die Mädchen gingen, als sie ans Flussufer hinaustraten, langsamer. Da begann Ljutow, den Lahmen von Neuem über seinen Glauben auszuforschen.

Die unsichtbaren Grillen zirpten so geräuschvoll, dass es schien, als knisterte der von der Sonne ausgedörrte Himmel. Klim Samgin fühlte sich wie aus einem schweren Traum erwacht, müde und teilnahmslos für alles. Vor ihm wankte der Lahme, der in lehrhaftem Ton zu Ljutow sagte:

»Zum Beispiel: Unser Glaube erkennt der Hände Werk nicht an. Christusbilder, die nicht von Menschenhand geschaffen sind, erkennen wir an, alles Übrige müssen wir zurückweisen. Woraus ist ein Christusbild? Es ist aus Schweiß, aus Christi Blut. Als Jesus Christus auf dem Berge Golgatha das Kreuz trug, da hat ihm der ungläubige Apostel Thomas mit einem Schweißtuch das Antlitz abgetrocknet, um sich zu überzeugen, ob es auch Christus sei. So ist das Antlitz denn im Schweißtuch zurückgeblieben. Alle anderen Heiligenbilder aber sind Blendwerk so wie Ihre Fotografie.«

Ljutow quiekte verhalten.

»Warte, weshalb ist meine Fotografie Blendwerk?«

»Ja, das ist doch klar! Wessen sonst, wenn nicht Ihre? Der Bauer – was macht er? Becher, Löffel, Schlitten und derlei Gegenstände. Sie dagegen Fotografien, Nähmaschinen ...«

»Aha, so meinst du das?«

In Ljutows Lachen hörte Klim das wollüstige Winseln, das ein verzogenes Hündchen ausstößt, wenn man es hinter den Ohren krault.

»Das Brot, sagen wir mal, ist auch nicht menschlicher Hände Werk. Gott, die Erde bringt es hervor.«

»Und womit knetet man den Teig?«

»Das ist Weibersache. Das Weib ist weit von Gott, sie ist für ihn ›zweite Sorte‹. Nicht sie hat Gott zuerst geschaffen.«

Lida blickte über ihre Schultern weg auf den Lahmen und schritt rascher aus, während Klim über Ljutow das Urteil fällte:

»Er muss sich sehr langweilen, wenn er Gefallen an solchen Dummheiten findet.«

»Woher hast du das? Woher? Du hast es dir doch nicht selbst ausgedacht? Nicht wahr?« forschte Ljutow angeregt, hartnäckig und mit rätselhafter Freude, und wieder sprach gemessen und ehrbar der Lahme:

»Nicht selbst – das ist richtig. Vernunft lernen wir alle einer vom andern. Im letzten Jahr lebte hier ein erklärender Herr ...«

Klim dachte:

»Erklärender Herr? Recht gut!«

»Der pflegte also des Abends, an Feiertagen, mit den Leuten aus der Umgegend zu plaudern. Ein Mensch von starkem Verstand! Er fragte gerade heraus: ›Wo ist die Wurzel und der Ursprung? Das ist‹, sagte er, ›das Volk, und für es‹, sagte er, ›sind alle Mittel bestimmt‹ ...«

»Du solltest ihn in deinem Gedächtnis aufbewahren. Hast du das?«

»Sie scherzen. Wir behalten nicht einmal unsere eigenen Verstorbenen im Gedächtnis.«

»Ist er denn gestorben?«

»Das weiß ich nicht.«

Zu Hause legte Klim sich schlafen. Sein Kopf schmerzte, keinerlei Gedanken kamen ihm, und er hatte keine Wünsche, außer dem einen: dass dieser schwüle, dumme Tag rasch erlöschen möchte, dass die absurden Eindrücke, mit denen er ihn beschenkt hatte, sich verwischten. Eine schwere Schläfrigkeit bemächtigte sich seiner, doch fand er keinen Schlaf. In den Schläfen hämmerte es, in den Ritzen des Gehörs verdichteten sich qualvoll alle Stimmen des Tages: das Seufzen und Flüstern der Weiber, die befehlenden Rufe, das furchtsame Geheul, die Sterbegebete. Das bucklige Mädel fragte entrüstet:

»Was soll der Unfug?«

Es dunkelte schon, als Turobojew und Ljutow ankamen, sich auf der Veranda niederließen und ihr offenbar vor längerer Zeit begonnenes Gespräch fortsetzten.

Samgin lag und hörte den Wechselschlag der beiden Stimmen. Es war seltsam anzuhören, dass Ljutow ohne das für ihn eigentümliche Winseln und Kreischen, und Turobojew ohne Ironie sprach. Die Teelöffel klingelten gegen die Gläser, das Wasser zischte heiß aus dem Hahn des Samowars, und dies rief Klim seine Kindheit zurück: die Winterabende, wenn er zuweilen vor dem Tee einschlief und ihn eben dieses Klingeln des Metalls gegen das Glas weckte.

Auf der Veranda sprach man von den Panslawisten und von Danilewski, von Herzen und Lawrow.[5] Klim Samgin kannte diese Schriftsteller, ihre Ideen waren ihm gleichermaßen fremd. Er fand, dass sie alle im Grunde die menschliche Persönlichkeit nur als Material der Geschichte betrachteten. Für alle war der Mensch ein Isaak, der zur Opferung verurteilt ist.

»Man muss schon ganz besondere Köpfe und Herzen haben, um zuzugeben, dass die Opferung des Menschen dem unbekannten Gott der Zukunft eine Notwendigkeit sei«, dachte er, mit wachsamem Ohr die ruhige Stimme, die gelassenen Worte Turobojews aufnehmend.

»Unter den herrschenden Ideen ist nicht eine einzige, die ich akzeptiere.«

Eilig murmelte Ljutow. Zuerst war es unmöglich, zu verstehen, was er sagte, dann jedoch unterschied er deutlich die Worte:

»Die Volkstümler haben einen starken Vorzug: Das Dorf ist gesünder und praktischer als die Stadt. Es kann widerstandsfähigere Menschen hervorbringen ... Habe ich recht?«

»Möglich«, sagte Turobojew.

Klim sah ihn, während er antwortete, die linke Schulter heben, wie das seine Gewohnheit war, wenn er einer offenen Antwort auf eine Frage auswich.

»Und dennoch diese Halbheit!«, schrie Ljutow. »Dennoch die Nachkommen jener Tölpel, die den Nomaden den gesegneten Süden überließen und in die Sümpfe und Wälder des Nordens flüchteten.«

»Es scheint, Sie widersprechen sich ...«

»O nein, erlauben Sie! Was sind denn Sie? Es sind ja Ihre Ahnen ...«

---

5 Danilewski – panslawistischer Schriftsteller. Alexander Herzen, der große russische Publizist, einer der Begründer der Volkstümlerbewegung. Peter Lawrzow machte Russland mit dem wissenschaftlichen Sozialismus bekannt. D. Ü.

Schwer stampfte der Schritt des Dienstmädchens. Das Teeservice klirrte. Klim stand auf, öffnete geräuschlos das Fenster auf die Veranda und vernahm die trägen, frostigen Worte:

»Ich bin natürlich nicht der Meinung, dass meine Ahnen in der Geschichte soviel Unheil angerichtet haben und so plumpe Verbrecher gewesen sind, wie gewisse Fabrikanten der Wahrheit unter den radikalen Publizisten glauben machen wollen. Ich halte meine Ahnen nicht für Engel, bin auch nicht geneigt, Helden in ihnen zu sehen Sie waren einfach mehr oder weniger gehorsame Werkzeuge des Willens der Geschichte, die, wie Sie selbst zu Anfang unseres Gespräches gesagt haben, krumme Wege gegangen ist. Nach meiner Auffassung hat sie bereits einen Punkt erreicht, der mich berechtigt, auf eine Fortführung der Linie meiner Vorfahren zu verzichten, die vom Menschen einige Eigenschaft verlangt, die ich nicht besitze.«

»Was soll das heißen?«, winselte Ljutow. »Ist das Resignation? Tolstoiismus?«

»Ich erinnere mich, Ihnen schon gesagt zu haben, dass ich mich als einen psychisch deklassierten Menschen betrachte.«

Schlürfende Schritte wurden vernehmbar.

»Nun, ist er gestorben?«, fragte Turobojew. Ihm erwiderte die Stimme Makarows:

»Selbstverständlich. Gieß mir Tee ein, Wladimir. Sie müssen noch mit dem Gendarmen reden, Turobojew. Er beschuldigt jetzt den Schmied bereits nicht mehr des überlegten Mordes, sondern der Fahrlässigkeit.«

Samgin trat vom Fenster weg, kämmte sich und ging auf die Veranda, da er annahm, dass die Mädchen jeden Augenblick erscheinen würden.

Der Schein der Lampe, gleichsam verschluckt vom Kupfer des Samowars, beleuchtete kärglich drei von heißem Dunkel eingehüllte Gestalten. Ljutow schaukelte auf dem Stuhl, mahlte mit den Kiefern, schmatzte und blickte zu Turobojew hinüber, der, über den Tisch gebeugt, etwas auf ein zerknülltes Kuvert schrieb.

»Weshalb bist du barfuß?«, fragte Klim Makarow. Dieser erging sich mit einem Glas Tee in der Hand auf der Veranda und antwortete:

»Meine Stiefel sind blutig. Diesem Burschen ...«

»Nun, genug!«, sagte Ljutow mit einer Grimasse und seufzte geräuschvoll:

»Und wo bleiben die Wesen zweiter Sorte?«

Er hörte auf, auf dem Stuhl zu schaukeln, und begann in neckendem Ton, Makarow die Meinung des lahmen Bauern über die Frauen zu erzählen.

»Der Bauer sagte es einfacher, bündiger«, bemerkte Klim. Ljutow zwinkerte ihm zu. Makarow blieb stehen, setzte sein Glas so heftig auf den Tisch, dass es von der Untertasse herunterfiel und sagte schnell und erregt:

»Siehst du? Das sage ich doch immer: Es ist etwas Organisches! Schon der Mythos über die Erschaffung des Weibes aus der Rippe der Mannes enthält diese ganz offenkundige, kunstlos und gehässig erfundene Lüge. Als man diese Lüge erfand, wusste man ja schon, dass das Weib den Mann gebiert, und dass sie ihn für das Weib zur Welt bringt.«

Turobojew hob den Kopf, sah Makarow unverwandt ins erregte Gesicht und lächelte. Ljutow zwinkerte auch ihm zu und sagte:

»Eine hochinteressante Hypothese russischer Herkunft.«

»Du bist es, der von Feindschaft gegen das Weib spricht?«, fragte Klim mit ironischer Verwunderung.

Makarow tippte sich auf die Brust.

»Ich«, sagte er und wandte sich an Turobojew:

»Dieselbe Feindseligkeit ist auch im Mythos von der Austreibung der ersten Menschen aus dem Paradies der Unschuld durch die Schuld des Weibes verborgen.«

Klim Samgin lächelte und wünschte dringend, dass Turobojew dieses ironische Lächeln sah. Aber dieser stützte sich mit den Armen auf den Tisch und sah Makarow ins Gesicht, wobei er die Augenbrauen in einer Weise emporzog, als ob er zweifle.

»Ein glücklicher Säugling bist du, Kostja«, murmelte Ljutow und schüttelte dabei heftig den Kopf. Er zog mit dem Finger Wasser über das kupferne Teebrett. Makarow aber redete mit gedämpfter Stimme und ein wenig stotternd vor innerer Bewegung, redete hastig:

»Die Feindschaft gegen das Weib begann mit dem Augenblick, da der Mann fühlte, dass die vom Weibe geschaffene Kultur eine Vergewaltigung seiner Instinkte bedeutete.«

»Was lügt er da?«, dachte Klim, löschte das Lächeln der Ironie aus und wurde argwöhnisch.

Makarow stand mit verschränkten Beinen da, und diese Haltung unterstrich stark die Keilförmigkeit seiner Figur. Er schüttelte den Kopf, die zweifarbigen Haare fielen ihm über Stirn und Wangen. Mit einer harten Geste seiner Hand beförderte er sie nach hinten. Sein Gesicht war noch schöner und schärfer als sonst.

»Das sesshafte und damit zivilisierte Leben begann die Frau«, sagte er. »Sie war es, die auf der Wanderung halten musste, um sich und ihr Kind vor den wilden Tieren und den Unbilden der Witterung zu schützen. Sie entdeckte essbare Pflanzen und heilkräftige Kräuter. Sie zähmte die Haustiere. Ihrem Männchen, dem halben Tier und Vagabunden, wurde sie allmählich zu einem immer geheimnisvolleren und weiseren Wesen. Das Staunen und die Furcht vor der Frau haben sich bis auf unsere Tage im »Tabu« der wilden Völker erhalten. Sie schreckte durch ihr Wissen, durch ihre Kenntnisse und vor allen Dingen durch den geheimnisvollen Akt der Geburt des Kindes, – der Mann, der Jäger war, konnte nicht beobachten, wie die Tiere gebären. Sie war Priesterin und Gesetzgeberin. Die Kultur entstand aus dem Matriarchat ...«

Rings um die Lampe schwirrten graue Falter. Ihre Schatten glitten über Makarows Litewka, seine ganze Brust und sogar sein Gesicht war mit dunklen Fleckchen tätowiert, wie mit den Schatten seiner hastigen Worte. Klim Samgin fand Makarows Reden langweilig und naiv.

»Er legt ein Examen ab für das Amt eines ›erklärenden Herrn‹.«

Makarow erinnerte sich seiner alten Gewohnheit und drehte mit der rechten Hand am oberen Knopf seiner Litewka, die linke wehrte unschlüssig die Falter ab.

»Übrigens, Turobojew, mich hat von jeher ein bekanntes zynisches Schimpfwort verletzt. Woher stammt es? Mir scheint, in uralten Zeiten war es ein Gruß, mit dem die Blutsverwandtschaft hergestellt wurde. Es konnte auch eine Art der Verteidigung bedeuten: Der alte Jäger sagte: ›Ich freite deine Mutter für einen Jungen, Stärkeren.‹ Denken Sie nur an die Begegnung des Ilja Muromez mit dem Lobhudler ...«

Ljutow lächelte heiter und krächzte.

»Wo hast du das gelesen?«, fragte Klim ebenfalls lächelnd.

»Es ist meine Vermutung, andernfalls könnte ich es nicht verstehen«, sagte Makarow ungeduldig. Und Turobojew sagte leise, während er auf irgendetwas horchte:

»Eine scharfsinnige Vermutung.«

»Falle ich Ihnen lästig?«, fragte Makarow.

»Aber nein, was denken Sie!« gab Turobojew sehr sanft und schnell zurück. »Mir schien, ich hörte die Fräulein kommen, aber ich habe mich getäuscht.«

»Der Lahme streicht umher«, sagte Ljutow leise, sprang von seinem Stuhl auf und stieg behutsam von der Veranda in die Dunkelheit hinab.

Klim hatte eine unangenehme Empfindung, als Turobojew Makarows Vermutung scharfsinnig nannte. Jetzt ergingen beide sich auf der Veranda, und Makarow setzte seine Rede fort, wobei er die Stimme noch tiefer senkte, an seinem Kopf drehte und mit der Hand fuchtelte.

»Als der halbwilde Adam mit dem Recht des Stärkeren Eva die Macht über das Leben nahm, erklärte er alles Weibliche für böse. Es ist sehr bezeichnend, dass dies im Orient geschah, aus dem alle Religionen kommen. Gerade von dort stammt die Lehre: Der Mann ist der Tag, der Himmel, die Kraft, das Gute – die Frau die Nacht, die Erde, die Schwäche, das Böse. Die Abscheulichkeit unseres Reinigungsgebetes nach der Geburt ist zweifellos männlich, griechisch. Doch wenn der Mann das Weib auch besiegte, so konnte er doch nicht mehr die ihm von ihr eingepflanzte Gier nach Liebe und Zärtlichkeit beilegen.«

»Aber was willst du mit alledem sagen?«, fragte Samgin streng und laut.

»Ich?«

»Worauf zielst du ab?«

Makarow blieb, geblendet blinzelnd, vor ihm stehen.

»Ich möchte verstehen: Was ist die moderne Frau, die Frau Ibsens, die sich von der Liebe, vom Heim lossagt? Fühlt sie die Verpflichtung und die Kraft, sich ihre einstige Bedeutung als Mutter der Menschheit und Schöpferin der Kultur wiederzuerobern? Einer neuen Kultur?«

Er schwenkte die Hand in die Dunkelheit:

»Denn diese ist ja schon morsch, abgelebt, in ihr ist sogar etwas Unsinniges. Ich kann nicht glauben, dass die kleinbürgerliche Plattheit unseres Daseins endgültig die Frau verstümmelt haben sollte, wenngleich man aus ihr einen Aufhängebügel für kostbare Kleider, Tand und Gedichte gemacht hat. Aber ich sehe Frauen, die die Liebe nicht wollen – begreife: Nicht wollen – oder sie verschleudern wie etwas Überflüssiges.«

Klim lachte ihm höhnisch ins Gesicht.

»Ach du Romantiker«, sagte er, sich reckend und seine Muskeln straffend und schritt an Turobojew, der gedankenvoll auf das Zifferblatt seiner Uhr sah, vorüber zur Treppe.

Samgin wurde mit einem Male der Sinn dieser langen Predigt völlig klar.

»Simpel!«, dachte er, während er vorsichtig den Sandweg hinabstieg. Die kleine, aber sehr helle Glasscherbe des Mondes zerriss die Wolken. Zwischen dem Nadellaub zitterte silbriges Licht, die Schatten der Fichten sammelten sich in schwarzen Klumpen an den Baumwurzeln. Samgin ging zum Fluss. Er suchte sich einzureden, dass er einen ehrlichen Abscheu vor dem Flittergold von Worten und ein ausgezeichnetes Verständnis für die erklügelten Schönheiten menschlicher Reden habe.

»So leben sie nun alle, alle diese Ljutows, Makarows, Kutusows. Erwischen eine winzige Idee und lärmen, rasseln ...«

Morgens erhob sich ein heißer Wind, der die Fichtenbäume schüttelte und den Sand und das graue Wasser des Flusses aufwühlte. Als Warawka mit entblößtem Kopf den Bahnhof verließ, warf ihm der Wind den Bart hinter die Schulter und zauste ihn. Der Bart verlieh dem roten, zottigen Kopf Warawkas eine gewisse Ähnlichkeit mit der unförmigen Zeichnung eines Kometen in einem populären astronomischen Buch.

Beim Tee, in einem bis zu den Fersen reichenden Nachthemd, ohne Unterhosen, mit Pantoffeln an den bloßen Füßen, keuchend vor Hitze und sich den öligen Schweiß von der Stirn wischend, brüllte er:

»Ein Sommer, hol's der Teufel! ›Afrikanisch feierlich!‹ Und zu Hause revoltiert das Musikantenweib, sie braucht Kammern, Zwischenwände, mit einem Wort der leibhaftige Satan! Fahr hin, Bruder, beschwichtige sie. Ein schmackhaftes Weibchen!«

Er seufzte geräuschvoll und rieb sich das Gesicht mit dem Bart ab.

»Wera Petrowna hat in Petersburg Schwierigkeiten mit Dmitri. Sie haben ihn anscheinend gehörig festgeklemmt. Ein Tribut an die Zeit ...«

Hinter Warawkas Rücken dachte Klim unehrerbietig, ja sarkastisch, von ihm, doch sobald er mit ihm plauderte, fühlte er immer, dass dieser Mensch ihn mit seiner unbändigen Energie, mit der Geradlinigkeit seines Geistes bestrickte. Er begriff, dass dieser Geist ein zynischer war, entsann sich jedoch, dass auch Diogenes ein Ehrenmann gewesen war.

»Wissen Sie«, sagte er, »Ljutow sympathisiert mit den Revolutionären.«

Warawka regte die Brauen und dachte nach.

»So. Man sollte meinen, das sei keine Sache für Kaufleute. Aber es kommt offenbar in Mode. Man sympathisiert.«

Und er ließ einen Hagel schneller Bosheiten herniederprasseln:

»Ein Revolutionär ist auch von Nutzen, wenn er kein Dummkopf ist. Ja, selbst wenn er dumm ist, bringt er Nutzen, kraft der widernatürlichen russischen Lebensverhältnisse. Da produzieren wir nun immer mehr Waren, aber Käufer sind nicht vorhanden, obgleich sie potenziell in einer Zahl von hundert Millionen existieren. Jeden Tag ein Hölzchen anzünden, – das gibt hundert Millionen Nägel.«

Er raffte mit beiden Händen seinen Bart zusammen, schob ihn hinter den Hemdkragen und sog sich an einem Glas Milch fest. Darauf schnaubte er, schüttelte den Kopf und fuhr fort:

»Wenn der Revolutionär dem Bauern einschärft: Dummkopf, nimm bitte dem Gutsbesitzer das Land weg und lerne, bitte, menschlich rationell zu leben und zu arbeiten, dann ist dieser Revolutionär ein nützlicher Mensch. Wozu zählt sich Ljutow? Zu den Volkstümlern? Hm ... zu den Anhängern der Narodnaja Wolja. Ich hörte, die sollen schon verkracht sein ...«

»Gibt er Ihnen Geld für die Zeitung?«

»Sein Onkel Radejew. Ein ganz einfältiger Greis ...«

Nach einer Weile fragte er zwinkernd:

»Hat Ljutow eine Überzeugung?«

»Ich weiß es nicht. Er ist unberechenbar.«

»Sie werden ihn schon kriegen«, verhieß Warawka. Er erhob sich, »Nun, ich gehe baden, und du sause in die Stadt!«

»Baden?«, wunderte sich Klim. »Sie haben so viel Milch getrunken ...«

»Und gedenke noch mehr zu trinken«, sagte Warawka und schenkte sich aus einem Krug kalte Milch ein.

Als Klim in der Stadt anlangte und den Hof seines Hauses betrat, erblickte er auf dem Söller des Flügels die Spiwak in einer langen Schürze aus grauem Kaliko. Sie winkte bewillkommnend mit dem bis zum Ellenbogen geschürzten Arm und rief:

»Ah, der junge Hausherr! Treten Sie bitte näher!«

Während sie ihm fest die Hand drückte, begann sie, sich zu beklagen. Man durfte keine Wohnung vermieten, in der die Türen knarrten, die Fensterrahmen klemmten, die Öfen rauchten.

»Hier hat ein Schriftsteller gewohnt«, sagte Klim und erschrak, als er begriff, wie dumm seine Bemerkung war.

Die Spiwak sah ihn befremdet an, womit sie ihn nur noch heftiger verwirrte, und bat ihn, einzutreten. Drinnen mühte sich ein blatternarbiges Mädchen mit frechen Augen. Mitten im Zimmer stand geistesabwesend Spiwak mit einem Hammer in der Hand und in Hemdsärmeln, gleich zwei Orden blitzten die Schnallen der Hosenträger auf seiner Brust.

»Wir richten uns ein«, erläuterte er und streckte Klim die Hand mit dem Hammer hin.

Er nahm seine Brille ab, und in seinem kleinen Kindergesicht kamen kläglich zwei kurzsichtig vorquellende, rote Augen zum Vorschein, gebettet in bläuliche, entzündete Polster. Seine Frau führte Klim durch die mit Möbeln verbarrikadierten Zimmer, verlangte einen Tischler, Töpfer. Die nackten Arme und die Kalikoschürze entzauberten sie. Klim schielte feindselig auf ihren gewölbten Bauch.

Einige Minuten später hatte er seine Litewka abgelegt, schlug gewissenhaft Nägel in die Wände ein, hing Bilder auf und stellte Bücher in die Regale des Schrankes. Spiwak stimmte den Flügel. Die Spiwak bemerkte:

»Er stimmt ihn immer eigenhändig. Er ist sein Altar, er lässt sogar mich nur ungern an das Instrument heran.«

Die Basssaiten tönten, das Stubenmädchen rasselte mit dem Geschirr, in der Küche raspelte die Feile des Mechanikers an der Wasserleitung.

»Finden Sie nicht, dass das Leben Unnötiges enthält?«, fragte die Spiwak unvermutet, doch als Klim ihr willig beipflichtete, kniff sie die Augen zusammen und sagte, den Blick in einen Winkel gerichtet;

»Mir aber gefällt gerade das Unnötige. Das Notwendige ist langweilig. Es knechtet alle diese Koffer und Kisten sind entsetzlich!«

Darauf erklärte sie, sie liebe Porzellan, schöne Bucheinbände, Musik von Rameau und Mozart und die Augenblicke vor dem Gewitter.

»Wenn man fühlt, dass alles in und um einen gespannt ist, und eine Katastrophe erwartet.«

Klim hatte sie noch nie so lebhaft und herrisch gesehen. Sie war hässlicher geworden. Gelbliche Flecken verunstalteten ihr Gesicht, aber in ihren Augen lag etwas Selbstgefälliges. Sie erregte ein Gefühl, gemischt aus Vorsicht und Neugier, und natürlich jene Hoffnungen, die von einem jungen Mann Besitz ergreifen, wenn eine schöne Frau ihn freundlich ansieht und freundlich mit ihm spricht.

»Sagte ich Ihnen, dass Kutusow ebenfalls verhaftet ist? Ja, in Samara, an der Anlegestelle des Dampfers. Welch eine herrliche Stimme, nicht wahr?«

»Er sollte in der Oper singen, statt Revolutionen zu machen«, sagte Klim ehrbar und bemerkte, dass die Lippen der Spiwak spöttisch zuckten.

»Er wollte es. Aber man muss wohl bisweilen gegen einen allzu starken Wunsch ankämpfen, damit er nicht alle übrigen erstickt. Wie denken Sie?«

»Ich weiß nicht«, sagte Klim.

Es war klar, dass sie ihn ausforschte, auf die Probe stellte. In ihren Augen leuchtete etwas Abschätzendes. Ihr Blick kitzelte das Gesicht und verwirrte immer mehr. Den Bauch unschön vorgestülpt, betrachtete die Spiwak ein Buch mit abgerissenem Einband.

»Sie wissen nicht? Haben darüber nicht nachgedacht?« forschte sie. »Sie sind ein sehr zurückhaltendes Menschenkind. Ist das bei Ihnen Bescheidenheit oder Geiz? Ich würde gern wissen, was Sie von den Menschen denken.«

»Nein, sie hat nicht das Geringste gemein mit der Frau, die ich in Petersburg gesehen habe«, dachte Klim, der Mühe hatte, ihren drängenden Fragen auszuweichen.

Nachdem er sich eine gute Stunde betätigt hatte, ging er fort und nahm das aufreizende Bild einer Frau mit, die, unfassbar in ihren Gedanken, gefährlich war wie alle aushorchenden Menschen. Man horcht aus, weil man sich eine Vorstellung von einem Menschen bilden will, und, umso bald wie möglich damit fertig zu werden, engt man seine Persönlichkeit ein und verzerrt sie. Klim war überzeugt davon, dass es so sei. Selbst darauf bedacht, die Menschen zu vergröbern, verdächtigte er sie des Bestrebens, es mit ihm zu tun, einem Menschen, der sich keiner Grenzen seiner Persönlichkeit bewusst war.

»Bei dieser Frau muss man Vorsicht walten lassen«, beschloss er.

Doch am nächsten Tag half er ihr schon gleich morgens wieder bei der Einrichtung ihrer Wohnung. Ging mit den Spiwaks ins Restaurant des Stadtparks zum Mittagessen, nahm abends mit ihnen den Tee. Später besuchte ihren Mann ein schnurrbärtiger Pole mit einem Cello und hochmütig vorquellenden Karpfenaugen. Die unermüdliche Spiwak bat Klim, ihr die Stadt zu zeigen, aber als er bereits im Begriff war, sich umzukleiden, rief sie zu ihm ins Fenster hinein:

»Ich habe mich anders besonnen: Ich werde nicht gehen. Wir setzen uns in den Garten. Wollen Sie?«

Klim wollte nicht, getraute sich aber nicht, nein zu sagen. Eine halbe Stunde promenierte man langsam auf den Gartenwegen und sprach belanglose Dinge, Nichtigkeiten. Klim fühlte eine eigentümliche Spannung, so, als suche er das Ufer eines tiefen Bachs nach einer bequemen Stelle zum Hinüberspringen ab. Aus einem Fenster des Hauses drangen die Akkorde des Flügels, das Heulen des Cellos und die spitzen Ausrufe des kleinen Musikers. Warmer blauer Staub, den der Wind einatmete und das Dunkel verdichtete, schien von den Bäumen zu rieseln und die Luft immer tiefer zu färben.

Die Spiwak bewegte sich langsam und wackelte mit dem Bauch. In ihrem Gang lag etwas Prahlerisches, und Klim musste nochmals denken, dass sie selbstgefällig sei. Seltsam, dass er das in Petersburg nicht bemerkt hatte. In den simplen, trägen Fragen nach Warawka und Wera Petrowna unterschied Klim nichts Verdächtiges. Doch ein unwägbarer, aber deutlich fühlbarer Druck ging von ihr aus, der Klim eine eigentümliche Zaghaftigkeit einflößte. Ihre runden Katzenaugen hielten ihn mit einem gebieterisch bläulichen, beengenden Blick gefangen, als wüsste sie, woran er denke und könne es ihm sagen. Und mehr: Sie ließ ihn Lida vergessen.

»Setzen wir uns«, schlug sie vor und begann nachdenklich zu erzählen, dass sie vor drei Tagen mit ihrem Gatten bei einem alten Bekannten Spiwaks, einem Rechtsanwalt, zu Gast gewesen sei.

»Er scheint hier die Rolle des Mäzens der Künste und Wissenschaften zu spielen. Bei ihm hielt irgendein rothaariger Mensch so etwas wie eine Vorlesung über die ›Erkenntnistriebe‹, glaube ich. Ach nein, ›Über den dritten Trieb‹, aber das ist eben der Erkenntnistrieb. Ich bin in philosophischen Dingen ganz unbewandert, aber es gefiel mir: er bewies, dass die Erkenntnis eine ebensolche Gewalt sei wie die Liebe und der Hunger. Ich habe das in dieser Form noch nie gehört.«

Beim Sprechen lauschte die Spiwak gleichsam ihren eigenen Worten. Ihre Augen waren dunkler geworden, und es war deutlich zu merken, dass ihre Gedanken mit anderem beschäftigt waren, während sie redete und auf ihren Leib sah.

»Ein erstaunlich verwahrloster und hässlicher Mensch. Doch wenn solche ... Erfolglosen von der Liebe reden, glaube ich sehr an ihre Offenherzigkeit und an die Tiefe ihres Gefühls. Das Beste, was ich über die Liebe und über die Frau hörte, sagte ein Buckliger.« Sie seufzte und meinte dann:

»Je schöner ein Mann ist, desto unzuverlässiger ist er als Gatte und Vater.«

Und spöttisch lächelnd fügte sie hinzu: »Schönheit ist ausschweifend. Das ist wohl ein Gesetz der Natur, Sie geizt mit Schönheit und strebt daher, wenn sie sie einmal geschaffen hat, danach, sie nach Kräften auszunutzen. Warum schweigen Sie?«

Samgin schwieg, weil er etwas erwartete. Ihre Frage ließ ihn zusammenschrecken. Er sagte eilig: »Der rothaarige Philosoph ist mein Lehrer.« »In der Tat?«

Sie sah Klim neugierig ins Gesicht. Er sagte unüberlegt:

»Vor zwölf Jahren liebte er meine Mutter.« Tief erbittert darüber, sich in der Rolle eines schwatzhaften Bengels zu sehen, wartete er fast mit Schrecken auf das, was diese Frau ihn jetzt fragen würde. Aber sie schwieg eine Weile und sagte dann.

»Es wird feucht. Gehen wir hinein.«

Auf dem Wege zum Flügel bemerkte sie halblaut: »Sie müssen ein sehr einsamer Mensch sein.« Diese Worte klangen nicht wie eine Frage. Samgin empfand für einen Augenblick Dankbarkeit für die Spiwak, wurde jedoch sogleich danach noch wachsamer.

Der schnurrbärtige Pole ließ sein Cello am Flügel stehen und verschwand. Spiwak spielte eine Bachsche Fuge. Nachdem er den Eintretenden durch die dunklen Kreise seiner Gläser einen Blick zugeworfen hatte, hustete er und sagte:

»Das ist kein Musiker, sondern ein Klempner.«

»Der Cellist?«

»Ein vollkommener Nichtskönner«, sagte überzeugt der Musiker.

Er begann von Neuem zu spielen, aber so eigenartig, dass Klim ihn zweifelnd ansah. Er spielte mit verlangsamtem Tempo, wobei er bald die eine, bald die andere Note des Akkords betonte, und, die linke Hand mit ausgestrecktem Zeigefinger erhoben, zuhörte, wie sie allmählich schmolz. Es schien, dass er die Musik entzweibrach und zerriss, auf der Suche nach etwas, das tief verborgen in der Melodie ruhte, die Klim kannte.

»Spiele Rameau«, bat seine Frau.

Gehorsam erklangen die naiven und galanten Akkorde. Sie machten das behaglich eingerichtete Zimmer noch anheimelnder.

Auf dem dunklen Grunde der Wände traten die deutlichen Umrisse der Porzellanfiguren hervor. Samgin urteilte, dass Jelisaweta Spiwak hier eine Fremde, und dieses Zimmer für eine verträumte, sehr lyrische, in ihren Gatten und in Verse verliebte Blondine geschaffen war. Diese Frau aber erhob sich, stellte Noten vor ihrem Mann auf und sang ein Klim unbekanntes keckes Liedchen in französischer Sprache, das mit dem triumphierenden Schrei schloss:

»A toi, mon enfant!«

Er war froh, als das Dienstmädchen mit einem ebenso triumphierenden Lächeln meldete:

»Ihre Mama ist gekommen.«

Klim nahm an, seine Mutter sei müde und gereizt heimgekehrt. Umso angenehmer enttäuscht war er, sie zuversichtlich gestimmt und sogar, wie es schien, im Vergleich zu wenigen Tagen vorher, verjüngt zu sehen. Sie begann sogleich, von Dmitri zu erzählen: Er würde bald freigelassen. Es würde ihm jedoch das Recht, an der Universität zu studieren, entzogen werden.

»Ich erblicke darin kein Unglück für ihn. Mir schien immer, dass aus ihm ein schlechter Arzt geworden wäre. Er ist, seiner Natur nach, für den Beruf eines Lehrers oder eines Bankbuchhalters, überhaupt für etwas recht Bescheidenes bestimmt. Der Offizier, der seine Sache führt, ein sehr liebenswürdiger Mann, beklagte sich bei mir, dass Dmitri es bei der Vernehmung an der nötigen Höflichkeit fehlen ließ und nicht angeben wollte, wer ihn in dieses ... Abenteuer verwickelt hatte. Damit hat er sich sehr geschadet. Der Offizier steht der Jugend mit großem Wohlwollen gegenüber, meint indessen: ›Versetzen Sie sich in unsere Lage. Unmöglich kann man uns zumuten, Revolutionäre zu züchten!‹ Und er erinnerte mich daran, dass es im Jahre 1881 gerade die Revolutionäre gewesen sind, die die Hoffnungen auf eine Verfassung vernichtet haben.«

Die Augen der Mutter leuchteten hell, man mochte glauben, dass sie sie ein wenig untermalt oder einen Tropfen Atropin genommen habe. In dem wundervoll gearbeiteten neuen Kleid, mit einer Zigarette zwischen den Zähnen, sah sie aus wie eine Schauspielerin, die nach einem erfolgreichen Abend ausruht. Von Dmitri sprach sie beiläufig, um ihn mitten im Satz zu vergessen. »Man genehmigte mir ein Wiedersehen mit ihm.

Er befindet sich in einem Gefängnis, das »Kreuzgang« genannt wird, ist gesund, ruhig, sogar heiter, lässt seinen Bart wachsen und fühlt sich anscheinend als ein Held.«

Wieder wandte sie sich einem anderen Gegenstand zu.

»Petersburg erfrischt wunderbar. Ich habe ja dort von meinem neunten bis zum siebzehnten Lebensjahr gelebt, und so viel Schönes ist mir wieder gegenwärtig geworden.«

In einem ihr sonst nicht eigenen lyrischen Ton überließ sie sich minutenlang Erinnerungen an Petersburg und ließ ihren Sohn unehrerbietig daran denken, dass Petersburg vierundzwanzig Jahre lang bis zu diesem Abend eine kleine, langweilige Stadt gewesen war.

»Die alte Premirow und ich haben gemeinsame Bekannte entdeckt. Eine prächtige alte Dame. Aber ihre Nichte ist entsetzlich! Ist sie immer so grob und finster? Sie spricht nicht, sondern knallt aus einem schlechten Gewehr. Ach, ich vergaß: Sie gab mir einen Brief für dich mit.«

Darauf erklärte sie, sie gehe jetzt ins Badezimmer, brach auf, blieb jedoch mitten im Zimmer stehen und sagte:

»O Gott, kannst du dir vorstellen: Maria Romanowna, du erinnerst dich doch ihrer? – war ebenfalls verhaftet, saß lange Zeit im Gefängnis und befindet sich jetzt irgendwo in der Verbannung unter Polizeiaufsicht! Denke nur: Sie ist ja sechs Jahre älter als ich und immer noch ... Wirklich, mir scheint, bei dem Kampf solcher Leute wie Maria gegen die Regierung spielt der Wunsch, sich für ein verpfuschtes Leben zu rächen, die Hauptrolle.«

»Möglich«, gab Klim zu.

Nicht das Mindeste von dem, was die Mutter gesagt hatte, vermochte ihn zu berühren. Als hätte er an einem Fenster gesessen, hinter dem ein feiner Regen sprühte. Auf seinem Zimmer zerriss er den mit Marinas grober Handschrift geschriebenen Briefumschlag. Der Brief, den er enthielt, war nicht von ihr, sondern von der Nechajew. Auf starkem, bläulichem, mit einer exotischen Blume verziertem Papier schrieb sie, dass ihre Gesundheit sich bessere und dass sie vielleicht im Hochsommer zurückkäme.

»Das wäre noch schöner«, dachte Samgin voll Verdruss.

Die Nechajew schrieb in schönen Wendungen, die den Eindruck des Gedichteten hervorriefen.

»Sie kommt sich als eine Maria Baschkirzew vor.«

Klim zerriss den Brief, entkleidete sich und legte sich hin, während er sich sagte, dass die Menschen einen zuletzt nur ermüdeten. Ein jeder von ihnen warf einem seinen schweren Schatten ins Gedächtnis, zwang einen, an ihn zu denken, ihn zu bewerten, für ihn einen Platz in seinem Herzen zu suchen. Wozu war das nötig, was für ein Sinn lag darin?

»Gerade diese Stöße von außen halten mich ab, meiner Persönlichkeit feste Grenzen zu setzen«, entschied er, sich selbst widersprechend. »Schließlich und endlich werde ich nur darum bemerkt, weil ich mich abseits von allen halte und schweige. Ich muss mich unbedingt zu einer Idee bekennen, wie das Tomilin, Makarow und Kutusow tun. Ich muss nur einen Seelenkern haben, dann wird sich um ihn herum all das bilden, was meine Individualität von der aller anderen unterscheidet, mich mit einem schroffen Strich von ihnen trennt. Die Bestimmtheit einer Persönlichkeit wird dadurch erzielt, dass der Mensch stets das gleiche sagt, – das ist klar. Persönlichkeit ist ein Komplex dauerhaft angeeigneter Meinungen, eine Art Lexikon.«

Er nahm alle ihm bekannten Ideen durch, ohne eine ihm zusagende zu finden, und er konnte ja auch keine finden, denn es handelte sich nicht darum, Fremdes zu entlehnen, sondern Eigenes herzustellen. Alle Ideen waren schon darum schlecht, weil sie fremde waren, ganz davon zu schweigen, dass viele von ihnen ihm seiner ganzen Natur nach feindlich, andere wieder bis zur Lächerlichkeit naiv waren, wie zum Beispiel die Idee Makarows.

Dieser Gedanke und das lästige Summen der Mücken hinter dem Musselinvorhang des Bettes ließen ihn nicht einschlafen. Klim Samgin suchte Beruhigung zu finden, indem er sich ins Gedächtnis rief, dass er im Grunde schon einen seelischen Kern besitze: seine Ehrlichkeit gegen sich selbst. Das Fremde drang nicht in die Poren seines Inneren, verwuchs nicht mit ihm, sondern schwamm bloß durch ihn hindurch, ohne sein Gefühl zu erregen, nur eine Bürde für sein Gedächtnis, weil er Abscheu vor jeder Gewalt gegen sich selbst hegte. Doch das war schon kein Trost mehr. Von der hoffnungslosen und ermüdenden Suche nach einem bequemen Priesterrock, wandte er sich den Gedanken an die Spiwak und an Lida zu. Sie waren beide beinahe gleich unangenehm, weil sie etwas suchten und in ihm wühlten. Er fand, dass in dieser Hinsicht ihr Verhalten gegen ihn vollkommen übereinstimmte. Aber beide zogen ihn auch an. Mit gleicher Stärke? Diese Frage vermochte er nicht zu beantworten. Dies schien von ihrer Lage im Raum, von ihrer physischen Nähe zu ihm abzuhängen. In Gegenwart der Spiwak war Lidas Bild verurteilt, zu schmelzen und zu zerfließen, während die Spiwak verschwand, wenn er Lida körperlich vor Augen hatte. Schlimmer als alles war jedoch, dass Klim sich nicht deutlich vorstellen konnte, was er denn eigentlich von der schwangeren Frau und von dem unerfahrenen Mädchen wollte.

Er hatte jenes Gefühl, womit er Lidas Beine umschlang, nicht vergessen, aber er erinnerte sich seiner nur noch wie eines Traumes. Seit jenem Augenblick waren nur wenige Tage verstrichen, doch schon fragte er sich mehr als einmal, was ihn eigentlich veranlasst habe, gerade vor ihr in die Knie zu sinken? Diese Frage weckte in ihm Zweifel an der wirklichen Macht eines Gefühls, mit dem er sich vor einigen Tagen so stolz gebrüstet hatte.

Überhaupt erschien ihm immer häufiger etwas Traumhaftes, etwas, das er nicht sehen musste. Was sollte die dumme Szene der Jagd auf den eingebildeten Wels, was für ein Sinn lag in dem albernen Gelächter Ljutows und des lahmen Bauern? Es war nicht notwendig, dass er die qualvolle Plackerei mit der Glocke sah und ebenso vieles andere, was, ohne einen Sinn zu haben, lediglich das Gedächtnis beschwerte.

»Was soll der Unfug?«, tönte in seinem Gedächtnis die entrüstete Frage des buckligen Mädels, lärmte im Kopf das schluchzende Flüstern der Dorfweiber.

»Ich werde wirklich noch krank von alledem ...«

Es wurde schon hell. Die Mondschatten auf dem Fußboden verschwanden. Die Fensterscheiben verloren ihre bläuliche Tönung und schienen gleichfalls zu vergehen. Klim nickte ein, wurde jedoch sehr bald geweckt durch das eilige Stampfen vieler Schritte und das Klirren von Eisen. Er sprang aus dem Bett und eilte ans Fenster: Durch die Straße wand sich die übliche Prozession, ein großer Schub Sträflinge, umgeben von einer dünnen Kette von Soldaten des Dampfer-Bedeckungskommandos. Ein spitzbärtiger Hausmeister, der mit einem Besen die Steine abfegte, wühlte dem Trupp grauer Menschen Staubwolken entgegen. Die Soldaten waren von kleinem Wuchs, verziert mit blauen Schnüren. Ihre nackten Säbel blitzten ebenfalls bläulich wie Eis, an der Spitze des Trupps aber schritten, Ketten klirrend und zu zweien an den Händen aneinander geschmiedet, graue, kahl geschorene Männer, ausgesucht groß und beinahe alle bärtig. Das Gesicht des einen war quer durchschnitten von einer schwarzen Binde, welche die Augen bedeckte. Er blickte mit dem freien, zottigen Auge ins Fenster, auf Klim, und sagte zu seinem gleichfalls bärtigen Gefährten, der ihm glich wie ein Bruder dem anderen:

»Schau, Lazarus ist von den Toten auferstanden!«

Doch sein Kamerad sah nicht auf Klim, sondern in die Ferne, in den Himmel und spie aus, auf den Stiefel eines Wachsoldaten zielend. Dies waren die einzigen Worte, die Klim im dumpfen Stampfen der hundert Füße und im klingenden Dröhnen der Eisen, das die rosige, wohlige Stille der schläfrigen Stadt erschütterte, auffing.

Den Zuchthäuslern folgten vereinzelt verschiedenartig gekleidete dunkle Leute mit Bündeln unter der Achsel und Rucksäcken auf dem Rücken. Unter ihnen ein hoher Greis in einem Leibrock und mit einem Käppchen auf dem Kopf. An seinem Gürtel baumelte eine Teekanne und ein Kessel. Das Geschirr klingelte im Takt seiner Sandalen.

In einer geschlossenen Gruppe marschierten »Politische«, vielleicht zwanzig Mann, darunter zwei mit Brillen, ein Rothaariger und Unrasierter, weiter ein Grauhaariger, der aussah wie die Ikone des heiligen Nikolaus von Myrlikien, hinter ihnen wankte, ein bejahrter Mann mit langem Schnurrbart und roter Nase. Unter Lachen teilte er seinem Nebenmann, einem krausköpfigen Burschen, etwas mit und zeigte dabei mit dem Finger auf die Fenster der verschlafenen Häuser. Vier Frauen beschlossen die Prozession: Eine dicke, mit dem welken Gesicht einer Nonne, eine junge und schlanke auf schmalen Beinen und zwei, die sich umgefasst hielten. Die eine lahmte und wankte. Hinter ihrem Rücken setzte ein stumpfnasiger Soldat schläfrig die Füße. Die blaue Schneide seines Säbels streifte fast ihr Ohr.

Als die Spitze des Trupps den Hausmeister passierte, stellte er seine Arbeit ein. Kaum hatte er jedoch die Zuchthäusler an sich vorüberziehen lassen, als er rasch mit seinem Besen die Politischen mit Staub zu überschütten begann.

»Warte nur, du Tölpel!«, rief laut ein Wachsoldat, stolperte und nieste.

Der Zug schwenkte in eine Straße ein, die zum Fluss hinablief. Der Hausmeister jagte den Arrestanten gewissenhaft Wolken rauchigen Staubes nach. Klim wusste: Am Fluss erwartete die Sträflinge ein roter Dampfer mit einem weißen Streifen am Schornstein, ein roter Leichter. Sein Deck war mit einem eisernen Zwinger überdacht, und der ganze Leichter glich einer Mausefalle. Vielleicht würde auch sein Bruder Dmitri in einer solchen Mausefalle reisen. Weshalb war er ein Revolutionär geworden, sein Bruder? In der Kindheit war er matt, wenngleich er, der in den Spielen der Kinder gutmütiger war als ein Hofhund, gegenüber Erwachsenen einen trägen, aber unbeugsamen Eigensinn an den Tag legte. Die Nechajew hatte sehr richtig geurteilt, als sie ihn einen stumpfsinnigen Menschen nannte. Sein Körper war vierschrötig und nicht klug. Ein Revolutionär musste gewandt, klug und böse sein.

Aus der Ferne erklang noch immer das Klirren der Eisen und das schwere Stampfen. Der Hausmeister hatte sein Revier sauber gefegt, klopfte mit dem Besenstiel gegen das Pflaster und bekreuzigte sich, den Blick in die Ferne gerichtet, dorthin, wo schon die Sonne erstrahlte. Es wurde ruhig. Man mochte glauben, der spitzbärtige Hausmeister habe die Sträflinge von der Straße weg aus der Stadt hinausgefegt. Auch dies war ein fataler Traum.

Gegen Abend, im finsteren Laden des Antiquars, stieß Klim auf einen Mann in einem Herbstmantel.

»Entschuldigen Sie.«

»Sie sind es, Samgin«, sagte der Mann überzeugt.

Selbst nach dieser Versicherung erkannte Klim in dem staubigen Zwielicht des mit Büchern vollgepackten Ladens nicht sofort Tomilin. Der Philosoph saß auf einem niedrigen Stühlchen mit geschnitzten Füßen. Er reichte Samgin die Hand. Mit der anderen nahm er seinen Hut vom Fußboden auf und sprach in die Tiefe des Ladens hinein zu einem Unsichtbaren:

»Dreißig Rubel ist Geld genug. Kommen Sie zu mir, Samgin.«

Verwirrt durch die unerwünschte Begegnung, gelang es Klim nicht, die Einladung rechtzeitig auszuschlagen, Tomilin legte seinerseits eine ungewohnte Eile an den Tag.

»Wenn man in Büchern wühlt, vergeht die Zeit unmerklich, und so habe ich mich zum Tee zu Hause verspätet«, sagte er auf die Straße tretend, und verzog, von der Sonne geblendet, sein Gesicht. Im aufgequollenen, zerdrückten Hut, in einem Mantel, viel zu weit und zu lang für ihn, sah er aus wie ein Bankrotteur, der lange im Gefängnis gesessen und soeben erst die Freiheit wiedererlangt hat. Er schritt würdevoll, wie ein Gänserich, einher, die Hände in den Taschen vergraben, sodass die langen Ärmel des Mantels tiefe Falten warfen. Tomilins rote Backen waren satt gerundet, seine Stimme klang überzeugt, und in seinen Worten unterschied Klim die Strenge des Vorgesetzten.

»Nun, befriedigen dich die akademischen Wissenschaften?«, erkundigte er sich mit einem skeptischen Lächeln.

»Warwara Sergejewna«, redete er die Witwe des Kochs an, als diese, ins Vorzimmer hinaustrat und ihm respektvoll half, den Mantel abzulegen.

Als er den Mantel ausgezogen hatte, stand er im Jackett und in einem gestärkten Hemd mit gelben Flecken auf der Brust da. Unter dem kurz gestutzten Bart sah der Schmetterling einer blauen Krawatte hervor. Auch sein Kopfhaar hatte er geschoren, es schmiegte sich in einem verdoppelten Häubchen seinem Schädel an. Auf diese Weise hatte Tomilins Gesicht seine Ähnlichkeit mit dem nicht von Menschenhand geschaffenen Christusbild verloren. Nur die porzellanenen Augen waren unbeweglich geblieben, und genau wie früher furchten sich düster die stachligen, roten Brauen.

»Langen Sie zu«, redete die Frau Klim mit einer üppigen Stimme zu, während sie ihm ein Glas Tee, Rahm, eine Schale mit Honig und einen Teller mit rostbraun lackierten Pfefferkuchen zuschob.

»Vorzügliche Pfefferkuchen«, bestätigte Tomilin. »Sie bereitet sie selbst aus Malz und Honig.«

Klim aß, um nicht reden zu müssen, und musterte unauffällig das sauber aufgeräumte Zimmer mit Blumen vor den Fenstern, Heiligenbildern in der vorderen Ecke und einem Öldruck an der Wand. Der Öldruck zeigte eine Säule und davor eine satte Frau mit einem Tamburin. Auch die lebendige Frau am Tisch vor dem Samowar war für ihr ganzes Leben satt. Ihr großer gemästeter Körper war monumental fest in den Stuhl gegossen, rastlos bewegten sich die Himbeerlippen, blähten sich die purpurnen Saffianwangen, wogten das Doppelkinn und der Doppelhügel der Brüste. Die wässerigen Augen leuchteten gutherzig und befriedigt, und als sie aufhörte zu kauen, zog ihr kleines Mündchen sich zu einem Stern zusammen. Ihre rosigen Hände schwebten, während sie geräuschlos das Geschirr hin und her rückten, segensvoll über dem Tisch. Es schien, als besäßen diese üppigen Hände mit Fingern, die Würstchen glichen, die Anziehungskraft eines Magneten: Sie brauchten sich nur nach der Zuckerdose oder nach dem Milchkännchen auszustrecken, und schon eilten diese Gegenstände von selbst wohldressiert den weichen Fingern entgegen. Der Samowar lächelte ein kupfernes, verstehendes Lächeln, und alles in dem Zimmer strebte gleichsam zum Körper der Frau, harrte ihrer sanften Berührungen. Es lag etwas Unvereinbares, etwas bedrückend und sogar fantastisch Seltsames darin, dass in Gesellschaft dieser Frau, in diesem Zimmer, gesättigt mit dem Duft von Geranien und guter essbarer Dinge, die verächtlichen und herablassenden Worte erklangen:

»Die Materialisten behaupten, das seelische Leben sei eine Eigenschaft der organisierten Materie, das Denken eine chemische Reaktion. Aber das unterscheidet sich ja bloß terminologisch vom Hylozoismus, von der Beseelung der Materie«, sagte Tomilin, mit der Hand, die einen Pfefferkuchen hielt, dirigierend. »Unter allen unzulässigen Vergröberungen ist der Materialismus die unförmigste. Und es ist vollkommen klar, dass er hervorgegangen ist aus der Verzweiflung über die Unwissenheit und Schwunglosigkeit der erfolglosen Versuche, einen Glauben zu finden.«

Er ließ den Pfefferkuchen auf den Teller fallen, drohte mit dem Finger und rief feierlich aus:

»Ich wiederhole: Glauben sucht man und Trost, nicht aber Wahrheit! Ich aber verlange: reinige dich nicht nur von allem Glauben, sondern auch von dem Wunsch zu glauben selbst!«

»Der Tee wird kalt«, bemerkte die Frau. Tomilin warf einen Blick auf die Wanduhr und ging eilig hinaus, während sie beschwichtigend zu Klim sagte:

»Er wird gleich zurückkommen, er holt nur den Kater. Seine gelehrte Tätigkeit verlangt Ruhe. Ich habe sogar den Hund meines Mannes mit Arsenik vergiftet. Der Hund heulte in hellen Nächten zu laut. Jetzt haben wir einen Kater, Nikita nennen wir ihn, ich liebe es, ein Tier im Hause zu halten.«

Sie steckte die Haarnadeln in ihrem schweren Helm schwarzer Haare fester und seufzte:

»Schwierig ist seine gelehrte Arbeit! Wie viel tausend Wörter muss man kennen! Er schreibt sie heraus, schreibt sie aus allen Büchern heraus, die Bücher aber sind ohne Zahl!«

Ein zahmer, grau und grün getupfter Zeisig flatterte im Zimmer umher, als sei er die Seele des Hauses. Er ließ sich auf den Blumen nieder, zupfte Blätter ab, schaukelte sich auf dem dünnen Zweig, schlug, erschreckt von einer Wespe, die wütend brummend an die Scheibe trommelte, mit den Flügeln, flog in seinen Käfig zurück und trank Wasser, wobei er sein komisches Schnäbelchen hoch emporreckte.

Tomilin trug sorglich einen schwarzen Kater mit grünen Augen herein, setzte ihn auf die umfangreichen Knie der Frau und fragte:

»Muss er nicht seine Milch haben?«

»Es ist noch zu früh«, antwortete die Frau mit einem Blick auf die Uhr.

Eine Minute später vernahm Klim von Neuem:

»Die freidenkende Welt wird mir folgen. Der Glaube ist ein Verbrechen vor dem Antlitz des Denkens.«

Beim Sprechen machte Tomilin weite, trennende Gesten. Seine Stimme klang herrisch, seine Augen blitzten streng. Klim beobachtete ihn mit Staunen und Neid. Wie rasch und schroff veränderten sich die Menschen. Er aber spielte noch immer die erniedrigende Rolle eines Menschen, den alle als Müllkasten für ihre Meinungen betrachteten. Als er sich verabschiedete, sagte Tomilin ihm eindringlich:

»Sie müssen häufiger kommen!«

Die Frau drückte ihm mit ihren warmen Fingern die Hand, nahm mit den anderen etwas vom Saum seiner Litewka ab und sagte, während sie es hinter ihrem Rücken versteckte, mit breitem Lächeln:

»Jetzt müssen Sie kommen. Ich habe Ihnen ein Kätzchen draufgesetzt.«

Auf Klims Frage, was das sei – ein »Kätzchen«? Erläuterte sie:

»Das ist, sehen Sie, ein Haar aus einem Katzenfell. Kater sind sehr häuslich und haben die Kraft, Menschen ins Haus zu ziehen. Wenn nun jemand, der in einem Hause beliebt ist, ein ›Kätzchen‹ mit sich fortträgt, wird es ihn unbedingt in dieses Haus ziehen.«

»Was für ein Unsinn!«, dachte Klim auf der Straße, besah aber trotzdem die Ärmel seiner Litewka und seine Hose, um zu entdecken, wo das ›Kätzchen‹ angeheftet worden war. »Wie abgeschmackt!« wiederholte er, von dem dunkeln Gefühl der Notwendigkeit durchdrungen, sich zu überzeugen, dass dieses Wohlleben abgeschmackt und nur abgeschmackt sei. »Im Grunde predigt Tomilin eine ebensolche Vergröberung wie die von ihm bekämpften Materialisten«, dachte Klim und bemühte sich beinahe erbost, etwas Gemeinsames zwischen dem Philosophen und dem schwarzen, grünäugigen Kater herauszufinden. »Der Kater müsste eigentlich den Zeisig auffressen«, lächelte er boshaft. In seinem Kopf sauste es. »Ich glaube, ich habe mich mit diesen eisernen Pfefferkuchen vergiftet.«

Daheim fand er die Mutter in angeregter Unterhaltung mit der Spiwak. Sie saßen am Fenster des Esszimmers, das nach dem Garten geöffnet war. Die Mutter streckte Klim das blaue Quadrat eines Telegramms entgegen und sagte eilig:

»Hier – Onkel Jakow ist gestorben.«

Sie schleuderte ihre Zigarette aus dem Fenster und fügte hinzu:

»So ist er denn gestorben, ohne das Gefängnis zu verlassen. Furchtbar.«

Darauf bemerkte sie:

»Das ist schon unbarmherzig von selten der Regierung. Sie sehen, der Mensch stirbt, und halten ihn trotzdem im Kerker fest.«

Klim fühlte, dass die Mutter sich beim Sprechen Gewalt antat und vor dem Gast Verlegenheit zu empfinden schien. Die Spiwak sah auf sie mit dem Blick eines Menschen, der Teilnahme empfindet, jedoch es für unpassend hält, dieser Teilnahme Ausdruck zu verleihen. Einige Minuten später verabschiedete sie sich. Die Mutter, die sie hinausgeleitete, sagte gönnerhaft:

»Diese Spiwak ist eine interessante Frau. Und – erfahren. Mit ihr hat man keine Umstände. Ihre Wohnung hat sie sehr hübsch und mit großem Geschmack eingerichtet.«

Klim, der fand, dass sie Onkel Jakow zu rasch erledigt hatte, was nicht besonders anständig war, fragte:

»Hat man ihn beerdigt?«

Die Mutter antwortete erstaunt:

»Im Telegramm heißt es doch: ›Am Dreizehnten verschieden und gestern beerdigt ...‹.«

Mit den Augen nach dem Spiegel schielend, um einen Pickel an ihrem Ohr zu betrachten, seufzte sie:

»Ich gehe gleich, um Iwan Akimowitsch davon Mitteilung zu machen. Weißt du nicht, wo er sich aufhält? In Hamburg?«

»Ich weiß es nicht.«

»Hast du ihm lange nicht geschrieben?«

Mit einer Gereiztheit, über deren Ursprung er sich nicht klar war, erklärte Klim:

»Lange nicht. Ich muss gestehen, dass ich ihm selten schreibe. Er antwortet mir mit Belehrungen, wie man zu leben und zu denken und was man zu glauben habe. Empfiehlt einem Bücher in der Art des Machwerks Prugawins über die ›Bedürfnisse des Volkes und die Pflichten der Intelligenz‹. Seine Briefe scheinen mir naivste Rhetorik, völlig unvereinbar mit dem Fassdaubengeschäft. Er möchte, dass ich von ihm die Art zu denken erbe, der er wahrscheinlich bereits entsagt hat.«

»Gewiss«, sagte die Mutter, während sie den Pickel puderte, »er liebte seit je die Rhetorik. Mehr als alles die Rhetorik. Aber warum bist du heute so nervös? Auch deine Ohren sind rot ...«

»Ich fühle mich schlecht«, sagte Klim.

Abends lag er mit einer Kompresse um den Kopf im Bett. Der Doktor sagte beruhigend:

»Etwas Gastrisches. Morgen werden wir sehen.«

Im Laufe von fünf Wochen vermochte Doktor Ljubomudrow nicht mit genügender Sicherheit die Krankheit des Patienten festzustellen, der Patient aber konnte nicht ins Klare darüber kommen, ob er physisch krank sei oder ob ihn der Abscheu vor dem Leben, vor den Menschen aufs Krankenbett geworfen habe. Er war kein Hypochonder, doch bisweilen schien ihm, dass in seinem Körper eine scharfe Säure arbeite, die die Muskeln erhitzte und die Lebenskraft aus ihnen auskochte. Ein schwerer Nebel füllte seinen Kopf. Er sehnte sich nach tiefem Schlummer, aber ihn peinigte Schlaflosigkeit und ein böses Sieden der Nerven. In seinem Gedächtnis wechselten zusammenhanglos Erinnerungen an Erlebtes, bekannte Gesichter, Sätze.

»War denn ein Junge da?«

»Was soll der Unfug?«

»Das Weib ist für Gott zweite Sorte.«

Alle diese Sprüche stachen ihm in die Augen, als seien sie in die Luft gemalt, starrten regungslos. Sie hatten etwas Abgestorbenes, reizten, ohne Gedanken zu wecken, und vergrößerten nur sein Siechtum.

Zuweilen verschwand plötzlich jene Oxidation. Klim Samgin hielt sich schon für so gut wie gesund, fuhr in die Sommerfrische hinaus, versank jedoch unterwegs oder am Ort angelangt, von Neuem in den Zustand allgemeiner Entkräftung. Es war ihm qualvoll, Menschen zu sehen, unangenehm, ihre Stimmen zu hören. Er wusste im Voraus, was seine Mutter, was Warawka, was der unschlüssige Doktor, jener gelbgesichtige, flanellene Mann, sein Nachbar im Zug und der schmutzige Schmierer mit dem langen Hammer in der Hand sagen würden. Die Menschen reizten ihn schon allein damit, dass sie vorhanden waren, sich bewegten, sahen, sprachen. Jeder von ihnen vergewaltigte seine Einbildungskraft, indem er ihn zwang, nachzudenken, wozu er notwendig sei? Absurde Fragen tauchten auf: Weshalb hatte dieser Mann mit den vortretenden Backenknochen sich den Bart abrasiert? Und weshalb ging jener an einem Krückstock, da er doch kräftige, schön gewachsene Beine hatte. Jene

Frau hatte sich grell die Lippen geschminkt und die Augen untermalt, was ihre Nase blutlos, grau und abschreckend klein erscheinen ließ. Niemand hatte Lust, ihr zu sagen, dass sie sich ihr Gesicht verhunzt habe, und Klim hatte ebenso wenig Lust dazu, wie die anderen. Mit scharfem, gierigem Auge nahm er an den Menschen das Hässliche, Lächerliche auf, sowie alles das, was ihn an ihnen abstieß und ihm so erlaubte, über jeden verächtlich und mit stiller Wut zu denken. Doch zu gleicher Zeit ahnte er dunkel, dass alle diese lästigen Grübeleien krankhaft, unsinnig und ohnmächtig waren, fühlte, dass ihre Monotonie ihn noch mehr entkräftete.

Es gab Minuten, wo es Klim schien, als sei das Gefäß seiner Erlebnisse, das, was man Seele nennt, verstopft durch die Grübeleien und durch alle; was er erfuhr und sah, verstopft für sein ganzes Leben und so, dass er nichts mehr von außen aufzunehmen vermochte, sondern nurmehr den widerspenstigen Knäuel des schon Erlebten abzuwickeln hatte. Es wäre ein Glück, diesen Knäuel bis zu Ende abzuwickeln. Gleich hinterher jedoch entzündete sich versengend der Wunsch, ihn bis an die letzten Grenzen zu vergrößern, sodass er in ihm alles, seine ganze innere Leere, ausfüllen könnte und ein Gefühl der Kühnheit erzeugte, das Klim Samgin erlaubte, den Menschen zuzurufen:

»Ihr da! Ich weiß nichts, verstehe nichts, glaube nichts, und ich sage es euch ehrlich! Ihr aber heuchelt Gläubigkeit, ihr seid Lügner, Lakaien plattester Wahrheiten, die keine Wahrheiten sind, sondern Plunder, Abhub, zerbrochene Möbelstücke, durchgesessene Stühle!«

Wenn er von dieser Tat träumte, die zu vollbringen er weder Kühnheit noch Kraft besaß, erinnerte Klim sich daran, wie er als Kind eines Tages unverhofft im Hause ein Zimmer entdeckt hatte, in dem der Schutt abgedankter Gegenstände sich chaotisch häufte.

Noch in den ersten Tagen seiner unerklärlichen Krankheit waren Ljutow, seine Braut, Turobojew und Lida auf einem Dampfer die Wolga hinabgefahren, um den Kaukasus zu sehen, die Krim zu besuchen und dann im Herbst nach Moskau zurückzukehren. Klim nahm die Nachricht von dieser Reise so gleichmütig auf, dass er selbst fand:

»Ich bin nicht eifersüchtig. Und ich fürchte Turobojew nicht. Lida ist nicht für ihn bestimmt.«

In Warawkas Landhäuser zogen fremde Leute mit zahlreichen, schreienden Kindern ein. Morgens schlugen die Wellen des Flusses klingend ans Ufer und an die Planken des Badehauses. Im bläulichen Wasser hüpften wie Angelkorken menschliche Köpfe. Ölig glatte Arme zappelten in der Luft. An den Abenden sangen Gymnasiasten und Gymnasiastinnen im Walde Lieder. Täglich um drei Uhr spielte ein flachbrüstiges, dürres Fräulein in einem rosa Kleid und mit einer runden, dunklen Brille auf dem Klavier das Gebet der Jungfrau, Punkt vier Uhr eilte sie am Ufer entlang zur Mühle, um dort Milch zu trinken. Ihr rosa Schatten schleifte schräg durch das Wasser hinterdrein. Dieses Fräulein verbreitete einen schwülen Duft von Tuberosen. Ein langbeiniger Lehrer aus der Realschule stelzte aufgeregt umher und fuchtelte sinnlos mit einem Schmetterlingsnetz. Der lahme Bauer schwankte über den Erdboden und schien die unwahrscheinliche Gabe zu besitzen, sich gleichzeitig an mehreren Orten zu zeigen. Bunt ausstaffierte Zigeunerinnen erboten sich, jedem die Zukunft zu verkünden, und stahlen derweilen Wäsche, Hühner und die Spielsachen der Kinder.

Am Fuße der Villa Warawkas wohnte Doktor Ljubomudrow. An Feiertagen, gleich nach dem Essen, setzte er sich mit dem Lehrer, dem Vormund Alinas und seiner dicken Frau an den Tisch. Die drei Männer benahmen sich friedlich, die Doktorsfrau aber krakeelte mit schneidender Stimme:

»Ich sage: Coeur! Und ich behaupte: Karo! Ich halte: Coeur zwei!«

Von Zeit zu Zeit ließ sich die zögernde Stimme des Doktors vernehmen, der stets etwas Seriöses sagte:

»Nur die Engländer haben das Ideal der politischen Freiheit errungen!«

Oder er empfahl genau so ernsthaft:

»Essen Sie mehr Gemüse und vor allem stickstoffhaltige, als da sind: Zwiebel, Knoblauch, Meerrettich, Rettich ... Gesund ist auch Mangold, obwohl er keinen Stickstoff enthält. Sagten Sie Kreuz zwei?«

An den Feiertagen kamen aus dem Dorf Schwärme kleiner Jungen, ließen sich wie Zugvögel längs dem Flussufer nieder und beobachteten schweigsam das sorglose Leben der Sommerfrischler. Einer von ihnen, flinkäugig, mit einem Kopf voller Ringellöckchen, hieß Lawruschka. Er war eine Waise und nach den Erzählungen der Dienstboten dadurch bemerkenswert, dass er die junge Brut der Vögel lebendig verzehrte.

In alter Weise und mit durchdringender Stimme eiferte Warawka und sättigte die geduldige Luft mit Paradoxen. Die Mutter kam, bisweilen in Gesellschaft von Jelisaweta Spiwak, Warawka machte unverhohlen und hartnäckig der Frau des Musikers den Hof, Sie hatte für ihn ein liebenswürdiges Lächeln. Aber gleichzeitig wuchs, wie Klim feststellen konnte, zusehends ihre Freundschaft mit seiner Mutter.

Warawka beklagte sich bei ihm:

»Sie ist zu neugierig. Sie möchte alles wissen: Schifffahrt, Forstwirtschaft. Sie ist ein Bücherwurm. Bücher verderben die Frauen. Im vergangenen Winter lernte ich eine Soubrette kennen. Plötzlich fragt sie mich: ›Inwiefern ist Ibsen von Nietzsche beeinflusst?‹ Der Teufel soll wissen, wer da von dem anderen beeinflusst ist! Dieser Tage sagte der Gouverneur, ich kompromittiere mich, weil ich unter polizeilicher Aufsicht stehenden Arbeit gebe. Ich antwortete ihm: ›Exzellenz, sie arbeiten gewissenhaft.‹ Er: ›Gibt es bei uns in Russland schon keine gewissenhaften Leute mehr, die makellos sind?‹«

Warawka schmerzten die Füße, er ging jetzt am Stock. Mit krummen Beinen stapfte Iwan Dronow über den Sand, menschenscheu musterte er Erwachsene und Kinder und schimpfte mit den Dienstmädchen und Köchinnen. Warawka hatte ihm die drückende Pflicht aufgebürdet, die uferlosen Wünsche und Beschwerden der Sommerfrischler über sich ergehen zu lassen. Dronow nahm sie entgegen und erschien allabendlich zum Bericht bei Warawka. Der Eigentümer der Sommerfrische hörte die düstere Aufzählung der Klagen und Wünsche an und fragte dann, fleischig in seinen Bart schmunzelnd:

»Na und? Hast du ihnen zugesagt, all das machen zu lassen?«

»Jawohl.«

»Damit mögen sie satt werden. Du halte dir vor Augen, dass dieses Publikum kein dauerhaftes ist. Es werden noch fünf Wochen vergehen, und sie verschwinden. Versprechen kann man alles, aber sie werden auch ohne Reformen auskommen!«

Warawka lachte schallend, und sein Bauch hüpfte. Dronow begab sich in die Mühle und trank dort bis Mitternacht mit übermütigen Weibern Bier. Er versuchte, mit Klim ein Gespräch anzuknüpfen, aber der nahm diese Versuche trocken auf.

Inmitten dieser ganzen Trübe und bedrückenden Langeweile tauchte ein paar Mal Inokow auf, mit hungrigem, finsterem Gesicht. Den ganzen Abend erzählte er brutal und wütend von den Klöstern und schimpfte mit hohler Stimme auf die Mönche.

»Die Katholiken brachten wenigstens einen Campanella, einen Mendel hervor, überhaupt eine große Zahl Gelehrter und Historiker. Unsere Mönche aber sind unverbesserliche Nichtswisser. Sie bringen nicht einmal eine leidliche Geschichte der russischen Sekten zustande.«

Und er fragte die Spiwak:

»Weshalb kennen nur wir und die Ungarn die Sekte der Judaisier enden?

»Ein origineller Junge«, sagte von ihm die Spiwak. während Warawka ihm eine Anstellung in seinem Kontor anbot. Aber Inokow lehnte ab, ohne sich zu bedanken.

»Nein, ich muss lernen.«

»Ja, was lernen Sie eigentlich?«

Inokow antwortete albern und ohne Lächeln:

»Das Leben erfahren.«

Und verschwand am selben Abend gleich einem Stein, der ins Wasser gefallen ist.

Klim Samgin konnte auf keine Weise Klarheit über seine Beziehungen zur Spiwak gewinnen, und das machte ihn wild. Zeitweilig schien es ihm, als vermehre sie die Wirrnis in seinem Innern und verschlimmere seinen krankhaften Zustand. In der Tiefe ihrer Katzenaugen, im Zentrum ihrer Pupillen, bemerkte er eine kühle, lichte Nadel, die ihn spöttisch oder sogar böse stach. Er war überzeugt, dass diese Frau mit dem geschwollenen Leib etwas bei ihm suchte, von ihm forderte.

»Sie besitzen kritischen Verstand«, sagte sie freundlich. »Sie sind belesen, weshalb sollten Sie nicht versuchen zu schreiben? Für den Anfang Besprechungen von Büchern, später aus dem Vollen, beiläufig, Ihr Stiefvater wird mit dem neuen Jahr eine Zeitung herausgeben ...«

»Warum will sie, dass ich Rezensionen schreibe?«, fragte sich Klim, doch dieser Einfall behagte ihm, wenn auch nur mäßig.

In jenen Tagen, wenn unbesiegbare Langeweile ihn aus der Sommerfrische in die Stadt trieb, saß er abends im Flügel und lauschte der Musik Spiwaks, von dem Warawka gemeint hatte:

»Ein Mensch für eine Posse mit Gesang.«

Die langsamen Finger des kleinen Musikers erzählten auf ihre Art von den tragischen Ergriffenheiten der Seele Beethovens, von den Gebeten Bachs, von der wunderbaren Schönheit der Trauer Mozarts. Jelisaweta Spiwak nähte hingebungsvoll winzige Hemdchen und straffe Windeln für den zukünftigen Menschen. Von der Musik berauscht, sah Klim sie an, konnte jedoch die unfruchtbaren Grübeleien darüber, was wäre, wenn seine ganze Umwelt nicht so wäre, wie sie war, nicht in sich ersticken.

Zuweilen ergriff ihn heißes Verlangen, sich selbst an Spiwaks Stelle zu sehen und an der seiner Frau – Lida, Jelisaweta hätte auch bleiben können, wäre sie nicht schwanger gewesen, und hätte sie nicht die empörende Angewohnheit, einen auszuforschen.

»Wie verstehen Sie dies?« verhörte sie ihn und immer erwies es sich, dass Klim es nicht so verstand, wie man es, nach ihrer Meinung, verstehen musste. Zuweilen stellte sie ihre Fragen im Ton des Tadels. Klim fühlte dies zum ersten Mal, als sie fragte:

»Sie korrespondieren nicht mit Ihrem Bruder?«

»Woher wissen Sie das?«

»Ich frage nur.«

»Aber so, als wüssten Sie schon, dass wir nicht korrespondieren.«

»Und weshalb nicht?«

Klim sagte:

»Wir sind zu verschieden. Auch unsere Interessen berühren sich nicht.«

Die Spiwak streifte ihn mit einem Lächeln, in dem er etwas für ihn nicht Schmeichelhaftes auffing, und fragte:

»Und welches sind Ihre Interessen?«

Klim verletzte ihr Lächeln. Um diese Wirkung zu verbergen, antwortete er ein wenig hochfahrend:

»Ich bin der Ansicht, vor allen Dingen hat man ein ehrliches Verhältnis zu sich selbst zu gewinnen, mit größter Genauigkeit die Grenzen seines Wesens festzustellen. Erst dann ist man in der Lage, die wahrhaften Bedürfnisse seines Ichs zu erkennen.«

Die Spiwak biss den Faden ab.

»Ein löblicher Vorsatz«, sagte sie. »Wenn er auch nicht Ihr ganzes Leben in Anspruch nehmen wird, so doch eine sehr lange Zeit.«

Klim überlegte und fragte dann:

»Soll das Ironie sein?«

»Warum denn? Nein.«

Er glaubte ihr nicht, war beleidigt und ging fort. Auf dem Hof jedoch und auf dem Wege in sein Zimmer begriff er, dass es dumm war, den Gekränkten zu spielen, und dass er sich albern benahm.

Mit ihr zu streiten, getraute Klim sich nicht, überhaupt wich er Streitigkeiten aus. Ihr geschmeidiger Verstand und ihre vielseitige Belesenheit setzten ihn in Erstaunen und verblüfften ihn. Er sah, dass ihre Art zu denken dem »Kutusowismus« verwandt war, und zugleich erschien ihm alles, was sie sagte, als Äußerung eines Außenseiters, der die Erscheinungen des Lebens aus der Ferne, von der Seite her verfolgt. Hinter dieser Unbeteiligtheit argwöhnte Klim gewisse feste Entschlüsse, doch hatte sie nichts an sich, was an die kaltblütige Neugier Turobojews erinnerte. Schließlich und endlich war es nicht ohne Nutzen, ihr zuzuhören, doch war Klim erfreut, wenn Inokow erschien und die Hälfte ihrer Aufmerksamkeit auf sich ablenkte.

Inokow war in eine Art kurzen Kadettenrock aus Sackleinwand gekleidet. Er drückte den Anwesenden schweigend die Hand und wählte stets eine unbehagliche Sitzgelegenheit, indem er den Stuhl in die Mitte des Zimmers rückte. Er überließ sich dem Zuhören der Musik und betrachtete die Gegenstände mit strengem Blick, als ob er sie zähle. Wenn er die Hand erhob, um sein schlecht gekämmtes Haar zu ordnen, las Klim auf der einen Seite seines Röckchens den halb verwaschenen Stempel: »Erste Sorte. J. Baschkirows Dampfmühle«.

Solange Spiwak spielte, rauchte Inokow nicht, doch kaum hatte der Musiker die ermatteten Hände von der Klaviatur losgerissen und sie unter seinen Achseln geborgen, als Inokow sich eine billige Zigarre anbrannte und mit hohler, fahler Stimme fragte:

»Wodurch unterscheidet sich eine Sonate von einer Suite?«

Feindselig zu ihm hinschielend sagte Spiwak:

»Sie brauchen das nicht zu wissen, Sie sind kein Musiker.«

Jelisaweta legte ihr Nähzeug aus der Hand, setzte sich an den Flügel und, nachdem sie Inokow den architektonischen Unterschied zwischen einer Sonate und einer Fuge erklärt hatte, begann sie ihn über sein »Das Leben erfahren« auszuforschen. Er erzählte willig, ausführlich und mit einer zweiflerischen Note von sich, wie von einem Bekannten, den er nur schlecht verstand. Klim schien, dass in Inokows Reden die Frage mitklang:

»Ist es so?«

Vor Klim Samgin erstand ein Bild sinnlosen und angsterfüllten Schweifens von einer Seite zur anderen. Es hatte den Anschein, als rolle Inokow über die Erde hin, wie eine Nuss auf einem Teller, den eine ungeduldige Hand hält und schüttelt.

Dieser Bursche stieß auf eine stetig wachsende Abneigung bei Klim, der ganze Inokow gefiel ihm nicht. Man konnte glauben, dass er mit seiner Brutalität protze und unangenehm zu sein wünsche. Jedes Mal, wenn er von seinem an Begebenheiten reichen Leben zu erzählen anfing, verließ Klim, nachdem er ihm minutenlang zugehört hatte, demonstrativ das Zimmer.

Lida schrieb ihrem Vater, sie würde von der Krim aus direkt nach Moskau durchfahren und habe sich entschlossen, von Neuem die Theaterschule zu besuchen. In einem zweiten kurzen Brief teilte sie Klim mit, dass Alina mit Ljutow gebrochen habe und Turobojew heiraten würde.

»Das war zu erwarten«, dachte Klim gleichmütig und konnte ein Lächeln nicht zurückhalten. Er stellte sich vor, wie hysterisch Ljutow schreien und Grimassen schneiden musste.

Fünftes Kapitel.

Die Krankheit und die durch sie hervorgerufene Schlaffheit hielten Samgin davon ab, sich rechtzeitig um Aufnahme an die Moskauer Universität zu bemühen. Später beschloss er, auszuruhen und in diesem Jahr nicht zu studieren. Doch das Leben zu Hause war zu reizlos, und so fuhr er an einem windigen Tag Ende September dennoch nach Moskau und streifte durch die Gassen, auf der Suche nach Lidas Wohnung.

Vom Wind abgerissene Blätter flatterten durch die Luft gleich Fledermäusen, es sprühte ein feiner Regen. Von den Dächern fielen schwere Tropfen und trommelten gegen den Schirm. Zornig knurrte das Wasser in den rostigen Abflussrohren. Die nassen, verdrossenen Häuschen sahen Klim aus verweinten Fenstern an. Er musste daran denken, dass solche Häuser Falschmünzern, Hehlern und Unglücklichen zusagen mussten. Zwischen diesen Häusern sahen vergessen kleine Kirchen hervor.

»Nicht Tempel, sondern Hundehütten«, dachte Klim, und dieser Vergleich gefiel ihm sehr.

Lida wohnte im Hinterhof eines dieser Häuser, im zweiten Stock des Traktes. Seine Mauern entbehrten jeglichen Schmucks, die Fenster waren ohne Einfassung, der Verputz abgebröckelt. Der Trakt hatte ein misshandeltes, ausgeraubtes Aussehen.

Lida begrüßte Klim lebhaft, mit Freude. Ihre Züge zeigten Erregung, – die Ohren waren rot, die Augen lachten. Sie machte einen angeheiterten Eindruck.

»Samgin, ein Landsmann und Gespiele meiner Kindheit!«, schrie sie, als sie Klim in ein weitläufiges Zimmer mit einem gestrichenen, zu den Fenstern hin abschüssigen Fußboden führte. Aus dem Rauch erhob sich ein Mann von kleinem Wuchs, ergriff eilig Klims Hand und sagte, während er sie hin und her zerrte, leise und schuldbewusst:

»Semjon Diomidow.«

Eine spitznäsige Jungfrau mit pompöser, tragisch zerwühlter Frisur nannte ihren Namen:

»Warwara Antipow.«

»Stepan Marakujew«, sagte ein kraushaariger Student mit dem Gesicht eines Sängers und Tänzers aus einem Kaschemmenchor.

Von den blauen Kacheln des Ofens löste sich hinkend ein kahlköpfiger Mensch in einem langen bis über die Knie fallenden und mit einer dicken Quastenschnur gegürteten Hemd, bellte heiser und sagte, die Worte in sich hineinsaugend:

»Onkel Chrisanf. Warja, sorg für den Gast! Ehre und Platz!«

Er nahm Klim am Arm und setzte ihn sorglich wie einen Kranken auf das Sofa.

Fünf Minuten später war Samgin berechtigt, zu glauben, dass Onkel Chrisanf ihn seit Langem ungeduldig erwartet habe und schrecklich froh sei, dass er endlich erschien. Das Gesicht des Onkels, rund und rot wie das eines Neugeborenen, erstrahlte in einem entzückten Lächeln. Dieses Lächeln, das unaufhörlich erschien, entstand auf seinen vollen Lippen, dehnte die Nüstern seiner stumpfen Nase, blähte seine Backen, um endlich, nachdem es die säuglinghaft kleinen Augen von unbestimmter Farbe überzogen hatte, auf der Stirn und der geschliffenen, rosigen Haut seines Schädels zu erstrahlen. Es war ein seltsamer Anblick, es schien, als glitte Onkel Chrisanfs Gesicht aufwärts und könnte sich plötzlich im Nacken befinden, und an der Stelle des Gesichts ein blindes, rundes Stück roter Haut zurückbleiben.

»Wir haben eben den "Tartuffe" durchgenommen«, sagte Onkel Chrisanf, nachdem er neben Klim Platz genommen hatte, und scharrte mit seinen bunten Pantoffeln am Fußboden.

Zwei Lampen erhellten das Zimmer. Die eine stand auf dem Spiegelschränkchen zwischen den eine graue Feuchtigkeit ausschwitzenden Fenstern. Die andere hing an einer Kette von der Decke herab. Unter ihr stand in der Pose eines Erhängten, mit am Körper herabbaumelnden Armen, den Kopf auf die Schulter geneigt, Diomidow. Stand – und sah mit einem durchdringenden, irritierenden Blick auf Klim, der durch die singende, begeisterte Redeweise Onkel Chrisanfs betäubt war:

»Ich vergöttere Moskau! Rühme mich, Moskauer zu sein! Wandle erschauernd dieselben Straßen mit unseren weltberühmten Schauspielern und Gelehrten! Bin glücklich, den Hut vor Wassili Ossipowitsch Kljutschewski ziehen zu dürfen! Bin Leo Tolstoi – Leo, sage ich! – zweimal begegnet. Und wenn Maria Jermolow zur Probe fährt, bin ich bereit, mitten auf der Straße in die Knie zu sinken. Auf Ehre!«

Im Nachbarzimmer waren Lida, in roter Bluse und schwarzem Rock, und Warwara, in einem dunkelgrünen Kleid, geschäftig. Es lachte der unsichtbare Student Marakujew. Lida schien kleiner und erinnerte mehr denn je an eine Zigeunerin. Sie war gleichsam voller geworden, und ihr zierliches Figürchen hatte seine Körperlosigkeit eingebüßt. Dies beunruhigte Klim, der unaufmerksam die begeisterten Ergüsse Onkel Chrisanfs über sich ergehen ließ und versteckt, mit scheelen Blicken Diomidow betrachtete, der lautlos von Ecke zu Ecke wandelte.

Auf den ersten Blick bestürzte Diomidows Gesicht durch seine festliche Schönheit, doch bald entsann sich Klim, dass man gerade diese süßliche Schönheit Engelsschönheit nannte. Das von saphirgrünen, mädchenhaften Augen erhellte, runde und weiche Gesicht schien künstlich gemalt. Übertrieben grell waren die vollen Lippen, allzu stark und dicht die goldfarbenen Brauen. Alles in allem die starre Maske einer Porzellanpuppe. Das hellbraune, lockige Haar schlängelte sich bis zur Schulter und flößte den lächerlichen Wunsch ein, nachzusehen, ob Diomidow nicht weiße Fittiche auf dem Rücken habe. Während er im Zimmer auf und ab schritt, zwang er häufig und behutsam mit beiden Händen Haarsträhnen hinter seine Ohren zurück und presste seine Schläfen in einer Weise zusammen, als fühle er nach, ob auch sein Kopf noch da sei. Dann entblößten sich zwei kleine Ohren von edler Form.

Mittelgroß, sehr schlank, trug Diomidow eine schwarze Bluse mit breitem Ledergürtel. Seine Füße waren mit geräuschlosen, gut geputzten Stiefeln bekleidet. Klim bemerkte, dass dieser Junge einige Male – nach einem unsicheren Blick zu ihm hin – sich auf die Lippe biss, als getraue er sich nicht, ihn etwas zu fragen.

»Ich habe die Ehre, Nikolai Nikolajewitsch Slatowratski persönlich zu kennen«, legte der entzückte Onkel Chrisanf dar.

Als Lida zum Tee rief, schwelgte er auch drüben noch lange in Schilderungen des an berühmten Leuten reichen Moskaus.

»Hier ist sowohl Russlands Hirn als auch sein weites Herz«, rief er aus und zeigte mit dem Arm nach dem Fenster, an dessen Scheiben sich die feuchte Dunkelheit des Herbstabends feucht anschmiegte.

Die spitznäsige Warwara hielt das Haupt stolz erhoben. Ihre grünlichen Augen lächelten den Studenten Marakujew an, der ihr etwas ins Ohr flüsterte und lachlustig die Backen aufblies. Lida, die den Tee in die Gläser goss, war düster.

»Diese Lobgesänge können ihr nicht gefallen«, dachte Klim, während er den über sein Glas gebeugten Diomidow beobachtete. Onkel Chrisanf wischte sich müde, mit der Bewegung eines Katers, den Schweiß von Gesicht und Glatze, rieb die feuchte Handfläche an seiner Schulter ab und fragte Klim:

»Petersburg ist mehr nach Ihrem Herzen?«

Klim kam es so vor, als klinge die Frage ironisch. Aus Höflichkeit wollte er mit dem Moskauer in der Beurteilung der alten Stadt nicht verschiedener Meinung sein. Bevor er aber Anstalten treffen konnte, Onkel Chrisanfs Herz zu erquicken, sagte Diomidow, ohne den Kopf zu erheben, mit lauter und überzeugter Stimme:

»In Petersburg ist der Schlaf schwerer. An feuchten Plätzen ist der Schlaf immer schwer. Auch die Träume sind in Petersburg eigenartig. So grausige Dinge wie dort träumt man in Orjol nicht.«

Er blickte Klim an und fügte hinzu:

»Ich bin aus Orjol.«

Lida sah mit gespanntem Blick auf Diomidow, doch er beugte sich wieder vor und versteckte sein Gesicht.

Klim begann, nach dem Herzen Onkel Chrisanfs von Moskau zu sprechen: Vom Berg der Anbetung gesehen erscheine es wie eine regellose Anhäufung von Kehricht, aus ganz Russland zusammengefegt, doch die goldenen Kuppeln zahlreicher Kirchen seien beredte Zeugen dafür, dass es nicht Kehricht, sondern kostbares Erz sei.

»Wundervoll gesagt!« billigte Onkel Chrisanf und erstrahlte von oben bis unten in einem glücklichen Lächeln.

»Ergreifend sind diese Kirchlein, verirrt zwischen den Häusern der Menschen. Hundehütten Gottes ...«

»Zu Herzen gehend! Treffend!« stieß Onkel Chrisanf aus und hüpfte auf seinem Stuhl empor.

Und von Neuem kochte die Begeisterung in ihm über.

»Ja, Hundehütten des russischen, moskowitischen, volkhaftesten Gottes! Einen herrlichen Gott haben wir – Einfalt! Nicht in der Soutane, nicht im Bischofsmantel – im Hemd, jawohl! Unser Gott ist wie unser Volk: der ganzen Welt ein Rätsel!«

»Sind Sie gläubig?«, fragte Diomidow leise Klim, doch Warwara zischte ihn an. Onkel Chrisanf redete mit schwingenden Bewegungen der Hand, bestrebt, seine winzigen Augen möglichst weit zu öffnen, erreichte jedoch nur, dass die grauhaarigen Brauen zitterten, und die Augen stumpf glänzten wie zwei zinnerne Knöpfe in roten Schlitzen.

Diomidow fuhr wie gebissen oder als habe er sich plötzlich an etwas Beängstigendes erinnert, von seinem Stuhl auf und schob der Reihe nach jedem schweigend seine Hand hin. Klim fand, dass Lida diese allzu weiße Hand einige Sekunden länger als notwendig in der ihren behielt. Auch der Student Marakujew verabschiedete sich. Noch im Zimmer schob er verwegen seine Mütze in den Nacken.

»Möchtest du dir ansehen, wie ich wohne?«, sagte Lida freundlich.

In einem schmalen und langen Zimmer stand, zwei Drittel seiner Breite einnehmend, ein massives Bett. Sein hohes, geschnitztes Kopfende und der ragende Berg üppiger Kissen ließen Klim denken:

»Das ist das Bett einer Greisin.«

Eine bauchige Kommode und auf ihr ein Trumeau in Form einer Lyra, drei plumpe Stühle, ein alter kurzbeiniger Sessel vor einem Tisch am Fenster, – das war die ganze Einrichtung des Zimmers. Die Wände, weiß tapeziert, waren nüchtern und kahl, nur gegenüber dem Bett hing das dunkle Quadrat einer kleinen Fotografie: die See, glatt wie ein Spiegel, das Heck einer Barkasse und auf ihr, umschlungen, Lida und Alina.

»Asketisch«, sagte Klim, der sich an das gemütliche Nest der Nechajew erinnerte.

»Ich mag nichts Überflüssiges.«

Lida setzte sich in den Sessel, schlug die Beine übereinander, faltete die Hände auf der Brust und begann, etwas ungeschickt, sogleich von der Reise auf der Wolga, durch den Kaukasus und von Batum übers Meer nach der Krim zu erzählen. Sie sprach so, als beeile sie sich, Rechenschaft über ihre Eindrücke abzulegen, oder als gebe sie eine von ihr gelesene, interessante Beschreibung von Dampfern, Städten und Routen wieder. Nur gelegentlich flocht sie einige Worte ein, die Klim als ihre eigenen empfand.

»Wenn du gesehen hättest, wie grauenhaft das ist, wenn Millionen Heringe als eine einzige blinde Masse zum Laichen ziehen! Das ist dermaßen dumm, dass man sogar erschrickt.«

Über den Kaukasus lautete ihr Urteil:

»Eine Höllenlandschaft mit schwarzen Figürchen halbverkohlter Sünder. Eiserne Berge, auf ihnen trauriges Gras, das wie Grünspan aussieht. Weißt du, ich empfinde eine immer heftigere Abneigung gegen die Natur«, schloss sie ihren Bericht lächelnd und das Wort »Natur« mit einer Grimasse des Ekels betonend. »Diese Berge, Wasser, Fische, all dies ist erstaunlich drückend und dumm. Und zwingt einen, die Menschen zu bedauern. Ich aber verstehe es nicht, zu bedauern.«

»Du bist alt und weise«, scherzte Klim, der fühlte, dass die Übereinstimmung ihrer Ansichten mit seinen eigenen unfruchtbaren Grübeleien ihm wohltat.

Draußen rauschte Regen und streichelte die Scheiben. Eine Gaslaterne flammte auf. Ihr blutloses Licht erhellte die feine, graue Perlenschnur der Regentropfen. Lida schaute mit auf der Brust gekreuzten Armen stumm aus dem Fenster. Klim fragte:

»Wer ist eigentlich dieser Onkel Chrisanf?«

»Vor allem ein sehr gütiger Mensch. Weißt du, so ein unerschöpflich guter. Unheilbar, würde ich sagen.«

Und mit einem Lächeln ihrer dunklen Augen begann sie so lebhaft und mit so viel Wärme zu reden, dass Klim sie mit Erstaunen ansah: als wäre jene, die vor einigen Minuten in so trockenem Ton Rechenschaft abgelegt hatte, eine andere gewesen.

»Ich bin tief überzeugt, dass er Moskau, das Volk und die Menschen, von denen er spricht, aufrichtig liebt. Übrigens, Menschen, die er nicht liebte, gibt es auf der Welt nicht. Einem solchen Menschen bin ich noch nicht begegnet. Er ist unerträglich, er besitzt in einzigartiger Weise die Gabe, mit Begeisterung Plattheiten zu sagen, aber dennoch ... Man möchte einen Menschen beneiden, der so das Leben feiert ...«

Sie erzählte, Onkel Chrisanf habe sich in seiner Jugend politisch kompromittiert, das habe ihn mit seinem Vater, einem reichen Gutsbesitzer, entzweit. Darauf habe er sich als Korrektor und Souffleur sein Brot verdient und nach dem Tode seines Vaters eine Bühne in der Provinz aufgemacht. Er verkrachte und saß sogar in Schuldhaft. Später war er Regisseur an privaten Theatern, heiratete eine reiche Witwe, die starb und ihr ganzes Vermögen ihrer Tochter Warwara hinterließ. Jetzt lebte Onkel

Chrisanf bei seiner Stieftochter und erteilte an einer privaten Theaterschule Unterricht im Deklamieren.

»Und diese – Warwara?«

»Warwara hat Talent«, sagte zögernd Lida, und ihre Augen hefteten sich fragend auf Klims Gesicht.

»Weshalb siehst du mich so an?«, fragte er verlegen.

»Ich frage mich, ob du wohl Talent hast?«

»Ich weiß es nicht«, erwiderte Klim bescheiden.

Sie betrachtete ihn nachdenklich.

»Irgendein Talent musst du haben«, sagte sie.

Klim machte sich ihr Schweigen zunutze, um sie nach dem zu fragen, was ihn hauptsächlich interessierte: nach Diotnidow.

»Er ist wunderlich, nicht wahr?«, rief Lida aus, von neuer Lebhaftigkeit erfüllt. Es ergab sich, dass Diomidow eine Waise war, ein Findelkind. Bis zu seinem neunten Jahr wurde er von einer alten Jungfer, der Schwester eines Geschichtslehrers erzogen, dann starb sie. Der Lehrer ergab sich dem Trunk und starb gleichfalls schon zwei Jahre darauf. Ein Drechsler, der Ikonenschreine schnitzte, nahm Diomidow in die Lehre. Nachdem Diomidow fünf Jahre bei ihm gearbeitet hatte, übernahm ihn sein Bruder, der Requisitenmacher war, ein Junggeselle und Säufer. Bei ihm lebt er auch heute.

»Chrisanf drängt ihn, zur Bühne zu gehen. Aber ich kann mir keinen weniger theatralischen Menschen als Semjon vorstellen. Oh, was für ein reiner Jüngling er ist!«

»Und in dich verliebt!« bemerkte Klim lächelnd.

»Und in mich verliebt«, wiederholte Lida automatisch.

»Und du?«

Sie antwortete nicht, aber Klim sah, dass ihr braunes Gesicht sich sorgenvoll verdunkelte. Sie zog die Beine auf den Sessel herauf, schlang die Arme um ihre Schultern und krümmte sich zu einem Klümpchen zusammen.

»Mit wunderlichen Menschen komme ich in Berührung«, sagte sie seufzend. »Mit sehr wunderlichen. Und überhaupt, wie schwer ist es, die Menschen zu verstehen.«

Klim nickte zustimmend. Wenn er sich nicht auf den ersten Blick ein Urteil über einen Menschen bilden konnte, empfand er diesen Menschen als eine Bedrohung. Die Zahl dieser bedrohlichen Menschen wuchs ständig. Unter ihnen stand Lida ihm am nächsten. Diese Vertrautheit empfand er in diesem Moment besonders deutlich, und plötzlich bemächtigte sich seiner der Wunsch, ihr alles von sich zu sagen, ohne einen einzigen Gedanken zu verhehlen, ihr noch einmal zu gestehen, dass er sie liebe, aber nicht verstehe und etwas an ihr fürchte. Beunruhigt durch diesen Wunsch stand er auf und verabschiedete sich von ihr.

»Komm bald wieder«, sagte sie. »Komm morgen schon. Morgen ist Feiertag.«

Auf der Straße rieselten immer noch die feinen Körnchen des herbstlich ausdauernden Regens. Langweilig gurgelte das Wasser in den Sielen. Die Häuser, eng aneinander geschmiegt, fürchteten gleichsam zu zerfließen, wenn sie sich trennten. Sogar das Licht der Laternen hatte etwas Flüssiges. Klim winkte einem schwarzen, wütenden Kutscher. Sein nasser Gaul wackelte mit dem Kopf und pochte mit den Hufeisen gegen die Pflastersteine. Klim schauerte fröstelnd zusammen, betroffen von der kalten Feuchtigkeit und von unmutigen Gedanken über die Menschen, die schwärmerisch unglaubliche Dummheiten zu sagen verstanden, und über sich, der noch immer ohnmächtig war, sich sein eigenes Satzsystem aufzubauen.

»Der Mensch ist ein System von Sätzen, nicht mehr. ›Hundehütten Gottes‹ war dumm von mir gesagt. Dumm. Aber noch dümmer ist der ›moskowitische Gott im Hemd‹. Und warum sind Träume in Orjol angenehmer als Träume in Petersburg? Es ist klar, die Menschen brauchen diese Abgeschmacktheiten nur, damit einer sich vom anderen unterscheiden kann. Im Grunde ist das Betrug.«

Einige Abende bei Onkel Chrisanf verbracht, überzeugten Samgin vollkommen davon, dass Lida unter wahrhaft wunderlichen Menschen lebte. Jedes Mal sah er dort Diomidow, und diese gemalte Puppe erregte in ihm ein Gefühl, gemischt aus Neugier, Ratlosigkeit und zögernder Eifersucht. Der Student Marakujew begegnete Diomidow feindselig, Warwara gnädig und gönnerhaft, während Lidas Verhalten sprunghaft und launisch war. Zuweilen übersah sie ihn während des ganzen Abends, unterhielt sich mit Makarow oder verspottete Marakujews Liebe für das einfache Volk. Ein anderes Mal sprach sie den ganzen Abend halblaut nur mit ihm oder lauschte seiner summenden Rede. Diomidow sprach immer mit einem Lächeln und so langsam, als formten sich die Worte ihm schwer.

»Es gibt häusliche Menschen und wilde. Ich bin ein wilder«, sagte er schuldbewusst. »Die häuslichen Menschen verstehe ich wohl, aber ich gewöhne mich schwer an sie. Immer scheint es mir, als trete jemand an mich heran und fordere mich auf: ›Komm mit!‹ Und ich gehe dann mit, ohne zu wissen wohin.«

»Das bin ich, ich bin es, der dich führt!«, schrie Onkel Chrisanf. »Ich werde aus dir einen erstklassigen Schauspieler machen. Du wirst einen solchen Romeo, einen solchen Hamlet hinlegen ...!«

Diomidow glättete sein Haar, schmunzelte ungläubig, und seine Ungläubigkeit war so deutlich, dass Klim dachte:

»Lida hat recht. Dieser Mensch kann kein Schauspieler sein, er ist viel zu dumm, um sich zu verstellen.«

Doch eines Tages ließ Onkel Chrisanf Diomidow und seine Stieftochter einige Szenen aus »Romeo und Julia« spielen. Klim, von jeher gleichgültig gegen das Theater, war bestürzt über die erhabene Gewalt, mit der der lichthaarige Jüngling die Worte der Liebe und Leidenschaft aussprach. Er erwies sich im Besitz eines sanften Tenors, arm an Schattierungen, doch klangvoll. Samgin lauschte den schönen Worten Romeos und fragte sich, weshalb dieser Mensch Bescheidenheit heuchelte, wenn er sich einen Wilden nannte. Weshalb verheimlichte Lida, dass er Talent besaß? Wie sie ihn jetzt ansah, mit geweiteten Pupillen, trat durch die bräunliche Haut ihrer Wangen eine helle Röte, und ihre Finger, die auf ihrem Knie ruhten, zitterten.

Onkel Chrisanf, der rittlings auf einem Stuhl saß, erhob Arm, Oberlippe und Brauen, spannte die dicken Waden seiner kurzen Beine an, hüpfte auf seinem Sitz empor, schleuderte seinen feisten Rumpf vor und Gesicht und Stimme strahlten vor Entzücken. Er zwinkerte wollüstig und klatschte dreimal in die Hände:

»Vortrefflich!«, schrie er. »Ausgezeichnet, aber verkehrt! Das war kein Italiener, sondern ein Mordwine. Das war Grübelei, aber nicht Leidenschaft, Reue, aber nicht Liebe! Die Liebe verlangt die große Geste. Wo ist bei dir die Geste? Dein Gesicht lebt nicht! Deine ganze Seele liegt in den Augen, das ist zu wenig! Nicht jedermann im Publikum sieht durch das Binokel auf die Bühne ...«

Lida zog sich ans Fenster zurück und sagte, während sie mit dem Finger auf der beschlagenen Scheibe malte, mit dumpfer Stimme:

»Mir scheint auch, es ist zu ... weich.«

»Nicht im geringsten zündend«, bestätigte Warwara und maß Diomidow mit einem ärgerlichen Blick aus ihren grünlichen Augen. Erst in diesem Augenblick fiel Klim ein, dass sie die Repliken Julias mit blasser Stimme gegeben und beim Sprechen unschön den Hals gereckt hatte.

Diomidow senkte den Kopf, schob die Daumen zwischen seinen Gurt und sagte, einem »O« ähnelnd, schuldbewusst:

»Ich glaube nicht an das Theater.«

»Weil du nicht so viel weißt«, schrie tobend Onkel Chrisanf. »Lies mal das Buch ›Die politische Rolle des französischen Theaters‹ von … wie heißt er doch? Boborykin!«

Er drang auf Diomidow ein und trieb ihn in die Ofenecke. Dort beteuerte er ihm:

»Mit dem Evangelium sollte man dich auf den Schädel schlagen, mit der Predigt über die Talente!«

»An diese Predigt glaube ich auch nicht«, hörte Klim leise antworten.

»Gewiss, er ist dumm«, entschied Klim. Lida begann zu lachen, und Klim nahm ihr Lachen für eine Bestätigung seines Urteils.

Später, als er bei ihr im Zimmer saß, sagte er:

»Weißt du noch, dein Vater sagte, jeder Mensch sei an seinem Faden befestigt, und dieser Faden sei stärker als die Menschen.«

»Er hängt selbst an einem Faden«, meinte Lida gleichmütig, ohne ihn anzusehen.

»Wenn du auf Semjon anspielst, so ist dies nicht richtig«, fuhr sie fort. »Er ist frei. Er hat etwas Beschwingtes.«

Sie sprach gezwungen, wie eine Frau, die die Unterhaltung mit ihrem Mann langweilt. An diesem Abend schien sie um fünf Jahre gealtert. Eingehüllt in ihren Schal, der straff ihre Schultern umspannte, fröstelnd in den Sessel gekauert, war sie, wie Klim fühlte, weit fort von ihm. Doch dies hielt ihn nicht ab, sich zu sagen, mochte dieses Mädchen hässlich und fremd sein, er wollte doch gern zu ihr treten, seinen Kopf in ihren Schoß legen und noch einmal jenes Einzige empfinden, das er einst erfahren hatte. In seinem Gedächtnis ertönten Romeos Worte und der Ausruf Onkel Chrisanfs:

»Die Liebe verlangt die große Geste!«

Doch er fand bei sich keine Entschlossenheit zur Geste, verabschiedete sich gepressten Herzens von ihr und ging fort, zum zehnten Mal an dem Rätsel verzweifelnd, warum es ihn gerade zu dieser Frau ziehe. Warum?

»Ich erklügle sie. Sie kann mir doch nicht die Tür in ein sagenhaftes Paradies öffnen!«

Und doch fühlte er, dass irgendwo tief in ihm die Überzeugung beharrte, Lida sei für ein besonderes Leben, eine besondere Liebe geschaffen. Über seine Empfindungen für sie ins Reine zu kommen, daran hinderte ihn der Sturzbach von Eindrücken, ein Sturzbach, in dem Samgin willenlos und immer schneller dahintrieb.

An Sonntagabenden versammelten sich bei Onkel Chrisanf seine Freunde, Leute gesetzten Alters und gleicher Gemütslage. Alle fühlten sich vom Schicksal ungerecht behandelt, und jeder von ihnen brachte Gerüchte und Tatsachen mit, die das Gefühl des Unrechts noch vertieften. Alle waren dem Trinken und Essen zugetan. Onkel Chrisanf aber war im Besitz der mächtigen Köchin Anfimowna, die unglaubliche Fischpasteten zu backen verstand.

Unter diesen Menschen gab es zwei Schauspieler, die überzeugt waren, dass sie ihre Rollen so spielten, wie nie ein Mensch vor ihnen und nach ihnen. Der eine war würdevoll, grauhaarig, mit hängenden Wangen und dem alles verachtenden Blick der streng aufgerissenen Augen eines Menschen, den der Ruhm ermüdet hat.

Er trug mit Adel einen Samtfrack und weiche sämischlederne Schuhe. Unter seinem Bulldoggenkinn war ein blauer Schlips zu einer pompösen Schleife geknüpft. Er litt an Podagra und setzte die Füße so behutsam auf, als verachte er auch den Erdboden. Er aß und trank viel, sprach wenig, und wessen Namen immer in seiner Gegenwart genannt werden mochte, er winkte mit der schweren, bläulichen Hand ab und verkündete grollend und im Ton des großen Herrn:

»Ich kenne ihn.«

Weiter sagte er nichts, da er offenbar annahm, in diesen seinen drei Worten sei eine hinlänglich vernichtende Kritik dieses Menschen eingeschlossen. Er war Anglomane, vielleicht deshalb, weil er nur »Englischen Bittern« trank, und zwar mit fest zugekniffenen Augen und so heftig zurückgeworfenem Kopf, als wünschte er, dass der Schnaps ihm zum Nacken hinausdrang. Der andere Schauspieler war unansehnlich: kahlköpfig, mit zahnlosem Mund und einem Kneifer auf einer Habichtsnase. Er hatte die großen und wachsamen Ohren eines Hasen. Rastlos geschäftig in seinem dürftigen grauen Jackett und grauen Hosen an dünnen Beinen mit spitzen Knien, erzählte er Anekdoten, trank mit Wollust Wodka, die er nur mit Roggenbrot begleitete, und ergänzte, boshaft die Lippen schief ziehend, die Urteile des würdevollen Schauspielers mit gleichfalls drei Worten:

»Er war Alkoholiker.«

Er versicherte, dass er »Memoiren eines Nachtvogels« schriebe, und erläuterte:

»Der Nachtvogel bin ich, der Schauspieler. Schauspieler und Frauen leben nur nachts. Ich liebe bis zur Selbstvergessenheit alles Historische.«

Zum Beweise seiner Liebe für die Historie erzählte er nicht schlecht, wie der hochbegabte Andrejew-Burlak vor der Aufführung das Kostüm vertrank, in dem er den Judas von Qolowljow spielen musste; wie Schumski soff; wie die Rinna-Syrowarow in betrunkenem Zustand nicht unterscheiden konnte, wer von drei Männern ihr Gatte war. Die Hälfte dieser Geschichte, wie auch die meisten übrigen, teilte er im Flüsterton mit, wobei er die Worte verschluckte und mit dem linken Bein strampelte. Das Zucken dieses Beins bewertete er ziemlich hoch:

»Ein solches Zucken befiel Napoleon in den besten Augenblicken seines Lebens.«

Klim Samgin hatte sich daran gewöhnt, die Menschen mit dem ihm verständlichsten Maßstab zu messen, und diese beiden Mimen färbten in Klims Augen mit ihrer Farbe alle Freunde Onkel Chrisanfs.

Einen Menschen, der einst eine Rolle gespielt hatte, lernte er in der Person eines bekannten Schriftstellers kennen, eines langbärtigen, knorrigen Greises mit kleinen Augen. Dieser Literat, der sich in den 70er Jahren durch die Idealisierung des Bauerntums einen Namen gemacht hatte, hatte, obwohl mäßig begabt, durch den Lyrismus seiner Liebe und seines Glaubens an das Volk die ehrlichste Begeisterung der Leser erweckt. Er hatte seinen Ruhm überlebt, doch seine Liebe war lebendig geblieben, wenn auch verbittert, weil der Leser sie nicht mehr schätzte, nicht mehr verstand. Dadurch verwundet, schalt der Greis zänkisch die jungen Literaten und beschuldigte sie des Verrats am Volk.

»Alles Lejkins, die für die Unterhaltung schreiben. Korolenko schreibt bald so, bald so, haut aber in dieselbe Kerbe. Über Kakerlaken hat er geschrieben! In der Stadt spielen die Kakerlaken keine Rolle, man muss sie auf dem Dorf beobachten und beschreiben! Man lobt zum Beispiel

Tschechow, aber er ist ein herzloser Taschenspieler, der nur grau in grau malt. Man liest und sieht nichts. Es sind alles Halbwüchsige.«

Vor allen Dingen konnten ihn die Marxisten bis zu einem bösen Leuchten in den Augen erbittern. Während er sich am Bart zupfte, sagte er finster:

»Kürzlich hat mir ein Dummkopf ins Gesicht hinein gekläfft: Ihr Einsatz auf das Volk ist geschlagen. Es gibt kein Volk, es gibt nur Klassen. Ein Jurist im zweiten Semester. Jude. Klassen! Er hat vergessen, wie klassisch man erst unlängst gegen seine Rassegenossen gewütet hat.«

Befriedigt von dem einfältigen und düsteren Kalauer, schmunzelte er so breit, dass sein Bart bis zu den Ohren hinaufwanderte und eine gutmütige, stumpfe Nase entblößte.

Seine Bewegungen waren schwer, wie die eines Bauern hinter dem Pflug. Überhaupt war in seinen Gesten und Redewendungen viel Bäurisches. Samgin, der sich an den Tolstoianer erinnerte, der sich als Bauer aufgeputzt hatte, sagte zu Makarow.

»Er schauspielert geschickt.«

Aber Makarow runzelte die Stirn und entgegnete:

»Ich finde nicht, dass er schauspielert. Vielleicht hat er alle diese Manieren irgendwann einmal angenommen, weil sie Mode waren, doch jetzt sind sie sein echtes Wesen. Du solltest beobachten, wie naiv und gar nicht gescheit er zuweilen redet, und trotzdem wird es einem nicht einfallen, über ihn zu lachen. Nein! Der Alte ist echt! Eine Persönlichkeit!«

Wenn der alte Schriftsteller Branntwein getrunken hatte, liebte er es, von der Vergangenheit zu erzählen, von Menschen, mit denen er gemeinsam angefangen hatte zu arbeiten. Die jungen Leute hörten die Namen von Literaten, die ihnen unbekannt waren, und tauschten verständnislose Blicke:

»Naumow, Bashin, Sassodimski, Lewitow ...«

»Hast du die gelesen?«, erkundigte sich Klim bei Makarow.

»Nein. Von den beiden Uspenskis habe ich Gleb gelesen, aber dass es noch einen Nikolai gab, höre ich zum ersten Male. Gleb ist ein Hysteriker. Übrigens verstehe ich wenig von Belletristen, Prosaisten, überhaupt von ›Isten‹.« Er lächelte, fügte aber sogleich finster hinzu:

»Ich fürchte, sie werden Lida noch in die Politik hineinziehen ...«

Makarow war häufiger Gast bei Lida. Aber er blieb nie lange. Mit ihr sprach er im Ton des älteren Bruders, mit Warwara wegwerfend und bisweilen sogar spöttisch. Marakujew und Pojarkow nannte er »Choristen«, Onkel Chrisanf den »Moskauer Knecht Gottes«. All das behagte Klim, der jetzt den barfüßigen, müden und Naivitäten propagierenden Makarow auf der Veranda des Landhauses vergessen hatte.

Es gab dort noch einen Schriftsteller, den Autor süßlicher Erzählungen aus dem Leben kleiner Leute mit kleinen Leiden. Makarow nannte diese Erzählungen »Korrespondenzberichte an Nikolaus den Wundertäter«. Der Schriftsteller selbst war ebenfalls klein, vierschrötig, mit schlechtem Teint, einem dünnen schwärzlichen Bärtchen und unfreundlichen Augen. Um ihren harten Ausdruck zu mildern, lächelte er unbestimmt und gewaltsam, und dieses Lächeln, das sein dunkles Gesicht verzerrte, machte ihn alt. In nüchternem Zustand redete er wenig und behutsam, betrachtete mit großer Aufmerksamkeit seine bläulichen Fingernägel und hüstelte trocken in seinen Rockärmel. Wenn er jedoch getrunken hatte, stieß er, fast immer am falschen Platz, vieldeutige Sätze hervor:

»Ich bin Sklave, ich bin Zar, ich bin Wurm, ich bin Gott! Die Substanz ist die gleiche, beim Wurm wie bei Goethe.«

Er erfand Redensarten, die er ebenfalls unvermittelt und sinnlos in die Unterhaltung einflocht. Man nannte ihn Nikodim Iwanowitsch, und Klim hörte einmal, wie er, rätselhaft lächelnd, zu Diomidow sagte:

»Warten wir ab, vertrauen wir ihm, folgen wir dem Nikodim!«

Wenn er etwas im Volkston oder im Jargon des Alltags gesagt hatte, hüstelte er besonders eifrig und gedankenvoll in seinen Ärmel. Doch bereits fünf Minuten später sprach er in anderen Wendungen und so, als ob er in Gedanken die Festigkeit seiner Worte prüfte.

»In unserem Innern ist alles nicht so, wie wir es sehen. Das wussten schon die Griechen. Das Volk erwies sich anders, als die Generation der 70er Jahre es gesehen hatte.«

Er gab sich überhaupt rätselhaft und zerstreut, was Samgin anzunehmen gestattete, dass diese Zerstreutheit eine gemachte sei. Nicht selten brach er mitten im Satz ab, nahm aus der Seitentasche seiner dunklen Jacke ein Notizbüchlein aus Leder, barg es unter dem Tisch auf seinen Knien, und schrieb dort mit einem dünnen Bleistift etwas hinein.

Auf diese Weise entstand der Eindruck, dass Nikodim Iwanowitsch sich in einem dauernden Zustand ruhelosen Schaffens befand, was bei Diomidow ein feindseliges Verhalten gegen den Schriftsteller hervorrief.

»Schon wieder notiert er, sehen Sie es?«, sagte er ein wenig furchtsam und leise zu Lida.

Nikodim Iwanowitsch aß viel und mit unschönen Manieren. Da er dies zu wissen schien, bemühte er sich, unauffällig zu essen, und schluckte die Speisen eilig, ohne zu kauen, hinunter. Aber sein Magen war schwach, der Schriftsteller litt an Schlucken, und wenn er genügend lange geschluckt hatte, zwinkerte er verlegen mit den Augen, hielt die Hand vor den Mund, steckte sodann seine Nase in den Rockärmel und entfernte sich hüstelnd zum Fenster, wo er, allen den Rücken zuwendend, sich heimlich den Bauch rieb.

In einer solchen Minute tauschte der lustige Student Marakujew mit Warwara ein Zwinkern des Einverständnisses, trat zu ihm hin und fragte:

»Was beschauen Sie da, Nikodim Iwanowitsch?«

Sich windend, sagte der Schriftsteller:

»Ja, sehen Sie, da brennt ein Stern, unnütz für Sie und für mich. Er entflammte zehntausend Jahre vor uns und wird noch zehntausend Jahre nutzlos brennen, während wir nicht einmal mehr fünfzig Jahre leben werden.«

Diomidow, der Zwetschkenbranntwein getrunken hatte und daher leicht angeheitert war, erklärte laut und in protestierendem Ton:

»Das wissen Sie aus der Astronomie. Aber vielleicht hängt die ganze Welt an diesem einzigen Stern, vielleicht ist er ihr letzter Halt. Sie aber wollen ... Was wollen Sie?«

»Das ist nicht Ihre Sache, junger Mann«, sagte der Schriftsteller verletzt.

Ferner verkehrte bei Onkel Chrisanf ein rotköpfiger, rotgesichtiger Professor, der Autor eines politischen Programms, geschrieben vor zehn Jahren. In diesem Programm bewies er, dass in Russland die Revolution unmöglich, dass eine allmähliche Verschmelzung aller oppositionellen Kräfte des Landes in einer Reformpartei erforderlich sei, die die Aufgabe habe, beim Zaren nach und nach die Einberufung des Landständeparlaments durchzusetzen. Doch auch für diesen Artikel entfernte man ihn von der Universität. Seitdem lebte er im Besitz des Titels eines »Märtyrers der Freiheit«, ohne den Wunsch, den Gang der Geschichte zu verändern, weiter, war selbstzufrieden, geschwätzig und trank, dem Rotwein vor allen Getränken den Vorzug gebend, so wie alle in Russland: ohne ein Gefühl für Maß.

Der schneidige Marakujew und ein anderer Student, der ausgezeichnete Gitarrespieler Pojarkow, ein langer, blatternarbiger Mensch, an dem etwas an einen Küster erinnerte, machten Warwara einmütig den Hof.

Sie rollte tragisch die grünlichen Augen, schüttelte ihr rötliches Haar und bemühte sich, mit tiefer Stimme zu sprechen wie die Jermolow, vergaß sich jedoch zuweilen und sprach durch die Nase, wie die Sawin.

Makarow und Diomidow behaupteten sich standhaft bei Lida. Auch sie beeinträchtigten sich gegenseitig nicht. Makarow behandelte den Gehilfen des Requisitenmachers geradezu mit Liebenswürdigkeit, wenngleich er hinter seinem Rücken mit Unmut von ihm sprach.

»Der Teufel mag wissen, ist er nun ein Mystiker oder wie? Ein halber Irrer. Lida scheint jedoch auch eine Neigung nach dieser Seite zu haben. Überhaupt, die Gesellschaft ist nicht eben glänzend.«

Klim Samgin, vom Beobachten völlig in Anspruch genommen, sah sich abseits von allen, doch das verletzte ihn nicht mehr sehr heftig. Er fühlte, dass die bescheidene Rolle des Zuschauers vorteilhaft und angenehm war und ihn innerlich Lida näherte. Ihre Haltung an diesen Abenden war die einer Ausländerin, die die Sprache ihrer Umgebung schlecht versteht und angestrengt den verworrenen Reden folgt, deren umständliche Deutung ihr die Zeit raubt, selbst etwas zu sagen. Ihre dunklen Augen glitten über die Gesichter der Menschen, bald auf dem einen, bald auf dem anderen verweilend, aber niemals lange, und stets so, als habe sie diese Gesichter erst soeben bemerkt. Klim suchte wiederholt zu ergründen, was sie über diese Menschen dachte. Aber sie zuckte schweigend, ohne eine Antwort zu geben, die Achseln, und nur ein einziges Mal, als Klim allzu heftig in sie drang, sagte sie, wie in der Absicht, ihn beiseite zu stoßen:

»Ich weiß nicht. Wahrscheinlich verstehe ich nicht, zu denken.«

Zuweilen erschien das unscheinbare Männchen Sujew, glatt gekämmt, mit einem winzigen Gesicht, dessen Zentrum ein platt gedrücktes Näschen bildete. Auch der ganze Sujew, platt, in einem zerknüllten Anzug, erschien zerdrückt und ausgespuckt. Er war vierzig Jahre alt, aber alle nannten ihn Mischa.

»Nun, Mischa?«, fragte ihn der alte Schriftsteller.

Mit leiser Stimme, als lese er eine Seelenmesse für einen Angehörigen, antwortete er:

»In Marjina Roschtscha. Verhaftungen. In Twer. In Nishnij Nowgorod.«

Bisweilen nannte er die Namen der Verhafteten, und diese Aufzählung von Menschen, die gefangen genommen waren, wurde von allen schweigend angehört. Dann sagte der alte Literat düster:

»Sie lügen. Alle werden sie nicht wegfangen. Ach, schade, sie haben Natanson verhaftet, einen prächtigen Organisator. Sie arbeiten zersplittert, daher die häufigen Verhaftungen und Aushebungen. Führer tun not, alte Leute. Die Welt erhält sich durch die Alten, die bäuerliche Welt.«

»Notwendig ist das Bündnis aller Kräfte«, erinnerte der Professor. »Notwendig ist Reserve, allmähliches Fortschreiten ...«

Nikodim Iwanowitsch stimmte ihm zu mit dem Spruch:

»In der Hast kann man nicht einmal Bastschuhe flechten.«

»Und dennoch, man nimmt Verhaftungen vor, also leben die Brüder!« tröstete der unansehnliche Schauspieler.

Onkel Chrisanf, flammend, erregt und schwitzend, rannte unermüdlich vom Zimmer in die Küche und zurück, und es geschah nicht selten, dass in dem traurigen Augenblick des Erinnerns an Menschen, die im Kerker saßen, nach Sibirien verbannt waren, seine jauchzende Stimme schmetterte:

»Bitte, zu einem Schnäpschen!«

Bemüht, in den Gesichtern den Ausdruck der Nachdenklichkeit und des Leides zu bewahren, schritten alle in die Ecke zum Tisch. Dort glänzten ihnen verführerisch Flaschen mit bunten Schnäpsen entgegen, herausfordernd schichteten sich Teller mit verschiedenerlei Imbiss auf. Der würdevolle Schauspieler gestand seufzend:

»Eigentlich schadet mir das Trinken.«

Und fügte hinzu, während er sich einschenkte:

»Aber ich bleibe dem englischen Bittern treu. Ja, ich finde sogar an nichts anderem Geschmack.«

Herein trat die monumentale, wie aus rotem Kupfer gegossene Anfimowna, auf den ausgestreckten Armen eine halbpudschwere Fischpastete. Sie genoss die lauten Ausbrüche der allgemeinen Begeisterung über die solide Schönheit ihrer Schöpfung und verneigte sich dann vor allen, wobei sie die Hände an den Bauch drückte und wohlwollend sprach:

»Essen Sie zum Wohle!«

Onkel Chrisanf und Warwara trugen die Flaschen vom Imbisstisch zur Mittagstafel hinüber. Der unansehnliche Schauspieler rief aus:

»Karthago muss zerstört werden!«

Einmal legte er, gleich, nachdem er den ersten Bissen hinuntergeschluckt hatte, geschwächt Messer und Gabel aus der Hand, presste die Schläfen zwischen seine Hände und fragte mit stiller Freude:

»Hören Sie, was ist denn das?«

Alle sahen auf ihn, in der Annahme, dass er sich verbrannt habe. Seine Augen wurden feucht, doch kopfschüttelnd sagte er:

»Das ist ja in Wahrheit eine Götterspeise! Herrgott, wie begabt ist die russische Frau!«

Er schlug vor, Anfimowna einzuladen und auf ihre Gesundheit anzustoßen. Der Vorschlag wurde einmütig angenommen und ausgeführt.

In guter Erinnerung an die Osternacht in Petersburg trank Samgin vorsichtig und wartete den interessanten Augenblick ab, wenn die Menschen nach dem guten Mahl und reichlichem Trunk, noch nicht berauscht, alle zugleich anfangen würden zu reden. Es entstand ein Wirbelsturm von Worten, ein ergötzliches Durcheinander von Sätzen:

»In England kann sogar ein Jude Lord werden!«

»Um einen Auerhahn so zu braten, wie die Eigenart seines Fleisches es verdient ...«

»Plechanowismus!«, schrie der alte Literat, während der Student Pojarkow eigensinnig und mit Grabesstimme widersprach:

»Die deutschen Sozialdemokraten haben ihre Macht mit legalen Mitteln errungen.«

Marakujew behauptete, zwei Drittel aller Reichstagsabgeordneten seien Pfaffen, während Onkel Chrisanf bewies:

»Christus ist ins Fleisch des russischen Volkes übergegangen!«

»Überlassen wir Christus Tolstoi!«

»Niemals! Um keinen Preis!«

»Moliére, das ist bereits ein Vorurteil.«

»Sie ziehen Sardou vor, nicht wahr?« »Was noch mehr!«

»Das Theater besucht man jetzt aus Gewohnheit, wie die Kirche. Ohne Glauben, dass man das Theater besuchen muss.«

»Das ist nicht wahr, Diomidow!«

»Sie, Teuerster, sollten möglichst viel Buchweizengrütze essen, dann wird es vorübergehen!«

»Wir alle leben um Christi willen!«

»Bravo! Das ist traurig, aber – wahr!«

»Und ich behaupte, dass die Engländer Europa beherrschen werden.«

»Er war auch noch in die Sache Astyrews verwickelt.«

»Kisselewskis ganzes Talent lag in seiner Stimme, in seinem Herzen war auch nicht ein Körnchen.«

»Reichen Sie mir den Essig herüber!«

»Nein, Sie entschuldigen schon! In Nischnij Nowgorod, im Dorf Podnowje legt man Salzgurken besser ein als in Neshin!«

»Raus aus Europa mit den Türken! Raus!«

»Haben Sie Dostojewski vergessen!«

»Und Saltykow-Schtschedrin?«

»Seine Mätresse war in jener Saison die Korojedow-Smijew, so eine, wissen Sie, laut lässt sich das nicht sagen ...«

»Jetzt wird Witte mit Russland umspringen!«

»Unbeschränkt. Sie werden was erleben!«

Man lachte. Nikodim Iwanowitsch begann unerwartet, zu deklamieren:

> Der Schriftsteller, wenn er die Woge
> Und Russland der Ozean,
> Er muss sich auch empören,
> Empört sich das Element.

»Hauptsache, halten Sie die Füße warm.«

»Russland kocht über! Wird von Neuem überkochen!«

»Die Studentenschaft! Der Bundesrat ...«

»Nein, die Marxisten können den Volkstümlern nichts anhaben ...«

»Ich weiß schon, was Kunst ist, ich bin Requisitenmacher ...«

In diesen Wirbel warf auch Klim von Zeit zu Zeit Warawkasche Sprüche, und sie verschwanden spurlos zusammen mit den Worten aller anderen.

Der Professor erhob sich mit einem Glas Rotwein. Mit hocherhobenem Arm verkündete er:

»Herrschaften! Ich bitte, die Gläser zu füllen! Stoßen wir an auf › sie‹!«

Auch die Übrigen erhoben sich und tranken schweigend, wissend, dass sie auf die Verfassung tranken. Der Professor leerte sein Glas und sprach:

»Möge sie kommen!«

Er wählte fast immer unfehlbar für seinen Toast den Augenblick, wenn die reiferen Leute schwerer wurden, wenn ihnen traurig ums Herz ward, während die Jungen, umgekehrt, Feuer fingen. Pojarkow spielte virtuos auf der Gitarre. Darauf sang man im Chor die verdammten russischen Weisen, von denen das Herz vergeht und alles im Leben in einem einzigen Schluchzen erscheint.

Schön und selbstvergessen sang mit hohem Tenor Diomidow. Er legte Eigenschaften an den Tag, die niemand bei ihm vermutete und die Klims Sympathie erregten. Es war klar, dass der junge Requisitenmacher heuchelte, wenn er von seiner Furchtsamkeit gegenüber den häuslichen Menschen sprach. Einmal tadelte Marakujew erregt den jungen Zaren, weil der Zar nach Anhörung eines Berichts über die Studenten, die sich geweigert hatten, ihm den Treueid zu schwören, gesagt hatte:

»Ich werde auch ohne sie auskommen.«

Fast alle stimmten ihm darin zu, dass das eine Unklugheit gewesen war. Nur der weichherzige Onkel Chrisanf rieb mit der flachen Hand Luft in seine Glatze hinein und versuchte, den neuen Führer des Volkes zu rechtfertigen.

»Er ist jung. Übermütig.«

Der unansehnliche Schauspieler unterstütze ihn durch Entfaltung seiner Kenntnis der Geschichte:

»Sie alle sind in der Jugend übermütig. Zum Beispiel Heinrich IV.«

Diomidow sagte mit einem Lächeln, das sein gemaltes Gesicht unbewegt ließ, freudig und gleichsam neiderfüllt:

»Ein sehr kühner Zar.«

Mit dem gleichen Lächeln wandte er sich an Marakujew:

»Da gründen sie nun so einen allgemeinen Studentenbund, er aber, sehen Sie wohl, fürchtet sie nicht. Er weiß schon, dass das Volk die Studenten nicht liebt.«

»Heilige Einfalt Simeons! Reden Sie keinen Unsinn«, unterbrach ihn ärgerlich Marakujew. Warwara brach in lautes Lachen aus, auch Pojarkow lachte, so metallisch, als zwitscherte in seiner Kehle die Schere eines Friseurs.

Doch als berichtet wurde, dass der Zar erklärt habe, alle Hoffnungen auf eine Begrenzung seiner Gewalt seien grundlos, meinte selbst Onkel Chrisanf gedrückt:

»Er hört auf Schurken, das ist schlimm!«

Aber der Requisiteur umfing alle Anwesenden mit den Augen eines Erwachsenen, der auf Kinder herabblickt, und wiederholte beifällig und eigensinnig:

»Nein, er ist ehrlich. Er ist tapfer, weil er ehrlich ist. Er ist allein gegen alle ...«

Marakujew, Pojarkow und ihr Kamerad, der Jude Preis, schrien:

»Wie – allein? Und die Gendarmen? Die Bürokraten?«

»Das sind die Dienstboten!«, sagte Diomidow. »Niemand fragt die Dienstboten, wie man leben muss.«

Drei Stimmen redeten wechselseitig auf ihn ein, doch er schwieg eigensinnig, senkte den Kopf und starrte unter den Tisch.

Klim Samgin begriff, dass Diomidow unwissend war, aber dies befestigte nur seine Sympathie für den Jüngling. So einen konnte Lida nicht lieben. Im günstigsten Fall würde sie großmütig sein, ihn bemitleiden wie den Bastard einer seltenen Katzenrasse. Er neidete Diomidow sogar ein wenig seine standhafte Hartnäckigkeit und seine spöttische Ablehnung der Studenten. Ihrer erschienen immer mehr in der gemütlichen, im Hof verborgenen Behausung Onkel Chrisanfs. Sie tagten emsig in Warwaras Zimmer, das mit zahlreichen Fotografien und Gravüren geschmückt war, die berühmte Bühnenkünstler darstellten. Sie besaß seltene Porträts von Hogarth, Alridge – der Rachel, der Mlle Morse, Talmas. Die Studentenversammlungen beunruhigten Makarow sehr und rührten Onkel Chrisanfs Herz, der sich als Komplize heranreifender großer Ereignisse fühlte. Er war felsenfest davon überzeugt, dass mit der Thronbesteigung Nikolaus II die großen Ereignisse vor der Tür standen.

»Nun, Sie werden sehen, Sie werden sehen!«, sagte er geheimnisvoll den gereizten jungen Leuten und zwängte listig die Knöpfe seiner Augen durch die roten Schlitze der Lider, »Er wird alle hintergehen, gebt ihm nur Zeit, sich umzutun! Sie müssen seinen Augen, dem Spiegel der Seele, keine Beachtung schenken. Blicken Sie genau in sein Gesicht!«

Und er scherzte:

»Ach, Diomidow, wenn man dir das Bärtchen abnähme und dir deine Locken stutzte, du wärst wie geschaffen für die Rolle des Thronprätendenten. Jeder Zug!«

Klim Samgin war sehr zufrieden über seinen Entschluss, in diesem Winter nicht zu studieren. In der Universität herrschte eine unheilschwangere Stimmung. Die Studenten pfiffen den Historiker Kljutschewski aus, bedrohten einige weitere Professoren, die Polizei jagte Ansammlungen auseinander, zweiundvierzig liberale Professoren schmollten und zweiundachtzig erklärten sich für eine strenge Gewalt. Warwara lief von einem Antiquar zum anderen, suchte Porträts der Madame Roland und bedauerte, dass kein Bild der Téroine de Méricourt aufzutreiben war.

Überhaupt nahm das Leben einen überaus beunruhigenden Charakter an, und Klim Samgin stand nicht an, zuzugeben, dass Onkel Chrisanf mit seinen Vorahnungen recht hatte. Besonders dauerhaft ritzten sich in Klims Gedächtnis einige Gestalten ein, denen er in diesem Winter begegnete.

Eines Tages stand Klim Samgin im Kreml, versunken in den Anblick der chaotischen Anhäufung der Häuser der Stadt, die von der winterlichen Mittagssonne festlich erleuchtet waren. Ein leichter Frost zupfte neckisch an den Ohren, das stachlige Geflimmer der Schneeflocken blendete die Augen. Die Dächer, fürsorglich in dicke Schichten silberner Daunen gehüllt, verliehen der Stadt ein anheimelndes Aussehen, man war versucht zu glauben, unter diesen Dächern, in der lichten Wärme, lebten einträchtig sehr liebe Menschen.

»Guten Tag«, sagte Diomidow und nahm Klim beim Ellenbogen. »Was für eine schreckliche Stadt«, fuhr er nach einem Seufzer fort. »Im Winter ist sie noch einigermaßen ansprechend, im Sommer aber vollends unerträglich. Man geht auf der Straße und hat beständig das Gefühl, dass hinter einem etwas Schweres an einen herandrängt, sich auf einen stürzt. Und die Leute sind hart hier und ruhmredig.«

Er seufzte ein zweites Mal und sagte:

»Ich liebe es nicht, wenn man begeistert stöhnt: Ach, Moskau!«

Das vom Frost gerötete Gesicht Diomidows erschien noch malerischer als sonst. Die alte Seehundsmütze war zu klein für seinen Lockenkopf. Der Mantel vertragen, mit ungleichen Knöpfen, die Taschen eingerissen und klaffend.

»Wohin gehen Sie?«, fragte Klim.

»Mittag essen.«

Er nickte mit dem Kopf nach der Kirche des Tschudow-Klosters und sagte:

»Ich bessere dort den Ikonenschrein aus.«

»Ah! Also arbeiten Sie sowohl im Theater wie im Kloster ...«

»Weshalb nicht? Arbeit ist Arbeit. Mich hat ein Drechsler und Vergolder, den ich kenne, aufgefordert. Ein prächtiger Mensch.«

Diomidow wurde düster, schwieg eine Weile und schlug dann vor:

»Gehen wir in eine Schenke, ich werde essen und Sie Tee trinken. Dort zu essen, empfehle ich Ihnen nicht, es ist zu schlecht für Sie, aber der Tee ist gut.«

Es wäre unterhaltsam gewesen, mit Diomidow zu plaudern, aber ein Spaziergang mit einem so abgerissenen Kunden behagte Klim nicht. Der Student und an seiner Seite der Handwerker, das gab ein verdächtiges Paar ab. Klim lehnte ab, die Teestube zu besuchen. Diomidow zerrieb unbarmherzig mit der Handfläche sein verfrorenes Ohr und sagte:

»Ich arbeite inzwischen. Ich will eine Menge Geld sparen.«

Plötzlich fragte er:

»Billigen Sie es, dass Lida Timofejewna sich für die Bühne ausbildet?« Ohne eine Antwort abzuwarten, enthüllte er sogleich den Sinn seiner Frage:

»Es ist doch das gleiche, als ob man nackt auf die Straße ginge.«

»Lida Timofejewna ist ein erwachsener Mensch«, gab Klim trocken zu verstehen.

Diomidow nickte zustimmend.

»Nach meiner Meinung täuschen sich die Klugen am häufigsten über sich selbst.«

»Warum glauben Sie das?«

»Wie sollte ich nicht? Ich lese Bücher, habe Augen.«

Dies erschien Klim frech: ein ungebildeter Mensch, der nicht einmal richtig sprechen konnte und sich anmaßte ...

»Was lesen Sie eigentlich?«

»Vielerlei. In allen Büchern wird über Irrtümer geschrieben.«

Mit dem Fuß aufstampfend, fragte er:

425

»Befassen Sie sich mit der Revolution?«

»Nein«, entgegnete Klim, er sah Diomidow gerade in die Augen, ihre Bläue war an diesem Tag besonders tief.

»Ich meine aber, Sie befassen sich damit. Sie sind so zurückhaltend.«

»Warum interessiert Sie das?«

»Wenn man mir davon spricht, weiß ich, dass es die Wahrheit ist«, murmelte Diomidow gedankenvoll. »Natürlich ist es die Wahrheit, denn ... Was ist denn dies?«

Er deutete mit einer Handbewegung auf die Stadt.

»Aber wenn ich es auch weiß, so glaube ich doch nicht daran. Ich habe ein anderes Gefühl.«

»Über Revolution spricht man nicht auf der Straße«, bemerkte Klim.

Diomidow schaute sich um.

»Dies ist keine Straße. Wollen Sie, – ich zeige Ihnen einen Menschen?« schlug er vor.

»Was für einen?«

»Sie werden sehen. Ein prächtiger Mensch. Er predigt jeden Sonnabend.«

»Die Revolution?«

»Nach meiner Ansicht – noch Schlimmeres«, sagte zögernd Diomidow.

Klim musste lächeln.

»Sie sind ein spaßiger Mensch!«

»Gehen wir!« drängte Diomidow leise, aber nachdrücklich. »Heute ist Sonnabend. Sie müssen sich nur etwas einfacher anziehen. Obwohl, es ist gleich, es sind dort auch solche wie Sie. Sogar ein Polizeihauptmann kommt dorthin. Und ein Diakon.«

An dem schmeichelnden Blick des spaßigen Menschen war deutlich zu sehen: Er wünschte sehr, dass Klim mitkäme, und war schon überzeugt, dass Samgin zusagen würde.

»Es ist schrecklich interessant. Das muss man wissen«, sagte er. »Die Brille nehmen Sie lieber ab. Bebrillte Leute liebt man dort nicht.«

Klim wollte es ablehnen, gemeinsam mit einem Polizeihauptmann etwas zu hören, was schlimmer als Revolution war, aber die Neugier entkräftete die Vorsicht. Sogleich tauchten noch gewisse andere, nicht ganz klare Überlegungen auf und ließen ihn sagen:

»Geben Sie mir die Adresse. Vielleicht komme ich.«

»Es ist besser, ich hole Sie ab, um Sie hinzugeleiten.«

»Nein, beunruhigen Sie sich nicht.«

Am Abend irrte Klim durch die Gassen in der Nähe des Sucharew-Turms. Verschwenderisch streute der Mond sein Licht. Der Frost steifte sich. In rascher Folge tauchten dunkle Menschen auf, gekrümmt, die Hände in den Ärmeln oder Taschen geborgen, ihre verzerrten Schatten hüpften über die Schneegruben. Die Luft bebte kristallisch unter dem Tönen zahlloser Glocken. Die Abendmesse wurde eingeläutet.

»Interessant, in welchem Milieu dieser Schwachkopf wohl lebt?«, dachte Klim. »Sollte etwas passieren, das Schlimmste, was mir zustoßen könnte, ist, dass sie mich aus Moskau ausweisen. Nun und wenn schon? Ich werde eben ein bisschen leiden. Das ist jetzt Mode.«

Da, endlich, über einem alten Tor das bogenförmig geschweifte Schild: »Kwasfabrik«. Klim trat auf den Hof. Er war eng mit Haufen von schneebedeckten Körben vollgepackt. Hier und dort ragten Flaschenböden und -halse aus dem Schnee. Das Mondlicht brach sich in dem dunklen Glas in einer Unzahl formloser Augen.

Im Hintergrunde des Hofes erhob sich ein langes, tief im Erdboden fußendes Gebäude. Es war zweistöckig oder wollte es sein, aber zwei Drittel der zweiten Etage waren entweder abgebrochen oder nicht fertig gebaut. Die Türen, breit wie Tore, verliehen dem unteren Stockwerk das Aussehen eines Pferdestalls, in dem Rest des zweiten schimmerten trübe zwei Fenster, unter ihnen, im ersten, flammte ein Fenster so grell, als brenne hinter seinen Scheiben ein Holzfeuer.

Klim Samgin, der den Wunsch verspürte, den Hof zu verlassen, klopfte mit dem Fuß an die Tür. In der Tür öffnete sich ein unauffälliges, schmales Pförtchen, und ein unsichtbarer Mann sagte mit hohler Stimme, das »O« stark betonend:

»Vorsichtig. Vier Stufen.«

Darauf befand Samgin sich auf der Schwelle einer zweiten Tür, geblendet von der grellen Flamme eines Ofens. Der Ofen war gewaltig, in ihm waren zwei Kessel eingebaut.

»Was zögern Sie? Treten Sie ein«, sagte eine dicke Frau mit einem schwarzen Schnurrbart, die ihre Hände so fest an einer Schürze abrieb, dass sie knirschten.

In dem kellerartigen Raum mit bogenförmiger Decke war es dämmerig. Er war erfüllt mit einer feuchten Wärme, getränkt von einem stickigen Geruch von verdorbenem Fleisch und Dung. Am Ofen, in einem hölzernen Waschzuber, wässerten Kuhmägen. Ein anderer ebensolcher Zuber war mit blutigen Klumpen Lebern, Lungen gefüllt. Längs der Wand standen sechs Bottiche, hinter ihnen, im Winkel, saß auf einer Kiste, mit Nacken und Rücken an die Wand gelehnt, die langen, dünnen Kamelbeine weit von sich gestreckt, ein Mann in einem grauen Leibrock. Er löste mit Anstrengung seinen Nacken von der Wand, reckte seinen langen Hals und sagte mit leiser Bassstimme:

»Apotheker?«

»Warum glauben Sie, ich sei ein Apotheker?«, fragte Klim ärgerlich.

»Nach Ihrer äußeren Erscheinung zu urteilen, natürlich. Setzen Sie sich, bitte, hierher.«

Klim nahm ihm gegenüber auf einer breiten, aus vier Brettern grob zusammengenagelten Pritsche Platz. Auf einer Ecke der Pritsche lag ein Haufen Zeug, irgendjemandes Bettlager. Der große Tisch vor der Pritsche strömte den betäubenden Geruch dumpfigen Fettes aus. Hinter einer hölzernen, ungestrichenen und lichtdurchlässigen Zwischenwand schimmerte Helligkeit, jemand hustete dort und raschelte mit Papier. Die schnurrbärtige Frau zündete eine Blechlampe an, setzte sie auf den Tisch, warf einen Blick auf Klim und sagte dem Diakon:

»Ein Fremder.«

Der Diakon schwieg sich aus. Da fragte sie Samgin:

»Wer hat euch hergeschickt?«

»Diomidow.«

»Ah, Senja. Diomidow.«

Sie trat, ihre Hände beriechend, zum Ofen, blieb aber unterwegs stehen und forschte:

»Er sprach von einer Brille?«

»Ich habe die Brille bei mir.«

»Gut dann.«

Klim holte seine Brille aus der Tasche hervor, setzte sie auf und sah, dass der Diakon etwa vierzig Jahre zählte und ein Gesicht hatte, wie man es den heiligen Eremiten auf den Ikonen gab. Noch häufiger findet man solche Gesichter bei Trödlern, Ränkeschmieden und Geizhälsen, und zuletzt erzeugt das Gedächtnis aus einer Vielheit dieser Gesichter das aufdringliche Antlitz des sogenannten unsterblichen russischen Menschen.

Jetzt traten zwei ein: der eine breitschultrig, zottelhaarig, mit einem krausen Bart und einem darin erstarrten betrunkenen oder spöttischen Lächeln. An den Ofen pflanzte sich, in der Absicht, sich zu wärmen, ein hochgewachsener Mensch mit schwarzem Schnurr- und spitzem Kinnbart. Geräuschlos erschien eine junge Frau in einem bis über die Brauen geschobenen Kopftuch. Dann folgten sich rasch noch etwa vier Männer, sie drängten sich vor dem Ofen, ohne an den Tisch heranzutreten. In der Dunkelheit machte es Mühe, sie zu unterscheiden. Alle schwiegen, klopften und scharrten mit den Füßen gegen den Ziegelboden, und einzig der Lächelnde sagte einem Nachbar:

»Sogar ein Herr ist gekommen ... ein Gebildeter.«

Klim fühlte sich ersticken in dieser fauligen Luft, in der grauenhaften Umgebung. Es trieb ihn fort. Endlich stürzte Diomidow herein, überflog alle Anwesenden mit einem Blick, fragte Klim: »Ah, Sie sind gekommen?«, und entfernte sich eilig hinter die Zwischenwand. Eine Minute später zeigte sich dort gewichtig ein kleiner Mann mit einem struppigen Bärtchen und einem fahlen, unbedeutenden Gesicht. Er trug ein wattiertes Frauenleibchen und Filzstiefel bis zu den Knien. Das fahle Haar war mit Pomade fest an den Kopf gekämmt und lag glatt an. In der einen Hand hielt er ein schmales und langes Buch von der Art, wie die Krämer sie für die Eintragung der Schulden verwenden. Während er sich dem Tisch näherte, sagte er zum Diakon:

»Streite nicht mit mir ...«

Er setzte sich, schlug das Buch auf, fasste Klim in seinen Blick und fragte Diomidow:

»Dieser?«

»Ja.«

»Nun, seien Sie willkommen!« wandte das unbedeutende Männchen sich an die Anwesenden. Seine Stimme war klangvoll und hatte etwas Sonderbares, das gebieterisch klang. Die Hälfte seiner linken Hand war gebrochen. Es blieben nur drei Finger: Daumen, Zeigefinger und Mittelfinger. Diese Finger legten sich zu einem Dreifaltigkeitskreuz zusammen. Während er mit der Rechten die schmalen, mit großen Schriftzügen bedeckten Seiten des Buches umblätterte, zeichnete er mit der Linken unaufhörlich verschlungene Ornamente in die Luft. In diesen Gesten lag etwas Verkrampftes, das nicht im Einklang mit seiner ruhigen Stimme stand.

»Am heutigen Abend wollte ich in meiner Belehrung fortfahren, da aber ein Neuer erschienen ist, so ist es notwendig, dass ich ihm in Kürze die Anfangsgründe meiner Wissenschaft darlege«, sagte er, während er die Zuhörer mit farblosen und gleichsam trunkenen Augen überflog.

»Fang an, wir hören«, sagte der Lächelnde und setzte sich an Klims Seite.

Der Prediger tat einen Blick in sein Buch und fuhr sehr gelassen, als berichte er etwas Alltägliches und allen längst Bekanntes, fort:

»Ich lehre, mein Herr, in völliger Übereinstimmung mit der Wissenschaft und den Schriften Leo Tolstois. Meine Lehre enthält nichts Schädliches. Alles ist sehr einfach: diese Welt, unsere, die ganze – ist das Werk menschlicher Hände. Unsere Hände sind klug, unsere Schädel aber dumm, das ist auch die Ursache unseres Elends.«

Klim sah die Leute an. Sie saßen alle schweigend da. Sein Nachbar hatte sich vorgebeugt und rollte sich eine Zigarette. Diomidow war verschwunden. Gurgelnd kochte das Wasser in den Kesseln. Die schnurrbärtige Frau spülte im Zuber Labmägen und Kuhdärme, im Ofen zischten feuchte Holzscheite. Die Flamme im Lampenglas zitterte und hüpfte empor, der gesprungene Zylinder rußte. In dem tiefen Zwielicht erschienen die Menschen unförmig und unnatürlich wuchtig.

»Was heißt das: ›Welt‹, wenn man es richtig ansieht?« fragte der Mann und warf mit den drei Fingern eine Schlinge in die Luft. »Die Welt ist Erde, Luft, Wasser, Stein und Holz. Ohne den Menschen ist dies alles ohne jede Notwendigkeit.«

Klims Nachbar zog an seiner Zigarette und fragte:

»Woher weißt du denn, Jakow Platonisch, was notwendig ist und was nicht?«

»Wüsste ich's nicht, würde ich's nicht sagen. Unterbrich mich nicht. Wenn ihr alle hier anfangen wolltet, mich zu belehren, würde nichts als Unsinn bei der Sache herauskommen. Lächerlichkeit. Ihr seid viele und ich der einzige Schüler. Nein, da ist es schon besser, ihr lernt und ich – lehre.«

»Gewandt, wie?«, flüsterte der lächelnde Nachbar Klim zu, wobei er seine Wange mit warmem Rauch überzog.

Unterdessen fuhr der Lehrer maßvoll und ruhig fort, in das Dunkel hineinzustoßen.

»Der Stein ist ein Dummkopf. Das Holz ist gleichfalls ein Dummkopf. Und jegliches Gewächs hätte keinen Sinn, wenn nicht der Mensch wäre. Aber sobald dieses dumme Material berührt wird von unseren Händen, haben wir Häuser, bequem zum Wohnen, Straßen, Brücken und vielerlei Sachen, Maschinen und Ergötzlichkeiten gleich dem Damespiel oder den Karten oder musikalischen Trompeten. So ist es. Ich war ehedem Sektierer, dann jedoch begann ich einzudringen in die wahre Philosophie des Lebens und durchdrang sie bis auf den Grund, dank der Hilfe eines Unbekannten.«

»Der ›erklärende Herr‹, erinnerte sich Klim. Aus der Finsternis reckte sich ein von Blattern zerwürfeltes Gesicht, und eine erkältete Stimme bat heiser:

»Erzähle von Gott ...«

Jakow Platonowitsch hob mit der dreifingrigen Hand die Lampe empor, musterte mit zugekniffenen Augen den Bittenden und sagte:

»Hier lehre ich. Ich weiß, wann Gott an der Reihe ist.«

Darauf wandte er sich von Neuem an Samgin:

»Die Gelehrten haben bewiesen, dass Gott vom Klima, von der Witterung abhängt. Wo das Klima gleichmäßig ist, da ist auch Gott gut, in kalten und heißen Gegenden aber haben wir einen grausamen Gott. Das muss man verstehen. Heute wird es hierüber keine Belehrung geben.«

»Er hat Angst vor Ihnen«, flüsterte Klims Nachbar ihm zu und spie auf den Stummel seiner Zigarette.

Der Philosoph tat mit der verstümmelten Hand einen energischen Strich quer über den Tisch und vertiefte sich unter Umblättern der Seiten in das Buch.

Samgin fühlte sich krank, verblödet, einem grauenhaften Traum preisgegeben. Wenn man ihm erzählt hätte, was er sah und hörte, würde er es nicht geglaubt haben. Immer wütender kochte das Wasser in den Kesseln und erfüllte den Keller mit dumpf riechendem Dampf. Die schnurrbärtige Frau wühlte klatschend in den schwarzen Fetzen Leber und Lunge in den Zubern und spülte die Mägen, indem sie sie umstülpte wie schmutzige Strümpfe. Sie schaffte in gekrümmter Haltung und sah aus wie eine Bärin. Am Ofen schnarchte jemand laut, schleifte mit den Füßen über den Boden und stieß hallend mit dem Kopf gegen den Verschlag.

Der Prediger sah ihn unter der vorgehaltenen Hand an und sagte, ohne zu lächeln und ohne Unmut:

»Schone deinen Schädel, vielleicht brauchst du ihn einmal.«

Seine dreifingerte Hand, einer Krebsschere ähnlich, zappelte über dem Tisch und erweckte eine Empfindung des Grauens und Ekels. Widerwärtig war der Anblick des flachen, obendrein von der Dunkelheit verwischten Gesichts und der Ritzen, in denen matt die berauschten Augen schimmerten. Empörend der selbstgefällige Ton, empörend die offenkundige Verachtung für die Zuhörer und ihr unterwürfiges Schweigen.

»Vom himmlischen Zaren wollen wir herabsteigen zum irdischen ...«

Nach sekundenlangem Schweigen kratzte der Lehrer sich den Bart und beschloss:

»... Elend.«

Klims mitteilsamer Nachbar flüsterte ihm freudig zu:

»Er wird jetzt vom Zar Hunger anfangen ...«

»Wir alle leben nach dem Gesetz des Wettstreits miteinander, darin äußert sich eben unsere eigentliche Dummheit.«

Seine an Beilhiebe gemahnenden Worte ließen Klim ironisch denken:

»Wenn Kutusow das hören könnte!«

Aber dennoch war es kränkend, zu beobachten, wie das Kellermännchen verzerrt und frech den wohlbekannten, wenn auch Klim feindlichen Gedankengang Kutusows bloßlegte.

»Nehmen wir aufs Korn unseres Auges und Verstandes den folgenden Vorfall: Es kommen zum jungen Zaren einige wohlmeinende Leute und schlagen ihm vor: ›Du, Eure Hoheit, solltest aus dem Volke einige kluge Leute wählen zur freien Beratung darüber, wie man das Leben besser einrichten könnte.‹ Er aber antwortet ihnen: ›Das ist ein unsinniger Einfall!‹ Und der ganze Schnapshandel befindet sich in seinen Händen. Ebenso alle Steuern. Das ist es, worüber man nachdenken muss ...«

»Gewandt, wie?«, fragte mit heißem Flüstern Klims Nachbar. Und, sich heftig die Hände reibend:

»Ein Minister, der Hundesohn!«

»Glauben Sie ihm?«

»Wie soll man ihm denn nicht glauben? Er gibt die Wahrheit von sich.« Nachdem der Prediger noch zehn Minuten gesprochen hätte, griff er mit seiner Krebsschere eine schwarze Uhr aus der Tasche, wog sie auf der Handfläche, klappte das Buch zu, schlug damit auf den Tisch und erhob sich.

»Für heute ist's genug! Denkt darüber nach.«

Alle rührten sich, und der Blatternarbige stieß mit lauter Stimme hervor: »Wir danken, Jakow Platonitsch.«

Jakow nickte ihm zweimal zu, erhob die Nase, schnupperte und schnitt eine Grimasse, während er sagte:

»Glafira! Ich habe dich doch gebeten: Weiche die Labmägen nicht in heißem Wasser ein. Nützen tut es nicht, und es verbreitet Gestank.«

Als Klim, der auf die Tür zuging, ihn einholte, fasste er ihn am Ärmel und sagte spöttisch:

»Sehen Sie, Herr, meine Schwester fabriziert Speise für die Armen. Eine wohlriechende Speise, he? Jaja. Dabei erhält man in Testows Garküche ...«

»Entschuldigen Sie, ich muss fort«, unterbrach ihn Klim.

In die kräftige Kälte der Straße emportauchend, holte er so tief Atem, wie er konnte. Ihm schwindelte und vor den Augen flimmerte es grün. Die niederen, verwitterten Häuschen und die Schneehügel, der leere Himmel über ihnen und der Eismond, alles erschien für einen Augenblick grün, mit Schimmel bedeckt und faulig. Samgin schritt hastig aus und schüttelte sich, um den übelkeiterregenden Gestank des verdorbenen Fleisches aus seiner Nähe zu vertreiben. Es war noch nicht spät, soeben endete der Abendgottesdienst. Klim beschloss, bei Lida vorzusprechen und ihr alles mitzuteilen, was er gesehen und gehört hatte, sie mit seiner Empörung anzustecken. Sie musste wissen, in welcher Umgebung Diomidow lebte, musste begreifen, dass seine Bekanntschaft nicht ohne Gefahr für sie war. Doch als er, bei ihr im Zimmer, ironisch und angewidert seine Erlebnisse zu schildern begann, fiel das Mädchen ihm nur befremdet in die Rede:

»Aber ich weiß dies alles ja, ich war selbst dort. Ich glaube, ich erzählte dir, dass ich bei Jakow gewesen bin. Diomidow ist dort und lebt mit ihm, oben. Erinnerst du dich: ›Das Fleisch singt – wozu lebe ich?‹«

Während sie zerstreut eine Haarnadel gerade- und wieder zusammenbog, fuhr sie sinnend fort:

»Gewiss, dies alles ist sehr primitiv und widerspruchsvoll. Aber meiner Meinung nach ist es ja nur das Echo jener Widersprüche, die du hier beobachtest. Und es scheint überall das gleiche zu sein.« Sie brach die Haarnadel entzwei und fügte leise hinzu:

»Oben wird geschrien, unten hört man es und legt es auf seine Weise aus. Es ist mir nicht recht verständlich, was dich empört.«

Aber ihr ruhiger Ton kühlte Klims Entrüstung bedeutend ab.

»Und ich verstehe nicht recht, was dich bei Diomidow so anzieht«, stammelte er.

Lida sah ihn mit zusammengerückten Brauen an.

»Er gefällt mir.«

Klim schwieg in Erwartung des Augenblicks, wo in ihm die Eifersucht zu sprechen anfangen würde.

»Manchmal bedauere ich es, dass er zwei Jahre älter ist als ich. Ich wünschte, er möchte fünf Jahre jünger sein. Ich weiß nicht, warum.«

»Du siehst, ich schweige immer«, hörte er ihre nachdenkliche und feste Stimme. »Mir scheint, wenn ich redete, wie ich denke, so würde es ... entsetzlich sein! Und lächerlich. Man würde mich davonjagen. Unbedingt würde man mich davonjagen. Mit Diomidow kann ich über alles reden, wie ich möchte.«

»Und mit – mir?«, fragte Klim.

Lida seufzte und bedeckte die Augen.

»Du bist klug, verstehst aber etwas nicht. Die nicht Verstehenden gefallen mir besser als die Verstehenden, doch du ... bei dir ist es anders. Du kritisierst treffend, aber es ist dir zum Handwerk geworden. Man langweilt sich bei dir. Ich glaube, auch du wirst dich bald langweilen.«

Die Eifersucht meldete sich nicht, doch Klim fühlte, wie seine Zaghaftigkeit vor Lida, das Gefühl der Hörigkeit, verschwand. Solide, im Ton des Älteren, bemerkte er:

»Es ist durchaus zu verstehen, dass du endlich lieben musst, aber die Liebe ist etwas Reales, und du hast dir diesen Jungen ja erdacht.«

»Du hast den Charakter eines Schulmeisters«, sagte Lida mit offenkundigem Ärger, ja mit Spott, wie Samgin herauszuhören, glaubte. »Wenn du sagst ›ich liebe dich‹, klingt es, als sagtest du: ›Ich liebe es, dich zu belehren.‹«

»Meinst du?«, murmelte Klim, gewaltsam lächelnd. »Mir dagegen scheint, du möchtest glauben, dass du Diomidow gängeln darfst wie eine Schulmeisterin.«

Lida schwieg. Samgin blieb noch einige Minuten, verabschiedete sich trocken und ging. Er war erregt, meinte aber für sich, ihm wäre vielleicht angenehmer zumute, wenn er sich noch heftiger erregt gefühlt hätte.

In seinem Zimmer auf dem Tisch fand Klim einen dicken unfrankierten Brief mit der kurzen Aufschrift »An K. I. Samgin«. Sein Bruder Dmitri teilte ihm mit, er sei nach Ustjug verschickt worden, und bat, ihm Bücher zu senden. Der Brief war kurz und trocken, dafür das Verzeichnis der Bücher lang und mit langweiliger Genauigkeit und Angabe der vollständigen Titel, Verleger und des Jahres und Ortes des Erscheinens verfasst. Die meisten Bücher waren in deutscher Sprache.

»Ein Buchhalter«, dachte Klim feindselig. Nach einem Blick in den Spiegel löschte er sogleich das spöttische Lächeln in seinem Gesicht aus. Sodann fand er, dass sein Gesicht traurig aussah und eingefallen war. Nachdem er ein Glas Milch getrunken hatte, entkleidete er sich ordentlich, legte sich ins Bett und fühlte plötzlich, dass er sich selbst leidtat. Vor seine Augen trat die Gestalt des »wohlgebildeten« Jünglings, sein Gedächtnis wiederholte seine linkischen Reden.

»Ich habe ein anderes Gefühl.«

»Vielleicht besitze auch ich ›ein anderes Gefühl‹«, dachte Klim, der sich um jeden Preis trösten wollte. »Ich bin kein Romantiker«, fuhr er fort, im dunklen Gefühl, dass der Pfad der Tröstung irgendwo ganz nahe war. »Es ist dumm, dem Mädchen zu zürnen, weil sie meine Liebe nicht zu schätzen wusste. Sie hat sich einen schlechten Helden für ihren Roman gewählt. Er wird ihr nichts Gutes geben. Es ist durchaus möglich, dass sie für ihre Schwäche grausam bestraft werden wird, und dann werde ich ...«

Er beendete seine Gedanken nicht, da er eine leichte Anwandlung von Verachtung für Lida empfand. Dies tröstete ihn sehr. Er schlief ein mit der Gewissheit, dass der Knoten, der ihn mit Lida verknüpfte, zerhauen sei. Durch den Schlaf hindurch dachte Klim sogar:

»War denn ein Junge da? Vielleicht war gar kein Junge da?« Doch schon am Morgen erkannte er, dass er sich getäuscht hatte. Draußen vor dem Fenster strahlte die Sonne, festlich tönten die Glocken, aber alles war trist, weil der »Junge« existierte. Diese Tatsache wurde von ihm mit voller Deutlichkeit empfunden. Bestürzend grell, blendend beleuchtet vom Sonnenlicht, saß auf dem Fenster Lida Warawka, und er lag vor ihr auf den Knien und küsste ihre Beine. Welch strenges Gesicht hatte sie damals und wie wunderbar leuchteten ihre Augen! Es gab Augenblicke, wo sie unwiderstehlich schön sein konnte. Es schmerzte zu denken, dass Diomidow ...

In diesen unerwarteten und kränkenden Gedanken brachte er den Tag hin. Abends erschien Makarow mit offenstehendem Hemd, zerzaust, mit geschwollenem Gesicht und roten Augen. Klim hatte den Eindruck, dass sogar die schönen, festen Ohren Makarows weich geworden waren und herabhingen wie bei einem Pudel. Er roch nach dem Wirtshaus, war jedoch nüchtern.

»Wolodjka ist aus dem Kubangebiet angekommen und trinkt schon den dritten Tag wie ein Feuerwehrmann«, erzählte er, während er mit den Fingern die Schläfen rieb und seine zweifarbigen Haarwirbel glättete. »Ich habe ihm in seiner Trübsal Gesellschaft geleistet, aber ich kann nicht mehr! Gestern besuchte ihn sein Freund, der Diakon, da bin ich weggelaufen. Jetzt bin ich wieder auf dem Wege zu ihm. Wladimir macht mir Sorge, er ist ein Mensch von unberechenbaren Entschlüssen. Lass uns zusammen hingehen. Ljutow wird sich freuen. Er nennt dich einen Doppelpunkt, hinter dem etwas zwar noch Unbekanntes, auf jeden Fall aber Originelles folgen wird. Du wirst auch den Diakon kennenlernen, eine interessante Type. Und vielleicht wirst du Wolodjka ein wenig abkühlen. Gehen wir?«

Klim war neugierig zu sehen, wie der fatale Mensch litt.

»Ich werde mich betrinken«, dachte er. »Makarow wird es Lida berichten.«

Eine Stunde später schritt er über den blanken Fußboden eines leeren Zimmers vorbei an Spiegeln, die zwischen fünf Fenstern hingen, an Stühlen, die steif und langweilig an den Wänden aufgereiht waren. Zwei Gesichter schauten missbilligend auf ihn herab: das Gesicht eines zornigen Mannes mit einem roten Band um den Hals und einer eigelben Medaille im Bart – und das Gesicht einer rotbäckigen Frau mit fingerdicken Brauen und erwartungsvoll herabhängender Lippe.

Sie stiegen eine innere Treppe in zwei schmalen und finsteren Windungen hinauf und betraten ein dämmeriges Zimmer mit niedriger Decke und zwei Fenstern. Im Winkel des einen wimmerte der blecherne Ventilator der Luftklappe und trieb eine krause Welle frostiger Luft ins Zimmer.

Inmitten des Raums stand Wladimir Ljutow in einem langen, bis an die Kniekehlen reichenden Nachthemd, hielt stehend eine Gitarre am Griff und taumelte, wobei er sich auf sie stützte, wie auf einen Regenschirm.

Schwer atmend, fixierte er die Eintretenden. Unter dem aufgeknöpften Hemd hoben und senkten sich die Rippen, es war seltsam zu sehen, dass er so knochig war.

»Samgin?«, rief er fragend, mit geschlossenen Augen, aus und breitete ihm die Arme entgegen. Die Gitarre fiel zu Boden und schlug an. Der Ventilator antwortete ihr mit einem Winseln.

Es war für Klim zu spät, sich den Umarmungen zu entziehen: Ljutow schraubte ihn zwischen seine Hände, hob ihn empor und küsste ihn mit nassen, heißen Lippen, während er stammelte:

»Dank ... Ich bin sehr ... sehr ...«

Er schleifte ihn zu einem Tisch, der mit Flaschen und Tellern beladen war, goss mit bebender Hand Schnaps in die Gläser und rief:

»Diakon, komm herein! Er gehört zu uns.«

Im Winkel ging eine unsichtbare Tür auf, in ihr erschien, düster lächelnd, der gestrige fahle Diakonus. Im Schein zweier großer Lampen bemerkte Samgin, dass der Diakon drei Bärte hatte: Einen langen und zwei kürzere. Der lange entwuchs dem Kinn, die beiden anderen fielen von Ohren und Wangen herab. Sie waren kaum sichtbar auf dem fahlen Leibrock.

»Ipatjewski«, sagte unentschlossen der Diakon, während er schmerzhaft fest mit knochigen Fingern Samgins Hand zusammenpresste, und bückte sich langsam, um die Gitarre aufzuheben. Makarow, der die Pforte schloss, schrie den Hausherrn an:

»Willst du dir eine Lungenentzündung holen?«

»Kostja, ich ersticke!«

Die stürmischen Augen Ljutows umkreisten bald Samgin, ohne Kraft, sich auf ihn einzustellen, bald den Diakon, der sich langsam wieder aufrichtete, als fürchte er, dass das Zimmer nicht hoch genug für seinen langen Körper sein könnte. Ljutow sprang wie ein Versengter am Tisch umher, wobei ihm die Pantoffeln von den nackten Füßen fielen. Als er sich auf einen Stuhl setzte, beugte er den Kopf bis zu den Knien herab und streifte schwankend die Pantoffeln über. Es war rätselhaft, weshalb er nicht vornüber fiel und mit dem Kopf aufschlug. Während er mit den Fingern die aschgrauen Haare des Diakons aufwühlte, winselte er:

»Samgin! Ein Mensch ist das! Kein Mensch mehr, ein Tempel! Beten Sie dankbar die Macht an, die solche Menschen erschafft!«

Der Diakon stimmte andächtig die Gitarre. Als er sie gestimmt hatte, stand er auf und trug sie in eine Ecke. Klim sah vor sich einen Riesen mit breiter, flacher Brust, Affenhänden und dem knochigen Gesicht eines, der um Christi willen das Kreuz der Einfalt auf sich genommen hat. Aus den dunklen Höhlen in diesem Gesicht blickten entrückt ungeheure, wasserhelle Augen.

Ljutow schenkte in vier große Gläser Gold schimmernde Wodka ein und erklärte:

»Polnische Starka! Trifft ohne Fehlschuss. Trinken wir auf das Wohl Alina Markowna Telepnews, meiner gewesenen Braut! Sie hat mich ... Sie hat sich mir verweigert, Samgin! Hat sich geweigert, mit Seele und Leib zu lügen. Ich verehre sie tief und aufrichtig – hurra!«

Nach zwei Gläsern des ungewöhnlich schmackhaften Schnapses erschienen sowohl der Diakon wie Ljutow Klim schon weniger ungeheuerlich. Ljutow war nicht einmal sehr berauscht, sondern nur auf eine wütende Weise gefühlsselig. In seinen schielenden Augen loderte so etwas wie Verzückung. Er schaute sich fragend um, und seine Stimme sank plötzlich, wie aus Angst, zu einem Flüstern herab. »Kostia!«, schrie er. Man muss doch eine schöne Seele haben, um auf so viel Geld zu verzichten?«

Makarow drängte ihn grinsend zum Sofa und redete ihm sanft zu:

»Du musst dich setzen, bleib ruhig sitzen.«

»Halt! Ich bin – viel Geld und nichts weiter! Und dann bin ich auch – ein Opfer, das die Geschichte selbst darbringt – für die Sünden meiner Väter.«

Er blieb mitten im Zimmer stehen, streckte die Arme aus und erhob sie über seinen Kopf, wie ein Badender, der im Begriff ist, ins Wasser zu springen.

»Irgendwann einmal wird eine gerechte Menschheit auf der Erde wohnen, sie wird auf den Plätzen ihrer Städte Denkmäler von wunderbarer Schönheit errichten und auf ihnen verzeichnen ...«

Er keuchte, zwinkerte mit den Augen und winselte:

»Und wird auf ihnen verzeichnen: ›Unseren Vorläufern, die für die Sünden und Irrtümer ihrer Väter mit dem Leben zahlten‹. Sie wird es verzeichnen!«

Klim sah, wie Ljutows Beine unter seinem Hemd gegeneinander schlugen, und war darauf gefasst, aus seinen verrenkten Augen Tränen fließen zu sehen. Doch dies geschah nicht. Nach dem Ausbruch verzweifelten Entzückens wurde Ljutow plötzlich nüchtern, beruhigte sich, gehorchte den inständigen Bitten Makarows und setzte sich auf das Sofa, wobei er mit dem Ärmel des Hemdes sein unvermittelt und heftig schwitzendes Gesicht abtrocknete. Klim fand, dass der Kaufmannssohn in recht ergötzlicher Weise litt. Er erregte in ihm keinerlei gute Gefühle, erregte auch kein herablassendes Mitleid. Im Gegenteil, Klim hatte den Wunsch, ihn zu reizen, um zu erfahren, wohin dieser Mensch sich noch versteigen, in welche Tiefe er sich noch hinabstürzen konnte. Er setzte sich neben ihn auf das Sofa.

»Was Sie von den Denkmälern sagten, war sehr schön ...«

Ljutow drehte seinen Kopf herum und streifte ihn mit einem entzündeten Blick. Er wackelte mit dem Rumpf und streichelte sich mit den Handflächen die Knie.

»Man wird Denkmäler errichten«, sagte er überzeugt, »Nicht aus Barmherzigkeit. Dann wird für Barmherzigkeit kein Raum sein, weil es unsere Hautkrankheiten nicht mehr geben wird. Man wird die Denkmäler errichten aus Liebe für die ungewöhnliche Schönheit der Wahrheit der Vergangenheit. Man wird sie verstehen und ehren, diese Schönheit ...«

Am Tisch wies der Diakon Makarow im Gitarrenspiel an und sagte im tiefsten Bass:

»Krümmen Sie die Finger stärker. Hakenartiger ...«

»Sie werden mich entschuldigen«, begann Klim, »aber ich sah, dass Alina ...« Ljutow hörte auf, sich die Knie zu streicheln und verharrte in gebückter Haltung.

»Sie ist im Grunde kein kluges Mädchen.«

»Das Weibliche in ihr ist klug ...«

»Mir scheint, sie ist unfähig, zu verstehen, wofür man liebt.«

Ljutow warf sich heftig gegen die Lehne des Sofas zurück.

»Was hat das ›wofür?‹ damit zu schaffen?« fragte er und blickte Klim mit einem versengenden Blick ins Gesicht. »Wofür? Fragt der Verstand. Der Verstand ist gegen die Liebe – gegen jede Liebe! Wenn ihn die Liebe übermannt, entschuldigt er sich: Ich liebe um der Schönheit, um der lieben Augen willen, eine Dumme um der Dummheit willen. Dummheit kann man auch mit einem anderen Namen taufen. Dummheit hat viele Namen ...«

439

Er sprang auf, trat an den Tisch, packte den Diakon bei den Schultern und bat:

»Jegor, sag das Gedicht vom unvergänglichen Rubel her ... bitte!«

»In Anwesenheit eines Fremden?«, sagte fragend und verlegen, mit einem Blick auf Klim, der Diakon. »Obzwar wir einander ja schon begegnet sind ...«

Klim lächelte liebenswürdig.

»Seit meiner Jugend bin ich vom Trieb, zu dichten, besessen, doch schäme ich mich vor aufgeklärten Menschen, vom Gefühl meiner Dürftigkeit durchdrungen.«

Der Diakon tat alles langsam, mit wuchtender Behutsamkeit. Nachdem er ein Stückchen Brot reichlich mit Salz bestreut hatte, legte er eine Zwiebelscheibe auf das Brot und hob die Schnapsflasche mit solcher Anstrengung vom Tisch, als stemme er ein Zweipudgewicht. Während er sich sein Glas vollschenkte, kniff er das eine seiner ungeheuren Augen zu, während das andere vortrat und einem Taubenei ähnlich wurde. Wenn er die Wodka ausgetrunken hatte, öffnete er den Mund und sagte hallend:

»Hoh!!«

Und bevor er das Zwiebelbrot in den Mund legte, roch er, die Flügel seiner langen Nase kräuselnd, daran wie an einer Blume.

Ljutow hielt die rechte Hand warnend erhoben. Zwischen den Fingern der Linken zerriss er kräftig sein ungleichmäßig sprossendes Bärtchen. Makarow, der am Tisch stand, bestrich andächtig eine Semmel mit Kaviar. Klim Samgin auf dem Sofa lächelte, in Erwartung von etwas Unanständigem und Lächerlichem.

»Nun denn«, sagte der Diakon und begann gedehnt, sinnend und leise:

»Als der Herr Jesus den Schlaf nicht fand.
Schritt er die himmlische Straße entlang,
Schritt von einem zum anderen Stern.
Mit dem Herrn Jesus gingen nur zwei:
Nikolaus der myrlikische Bischof
und der Apostel Thomas, sonst niemand.«

Es kostete Anstrengung, ihm zuzuhören. Die Stimme hallte dumpf, kirchenmäßig, zerdrückte und dehnte die Worte und machte sie auf diese Weise unverständlich. Ljutow stemmte die Ellenbogen in die Hüften und dirigierte mit beiden Händen, als wiege er ein Kind in Schlaf, und manchmal schien es, als streue er aus ihnen etwas hin:

»Denkt unser Herrgott hohe Gedanken,
Blickt hinab: Die Erde dreht sich,
Wie ein Kreisel die schwarze Kugel,
Satan peitscht sie mit eiserner Kette.«

»Nun?«, fragte Ljutow Klim mit einem Zwinkern, sein Gesicht bebte in einem harten Krampf.

»Störe nicht«, sagte Makarow.

Klim lächelte immer noch in gewisser Erwartung des Lächerlichen. Der Diakon glotzte zur Wand, auf einen dunkeln Stich in goldenem Rahmen und sprach hallend:

»›Ich war dort‹, spricht Christus trauernd.
Aber Thomas lächelt leise:
›Alle waren wir dort unten.‹
Christus sieht ins Erdendunkel,
Nikolaus, den Seligen, fragt er:
›Wer liegt trunken dort am Wege,
Schläft er, oder ist's ein Toter?‹
›Nein, Wassili aus Kaluga
Liegt und träumt von besserm Leben‹,
Spricht der selige Nikolaus.«

Ljutow hatte die Augen geschlossen, schüttelte heftig seinen wüsten Kopf und lachte lautlos. Makarow schenkte zwei Gläser voll Schnaps, trank das eine selbst aus und reichte das andere Klim.

»Christus, gnädiglich gelaunt,
Senkt als Taube sich zur Erde.
Tritt vor Waßjka: ›Ich bin Christus,
Hast du mich erkannt, Wassili?‹
Waßjka kniet vor Christus nieder,
Tief ergriffen, weinend fast.
›Herrgott‹, stammelt er, ›wie traurig,
Heut hab ich dich nicht erwartet.
Wärst du in der Früh erschienen,
Hätt das Volk dich schon empfangen,
Unser ganzer Kreis von Shisdrinsk.

Glocken hätten dir geläutet.‹
Schmunzelt Jesus in sein Bärtchen,
Spricht voll Milde zu dem Bauern:
›Kam nur schnell zu dir, Wassili,
Wollte deine Wünsche wissen.‹«

Ljutow streckte Samgin die linke Hand entgegen und flüsterte, während er mit der rechten Takt schlug, pfeifend:

»Hören Sie!«

»Waßjka, staunend, riss den Mund auf,
Denn das Glück raubt ihm die Sprache.
Flüstert endlich, Speichel schluckend:
›Herrgott, gib mir einen Rubel,
Einen nur, der nie sich ändert,
Ausgegeben doch nicht schwindet,
Unvergänglich auch beim Wechseln.‹«

»Genial!«, rief Ljutow und warf die Hände empor, als werfe er dem Diakon etwas vor die Füße, der aber, die Augenbrauen gramvoll geneigt, ein Beben im dreifachen Bart, sprach:

»Geld führ ich nicht mit auf Reisen,
Thomas ist mein Schatzverwalter,
Er trat jetzt an Judas' Stelle.«

Ljutow konnte nicht länger zuhören. Er hüpfte, wand sich, verlor die Pantoffeln, klatschte mit nackten Sohlen auf den Boden und schrie:

»Was sagen Sie dazu? Wie? Was sagen Sie?«

Er hob sein Gesicht und die geballten Fäuste zur Decke und sang in dem näselnden Ton eines alten Kirchensängers:

»Den unvergänglichen Rubel gib mir, Herrgott! Nein, der Thomas, was? Der Skeptiker Thomas anstelle des Judas, was?«

»Mach dem Krampf ein Ende, Wolodjka«, sagte grob und mit lauter Stimme Makarow, der sich Schnaps eingoss. »Genug der Raserei«, fügte er wütend hinzu.

Ljutow riss sich vom Diakon, den er umarmte, los, stürzte sich auf Makarow und umarmte den:

»Du bist immerfort um meine Würde besorgt? Nicht nötig, Kostja! Ich weiß, es ist nicht nötig. Wozu, hol's der Teufel, brauche ich Würde, was soll ich damit? Und du sollst dem dreschenden Ochsen das Maul nicht verbinden, Kostja!«

Samgin war so verwundert, dass er die Fassung verlor. Er sah, dass das schöne Gesicht Makarows sich verfinstert hatte, dass er hart die Zähne fest zusammenbiss und dass seine Augen nass waren.

»Du weinst doch nicht?«, fragte er, unsicher lächelnd.

»Was sonst? Soll ich etwa lachen? Das ist durchaus nicht zum Lachen, Bruder«, sagte Makarow schroff. »Das heißt, vielleicht ist es lächerlich – ja … Trink, Wissbegieriger, der Teufel weiß es, wir Russen, können wohl nur Wodka trinken, mit wahnsinnigen Worten alles zerbrechen und verstümmeln, grausig über uns selbst spotten und überhaupt …«

Er machte eine resignierende Bewegung mit der Hand.

Klim fühlte sich in einer eigentümlichen Lage. Unter der Wirkung des getrunkenen Schnapses und der sonderbaren Verse verspürte er plötzlich einen Andrang von Traurigkeit. Durchsichtig und leicht, wie die blaue Luft eines sonnigen Tages im Spätherbst, rief sie, ohne zu beschweren, den Wunsch hervor, allen etwas Herzliches zu sagen. Das tat er denn auch, während er mit dem Glas in der Hand dem Diakon gegenüberstand, der in gekrümmter Haltung ihm vor die Füße sah.

»Sie sind sehr originell in Ihren Versen. Und überraschend. Ich gestehe, ich erwartete etwas Komisches.«

Der Diakon straffte sich und erhellte sein dunkel gerötetes Gesicht mit einem Lächeln seiner beinahe farblosen Augen.

»Mit Komischem kann ich auch dienen. Es ist ja eine lange Dichtung, sechsundachtzig Verse. Ohne Komisches geht es bei uns nicht, es würde unwahr sein. Ich habe zum Beispiel gewiss mehr als tausend Menschen beerdigt, aber eines Begräbnisses ohne komischen Zwischenfall entsinne ich mich nicht. Richtiger gesagt, ich erinnere mich nur der scherzhaften. Wir sind ja ein Volk, das auch auf dem bittersten Weg über einen Witz stolpert!«

Ljutow, der sich unter Verrenkungen aufs Sofa fallen ließ, schrie und bat:

»Lass, Kostja! Das gute Recht des Aufruhrs, Kostja …«

»Weiberaufruhr! Hysterie. Geh, gieß dir kaltes Wasser über den Kopf.«

Makarow stellte den Freund ohne Anstrengung auf die Füße und führte ihn hinaus. Der Diakon aber erzählte auf Klims Frage, was denn nun

Waßjka aus Kaluga mit dem unvergänglichen Rubel gemacht habe, mit nachdenklicher Miene:

»Christus kehrt in den Himmel zurück, bittet Thomas um den Rubel und wirft ihn Waßjka hinunter. Waßjka beginnt zu saufen und zu bummeln, – natürlich, wie könnte es anders sein?«

»›Waßjka trinkt und isst und buhlt,
Schenkt Harmonikas den Burschen,
Zaust die Greise an den Barten,
Brüllt, dass man's im Umkreis hört:
›Spuck auf euch, ihr Erdenmenschen!
Ich kann sündigen, ich kann büßen,
Alles tu ich, wie ich's will.‹«

»›Christus ist mein Busenfreund.
Immer ist für mich geöffnet
Und bereit das Paradies.‹«

Aber der berüchtigte Wolgaräuber Nikita, der erfahren hat, woher Waßjkas beständiger Rubel stammt, stiehlt ihm die Münze, schleicht sich nach Diebesart in den Himmel und spricht zu Christus: »Du, Christus, hast es verkehrt gemacht. Ich begehe für einen Rubel allwöchentlich schwere Sünden, und du hast ihn dem Faulenzer und Schürzenjäger geschenkt, das ist nicht schön von dir!«

Ljutow kehrte zurück, mit glatt gekämmtem Haar, in Hose und Kittel.

»Den Schluss, den Schluss musst du erzählen!«, schrie er.

Der Diakon lächelte erstaunt:

»Ja, ich erzähle doch! Christus gibt Nikita recht: ›Richtig‹, sagt er, ›ich habe mich in meiner Herzenseinfalt geirrt. Ich danke dir, dass du die Sache in Ordnung gebracht hast, obgleich du ein Räuber bist. Bei euch auf der Erde‹, sagt er, ›ist alles derartig durcheinandergeraten, dass man sich nicht mehr zurechtfinden kann. Mag sein, dass du recht hast. Es heißt, dem Teufel in die Hand arbeiten, wenn Güte und Einfalt schlimmer als Diebstahl sind.‹ Er klagt, als Nikita von ihm Abschied nimmt: ›Schlecht lebt ihr, habt mich ganz vergessen.‹ Und Nikita sagt dann:

»Du, Christus, zürne uns nicht.
Wir haben dich nicht vergessen.
Auch hassend lieben wir dich.
Im Hass auch dienen wir dir.«

Tief und geräuschvoll aufseufzend, sagte der Diakon:

»Und das ist der Schluss.«

»Das kann niemand verstehen!«, schrie Ljutow. »Niemand! Dieses ganze europäische Gelichter wird niemals den russischen Diakonus Jegor Ipatjewski verstehen, der dem Gericht übergeben ist wegen Schmähung der Religion und Gotteslästerung, begangen aus Liebe zu Gott! Kann ihn auch gar nicht verstehen!«

»Das ist wahr, ich liebe Gott sehr«, sagte der Diakon einfach und überzeugt. »Aber meine Forderungen an ihn sind strenge: Er ist kein Mensch, man braucht ihn nicht zu schonen.« »Halt! Wenn es ihn aber nicht gibt?«

»Die das behaupten, irren sich.«

Jetzt mischte sich Makarow ein.

»Es gibt keinen Gott, Vater Diakon«, sagte er, ebenfalls sehr überzeugt. »Es gibt ihn nicht, weil alles dumm ist!«

Ljutow winselte, während er die Streitenden aufeinander hetzte, und sagte zu Samgin:

»Wissen Sie, weshalb er vor Gericht gekommen ist? In seinen Gedichten wirft die Muttergottes in einem Gespräch mit dem Teufel diesem vor: ›Warum hast du mich dem schwachen Adam überlassen, als ich Eva war? Als dein Weib hätte ich ja die Erde mit Engeln bevölkert!‹ Wie finden Sie das?«

Klim lauschte sowohl seiner erregten, bohrenden Stimme wie dem hohlen Bass des Diakons:

»Natürlich, das dröhnt mit Posaunenschall, wenn ein kleines Menschlein das Weltall eine Dummheit nennt, nun und dennoch ist es lächerlich ...«

»Das Weib ist dumm beschaffen ...«

»Darin bin ich mit Ihnen einverstanden. Überhaupt scheint es, als sei das Fleisch auf Widersprüche gegründet, aber vielleicht nur deshalb, weil die Wege seiner Vereinigung mit dem Geiste uns noch unbekannt sind ...«

»Ihr Kirchlichen verhöhnt das Weib ...«

Ljutow stieß Klim an und kreischte begeistert:

»Wer würde es wagen, von Gott so zu reden, wie wir?«

Klim Samgin hatte niemals ernsthaft über das Dasein Gottes nachgedacht. Ihm fehlte das Bedürfnis dafür. Und jetzt fühlte er sich angenehm berauscht, wünschte Musik, Tanz, Lustbarkeit.

»Man sollte irgendwohin fahren«, schlug er vor. Ljutow warf sich aufs Sofa, zog die Füße zu sich heran und fragte grinsend:

»Zu Mädels? Aber Sie sind doch wohl Bräutigam? Wie?«

»Ich? Nein«, sagte Klim und fügte, sich selbst unerwartet, hinzu:

»Dieselbe Geschichte wie bei Ihnen ...«

Sogleich glaubte er auch, dass es so sei, etwas riss in seiner Brust und erfüllte ihn mit dem Qualm beißender Trübsal. Er begann zu schluchzen. Ljutow umarmte ihn und suchte ihn auf jede Weise zu trösten, wobei er liebevoll Lidas Namen aussprach. Das Zimmer schaukelte wie ein Boot, an der Wand leuchtete silbrig gleich einem Wintermond das Zifferblatt der Uhr von Moser und schwang in sichelförmigem Bogen wie ihr Pendel.

»Du missfielst mir sehr«, sagte Klim, aufschluchzend.

»Allen missfalle ich.«

»Du bist ein Revolutionär!«

»Alle sind wir Revolutionäre ...« »Also hat Konstantin Leontjew recht: Man muss Russland einfrieren.«

»Dummkopf!«, sagte Ljutow erschrocken. »Dann wird es in Stücke springen wie eine Flasche.«

Und rief aus:

»Übrigens, zum Henker mit ihm! Mag es in Stücke springen, damit Ruhe wird!«

Dann saßen alle vier auf dem Sofa. Im Zimmer wurde es eng. Makarow füllte es mit Zigarettenrauch, der Diakon mit dem dichten Nebel seiner Bassstimme. Man konnte kaum atmen.

»Die Seelen sind voll des Leides, der Geist aber ist sehr verzagt ...«

»Mach halt an dieser Stelle, Diakonus!«

»Das Leben ist kein Gefilde, keine Wüstenei, man kann nirgends haltmachen.«

Die Worte hämmerten gegen Samgins Schläfen, versetzten ihm Stöße.

»Ich erlaube nicht, dass man die Wissenschaft schmäht«, schrie Makarow.

In den Diakon kam Bewegung. Er begann, sich langsam aufzurichten. Als er, lang und dunkel, wie ein unheimlicher Schatten, mit dem Kopf gegen die Decke stieß, knickte er ein und fragte aus der Höhe herab:

»Und wie gefällt Ihnen dies?«

Schwingend wie ein Glockenklöppel, brüllte er, dröhnte er mit ganzer Macht:

»Den an Gottes Existenz Zweifelnden – Anathema!«

»Anathema! Anathema!« sang durchdringend, mit Begeisterung Ljutow. Der Diakon echote feierlich mit Grabesstimme: »Anathema!«

»Schweigt!«, grölte Makarow.

Des Diakons Gebrüll betäubte Klim und stieß ihn in eine dunkle Leere hinab. Aus ihr trug Makarow ihn wieder empor.

»Steh auf! Es ist die fünfte Stunde!«

Samgin erhob sich langsam und setzte sich auf das Sofa. Er war bekleidet, nur Rock und Stiefel waren ausgezogen. Das Chaos und die Gerüche im Zimmer führten in seinem Gedächtnis sogleich die verbrachte Nacht wieder herauf. Es war finster. Auf dem Tisch, inmitten von Flaschen, brannte in zweifarbigem Licht eine Kerze. Ihr Widerschein fing sich sinnlos im Innern einer leeren Flasche aus weißem Glas. Makarow zündete ein Streichholz nach dem andern an. Sie flammten auf und erloschen. Er beugte sich über die Kerzenflamme, stieß eine Zigarette hinein, löschte unversehens das Licht und schimpfte:

»Teufel noch mal!«

Dann fragte er:

»Du glaubst also, Lida hat sich in diesen Idioten verliebt?«

»Ja«, sagte Klim, fügte jedoch nach zwei oder drei Sekunden hinzu. »Wahrscheinlich ...«

»Na ... geh, wasch dich.«

Es gelang ihm, die Kerze anzuzünden. Klim bemerkte, dass seine Hände heftig zitterten. Beim Fortgehen blieb er auf der Schwelle stehen und sagte leise:

»Der Diakon hat da vorhin was von der Muttergottes, dem Teufel und dem schwachen Menschen Adam hergesagt. Sehr schön! Eine gescheite Bestie, dieser Diakon.«

Er malte mit dem Feuer der Zigarette Zeichen in die Luft und sagte:

»Nicht Christus und nicht Abel braucht die Menschheit. Sie braucht Prometheus-Antichrist.«

»Das ist glänzend gesagt!«

Er warf die Zigarette heftig auf den Fußboden und ging hinaus.

Ein kahlköpfiger Greis mit einer Beule auf der Stirn half Klim beim Waschen und führte ihn dann wortlos hinunter. Dort, in einem kleinen Zimmer, saßen beim Samowar drei ernüchterte Menschen. Der Diakon, in dieser Nacht noch magerer geworden, glich einem Gespenst. Seine Augen erschienen Klim nicht mehr so ungeheuer groß wie gestern. Nein, es waren die ziemlich gewöhnlichen, wässerigen und trüben Augen eines bejahrten Säufers. Auch sein Gesicht war im Grunde alltäglich. Solchen Gesichtern begegnete man nur allzu häufig. Hätte er sich seinen dreifachen Bart abnehmen und die wellige Lämmerwolle auf seinem Kopf scheren lassen, er wäre einem Handwerker ähnlich gewesen. Ein Mensch wie aus einem Witz. Er redete auch in der Sprache der Erzählungen Gorbunows.

»Die Gitarre verlangt einen träumerischen Charakter.«

»Kostja, hör auf, die Gitarre zu martern«, sagte Ljutow, eher befehlend als bittend.

Klim schlürfte mit Gier den starken Kaffee und erriet: Makarows Rolle bei Ljutow war die hässliche Rolle des Schmarotzers. Schwerlich vermochte dieser verkrampfte und pöbelhafte Schwätzer jemand ein Gefühl aufrichtiger Freundschaft einzuflößen. Da begann er auch schon wieder, die gelangweilte Zunge zu wetzen:

»Ja, wie soll man das verstehen, Diakon, wie soll man es verstehen, dass du, ein reinblütiger russischer Mensch, ein Wesen von ungewöhnlichster Farbigkeit, an Langeweile leidest?«

Der Diakonus schüttete Salz auf ein Stück Roggenbrot, hustete dumpf und antwortete:

»Die Langeweile hat mit echt russischem Wesen nichts zu tun. Die Langeweile macht allen Menschen zu schaffen.«

»Aber welche?«

»Auch Voltaire langweilte sich.«

Und augenblicklich, gleich einem Haufen Hobelspäne, loderte ein Streit auf. Ljutow hüpfte auf seinem Stuhl in die Höhe, klatschte mit der Hand auf den Tisch und kreischte. Der Diakon erdrosselte sein Geschrei kaltblütig mit wuchtenden Worten. Während er mit dem Messer das verstreute Salz ebenmäßig über den Tisch strich, fragte er:

»Ja, gibt es denn dieses Russland? Nach meiner Ansicht, existiert es so, wie du, Wladimir, es siehst, nicht.«

»Ach, wie ihr mir zum Halse heraushängt«, sagte Makarow und trat mit der Gitarre zum Fenster, während der Diakon eigensinnig weiterkanzelte.

»Gotteshäuser haben wir, aber eine Kirche fehlt. Die Katholiken glauben alle römisch, wir dagegen synodisch, uralisch, taurisch und, weiß der Satan, wie noch ...«

»Aber weshalb? Weshalb, Samgin?«

»Wie jede Ideologie, sind die religiösen Anschauungen ...«

»Wissen wir«, sagte in grobem Ton der Diakon. »Mein Sohn ist auch Marxist. Er versprach einmal, ein Dichter zu werden, ein Nekrassow, stattdessen behauptet er jetzt, dass der landlose Bauer nicht fähig sei, an den Gott des Dorfreichen zu glauben. Nein, nicht darum handelt es sich. Das ist in Wahrheit das Elend der Philosophie. Die wirkliche Philosophie des Elends aber hörten wir, der Herr Samgin und ich, ja vor drei Tagen. Der Philosoph war unansehnlich, aber man muss sagen, dass er es meisterhaft verstand, den wahren Kern aller und jeder Beziehungen bloßzulegen, indem er zeigte, dass der verborgene Mechanismus unseres Daseins die krasse Blutgier ist. Dreimal hörte ich ihn und versuchte mit ihm zu streiten, vermochte aber die Gewalt seines Denkens nicht niederzuringen. Meinen Sohn kann ich bei allen seinen Schachzügen in die Enge treiben, diesen Mann aber nicht.«

Der Diakon lächelte breit und beifällig.

»Ich rede nicht zum Vergnügen. Ich bin ein wissbegieriger Mensch. Wenn ich mit einem mir nahestehenden, aber einer unruhigen Auffassung vom Dasein huldigenden Laien zusammentreffe, gebe ich ihm zwei, drei Stöße in der meinem Sohn so teuren marxistischen Richtung. Und immer zeigt es sich, dass der Laie die Anfangsgründe dieser Lehre gewissermaßen schon unter der Haut trägt.«

»Der Marxismus ist also eine Hautkrankheit?«, rief Ljutow erfreut aus.

Der Diakon lächelte.

»Nein, ich sagte doch: unter der Haut. Können Sie sich die Freude meines Sohnes vorstellen? Er bedarf ja sehr der geistigen Freuden, dieweil er der Kraft zum Genusse körperlicher beraubt ist. Er leidet an der

Schwindsucht, und seine Beine sind gelähmt. Er war in der Sache Astyrews verhaftet und hat im Kerker seine Gesundheit eingebüßt. Vollständig eingebüßt. Tödlich.«

Der Diakon seufzte geräuschvoll und schlug mit einer Nuance von Verwegenheit vor:

»Wolodja, sollten wir nicht einen Punsch genehmigen?«

Ljutow sprang auf, schrie:

»Ich weiß, Diakon, weshalb wir alle ein zersplittertes und einsames Volk sind«, und rannte hinaus.

Der Diakon glättete sein Haar mit beiden Händen, zupfte sich am Bart und sagte darauf mit leiser Stimme:

»Der Frühling pocht ans Fenster, meine Herren Studenten.«

Das sagte er deshalb, weil vom Dach ein Stück tauenden Eises herabfiel und gegen das Eisen der Fensterfassung dröhnte.

Ljutow stürzte mit einer Flasche Champagner in der Hand ins Zimmer. Ihm folgte mit weiteren Flaschen ein rosiges, üppiges Stubenmädchen.

»Bereite ihn!«, sagte er dem Diakonus. Doch weshalb die Russen das einsamste Volk der Welt seien, vergaß er zu erzählen, und niemand erinnerte ihn an seine Absicht.

Alle drei verfolgten aufmerksam den Diakon, der die Ärmel aufschürzte und dabei ein nicht sehr sauberes Hemd und die seltsam weiße und wie die einer Frau glatte Haut seines Arms entblößte. In vier Teegläsern mischte er Porter, Kognak und Champagner, schüttete Pfeffer in das trüb schäumende Nass und forderte auf:

»Nehmet ein!«

Klim trank mutig, wenngleich er schon nach dem ersten Schluck fand, dass das Getränk widerwärtig war. Doch er war entschlossen, in nichts hinter diesen Menschen, die eine so unglückliche Vorstellung von sich besaßen und sich so aufreizend im Gestrüpp der Gedanken und Worte verirrt hatten, zurückzustehen. Unter dem brandigen Geschmack schaudernd, dachte er sekundenlang nochmals daran, dass Makarow sich nicht beherrschen und Lida verraten würde, wie er sich betrank, und dass Lida sich die Schuld geben würde. Mochte sie sich nur schuldig fühlen.

Eine Viertelstunde später flog er, während sein Körper auf einem Stuhl saß, gleich einer Schwalbe durch das Zimmer und redete in das dreibärtige Gesicht mit den ungeheuren Augen hinein:

»Ihre Gedanken scheinen Ihnen schillernd von Bedeutung und so weiter. Aber es sind überaus banale Gedanken.«

»Halten Sie ein, Samgin!«, schrie Ljutow. »Dann ist das ganze Russland eine Banalität. Das ganze!«

»Auch Christus, den wir angeblich lieben und hassen. Sie sind ein überaus schlauer Mensch. Aber Sie sind ein naiver Mensch, Diakon. Und ich glaube Ihnen nicht. Ich glaube niemand.«

Klim fühlte sich flammend. Er wollte eine Menge verletzender, aber entwaffnend richtiger Worte sagen, wollte diese Menschen zum Schweigen bringen. Er bat sogar, müde der Entrüstung:

»Wir sind alle sehr einfache Menschen. Lassen Sie uns einfach leben. Lebt einfach ... wie die Tauben, sanftmütig!«

Sie lachten schallend und schrien.

Dann fuhr Ljutow ihn in einem mit windschnellen Rossen bespannten Schlitten durch die Straßen, und Klim sah, wie die Telegrafenmasten zum Himmel emporhüpften und darin die Sterne umrührten wie Stückchen Orangenschale in einer Bowle. Dies währte vier Tage und Nächte. Dann lag Klim bei sich zu Hause im Bett und ließ die einzelnen Momente des langen Albtraumes an seinem Auge vorüberziehen.

Am tiefsten und dauerhaftesten hatte die Gestalt des Diakons sich in sein Gedächtnis eingegraben. Samgin fühlte sich mit seinen Reden behaftet wie mit Teer. Da stand der Diakon mit der Gitarre in der Hand mitten im Zimmer und sprach von Ljutow, der ganz plötzlich mit so verzweifelt aufgerissenem Mund, als stieße er einen lautlosen und umso furchtbareren Schrei aus, aufs Sofa gesunken und eingeschlafen war.

»Er säuft selbstmörderisch. Marx ist ihm schädlich. Auch mein Sohn zwingt sich gewaltsam, an Marx zu glauben. Ihm mag man es verzeihen. Er ist erbittert auf die Menschen wegen seines zerstörten Lebens. Einige sind gläubig aus dummer, kindischer Tapferkeit: der Kleine fürchtet die Dunkelheit, geht aber auf sie los, weil er sich vor den Kameraden schämt, schlägt sich blutig, um zu zeigen, dass er kein Feigling ist. Einige glauben aus Hast, aber die meisten aus Angst. Diese letzteren achte ich gering ...«

Und wiederum – er hatte es endlich aufgegeben, Makarow im Gitarrespiel zu unterweisen – fragte er Klim:

»Haben Sie Sinn für Musik?«

Und ohne eine Antwort abzuwarten, schwärmte er, während er mit den Fingern auf seine Knie trommelte:

»Wenn sie mich aus dem geistlichen Stand ausstoßen, werde ich in eine Glasfabrik gehen und mich mit der Erfindung eines gläsernen Musikinstrumentes beschäftigen. Sieben Jahre schon frage ich mich: Warum wird Glas nicht zur Musik verwandt? Haben Sie in Winternächten, wenn Schneestürme brausen und man nicht einschlafen kann, zugehört, wie die Fensterscheiben singen? Ich habe wohl tausend Nächte diesem Gesang gelauscht und bin auf den Gedanken gekommen, dass gerade Glas und nicht Metall oder Holz uns die vollkommene Musik geben wird. Alle Musikinstrumente sollten aus Glas gemacht werden, dann würden wir ein Paradies der Töne erhalten. Ich werde mich unbedingt diesem Werk widmen.«

Ein schwärmerisches Lächeln milderte das knochige Gesicht des Diakons, und Klim schien es, als habe der Diakon sich das alles eben erst ausgedacht.

Noch zwei oder drei Begegnungen mit dem Diakon, und Klim stellte ihn in eine Reihe mit dem dreifingrigen Prediger, mit dem Menschen, dem es gefiel, wenn man die Wahrheit »von sich gab«, mit dem lahmen Welsjäger, mit dem Hausmeister, der absichtlich den Staub und Unrat der Straße den Sträflingen vor die Füße fegte und mit dem mutwilligen alten Bauarbeiter.

Klim meinte, es wäre schön, wenn ein mächtiger und schrecklicher Jemand diese Menschen anfahren würde:

»Was soll der Unfug?« Nicht nur jene Menschen allein bedurften dieses drohenden Zurufs. Auch Ljutow brauchte ihn. Den Zuruf verdienten auch viele Studenten. Aber diese Erscheinungen der Straße, der unterirdischen Keller und des Albtraumes empörten Klim ganz besonders durch ihren Mutwillen. Wenn bei Onkel Chrisanf der lustige Student Marakujew und Pojarkow mit ihrem Freund Preis, einem kleinen, eleganten Juden mit feinem Gesicht und Samtaugen, einen Wettstreit über die Wahrheit der Volkstümlerbewegung und des Marxismus begannen, hörte Samgin diesem Wortgefecht beinahe gleichmütig und bisweilen mit Ironie zu. Nach einem Kutusow, der, langen Reden abgeneigt, geizig, doch unwiderstehlich, zu sprechen wusste, erschienen diese hier ihm als Schuljungen, ihre Diskussionen als Spiel und ihre hitzige Kampflust darauf berechnet, Warwara und Lida zu verführen.

»Jedes Volk ist die Verkörperung einer einmaligen geistigen Eigenart!«, schrie Marakujew. In seinen nussbraunen Augen brannte wilde Begeisterung. »Sogar die Völker der romanischen Rasse unterscheiden sich auffallend voneinander, jedes stellt eine psychische Individualität für sich dar.«

Pojarkow, bestrebt, eindringlich und gelassen zu sprechen, ließ seine gelblichen Augäpfel blitzen, aus denen reglos die dunklen Pupillen starrten, stemmte seinen Bauch gegen den kleinen Preis, drängte ihn in eine Ecke und schraubte ihn dort zwischen seine kurzen, zornigen Sätze:

»Der Internationalismus ist eine Erfindung denationalisierter und deklassierter Leute. Die Welt wird regiert vom Gesetz der Evolution, das die Verschmelzung des Unverschmelzbaren ausschließt. Der sozialistische Amerikaner erkennt den Neger nicht als Genossen an. Die Zypresse wächst nicht im Norden. Beethoven ist in China unmöglich. In der Pflanzen- und Tierwelt gibt es keine Revolution.«

Alle diese Tiraden waren Klim mehr oder weniger vertraut. Sie schreckten nicht, reizten nicht auf, und in den Antworten des kleinen Preis lag sogar etwas Tröstliches. Er entgegnete sachkundig, mit Zahlen, und Klim war bekannt, dass eine genaue Rechnung Grundregel der Wissenschaft war. Im allgemeinen erweckten Juden nicht die Sympathien Samgins, doch Preis gefiel ihm. Er ließ die Reden Marakujews und Pojarkows gelassen über sich ergehen, betrachtete sie offensichtlich als etwas so Unvermeidliches, wie anhaltender Herbstregen. Er sprach ein auffallend reines Russisch, ein wenig trocken und im Ton eines Professors, dem seine Vorlesungen bereits langweilig geworden sind. In seinen fest gefügten Sätzen fehlten vollständig die den Russen so teuren überflüssigen Worte, sie hatten nichts Blumenreiches, Kokettierendes, sondern etwas, was man greisenhaft nennen konnte und was gar nicht zu seiner hellen Stimme und zum festen Blick seiner Samtaugen passte. Als Marakujew wie ein Feuerwerk aufzischte und abbrannte, und Pojarkow, der den ganzen Vorrat seiner abgehackten Sätze verbraucht hatte, Preis mit seinen ungleichfarbigen Augen hartnäckig fixierte, sagte er:

»Das alles mag schön sein, aber es ist nicht die Wahrheit. Die unbestrittene Wahrheit bedarf der Verschönerung nicht. Sie lautet schlicht und einfach: ›Die ganze Geschichte der Menschheit ist eine Geschichte von Klassenkämpfen.‹«

Klim Samgin empfand nicht das Bedürfnis, die Wahrheit, die Preis verkündete, zu prüfen, dachte nicht darüber nach, ob man sie anzunehmen oder abzulehnen hatte. Doch da er sich im Verteidigungszustand wusste und im Ziehen der Schlüsse aus dem, was er vernahm, ein wenig voreilig war, fand er in dem, ihm so fatalen »Kutosowismus« bereits eine wertvolle Eigenschaft: Der »Kutosowismus« vereinfachte das Leben bedeutend, da er die Menschen in gleichartige Gruppen einteilte, die durch die Linien durchaus verständlicher Interessen streng voneinander geschieden waren. Handelte jeder gemäß dem Willen seiner Klasse oder Gruppe, so war es, wie schlau er seine wahren Wünsche und Absichten auch hinter den blumigen Geweben der Worte verstecken mochte, jederzeit möglich, den Kern seines Wesens – die Kraft der Gruppen- und Klassenbefehle – zu entlarven. Möglich, dass gerade der »Kutosowismus«, und nur er allein, es erlaubte, die vielen gespenstischen Menschen, wie der Diakon, Ljutow, Diomidow und andere, zu begreifen, ja mehr noch: vollkommen aus dem Leben zu entfernen. Doch hier tauchten eine Reihe schwieriger Fragen und Erinnerungen auf:

»Im Interesse welcher Gruppe oder Klasse lebt der gepflegte und solide Preis?«

Ihm fiel die überaus boshafte Frage Turobojews an Kutusow ein:

»Und wie nun, wenn die Klassenphilosophie sich nicht als Schlüssel zu allen Lebensrätseln erweist, sondern nur als Dietrich, der die Schlösser verdirbt und zerbricht?«

Es hallte die Schrecken einflößende Stimme des Diakonus:

»Man wird meinem gelähmten Sohn zustimmen, wenn er sagt: ›Einst glich die Revolution einem spanischen Abenteuerroman, einem gefahrvollen, aber äußerst angenehmen Spiel in der Art der Bärenjagd, heute jedoch ist sie eine tiefernste Sache geworden, rastlose Arbeit vieler einfachen Leute.‹ Dieses letztere gehört natürlich in den Bereich der Prophezeiung, ist aber nicht ohne Sinn. In der Tat: Man hat alle Lungen mit der ansteckenden Atmosphäre vollgepumpt, und Beweis ihrer ansteckenden Wirkung sind nicht nur wir, die hier versammelten Trunkenbolde, allein.«

Die Zahl dieser Erinnerungen und Fragen nahm zu. Sie wurden immer widerspruchsvoller und verwickelter. Da er sich seiner Ohnmacht, Klarheit in dies Chaos zu bringen, bewusst wurde, dachte er mit Entrüstung:

»Aber ich bin doch nicht dumm?«

Dass er nicht dumm war – davon überzeugte ihn seine Fähigkeit, das Falsche, Fadenscheinige und Lächerliche an den Menschen zu entdecken. Er war sicher, unbeirrbar und scharf zu sehen: Die Moskauer Studenten tranken mehr als die Petersburger und waren leidenschaftlichere Freunde des Theaters. Die Menschen von der Wolga stellten die größte Zahl von Revolutionären. Pojarkow war ohne Zweifel sehr böse, lächelte aber, um seine Bosheit nicht zu zeigen, auf unnatürliche Weise und behandelte alle mit übertriebener Liebenswürdigkeit. Preis sah auf die Russen wie Turobojew auf die Bauern. Wenn Marakujew nicht so lustig wäre, würde es allen klar sein, dass er dumm war. Warwara trank sogar ihren Tee mit tragischer Pose. Onkel Chrisanf war ausgesprochen dumm, und er wusste es selbst.

»Ich bin ein guter Mensch, aber ohne Begabung«, pflegte er zu sagen. »Das ist das Rätselhafte! Einem guten Menschen sollte auch Talent gegeben sein, mir aber ist keins zuteilgeworden.«

Die Zahl dieser Beobachtungen vermehrte sich rasch, Samgin gab sich keinem Zweifel bezüglich ihrer Richtigkeit hin. Er merkte, dass sie ihm eine immer sicherere Stellung unter den Menschen gaben. Schlimm war nur das eine, dass jeder Dinge sagte, die eigentlich Samgin selbst aussprechen sollte. Jeder bestahl ihn. So sagte Diomidow:

»Die Welt ist des Menschen Feind.«

In diesen paar Worten vernahm Klim sein eigenes Glaubensbekenntnis. Ärgerlich empfahl er Diomidow:

»Gehen Sie in ein Kloster.«

»Du hast ihn nicht verstanden«, sagte Lida mit einem strengen Blick, während Diomidow sein Gesicht mit den Händen bedeckte und durch die Finger hindurch murmelte:

»Auch das Kloster ist ein Käfig.«

Klim machte in letzter Zeit die Wahrnehmung, dass Lida den Requisitenmacher wie ein kleines Kind behandelte und sich Sorgen machte, ob er auch aß und trank und sich warm kleidete. In Klims Augen erniedrigte diese Fürsorge sie.

Diomidow war offenkundig anormal. Davon überzeugte Samgin endgültig eine seltsame Szene: Der Tischler und Requisitenmacher verließ Lida und zog seinen alten Mantel über. Er hatte bereits den linken Arm in den Ärmel gesteckt, konnte aber den rechten nicht finden und kämpfte lächelnd mit dem Mantel, den er dabei heftig schüttelte. Klim beschloss, ihm zu Hilfe zu kommen.

»Nein, lassen Sie«, bat Diomidow, zog den Mantel aus, streichelte liebevoll den eigensinnigen Ärmel und schlüpfte jetzt rasch und gewandt in den Mantel. Während er ihn mit den ungleichen Knöpfen schloss, erklärte er:

»Er liebt fremde Hände nicht. Die Sachen, wissen Sie, haben auch ihren Charakter.«

Er knetete seine Mütze in der Hand und sagte:

»In sehr starkem Maße haben sie ihn. Besonders die kleinen und jene, die man so häufig in die Hand nimmt. Zum Beispiel Instrumente: Die einen lieben Ihre Hand, die anderen nicht, und wenn Sie sie fallen lassen! Ich zum Beispiel mag eine Schauspielerin nicht leiden, sie aber gibt mir eines Tages eine antike Schatulle zum Ausbessern. Eine ganz unbedeutende Reparatur. Sie werden es nicht glauben: Ich habe mich lange geplagt und konnte damit nicht zurechtkommen. Die Schatulle ergab sich nicht. Bald schnitt ich mir den Finger, bald klemmte ich die Haut ein, bald verbrannte ich mich am Leim. So habe ich sie denn nicht ausbessern können. Denn die Schatulle wusste, dass ich ihre Herrin nicht liebe.«

Als er weg war, fragte Klim Lida, was sie dazu sage.

»Er ist ein Dichter«, sagte das Mädchen in einem Ton, der jeden Widerspruch ausschloss.

Über die Widerspenstigkeit der Dinge sprach Diomidow häufig.

»Die kleinen Gegenstände sind ungehorsamer als die großen. Einen Stein kann man vermeiden, man kann ihm ausbiegen. Vor dem Staub aber kann man sich nicht retten. Man muss mitten hindurch. Ich liebe es nicht, kleine Gegenstände zu machen«, seufzte er, schuldig lächelnd, und man konnte glauben, dieses Lächeln glühe nicht im Innern seiner Augen, sondern breche sich von außen her in ihnen. Er machte lächerliche Entdeckungen:

»Wenn man sich nachts von einer Laterne entfernt, wird der Schatten immer kürzer und verschwindet schließlich ganz. Dann scheint mir, dass auch ich nicht mehr da bin.«

Wenn Klim ihn neben Lida sah, empfand er ein aus Verständnislosigkeit und Ärger zusammengesetztes Gefühl.

Doch meldete sich die Eifersucht immer noch nicht, wenngleich Klim eigensinnig fortfuhr zu glauben, dass er Lida liebe. Dennoch wagte er es, ihr zu sagen:

»Dein Hang zur Romantik wird dich zu nichts Gutem führen.«

»Was ist das: das Gute?« fragte sie halblaut. Sie furchte dabei die Stirn und blickte ihm in die Augen. Während er sich achselzuckend zu einer Antwort sammelte, sagte sie:

»Ich glaube, die Beziehungen zwischen Männern und Frauen können niemals ›das Gute‹ sein. Sie sind unvermeidlich, aber Gutes ist nicht in ihnen. Die Kinder? Du und ich, wir beide waren Kinder, aber ich kann heute noch nicht begreifen, wozu wir beide auf der Welt sind.« Zuletzt schien es Samgin, dass er alles und alle ausgezeichnet verstehe, nur sich selbst nicht. Schon ertappte er sich nicht selten dabei, dass er sich beobachtete wie einen Menschen, den er wenig kannte und der ihm gefährlich war.

Moskau rüstete zum Empfang des jungen Zaren, schminkte sich asiatisch grell und übermalte seine allzu garstigen Runzeln wie eine bejahrte Witwe, die einem neuen Ehestand entgegensieht. Es lag etwas Tolles und Krampfhaftes in dem Bestreben der Menschen, den Schmutz ihrer Behausungen zu übertünchen, als hätten die Moskauer, plötzlich sehend geworden, sich beim Anblick der Risse, Flecken und anderen Zeichen schmutzigen Alters an den Wänden der Häuser erschrocken. Hunderte von Malern strichen mit langen Pinseln die Fassaden der Gebäude an und schwebten an Seilen, die von fern wie dünne Fäden aussahen, akrobatisch unerschrocken in der Luft. Auf den Balkons und in den Fenstern der Häuser waren Dekorateure beschäftigt, farbenprächtige Teppiche und Kaschmirschals herauszuhängen, prunkvolle Rahmen für zahllose Bildnisse des Zaren zu schaffen und seine Gipsbüsten mit Blumen zu schmücken. Überall sprangen Rosetten, Girlanden, Schleifen und Kronen in die Augen, glänzten in Goldschrift die Worte »Gott schütze den Zaren« und »Sonne dich im Ruhm, russischer Zar«. Die Nationalflagge wehte zu Tausenden von den Dächern, ragte aus allen Spalten, in die man nur eine Fahnenstange hineinklemmen konnte.

Die rote Farbe, aufreizend in ihrer Grellheit, dominierte. Ihre Leuchtkraft entzündete noch stärker die ausdruckslose Gefügigkeit der weißen, während die düsteren blauen Streifen das blendende Feuer der roten Farbe nicht zu dämpfen vermochten. Hier und dort hingen Baumwollstoffe aus den Fenstern auf die Straße herab und verliehen den Fenstern das seltsame Aussehen, als neckten quadratische Münder einander mit roten Zungen. Einige Häuser waren in solchem Übermaß geschmückt, dass es schien, als hätten sie ihr Inneres nach außen gekehrt und in patriotischer Ruhmsucht ihre fleischigen Eingeweide und Fettgewebe bloßgelegt. Von Sonnenaufgang bis Mitternacht hasteten die Menschen durch die Straßen, doch noch heftiger beunruhigt waren die Vögel: während des ganzen Tages schwirrten über Moskau Schwärme von Krähen und Tauben, die angstvoll vom Zentrum der Stadt zur Peripherie wechselten. Es sah so aus, als sausten chaotisch Tausende von schwarzen Weberschiffchen durch die Luft und wirkten an einem unsichtbaren Gewebe. Die Polizei wies eifrig unzuverlässige Elemente aus der Stadt und durchsuchte die Dachböden der Häuser in jenen Straßen, die der Zar passieren musste. Marakujew, der es nur schlecht verstand, zu heucheln, als glaube er nicht an das, was er sagte, berichtete: Der Auftrag für die Illumination des Kremls sei Kobosew übergeben, demselben Käsehändler, von dessen Laden in der Sadowaja Straße in Petersburg aus man beabsichtigte, die Mine unter der Equipage Alexanders II. explodieren zu lassen. Kobosew sei als Vertreter einer ausländischen pyrotechnischen Firma in Moskau und werde am Krönungstage den Kreml in die Luft sprengen.

»Natürlich sieht das sehr nach einem Märchen aus«, sagte Marakujew lächelnd, sah aber die Anwesenden mit solchen Augen an, als glaube er, dieses Märchen könne in Erfüllung gehen. Lida warnte ihn zornig:

»Lassen Sie es sich nicht einfallen, in Onkel Chrisanfs Gegenwart davon zu schwatzen.«

Onkel Chrisanf trug eine überaus festliche Miene zur Schau. Seine polierte Glatze glänzte feierlich, und ebenso glänzten seine spiegelblank geputzten Lackschuhe. In seinem flachen Gesicht wechselte unaufhörlich ein Lächeln der Begeisterung mit einem Lächeln der Verlegenheit ab. Seine Äuglein schienen gleichfalls geputzt. Sie glühten wie zwei Lämpchen, entzündet in der aufnahmefreudigen Seele des Onkels.

»Moskau jubelt«, murmelte er und spielte nervös mit den Quasten seines Gürtels. »Hat sich als Bojarin herausgeputzt. Moskau versteht zu jubeln! Denkt nur: mehr als eine Million Arschin Draperien wurden verbraucht!«

Und da ihm einfiel, dass allzu laute Begeisterung unschicklich sei, berechnete er:

»Zweihundertfünfzigtausend Hemden. Eine Armee kann man damit bekleiden!«

Er bemühte sich, den jungen Leuten zu beweisen, dass er der bevorstehenden Feierlichkeit ironisch gegenüberstehe, doch das gelang ihm schlecht. Er fiel aus dem Ton und die Ironie machte dem Pathos Platz.

»Zum zweiten Male bin ich Zeuge, wie das große Volk seinen jungen Führer empfängt«, sprach er und wischte sich die nassen Augen. Als er sich bei dieser Rührung ertappte, kräuselte er die Lippen zu einem spöttischen Lächeln.

»Götzenanbetung natürlich, ›Kommet, auf dass wir unseren Zaren und Gott anbeten!‹ Hm, ja! Und trotzdem muss man es sich ansehen. Nicht der Zar ist interessant, sondern das Volk, das ihn mit seinen Wünschen und Hoffnungen bekleidet.«

Er rief Diomidow auf die Straße, aber der lehnte zögernd ab.

»Wissen Sie, ich liebe keine Menschenansammlungen.«

»Na, mein Lieber, das sind aber Dummheiten«, empörte sich Onkel Chrisanf. »Was heißt das: Ich liebe keine?«

»Sehen Sie, das hat keinen Platz in mir, die Liebe zum Volk«, gestand Diomidow schuldbewusst. »Wenn ich ehrlich sagen soll: Was geht mich das Volk an? Im Gegenteil, ich ...«

»Du hast den Verstand verloren!«, schrie Onkel Chrisanf. »Bist du ein Narr? Was heißt das: Hat keinen Platz? Was soll das bedeuten – hat keinen Platz?«

Und er zog energisch den Jüngling mit sich in die lärmerfüllten Straßen. Klim ging ebenfalls, auch Marakujew, der jedoch ein wenig ratlos lächelte.

In den Fenstern, auf den Balkons tauchte immer wieder das blinde Gipsgesicht des Zaren auf. Marakujew fand, der Zar sei stupsnäsig.

»Er ähnelt dem jungen Sokrates«, bemerkte Onkel Chrisanf.

Auf den Straßen patrouillierten besorgt nagelneue Polizisten, die bald die Maler, bald die Hausknechte anschrien. Auf hochgewachsenen Pferden sprengten ungewöhnlich große Reiter in Helm und Rüstung einher. Die einförmig runden Gesichter schienen aus Stein, die vom Kopf bis zu den Füßen gepanzerten Leiber erinnerten an Samoware. Die Beine der Reiter hingen wie etwas nicht zu ihnen Gehörendes zu beiden Seiten herab. Wolken von Straßenjungen begleiteten die bronzenen Kentauren und krähten unermüdlich ihr Hurra! Ohrenbetäubend schrien auch die Erwachsenen beim Anblick der geschniegelten Kavalleriegardisten: Ulanen und Husaren, die mit ebenso schreienden Farben bemalt waren wie das hölzerne Spielzeug der Heimarbeiter in der Sergius-Vorstadt.

Hurrarufe begrüßten vier götzenhaft unbewegliche Mongolen in Brokatgewändern. Sie saßen in einem Kabriolett und sahen einander aus geschlitzten Äuglein an. Einer von ihnen – er hatte aufgestülpte Nasenlöcher und einen offenen zahnlosen Mund – lächelte ein totes Lächeln. Sein gelbes Gesicht war wie aus Messing.

»Da sieh«, schärfte Onkel Chrisanf Diomidow wie einem kleinen Jungen ein, »ihre Vorfahren haben Moskau angezündet und gebrandschatzt, die Enkel aber neigen sich vor ihm.«

»Aber sie neigen sich ja gar nicht, sie sitzen da wie Eulen bei Tageslicht«, murmelte Diomidow, der struppig, schwarz von Kohlenruß und mit von Bronzepulver vergoldeten Händen neben ihm stand. Er hatte erst am Morgen seine Arbeit bei der Ausschmückung Moskaus beendet.

Mit besonders großem Jubel empfingen die Moskauer den Botschafter Frankreichs, der, umgeben von einer glänzenden Suite, zum »Berg der Anbetung« fuhr.

»Siehst du?« belehrte Onkel Chrisanf. »Franzosen. Auch die haben Moskau zerstört, in Brand gesteckt. Und nun ... Wir tragen Böses nicht nach ...«

Man begrüßte eine Gruppe englischer Offiziere. An der Spitze schritt, mit den Bewegungen eines Automaten, ein unnatürlich langer Mann mit einem Gesicht aus drei Knochen, einem weißen Tropenhelm auf dem langen Schädel und einer Menge Orden auf der schmalen und flachen Brust. »Ich liebe die Briten nicht«, sagte Onkel Chrisanf.

Der Oberpolizeimeister Wlassowski jagte vorüber. Er hielt sich am Gürtel seines Kutschers fest. Ihm folgte, unter Bedeckung, Großfürst Sergius, der Onkel des Zaren. Chrisanf und Diomidow entblößten die Köpfe. Auch Samgin hob unwillkürlich die Hand zur Mütze, doch Marakujew, der sich abgewandt hatte, tadelte Chrisanf: »Schämen Sie sich nicht, einen Homosexuellen zu grüßen?«

»Hurra!«, schrien die Moskauer. »Hurra!« Darauf sprengten wieder die seifig schäumenden Rosse Wlassowskis vorüber. Der Kutscher hielt sie im Galopp an. Der Polizeimeister schwenkte im Stehen die Arme, schrie zu den Fenstern der Häuser hinauf, zu den Arbeitern, Polizisten und Straßenjungen, und nachdem er genug geschrien hatte, ließ er sich in die Polster der Equipage fallen und trieb durch einen Stoß in den Rücken des Kutschers von Neuem die Pferde an. Sein Schnurrbart, der sich drohend sträubte, bog sich zum Nacken hinauf.

»Hurra!«, schrie das Volk ihm nach. Diomidow beklagte sich, ängstlich zwinkernd, mit leiser Stimme bei Klim:

»Er ist einfach toll. Ja, sie sind alle toll geworden. Als erwarteten sie das Ende der Welt. Und die Stadt ist wie geplündert. Die Beute ist aus den

Fenstern hinausgeschleudert worden und hängt nun herab. Und sie alle sind ohne Erbarmen. Was brüllen sie nur? Was für ein Feiertag ist dies denn? Es ist Irrsinn.«

»Märchenhafter, wunderbarer Irrsinn, du Narr«, verbesserte ihn Onkel Chrisanf, der mit weißer Farbe bespritzt war, und lachte selig.

»Es müsste feierlich und still sein«, murmelte Diomidow.

Samgin gab ihm stillschweigend recht, da er fand, dass dem ruhmsüchtigen Lärm des eitlen Moskau gewisse würdige Noten fehlten. Allzu häufig und planlos brüllten die Menschen Hurra, allzu aufgeregt hasteten sie, und es waren viele unangebrachte Scherze und Spötteleien zu hören. Marakujews scharfem Blick entging weder das Alberne noch das Lächerliche, und er teilte es Klim mit solcher Freude mit, als sei er, Marakujew, selbst der Schöpfer des Lächerlichen.

»Sehen Sie«, er deutete auf ein Transparent, dessen goldene Inschrift: »Möge dein Weg zu Russlands Ruhm und Glück leicht sein« mit dem Stück eines Firmenschildes schloss, das die gleichfalls goldenen Buchstaben: »& Co.«, aufwies.

In den letzten Tagen kolportierte Marakujew aufdringlich abgeschmackte Anekdoten über die Tätigkeit der Verwaltung, der Stadtduma und der Kaufmannschaft, doch man durfte mit Recht argwöhnen, dass er sie selbst erfand. Man fühlte die Mache, und durch ihre Plumpheit trat etwas Gekrampftes und Trübsinniges hindurch.

»Na ja«, sagte er Lida, »das Volk freut sich. Übrigens, was für ein Volk ist das eigentlich? Das Volk ist – dort!«

Mit ausholender Gebärde zeigte er aus irgendeinem Grunde nach Norden und glättete heftig mit der flachen Hand sein lockiges Haar.

Doch wenn Klim Samgin auch viel Unangenehmes und beleidigend Unpassendes bemerkte und hörte, schwang in ihm trotzdem die aufregende Erwartung, dass jetzt gleich, von irgendwoher aus den zahllosen, mit Menschen vollgepfropften Straßen etwas Unerhörtes und Wunderbares erscheinen würde. Er schämte sich, sich zu gestehen, dass er den Zaren zu sehen wünschte, doch dieses Verlangen erwachte wider seinen Willen, entfacht von der Anstrengung vieler Tausend Menschen und der prahlerischen Verschwendung von Millionen. Diese Anstrengung und diese Großzügigkeit verführten zu der Annahme, es müsse ein ungewöhnlicher Mensch erscheinen, ungewöhnlich nicht nur, weil er der Zar war, sondern weil Moskau in ihm besondere geheimnisvolle Kräfte und Eigenschaften ahnte. »Katharina die Große starb im Jahre 1796«, erinnerte Onkel Chrisanf. Samgin sah klar, dass der Moskauer an das Nahen großer Ereignisse glaubte, und es war offenkundig, dass er diesen Glauben mit Tausenden teilte. Auch er fühlte sich imstande zu glauben, dass morgen der wunderbare und vielleicht gewalttätige Mann erschien, auf den Russland ein ganzes Jahrhundert wartete, und der vielleicht gewaltig genug war, den geistig zerknitterten, verwahrlosten Menschen drohend zuzurufen:

»Was soll der Unfug?«

An dem Tage, da der Zar vom Peterspalais her in den Kreml einzog, hielt Moskau gebannt den Atem an. Seine Massen wurden von zwei Ketten Soldaten und zwei Linien der Ochrana, gebildet aus einer Auslese loyalster Einwohner, gegen die Mauern der Häuser gedrückt. Die Soldaten waren von unbeugsamer Standhaftigkeit und wie aus Eisen geschmiedet, die Agenten der Ochrana zum größten Teil stämmige, bärtige Männer mit sehr breiten Rücken. Sie standen Schulter an Schulter und drehten die straffen Hälse hierhin und dorthin, um die drängenden Menschen hinter ihnen mit argwöhnischen und strengen Blicken zu mustern.

»Ruhe!« kommandierten sie.

Und häufig geschah es, dass irgendein Unruhiger, den die Erwartung oder etwas anderes allzu sehr erregt hatte, sich, von ihren Ellenbogen vorwärtsgestoßen, plötzlich in einen Hof gedrängt fand. Dies ereignete sich auch mit Klim. Ein schwarzbärtiger Mensch maß Samgin mit einem finsteren Blick aus seinen dunklen Augen und trat ihm eine Minute später mit dem Absatz seines Stiefels auf die Zehen. Klim zog heftig den Fuß fort und stieß ihn dabei mit dem Knie in den Hintern. Der Mann nahm es übel.

»Was für Ungehörigkeiten erlauben Sie sich da, Herr? Und tragen auch noch eine Brille!«

Es glaubten auch noch zwei andere, übel nehmen zu müssen. Ohne von seinen Erklärungen Notiz zu nehmen, trieben sie ihn, geschickt und rasch manövrierend, in einen Hof, in dem sich drei Polizeisoldaten aufhielten. An der Vortreppe, auf dem nackten Erdboden, schnarchte laut ein dürftig gekleideter und offenbar betrunkener Mensch. Einige Minuten später stieß man noch ein Individuum, einen jungen Mann in einem hellen Anzug, mit blatternarbigem Gesicht, auf den Hof. Derjenige, der das besorgte, sagte den Soldaten:

»Nehmt diesen fest, es ist ein Taschendieb.«

Zwei von den Polizisten entführten den Blatternarbigen in die Tiefe des Hofes. Der dritte sagte zu Klim:

»Heute haben die Spitzbuben Feiertag!«

Jetzt trieb man einen Mann mit einem Album in den Hof. Er trampelte mit den Füßen, tippte den Soldaten mit einem Bleistift vor die Brust und schrie empört, mit fremdem Akzent:

»Du hast kein Recht!«

Er schrie in deutscher, französischer und rumänischer Sprache, aber der Polizist fächelte ihn von sich wie Rauch, streifte von seiner rechten Hand den neuen Handschuh und entfernte sich, eine Zigarette rauchend.

»Also gut!«, radebrechte drohend der Mann und begann rasch mit dem Bleistift in sein Album zu schreiben, wobei er sich breitbeinig an die Wand lehnte.

Man trieb einen alten Mann auf den Hof, der rote Luftballons feilbot, ihre ungeheure Traube schaukelte über seinem Haupt. Der nächste war ein anständig gekleideter junger Mann, dessen Wange mit einem schwarzen Tuch verbunden war. In großer Verlegenheit lief er, ohne jemanden anzusehen, in den Hintergrund des Hofes und verschwand um eine Ecke. Klim hatte Verständnis für ihn, auch er war verlegen und kam sich an diesem Ort dumm vor. Er stand im Schatten, hinter einem Stapel Kisten mit Lampengläsern, und hörte dem trägen Geplauder der Polizisten und des Taschendiebes zu.

»Podolsk ist weit von uns entfernt«, erzählte seufzend der Taschendieb.

Sperlinge hüpften über den Hof, Tauben hockten auf den Fenstersimsen und blickten bald mit dem einen, bald mit dem anderen Fischauge gelangweilt hinunter.

In dieser Lage blieb Klim denn auch so lange, bis das feierliche Geläute zahlloser Glocken ertönte. Markerschütternd dröhnte das Hurra aus tausend Kehlen, durchdringend schmetterten Fanfaren, brüllten die Trompeten der Militärkapelle, rasselten die Trommeln, und unaufhörlich folgte sich das ohrenbetäubende Geheul:

»Hurra!«

Als sich diese ganze Wut gelegt hatte, betrat der geckenhafte Gehilfe des Polizeihauptmanns, gefolgt von einem glatt rasierten Mann mit dunkler Brille, den Hof, verlangte Klims Papiere und übergab sie dem Mann mit der Brille. Dieser überflog sie, nickte mit dem Kopf in der Richtung zum Tor und sagte trocken:

»Können gehen.«

»Ich – begreife nicht«, wollte Samgin protestieren. Aber der Mann mit der Brille drehte ihm den Rücken und sagte:

»Man hat Sie auch nicht darum gebeten, zu begreifen.«

Verletzt trat Klim auf die Straße hinaus, die Menge erfasste ihn, riss ihn mit sich fort und trieb ihn nach kurzer Zeit geradewegs in Ljutows Arme.

Wladimir Petrowitsch Ljutow befand sich im Zustand hochgradiger Trunkenheit. Er bewegte sich in der unnatürlich strammen Haltung eines Soldaten vorwärts, schwankte aber hin und her, rempelte entgegenkommende Fußgänger an und belästigte die Frauen mit einem frechen Lächeln. Er ergriff Klims Arm, drückte ihn fest an seine Hüfte und sagte ziemlich laut:

»Gehen wir zu mir Mittag essen. Trinken wir. Man muss trinken, mein Lieber. Wir sind ernste Leute, wir haben die Pflicht, vier Fünftel unserer Seele zu vertrinken. Aus voller Seele zu leben wird einem in Russland von allen streng verboten. Von allen – von der Polizei, von den Pfaffen, von den Lyrikern und Prosaisten. Wenn wir aber vier Fünftel versaufen, reicht der Rest aus, um pornografische Bilder zu sammeln und einander Zoten aus der russischen Geschichte zu erzählen. Da hast du unsere Aussichten fürs Leben.«

Ljutow war offensichtlich zu einem Skandal aufgelegt. Dies beunruhigte Klim sehr. Er versuchte, seinen Arm loszureißen, aber ohne Erfolg. Da zog er Ljutow in eine der Nebengassen der Twerskaja-Straße. Dort begegneten sie einer schnellen Mietsequipage. Doch als sie in dieser dahinflogen, sprach Ljutow, während er das dichte Gedränge der lebhaften, festlich geputzten Menschenmenge betrachtete, mit noch lauterer Stimme auf den blauen Rücken des Kutschers ein:

»Na, wir freuen uns, was? Empfangen den Gesalbten des Herrn? Er hat die anständigen Leute zum Rang von Idioten gesalbt, aber das macht nichts! Wir jauchzen. Da hast du's! Jauchze, Jesaja ...«

»Hör auf!«, bat Klim leise und streng.

»Ein Jammer, Bruder! Schau hin: Das russische Volk, der Träger Gottes, bewirtet sich mit Konfekt auf Kosten des Zaren. Ergreifend! Wie sie Konfekt lutschen, die Nachkommen des streitbaren Moskauer Volkes, desselben, das der Fahne Bolotnikows, Otrepjews, des Diebs Tuschinski und Kosma Minins folgte und später Michail Romanow zujubelte, das Stepan Rasin und Pugatschow Gefolgschaft leistete und bereit war, Bonaparte auf den Schild zu heben. Ein streitbares Volk! Nur für die Dekabristen und für die Männer des ersten März stritt es nicht!«

Klim sah auf den steinernen Rücken des Kutschers und fragte sich, ob der wohl diese betrunkene Rede höre? Aber der Kutscher wiegte sich sicher auf dem Bock und stieß warnende und tadelnde Rufe aus, wenn Leute über den Fahrdamm liefen.«

»Achtung! He! Achtung! Wohin rennst du, Bruder?«

Zu Hause erwarteten Ljutow Gäste: die Frau, die ihn in der Sommerfrische besucht hatte, und ein schöner, solide gekleideter blonder Herr mit einer Brille und einem kleinen Bärtchen.

»Kraft«, sagte er, während er Samgin überaus liebenswürdig die Hand drückte. Die Frau lächelte gezwungen und nannte den Namen von tausend russischen Frauen:

»Maria Iwanow.«

»Ich glaube, wir sind uns schon begegnet«, erinnerte Klim, aber sie antwortete ihm nicht.

Ljutow wurde mit einem Schlage nüchtern, sein Gesicht verfinsterte sich, und er lud seine Gäste nicht sehr höflich zu Tisch ein. Sie nahmen die Einladung an, worauf Ljutow noch nüchterner wurde. Klim, der zu erraten suchte, wer diese Menschen waren, studierte unauffällig den Blonden. Es war ein sehr wohlerzogener Mann. Von seinem bleichen, kühlen Gesicht verschwand fast niemals ein Lächeln, gleich liebenswürdig für Ljutow, das Dienstmädchen und den Aschenbecher. Beim Sprechen spannte er unter dem heller Schnurrbart seine sehr roten Lippen so einstudiert präzis, dass es schien, als bewegten sich sämtliche Härchen an seinen Schnurrbartspitzen im Takt. Dieses Lächeln hatte etwas Allumfangendes. Er schenkte es leutselig sowohl dem Messer wie dem Salz. Aber Samgin vermutete dahinter Verachtung für alles und alle. Der Mann aß wenig, trank maßvoll und sagte die gewöhnlichsten Dinge, von denen keine Spur im Gedächtnis zurückblieb. Er sagte, auf den Straßen sei eine Menge Menschen, die zahlreichen Flaggen trügen sehr zur Verschönerung der Stadt bei, und bemerkte ferner, dass die Bauern und Bäuerinnen aus den umliegenden Dörfern in Scharen zum Chodynka-Feld zögen. Er genierte anscheinend den Hausherrn sehr. Ljutow beantwortete sein ständiges Lächeln damit, dass er ebenfalls gezwungen und krampfhaft den Mund krümmte, war aber in der Unterhaltung mit ihm kurz angebunden und trocken. Die Frau sagte während des ganzen Mittagsmahls dreimal: »Ich danke Ihnen«, und zweimal: »Danke!« Hätte sie dabei nicht in ihrer sonderbaren Art gelächelt, so würde man gar nicht gemerkt haben, dass auch sie – wie andere Leute – ein Gesicht besaß.

Sobald man mit dem Essen fertig war, sprang Ljutow auf und fragte:

»Nun?«

»Bitte«, sagte der Blonde galant. Sie verließen im Gänsemarsch das Zimmer: voran der Hausherr, hinter ihm der Blonde, lautlos, als gleite sie über Eis hin, folgte die Frau.

»Ich bin gleich zurück«, versprach Ljutow und überließ ihn dem Nachdenken darüber, wie es möglich war, dass Ljutow mit einem Schlage nüchtern werden konnte. Spielte er wirklich nur geschickt den Betrunkenen? Und was veranlasste ihn eigentlich, mit Revolutionären Umgang zu pflegen?

Ljutow kam nach zwanzig Minuten zurück, und lief im Speisezimmer auf und ab, wobei er die Hände in den Taschen bewegte, aus seinen schiefen Augen Blitze schleuderte und die Lippen krümmte.

»Volkstümler?«, fragte Klim.

»So etwas Ähnliches.«

»Und du ... scheinst sie zu unterstützen?«

»Es muss sein. Die Väter opferten für die Kirche, die Kinder – für die Revolution. Ein halsbrecherischer Sprung, aber was soll man machen, Bruder? Das Leben der Rinde des ungenießbaren Brotlaibs, Russland genannt, kann man folgendermaßen betiteln: ›Geschichte der halsbrecherischen Sprünge der russischen Intelligenz‹. Nur die patentierten Geschichtsschreiber sind ja beruflich verpflichtet, zu beweisen, dass es so etwas wie Kontinuität, Folgerichtigkeit und wie diese Schlagworte sonst heißen, gibt. Denn von was für einer Kontinuität kann bei uns die Rede sein? Man tut einen Sprung oder man erstickt.«

Er blieb mitten im Zimmer stehen, zog mit einer heftigen Bewegung die Hände aus den Taschen, fasste sich an den Kopf und brach in lautes Lachen aus.

»Wir haben uns mit der Atmosphäre vollgepumpt! Der verfluchte Diakon hat recht! Doch lass uns trinken! Ich werde dich mit einem Bordeaux bewirten – das Herz wird dir im Leibe lachen! Dunjascha!«

Er setzte sich unter fortwährendem Händereiben und Lippenbeißen an den Tisch, befahl dem Dienstmädchen, Wein herbeizubringen, rieb das dunkle Barthaar auf den Wangen und begann zu schnattern:

»Ich liebe den Diakon. Er ist klug. Tapfer. Er tut mir leid. Vorgestern musste er seinen Sohn ins Krankenhaus bringen, und er weiß, aus dem Krankenhaus trägt er ihn nur noch auf den Friedhof. Und dabei liebt er ihn, der Diakon. Ich habe seinen Sohn gesehen. Ein Jüngling von flammender Beredsamkeit. So muss Saint Just gewesen sein.«

Klim hörte ihm zu und fühlte zu seinem grenzenlosen Erstaunen, dass Ljutow ihm heute sympathisch war.

»Vielleicht, weil ich beleidigt bin?«, fragte er sich und lächelte bei dem Gedanken. Er fühlte, dass die Kränkung in ihm noch lebendig war, erinnerte sich an den Hof und das achtlose, die Genehmigung hinwerfende: »Können gehen!« des Ochranaagenten.

Dann kam Makarow, müde und finster, setzte sich an den Tisch und leerte gierig mit einem Zug ein Glas Wein.

»Ich habe ein junges Mädchen seziert, ein Dienstmädchen«, erzählte er und starrte dabei auf den Tisch. »Sie ist beim Dekorieren des Hauses aus dem Fenster gestürzt. Ein wunderbarer Bruch der Beckenknochen. In Stücke zerschlagen.«

»Lass die Toten«, sagte Ljutow. Und nach einem Blick aus dem Fenster:

»Gestern sah ich im Traum Odysseus, so wie er in der Vignette zur ersten Aufgabe von Gneditsch's ›Ilias‹ dargestellt ist. Odysseus hat den Sand aufgepflügt und besät ihn mit Salz. Mein Vater, Samgin, war Soldat, hat vor Sebastopol gekämpft, ist in die Franzosen verliebt, liest die ›Ilias ‹und ist voll Lobes: ›So ritterlich schlug man sich im Altertum!‹ Ja ...«

Er blieb mitten im Zimmer stehen, machte eine resignierte Geste mit der Hand und schickte sich an, noch etwas zu sagen, als der Diakon erschien. Er sah komisch aus in einer ärmellosen, für seine Länge viel zu kurzen Jacke und war darüber sehr betreten. Makarow begann, ihn zu necken. Er lächelte wehmütig und sagte mit seiner hallenden Stimme:

»Ich musste den Kriegsrock der streitbaren Kirche ausziehen. Man wird sich an das weltliche Leben gewöhnen müssen. Bewirte mich mit Tee, Hausherr!«

Nach dem Tee trank man Kognak. Dann setzten der Diakon und Makarow sich ans Damebrett, während Ljutow fortfuhr, ruhelos mit zuckenden Schultern im Zimmer auf und ab zu laufen. Er trat an die Fenster, blickte vorsichtig auf die Straße hinunter und murmelte:

»Sie marschieren. Marschieren immer noch.«

Dann ließ er sich am Tisch nieder, schraubte das Licht der Lampe tiefer und schloss die Augen. Samgin, der fühlte, dass Ljutows Stimmung sich auf ihn übertrug, wollte fortgehen. Aber Ljutow redete ihn aus irgendeinem Grunde sehr zu, über Nacht bei ihm zu bleiben.

»Morgen früh gehen wir dann alle aufs Chodynka-Feld, es ist trotz alledem interessant. Übrigens kann man es sich auch vom Dach aus ansehen. Kostja, wo haben wir das Fernrohr?«

Klim blieb. Man begann, Rotwein zu trinken. Später verschwanden Ljutow und der Diakon unbemerkt, Ljutow übte auf der Gitarre, und Klim, der berauscht war, ging hinauf und legte sich schlafen. Am Morgen weckte ihn Makarow. Er war mit einem Fernrohr bewaffnet.

»Auf der Chodynka ist etwas geschehen, die Massen strömen zurück. Ich gehe aufs Dach. Kommst du mit?«

Samgin hatte nicht ausgeschlafen und keine Lust, auf die Straße zu gehen. Auch auf das Dach stieg er nur ungern. Von dort aus sähen auch unbewaffnete Augen eine graugelbe Nebelwolke über dem Feld. Makarow sah durch das Rohr, gab es Klim weiter und sagte, verschlafen blinzelnd:

»Kaviar.«

In der Tat, das von jener rätselhaften Wolke bedeckte Feld schien mit einer dicken Kaviarschicht bestrichen, in deren Masse, zwischen den feinen, runden Körnchen, die roten und weißen Flecke der Häute durchschimmerten.

»Rote Hemden, wie Wunden«, murmelte Makarow und gähnte mit einem heulenden Laut. »Man hat also gelogen, es ist nichts vorgefallen«, fuhr er nach einer Weile fort. »Diese konzentrierte Dummheit ist ein langweiliger Anblick.«

Er strich sich über das ungekämmte Haar, setzte sich neben den Kamin und sagte:

»Wladimir hat nicht im Haus übernachtet. Er ist soeben erst erschienen. Aber nüchtern ...«

Die ungeheure, bunte Stadt summte und brüllte. Unaufhörlich läuteten Hunderte von Glocken. Trocken und deutlich ratterten die Räder der Equipagen über das ausgebeulte Pflaster. Alle Laute verschmolzen zu einem einzigen, mächtigen Orgelton. Das schwarze Netz der Vögel kreiste geräuschvoll über der Stadt, doch nicht einer unter ihnen flog in der Richtung zum Chodynka-Feld. Dort, weit fort auf dem ungeheuren Feld, unter der schmutzigen Nebelhaube, war die eng zusammengepresste Kaviarmasse der Menschen noch kompakter geworden. Sie schien nunmehr ein einziger Körper, und nur wenn man die Augen sehr stark anstrengte, konnte man ein kaum merkliches Beben der Kaviarkörnchen wahrnehmen. Zuweilen sah es so aus, als schlüge sie Blasen, die aber rasch wieder in dem zähen Teig versanken. Auch von dort drang Lärm zum Dach hinauf, aber nicht der jubelnde Lärm der Stadt, sondern ein winterliches Geräusch, das an das Heulen des Schneesturms erinnerte. Es schwebte langsam und unaufhörlich heran, ertrank aber rasch im Glockenläuten, Dröhnen und Heulen.

Samgin sah, ohne das Auge vom Messingring des Fernrohrs loszureißen, verzaubert auf das Feld. Die unermessliche Menge ließ ihn an die Kreuzzüge denken, die ihn in seiner Kindheit geschreckt hatten. An die vieltausendköpfigen Wallfahrten zum wundertätigen Bild der Muttergottes von Oran. Durch den Sturzbach des Lärms drang Onkel Chrisanfs Ausruf in sein Gedächtnis:

»Kommet, auf dass wir anbeten und niederfallen!«

Er unterschied, wie die Erde unter der Schwere der Massen wellenförmig schwankte, und wie die Bälle der Köpfe emporhüpften gleich Kaffeebohnen auf einer heißen Röstpfanne. In diesen Zuckungen lag etwas Unheimliches, und der Lärm verwandelte sich allmählich in den klagenden und drohenden Gesang eines ungeheuren Chors.

Man hatte das Gefühl, wenn diese Masse plötzlich in die Stadt flutete, würden die Straßen dem Ansturm dieser dunklen menschlichen Wogen nicht standhalten können, die Menschen würden die Häuser umstürzen, ihre Trümmer zu Staub zerstampfen und die ganze Stadt vom Erdboden wegfegen, wie eine Bürste den Schmutz.

Klim richtete jetzt das Fernrohr auf die unermessliche Anhäufung der mannigfachsten Gebäude Moskaus. Die Luft über der Stadt war klar. Die goldenen Kreuze der Kirchen, in denen sich die Sonne spiegelte, durchbohrten sie mit spitzen Strahlen, die sie unter den roten und grünen Vierecken der Dächer verstreuten. Die Stadt erinnerte an eine alte, unsaubere und an einigen Stellen zerrissene Decke, die bunt mit Stücken Zitz geflickt ist. In ihren länglichen Rissen wimmelten die kleinen Figuren der Menschen, und es schien, als würde ihre Bewegung immer unruhiger und planloser. Sie begegneten einander, blieben stehen, sammelten sich in kleinen Gruppen und gingen dann alle in einer Richtung weiter oder rannten auseinander wie Erschreckte. In einem Spalt der Stadt tauchte eine blaue Abteilung Berittener auf. Wie Spielzeug aus Gummi hüpften sie zusammen mit ihren Pferden über den Straßendamm. Über ihren Köpfen schaukelten gleich Angelruten die dünnen Schäfte der Lanzen, die Pikenspitzen, die wie Fische aussahen, blitzten in der Luft.

»Im Grunde ist die Stadt wehrlos«, sagte Klim, aber Makarow war nicht mehr auf dem Dach, er war unbemerkt hinuntergestiegen.

Dröhnend galoppierten schwarze Pferde, die vor grüne Wagen gespannt waren, über das graue Steinpflaster des Fahrdamms. Die Messingköpfe der Feuerwehrleute blitzten, und alles dies war sonderbar wie ein Traum. Klim stieg vom Dach hinab und trat in die kühle Stille des Hauses. Makarow saß hinter einer Zeitung am Tisch und las, während er starken Tee schlürfte.

»Nun, wie steht es?«, fragte er, ohne die Augen vom Zeitungsblatt zu erheben.

»Ich weiß nicht, aber es scheint, als ob ...«

»Wahrscheinlich eine Schlägerei«, sagte Makarow und schnippte mit den Fingern gegen die Zeitung, »Was für Abgeschmacktheiten die schreiben ...«

Fünf Minuten lang tranken beide schweigend ihren Tee. Klim horchte auf das Scharren und Stampfen auf der Straße, auf die übermütigen und bangen Stimmen. Plötzlich, als habe sich ein unmerklicher, aber starker Wind erhoben, war der ganze Lärm der Straße wie fortgeblasen, und nur das schwere Dröhnen eines Fuhrwerks und Schellengeläute blieb zurück. Makarow stand auf, trat ans Fenster und sagte von dorther laut:

»Da hast du auch die Lösung. Sieh nur!«

Durch die flaggengeschmückte Straße schritt mit festem Hufschlag ein schweres, langmähniges braunes Pferd mit zottigen Beinen. Es schüttelte betrübt seinen großen Kopf und ließ den Stirnschopf tanzen. Am Kummet ging ein breitschultriger, bärtiger Kutscher. Er hatte seinen kahlen Kopf entblößt. Ein Teil der Zügel hing ihm über die Schulter. Er blickte vor sich hin, und alle Leute blieben stehen und nahmen vor ihm ihre Mützen und Hüte ab. Unter der neuen Wagendecke streckte sich ein bis zur Schulter nackter, grau und rot gefärbter Arm hervor und wackelte, als flehe er um ein Almosen. An einem Finger der Hand glänzte ein goldener Ring. Neben dem Arm schaukelte ein rothaariger, zerzauster Zopf. Am Hinterteil des Wagens zuckte in einem staubigen Stiefel ein widernatürlich auf die Seite gedrehter Fuß.

»Sechs Mann«, murmelte Makarow. »Es ist klar, dass es sich um eine Schlägerei handelt.«

Er sagte noch etwas, aber obwohl im Zimmer und auf der Straße Stille herrschte, verstand Klim ihn nicht, beschäftigt, den Wagen mit den Augen zu begleiten und zu verfolgen, wie seine langsame Bewegung die entgegenkommenden Fußgänger zwang, auf dem Trottoir zu erstarren und die Köpfe zu entblößen.

Es folgte noch ein altes, wackeliges Fuhrwerk, beladen mit zerdrückten Menschen. Sie lagen frei, ihre Kleider hingen in Fetzen und zeigten staub- und kotbedeckte Körperteile. Dem Wagen schlössen sich in stetig wachsender Zahl zerlumpte, bettlergleiche Gestalten mit zerzaustem Haar und geschwollenen Gesichtern an. Sie gingen schweigend. Die Fragen der ihnen begegnenden Menschen beantworteten sie wortkarg und widerwillig. Viele lahmten. Ein Mann mit abgerissenem Bart und dem blauen Gesicht eines Erhängten hatte sich den rechten Arm auf die Schulter gelegt, wie der Kutscher die Zügel. Mit der linken Hand stützte er den Arm am Ellenbogen. Er schien etwas zu sagen, denn die Reste seines Bartes hoben und senkten sich. Fast alle diese Verstümmelten hielten sich auf der Schattenseite der Straße, als schämten sie sich oder scheuten die Sonne. Und alle schienen sie amorph und mit einer trüben Flüssigkeit gefüllt. Klim war darauf gefasst, dass einige von ihnen beim nächsten Schritt hinfallen und als Schmutzbäche über die Straße rinnen würden. Doch sie fielen nicht, sondern schritten immerfort, und bald sah man deutlich, dass die ihnen entgegenkommenden, nicht zerschlagenen Menschen kehrtmachten und in gleicher Richtung mit ihnen marschierten. Samgin fühlte, dass gerade dieser Umstand auf ihn einen besonders niederschmetternden Eindruck machte.

»Für eine Schlägerei sind es zu viele ...«, sagte Makarow mit fremder Stimme. »Ich werde gehen und mich erkundigen ...«

Samgin begleitete ihn. Als sie auf die Straße traten, schritt am Tor vorbei ein schwankender großer Mann mit vortretendem Bauch, roter Weste und bis an den Knien zerrissenen Hosen. In der Hand trug er einen zerknüllten Hut, den er mit zitternden Fingern gerade richtete, wobei er den Kopf senkte. Makarow hielt ihn am Ellenbogen an und fragte:

»Was ist geschehen?«

Der Mann öffnete seinen behaarten Mund, sah Makarow mit trüben Augen an, machte eine abwinkende Bewegung mit der Hand und ging weiter. Aber nachdem er drei Schritte getan hatte, wandte er sich mit einem Ruck um und sagte laut:

»Alle sind schuldig. Alle.«

»Die Antwort eines Verbrechers«, knurrte Makarow und spuckte wie ein Handwerker durch die Zähne.

Nun kamen aufgeregte, mitteilsame und wirre Leute. Sie schrien und heulten, aber es war schwer zu verstehen, was sie sagten. Einige lachten sogar, sie hatten schlaue und glückliche Gesichter.

Nach ihnen erschien ein hügelig beladener grüner Wagen der Feuerwehr. Am Kummet schaukelte ein Glöckchen und läutete fröhlich. Die beiden fuchsigen Pferde lenkte ein Soldat mit rotem Gesicht. Er trug ein blaues Hemd. Sein den Kopf umschließender Messinghelm leuchtete blendend. Das fröhliche Glöckchen und dieser festlich strahlende Messingkopf machten auf Samgin einen sonderbaren Eindruck. Hinter diesem Wagen folgte ein zweiter, ein dritter und dann noch einer, und über jedem erhob sich feierlich ein Messinghaupt.

»Die Trojaner«, murmelte Makarow.

Klim begleitete bestürzt eins dieser Fuhrwerke mit den Augen. Obendrauf lag ein Überzähliger, den man achtlos quer über die ordentlich der Länge nach im Wagen aufgeschichteten Leichen geworfen hatte. Er streckte nackte, ungleiche Arme unter der Segeltuchdecke hervor: Der eine war kurz und ragte hölzern, mit strahlenförmig gespreizten Fingern heraus. Der andere war lang und offenbar im Armgelenk gebrochen. Er hing über den Wagenrand herab und schaukelte elastisch. Seine Hand, an der zwei Finger fehlten, glich einer Krebsschere.

»Der Stein ist ein Dummkopf. Das Holz ist ein Dummkopf«, erinnerte Klim sich.

»Ich kann nicht mehr«, sagte er und trat in den Hof zurück. Hinter dem Tor blieb er stehen, nahm seine Brille ab, wischte einen Anflug von Staub aus den Augen und dachte: »Weshalb musste *er* hingehen? Er hätte es nicht dürfen ...«

Dann fiel ihm ein verunglückter Witz des Gymnasiasten Iwan Dronow ein, der das Substantivum Arm vom Verbum zerstören ableitete.

Er hörte Makarow, der vor dem Tor stand, erstaunt und fragend ausrufen:

»Halt, wohin wollen Sie?«

Gleich darauf stieß er Marakujew auf den Hof. Marakujew war barhäuptig, sein Haar zerzaust. Quer über sein dunkles Gesicht lief vom Ohr zur Nase eine eingetrocknete, rote Kratzwunde. Marakujew hielt sich unnatürlich steif, blickte Makarow aus trüben, blutunterlaufenen Augen an und fragte heiser und zwischen den Zähnen hindurch:

»Wo waren Sie? Haben Sie gesehen?«

In seinen stieren Augen, in der hölzernen Gestalt lag etwas Schreckliches, Irres. Von seinen Schultern hing ihm eine viel zu weite Jacke herab, deren eine Tasche abgerissen war. Auch sein buntes, baumwollenes Hemd war auf der Brust zerfetzt, die billige Lüsterhose mit grüner Farbe verschmiert. Am furchtbarsten erschien Klim die hölzerne Starrheit Marakujews: er stand so gewaltsam gereckt, als fürchte er, dass sein Körper in Stücke zerbrechen und sich in Staub auflösen würde, sobald er den Kopf beugte oder den Rücken krümmte. Er stand regungslos und fragte immer mit den gleichen Worten:

»Wo waren Sie?«

Makarow führte ihn nicht, sondern trug ihn fast ins Haus, drängte ihn ins Badezimmer, entkleidete ihn rasch bis zum Gürtel und begann, ihn zu waschen. Es machte Mühe, den Nacken Marakujews über das Waschbecken zu beugen. Der lustige Student stieß Makarow mit der Schulter zur Seite, weigerte sich eigensinnig, den Rücken krumm zu machen, hielt ihn umso steifer und brüllte:

»Warten Sie, ich tue es selbst! Lassen Sie!«

Es sah so aus, als sei er wasserscheu wie ein von einem tollen Hund Gebissener.

»Such' das Dienstmädchen und bitte sie um Wäsche«, kommandierte Makarow. Klim ging gehorsam hinaus. Er war froh, den platt gedrückten Menschen nicht sehen zu müssen. Auf der Suche nach dem Dienstmädchen, die ihn von einem Zimmer ins andere führte, entdeckte er Ljutow, der, barfüßig, im Nachthemd am Fenster stand und sich den Kopf hielt. Beim Klang der Schritte wandte er sich um, zwinkerte verständnislos, deutete mit einer dummen Geste seiner beiden Hände auf die Straße und fragte:

»Was bedeutet das?«

»Ein Unglück ist geschehen«, antwortete Klim. Das Wort Unglück trat ihm nicht sofort auf die Zunge und klang unsicher. Er fand, dass er einen anderen Ausdruck hätte wählen müssen, aber in seinem Kopf sauste und zischte es, und die Worte wollten ihm nicht über die Lippen.

Als er und Ljutow ins Esszimmer traten, lag Marakujew bereits lang ausgestreckt und nackt auf dem Sofa. Makarow hatte die Ärmel ge-

schürzt und massierte ihm krächzend Brust, Bauch und Hüften. Marakujew wandte ängstlich den Hals von einer Seite auf die andere, rollte seinen nassen Kopf auf dem ledernen Polster hin und her und sagte hüstelnd, zusammenhanglos und mit leiser Stimme wie ein Fieberkranker:

»Sie haben einander zerquetscht. Ein entsetzlicher Anblick. Haben Sie
gesehen? Die Menschenmassen verlaufen sich nach allen Richtungen
über das Feld und lassen hinter sich Tote zurück. Haben Sie bemerkt:
Die Feuerwehr führte Glocken mit, sie fährt und läutet! Ich sage ihnen;
›Man muss sie festbinden, es ist nicht schön!‹ Man antwortet: ›Es geht
nicht.‹ Idioten mit Glocken. Überhaupt will ich euch etwas sagen ...«

Er verstummte, bedeckte die Augen und fuhr fort: »Man hat den Eindruck, dass sie in einem fort die Menschen zerquetschen, auf ihnen her-
umtrampeln und dann weggehen, ohne sich nach ihnen umzuwenden.
Sie gehen einfach weg, es ist erstaunlich! Schreiten über sie hinweg wie
über Steine. Über mich ...«

Marakujew hob den Kopf, richtete sich dann vorsichtig auf, wobei er
sich mit den Ellenbogen aufs Sofa stützte und verzog sein Gesicht zu einer ganz unglaublichen, grinsenden Grimasse, die seinen Mund zu einer
Sichel umbog. Sein zerkratztes Gesicht verschwamm, und die Ohren
rückten dicht an den Nacken, als er sagte: »Über mich hinweg, verstehen
Sie? Nein, das muss man erlebt haben. Der Mensch liegt auf der Erde,
und man stellt auf ihn die Beine drauf, wie auf einen Mooshügel!
Quetscht ... was? Einen lebendigen Menschen. Unvorstellbar.«

»Ziehen Sie sich an«, sagte Makarow, der ihn aufmerksam musterte,
und reichte ihm die Wäsche hin.

Marakujew steckte den Kopf durch die Hemdöffnung und sah daraus
hervor wie aus einer Schneegrube, während er fortfuhr: »Leichen – zu
Hunderten, manche liegen am Boden wie Gekreuzigte. Einer Frau haben
sie den Kopf in ein Loch hineingetreten.«

»Warum sind Sie hingegangen?«, fragte Klim streng. Er hatte plötzlich
erraten, weshalb Marakujew als Handwerker verkleidet auf dem Chodynka-Feld gewesen war.

»Ich wollte hören ... erfahren ...«, antwortete unter fortwährendem
Husten der Student. Er kam sichtlich zu sich. »Staub habe ich geschluckt
...«

Er stellte sich auf die Beine, sah unsicher auf den Fußboden und verbog
von Neuem seinen Mund zu einer Sichel. Makarow führte ihn zum Tisch
und setzte ihn hin. Ljutow goss ein Glas halb voll mit Wein und sagte:

»Trinken Sie!«

Dies war sein erstes Wort. Bis dahin hatte er schweigend, die Arme auf den Tisch gestützt und die Schläfen zwischen seine Hände gepresst, da gesessen und Marakujew mit einem Blinzeln – wie gegen grelles Licht – angeschaut.

Marakujew nahm das Glas, sah es an, stellte es wieder auf den Tisch und sagte:

»Die Frau lag neben einem Balken, ihr Kopf ragte über das Ende des Balkens heraus, und man stellte sich mit den Füßen auf ihren Kopf. Und stampfte ihn in den Boden. Geben Sie mir Tee ...«

Er sprach immer weniger gehemmt und nicht mehr so heiser.

»Ich kam gegen Mitternacht dort an und wurde in die Massen hineingezogen. Einige standen schon ohnmächtig im Gewühl. Ja, als ob sie tot wären. Ein Gedränge, wissen Sie, eine drückende Enge. Und die Luft wie aus Blei, atmen unmöglich. Am Morgen waren einige irrsinnig geworden, glaube ich. Ein Schreien. Ganz grauenhaft. Einer stand neben mir und wollte mich immerfort beißen. Man schlug einander mit den Nacken gegen die Schädel, mit den Schädeln gegen die Nacken. Mit den Knien. Trat einander auf die Zehen. Das half natürlich nichts, o nein! Ich weiß es. Ich selbst habe geschlagen«, sagte er mit erstauntem Blinzeln und tippte sich vor die Brust, »Wo sollte ich denn hin? Ich war ringsherum mit Menschen beklebt. Ich schlug ...«

Der Diakon trat ins Zimmer. Er hatte sich soeben gewaschen. Sein Bart war noch feucht. Er wollte etwas fragen. Ljutow deutete mit den Augen auf Marakujew und bedeutete ihm zischend, er solle schweigen. Doch Marakujew beugte sich stumm über den Tisch und rührte in seinem Teeglas. Klim Samgin dachte laut:

»Wie furchtbar muss dem Zaren zumute sein.«

»Hast auch jemand zum Bedauern gefunden«, meinte Ljutow ironisch. Die anderen drei schenkten Klims Worten keine Bedeutung. Makarow erzählte dem Diakon mit finsterem Gesicht und leiser Stimme von der Katastrophe.

»Menschlich tut er mir leid«, fuhr Klim, zu Ljutow gewandt, fort. »Stell dir vor, auf deiner Hochzeit ereignete sich ein Unglück ...«

Das war noch taktloser. Klim, der fühlte, dass er bis an die Ohrenspitzen rot wurde, schalt sich in Gedanken und verstummte, gespannt auf das, was Ljutow erwidern würde. Aber stattdessen sprach Marakujew:

»Wenige sind empört!«, sagte er und schüttelte heftig den Kopf. »Ich habe keine Empörten gesehen. Nein. Aber so ein sonderbarer Mann mit einer weißen Mütze holte Freiwillige zusammen, um Gräber zu schaufeln. Er forderte auch mich auf. Er war sehr geschäftig. Er forderte einen in einem Ton auf, als habe er schon lange auf eine Gelegenheit gewartet, ein Grab zu schaufeln. Und ein großes – für viele.«

Er trank seinen Tee aus, aß und nahm einen Kognak. Seine kastanienbraunen Locken waren trocken geworden und hatten sich gelockert. Die trüben Augen bekamen einen helleren Glanz.

»Eine ungeheuerliche Kraft legten einige an den Tag«, ging er seinen Erinnerungen nach, während er in sein leeres Glas starrte. »Es ist doch nicht möglich, Makarow, mit der Hand, mit den Fingern, die Haut von einem Schädel herunterzureißen? Nicht die Haare, sondern die Haut?«

»Nein«, sagte Makarow finster und überzeugt.

»Aber einer hat sie heruntergerissen. Er hat sich mit den Nägeln in den Nacken eines Dicken neben mir gekrallt und ein Stück Haut herausgerissen. Der Knochen wurde sichtbar. Er ist es auch gewesen, der als Erster mich geschlagen hat ...« »Sie müssen schlafen«, sagte Makarow. »Kommen Sie mit ...«

»Eine unglaubliche Kraft haben sie an den Tag gelegt«, murmelte der Student, während er gehorsam Makarow folgte.

»Wie hat sich das alles abgespielt?«, fragte der Diakon am Fenster.

Man antwortete ihm nicht. Klim fragte sich, wie wohl der Zar handeln werde, und fühlte, dass er zum ersten Mal an den Zaren wie an ein reales Wesen dachte.

»Was werden wir denn jetzt tun?«, fragte wieder der Diakon, wobei er das Fürwort scharf betonte.

»Gräber schaufeln«, knurrte Ljutow.

Der Diakon sah ihn an, darauf Klim, presste seinen dreifachen Bart in der Faust zusammen und sagte:

»Herr, der du ein eifriger Gott, ein Gott der Rache bist, räche dich an deinen Widersachern und rotte aus, die sich gegen dich erheben ...«

Klim blickte ihn mit Befremden an. Wollte und konnte der Diakon wirklich das Geschehene rechtfertigen?

Aber der fuhr kopfschüttelnd fort:

»Grausame, satanische Worte hat der Prophet Nahum gesagt. Blickt euch um, Jünglinge, wohin ihr wollt: Strafe und Rache sind bei uns vorzüglich ausgebildet. Die Belohnungen? Von den Belohnungen wird nichts gesagt. Dante, Milton und alle die anderen bis zu unserem eigenen Volk selbst, haben die Hölle eingehend und in den düstersten Farben geschildert, das Paradies aber? Über das Paradies ist uns nichts gesagt, als dass dort die Engel dem Zebaoth Hosianna singen.«

Er schlug jählings mit der Faust auf den Tisch, sodass das gläserne Beben des Geschirrs das Zimmer erfüllte, rollte wild die Augen und schrie mit betrunkener Stimme:

»Wofür denn Hosianna? Ich frage: Wofür Hosianna? Das ist die Frage, Jünglinge: Wofür Hosianna? Und für wen Anathema, wenn dem Erschaffer der Hölle Hosianna gejubelt wird?«

Ljutow winkte ärgerlich ab.

»Hör auf!«, bat er.

»Nein, warte: Wir haben zweierlei Arten von Kritik. Die eine – aus Sehnsucht nach Wahrheit, die andere aus Ehrgeiz. Christus ist aus der Sehnsucht nach Wahrheit geboren, Zebaoth aber? Wie, wenn im Garten Gethsemane nicht Zebaoth Christus den Leidenskelch gezeigt hat, sondern Satan? Vielleicht war es auch kein Kelch, sondern eine höhnende Faust? Jünglinge, dies zu entscheiden, steht euch zu ...«

Makarow kam sehr rasch zurück und sagte zu Klim:

»Er sagt, er hat dort Onkel Chrisanf und diesen ... Diomidow gesehen. Du verstehst?«

Makarow schlug sich schallend mit der Faust auf die Handfläche. Sein Gesicht wurde bleich.

»Man muss in Erfahrung bringen ... Hinfahren ...«

»Zu Lida«, ergänzte Klim.

»Fahren wir zusammen. Wladimir, hol' den Arzt. Marakujew hat blutigen Auswurf.«

Im Vorzimmer teilte er aus irgendeinem Grunde noch mit:

»Sein Name ist Pjotr.«

Die Straßen waren belebt und laut. Der Lärm stieg, als sie auf die Twerskaja hinaustraten. Ohne Ende zog die Menge abgerissener, zerzauster und schmutziger Menschen vorüber. Ein Murren, nicht laut, aber beharrlich, stand in der Luft, zerrissen von den hysterischen Stimmen der Frauen. Die Menschen marschierten der Sonne entgegen und senkten die Köpfe, als fühlten sie sich schuldig. Aber oft, wenn einer von ihnen aufblickte, bemerkte Samgin in seinem erschöpften Gesicht den Ausdruck stiller Freude.

Samgin war abgestumpft von der Fülle der Eindrücke. Alle diese kummervollen, erschrockenen, von Neugier erhellten oder einfach schwachsinnigen Gesichter, die auf der reich mit dreifarbigen Fahnen geschmückten Straße unaufhörlich vorüberzogen, vermochten ihn nicht mehr zu erregen. Diese Eindrücke erlaubten Klim, sich seines geistigen Gewichts und seiner Realität voll bewusst zu werden. Über die Ursache der Katastrophe dachte er nicht weiter nach. Im Grunde ging ja die Ursache auch einleuchtend aus Marakujews Bericht hervor: Die Leute hatten sich auf das »Konfekt« gestürzt und einander dabei erdrückt. Diese Erklärung setzte Klim in die Lage, von der Höhe seiner Equipage gleichmütig und verachtungsvoll auf sie herabzublicken.

Makarow saß neben ihm. Er hatte den Fuß auf das Trittbrett der Droschke gesetzt, als mache er sich bereit, auf den Fahrdamm zu springen. Er knurrte:

»Weiß der Teufel, wie diese idiotischen Flaggen einem in die Augen stechen!«

»Wahrscheinlich wird der Zar die Familien der Getöteten großherzig entschädigen«, mutmaßte Klim. Makarow bat den Kutscher, rascher zuzufahren, und erinnerte Klim daran, dass auch bei der Hochzeit der Marie Antoinette ein Unglück passiert sei.

»Er bleibt sich treu«, dachte Klim. »Selbst hier steht bei ihm an erster Stelle die Frau, als hätte es einen Ludwig gar nicht gegeben.«

Onkel Chrisanfs Wohnung war zugeschlossen. Auch an der Küchentür hing ein Schloss. Makarow prüfte es, nahm die Mütze ab und wischte sich die nasse Stirn. Er fasste augenscheinlich die zugesperrte Wohnung als ein Unheil verkündendes Zeichen auf. Als sie aus dem dunklen Hausflur auf den Hof traten, sah Klim, dass Makarows Gesicht eingefallen und bleich war.

»Wir müssen uns erkundigen, wohin die ... Verwundeten gebracht werden. Wir müssen die Krankenhäuser absuchen. Gehen wir.«

»Du glaubst ...«

Aber Makarow ließ Klim nicht ausreden.

»Gehen wir«, sagte er grob.

Bis zum Abend hatten sie bei einem Dutzend Krankenhäuser nachgeforscht und waren zwanzigmal zur eisernen Faust des Schlosses an der Küchentür Onkel Chrisanfs zurückgekehrt. Es war schon dunkel, als Klim leise vorschlug, auf den Kirchhof hinauszufahren.

»Unsinn«, sagte Makarow scharf. »Schweig du nur.«

Und eine Minute später fügte er empört hinzu;

»Das ist nicht möglich.«

Seine Backenknochen hatten sich auf völlig unnatürliche Weise zugespitzt. Er bewegte die Kiefer, als knirsche er mit den Zähnen, drehte fortwährend den Kopf hin und her und verfolgte die Hast der verstörten Menschen. Die Leute wurden immer stiller, sprachen übellauniger, und der Abend ließ sie erblassen.

Makarows Stimmung, aus der die Sorge um Lida sprach, wirkte auf Klim niederdrückend. Er war physisch erschöpft und fühlte sich nach dem Anblick von Hunderten zerschlagener und abgerissener Menschen vergiftet und abgestumpft.

Sie gingen gerade zu Fuß, als aus einer Nebengasse eine Droschke herausfuhr. Im Wagen saß Warwara in völlig zerzaustem Zustand und hielt Hut und Schirm auf den Knien.

»Sie haben meinen Stiefvater erdrückt«, rief sie aus, während sie dem Kutscher einen Stoß in den Rücken gab. Klim hatte den Eindruck, als ob sie es mit Stolz rief.

»Wo ist Lida?«, fragte Makarow, noch ehe Klim es tun konnte. Das Mädchen sprang auf das Trottoir, steckte dem Kutscher mechanisch, aber dennoch mit einer schönen Geste Geld in die Hand und ging auf ihr Haus zu. Es lag jetzt nichts Schönes mehr in der Art, wie sie in der einen Hand den Sonnenschirm, in der anderen den Hut schwenkte und hysterisch laut erzählte:

»Er war unkenntlich. Ich fand ihn an den Stiefeln heraus und an dem Ring, wissen Sie? Mit dem Karneolstein. Grauenvoll. Das Gesicht verschwunden.«

Ihr Gesicht war verweint, das Kinn zitterte, aber Klim schien, dass ihre grünlichen Augen wütend funkelten.

»Wo ist Lida?« wiederholte Makarow hartnäckig und kam Klim zum zweiten Mal zuvor.

»Sie sucht Diomidow. Ein Schauspieler hat ihn in der Nähe des Alexander-Bahnhofs gesehen und erzählt, er, Diomidow, habe den Verstand verloren ...«

Warwaras laute Stimme sammelte eine Schar neugieriger, festlich gekleideter Menschen um sie. Ein Herr mit Stöckchen und Strohhut drängte Samgin zur Seite, blickte dem jungen Mädchen ins Gesicht und fragte:

»Sind es wirklich zehntausend? Und viele Verrückte?«

Er nahm den Hut ab und rief fast mit Begeisterung:

»Welch ein außergewöhnliches Unglück!«

Klim blickte sich um, befremdet, dass Makarow diesen Idioten nicht fortjagte. Aber Makarow war verschwunden.

Bei sich in ihrem Zimmer verstreute Warwara mit schroffen Gesten den Schirm, den Hut, ein nasses Taschentuch und ihr Portemonnaie über Tisch und Bett und redete dazu in abgerissenen Sätzen:

»Eine Backe ist zerfetzt, die Zunge hängt aus der Wunde heraus. Ich sah nicht weniger als dreihundert Leichen. Mehr. Was soll das nun bedeuten, Samgin? Sie konnten doch nicht sich selbst ...«

Sie schritt rasch und leichtfüßig durchs Zimmer, als würde sie vom Wind getragen, trocknete ihr Gesicht mit einem nassen Handtuch und suchte immerfort etwas, indem sie bald Kämme, bald Bürsten vom Toilettentisch nahm und sie sogleich wieder hinwarf. Sie leckte sich die Lippen, biss darauf.

»Zu trinken, Samgin! Ich habe entsetzlichen Durst ...«

Ihre Pupillen waren geweitet und trübe. Die geschwollenen Lider, die überanstrengt zwinkerten, wurden immer röter. Sie weinte, zerriss ihr tränenfeuchtes Taschentuch und schrie:

»Er stand mir näher als die Mutter ... so komisch war er, so lieb. Und seine Liebe zum Volk, wie war sie gut ... Auf dem Friedhof erzählt man sich, die Studenten hätten Löcher gegraben, um das Volk gegen den Zaren aufzuhetzen. O mein Gott!«

Samgin war ratlos. Er verstand es noch nicht, weinende Mädchen zu trösten und fand, dass Warwaras Tränen zu malerisch waren, um aufrichtig zu sein. Aber sie beruhigte sich auch von selbst, sobald die gewaltige Anfimowna gekommen war und liebevoll, aber geschäftig zu berichten begann.

»Man hat ihn in die Kapelle überführt. Ihn nach Hause zu nehmen, erlauben sie nicht. Sie haben sehr darum gebeten, Chrisanf Wassiljewitsch nicht nach Hause zu schaffen. ›Urteilen Sie doch selbst‹, haben sie mir gesagt, ›man kann doch keine Beerdigung machen, jetzt, wo die Feierlichkeiten sind.‹«

Mit kummervoller Miene sagte die Köchin:

»Und wahrhaftig, Warja, was für einen Zweck hat es, den Zaren zu ärgern? Gott mit ihnen! Sie haben gesündigt, sie werden es auch verantworten!«

Warwara nickte schweigend, bat, Tee zu bringen, verschwand in ihr Zimmer und erschien einige Minuten später in einem schwarzen Kleid, gekämmt und mit einem traurigen, aber gefassten Gesicht.

Beim Tee warf Klim einen Blick auf die Uhr und fragte beunruhigt:

»Was meinen Sie, wird Lida diesen Diomidow finden?«

»Woher soll ich es wissen?«, fragte sie trocken und erklärte im prophetischen Ton eines Menschen, der über große Lebenserfahrung verfügt:

»Ich billige ihre Neigung für ihn nicht. Sie kann Liebe nicht von Mitleid unterscheiden, und ihrer harrt ein furchtbarer Irrtum. Diomidow weckt Erstaunen, aber kann man denn so einen lieben? Frauen lieben Starke und Kühne, diese lieben sie aufrichtig und lange. Sie lieben natürlich auch Sonderlinge. Ein gelehrter Deutscher hat einmal gesagt: ›Um bemerkt zu werden, muss man auf Grillen verfallen.‹«

Als habe sie den Tod ihres Stiefvaters ganz vergessen, redete sie fünf Minuten lang kritisch und anzüglich über Lida, und Klim begriff, dass sie die Freundin nicht liebte. Es setzte ihn in Erstaunen, wie gut sie es bis zu diesem Augenblick verstanden hatte, ihre Abneigung gegen Lida zu verbergen, und dieses Staunen hob das grünäugige Mädchen ein wenig in seinen Augen. Dann erinnerte sie sich, dass sie von ihrem Stiefvater sprechen musste, und bemerkte, wenn auch Menschen seines Schlages sich überlebt hätten, so seien sie doch von eigentümlichem Reiz.

Klim fühlte sich immer stärker beunruhigt und unbehaglich. Er verstand, dass er überhaupt Lida gegenüber anständiger und taktischer gehandelt haben würde, wenn er die Straßen nach ihr abgesucht hätte, statt hier zu sitzen und Tee zu trinken. Aber jetzt wäre es auch unschicklich gewesen, fortzugehen.

Es war schon ganz finster, als Lida ins Zimmer stürzte, hinter ihr Makarow, der am Arm Diomidow hereinführte. Samgin schien, dass alles im Zimmer erbebte, und die Zimmerdecke sich senkte. Diomidow hinkte. Seine linke Hand war in Makarows Mütze gewickelt und mit einem

Fetzen irgendeines Halsbesatzes verbunden. Keuchend, mit fremder Stimme, sagte er:

»Ich wusste es ja, ich wollte nicht ...«

Sein lichtes Haar hing ihm, zum Wollklumpen geballt, herab. Das eine Auge war hinter einer dunklen Geschwulst verschwunden, das andere, weit geöffnet und trübe, glotzte schreckenerregend. Er war vom Kopf bis zu den Füßen zerlumpt. Ein Hosenbein war über die ganze Fläche aufgerissen, im Loch zitterte das nackte Knie, und dieses Zittern des runden, von schmutziger Haut überzogenen Knochens war widerwärtig.

Makarow setzte ihn sorglich auf den Stuhl an der Tür, den gewohnten Platz Diomidows in diesem Zimmer. Der Requisitenmacher stemmte sein zuckendes Bein gegen den Fußboden, schüttelte mit der Hand den Staub aus dem Haar und bellte heiser:

»Ich sagte, man muss die Massen spalten, aufteilen, damit sie einander nicht zerdrücken. O mein Gott!«

»Nun, was soll jetzt geschehen?«, fragte Makarow Lida in scharfem Ton. »Wir brauchen warmes Wasser, Wäsche. Man hätte ihn ins Krankenhaus bringen sollen, aber nicht hierher ...«

»Schweigen Sie! Oder – gehen Sie hinaus«, schrie Lida und lief in die Küche. Ihr böses Schreien ließ Warwara im Ton eines epileptischen Bauernweibes aufheulen:

»Man muss sie richten, verfluchen, strafen!«

Sie starrte auf Diomidow, griff sich an den Kopf, wiegte sich auf ihrem Stuhl und stampfte mit den Füßen. Auch Diomidow glotzte sie an und schrie:

»Jedem sein Raum! Wagt es nicht! Keinerlei Köder! Kein Konfekt! Keinen Schnaps!«

Sein Bein begann von Neuem zu hüpfen, es trommelte gegen den Boden, und das Knie sprang aus dem Riss hervor. Ein erstickender Kotgeruch ging von ihm aus. Makarow stützte ihn an der Schulter und sagte mit lauter, finsterer Stimme zu Warwara:

»Geben Sie Wäsche her, Handtücher ... Und lassen Sie das Schreien! Man wird sie schon richten, beunruhigen Sie sich nicht.«

»Jeder für sich!« stieß Diomidow schreiend hervor. Aus seinen Augen liefen in zwei ununterbrochenen Bächen die Tränen.

Lida stürzte ins Zimmer, stieß Makarow zurück, stellte Diomidow mit leichter Hand auf die Füße und führte ihn in die Küche.

»Wird sie ihn wirklich selbst waschen?«, fragte Klim. Er verzog angeekelt sein Gesicht und schüttelte sich.

Warwara warf heftig den Kopf zurück, sodass ihre üppigen roten Haare ihre ganze Schulter zudeckten, und ging rasch in das Zimmer ihres Stiefvaters. Samgin, der ihr mit den Blicken folgte, fand, dass der Moment zum Auflösen des Haares schlecht gewählt war. Sie hätte es früher tun müssen. Makarow öffnete die Fenster und murmelte:

»Ich fand sie auf der Chaussee. Dieser Kerl steht da, brüllt und predigt: ›Auseinanderjagen! Zerstreuen!‹ Während Lida ihm zuredet, mitzukommen. ›Ich hasse alle die Deinen‹, brüllt er ...«

In der Stadt ächzte und heulte es, als gerieten in einem ungeheuren Ofen feuchte Holzscheite heftig in Brand.

»Ich bin neugierig, ob die Illumination stattfinden wird«, sagte Klim.

»Natürlich wird sie abgesagt, was glaubst du denn?« bemerkte Makarow unwillig.

»Weshalb denn?«, wandte Klim ein. »Es lenkt doch ab. Es wäre eine Dummheit, wenn sie sie absagten.«

Makarow setzte sich auf die Fensterbank, zupfte am Schnurrbart und schwieg.

»Hat Diomidow den Verstand verloren?«, fragte Klim, nicht ohne Hoffnung auf eine bejahende Antwort. Makarow, der erst nach einer Weile antwortete, enttäuschte ihn:

»Schwerlich. Mir scheint, er gehört zu jener Sorte Menschen, die ihr ganzes Leben an der Schwelle des Wahnsinns zubringen, ohne sie zu überschreiten.«

In der Tür zeigte sich Lida. Es sah so aus, als sei sie über eine Schwelle gestolpert, die nicht da war. Mit der einen Hand griff sie nach dem Türpfosten, mit der anderen bedeckte sie die Augen.

»Ich kann nicht«, sagte sie und wankte dabei, als ob sie einen Platz zum Hinfallen suche. Die Ärmel ihrer Bluse waren bis zu den Ellenbogen umgeschlagen. Vom nassen Rock tropfte Wasser auf den Fußboden.

»Ich kann nicht«, wiederholte sie in sehr seltsamem Ton, schuldbewusst und mit offenkundigem Staunen, Sie bedeckte ihr Gesicht mit beiden Händen.

»Geht ihr hin und wascht ihn«, bat sie.

»Gehen wir. Du kannst mir helfen«, sagte Makarow zu Klim.

In der Küche, auf dem Fußboden, saß vor einer großen Waschschüssel Diomidow. Er war nackt, drückte den linken Arm an die Brust und stützte ihn mit dem rechten. Aus seinem nassen Haar rann das Wasser, und es schien, als ob er schmelze und sich auflöse. Seine sehr weiße Haut war mit Kot besudelt, mit blauen Flecken bedeckt und von Striemen zerrissen. Mit einer unsicheren Bewegung seiner rechten Hand schöpfte er Wasser aus der Schüssel und sprengte es sich ins Gesicht und auf das geschwollene Auge. Das Wasser rann die Brust hinunter, ohne die dunklen Flecke fortzuwaschen.

»Jedem sein Raum«, stammelte er. »Weg voneinander. Ich bin kein Spielzeug ...«

»Isaak«, fiel Klim Samgin nicht ganz am rechten Platz ein. Aber er verbesserte sich sofort: »Schlachtopfer.«

Die Köchin Anfimowna stand am Herd und sah zu, wie das Wasser aus dem Hahn mit schnaubendem Geräusch in den Kessel spritzte.

»Ganz wirr geworden ist der Bengel«, sagte sie missbilligend und warf scheele Blicke zu Diomidow hin. »Von einfacher Herkunft und so verzärtelt. Mit Launen. Nimmt da einen Krug mit Wasser und gießt ihn Lidotschka ins Gesicht ...«

Samgin vernahm ein seltsames Geräusch. Als knirsche Makarow mit den Zähnen. Er hatte seine Litewka abgelegt und begann vorsichtig und gewandt, wie eine Mutter ihr Kind, Diomidow abzuwaschen, wobei er vor ihm niederkniete.

Und plötzlich fühlte Klim sich wie verbrannt von Empörung: Wie, diesen verpfuschten Körper würde Lida umarmen, hatte sie vielleicht schon umarmt? Dieser Gedanke jagte ihn augenblicklich aus der Küche hinaus. Er ging eilig in Warwaras Zimmer, entschlossen, Lida einige vernichtende Worte zu sagen.

Lida saß auf dem Bett. Sie hatte mit der einen Hand Warwara umschlungen und hielt ihr ein geschliffenes Flakon unter die Nase. Das Lampenlicht ließ das Flakon in Regenbogenfarben schillern.

»Was gibt es?«, fragte sie.

»Er wäscht ihn«, antwortete Klim trocken.

»Hat er Schmerzen?«

»Anscheinend nicht.«

»Warja«, sagte Lida, »ich verstehe mich nicht aufs Trösten. Und überhaupt, brauchst du denn Trost? Ich weiß nicht ...«

»Gehen Sie hinaus, Samgin«, schrie Warwara und ließ sich mit der Hüfte aufs Bett fallen.

Klim ging fort, ohne Lida ein Wort gesagt zu haben.

»Sie hat ein so gequältes Gesicht. Vielleicht ist sie jetzt – geheilt.«

In Kübeln prasselten und qualmten die Flammen der Fettlampen. Samgin fand die Illumination dürftig und selbst im Licht etwas Zauderndes, den Lärm der Stadt aber wenig festlich, vielmehr zornig und übel gelaunt. Auf dem Twerski Boulevard bildeten sich kleine Menschenansammlungen. In der einen wurde erbittert gestritten, ob man das Feuerwerk brennen lassen werde oder nicht. Jemand beteuerte hitzig:

»Man wird es.«

Ein langer Mensch mit Hut sagte überzeugt und streng:

»Seine Majestät, der Kaiser, wird keine Scherze zulassen.«

Eine dritte Stimme versuchte, die Gegensätze auszusöhnen:

»Das Feuerwerk ist auf morgen verschoben worden.«

»Seine Majestät der Kaiser ...«

Von irgendwoher, hinter den Bäumen hervor, rief jemand klingend:

»Der tanzt jetzt gerade auf dem Adelsball, Seine Majestät der Kaiser!«

Alles blickte in die Richtung, aus der die Worte kamen, und zwei Männer gingen in so entschlossener Haltung darauf zu, dass Klim es vorzog, sich zu entfernen.

»Wenn es wahr ist, dass der Zar zum Ball gefahren ist, dann bedeutet das, dass er Charakter hat, ein kühner Mensch ist, Diomidow hat recht.«

Er schlug den Weg zum Strastnaja-Platz ein und bewegte sich inmitten eines Chaos von Stimmen. Mechanisch fing er einzelne Sätze, auf. Mit verwegener Stimme rief jemand aus:

»Ach, denke ich mir, du willst doch nicht umkommen!«

»Wahrscheinlich ist er auf einen Menschen draufgetreten, vielleicht auf Marakujew«, mutmaßte er. Aber im Übrigen arbeiteten seine Gedanken schlecht, wie es immer zu sein pflegt, wenn man mit Eindrücken überlastet ist und ihr Gewicht schwer auf das Denken drückt. Überdies war er hungrig und durstig.

Am Puschkin-Denkmal hielt jemand vor einem Menschenhäufchen eine Ansprache.

»Denkt nur über unsere ganze Ordnung nach. Wie werden wir regiert?«

Samgin sah sich den Redner an und erkannte am krausen Bart und am Lächeln im zottigen Gesicht seinen redseligen Pritschennachbar in Jakow Platonows Keller.

»Der Stein ist ein Dummkopf ...«

Auf dem Platz holte ihn Pojarkow ein, der wie ein Kranich einherstelzte. Samgin rief ihn zögernd an:

»Wohin?«

Pojarkow passte sich seinem Schritt an und berichtete mit matter und leiser Stimme:

»Seit dem Morgen bin ich unterwegs, mache die Augen auf, höre. Ich versuchte, aufzuklären. Aber es dringt gar nicht bis zu ihrem Bewusstsein. Dabei ist es so einfach: Man braucht bloß mit der ganzen Masse vom Feld geradewegs zum Kreml zu rücken und fertig! In Brüssel soll das Publikum sich vom Theater aus, nach der Aufführung des ›Propheten‹, in Marsch gesetzt und die Konstitution erzwungen haben. Man hat sie gegeben.«

Er blieb vor dem Eingang eines kleinen Restaurants stehen und schlug vor:

»Gehen wir in diesen ›Hafen kummervoller Herzen‹. Marakujew und ich sind häufig hier.«

Als Klim ihm von Marakujew erzählte, seufzte er:

»Es konnte schlimmer kommen. Man sagt, fünftausend sollen umgekommen sein. Eine wahre Schlacht.«

Pojarkow sprach mit dumpfer Stimme. Sein Gesicht zog sich unnatürlich in die Länge, und Samgin entdeckte heute zum ersten Mal unter der langen, griesgrämigen Nase Pojarkows einen rötlichen Schnurrbart.

»Es ist ganz überflüssig, dass er sich das Kinn rasiert«, dachte Klim.

»Dieser Tage sagte mir ein Kaufmann, dem ich Unterricht erteile: ›Ich möchte gern Bliny[6] essen, aber die Bekannten wollen nicht sterben.‹ Ich frage: ›Warum wollen Sie denn, dass sie sterben?‹ ›Weil‹, entgegnet er, ›die Bliny auf Totenfeiern besonders gut zu sein pflegen.‹ Wahrscheinlich wird er jetzt Bliny essen können ...«

---

[6] Buchweizenpfannkuchen. Russisches Nationalgericht, beliebte Fastnachtspeise. D. Ü.

Klim aß kaltes Fleisch und trank Bier dazu. Ohne große Aufmerksamkeit folgte er Pojarkows Worten, die vom Wirtshauslärm übertönt wurden, aus dem er einzelne Sätze auffing. Ein dicker, bärtiger Mann im schwarzen Anzug schrie:

»Man darf das Volksunglück nicht dazu missbrauchen, um heimlich falsches Geld in Umlauf zu bringen ...«

»Gut gesagt«, lobte Pojarkow. »Man spricht bei uns gut und lebt schlecht. Unlängst las ich bei Tatjana Passek: ›Friede den Gebeinen derer, die im Leben nichts taten, weder Gutes noch Schlechtes‹. Wie gefällt Ihnen das?«

»Sonderbar«, antwortete Klim mit vollem Munde.

Pojarkow schwieg, trank sein Bier und sagte darauf seufzend:

»Es liegt eine stille Verzweiflung darin ...«

An ihrem Tisch erschien Marakujew. Seine Backe war mit einem weißen Tuch verbunden. Unter seinem krausen Haar sahen komisch ein Knoten und zwei weiße Ohren hervor.

»Ich war sicher, dich hier zu treffen«, sagte er zu Pojarkow und setzte sich an den Tisch.

Beide beugten sich dicht zueinander und flüsterten.

»Störe ich?«, fragte Klim.

Pojarkow sah ihn von der Seite an und murmelte:

»Ja, wobei könnten Sie wohl stören?«

Seufzend fuhr er fort:

»Ich sagte ihm also, die Marxisten wollen Flugblätter herausgeben, während wir ...«

Marakujew unterbrach seine verdrossene Rede:

»Samgin, kennen Sie Ljutow gut? Eine interessante Type. Ebenso der Diakon. Aber wie bestialisch saufen die beiden! Ich schlief bis fünf Uhr nachmittags, dann stellten sie mich auf die Beine und fingen an, mich vollzupumpen. Ich ergriff die Flucht, und seitdem treibe ich mich in Moskau herum. Ich war schon zweimal hier ...«

Er bekam einen Hustenanfall, schnitt Grimassen und hielt sich die Hüfte.

»Staub habe ich geschluckt – fürs ganze Leben«, sagte er.

Im Gegensatz zu Pojarkow befand er sich in angeregter und geschwätziger Stimmung. Er blickte um sich, wie jemand, der soeben erwacht ist und noch nicht weiß, wo er sich befindet, und griff aus den Wirtshausgesprächen einzelne Sätze und Worte heraus, um sie mit Anekdoten zu illustrieren. Er war ein wenig angeheitert, aber Klim begriff, dass dieser Umstand allein seine merkwürdige, ja, sogar ein wenig beängstigende Gemütsverfassung nicht erklären konnte.

»Wenn es die Freude ist, mit dem Leben davongekommen zu sein, dann freut er sich auf läppische Weise. Vielleicht redet er bloß, um nicht denken zu müssen?«

»Es ist drückend heiß hier, Kinder, gehen wir auf die Straße«, schlug Marakujew vor.

»Ich will nach Hause«, sagte Pojarkow finster. »Ich habe genug.«

Klim hatte noch keine Lust, schlafen zu gehen, aber er wäre gern aus der düsteren Unrast des Tages in ein Reich freundlicherer Eindrücke hinübergewandert. Er machte daher Marakujew den Vorschlag, auf die Sperlingsberge zu fahren. Marakujew nickte wortlos.

»Wissen Sie«, sagte er, nachdem sie in einer Droschke Platz genommen hatten, »die meisten der Erstickten und Zerquetschten sind sogenanntes besseres Publikum. Moskauer und – junge Leute. Jawohl. Ein Polizeiarzt, ein Verwandter von mir, hat mich darauf aufmerksam gemacht. Auch Kollegen, Mediziner, sagten es mir. Ich habe es ja auch selbst beobachtet. Im Kampf ums Dasein siegen die Robusteren. Die instinktiv Handelnden ...«

Er murmelte noch etwas, was vom Rasseln und Klirren der alten, ausgeleierten Equipage übertönt wurde, hustete, schnäuzte sich mit abgewandtem Gesicht, und als sie außerhalb der Stadt angelangt waren, schlug er vor:

»Wollen wir nicht aussteigen?«

Vor ihnen, auf schwarzen Hügeln, blinkten die Lichter der Restaurants. Hinter ihnen wogte über den Steinmassen der Stadt, die sich über einem unsichtbaren Boden ausbreiteten, ein rötlich gelber Flammenschein. Klim fiel plötzlich ein, dass er Pojarkow noch nichts von Onkel Chrisanf und Diomidow gesagt hatte. Dies versetzte ihn in heftige Verlegenheit. Wie konnte er es nur vergessen! Aber er führte sogleich zu seiner Entschuldigung an, dass Marakujew sich ja auch nicht nach Onkel Chrisanf erkundigt hatte, obwohl er doch selbst erzählt hatte, dass er ihn in der

Menge gesehen habe. Samgin suchte nach eindrucksvollen Worten, fand jedoch keine, und sagte einfach:

»Onkel Chrisanf ist erdrückt worden, Diomidow verstümmelt und hat, wie es scheint, jetzt vollständig den Verstand verloren.«

»Nein!«, rief Marakujew ganz leise aus, blieb stehen, starrte sekundenlang wortlos Klim ins Gesicht und zwinkerte angstvoll.

»Tödlich?«, fragte er dann.

Klim nickte. Marakujew verließ die Straße, stellte sich unter einen Baum, drückte sein Gesicht an den Stamm und sagte:

»Ich gehe nicht weiter.«

»Ist Ihnen schlecht?«, fragte Klim.

»Wundern Sie sich nicht. Lachen Sie nicht«, antwortete keuchend und mit gepresster Stimme Pjotr Marakujew. »Die Nerven, wissen Sie. Ich habe soviel gesehen. Es ist unerklärlich! Welch ein Zynismus! Welch eine Niedertracht!«

Klim schien, dass dem lustigen Studenten die Beine einknickten. Er stützte ihn am Ellenbogen. Marakujew riss sich mit einer schroffen Bewegung der Hand die Binde vom Gesicht, rieb sich damit Stirn, Schläfen und Wangen und tupfte sich die Augen.

»Zum Teufel, beide sind ja noch Säuglinge!«, schrie er.

»Er weint. Er weint«, wiederholte Klim für sich. Es war unerwartet, unbegreiflich und machte ihn stumm vor Staunen. Dieser begeisterte Schreihals, unermüdliche Kampfhahn und Meister im Lachen, dieser kräftige, hübsche Junge, der einem kecken Harmonikaspieler aus dem Dorf glich, schluchzte am Straßengraben unter einem verkrüppelten Baum, vor den Augen des endlosen Zuges schwarzer Menschen mit Zigaretten zwischen den Zähnen, wie eine Frau.

Ein zottiger Kerl, der wahrscheinlich für eine Sekunde haltgemacht hatte, um ein Bedürfnis zu verrichten, musterte Marakujew und rief lustig:

»Hast schon gerade Kummer, um Tränen zu vergießen, Student! Hätte ich bloß soviel!«

»Ich weiß, es ist lächerlich zu heulen«, stammelte Marakujew.

Ganz in der Nähe stieg zischend eine Rakete empor, platzte prasselnd und übertönte die begeisterten Hurrarufe der Kinder. Dann flammte bengalisches Feuer auf, sein Widerschein verlief sich über den Himmel. Marakujews Gesicht nahm eine unnatürlich weiße, quecksilberne Färbung an, wurde dann leichenhaft grün und schließlich blutrot, als hätte man ihm die Haut vom Gesicht gerissen.

»Natürlich ist es lächerlich«, wiederholte er und wischte sich mit den schnellen Gesten eines Hasen die Wangen ab. »Hingegen haben Sie hier die Illumination, die Kinder freuen sich. Niemand begreift, niemand versteht etwas ...«

Der zottige Mensch befand sich auf einmal neben Klim und zwinkerte ihm zu.

»Nein, sie verstehen ausgezeichnet, dass das Volk ein Dummkopf ist«, begann er mit halblauter Stimme zu reden und schmunzelte in den Klim wohlbekannten krausen Bart. »Es sind Apotheker, sie verstehen sich darauf, mit harmlosem Zeug zu heilen.«

Marakujew trat so unvermittelt an ihn heran, als wolle er ihn schlagen.

»Heilen? Wen?« fragte er laut, und begann so hitzig zu reden wie im Esszimmer bei Onkel Chrisanf. Schon nach zwei oder drei Minuten umringten ihn sechs dunkle Menschen. Sie verhielten sich schweigend und drehten die Köpfe mechanisch gleichmäßig bald nach der Seite, wo die Feuerwirbel die Wirtshäuser auf den Hügel emporhüpfen und herabstürzen, erscheinen und verschwinden ließen, bald zu Marakujew hin, dem sie auf den Mund sahen.

»Er spricht mutig«, bemerkte jemand hinter dem Rücken Klims. Eine andere Stimme sagte gleichmütig:

»Es ist ein Student, was macht es ihm aus? Gehen wir.«

Klim Samgin entfernte sich. Er sagte sich, dass ein beliebiger unter Marakujews Zuhörern ihn beim Kragen nehmen und auf die Polizei schaffen konnte.

Samgin fühlte sich sehr sicher. In Marakujews Tränen lag etwas, das ihn tief befriedigte. Er sah, dass seine Tränen echt waren und sehr gut die Schwermut Pojarkows, dem seine abgehackte und brüske Sprechweise abhandengekommen war, das verwunderte und schuldige Gesicht Lidas, die hinter ihren Händen eine Grimasse des Ekels versteckt hatte, und das Zähneknirschen Makarows erklärten. Klim zweifelte nicht mehr daran, dass Makarow wirklich mit den Zähnen geknirscht hatte, er hatte gar nicht anders können.

Dies alles, was die Menschen unvermittelt und gegen ihren Willen offenbarten, war die reine Wahrheit, und sie zu kennen, war von ebenso großem Wert, wie den nackten, zerschlagenen und schmutzigen Körper Diomidows zu sehen.

Klim kehrte mit raschen Schritten in die Stadt zurück. Kühne Gedanken beflügelten ihn und trieben ihn an:

»Ich bin der Stärkere. Ich würde es mir nicht erlauben, mitten auf der Straße zu weinen, überhaupt zu weinen. Ich weine nicht, weil ich nicht fähig bin, mich zu vergewaltigen. Jene knirschen mit den Zähnen, weil sie sich zwingen. Aus demselben Grunde schneiden sie Grimassen. Es sind sehr schwache Menschen. In allen und jedem steckt etwas von der Nechajew. Der Nechajewismus – das ist es!«

Der Feuerschein über Moskau beleuchtete die goldenen Kuppeln und Kirchen. Sie funkelten wie die Helme der gleichgültigen Feuerwehrleute. Die Häuser sahen aus wie Klumpen Erde, aufgewühlt von einem ungeheuren Pflug, der tiefe Furchen durch die Scholle gezogen und das Gold des Feuers in ihr bloßgelegt hat. Samgin fühlte, dass auch in ihm geradlinig ein starker Pflug arbeitete und dunkle Zweifel und Ängste Aufriss.

Ein Mann mit einem Spazierstock in der Hand stieß ihn an und rief:

»Sind Sie blind geworden? Wie die Kerle gehen!«

Weder der Stoß in den Rücken noch der ärgerliche Zuruf vermochten den frischen Gedankengang Samgins zu verscheuchen oder zu verwirren.

»Marakujew wird vermutlich mit dem kraushaarigen Arbeiter Freundschaft schließen. Wie albern ist es, von der Revolution zu träumen in einem Lande, dessen Menschen einander im Kampf um den Besitz eines Päckchen billigen Konfekts oder Pfefferkuchens zu Tausenden totdrücken. Selbstmörder.«

Dieses Wort erklärte Klim in vollkommen zufriedenstellender Weise die Katastrophe, an die er nicht zu denken wünschte.

»Sie haben einander zerquetscht und ergötzen sich jetzt an Leuchtraketen und Blendwerk. Makarow hat recht: Die Menschen sind Kaviar. Warum habe nicht ich es gesagt, sondern er? Auch Diomidow hat recht, wenn er auch dumm ist: Die Menschen müssen Raum zwischen sich lassen, dann sind sie auffälliger und einander verständlicher. Und jeder muss Platz für einen Zweikampf haben. Einer gegen einen sind die Menschen leicht besiegbare ...«

Samgin gefiel das Wort, halblaut wiederholte er:

»Leicht Besiegbare ... so ist es!«

In seiner Erinnerung tauchte für eine Sekunde ein unangenehmes Bild auf: die Küche, mitten darin, auf den Knien, der betrunkene Fischer. Am Boden kriechen nach allen Seiten blind und sinnlos die Krebse auseinander. Der kleine Klim drückt sich ängstlich an die Wand.

»Die Krebse – das sind Ljutow, der Diakon und überhaupt alle diese Anormalen ... die Turobojews und Inokows. Sie erwartet natürlich das Schicksal des unterirdischen Menschen Jakow Platonowitsch. Sie müssen ja umkommen, wie sollte es auch anders sein?«

Samgin fühlte, dass die Menschen dieses Schlages ihm heute besonders verhasst waren. Man musste mit ihnen ein Ende machen. Jeder von ihnen verlangte besondere Einschätzung, jeder trug in sich etwas Absurdes und Unklares. Gleich knorrigen Holzscheiten leisteten sie jedem Versuch Widerstand, sie so fest aneinanderzulegen, wie notwendig war, um sich über sie zu erhöhen. Ja man musste sie an einem besonders starken Faden aufreihen. Das war ebenso notwendig wie die Kenntnis der Gangart jeder Figur eines Schachspiels. An diesem Punkt angelangt, glitten Samgins Gedanken zum »Kutusowismus« hinüber. Er beschleunigte seine Schritte, denn er erinnerte sich, dass er nicht zum ersten Mal an den Kutusowismus dachte, ja, dass er im Grunde immer nur dieses eine im Kopfe hatte.

»Diese zerzausten und verrenkten Menschen fühlen sich recht wohl in ihrer Haut ... in ihrer Rolle. Ich habe gleichfalls ein Anrecht auf einen bequemen Platz im Leben«, entschied Samgin und fühlte sich verjüngt, erstarkt und unabhängig.

Mit diesem Gefühl der Unabhängigkeit und Stärke saß er am nächsten Abend in Lidas Zimmer und berichtete in leicht ironischem Ton über alles, was er in der letzten Nacht erlebt hatte, Lida fühlte sich schlecht, sie hatte Fieber. Auf ihren bräunlichen Schläfen perlte der Schweiß, aber sie wickelte sich nur umso fester in ihren flaumigen Pensaer Schal, wobei sie die Arme um ihre Schultern schlang. Ihre dunklen Augen blickten ratlos und angstvoll. Von Zeit zu Zeit richtete sie den Blick auf ihr Bett. Dort lag Diomidow auf dem Rücken, hatte die Brauen hoch emporgezogen und starrte gegen die Zimmerdecke. Sein gesunder Arm lag unter dem Kopf, und die Finger irrten fieberhaft durch den Kranz goldener Haare. Er schwieg. Sein Mund stand offen, und sein zerschlagenes Gesicht schien zu schreien. Er trug ein weites Nachthemd, dessen Ärmel bis zu den Schultern geschürzt waren und wie Fittiche von ihnen abstanden. Der klaffende Kragen entblößte die Brust. Sein Körper hatte etwas Kaltes, Fischgleiches. Ein tiefer Striemen am Hals erinnerte an Kiemen.

Warwara trat herein, ungekämmt, mit Pantoffeln an den Füßen und in einer zerknüllten Bluse. Mit düster blitzenden Augen hörte sie ein paar Minuten lang Klims Bericht an, verschwand und erschien von Neuem.

»Ich weiß nicht, was ich tun soll«, sagte sie. »Ich habe nicht genug Geld für das Begräbnis ...«

Diomidow hob den Kopf und fragte mit einem pfeifenden Geräusch:

»Sterbe ich denn?«

Er schrie und fuchtelte mit dem Arm:

»Ich sterbe nicht! Geht weg, geht alle weg!«

Warwara und Klim gingen hinaus. Lida blieb und versuchte, den Kranken zu beruhigen. Ins Esszimmer drang sein Geschrei:

»Bringt mich ins Krankenhaus ...«

»Ich glaube nicht an seinen Irrsinn«, sagte Warwara laut. »Ich liebe ihn nicht und glaube nicht daran.«

Jetzt kam auch Lida, Sie presste die Hände an die Schläfen und setzte sich schweigend ans Fenster.

Klim fragte:

»Was hat der Arzt festgestellt?«

Lida sah ihn mit verständnislosem Blick an. Die blauen Schatten in den Höhlen ließen ihre Augen heller erscheinen.

Klim wiederholte seine Frage.

»Die Rippen sind gequetscht. Ein Arm ausgerenkt. Aber das Schlimmste ist die Erschütterung der Nerven. Er hat die ganze Nacht im Fieber geschrien: ›Zerdrückt mich nicht!‹, und verlangt, man solle die Leute weiter auseinander jagen. Nein, sag du mir, was das ist!«

»Eine fixe Idee«, sagte Klim.

Das Mädchen blickte ihn wieder verständnislos an und sagte dann:

»Das meine ich nicht. Nicht ihn. Übrigens weiß ich selbst nicht, was ich meine.«

»Er war auch vorher nicht normal«, bemerkte Klim hartnäckig.

»Was heißt hier normal? Dass die Menschen einander erst zerquetschen und dann Harmonika spielen? Nebenan wurde bis zum Morgen Harmonika gespielt.«

Mit Paketen behängt, trat Makarow ins Zimmer. Er blickte Lida scheel an:

»Habt ihr schlafen können?«

Ohne ihn eines Blickes zu würdigen und ohne zu antworten, fuhr sie mit gedämpfter Stimme fort:

»Normal bedeutet, wenn alles ruhig ist, nicht wahr? Aber das Leben wird ja immer unruhiger.«

»Ein normaler Organismus verlangt Beseitigung krankhafter und unangenehmer Erregungen«, knurrte böse Makarow, während er die Pakete mit Verbandstoff und Watte aufschnürte. »Das ist ein biologisches Gesetz. Wir dagegen begrüßen vor Langerweile und Nichtstun die krankhaften Erregungen wie Feiertage. Deshalb, weil einige Schwachköpfe ...«

Lida sprang auf und schrie gepresst:

»Unterstehen Sie sich nicht, in meiner Gegenwart so zu sprechen!«

»Und in Ihrer Abwesenheit darf ich es?«

Sie lief hinaus in Warwaras Zimmer.

»Neigung zur Hysterie!«, bellte Makarow hinter ihr drein. »Gehen wir, Klim, hilf mir, ihm seine Kompresse zu machen.«

Diomidow drehte sich stumm und gehorsam unter seinen Händen, aber Samgin bemerkte, dass die leeren Augen des Kranken Makarows Gesicht auswichen, und als Makarow ihn aufforderte, einen Löffel Brom zu nehmen, wandte Diomidow das Gesicht zur Wand.

»Ich will nicht. Geht weg.«

Makarow zwang sich, ihm zuzureden, und blickte dabei aus dem Fenster, ohne zu bemerken, dass die Flüssigkeit vom Löffel auf Diomidows Schulter tropfte. Da hob Diomidow den Kopf und fragte, während sein geschwollenes Gesicht sich verzerrte:

»Warum quält ihr mich?«

»Sie müssen trinken«, sagte Makarow gleichmütig.

In den Augen des Kranken erschienen blaue Fünkchen. Er schluckte die Mixtur hinunter und spuckte gegen die Wand.

Makarow verweilte noch eine Minute an seinem Bett. Er hatte ein vollkommen fremdes Aussehen, zog die Schultern hinauf, krümmte den Rücken und krachte mit den Fingern. Dann seufzte er und bat Klim:

»Sag Lida, diese Nacht werde ich Wache halten ...«

Damit ging er.

Diomidow lag ausgestreckt, mit geschlossenen Augen, aber sein Mund stand offen, und sein Gesicht schrie wieder wortlos. Man konnte glauben, er habe den Mund absichtlich geöffnet, weil er wusste, dass sein Gesicht dann tot und unheimlich aussah. Auf der Straße rasselten ohrenbetäubend die Trommeln. Der gleichmäßige Tritt von Hunderten von Soldatenstiefeln erschütterte den Boden. Hysterisch bellte ein erschrockener Hund. Es war unbehaglich im Zimmer. Es war nicht aufgeräumt und erfüllt von schwerem Alkoholgeruch. In Lidas Bett lag ein Schwachsinniger.

»Vielleicht lag er auch darin, als er gesund war ...«

Klim zuckte zusammen, als er sich Lidas Körper in diesen kalten, sonderbar weißen Armen vorstellte. Er stand auf und begann im Zimmer auf und ab zu schreiten, wobei er rücksichtslos laut auftrat. Er stampfte noch heftiger, als er sah, dass Diomidow seine bläuliche Nase zu ihm hinwandte, die Augen öffnete und sagte:

»Ich will nicht, dass er wacht, Lida soll es tun. Ich liebe ihn nicht.«

Klim trat an sein Bett, reckte den Hals, drohte ihm mit der Faust und sagte leise:

»Schweig, du schwachsinnige Laus!«

Klim verspürte zum ersten Mal in seinem Leben die berauschende Süßigkeit der Wut. Er weidete sich an dem erschrockenen Gesicht Diomidows, an seinen vorquellenden Augen und den Zuckungen seines Arms, der sich abmühte, das Kissen unter dem Kopf hervorzuziehen, während sein Kopf das Kissen nur noch fester ans Bett presste.

»Schweig! Hörst du?« wiederholte er und ging aus dem Zimmer.

Lida saß im Esszimmer auf dem Sofa, in der Hand eine Zeitung, sah aber über sie hinweg auf den Boden.

»Was macht er?«

»Fiebert«, sagte Klim geistesgegenwärtig. »Fürchtet jemanden. Fantasiert von Läusen und Flöhen ...«

Samgin, der einem Menschen, wenn es auch nur ein armseliger war, Schrecken eingejagt hatte, fühlte sich stark. Er nahm an Lidas Seite Platz und sagte kühn:

»Lida, Täubchen, das alles musst du aufgeben, es ist nichts als Einbildung, hat keinen Wert und reißt dich nur ins Verderben.«

Sie hob mahnend die Hand.

»Pst«, machte sie und blickte besorgt auf die Tür. Er dämpfte die Stimme und fuhr, während er ihr ins erschöpfte Gesicht sah, fort:

»Verlasse diese kranken, theatralischen und verpfuschten Menschen und versuche einfach zu leben, einfach zu lieben ...«

Er redete lange, ohne klar zu verstehen, was er sagte. An Lidas Augen sah er, dass sie ihm vertrauensvoll und aufmerksam zuhörte. Sie nickte sogar unwillkürlich mit dem Kopf, auf ihren Wangen erschien und verschwand tiefe Röte, manchmal schlug sie schuldbewusst die Augen nieder, und dies alles erfüllte ihn mit wachsendem Mut.

»Ja, ja«, flüsterte sie, »aber nicht so laut! »Er erschien mir so ungewöhnlich. Aber gestern, im Schmutz ... Und ich wusste nicht, dass er feige ist. Aber er ist ja feige. Er tut mir leid, aber das ist nicht mehr dasselbe. Auf einmal ist es nicht mehr dasselbe. Ich schäme mich sehr. Ich bin natürlich schuldig ... ich weiß!«

Sie legte zögernd ihren Arm auf seine Schulter:

»Ich täusche mich immer. Auch du bist ja ein anderer, als ich gewohnt war, in dir zu sehen.«

Klim versuchte, sie zu umarmen, aber sie entzog sich ihm, erhob sich, stieß mit dem Fuß die Zeitung zur Seite und trat an Warwaras Zimmertür, vor der sie lauschend stehen blieb.

Durchs offene Fenster drang aus dem Hof das aufdringlich klagende Pfeifen eines Leierkastens herein. Und der neiderfüllte und spöttische Ausruf:

»Ach, werden die Sargtischler ein schönes Geld verdienen!«

»Sie scheint zu schlafen«, sagte Lida leise und entfernte sich von der Tür.

Klim begann ihr ernsthaft klarzumachen, dass man Diomidow ins Krankenhaus schaffen müsse.

»Und du, Lida, solltest dir die Schule aus dem Kopf schlagen. Ohnehin lernst du gar nicht. Höre lieber Vorlesungen. Wir brauchen nicht Schauspieler, sondern gebildete Menschen, Du siehst ja, in was für einem wilden Land wir leben.«

Er wies mit der Hand nach dem Fenster, hinter dem die Drehorgel träge einen neuen Gassenhauer leierte.

Lida schwieg gedankenvoll. Als Klim sich von ihr verabschiedete, sagte er:

»Du solltest trotz alledem nicht vergessen, dass ich dich liebe. Meine Liebe verpflichtet dich zu nichts, aber sie ist tief und ernst.«

Klim schritt rüstig, ohne den Entgegenkommenden auszuweichen, durch die Straßen. Zuweilen streiften Stücke dreifarbigen Fahnentuchs seine Mütze. Überall lärmten festlich die Menschen, deren glückliche Natur ihnen erlaubte, das Unglück ihrer Nächsten schnell zu vergessen. Samgin studierte ihre angeregten, triumphierenden Gesichter, ihren Sonntagsstaat und verachtete sie mehr denn je.

»In Diomidows tierischer Furcht vor den Menschen ist etwas Richtiges ...«

Während er eine menschenleere und schmale Gasse passierte, kam er zu dem Endergebnis, dass es sich mit Lida und den Anschauungen eines Preis friedlich und gut leben ließ.

Doch einige Zeit darauf erzählte Preis Klim vom Streik der Weber in Petersburg. Er erzählte davon mit solchem Stolz, als habe er selbst diesen Streik organisiert, und mit solcher Begeisterung, als spräche er von seinem persönlichen Glück.

»Haben Sie vom ›Kampfbund‹ gehört? Das ist seine Arbeit. Eine neue Ära beginnt, Samgin, Sie werden sehen!«

Er blickte ihm mit seinen Sammetaugen freundlich ins Gesicht und fragte:

»Und Sie studieren immer noch die Länge der Wege, die zum Ziel führen? Glauben Sie mir: Der Weg, den die Arbeiterklasse geht, ist der kürzeste. Der schwerste und der kürzeste. Soweit ich Sie verstehe, sind Sie kein Idealist, und Ihr Weg ist der unsere, mühselig, aber gerade.«

Samgin schien, dass Preis, der sich sonst immer eines fehlerfreien und reinen Russisch befleißigte, in diesem Augenblick mit Akzent spreche und aus seiner Freude der Hass des Menschen einer anderen Rasse, eines Misshandelten, klinge, der Russland rachsüchtig Schwierigkeiten und Unglück wünscht.

Es ergab sich stets, dass Klim gleich nach Preis Marakujew unter die Augen kam. Diese beiden Menschen schritten gleichsam in Kreisen durchs Leben und beschrieben Achterschleifen: Jeder rotierte im eigenen Wortkreis, doch an einem Punkt schnitten beide Kreise einander. Dieser Umstand war verdächtig und verführte zu der Annahme, dass die Zusammenstöße zwischen Marakujew und Preis nur zum Schein stattfanden, dass sie ein Spiel zur Belehrung und Verführung der anderen waren, Pokarjew hingegen wurde schweigsamer, stritt weniger, spielte seltener Gitarre, und seine ganze Gestalt bekam etwas Hölzernes und Steifes. Diese Veränderung hatte wahrscheinlich ihren geheimen Grund in der wachsenden Vertraulichkeit zwischen Marakujew und Warwara.

Bei der Beerdigung ihres Stiefvaters führte er sie an seinem Arm durch die Gräberreihen, neigte seinen Kopf gegen ihre Schulter und flüsterte ihr etwas zu, während sie sich umblickte und wie ein hungriges Pferd den Kopf schüttelte, und in ihrem Gesicht erfror eine düstere, drohende Grimasse.

Wenn man sich zu Hause bei Warwara zum Abendessen setzte, nahm Marakujew stets neben ihr Platz, aß von ihrer Lieblingsmarmelade, schlug mit der flachen Hand auf das arg mitgenommene Buch Krawtschinski-Stepnjaks »Das unterirdische Russland« und sagte schneidig:

»Wir brauchen Hunderte von Helden, um das Volk zum Freiheitskampf aufzurufen.«

Samgin beneidete Marakujew wegen seines Talents, mit Feuer zu reden, wenngleich ihm schien, dass dieser Mensch stets dieselben schlechten Verse in Prosa vortrug. Warwara lauschte ihm stumm und mit zusammengepressten Lippen. Ihre grünlichen Augen hingen so gebannt am Metall des Samowars, als säße darin jemand, der sie mit bewundernden Blicken betrachtete.

Unangenehm war Lidas Aufmerksamkeit für Marakujews Reden. Sie stützte die Arme auf den Tisch, drückte die Hände an die Schläfen und versenkte sich in das runde Gesicht des Studenten wie in ein Buch. Klim besorgte, dass dieses Buch sie stärker interessierte, als nötig war. Zuweilen, wenn er von Sofia Perowskaja und Wera Figner erzählte, öffnete Lida sogar ein wenig den Mund. Man sah dann einen Saum feiner Zähne, der ihrem Gesicht einen Ausdruck verlieh, der Klim manchmal an ein Raubtier erinnerte. Manchmal aber fand er ihn einfältig.

»So werden Heldinnen erzogen«, dachte er und fand es von Zeit zu Zeit notwendig, die flammenden Reden Marakujews durch ein paar abkühlende Sätze zu unterbrechen.

»Nur Makkabäer sterben, ohne zu siegen. Wir aber müssen siegen ...«

Aber diese Bemerkung wirkte nicht im Mindesten abkühlend auf Marakujew. Im Gegenteil, sie entflammte ihn nur noch heftiger.

»Ja, siegen!«, schrie er. »Aber in welchem Kampf? Im Kampf um Groschen? Damit die Menschen satt zu essen haben?«

Mit strafender Geste wies er auf Klim als auf ein abschreckendes Beispiel für die Mädchen. Und explodierte wie eine Rakete:

»Er gehört zu denen, die glauben, dass nur der Hunger die Welt regiert, dass uns nur das Gesetz des Kampfes um ein Stück Brot beherrscht, und dass für die Liebe kein Raum im Leben ist. Den Materialisten ist die Schönheit der selbstlosen Tat verschlossen. Lächerlich erscheint ihnen die heilige Torheit eines Don Quijote, lächerlich die Vermessenheit eines Prometheus, die der Welt ihren Glanz gibt.«

Marakujew schleuderte die Namen Fra Dolcino, Johann Hus und Masaniello hinaus, und sein lyrischer Tenor heulte dabei aufreizend.

»Vergessen Sie ja nicht den Herostrat«, sagte Samgin ärgerlich.

Wie sich das nicht selten bei ihm ereignete, waren diese Worte ihm selbst eine Überraschung. Er staunte und hörte auf, die entrüsteten Schreie seines Gegners zu beachten.

»Wie, wenn alle diese gepriesenen Toren nicht frei von Herostratentum wären?«, grübelte er. »Sollten nicht viele unter ihnen nur darum Tempel zerstören, um durch die Trümmer ihren Namen zu verewigen? Gewiss gibt es unter ihnen auch solche, die die Tempel zerstören, um sie in drei Tagen aufzubauen. Aber sie bauen sie nicht wieder auf.«

Marakujew schrie:

»Sie hätten hören sollen, wie und was der Arbeiter sagte, dem wir – Sie erinnern sich? – damals begegneten? ...«

»Ich erinnere mich«, sagte Klim. »Das war damals, als Sie ...«

Marakujew errötete bis an die Ohrenspitzen und fuhr von seinem Stuhl auf:

»Ja, ganz recht! Als ich weinte, jawohl! Sie denken vielleicht, dass ich mich dieser Tränen schäme? Da irren Sie sich sehr.«

Klim zuckte die Achseln.

»Was soll man machen?« entgegnete er. »Ich versuche ja auch nicht, mit meinen Gedanken zu prunken.«

Nachdem sie einander noch etwa ein Dutzend Steinchen an den Kopf geworfen hatten, nötigten die versöhnlichen Bemerkungen der jungen Mädchen sie zum Schweigen. Dann gingen Marakujew und Warwara fort, und Klim fragte Lida:

»Wie ist es also, gedenkt sie die Rolle der Perowskaja zu spielen?«

»Ärgere dich nicht«, sagte Lida und blickte nachdenklich aus dem Fenster. »Marakujew hat recht: Um leben zu können, muss es Helden geben. Das begreift sogar Konstantin, der mir neulich sagte: ›Nichts kristallisiert anders als am Kristall.‹ Also bedarf selbst das Salz des Helden.«

Klim trat zu ihr.

»Er liebt dich noch immer«, sagte er.

»Ich begreife nicht warum? Er ist so ein ... Er ist nicht dafür bestimmt. Nein, rühre mich nicht an«, sagte sie, als Klim versuchte, sie zu umarmen. »Konstantin tut mir so leid, dass ich ihn manchmal hasse, weil er nur Mitleid in mir weckt.«

Lida stellte sich vor den Spiegel, betrachtete mit einem Klim rätselhaften Ausdruck ihr Gesicht und fuhr leise fort:

»Auch die Liebe verlangt Heldentum. Und ich kann keine Heldin sein. Warwara kann es. Für sie ist auch die Liebe Theater. Ein unsichtbares Publikum weidet sich gelassen an den Liebesqualen der Menschen, an ihren verzweifelten Anstrengungen zu lieben. Marakujew meint, dieses Publikum sei die Natur. Das verstehe ich nicht. Ich glaube, auch Marakujew versteht nichts, außer dem einen, dass es notwendig ist zu lieben.«

Klim hatte kein Verlangen mehr, ihren Körper zu berühren, und dies beunruhigte ihn sehr.

Es war noch nicht spät. Soeben war die Sonne untergegangen, und ihr rötlicher Widerschein stand noch in den Kuppeln der Kirchen. Von Norden zog Gewölk heran, es donnerte gedämpft, als setze ein Bär träge seine weichen Tatzen über die Eisendächer der Häuser.

»Weißt du«, vernahm Klim, »ich glaube längst nicht mehr an Gott, aber jedes Mal, wenn ich etwas Kränkendes und Böses erlebe, denke ich an ihn. Ist das nicht eigentümlich? Ich weiß wirklich nicht, was aus mir werden soll.«

Über diesen Gegenstand wusste Klim ganz und gar nicht zu reden. Aber er sagte mit soviel Überzeugungskraft, wie er aufbringen konnte:

»Unsere Zeit bedarf der schlichten, tapferen Arbeit, um der kulturellen Bereicherung des Landes willen ...«

Er hielt inne, da er sah, dass das Mädchen ihre Arme um den Nacken geschlungen hatte und ihre dunklen Augen ihn mit einem Lächeln ansahen, das ihn wieder so sehr verwirrte, wie schon lange nicht mehr.

»Warum siehst du mich so an?«, murmelte er.

Lida antwortete sehr ruhig:

»Ich bin überzeugt, dass du an deine Worte nicht glaubst.«

»Warum denn?«

Sie gab keine Antwort. Eine Minute darauf sagte sie:

»Es wird regnen. Heftig.«

Klim erriet ihren Wink und ging. Am anderen Tag, auf dem Wege zu ihr, traf er auf dem Boulevard Warwara in weißem Rock und rosa Bluse und mit einer roten Feder am Hut.

»Wollen Sie zu uns?«, fragte sie, und Klim bemerkte in ihren Augen spöttische Fünkchen. »Ich gehe nach Sokolniki. Kommen Sie mit? Lida? Aber die ist ja gestern nach Hause gefahren, wissen Sie das denn nicht?«

»Schon?«, fragte Klim, der seine Betretenheit und Enttäuschung geschickt verbarg. »Sie wollte doch erst morgen reisen.«

»Ich glaube, sie wollte überhaupt nicht fort, aber sie ist dieses Diomidows mit seinen Zettelchen und Klagen überdrüssig geworden.«

Klim verstand nur mit Mühe ihr Vogelgezwitscher, das vom Lärm der Räder und vom Kreischen der Straßenbahnen in den Schienenkurven übertönt wurde.

»Sie reisen wahrscheinlich auch bald ab?«

»Ja, übermorgen.«

»Werden Sie sich von mir verabschieden?«

»Natürlich«, sagte Klim und dachte: »Von dir, buntscheckige Kuh, würde ich mich mit Freuden fürs ganze Leben verabschieden.«

Es war wirklich Zeit, heimzufahren. Die Mutter schrieb ganz ungewohnt lange Briefe, in denen sie vorsichtig die Umsicht und Energie der Spiwak lobte und mitteilte, dass die Herausgabe der Zeitung Warawka sehr in Anspruch nehme. Am Schluss des Briefes beklagte sie sich noch einmal:

»Auch im Hause ist mehr zu tun, seit Tanja Kulikow gestorben ist. Dies hat sich unerwartet und auf unerklärliche Weise ereignet. So zerbricht zuweilen aus unbekannten Gründen ein gläserner Gegenstand, ohne dass man ihn berührt hat. Beichte und Abendmahl hat sie zurückgewiesen. In Menschen wie sie schlagen Vorurteile sehr tief Wurzel. Ich betrachte Gottlosigkeit als ein Vorurteil.«

Vor Klims Augen erstand die farblose kleine Gestalt dieses Wesen, das, ohne zu klagen und ohne für sich etwas zu verlangen, sein ganzes Leben lang fremden Menschen gedient hatte. Es stimmte einen sogar ein wenig traurig, an Tanja Kulikow zu denken, dieses seltsame Menschenkind, das nicht philosophierte, sich nicht mit Worten schminkte, sondern sich nur darum sorgte, dass die Menschen es gut hatten.

»Das war eine christliche Natur«, dachte er, »eine wahrhaft christliche.«

Aber er erkannte sogleich, dass er bei diesem Epitaph nicht stehen bleiben durfte: »Auch Tiere, zum Beispiel Hunde, dienen ja den Menschen hingebend. Gewiss sind Menschen wie Tanja Kulikow nützlicher als diejenigen, die in schmutzigen Kellern über die Dummheit von Stein und Holz predigen, notwendiger, als die schwachsinnigen Diomidows, aber ...«

Er fand nicht die Zeit, diesen Gedanken zu Ende zu führen, denn im Korridor ertönten schwere Schritte, Gelaufe und die zwitschernde Stimme seines Zimmernachbarn. Dieser Nachbar war ein stämmiger Mann von dreißig Jahren. Er ging immer in Schwarz, hatte schwarze Augen und blaue Backen, sein dichter schwarzer Schnurrbart war kurz geschnitten und von wulstigen, grellroten Lippen untermalt. Er nannte sich einen »Virtuosen auf Holzblasinstrumenten«, aber Samgin hatte ihn niemals auf einer Klarinette, einer Hoboe oder einem Fagott spielen hören. Der schwarze Mensch führte ein geheimnisvolles Nachtleben. Bis Mittag schlief er, raschelte bis zum Abend mit Karten auf dem Tisch und sang mit zwitschernder Stimme halblaut immer eine und dieselbe Romanze:

»Warum folgt er mir nach,
Sucht mich überall?«

Abends verließ er mit einem dicken Spazierstock in der Hand und in die Stirn gerückter Melone das Haus. Wenn Samgin ihm auf dem Korridor oder auf der Straße begegnete, dachte er, so müssten Agenten der Geheimpolizei und Schwindler aussehen.

Als er jetzt durch den Spalt der angelehnten Tür in den Korridor blickte, sah er, wie der schwarze Mensch die üppige kleine Schwester der Zimmerwirtin in sein Zimmer zwängte, wie ein Kissen in einen Koffer, und dabei durch die Nase gurrte:

»Was laufen Sie denn weg, he? Warum laufen Sie weg von mir?«

Klim Samgin schlug protestierend die Tür zu, setzte sich grinsend auf sein Bett und plötzlich erleuchtete und durchwärmte ihn eine glückliche Erkenntnis.

»Warum läufst du weg von mir?« wiederholte er die eindringlichen Worte des »Virtuosen auf Holzblasinstrumenten«. Einen Tag darauf reiste er mit der festen Gewissheit, sich gegen Lida dumm wie ein Gymnasiast benommen zu haben, nach Hause.

»Liebe bedarf der Geste!«

Ganz ohne Zweifel lief Lida vor ihm weg, nur dadurch allein erklärte sich ihre plötzliche Abreise.

»Zuweilen flüstert einem das Leben sehr zur rechten Zeit Erkenntnisse ein.«

Die Mutter empfing ihn mit hastigen Zärtlichkeiten und fuhr sogleich mit der Spiwak fort, wie sie erklärte, um den Gouverneur zum Gottesdienst anlässlich der Einweihung der Schule einzuladen.

Warawka saß im Esszimmer am Frühstückstisch. Er trug einen blau und goldfarbig gewürfelten chinesischen Schlafrock und eine violette, ärmellose tatarische Jacke, spielte mit seinem Bart, schnaubte bekümmert und sagte:

»Wir leben in einem Dreieck von Extremen.«

Ihm gegenüber hatte ein bejahrter, kahlköpfiger Mann mit breitem Gesicht und einer sehr scharfen Brille auf der weichen Nase die Ellenbogen ungezwungen auf den Tisch gestützt und es sich auf seinem Platz bequem gemacht. Er war mit einem grauen Jackett über einem bunten Fantasiehemd bekleidet und trug statt einer Krawatte eine schwarze Quastenschnur. Er war ins Essen vertieft und schwieg. Warawka nannte einen langen Doppelnamen und fügte hinzu:

»Unser Redakteur.«

Er begann, wie immer, ohne erst lange nach Worten zu suchen:

»Die Seiten des Dreiecks sind: der Bürokratismus, die sich neu bildende Volkstümlerbewegung und der Marxismus mit seiner Behandlung der Arbeiterfrage ...«

Der Redakteur neigte den Kopf.

»Vollkommen einverstanden«, sagte er. Die Quasten der Schnur glitten unter der Weste hervor und hingen auf den Teller herab. Der Redakteur stopfte sie mit hastigen Bewegungen seiner kurzen roten Finger an ihren Platz zurück.

Er aß in sehr bemerkenswerter Weise und mit großer Vorsicht. Aufmerksam wachte er darüber, dass die Scheiben kalten Fleisches und Schinken gleich groß waren, beschnitt mit dem Messer sorgfältig den überragenden Rand, durchbohrte beide Scheiben mit der Gabel, hob, bevor er sie in den Mund und auf die breiten, stumpfen Zähne legte, die Gabel an die Brille und prüfte forschend die zweifarbigen Stückchen. Sogar die Gurke verzehrte er mit unendlicher Behutsamkeit wie einen Fisch, als erwarte er, eine Gräte darin zu finden. Er kaute langsam, wobei die grauen Haare auf seinen Backenknochen sich sträubten und sein straffes, akkurat gestutztes Kinnbärtchen sich hob und senkte. Er erweckte den Eindruck eines starken, zuverlässigen Mannes, der gewohnt war und es verstand, alles mit der gleichen Behutsamkeit und Sicherheit zu erledigen, mit der er aß.

Die lustigen Bärenäuglein in Warawkas knallrotem Gesicht betrachteten wohlwollend die hohe, glatte Stirn, die solid spiegelnde Glatze und die starken, unbeweglichen grauen Augenbrauen. Am bemerkenswertesten an dem umfangreichen Gesicht des Redakteurs fand Klim die beleidigt herabhängende, violette Unterlippe. Diese bizarre Lippe verlieh seinem plüschfarbenen Gesicht einen verzogenen Ausdruck. Mit einer solchen Schmolllippe pflegen Kinder unter Erwachsenen zu sitzen, überzeugt, dass man sie ungerecht bestraft habe. Die Sprechweise des Redakteurs war bedächtig, sehr klar und leicht stotternd. Vor die Vokale setzte er gleichsam ein Apostroph.

»Das h'eißt: die ›R'ussischen N'achrichten‹, aber ohne ihren Akademismus und, wie Sie sagten, mit einem Maximum an lebendigem Verständnis für die wahren Kulturbedürfnisse unseres Gouvernements.«

»Sehr richtig, sehr richtig!«, sagte Warawka und zog schnuppernd die Luft ein.

Irgendwo ganz in der Nähe dröhnte und krachte es ohrenbetäubend, als würde ein hölzernes Haus aus einer Kanone beschossen. Der Redakteur warf einen missbilligenden Blick aus dem Fenster und verkündete:

»Ein viel zu regnerischer Sommer.«

Klim stand auf und schloss die Fenster. Ein Regenschauer prasselte stürmisch gegen die Scheiben. Durch das nasse Rauschen hindurch hörte Klim die deutlichen Worte:

»Als Feuilletonredakteur haben wir einen erfahrenen Journalisten – Robinson. Er hat einen Namen. Was wir brauchen, ist ein Literaturkritiker mit gesundem Menschenverstand, der gegen die krankhaften Strömungen in der zeitgenössischen Literatur zu kämpfen versteht. Aber einen solchen Mitarbeiter vermag ich nicht zu entdecken.«

Warawka zwinkerte Klim zu und fragte:

»Na, Klim?«

Samgin zuckte schweigend die Achseln. Ihm kam es so vor, als hänge die Lippe des Redakteurs noch beleidigter herab.

Man trug Kaffee auf. In das Hallen des Donners und das wütende Klatschen des Regens mischten sich die Klänge eines Flügels.

»Nun, versuch es mal«, drängte Warawka.

»Ich werde es mir überlegen«, antwortete Klim leise. Alles war jetzt uninteressant und überflüssig geworden: Warawka, der Redakteur, der Regen und der Donner. Eine Gewalt hob ihn empor und trug ihn nach oben.

Als er ins Vorzimmer hinaustrat, zeigte der Spiegel ihm ein bleich gewordenes, trockenes und zorniges Gesicht. Er nahm die Brille ab, rieb sich mit beiden Händen fest die Wangen und konstatierte nun, dass seine Züge weicher und gefühlvoller geworden waren.

Lida saß am Flügel und spielte »Solveigs Lied«.

»Oh, bist du gekommen?«, fragte sie und streckte ihm die Hand hin. Sie war ganz in Weiß, sonderbar klein und lächelte. Samgin fühlte, dass ihre Hand unnatürlich heiß war und zitterte. Ihre Augen blickten liebevoll. Ihre Bluse stand offen und entblößte tief ihre dunkle Brust.

»Während des Gewitters wirkt Musik besonders erregend«, sagte Lida, ohne ihm ihre Hand zu entziehen. Sie fügte noch etwas hinzu, was Klim nicht mehr hörte. Er fragte dumpf und streng: »Warum bist du so plötzlich abgereist?«, hob sie mit ungewöhnlicher Leichtigkeit vom Stuhl und umarmte sie.

Er hatte etwas anderes fragen wollen, aber keine Worte gefunden. Er handelte wie in tiefer Dunkelheit. Lida schreckte zurück, er umarmte sie fester und bedeckte ihre Schulter und ihre Brust mit Küssen.

»Wage es nicht!«, sagte sie und stieß ihn mit Armen und Knien zurück. »Wag' es nicht, hörst du!«

Sie riss sich aus seiner Umarmung. Klim wankte, setzte sich vor den Flügel und neigte sich über die Klaviatur. Wogen eines erschütternden Bebens überfluteten ihn, er glaubte, in Ohnmacht zu sinken. Lida war irgendwo weit hinter ihm, er hörte ihre empörte Stimme, das Klopfen ihrer Hand gegen den Tisch.

»Ich liebe sie wahnsinnig«, beteuerte er in Gedanken, »wahnsinnig«, beharrte er, als stritte er mit jemand.

Dann fühlte er ihre leichte Hand auf seinem Kopf, hörte ihre bange Frage:

»Was hast du?«

Er umschlang von Neuem mit beiden Armen ihre Taille und drückte seine Wange an ihre Hüfte. »Ich weiß nicht«, sagte er.

»Oh mein Gott«, sagte Lida still. Sie versuchte nicht mehr, sich zu befreien. Im Gegenteil, sie schien sich noch inniger an ihn zu schmiegen, obwohl dies unmöglich war.

»Was soll nun werden?«, fragte Klim.

Sie löste vorsichtig seine Arme von ihrem Körper und verließ ihn. In dem Zimmer, in dem ihre Mutter gewohnt hatte, blieb sie stehen, ließ die Arme am Körper herabsinken und neigte den Kopf, als ob sie bete. Der Regen schlug immer wütender gegen die Fenster, man hörte die röchelnden Laute des Wassers in den Abflussrohren.

»Geh jetzt, bitte«, sagte Lida.

Samgin stand auf und näherte sich ihr. Es war, als bitte sie nicht ihn, zu gehen.

»Ich bitte dich doch, geh!« Was nach diesen Worten geschah, war leicht, einfach und dauerte nur eine ganz kurze Zeit, es schienen Sekunden zu sein. Am Fenster stehend, erinnerte sich Samgin mit tiefem Staunen daran, wie er das Mädchen auf den Arm nahm und sie, während sie sich hintenüber aufs Bett warf und seine Ohren und Schläfen zwischen ihren Händen zusammenpresste, dunkle Worte sagte und ihm mit einem hellen, blendenden Blick in die Augen sah.

Und nun stand sie vor dem Spiegel und ordnete mit zitternden Händen Kleidung und Frisur. Im Spiegelbild waren ihre Augen weit geöffnet, starr und angsterfüllt. Sie biss sich die Lippen, als dränge sie Schmerzen oder Tränen zurück.

»Geliebte«, flüsterte Klim in den Spiegel; er fand in seinem Innern weder Freude noch Stolz, fühlte nicht, dass Lida ihm teurer geworden war und wusste nicht, wie er handeln und was er sagen musste. Er sah, dass er sich getäuscht hatte: Lida betrachtete sich nicht mit Angst, sondern fragend, erstaunt.

»Lass«, sagte sie und begann die zerdrückten Kissen glatt zu klopfen. Da trat er von Neuem ans Fenster und sah durch den dichten Regenschleier zu, wie die Blätter der Bäume tanzten und kleine graue Kugeln über das eiserne Dach des Flügels hüpften.

»Ich bin ausdauernd, ich habe es gewollt und erreicht«, sagte er sich, da er das Bedürfnis empfand, sich auf irgendeine Weise zu trösten.

»Du, geh jetzt«, sagte Lida und blickte mit dem gleichen besorgten und fragenden Ausdruck auf das Bett. Samgin küsste ihr wortlos die Hand und ging hinaus.

Alles hatte sich anders abgespielt, als er erwartete. Er fühlte sich betrogen.

»Aber was hoffte ich eigentlich?«, fragte er sich. »Nur das eine, dass es dem mit Margarita und der Nechajew Erlebten nicht gleichen würde?«

Und er tröstete sich:

»Vielleicht wird es auch noch so werden.«

Aber der Trost währte nicht lange, schon im nächsten Augenblick kam ihm der kränkende Gedanke:

»Es war, als ob sie mir ein Almosen gereicht hätte ...«

Und zum zehnten Mal fiel ihm ein:

»Ja, war denn ein Junge da? Vielleicht war gar kein Junge da?«

Als er in seinem Zimmer war, schloss er die Tür zu, legte sich hin und lag so bis zum Abendtee. Als er ins Esszimmer trat, schritt dort die Spiwak wie ein Wachtposten auf und ab, dünn und schlank nach der Entbindung und mit gerundeter Brust. Sie begrüßte ihn mit der freundlichen Gleichgültigkeit einer alten Bekannten, fand ihn stark abgemagert und wandte sich dann wieder an Wera Petrowna, die am Samowar saß: »Siebzehn Mädchen und neun Knaben, wir brauchen aber unbedingt dreißig Schüler ...«

Von ihren Schultern floss ein leichtes perlfarbiges Gewebe. Die durchschimmernde Haut der Arme hatte die Tönung von Öl. Sie war unvergleichlich viel schöner als Lida, und dies reizte Klim. Ihn reizte auch ihr dozierender und geschäftsmäßiger Ton, ihre Buchsprache und ihre Manier, obwohl sie fünfzehn Jahre jünger als Wera Petrowna war, mit ihr zu sprechen wie die Ältere.

Als die Mutter Klim fragte, ob Warawka ihm angeboten habe, den kritischen Teil und die Bibliografie der Zeitung zu übernehmen, sagte sie, ohne Klims Antwort abzuwarten, lebhaft:

»Erinnern Sie sich, das war meine Idee? Sie besitzen alle Qualitäten für diese Rolle: kritischen Geist, im Zaun gehalten durch ein vorsichtiges Urteil, und guten Geschmack.«

Sie sagte das freundlich und ernsthaft, aber im Bau ihres Satzes schien Klim etwas Spöttisches zu liegen.

»Gewiss«, stimmte seine Mutter zu, wobei sie nickte und mit der Zungenspitze ihre verblichenen Lippen leckte. Klim forschte in dem verjüngten Gesicht der Spiwak und dachte:

»Was will sie von mir? Warum hat die Mutter sich so eng mit ihr angefreundet?«

Eine Flut rosenfarbenen Sonnenlichts wogte durchs Fenster herein. Die Spiwak schloss die Augen, legte den Kopf zurück und schwieg, während ein Lächeln ihre Lippen kräuselte. Man hörte jetzt Lida spielen. Auch Klim schwieg und verlor sich in den Anblick der rauchroten Wolken. Alles war unklar, mit Ausnahme des einen: Er musste Lida heiraten.

»Ich glaube, ich habe mich übereilt«, sagte er sich plötzlich, da er fühlte, dass in seinem Entschluss zu heiraten etwas Gezwungenes lag. Fast hätte er gesagt:

»Ich habe mich geirrt.«

Er hätte es sagen dürfen, denn er verspürte nicht mehr jenen Trieb zu Lida, der ihn so lange und so hartnäckig, wenn auch nicht heftig, bedrängt hatte.

Lida kam nicht zum Tee, sie zeigte sich auch nicht beim Abendessen.

Zwei Tage lang saß Klim zu Hause und wartete aufgeregt darauf, dass Lida im nächsten Augenblick zu ihm kommen oder ihn zu sich rufen werde. Den Mut, selbst zu ihr zu gehen, brachte er nicht auf, und es gab auch einen Vorwand, nicht hinzugehen: Lida hatte erklärt, sie fühle sich nicht wohl, und man brachte ihr das Mittagessen und den Tee auf ihr Zimmer.

»Dieses Unwohlsein ist wahrscheinlich ihr gewöhnlicher Anfall von Misanthropie«, sagte die Mutter mit einem Seufzen.

»Seltsame Charaktere bemerke ich unter der Jugend von heute«, fuhr sie fort, während sie Erdbeeren mit Zucker bestreute. »Wir lebten einfacher und heiterer. Diejenigen unter uns, die sich der Revolution zuwandten, bekannten sich mit Versen zu ihr und nicht mit Zahlen ...«

»Na weißt du, Mütterchen, Zahlen sind nicht schlechter als Verse«, brummte Warawka. »Mit Versen trocknest du den Sumpf nicht aus.«

Er nahm einen Schluck Wein, spülte damit den Mund aus, ließ das Nass durch die Gurgel laufen und sagte nach einigem Überlegen:

»Aber unsere Jugend ist wirklich säuerlich! Bei den Musikanten im Flügel verkehrt ein Bekannter von dir, Klim, wie heißt er doch gleich?«

»Inokow.«

»Richtig. Ein sonderbarer Kauz. Ich habe niemals einen Menschen gesehen, der allem und allen so fremd gegenübersteht. Ein Ausländer.«

Er musterte Klim forschend und mit einem spitzen Lächeln in den Augen und fragte:

»Und du – fühlst du dich nicht auch als Ausländer?«

»In einem Staat, in dem das Chodynka-Feld möglich ist«, begann Klim zornig, denn er war sowohl der Mutter wie Warawkas überdrüssig.

Gerade in diesem Augenblick erschien Lida in einem Schlafrock von bizarrer, goldglänzender Farbe, der Klim an die Gewänder der Frauen auf den Bildern Gabriele Rossettis erinnerte. Sie war von ungewohnter Lebhaftigkeit, scherzte über ihre Unpässlichkeit, schmiegte sich zärtlich an den Vater und erzählte bereitwillig Wera Petrowna, dass Alina ihr den Schlafrock aus Paris gesandt habe. Ihre Lebhaftigkeit erschien Klim verdächtig und vertiefte den Zustand gespannter Erwartung, in dem er sich seit zwei Tagen befand. Er war darauf gefasst, dass Lida jetzt etwas Ungewöhnliches und vielleicht Skandalöses sagen oder tun würde. Doch, wie immer, beachtete sie ihn fast gar nicht, und erst als sie ihr Zimmer aufsuchte, flüsterte sie ihm zu:

»Schließ deine Tür nicht ab.«

Es war für Klim erniedrigend, sich zu gestehen, dass dieses Flüstern ihn erschreckte, aber er erschrak in der Tat so heftig, dass seine Beine zitterten und er sogar taumelte wie nach einem Schlag. Er war fest davon überzeugt, dass sich in dieser Nacht zwischen ihm und Lida etwas Tragisches, Mörderisches abspielen würde. Mit dieser Gewissheit ging er wie ein zur Folter Verurteilter in sein Zimmer.

Lida ließ ihn lange warten – beinahe bis zum Morgengrauen. Die Nacht begann hell, aber schwül, und durch die geöffneten Fenster ergossen sich aus dem Garten Ströme feuchter Düfte der Erde, der Gräser und der Blumen. Dann verschwand der Mond, doch die Luft wurde noch feuchter und färbte sich dunstig blau. Klim Samgin saß halb entkleidet am Fenster, horchte ins Dunkel und schrak bei den unfasslichen Geräuschen der Nacht zusammen. Einige Male sagte er sich voll Hoffnung:

»Sie kommt nicht. Sie hat sich anders besonnen.«

Aber Lida kam. Als die Tür lautlos aufging und auf der Schwelle die weiße Gestalt erschien, erhob er sich und näherte sich ihr. Er hörte ein zorniges Flüstern:

»Mach doch das Fenster zu!«

Das Zimmer füllte sich mit undurchdringlicher Finsternis, in der Lida verschwand. Samgin suchte sie mit ausgestreckten Armen, ohne sie zu finden und zündete ein Streichholz an.

»Lass! Du sollst nicht! Kein Licht«, vernahm er.

Es gelang ihm noch, wahrzunehmen, dass Lida auf dem Bett saß und sich hastig ihres Schlafrocks entledigte. Die Umrisse ihrer Hände schimmerten vage auf. Er trat zu ihr und kniete nieder.

»Schnell, schnell«, hauchte sie.

Im Schutz der Dunkelheit gab sie sich schamloser Raserei hin, biss ihn in die Schultern, stöhnte und forderte keuchend:

»Spüren will ich, spüren ...«

Sie weckte seine Sinnlichkeit wie eine erfahrene Frau, gieriger, als die geübte und ihrer Sache mechanisch sichere Margarita, wütender als die hungrige, ohnmächtige Nechajew. Zuweilen fühlte er, dass er jetzt gleich das Bewusstsein verlieren und sein Herz aussetzen würde. Es gab einen Augenblick, wo ihm schien, dass sie weinte. Ihr unnatürlich heißer Körper zuckte minutenlang wie in verhaltenem, lautlosem Schluchzen. Aber er war nicht sicher, dass dem so war, wenngleich sie danach aufhörte, ihm stürmisch in die Ohren zu flüstern:

»Spüren ... spüren ...«

Er konnte sich nicht erinnern, wann sie gegangen war, schlief wie ein Toter und verbrachte, zwischen Glauben und Zweifel an der Wirklichkeit des Geschehenen schwankend, den ganzen folgenden Tag wie im Traum. Er fasste nur das eine: In dieser Nacht hatte er Unbeschreibliches, noch nie Erlebtes erfahren, aber – nicht das, was er erwartet und nicht so, wie er es sich ausgemalt hatte. Die folgenden gleich stürmischen Nächte überzeugten ihn endgültig davon.

In seinen Umarmungen vergaß Lida sich nicht für einen Augenblick. Sie sagte ihm nicht ein einziges jener lieben Worte der Freude, an denen die Nechajew so reich war. Auch Margarita, mochte ihre Art, die Liebkosungen zu genießen, auch roh sein, hatte etwas Tönendes und Dankbares. Lida liebte mit geschlossenen Augen, unersättlich, aber freudlos und finster. Eine Falte des Zorns zerschnitt ihre hohe Stirn, sie entzog sich seinen Küssen mit abgewandtem Gesicht und zusammengepressten Lippen, und wenn sie ihre langen Wimpern aufschlug, sah Klim in ihren dunklen Augen einen bösen, versengenden Schein. Aber das alles beengte ihn schon nicht mehr, kühlte seine Wollust nicht ab, sondern entflammte sie mit jedem neuen Zusammensein nur noch heftiger. Was ihn jedoch immer mehr verwirrte und störte, das war Lidas hartnäckige, bohrende Wissbegier. Zuerst belustigten ihre Fragen ihn nur durch ihre Kindlichkeit. Klim musste an die derb gewürzten Novellen des Mittelalters denken und konnte sich eines Lächelns nicht erwehren. Allmählich nahm diese Naivität einen zynischen Charakter an, und Klim fühlte hinter den Worten des Mädchens ein eigensinniges Bestreben, etwas ihm Unbekannten und Gleichgültigen auf den Grund zu gehen. Er redete sich ein, Lidas unschickliche Neugier rühre von französischen Büchern her, und sie würde ihrer bald müde werden und verstummen. Aber Lida ermüdete nicht. Während sie ihm fordernd in die Augen sah, forschte sie in hitzigem Ton:

»Was empfindest du? Du kannst doch nicht leben, ohne dieses zu empfinden, nicht wahr?«

Er empfahl ihr:

»Lieben muss man stumm.«

»Um nicht zu lügen?«, fragte sie.

»Schweigen ist nicht Lüge.«

»Dann ist es Feigheit«, sagte Lida und drang wieder in ihn:

»Wenn du genießt, erkennst du mich dann auf eine besondere Weise? Hat sich dann für dich in mir etwas verändert?«

»Gewiss«, antwortete Klim, um es sogleich zu bedauern, denn sie fragte:

»Wie denn? Was?«

Auf diese Fragen wusste er keine Antwort, fühlte, dass dieses Unvermögen ihn in den Augen des Mädchens herabsetzte, und dachte voll Verdruss:

»Vielleicht ist es auch nur der Zweck ihrer Fragen, mich zu sich herunterzuziehen.«

»Lass das«, sagte er schon nicht mehr freundlich. »Das sind unpassende Fragen in diesem Augenblick. Und sie sind kindisch.«

»Nun und? Wir sind beide einmal Kinder gewesen.«

Klim begann an ihr auch etwas wahrzunehmen, was den unfruchtbaren Grübeleien ähnelte, an denen er selbst einst gekrankt hatte. Es gab Augenblicke, wo sie plötzlich in einen Zustand halber Bewusstlosigkeit sank und minutenlang starr und stumm dalag. In diesen Minuten ruhte er aus und bestärkte sich in dem Gedanken, dass Lida anormal war und ihre Raserei ihr nur als Einleitung zu den Gesprächen diente. Sie liebkoste ihn mit wütender Leidenschaft, zuweilen schien es sogar, dass sie sich gewalttätig Qualen zufügte. Aber nach diesen Anfällen sah Klim, dass ihre Augen ihn feindselig oder fragend anschauten, und immer häufiger bemerkte er in ihren Pupillen böse Funken. Um diese Funken zu löschen, begann Klim Samgin sie gezwungen und bewusst von Neuem zu liebkosen. Zuweilen jedoch stieg in ihm der Wunsch auf, ihr Schmerzen zuzufügen und sich für diese bösen Funken zu rächen. Es war fatal, sich daran zu erinnern, dass sie ihm einmal körperlos und hauchzart erschienen war, dass er gerade mit diesem Mädchen eine ganz besondere, reine und tiefe Freundschaft schließen wollte und nur sie allein ihm helfen sollte, sich selbst zu finden und festen Boden unter den Füßen zu gewinnen. Ja, nicht ihre seltsame und unheimliche Liebe suchte er, sondern ihre Freundschaft. Und nun war er betrogen. Als Antwort auf seine Versuche, ihr sein Fühlen nahe zu bringen, hielt sie ihm ein Schweigen entgegen und manchmal ein spöttisches Lächeln, das ihn verletzte und seine Worte schon im Beginn auslöschte.

Es hatte den Anschein, als ob Lida selbst Furcht vor ihrem höhnischen Lächeln und dem bösen Feuer in ihren Augen habe. Wenn er Licht machte, verlangte sie:

»Lösch es aus.«

Und in der Dunkelheit hörte er sie flüstern:

»Und dies ist alles? Für alle dasselbe: für Dichter, Kutscher und Hunde?«

»Höre«, sagte Klim, »du bist eine Dekadente. Das ist etwas Krankhaftes bei dir ...«

»Aber Klim, es kann ja nicht sein, dass dich dieses befriedigt? Es kann nicht sein, dass um dessentwillen Romeo, Werther, Ortis, Julia und Manon zugrunde gingen!«

»Ich bin kein Romantiker«, knurrte Klim und wiederholte: »Es ist etwas Degeneriertes ...«

Da fragte sie ihn:

»Ich bin erbärmlich, nicht wahr? Mir fehlt etwas? Sag, was mir fehlt!«

»Einfachheit«, antwortete Klim, der nichts anderes zu sagen wusste.

»Die der Katzen?«

Er getraute sich nicht, ihr zu sagen:

»Das, was die Katzen auszeichnet, besitzest du im Überfluss.«

Während er sie rasend, ja, wuterfüllt liebkoste, befahl er ihr in Gedanken:

»Weine! Du sollst weinen!«

Sie stöhnte, aber sie weinte nicht, und Klim bezwang von Neuem mit Mühe den Wunsch, sie bis zu Tränen zu beleidigen und zu demütigen.

Einmal begann sie, ihn im Finstern hartnäckig zuzusetzen: Was er empfunden habe, als er zum ersten Mal eine Frau besaß.

Klim dachte nach und antwortete:

»Furcht. Und – Scham. Und du? Dort, oben?«

»Schmerz und Abscheu«, erwiderte sie, ohne sich zu besinnen. »Das Furchtbare empfand ich hier, als ich selbst zu dir kam.«

Sie rückte von ihm weg und fuhr nach einer Weile fort:

»Es war eigentlich nicht furchtbar, es war mehr. Es war wie das Sterben, so muss man in der letzten Minute seines Lebens fühlen, wenn der Schmerz aufgehört hat, und man nur noch stürzt. Ein Sturz ins Unbekannte, Unbegreifliche.«

Wieder schwieg sie und hauchte dann:

»Es gab einen Augenblick, wo in mir etwas starb, zugrunde ging, Hoffnungen, oder – ich weiß es nicht. Später die Verachtung vor mir selbst. Nicht Mitleid. Nein, Verachtung. Deshalb weinte ich, erinnerst du dich?«

Klim bedauerte, dass er ihr Gesicht nicht sehen konnte. Auch er schwieg lange, bevor er die vernünftigen Worte fand, die er ihr sagte:

»Es ist bei dir nicht Liebe, sondern Erforschung der Liebe.«

Sie flüsterte still und gehorsam:

»Umarme mich. Fester.«

Einige Tage lang war sie zahm, fragte ihn nicht aus und schien sogar beherrschter in ihren Zärtlichkeiten. Dann jedoch hörte Klim von Neuem in der Dunkelheit ihr heißes, kratzendes Flüstern:

»Aber du musst doch selbst zugeben, dass dies dem Menschen nicht genügen kann.«

»Was willst du noch mehr?«, wollte Klim fragen, drängte aber seine Empörung zurück und stellte die Frage nicht.

Er fand, dass »dies« ihm vollkommen genügte, und alles gut wäre, wenn Lida schwiege. Ihre Liebkosungen übersättigten nicht. Er wunderte sich selbst, dass er in sich die Kraft für ein so tolles Leben fand, und begriff, dass Lida ihm diese Kraft gab, ihr immer rätselhaft glühender und unermüdlicher Körper. Er begann schon, stolz auf seine physiologische Ausdauer zu sein, und dachte bei sich, wenn er Makarow von diesen Nächten erzählte, würde der wunderliche Mensch ihm nicht glauben. Diese Nächte nahmen ihn vollkommen in Anspruch. Von dem Wunsch beherrscht, Lidas Redewut zu bändigen, sie einfacher und handlicher zu machen, dachte er an nichts, außer an sie und wollte nur das eine: Sie sollte endlich ihre unsinnigen Fragen vergessen, seinen Honigmond nicht mit diesem aufreizend trüben Gift versetzen.

Aber sie ließ sich nicht bändigen, wenngleich die zornigen Lichter nicht mehr so häufig in ihren Augen zu funkeln schienen. Auch bedrängte sie ihn nicht mehr so stürmisch mit ihren Fragen. Dafür bemächtigte sich ihrer eine neue Stimmung, die sie wie mit einem Schlage packte. Mitten in der Nacht sprang Lida aus dem Bett, lief ans Fenster, öffnete es und kauerte sich, halb nackt, wie sie war, auf die Fensterbank.

»Es ist kühl, du wirst dich erkälten«, warnte Klim sie.

»Welche Trostlosigkeit!«, antwortete sie ziemlich laut. »Welche Trostlosigkeit liegt in diesen Nächten, in dieser Stummheit der schläfrigen Erde, in diesem Himmel! Ich komme mir vor wie in einer Grube, wie in einem Abgrund.«

»Nun spielt sie also den gefallenen Engel«, dachte Klim.

Ihn quälte die Vorahnung schwerer Bedrängnisse. Zuweilen flammte unvermittelt die Angst auf, Lida könnte seiner überdrüssig werden und ihn von sich stoßen, manchmal aber wünschte er es selbst. Mehr als einmal hatte er schon bemerken müssen, dass seine Zaghaftigkeit vor Lida zurückgekehrt war, und fast jedes Mal wollte er gleich darauf mit ihr brechen, um ihr so die Scheu, mit der sie ihn erfüllte, heimzuzahlen. Er hatte das Gefühl, zu verblöden, und er fasste nur sehr schlecht, was rings um ihn vorging. Ohnehin war es nicht leicht, die Bedeutung des Treibens zu erraten, das Warwara unermüdlich aufpeitschte und anfachte. Beinahe an jedem Abend drängten sich neue Gesichter im Esszimmer, denen Warawka, mit seinen kurzen Armen fuchtelnd und in seinem ergrauenden Barte spielend, einschärfte:

»Die taktlose Einmischung Wittes in den Weberstreik hat der Bewegung einen politischen Charakter verliehen. Die Regierung tut alles, um die Arbeiter zu überzeugen, dass der Klassenkampf eine Tatsache ist und nicht eine Erfindung der Sozialisten – verstehen Sie?«

Der Redakteur nickte stumm und einverstanden mit seinem blank polierten Schädel, und seine Lippe hing noch beleidigter herab.

Ein Mann in einer Samtjoppe, mit einer pompösen Halsschleife, der mächtigen Nase eines Spechts und hektischen Flecken auf den gelben Wangen schalt leise:

»Der Klassenkampf ist keine Utopie, wenn der eine ein Haus besitzt, der andere hingegen nur die Tuberkulose.«

Als Klim ihm vorgestellt wurde, reichte er ihm seine feuchte Hand, blickte ihm mit fiebrigen Augen ins Gesicht und sagte:

»Narokow – Robinson – haben Sie den Namen gehört?«

Er war unstet, sprang häufig und stürmisch von seinem Platz auf, sah stirnrunzelnd auf seine schwarze Uhr, zwirbelte sein dünnes Bärtchen zu einem Korkenzieher, stopfte es zwischen seine zerfressenen Zähne und verkürzte krankhaft die Haut seines Gesichts durch ein ironisches Lächeln, wobei er die Augen schloss und die Nasenflügel weit aufblähte, als wehre er einen störenden Geruch ab. Bei der zweiten Begegnung mit Klim teilte er ihm mit, dass dank der Feuilletons Robinsons eine Zeitung unterdrückt, eine andere auf drei Monate verboten worden war und eine Reihe weiterer Blätter »Verwarnungen« erhalten hatten, und dass in allen Städten, in denen er gearbeitet hatte, immer die Gouverneure seine Feinde waren.

»Mein Freund, ein Statistiker – er ist kürzlich im Gefängnis am Typhus gestorben –, gab mir den Spitznamen ›Geißel der Gouverneure‹.«

Man konnte nicht daraus schlau werden, ob er scherzte oder im Ernst sprach.

Klim erhaschte an ihm sogleich einen unangenehmen Zug: Dieser Mensch betrachtete jedermann ironisch und feindselig hinter halbgeschlossenen Wimpern hervor.

Tief in seinem Sessel saß Warawkas Kompagnon im Zeitungsgeschäft, Pawlin Saweljewitsch Radejew, Eigentümer zweier Dampfmühlen, ein rundliches Männchen mit einem Tatarengesicht, das in ein sorgfältig gestutztes Bärtchen eingefügt war, und freundlichen, klugen Augen unter einer gewölbten Stirn. Warawka hatte offensichtlich eine sehr hohe Meinung von ihm und hing mit fragenden und erwartungsvollen Blicken an seinem Gesicht. Warawkas Unwillen über den politischen Zynismus Konstantin Pobedonoszews begegnete Radejew mit den Worten:

»Es macht die Wanze schon glücklich, dass sie stinkt.«

Dies war der erste Satz, den Klim aus dem Munde Radejews vernahm. Er setzte ihn umso mehr in Erstaunen, als er in einer so seltsamen Weise gesagt wurde, dass zwischen dem Gesprochenen und dem stämmigen, soliden Figürchen des Müllers mit dem straffen, festen wachsgelben o-der, richtiger, honigfarbenen Gesicht keinerlei Übereinstimmung bestand. Sein Stimmchen war ausdruckslos und schwach.

»Sind Sie es nicht, den Boborykin zum Vorbild für seinen Kornspeicher – Sokrates Wassili Terkin genommen hat?«, fragte Robinson ihn rücksichtslos.

»Ein schlechtes Buch, aber nicht ganz ohne Wahrheit«, antwortete Radejew. Er hielt seine runden Händchen auf dem Bauch gefaltet und drehte die Daumen. »Ich bin es natürlich nicht, aber ich nehme doch an, dass er nach der Natur geschildert ist. Auch unter der Kaufmannschaft finden sich neuerdings Nachdenkende.«

Samgin war zunächst geneigt zu glauben, dass dieser Kaufmann verschlagen und hartherzig sei. Als man von den Reliquien des Serafim von Sarow zu sprechen begann, sagte Radejew mit einem Seufzer:

»O weh, aus diesem Werk toter Gerechter wird uns nichts Gutes erstehen, noch weniger aus dem der lebendigen! Tun wir das doch wahrhaftig nicht freiwillig und nicht aus Not, sondern aus Gewohnheit! Wir sollten lieber zugeben, dass wir allzumal Sünder und alle im selben sündigen Erdenleben befangen sind.«

Er fand Vergnügen am Reden und rühmte sich, über alles mit seinen eigenen Worten sprechen zu können. Samgin horchte sich in sein farbloses Stimmchen, in seine stillen, abgewogenen Worte hinein und entdeckte in Radejew etwas Sympathisches, das mit seiner Erscheinung versöhnte.

»Sie bemerken sehr richtig, Timofej Stepanowitsch: In unserer jungen Generation reift eine mächtige Spaltung heran. Soll man darüber zürnen?« fragte er mit einem Lächeln seiner bernsteingelben Äuglein und antwortete gleich selbst zum Redakteur gewandt:

»Ich meine, man soll es nicht. Mir scheint von überaus großem Nutzen für unseren Staat der Zusammenstoß derer, die sich zu Herzen und den Slawophilen bekennen und sich auf Nikolaus den Wundertäter und auf die Bauern stützen, mit denen, die an Marx und Hegel glauben und auf Darwin fußen.«

Er holte Atem, beschleunigte die Drehung seiner kurzen Finger und liebkoste den Redakteur mit einem Lächeln. Der Redakteur raffte die Unterlippe auf und spannte die Oberlippe zu einer geraden Linie, sodass sein Gesicht kürzer, aber breiter wurde und auch so etwas wie ein Lächeln zeigte. Hinter seinen Brillengläsern regten sich formlose, trübe Flecke.

»Dies ist allerdings die Hauptrichtung der Spaltung«, fuhr Radejew noch sonorer und sanfter fort: »Aber man kann noch eine zweite, ebenso wertvolle feststellen: Es treten Jünglinge hervor, die sich nicht nur mit den Kümmernissen des Volkes, sondern auch mit den Geschicken des russischen Staates, mit der großen sibirischen Eisenbahn nach dem Stillen Ozean und anderen ebenso interessanten Dingen beschäftigen.«

Der Müller legte eine Pause ein, offenbar, damit man sich ganz mit der Bedeutsamkeit des von ihm Gesagten durchdringe, scharrte mit seinen kurzen Beinchen und fuhr fort:

»Die individualistische Stimmung von manchen unter den jungen Leuten ist auch nicht ganz ohne Nutzen, vielleicht verbirgt sich dahinter eine sokratische Besinnung auf sich selbst und eine Abwehr gegen die Sophisten. Nein, unsere Jugend entwickelt sich sehr interessant und vielversprechend. Sehr bezeichnend ist, dass Leo Tolstois verbohrte Lehre unter den Jungen keine Schüler und Apostel findet, absolut nicht findet, wie wir sehen.«

»Gewiss«, sagte der Redakteur, nahm die Brille ab und zeigte dahinter zwei sanfte Augen mit verschwommenen, fliederfarbenen Pupillen.

Radejew erfreute sich stets allgemeiner Aufmerksamkeit. Besonders Warawka saugte sich mit seinem spitzen Blick an dem Honiggesicht und den straffen, an Blutegel erinnernden Lippen des Müllers fest.

»Prachtvoll, wie der Müller die ›O's‹ rollt«, sagte er und lächelte freundselig. »Ein bestialisch kindliches Gemüt!«

Klim Samgin fand bei Warawka und Radejew etwas Gemeinsames heraus: Warawkas Arme waren kurz; der Müller hatte lächerlich kurze Beinchen.

Inokow meinte bezüglich Radejews:

»Den müsste man im Bade sehen. Nackt sieht er wahrscheinlich wie ein Samowar aus.«

Inokow kehrte soeben von einer Reise nach Orenburg, dem Turgai-Gebiet, Krassnowodsk und Persien zurück. Absonderlich in Segeltuch gekleidet, grau und wie bis auf die Knochen mit Staub durchtränkt, Sandalen an den nackten Füßen, einen breitrandigen Strohhut auf dem lang herabhängenden Haar, war er das lebendig gewordene Porträt Robinson Crusoes auf dem Umschlag einer billigen Ausgabe dieses Evangeliums der Unüberwindlichen. Während er wie ein Kranich im Esszimmer auf und ab stelzte, zupfte er mit dem Fingernagel kleine Hautschuppen von der sonnverbrannten Nase und erklärte energisch:

»Alle diese Baschkiren und Kalmücken beflecken ganz unnütz die Erde. Arbeiten können sie nicht, zum Lernen sind sie untauglich. Auch die Perser haben sich überlebt.«

Radejew sah leutselig zu ihm hin und bewegte die glatt gekämmten Brauen. Warawka hänselte ihn:

»Und wohin mit ihnen nach Ihrer Meinung? Niedermetzeln? Aushungern?«

»Herbstlaub«, beharrte Inokow und schnaubte durch die Nase, als bliese er den heißen Staub der Steppe hinaus.

»Herbstlaub«, wiederholte Klim in Gedanken, während er die unergründlichen Menschen beobachtete, und fand, dass irgendeine Kraft ihre natürlichen Stellungen verrückt hatte. Jeder von ihnen bedurfte, um deutlicher sichtbar zu sein, gewisser Ergänzungen und Korrekturen. Immer mehr solcher Menschen traten in sein Blickfeld. Es wurde vollkommen unerträglich, im Reigen der nutzlos und ermüdend Klugen einherzustampfen.

Lida kam die Treppe herunter. Sie setzte sich in die Ecke, wo der Flügel stand, hüllte nach ihrer Gewohnheit die Brust eng in ihren Voileschleier und sah mit fremden Augen zu den Anwesenden hinüber. Der Schleier war blau und warf unangenehme Schatten auf die untere Gesichtshälfte, Klim war zufrieden, dass sie schwieg. Er fühlte, dass er ihr widersprechen müsste, sobald sie den Mund auftäte. Am Tage und in der Gesellschaft Dritter liebte er sie nicht.

Die Mutter trug gegenüber den Gästen ein würdevolles Benehmen zur Schau, lächelte ihnen gütig zu, und in ihrer Haltung lag etwas nicht zu ihr Gehöriges, Gezwungenes und Trauriges.

»Langen Sie zu«, forderte sie den Redakteur, Inokow und Robinson auf und schob ihnen mit einem Finger Teller mit Brot, Butter und Käse und Gläser mit Eingemachtem hin. Sie nannte die Spiwak Lisa und wechselte mit ihr Blicke des Einverständnisses. Die Spiwak stritt angeregt mit jedermann, mit Inokow häufiger als mit den anderen, wahrscheinlich, weil er sie umkreiste wie ein Kalb, das mit einem Strick an einen Pfahl gebunden ist.

Die Spiwak betrachtete sich mehr als Hausherrin denn als Gast, was Klim bestimmte, sie argwöhnisch zu beobachten. Wenn alle Außenstehenden aufgebrochen waren, ging die Spiwak mit Lida im Garten spazieren oder hielt sich oben in ihrem Zimmer auf. Sie unterhielten sich erregt, und Klim hatte stets Lust, heimlich zu horchen, wovon.

»Sehen Sie sich sie an – sehr interessant«, sagte sie zu Klim und drückte ihm die gelben Bändchen von René Doumic, Pellissier und Anatole France in die Hand.

»Wozu erzieht sie mich?«, grübelte Klim und besann sich darauf, dass die Nechajew ihm Reproduktionen von Gemälden der Präraffeliten, von Rochegrosse, Stuck und Klinger und Gedichte der Dekadenten zu schenken pflegte.

»Jeder versucht, einem etwas von sich aufzudrängen, damit man ihm ähnlich und umso verständlicher werde. Ich hingegen dränge niemand etwas auf«, dachte er mit Stolz, lauschte aber sehr aufmerksam den Urteilen der Spiwak über Literatur. Ihre Art, über die jüngste russische Dichtung zu sprechen, gefiel ihm.

»Diese jungen Leute haben es sehr eilig, sich von der humanitären Tradition der russischen Literatur freizumachen. Im Grunde übersetzen und kopieren sie vorderhand nur die französischen Dichter und kritisieren sodann wohlwollend einander, um bei Gelegenheit kleiner literarischer Diebstähle von großen Ereignissen in der russischen Literatur zu schwatzen. Ich glaube, nach einem Tjutschew zeugt es von einer gewissen Unbildung, über die Dekadenten vom Montmartre in Begeisterung zu geraten.«

Dann und wann betrat Iwan Dronow, eine Aktentasche unterm Arm, reinlich gekleidet und mit unnatürlich knarrenden Stiefeln – in der scheuen Art eines geprügelten Katers – Warawkas Kabinett. Er grüßte Klim wie ein Untergebener den Sohn seines strengen Vorgesetzten und verzog sein stumpfnasiges Gesicht zu einer scheinheiligen Miene.

»Wie geht es dir?«, fragte Samgin.

»Ich danke Ihnen, nicht schlecht«, antwortete Dronow, indem er den Nachdruck auf das »Ihnen« legte. Klim war verlegen. Im weiteren Verlauf ihres Gespräches redeten beide sich mit »Sie« an. Als Dronow sich verabschiedete, teilte er noch mit:

»Margarita lässt Sie grüßen. Sie erteilt jetzt Handarbeitsunterricht in der Klosterschule.«

»In der Tat?«, fragte Klim.

»Ja. Ich sehe sie häufig.«

»Warum hat er mir das gesagt?«, dachte Klim beunruhigt, während er ihm durch die Brillengläser einen scheelen Blick nachsandte.

Er vergaß Dronow sofort. Lida verschlang alle seine Gedanken. Sie erfüllte ihn mit immer qualvollerer Bangigkeit. Es blieb ihm kein Zweifel daran, dass sie nicht das Mädchen war, von dem er geträumt hatte. Eine ganz andere. Während sie körperlich von Tag zu Tag berauschender wurde, begann sie schon, ihn mit verletzender Herablassung zu behandeln, und mehr als einmal schlug ihm aus ihren Fragen Ironie entgegen.

»Sag mir doch, was ist eigentlich bei dir anders geworden?«

Er wollte sagen:

»Nichts.«

Konnte auch sagen:

»Ich habe erkannt, dass ich mich geirrt habe.«

Aber es fehlte ihm an Mut, ihr die Wahrheit zu sagen, und er war auch nicht voll überzeugt, dass es die Wahrheit sei, und dass er sie ihr sagen musste.

Er antwortete:

»Es ist zu früh, davon zu sprechen.«

»Bei mir ist nichts anders geworden«, deutete Lida flüsternd an, und ihr Geflüster in der schwülen nächtlichen Dunkelheit wurde ihm zum Albtraum. Es lag etwas Beklemmendes darin, dass sie ihre dummen Fragen stets im Flüstertone stellte, als ob sie selbst sich ihrer schäme, und diese Fragen klangen immer zynischer. Einmal – er sagte ihr etwas Beruhigendes – hielt sie ihn mit den Worten an:

»Warte mal, wo habe ich das gelesen?«

Sie besann sich und sagte im Ton der Gewissheit:

»Es ist aus Stendhals Buch ›Über die Liebe‹.«

Sie sprang aus dem Bett und ging rasch durchs Zimmer, über die tiefen und vollen Schatten auf dem Fußboden. Ihre mit schwarzen Strümpfen bekleideten Beine verschmolzen in seltsamer Weise mit den Schatten, die auch über ihr vom Mondschein bläulich getöntes Hemd glitten. Es sah so aus, als habe sie keine Beine und schwebe durch den Raum. Sie warf einen Blick aus dem Fenster und stellte sich dann mit streng gefurchten Brauen vor den Spiegel. Sie betrachtete sich so oft und so eingehend im Spiegel, dass Klim es zuletzt als sonderbar und lächerlich empfand. Sie stand da, biss sich die Lippen, zog die Augenbrauen hinauf und strich sich über Brust, Leib und Hüften. Hinter ihrem nackten Körper zeigte der Spiegel die dunkle Tapete der Wand, und es war sehr unangenehm, Lida verdoppelt zu sehen: Die eine, die lebendige, schaukelte über dem Boden, die andere glitt durch die reglose Leere des Spiegels.

Klim fragte sie unfreundlich:

»Glaubst du, schon schwanger zu sein?«

Sie ließ die Arme am Körper hinabgleiten, wandte sich heftig herum und fragte erschrocken:

»Was?«

Sie sank auf einen Stuhl und flüsterte kläglich:

»Ja, aber es kommen doch nicht immer Kinder? Und es sind ja noch nicht sechs Wochen ...«

»Was hast du nur? Fürchtest du dich davor, ein Kind zu kriegen?« Es bereitete Klim Vergnügen, sie zu verhöhnen. »Und was sollen hier die Wochen?«

Sie antwortete nicht, sondern begann, sich hastig anzukleiden.

»Und erinnerst du dich: Du wolltest ja einen Knaben und ein Mädchen haben?«

Sie schlüpfte so eilig in ihre Kleider, als könne sie sich nicht schnell genug vor ihm verbergen.

»Wollte ich es?«, murmelte sie. »Ich erinnere mich nicht.«

»Du warst damals zehn Jahre alt.«

»Heute gefallen mir Knaben und Mädchen nicht mehr.«

Sie bückte sich, um die Schuhe anzuziehen, und sagte:

»Nicht alle haben das Recht, Kinder in die Welt zu setzen.«

»Hu, wie philosophisch!«

»Jawohl«, fuhr sie fort, während sie sich dem Bett näherte, »nicht alle. Wenn man schlechte Bücher schreibt oder miserable Bilder malt, so ist das kein großes Unglück, aber für schlechte Kinder verdient man Strafe.«

Klim war entrüstet.

»Woher hast du diese greisenhaften Einbildungen? Es ist lächerlich, sie anzuhören. Sagt das die Spiwak?«

Sie verließ ihn mit ihrem leichten Schritt, sich vorsichtig auf die Zehenspitzen erhebend. Es fehlte nur noch, dass sie den Rock aufnahm, dann hätte es so ausgesehen, als ob sie über eine schmutzige Straße ginge.

Klim musste untätig zuschauen, wie diese fatalen Gespräche zwischen ihm und Lida unaufhaltsam zunahmen, ohne dass er ihnen aus dem Wege gehen konnte.

Eines Nachts ergab es sich, dass er ihr auf eine ihrer gewöhnlichen Fragen hin den Rat gab:

»Lies die ›Hygiene der Ehe‹, es gibt ein solches Buch, oder nimm dir ein Lehrbuch der Geburtshilfe vor.«

Lida kauerte auf dem Bett, sie hatte die Arme um ihre Knie geschlungen und ihr Kinn darauf gelegt.

»Warum«, fragte sie, »läuft bei dir alles auf Geburtshilfe hinaus? Wozu dann Gedichte? Was ruft Gedichte hervor?«

»Das solltest du lieber Makarow fragen.«

Mit höhnischem Lächeln fügte er hinzu:

»Marakujew nennt Makarow sehr glücklich einen Troubadour aus der Hintergasse.«

Lida wandte sich zu ihm um, glättete mit dem spitzen Nagel ihres kleinen Fingers seine Brauen und sagte:

»Du sprichst dumm. Und immer so, als ob du ein Examen ablegtest.«

»So ist es auch«, antwortete Klim. »Weil du mich immerfort examinierst.

Ihre Stimme brach sich in zwei Noten, wie in der Kindheit.

»Ich gebe dir häufig recht, aber nur, um nicht mit dir streiten zu müssen. Mit dir kann man über alles streiten, aber ich weiß, dass es nutzlos ist. Du bist schlüpfrig. Du hast keine Worte, die dir teuer wären.«

»Es ist mir unverständlich, wozu du dies sagst«, murmelte Klim böse, da er ahnte, dass ein entscheidender Augenblick eintrat.

»Wozu ich es sage?«, fragte sie nach einer Pause. »In einem Operettenschlager heißt es: ›Liebe? Ja, was ist denn Liebe?‹ Ich grüble darüber seit meinem dreizehnten Jahr, seit dem Tage, an dem ich mich zum ersten

Mal Weib fühlte. Es war sehr entwürdigend. Ich bin unfähig, an etwas anderes zu denken, als daran.«

Samgin hatte den Eindruck, dass sie ratlos und schuldbewusst sprach. Er wünschte ihr Gesicht zu sehen und zündete ein Streichholz an. Aber Lida bedeckte ihr Gesicht mit der Hand und sagte in gereiztem Ton ihr gewohntes:

»Du sollst kein Licht machen.«

»Du liebst das Spiel im Dunkeln«, scherzte Klim, bereute es aber sogleich. Es war dumm.

Im Garten brauste der Wind. Die Bäume scheuerten sich an den Scheiben, ihre Zweige stießen mit kurzen Lauten gegen die Läden, und man hörte noch ein rätselhaftes, seufzendes Geräusch, als winselte ein Hündchen im Schlaf. Diese Laute vermischten sich mit Lidas Geflüster und gaben ihren Worten einen kummervollen Ton.

»Man darf einander nicht belügen«, vernahm Klim. »Man lügt, um bequemer zu leben, ich aber suche nicht Bequemlichkeit, versteh mich doch! Ich weiß nicht, was ich will. Vielleicht hast du recht, es ist wirklich etwas Greisenhaftes in mir, und dies ist der Grund, warum ich nichts lieben kann, und alles mir verkehrt und nicht so, wie es sein sollte, erscheint.«

Zum ersten Mal seit ihrem Verhältnis sprach zu Klim aus Lidas Worten etwas Verständliches und Vertrautes.

»Ja«, sagte er, »vieles ist nur erdacht, ich weiß es.«

Und zum ersten Mal kam ihm der Wunsch, Lida auf ganz besondere Art zu liebkosen, sie zu Tränen zu rühren und zu ungewöhnlichen Geständnissen geneigt zu machen, damit sie ihm ihre Seele ebenso willig enthülle, wie sie gewohnt war, ihren empörerischen Körper zu enthüllen. Er war sicher, dass sie gleich etwas erschütternd Einfaches und Weises sagen und aus allem, was er erfahren hatte, einen bitteren, aber heilkräftigen Saft für ihn und sie pressen würde.

»Mir scheint, siehst du, die glücklichen Menschen sind nicht jung, sondern betrunken«, fuhr sie fort zu flüstern. »Niemand von euch hat Diomidow verstanden, ihr hieltet ihn für irr, aber wie erstaunlich wahr ist sein Ausspruch: ›Vielleicht ist Gott eine Erfindung, aber die Kirchen sind Wirklichkeit. Es sollte aber nur Gott und den Menschen geben, steinerne Kirchen sind unnötig. Das Wirkliche beengt‹.«

»Der Anarchismus eines Schwachsinnigen«, warf Klim hastig ein. »Ich kenne das, ich habe gehört: ›Der Baum ist ein Dummkopf, der Stein ist ein Dummkopf‹ und so fort. Ein Unsinn!«

Er fühlte, dass ungeheuer bedeutende Gedanken in ihm reiften. Aber um ihnen Ausdruck zu verleihen, gab ihm sein boshaftes Gedächtnis nur fremde Worte ein, die Lida wahrscheinlich schon kannte. Auf der Suche nach eigener Sprache und um Lidas Flüstern ein Ende zu machen, legte er einen Arm um ihre Schulter, aber sie ließ die Schulter so jäh abfallen, dass seine Hand auf ihren Ellenbogen hinunterglitt, und als er ihn drückte, verlangte Lida:

»Lass mich los.«

»Warum?«

»Ich will fort.«

Und sie ging und ließ ihn wie immer in der Finsternis und im Schweigen zurück.

Oft war es auch so, dass sie ganz plötzlich fortging, wie erschreckt durch seine Worte, doch diesmal hatte ihre Flucht etwas besonders Verletzendes, denn wie ihren Schatten nahm sie alles mit sich, was er ihr sagen wollte. Klim stieg aus dem Bett und öffnete das Fenster. Ein Windstoß fuhr ins Zimmer, erfüllte es mit Staubgeruch, blätterte unwillig in den Seiten eines Buches, das auf dem Tisch lag, und half Klim dabei, sich zu empören.

»Morgen werde ich mich mit ihr aussprechen«, beschloss er, während er das Fenster zumachte und sich wieder ins Bett legte. »Genug der Launen und des Geredes ...«

Er fand Lidas Stimmung nachgerade unberechenbar, und er nannte das bereits schizophren. Zum zweiten Mal, seit er Lida kannte, bemerkte er auch, dass sie sich sogar physisch spaltete: Wieder trat durch ihre vertrauten Züge das hinter ihnen verborgene fremde Antlitz. Sie hatte plötzlich Anfälle von Zärtlichkeit für ihren Vater und Wera Petrowna und backfischhafter Verliebtheit in Jelisaweta Spiwak. Es gab Tage, wo sie die Menschen mit den Augen einer anderen ansah: sanft, teilnahmsvoll und so traurig, dass Klim besorgte, dass sie, von Reue übermannt, gleich ihr Liebesverhältnis mit ihm eingestehen und schwarze Tränen weinen würde. Der Ausdruck »schwarze Tränen« gefiel ihm sehr. Er fand, dass sie eins seiner glücklichen Bilder seien.

Besonders stutzig machte es ihn, zu sehen, wie liebevoll Lida um seine Mutter bemüht war, die trotzdem fortfuhr, lehrhaft und gleichsam aus

Gnade mit ihr zu sprechen, wobei sie nicht in das Gesicht des Mädchens blickte, sondern auf ihre Stirn oder über sie hinweg.

Doch plötzlich entlud sich dieses Liebeswerben in einem überraschenden und beinahe rohen Ausfall.

Eines Abends beim Tee erteilte Wera Petrowna Lida herablassende Ermahnungen:

»Das Recht zu kritisieren beruht entweder auf starkem Glauben oder auf sicherem Wissen. Von Glauben spüre ich nichts bei dir, und was dein Wissen betrifft, so wirst du zugeben, dass es ungenügend ist ...«

Lida ließ sie nicht ausreden und warf nachdenklich dazwischen:

»Der Kutscher Michail schreit die Leute an, sieht aber selber nicht, wo er fahren muss, und man hat Angst, dass ihm jemand unter seinen Wagen gerät. Er ist schon fast blind. Weshalb wollen Sie ihn nicht heilen?«

Wera Petrowna blickte Warawka fragend an und zuckte die Achseln. Warawka murmelte:

»Heilen? Er ist vierundsechzig Jahre alt. Dagegen gibt es keine Heilung.«

Lida ging aus dem Zimmer, erschien aber einige Minuten darauf im Garten in lebhaftem Gespräch mit der Spiwak und Klim hörte sie fragen:

»Aber weshalb muss ich fremde Fehler verbessern?«

Zuweilen fühlte Klim, dass sie ihm so trocken und gezwungen begegnete, als habe er sich gegen sie etwas zuschulden kommen lassen, und als sei ihm zwar schon verziehen, aber die Verzeihung Lida nicht leicht gefallen. Nachdem er sich all dies hatte durch den Kopf gehen lassen, beschloss er noch einmal:

»Morgen führe ich eine Aussprache herbei.«

Am nächsten Morgen, beim Frühstück, teilte Warawka, während er Brotkrümel aus seinem Bart schüttelte, Klim mit:

»Heute werde ich die Redaktion mit den kulturfördernden Kräften der Stadt bekannt machen. Auf siebzigtausend Einwohner kommen rund vierzehn Kräfte, jawohl, mein Lieber! Drei von diesen Kräften stehen unter unmittelbarer Polizeiaufsicht und die übrigen wahrscheinlich so gut wie alle unter geheimer.« Deutsch sagte er: »Sehr komisch.«

Er sann nach, drückte eine halbe Zitrone in seinen Tee aus, seufzte und fuhr fort:

»Unser Staat, Bruder, ist wahrlich das Originellste, was man sich vorstellen kann. Sein Köpfchen ist für diesen Rumpf zu klein. Ich habe Lida aufs Land hinausgeschickt, um den Schriftsteller Katin einzuladen. Wie ist es nun mit dir, gedenkst du, Kritiken zu schreiben?«

»Ich will es versuchen«, antwortete Klim.

Die Abendgesellschaft mit den vierzehn »Kräften« erinnerte ihn an die Sonnabendsitzungen rund um Onkel Chrisanfs Fischpasteten.

Der sehr gealterte Rechtsanwalt Gussew hatte sich einen Bauch angemästet. Er stemmte ihn gegen die gebrechliche kleine Figur Spiwaks und gab mit matten Worten seiner Empörung über die Verbreitung von Balalaikas im Heere Ausdruck.

»Die Schalmei, das Horn und die Harfe – das sind wirkliche Volksinstrumente. Unser Volk ist lyrisch, die Balalaika entspricht nicht seinem Geiste.«

Spiwaks schwarze Brillengläser sahen auf seine Brust. Er antwortete furchtsam:

»Ich glaube, das ist nicht wahr, sondern nur die Unart, für ›schlecht‹›Volk‹ oder ›volkstümlich‹ zu sagen.«

Und zu seiner Frau gewandt:

»Ich will gehen und nachsehen, ob es auch nicht weint.«

Er lief fort, und Gussew begann jetzt, auf den Statistiker Kostin einzureden, einen Menschen mit einem vollen, weibischen Gesicht.

»Ich gebe Ihnen natürlich zu, dass Alexander III. ein dummer Zar gewesen ist, aber immerhin hat er uns den rechten Weg zur Vertiefung in unsere nationale Eigenart gewiesen.«

Der Statistiker, stadtbekannt durch seine Gewohnheit, sich im Gefängnis aufzuhalten, lachte gutmütig, während er aufzählte:

»Pfarrschulen, Wassermonopol ...«

Robinson mischte sich ein.

»Ja, wenn man sich schon in die nationale Eigenart zu vertiefen beabsichtigt, darf man auch die Balalaika nicht ablehnen.«

Kostin fiel Robinson ins Wort und schrie mit hoher Stimme heraus: »Das ganze ist nur die Politik, dem Rad der Geschichte Strohhalme zwischen die Speichen zu schieben.«

Inokow sagte mit finsterem Lächeln zu Klim:

»Dieser Gefängnisinsasse spricht über Geschichte, wie ein treuer Sklave von seiner Herrin.«

Inokow war Unheil verkündend schwarz gekleidet: schwarzes Wollhemd, gegürtet mit einem breiten Riemen, und schwarze Hosen, die er in die Stiefel geschoben hatte. Er war stark abgemagert, musterte alle Anwesenden mit zornigen Blicken und lenkte seine Schritte gemeinsam mit Robinson häufig zum Spirituosentisch. Und immer folgte ihnen, schief seitwärts trottend wie ein Krebs, der Redakteur. Klim war zweimal Zeuge, wie er den Feuilletonisten ermahnte:

»Narokow, legen Sie sich nicht zu stark ins Zeug. Es schadet Ihnen.«

Am Tisch führte der Schriftsteller Katin das Kommando. Die Jahre hatten auf seinem Gesicht keine Spuren zurückgelassen, nur an den Schläfen waren die Spitzen seiner Haare ergraut, und über seine straffen Bäckchen liefen die Muster roter Äderchen. Er hüpfte wie ein Gummiball von einer Ecke in die andere, fing die Menschen ein, schleppte sie zur Wodka und hänselte mit seiner kleinen lebhaften Tenorstimme den Redakteur:

»Rütteln wir den Spießer auf, Maximitsch? Sagen wir ihm gründlich die Meinung, wie? Lass nur keine Marxisten ran! Du wirst sie doch nicht ranlassen? Nun, sieh dich nur vor! Ich bin einer von den Alten ...«

Während er einen Imbiss zum Schnaps nahm, sagte er, vor Vergnügen blinzelnd:

»Ach, das sind doch nur fabrikmäßig eingemachte Pilze, sie begeistern nicht! Die Schwester meiner Frau sollten Sie sehen, die hat gelernt, Pilze zu marinieren – einfach fabelhaft!«

Gussews Gehilfe, der junge Advokat Prawdin, in einem elegant geschnittenen Gehrock, gescheitelt und parfümiert wie ein Friseur, suchte eindringlich Tomilin und Kostin zu überzeugen.

»Die unbestreitbaren Normen des Rechts ...«

Tomilin lächelte metallisch, während Kostin zärtlich seine abnorm entwickelten Backenknochen rieb und in sanftem Tenor Einwände erhob.

»Gerade in diesen Ihren Normen stecken alle Grundlagen des sozialen Konservativismus.«

Die Witwe des Notars Kosakow, eine ehemalige Studentin, die für die Erziehung außerhalb der Schule tätig war, eine Frau mit einem Kneifer auf der Nase und einem schönen, strengen Gesicht, bewies dem Redakteur, dass die Theorien Pestalozzis und Fröbels in Russland nicht anwendbar seien.

»Wir haben einen Pirogow, haben einen ...«

Robinson unterbrach sie, indem er sie darauf aufmerksam machte, dass Pirogow ein Anhänger der Prügelstrafe sei, und deklamierte die Verse Dobroljubows:

»Doch nicht mit jenen gewöhnlichen Hieben,
Womit man überall die Dummen gerbt,
Sondern mit denen, die für ehrenwert erachtet
Nikolai Iwanowitsch Pirogow ...«

»Die Verse sind miserabel, außerdem werden überall in Europa die Kinder mit Prügeln gestraft«, erklärte die Kosakow im bestimmtem Ton.

Doktor Ljubomudrow wagte es, zu bezweifeln:

»Überall? Und, wenn ich mich nicht irre, prügelt man nicht, sondern schlägt mit dem Lineal auf die Hände.«

»Doch, man prügelt«, beharrte die Kosakow. »In England prügelt man.«

Tomilin, bekleidet mit einem blauen Flauschrock und schweren, über die stumpfen Stiefel fallenden Hosen, schlenderte durch das Esszimmer wie über einen Markt, wischte sich mit dem Tuch sein heftig schwitzendes, fuchsiges Gesicht, beobachtete, stand für einen Moment still, um zuzuhören, und geruhte nur selten, einige herablassende, kurze Sätze fallen zu lassen. Als Prawdin, ein leidenschaftlicher Freund des Theaters, jemandem zurief:»Erlauben Sie, es ist ein Vorurteil, dass das Theater eine Schule sein soll, das Theater ist ein Schauspiel für das Auge!« sagte Tomilin ironisch lächelnd:

»Das ganze Leben ist ein Schauspiel für das Auge.«

Kapitän Gortalow, der Erzieher in einer Kadettenschule gewesen und dem die Erlaubnis zur Ausübung einer pädagogischen Tätigkeit entzogen worden war, ein vorzüglicher Kenner seiner Heimat und ein tüchtiger Botaniker und Gärtner, mager, sehnig, mit brennenden Augen, bewies dem Redakteur, dass die Protuberanzen das Ergebnis des Falls fester Körper in die Sonne und der Aufschüttelung ihrer Masse seien, während am Teetisch Radejew sockelfest dasaß und den Damen erzählte:

»Da ich ein wenig, übrigens nur in sehr geringem Maße, belesen bin und Europa kenne, finde ich, dass Russland in der Gestalt seiner Intelligenz etwas Einzigartiges von ungeheurem Wert hervorgebracht hat. Unsere Landärzte, Statistiker, Dorflehrer, Schriftsteller und überhaupt geistig Schaffenden sind ein Schatz von ungewöhnlicher Kostbarkeit ...«

»Scherzt er? Meint er es ironisch?« riet Klim Samgin, während er seinem glatten, schwachen Stimmchen lauschte.

Kapitän Gortalow marschierte in militärischem Paradeschritt an Radejew heran und streckte ihm seine lange Hand hin.

»Ein treffendes Urteil. Eine ausgezeichnete Idee. Meine Idee. Und darum: Die russische Intelligenz muss sich als einheitliches Ganzes fühlen. Das ist es. So wie die Orden der Johanniter und Jesuiten, Jawohl! Die ganze Intelligenz hat eine einzige Partei zu werden, nicht aber sich zu zersplittern! Das lehrt uns der ganze Gang der Zeitgeschichte. Das sollte uns auch der Selbsterhaltungstrieb lehren. Wir haben keine Freunde. Wir sind Ausländer. In der Tat. Die Bürokraten und Kapitalisten knechten uns. Für das Volk sind wir Sonderlinge und Fremde.«

»Sehr wahr, Fremde!«, rief gefühlvoll der Schriftsteller Katin, der bereits angeheitert war.

Die Sprechweise des Kapitäns hatte etwas von einem Trommelwirbel, seine Stimme betäubte. Radejew nickte, rückte vorsichtig mit dem Stuhl von ihm weg und murmelte:

»Dies bedarf einer kleinen Richtigstellung.«

Spiwak kam zurück, beugte sich zu seiner Frau hinab und sagte:

»Es schläft. Ganz fest.«

Diese Leute, die noch einmal jenes Kindheitserlebnis: die von dem betrunkenen Fischer gefangenen, mit knirschenden Schwänzen nach allen Seiten über den Küchenboden strebenden Krebse, heraufbeschworen, interessierten Klim nicht im geringsten. Er hörte gleichgültig ihre Reden an, wich geflissentlich einer Teilnahme an ihren Streitigkeiten aus und betrachtete mit scharfen Augen Inokow. Es missfiel ihm, dass er zusammen mit Lida aufs Land hinausgefahren war, um den Schriftsteller Katin einzuladen, missfiel auch, dass dieser grobschlächtige Bursche so familiär zwischen Lida und der Spiwak hin und her schaukelte, während er sich mit spöttischem Lächeln bald zu der einen bald zu der anderen hinüberneigte. Zu Beginn des Abends war Inokow mit demselben spöttischen Lächeln an ihn herangetreten und hatte gefragt:

»Von der Universität entfernt?«

Diese unerwartete Frage und ihre Form schlugen Klim vor den Kopf. Fragend starrte er in das verunglückte Gesicht des Burschen.

»Revoltiert?«, fragte dieser abermals. Als aber Klim ihm erklärte, dass er in diesem Semester nicht studiert habe, stellte Inokow eine dritte Frage:

»Aus Vorsicht nicht studiert?«

»Was hat die Vorsicht damit zu schaffen?«, erkundigte sich Klim trocken.

»Um nicht in eine Affäre hineingerissen zu werden«, erläuterte Inokow und drehte ihm den Rücken.

Einige Minuten darauf erzählte er Wera Petrowna, Lida und der Spiwak:

»Drei Monate später, er kam gerade aus Paris zurück, trifft er mich auf der Straße und ladet mich ein: ›Kommen Sie zu uns, meine Frau und ich haben eine wunderschöne Sache gekauft!‹ Ich ging, will mich setzen, da schiebt er mir ein leichtes Stühlchen von seltsamem Aussehen hin, mit vergoldeten Beinen und Samtpolster. ›Bitte, Platz zu nehmen!‹ Ich weigere mich, aus Furcht, einen so zierlichen Gegenstand zu zerbrechen. ›Nein, nehmen Sie nur Platz!‹, bittet er. Kaum sitze ich, beginnt unter mir eine Musik etwas sehr Lustiges zu spielen! Ich sitze und fühle, dass ich rot werde, er und seine Frau aber sehen mich mit seligen Blicken an und lachen, freuen sich wie Kinder! Ich stand auf, und die Musik verstummte. ›Nein!‹, sage ich, ›das gefällt mir nicht. Ich bin gewohnt, Musik mit den Ohren zu hören.‹ Da waren sie beleidigt.«

Diese simple Erzählung erheiterte die Mutter und die Spiwak und entlockte Lida ein Lächeln. Samgin fand, dass Inokow mit großem Geschick den Harmlosen spielte, während er in der Tat verschlagen und böse sein musste. Nun sprach er wieder und ließ dabei seine kalten Augen blinken:

»Ja, da sind nun die Leute in die herrlichste Stadt Europas gereist, haben dort die abgeschmackteste Sache erstanden, die sie finden konnten, und sind glücklich. Dies hier aber –« er reichte der Spiwak sein Zigarettenetui – »ist das Geschenk eines schwindsüchtigen Tischlers mit Frau und vier Kindern.«

Das Zigarettenetui erregte Entzücken. Auch Klim nahm es in die Hand. Es war aus der Wurzel des Wacholderstrauchs gedrechselt. In den Deckel hatte der Meister kunstvoll einen kleinen Teufel eingebrannt, der

Teufel hockte auf einem Mooshügel und kitzelte mit einem Schilfrohr einen Reiher.

»Zwei Tage und zwei Nächte hat er daran geschnitzt«, sagte Inokow, wobei er sich die Stirn rieb und alle fragend ansah. Zwischen dem musikalischen Stuhl und diesem Ding scheint mir ein Zusammenhang zu bestehen, den ich nicht begreife. Ich begreife überhaupt vieles nicht.«

Er grinste breit, schüttelte den Kopf und zündete sich eine Zigarette an. Das Streichholz löschte er erst zwischen seinen Fingern und warf es erst dann auf eine Untertasse.

»Zuerst siehst du die Dinge an und dann sie dich. Du – mit Interesse, sie fordernd: ›Rate, was wir wert sind!‹ Nicht in Geld, sondern für die Seele. Na, ich werde mal gehen und einen Schnaps trinken ...«

Samgin folgte ihm. Am Imbisstisch herrschte ein Gedränge. Warawka frönte seiner Redelust. In der einen Hand hielt er ein Glas Wein, mit der anderen zog er seinen Bart über die Schulter und hielt ihn dort fest.

»Die Studentenunruhen sind ein Ausdruck gefühlsmäßiger Opposition. In der Jugend dünken die Menschen sich begabt, und diese Einbildung erlaubt ihnen, zu glauben, dass sie von Stümpern regiert werden.«

Er nahm einen Schluck Wein und fuhr mit erhöhter Stimme fort:

»Aber da unsere Regierung in der Tat stümperhaft ist, findet die gefühlsmäßige Opposition unserer Jugend eine glänzende Rechtfertigung. Wir wären friedlicher und klüger, hätten wir so talentvolle Staatsmänner wie zum Beispiel England. Aber Köpfe haben wir unter unseren Staatsmännern nicht, und so heben wir denn einen Mann wie Witte auf den Schild.«

Inokow stieß rücksichtslos die Umstehenden auseinander, ging an den Tisch, schenkte sich Wodka ein und sagte halblaut zu Klim:

»Ein handfester Kerl ist Ihr Stiefvater. Und wer ist dieser Rote?«

»Mein alter Lehrer, ein Philosoph.«

»Ein Hanswurst vermutlich.«

Samgin wollte unwillig werden, als er aber sah, dass Inokow Käse kaute, wie ein Hammel Gras, fand er, dass es sinnlos wäre, sich aufzuregen.

»Wo ist die Somow?«, fragte er.

»Ich weiß nicht«, antwortete Inokow gleichgültig. »Ich glaube im Kaukasus bei einem Hebammenkursus. Wir haben uns ja getrennt. Ihre einzige Sorge ist die Konstitution und die Revolution. Ich hingegen bin mir noch im Unklaren darüber, ob eine Revolution überhaupt nötig ist ...«

»So ein Flegel!«, dachte Klim, während er die dumpfe, zänkische Stimme an sein Ohr klingen ließ.

»Wenn man um der Sattheit willen für die Revolution ist, so bin ich dagegen, denn ich fühle mich satt schlechter als hungrig.«

Klim überlegte, auf welche Weise er diesen schlauen Strolch, der so gewandt die Rolle des gutherzigen Jungen spielte, aus dem Konzept bringen und entlarven könnte. Doch ehe er etwas ersinnen konnte, versetzte Inokow ihm einen leichten Schlag auf die Schulter und sagte:

»Es interessiert mich, zu wissen, Samgin, woran Sie denken, wenn Sie ein solches Hechtgesicht machen.«

Klim runzelte die Stirn und rückte von ihm weg. Aber Inokow bestrich unbekümmert ein Stück Roggenbrot mit Butter und fuhr nachdenklich fort:

»So vor einer Woche ungefähr sitze ich mit einem lieben Mädel im Stadtpark. Es ist schon spät, still, der Mond segelt am Himmel, die Wolken fliehen, von den Bäumen fallen Blätter auf den mit Lichtflecken gescheckten Erdboden. Das Mädchen, eine Gespielin meiner Kindheit, eine alleinstehende Prostituierte, ist traurig, klagt, bereut, überhaupt ein Roman, wie er sein soll. Ich tröste sie: ›Hör auf‹, sagte ich ihr, ›lass sein! Die Türen der Reue öffnen sich leicht, aber was hat es für einen Zweck?‹ Trinken Sie einen? Na, ich werde mir einen zu Gemüte führen.«

Er kniff das linke Auge zu, leerte das Glas und schob ein kleines Stück Brot mit Butter in den Mund, was ihn nicht hinderte, weiterzusprechen.

»Plötzlich kommen Sie des Weges mit genau so einem Hechtgesicht wie eben jetzt. Aha, denke ich, am Ende sage ich Annita nicht das Richtige. Der dort aber weiß, was man sagen muss. Was hätten Sie, Samgin, einem solchen Mädel gesagt?«

»Wahrscheinlich dasselbe wie Sie!«, erwiderte Klim liebenswürdig. Er hatte die Lust verloren, Inokows Verschlagenheit zu entlarven.

»Dasselbe?«, wunderte sich Inokow, »Ich kann es nicht glauben. Nein, Sie haben was ganz Eigenes, so etwas ...«

Klim lächelte, da er fand, dass ein Lächeln in diesem Fall bedeutender war als Worte. Inokow streckte abermals die Hände nach der Flasche aus, machte jedoch eine abwinkende Geste und kehrte zu den Damen zurück.

»Ein Weiberfreund«, dachte Klim, aber bereits gnädig.

Wie früher begegnete er Inokow häufig auf der Straße, am Flussufer unter den Lastträgern oder abseits von den Menschen. Er stand bis an die Knöchel im Sand eingegraben, kaute an einem Strohhalm, zerbiss ihn, spuckte die Stücke aus oder verfolgte rauchend und mit nachdenklich zugekniffenen Augen das emsige Schaffen der Leute. Stets war er mit Staub bedeckt und sah in seinem breiten, zerdrückten Hut wie ein Fackelträger aus. Er sah ihn auch in Dronows Gesellschaft aus einer Bierschenke treten. Dronow kicherte und vollführte mit der rechten Hand runde Gesten, als schleife er einen Unsichtbaren an den Haaren hinter sich drein. Inokow sagte:

»Ganz recht. Vielleicht scheint uns nur, dass wir uns nicht vom Fleck bewegen, während wir in Wirklichkeit spiralenförmig emporsteigen.«

Er sprach auf der Straße ebenso laut und rücksichtslos wie im Zimmer und fixierte jeden Vorübergehenden wie jemand, der sich verlaufen hat und nicht weiß, wen er nach dem Weg fragen soll.

Es war unbegreiflich, weshalb die Spiwak soviel Wesens von Inokow machte, weshalb die Mutter und Warawka ihm offensichtlich zugetan waren und Lida ganze Stunden plaudernd mit ihm im Garten verbrachte und ihm freundschaftlich zulächelte. Sie lachte auch jetzt, während sie am Fenster vor Inokow stand, der sich mit einer Zigarette in der Hand auf der Fensterbank niedergelassen hatte.

»Ja, ich muss mich unbedingt mit ihr aussprechen ...«

Er tat das am anderen Tag. Gleich nach dem Frühstück suchte er sie in ihrem Zimmer auf und fand sie in Mantel und Hut, den Sonnenschirm in der Hand, zum Weggehen bereit. Ein feiner Regen leckte die Fensterscheiben.

»Wohin willst du?«

»In die Kanzlei des Gouverneurs. Wegen meines Passes.«

Sie lächelte.

»Wie komisch deine Verwunderung war! Ich habe dir doch mitgeteilt, dass Alina mich nach Paris ruft und mein Vater mich fortgelassen hat ...«

»Das ist nicht wahr!« entgegnete Klim zornig. Er fühlte, wie ihm die Knie zitterten. »Kein Wort hast du mir gesagt. Ich höre es zum ersten Mal. Was tust du?« fragte er aufgebracht.

Lida warf ihren Schirm auf das Sofa und ließ sich auf einen Stuhl sinken. Ihr bräunliches, sehr erschöpftes Gesicht lächelte fassungslos, und in ihren Augen bemerkte Klim ungeheucheltes Staunen.

»Wie ist das seltsam!«, sagte sie leise und blickte blinzelnd in sein Gesicht. »Ich war überzeugt, es dir gesagt ... dir Alinas Brief vorgelesen zu haben. Hast du es auch nicht vergessen?«

Klim schüttelte den Kopf. Sie stand auf und sagte, während sie im Zimmer auf und ab schritt:

»Siehst du, das kam so ... Ich rede und streite so viel mit dir, wenn ich allein bin, dass mir scheint, du weißt alles, hast alles verstanden ...«

»Ich würde mit dir reisen«, murmelte Klim, der ihr nicht glaubte.

»Und dein Studium? Es ist für dich Zeit, nach Moskau zu fahren ... Nein, wie sonderbar sich das mit mir ereignet hat! Ich sage dir, ich hätte schwören können ...«

»Ja, aber wann werden wir uns trauen lassen?«, fragte Klim zornig und ohne sie anzublicken.

»Was?« Sie blieb stehen. »Musst du ..., müssen wir es denn?«, hörte er sie bang flüstern.

Sie stand mit weit geöffneten Augen vor ihm. Ihre Lippen bebten, und in ihr Gesicht schoss das Blut.

»Warum trauen lassen? Ich bin ja nicht schwanger.«

Dies klang so gekränkt, als hätte nicht sie es gesagt. Sie ging fort und ließ ihn in dem leeren, nicht aufgeräumten Zimmer zurück, in einer Stille, die kaum von dem zaghaften Rauschen des Regens gestört wurde. Lidas plötzlicher Entschluss, abzureisen, vor allem aber ihr Schreck, als er fragte, wann sie heiraten wollten, entmutigten Klim so sehr, dass er im ersten Augenblick nicht einmal beleidigt war. Erst als er mehrere Minuten im Zustand völliger Niedergeschlagenheit zugebracht hatte, riss er sich die Brille von der Nase, schritt erregt im Zimmer auf und ab, zupfte so heftig an seinem Schnurrbart, dass es schmerzte, und fragte sich:

»Das Ende?«

Sogleich erinnerte er sich daran, dass er ja selbst die Möglichkeit eines Bruches erwogen habe.

»Ja, ich habe sie erwogen! Aber nur in den Augenblicken, wo sie mich mit ihren absurden Fragen marterte. Ich habe mit dem Gedanken gespielt, aber ich wollte es nicht, ich will sie nicht verlieren!«

Vor dem Spiegel stehen bleibend, rief er aus:

»Wenn schon auseinandergegangen sein muss, dann soll die Initiative von mir ausgehen und nicht von ihr!«

Er blickte sich um, ihm schien, dass er diese Worte laut und mit erhobener Stimme gesagt habe. Das Stubenmädchen, das ruhig den Tisch abwischte, überzeugte ihn davon, dass er nur in Gedanken geschrien hatte. Aus dem Spiegel starrte ihm ein bleiches Gesicht entgegen, und seine kurzsichtigen Augen blinzelten hilflos. Er setzte eilig die Brille auf und rannte in sein Zimmer. Sich auf die Lippen beißend und die Hände an die Schläfen pressend, legte er sich hin.

Eine halbe Stunde später hatte er sich von der eigentlichen Ursache seines Schmerzes überzeugt: Er hatte es nicht vermocht, Lida vor Seligkeit schluchzen, ihm dankbar die Hände küssen, erstaunte Worte der Zärtlichkeit flüstern zu lassen, wie es die Nechajew getan hatte. Nicht ein einziges Mal, nicht für eine Minute ließ Lida ihn den Stolz des Mannes genießen, der einer Frau das Glück gibt. Es wäre leichter gewesen, mit ihr zu brechen, wenn es ihm vergönnt gewesen wäre, diese Wollust zu verspüren.

»Nicht eine einzige aufrichtige Zärtlichkeit hatte sie für mich«, dachte Klim und erinnerte sich mit Empörung daran, dass Lidas Liebkosungen ihr nur als Stoff für Untersuchungen dienten.

»Nietzsche hat recht: Dem Weibe kann man sich nur mit der Peitsche in der Hand nähern. Man müsste hinzufügen: und mit Konfekt in der anderen.«

Allmählich ruhiger werdend, sagte er sich, dass das Verhältnis mit ihr, schon jetzt beunruhigend genug, weiterhin einfach zu einer unerträglichen und verhassten Fessel geworden wäre. Wahrscheinlich würde Lida ihm auf ihrer unsinnigen Suche nach dem, was angeblich hinter der Physiologie des Geschlechtslebens verborgen war, untreu werden.

»Makarow sagt, Don Juan sei kein Romantiker, sondern ein Sucher unbekannter, unerforschter Empfindungen und an derselben Leidenschaft des Suchens nach dem Unerforschten krankten viele Frauen, zum Beispiel George Sand«, grübelte Klim. »Makarow nannte übrigens diese Leidenschaft nicht eine Krankheit. Turobojew bezeichnete sie als ›geistigen Vampirismus‹. Makarow sagt, die Frau strebe halb unbewusst danach, den Mann bis zum letzten Zug zu erkennen, um den Ursprung seiner Herrschaft über sie, dasjenige, womit er sie in der Urzeit bezwungen hat, zu ergründen.«

Klim Samgin schloss fest die Augen und beschimpfte Makarow in Gedanken.

»Idiot. Was kann es Dümmeres geben als einen Romantiker, der Gynäkologie studiert? Um wie viel einfacher und natürlicher ist doch Kutusow, der Dmitri so leicht und rasch Marina weggenommen hat, oder Inokow, der sich von der Somow in dem Augenblick losgesagt hat, als er sich mit ihr langweilte!«

Samgins Gedanken nahmen einen immer kriegerischeren Charakter an. Er verdoppelte sein Bemühen, sie zuzuspitzen, denn hinter diesen Gedanken meldete sich das trübe Bewusstsein eines verlorenen großen Spiels. Und nicht nur Lida war verspielt und verloren, sondern noch etwas für ihn viel Wichtigeres. Aber daran wollte er nicht denken, und sobald er hörte, dass sie nach Hause gekommen war, ging er entschlossen hinauf, um eine Entscheidung herbeizuführen. Wenn sie schon auf einer Trennung bestand, dann sollte sie sich als den schuldigen Teil bekennen und um Verzeihung bitten.

Lida saß in ihrem kleinen Zimmer am Tisch und schrieb einen Brief. Sie sah schweigend über die Schulter weg zu Klim hin und zog fragend ihre sehr dichten, aber feinen Brauen hinauf.

»Wir müssen miteinander reden«, sagte Klim und setzte sich an den Tisch.

Sie legte die Feder hin, erhob die Arme über ihren Kopf, straffte sich und fragte:

»Worüber?«

»Es ist notwendig«, sagte Klim, bemüht, ihr mit strengem Blick ins Gesicht zu schauen.

Heute ähnelte sie besonders auffallend einer Zigeunerin. Das volle, krause Haar, das sie niemals glatt kämmen konnte, das magere, bräunliche Gesicht mit dem brennenden Blick der dunklen Augen und den langen, geschweiften Wimpern, die feine Nase, die biegsame Figur im bordeauxroten Rock, die schmalen, in dem orangefarbenen, blau geblümten Schal gehüllten Schultern.

Ehe Klim genügend gewichtige Worte für den Anfang seiner Rede finden konnte, begann Lida ruhig und ernst:

»Wir haben soviel geredet ...«

»Erlaube! Man darf einen Menschen nicht so behandeln, wie du mich behandelst«, sagte Samgin eindringlich. »Was bedeutet dieser plötzliche Entschluss, nach Paris zu reisen?«

Aber sie überhörte seine Frage und fuhr in einem Ton fort, als sei sie dreißig Jahre alt.

»Außerdem habe ich mich mit dir unterhalten, wenn ich dich verließ und mit dir allein war. Ich habe dich redlich sprechen lassen, redlicher als du selbst sprechen konntest. Ja, glaube mir! Du bist ja nicht sehr ... mutig. Darum sagtest du auch, man müsse ›schweigend lieben‹. Ich aber will reden. Will schreien, erkennen. Du hast mir geraten, das ›Lehrbuch der Geburtshilfe‹ zu lesen ...«

»Sei doch nicht nachtragend«, bat Klim.

»War es denn Bosheit, dass du mir die ›Hygiene der Ehe‹ empfohlen hast? Aber ich habe dieses Buch nicht gelesen, denn darin wird doch gewiss nicht erklärt, weshalb du gerade mich für deine Liebe brauchst? Das ist eine dumme Frage? Ich habe noch dümmere. Wahrscheinlich hast du recht: Ich bin degeneriert, eine Dekadente, und tauge nicht für einen gesunden, ausgeglichenen Mann. Ich hoffte, in dir einen Menschen zu finden, der mir helfen würde ... Übrigens weiß ich nicht, was ich von dir erwartet habe ...«

Sie stand auf, reckte sich und sah aus dem Fenster, auf die Wolken, die grau wie schmutziges Eis waren. Samgin sagte zornig:

»Auch ich habe ja geglaubt, du würdest mir ein guter Freund sein ...«

Sie betrachtete ihn sinnend und fuhr gedämpfter fort:

»Sieh nur, wie das alles rasch verfliegt ... als wenn ein Hobelspan in Feuer aufgegangen wäre! Ein Aufflammen, und schon ist nichts mehr da.«

Ihr bräunliches Gesicht wurde dunkel, sie wandte den Blick von Klims Gesicht ab, stand auf, straffte sich.

Auch Klim erhob sich, gefasst auf Worte, die ihn verwundeten.

»Es lebt sich nicht froh, wenn man nichts begreifen kann, in einem Nebel, in dem nur selten für einen Augenblick ein versengendes Licht aufflammt.«

»Du weißt zu wenig«, sagte er mit einem Seufzen und schlug sich mit den Fingern aufs Knie. Nein, Lida erlaubte es nicht, sich von ihr beleidigt zu fühlen, ihr harte Worte zu sagen.

»Was muss man denn wissen?«, fragte sie. »Man muss lernen.«

»Muss man das? Sich sein Leben lang als Schülerin fühlen?«

Sie lachte bitter und blickte durchs Fenster in den buntscheckigen Himmel.

»Mir scheint, alles, was ich bisher weiß, braucht man nicht zu wissen. Aber ich werde trotzdem versuchen zu lernen«, hörte er ihre nachdenkliche Stimme. »Nicht in dem unruhigen Moskau, aber vielleicht in Petersburg. Nach Paris muss ich, denn Alina ist dort, und es geht ihr schlecht. Du weißt ja, dass ich sie liebe ...«

»Warum?«, wollte Klim fragen, aber das Mädchen kam herein und bat Lida, zu Warawka hinunterzukommen.

Schweigend und Seite an Seite stiegen sie die Treppe hinab. Klim verweilte im Vorzimmer und sah leer auf die verschiedenen Mäntel, die sich an der Wand entlang hinzogen, Sie hatten etwas, das ihn an einen Bettlerhaufen auf den Stufen einer Kirche, an Bettler ohne Kopf erinnerte.

»Nein, es darf so nicht bleiben, so unausgesprochen«, entschied er, und setzte sich, sobald er in seinem Zimmer war, hin, um Lida einen Brief zu schreiben. Er schrieb lange. Als er aber die beschriebenen Seiten überlas, fand er, dass sein Schreiben zwei Menschen verfasst hatten, die ihm gleichermaßen unähnlich waren: Der eine ließ dumm und roh an Lida seinen Spott aus, der andere versuchte unbeholfen und kläglich, sich zu rechtfertigen.

»Aber ich habe mir ja ihr gegenüber nichts vorzuwerfen«, empörte er sich, zerriss den Brief und fasste auf der Stelle den Entschluss, nach Nishni Nowgorod zur Allrussischen Ausstellung zu fahren. Er würde überraschend abreisen wie Lida, und noch bevor sie ins Ausland fuhr. Auf diese Weise würde sie begreifen, dass die Trennung ihn nicht schmerzte. Aber vielleicht würde sie erkennen, dass er litt, ihren Entschluss ändern und mit ihm fahren?

Doch als er Lida mitteilte, dass er morgen abreise, bemerkte sie sehr gleichgültig:

»Wie gut, dass es bei uns ohne dramatische Auftritte abgelaufen ist. Ich habe ja befürchtet, es würde Szenen geben.«

Sie umarmte ihn und küsste ihn fest auf den Mund.

»Wir scheiden als Freunde? Und wenn wir uns später wiedersehen, werden wir klüger sein, ja? Und werden einander vielleicht mit anderen Augen ansehen?«

Klim war über ihre Worte und die Tränen in ihren Augenwinkeln ein wenig gerührt oder erstaunt. Er sagte leise, bittend:

»Wäre es nicht besser, du kämst mit mir?«

»Nein«, sagte sie entschlossen. »Nein, ich will nicht! Du würdest mich stören.«

Und sie trocknete hastig ihre Augen. Besorgt, dass er ihr etwas Unpassendes sagen könnte, küsste auch Klim hastig ihre trockene, heiße Hand.

Später, als er in seinem Zimmer auf und ab wandelte, überlegte er:

»Im Grunde ist sie ein unglückliches Wesen. Eine taube Blüte. Seelenlos ist sie. Vernünftelt, ohne zu fühlen …«

Er blieb mitten im Zimmer stehen, nahm die Brille ab, vollführte mit ihr eine schaukelnde Bewegung und dachte, während er sich umblickte:

»Aber wie schnell ist alles zu Ende gegangen! Wirklich, als wären Hobelspäne heruntergebrannt.«

Er stand den Dingen hilflos gegenüber, fühlte aber gleichzeitig, dass für ihn Tage der Ruhe gekommen seien, deren er bereits bedurfte.

Wenige Tage später und Klim Samgin saß im Zuge, der sich Nishni Nowgorod näherte. Drei Werst vor dem Bahnhof glitt der gedrängt volle Zug langsam durch die Landschaft, als wollte der Lokomotivführer, dass die Reisenden sich die buntscheckige Anhäufung manierierter neuer Gebäude, die sich mitten im öden Feld, zwischen kahlen, gelben Sandflächen und schmutzig grünen Riedinseln erhoben, genau ansehen sollten.

Neben den Schienen, etwas tiefer gelegen als die Böschung, strahlte der Maschinenpavillon blendend grell gegen die Sonne. Er war aus Stahl und Glas erbaut und hatte die Form eines ungeheuren, mit dem Boden nach oben gestülpten Waschzubers. Durch die Scheiben konnte man sehen, wie im Innern des Gebäudes sich eine Schar Metallgiganten träge regte, gefangene Bestien aus Eisen sich drängten. Der einstöckige landwirtschaftliche Pavillon war in einem geschweiften Halbbogen angelegt und mit Holzschnitzereien in jenem originalrussischen Stil verziert, den der Deutsche Ropet erfunden hatte. In beklemmender Enge erhoben sich noch eine große Zahl eigenwillig angeordneter Bauwerke von ungewöhnlicher Architektur. Einige erinnerten an die sympathischen Schöpfungen eines Konditors. Wie ein gigantisches Stück Zucker ragte aus ihrer bunten Menge die weiße Villa der Kunstabteilung hervor. Auf dem Gipfel des Zarenpavillons, der im Türmchen- und Zinnenstil der Märchen errichtet war, funkelte im Sonnenlicht der doppelköpfige goldene

Adler und breitete die Schwingen aus. Über dem goldenen Adler blähte sich in der blauen Luft, an einem langen Seil befestigt, die graue Blase eines Ballons.

Die ruhige Bewegung des Zuges versetzte dieses Städtchen in langsame Drehung. Es schien, als ob alle diese wunderlichen Gebäude um einen unsichtbaren Mittelpunkt kreisten, ihre Plätze vertauschten, einander verdeckten und über die sandbestreuten Wege und kleinen Plätze glitten. Dieser Eindruck eines wirren Reigens, eines trägen, aber machtvollen Gedränges, wurde noch verstärkt durch die winzigen Figürchen der Menschen, die ängstlich, auf gewundenen Pfaden, zwischen den Bauten hin und her trippelten. Sie waren nicht zahlreich, und nur wenige von ihnen strebten eilig in verschiedene Richtungen. Die meisten machten den Eindruck von Verirrten und Suchenden. Die Menschen erschienen weniger beweglich als die Gebäude, die sie bald zeigten, bald hinter ihren Vorsprüngen versteckten.

Dieser halb märchenhafte Eindruck eines stillen, aber machtvollen Reigens erhielt sich in Klim für die ganze Dauer seines Aufenthalts in dieser seltsamen Stadt am Rande eines unfruchtbaren, traurigen Ödlandes, das in der Ferne von dem bläulichen Stachelpelz eines Fichtenwaldes – des »Sawelowschen Waldrückens« – und jenseits der unsichtbaren Oka von den »Spechtsbergen« eingeschlossen war. In deren Schoß, im Grün der Gärten versteckt, ruhten die Häuschen und Kirchen Nishni Nowgorods.

Samgin stieg in einem jener hölzernen, rasch gezimmerten Hotels ab, in denen alles knarrte und ächzte und bei dem leisesten Geräusch zu beben schien, wusch sich rasch, zog sich um, trank ein Glas heißen Tee und begab sich sofort auf die Ausstellung. Er hatte dorthin nicht mehr als dreihundert Schritte.

Erst abends kehrte er zurück, geblendet, betäubt und wie nach einem Ausflug in ein fernes, unbekanntes Land. Aber dieses Gefühl der Sättigung bedrückte Klim nicht, sondern machte ihn weiter, strebte mit Macht nach Gestaltung und versprach, ihn mit einer großen Freude zu beschenken, die er bereits dunkel ahnte.

Sie gewann erst nach einiger Zeit deutliche Gestalt, an einem regnerischen Tag des nicht sehr freundlichen Sommers. Klim lag im Bett. Er hatte sich in die leichte Decke gewickelt und seinen Mantel darüber gebreitet. Ein zorniger Regen peitschte die Dächer, krachender Donner erschütterte das Hotelgebäude, durch die Fensterritzen pfiff und schnob ein feuchter Wind. An drei Stellen fielen in gleichem Takt schwere Wasser-

tropfen von der Decke herab und verbreiteten einen Geruch von Leim-
farbe und Morast.

Klim sah vor sich das Panorama eines ungeheuren, fantastisch reichen
Landes, von dessen Dasein er keine Ahnung gehabt hatte. Ein Land des
vielfältigsten Arbeitsfleißes. Es hatte seine Erzeugnisse gesammelt und
zeigte sie wie auf der flachen Hand voll Stolz sich selbst. Man mochte
glauben, die hübschen Bauten seien in bewusster Absicht auf dem traurigen Feld errichtet, Seite an Seite neben einem ärmlichen und schmutzigen Dorf, dessen ausdruckslose Wohnstätten in trauriger Eintönigkeit
über den von Wolga und Oka angeschwemmten Sand verstreut waren,
der an stürmischen Tagen, wenn von der Wolga der heiße Steppenwind
blies, Wolken grauen, stechenden Staubes herüberschickte.

Diese Nachbarschaft der Schätze des Landes und der Armut irgend-
welcher kleinen Leute schien selbstgefällig andeuten zu wollen:

»Wir leben zwar schlecht, aber seht nur, wie gut wir arbeiten!«

Nicht so protzig und ruhmredig, aber umso eindrucksvoller bezeugte
die Messe den Reichtum des Landes. Die niederen, eintönig gelben Reihen ihrer steinernen Läden hatten die weiten Rachen ihrer Türen geöffnet und zeigten im Grottenzwielicht Berge mannigfaltig bearbeiteter Metalle, Berge von Tuch, Zitz und Wollstoffen. Da glänzte farbenprächtiges
Porzellan, blitzte Spiegelglas, das alles aufnahm, was an ihm vorüber-
zog. Dicht neben den Verkaufsständen mit Kirchengeräten wurde
kunstvoll geschliffenes Glas feilgeboten, und gegenüber den gewaltigen,
mit Pokalen und Weingläsern reich besetzten Vitrinen leuchtete das
blanke Steingut der Toiletteneinrichtungen. In diesem Nebeneinander
des Kirchlichen und Profanen konstatierte Klim die Schamlosigkeit des
Handels.

Die Messe war belebter als die Ausstellung. Die Leute trugen ein freie-
res, geräuschvolleres Benehmen zur Schau, und alle schienen mit Begeisterung dem Geschäft obzuliegen. Das bunte Gemisch von Volkstypen,
die Fülle von Ausländern, Asiaten, schwer gekleideten Orientalen setzte
in Erstaunen. Das Ohr fing fremde Laute, das Auge bizarre Figuren und
Gesichter auf. Unter den Russen begegnete man häufig langbärtigen Gestalten, die Samgin unangenehm an den Diakon erinnerten, und dann
dachte Klim jedes Mal für Augenblicke und mit Beklemmung daran,
dass dieses mächtige Land nach dem Wunsch von Leuten mit drei Fingern, aus dem geistlichen Stand ausgestoßenen Diakonen, hysterischen
Säufern und übermütigen Studenten vom Schlage Marakujews umge-
staltet werden sollte. Pojarkow, den Klim ausdruckslos fand, und der

elegante, solide Preis, der gewiss einmal Professor wurde, – diese beiden beunruhigten Klim nicht. Der selbstbewusste, zahlenbegeisterte Kutusow war in seiner Erinnerung verblasst, und Klim liebte es auch nicht, sich seiner zu erinnern.

Er schaute zur hölzernen, aus Schiffsplanken gezimmerten Decke empor und verfolgte aufmerksam, wie das Wasser durch die Ritzen leckte, schwere Glastropfen bildete und, auf dem Fußboden aufprallend, zu Pfützen auseinanderlief.

Noch einmal sah er den Glanz der Stahlwaffen aus Slatoust, die Messer, Gabeln, Scheren und Schlösser aus Pawlow, Watsch und Worsma. Im mit Gewehrpatronen, Säbeln und Bajonetten ausgeschmückten Pavillon der Kriegsmarine zeigte man eine langläufige, blank geputzte Kanone aus den Werkstätten von Motiwilicha, blitzend und kalt wie ein Fisch. Ein stämmiger, gleichsam aus Bronze gegossener Matrose erklärte, während er sein bläuliches Kinn streichelte und seinen schwarzen Schnurrbart zwirbelte, dem Publikum herablassend und mit komischer Unbeholfenheit:

»Dieses Geschütz wird an diesem Ende geladen, mit diesem Geschoss hier, das Sie nicht mal heben können, und feuert in dieser Richtung aufs Ziel, also auf den Feind. Sie, Herr, rühren Sie nicht mit dem Stock daran, das ist verboten!«

Goldbrokat leuchtete wie ein Roggenfeld an einem Juliabend, wenn die Sonne untergeht, Glanzstoff streifen erinnerten an das bläuliche Licht der Mondnächte im Winter, buntfarbige Stoffe an die herbstliche Pracht der Wälder. Diese poetischen Vergleiche kamen Klim nach einem Besuch der Gemäldeabteilung, wo ein »erklärender Herr« mit ausgeprägter Stirn, langer Mähne und magerem, klapprigem Rumpf dem Publikum begeistert von den Landschaften Nesterows und Lewitans erzählte, Russland abwechselnd die Prädikate ›brokaten‹ und ›baumwollen‹ gab und es schließlich auf dem Gipfel seiner Ekstase wie folgt schilderte:

»Auf irdischem Samt wundervolle Stickereien in farbenprächtiger Seide von der Hand des größten der Künstler – Gottes!«

Klim empfand den Stolz des Patrioten, als er im mittelasiatischen Pavillon die für Chiwa und Buchara bestimmten groben deutschen Nachahmungen des russischen Brokats, des leuchtenden Zitz der Firma Morosow und des blütenweißen Porzellans der Kusnezows besah.

Spielzeug und Maschinen, Glocken und Equipagen, Juwelierarbeiten und Flügel, blumiger Saffian aus Kasan, unendlich zart anzufühlen, Zuckerberge, gewaltige Haufen Hanfseil und geteerter Taue, eine Kapelle aus Stearinkerzen, wunderbares Rauchwerk von Sorokoumowski und Eisenerz aus dem Ural, vortrefflich gegerbte Häute, Borstenfabrikate – vor diesen unermesslichen Schätzen sammelten sich kleine Gruppen, betrachteten gleichmütig die großartigen Leistungen ihrer Heimat und verstimmten Klim Samgin einigermaßen, indem sie durch ihr Schweigen abkühlend auf seine gehobene Stimmung wirkten.

Selten hörte er Ausrufe des Entzückens, und wenn sie ertönten, so fast immer aus dem Munde der Frauen vor den Vitrinen des Textilgewerbes, der Böttcher, Parfümfabrikanten, Juweliere und Kürschner. Übrigens konnte man vermuten, dass die Mehrzahl der Besucher dank einem Übermaß von Eindrücken die Sprache verloren hatte. Doch bisweilen wollte es Klim scheinen, als klinge einzig aus dem Lob der Frauen ehrliche Freude, während die Urteile der Männer nur schlecht über ihren Neid hinwegtäuschten. Er gelangte sogar zu dem Ergebnis, dass Makarow am Ende recht haben könnte. Die Frau begriff besser als der Mann, dass alles auf der Welt für sie da war.

Die Wogen seines Patriotismus stiegen besonders hoch, wenn er Gruppen von Angehörigen fremdstämmiger Völkerschaften begegnete, die aus allen Gegenden vom Weißen Meer bis zum Kaspi-See und Schwarzen Meer, von Helsingfors bis Wladiwostok zum Fest der über sie gebietenden Nation zusammengeströmt waren. Würdevoll bewegten sich die Bewohner Chiwas und Bucharas und die dicken Sarten, deren weite Gesten nur denen schlaff erschienen, die nicht wussten, dass Geschwindigkeit eine Eigenschaft des Teufels war. Verweichlichte Perser mit gefärbten Barten standen malerisch vor Blumenbeeten. Ein hoher Greis mit einem orangegelben Bart und purpurnen Fingernägeln deutete mit dem langen Finger seiner gepflegten Hand auf die Blumen und wandte sich in getragenem Ton, als spreche er Verse, an sein Gefolge. Ein unförmig großer Ring mit einem Rubin blitzte an seinem Finger und zog die gebannten Blicke eines schmächtigen Menschen in einer schwarzen, schräg geschnittenen Persianerkappe an. Ohne seine roten, schwimmenden Augen vom Rubin loszureißen, bewegte der Mensch seine dicken Lippen, und seine Miene schien Angst auszudrücken, dass der Stein aus seiner schweren, goldenen Fassung herausspringen könnte.

Häufig begegnete man gut gewachsenen Wolgatataren, Krimtataren, die wie rumänische Musikanten aussahen, Georgiern und Armeniern von geräuschvoller Lebhaftigkeit sowie finsteren, bedächtigen Finnen mit heller Haut, die bei der städtischen Straßenbahn beschäftigt waren.

Vor dem Pavillon der Archangelsker Eisenbahn, der von dem Mäzen Sawwa Mamontow, dem Erbauer der Bahn, im Stil der alten Kirchen des Nordlands errichtet worden war, hatte sich eine Familie stülpnasiger Samojeden angesiedelt, die dem Publikum ein Walross zeigten, das in einem an dem Pavillon angebauten Bassin hauste und in aufgeräumter Stimmung »Danke, Sawwa!« sagen sollte.

In der Filzjurte hockten mit untergeschlagenen Beinen zehn Kirgisen mit gusseisenbraunen Gesichtern. Sieben bliesen mit gewaltiger Kraft in lange Rohre aus irgendeinem, den Klang dämpfenden Holz. Ein Jüngling mit unwahrscheinlich breiter Nasenwurzel und schwarzen Augen, die irgendwo in der Nähe der Ohren saßen, schlug schläfrig auf ein Tambourin, während ein zwerghaft kleiner Greis mit einem von grünlichem Moos überwucherten Gesicht mit beiden Händen kindisch auf einen mit Eselshaut bespannten Kessel schlug. Zuweilen öffnete er weit seinen zahnlosen, vor spärlichen Schnurrbarthaaren eingesponnenen Mund und stieß minutenlang mit dünner, schneidender Kehlstimme ein lang gezogenes Klagen aus.

Hirten aus dem Gouvernement Wladimir mit asketischen Heiligenge- sichtern und Raubvogelaugen spielten auf ihren Schalmeien meisterhaft russische Volkslieder. Auf einer anderen Estrade gegenüber dem Pavil- lon der Kriegsmarine exekutierte ein Orchester aus Saiteninstrumenten unter der Leitung des Beaus Glawatsch eine seltsame Nummer, die im Programm die Bezeichnung »Musik der Himmelssphären« trug. Dieses Musikstück gab Glawatsch, dreimal täglich, es war beim Publikum sehr beliebt, während Leute mit Forschungstrieb sich im Pavillon anhören konnten, wie die leise Musik in der Stahlmündung eines langen Ge- schützes widertönte.

»Ein bemerkenswertes akustisches Phänomen«, belehrte Klim ein sehr liebenswürdiger, weiblich aussehender Mann mit schönen Augen. Klim glaubte nicht, dass die »Musik der Himmelssphären« sich der Kanone mitteilen könnte, aber da er in leutseliger Stimmung war, ließ er sich ver- locken, dem Phänomen beizuwohnen. Er vernahm in der kalten Höh- lung des Geschützes nicht das Mindeste, kam sich sehr dumm vor und beschloss gewitzigt, der Stimme des Volkes, die Orina Fedossow, eine Erzählerin alter Nordlandssagen, pries, nicht Gehör zu schenken.

Täglich, um die Stunde des Abendgottesdienstes, näherte sich den Holzgerüsten, an denen die Glocken von Okonischnikow und anderen Gießereien hingen, ein älterer Mann in einer ärmellosen Jacke und mit einer gefütterten Mütze. Er entblößte seinen kahlen Schädel von der

Form einer Melone, blickte mit weit aufgerissenen Augen, die weiß und leer wie die eines Blinden waren, zum Himmel empor und bekreuzigte sich dreimal. Dann verneigte er sich bis zum Gürtel vor den Zuschauern und Zuhörern, die schon auf ihn warteten, bestieg das eine Gerüst und schwang den fünfpudschweren Klöppel der großen Glocke. Feierlich bewegten die sanft anschwellenden, tiefen Seufzer des empfindlichen Metalls die Luft. Es war, als ob der eiserne schwarze Klöppel lebendig geworden sei, aus eigener Kraft die Glocke schwingen ließ und gierig am Metall leckte, während der Glöckner ihn vergeblich mit seinen langen Armen zu fangen suchte und aus Verzweiflung darüber mit dem kahlen Schädel gegen den Glockenrand schlug.

Endlich gelang es ihm, den in Schwung geratenen Klöppel zum Stehen zu bringen, worauf er sich zum Gerüst mit den kleinen Glocken wandte. Man sah seine schwarze Gestalt krampfhaft mit Armen und Beinen strampeln, während er »Rühme dich, rühme dich, russischer Zar« läutete. Der Glöckner zappelte so heftig, dass der Eindruck entstand, als hänge er in der Schlinge eines unsichtbaren Strickes, mühte sich ab, sich daraus zu befreien, und schüttelte wild den Kopf. Sein langes Gesicht schwoll auf und füllte sich mit Blut, doch je länger dies währte, desto volltönender rühmte das gehorsame Metall der Glocken den Zaren. Nachdem er ausgeläutet hatte, trocknete er sich den triefenden Schädel und das nasse Gesicht mit einem blau und weiß gewürfelten Taschentuch ab, starrte wieder mit furchtbaren, weißen Augen in den Himmel, verneigte sich vor dem Publikum und entfernte sich, ohne auf lobende Bemerkungen und Fragen zu antworten. Man erzählte sich, er sei von einem großen Leid heimgesucht worden und habe das Gelübde getan, bis ans Ende seiner Tage zu schweigen.

Klim sah den Glöckner einige Male sein Werk verrichten und entdeckte plötzlich, dass er dem Diakon ähnele. Von dieser Minute an war er überzeugt, dass der Glöckner ein Verbrechen begangen habe und jetzt schweigend büße. Klim hätte gern den Diakon an seiner Stelle gesehen.

Im Übrigen verbrachte Samgin die Tage in stiller Ergriffenheit vor der Überfülle und Vielgestaltigkeit der Dinge und Waren, die von eben den schlichten Menschlein der verschiedensten Art geschaffen worden waren, Menschen, die sich bedächtig auf den mit sauberem Sand bestreuten Pfaden bewegten, bescheiden die Erzeugnisse ihres Fleißes besichtigten, ohne viel Aufhebens lobten, was sie sahen, und mehr noch, nachdenklich schwiegen. In Samgin meldete sich ein Gefühl der Schuld gegen diese stillen, bescheidenen Menschen, er betrachtete sie freundschaftlich, ja mit einer Nuance von Achtung vor ihrer äußeren Unscheinbarkeit, hinter der sich eine märchenhafte, allerschaffende Kraft verbarg.

»Das ist die Universität«, dachte er, damit beschäftigt, seine Eindrücke abzuwägen. »Die Erkenntnis Russlands – das ist die wichtigste lebendige Wissenschaft!«

Sehr lästig fiel ihm Inokow, dessen alberne Figur im weiten Cape mit dem Fackelträgerhut schon von fern die Aufmerksamkeit auf sich lenkte und überall auftauchte, wie ein fantastischer, hungriger Vogel auf der Nahrungssuche. Inokow sah jetzt bedeutend männlicher aus, seine Wangen hatten sich mit feinen Ringen dunkler Barthaare bedeckt, was die Züge seines breitknochigen und groben Gesichts ein wenig milderte.

Klim konnte sich indessen nicht dazu entschließen, Inokow zu meiden, weil dieser keineswegs sympathische Bursche genau wie sein Bruder Dmitri eine Menge wusste und recht vernünftig über das Kustargewerbe, den Fischfang, die chemische Industrie und die Schifffahrt zu erzählen verstand. Samgin konnte davon profitieren, nur beeinträchtigten Inokows Reden stets bis zu einem gewissen Grade seine aufgeräumte und gefühlsselige Stimmung.

»Diese ganze Herrlichkeit hat etwas von einer Witwe ...«, sagte Inokow. »Wissen Sie, so eine bejahrte und augenscheinlich nicht sehr kluge Witwe von zweifelhafter Schönheit, die mit ihrer Mitgift prahlt, um einen Mann zur Ehe mit ihr zu verlocken ...«

Als beschäftige er sich damit, eine schwierige Aufgabe zu lösen, biss er sich die Lippen, wobei sein Mund sich zu einem feinen Strich spannte.

Darauf schimpfte er polternd:

»Diese Tölpel! Haben den Einfall gehabt, die Ausstellung ihrer Schätze auf Sand und Moor aufzubauen! Auf der einen Seite die Ausstellung, auf der anderen die Messe und in der Mitte das urfidele Dorf Kupawino, wo unter drei Häusern zwei mit Bettlern und Hafendieben vollgestopft sind, und das dritte mit öffentlichen Dirnen.«

Wenn Klim Samgin seiner Begeisterung über die Entwicklung der Textilindustrie Ausdruck verlieh, machte Inokow ihn darauf aufmerksam, dass das Dorf, sowohl was die Qualität als auch was die Farben der Stoffe betraf, sich immer schlechter kleidete, und dass man die Baumwolle aus Mittelasien nach Moskau schickte, um sie dort zu verarbeiten und dann nach Mittelasien zurückzuschicken. Weiter hielt er ihm vor Augen, dass ungeachtet des Holzreichtums in Russland Papier in Millionen Pud in Finnland eingekauft wurde.

»Zedern gibt es im Ural in Hülle und Fülle, Grafit ebenfalls, aber Blei-stifte zu fabrizieren, verstehen wir nicht.«

Noch peinlicher war es, anzuhören, was Inokow über gewisse erfolglo-se Erfinder vorbrachte.

»Waren sie im landwirtschaftlichen Pavillon?«, fragte er und krümmte spöttisch die Lippen. »Dort hat so ein russisches Genie ein Fahrrad aus-gestellt, genau das gleiche, auf dem die Engländer schon im 18. Jahrhun-dert vergeblich zu fahren versuchten. Ein anderer Esel hat ein Klavier ausgetüftelt, und alles, Klaviatur, Saiten, mit eigener Hand gemacht. Zwei Drittel der Saiten sind selbstredend aus Darm. Klappern tut dieser Musikkasten wie eine alte Dorfkalesche. Irgendein abgedankter Notar exponiert eine Klatsche, um die Pferdebremsen totzuschlagen. Die Klat-sche wird an der vorderen Achse des Wagens befestigt, was bewirkt, dass sie das Pferd schlägt, das natürlich wild wird. Im tiefsten Wald soll-te man diese Trottel verstecken, wir aber haben nichts Eiligeres zu tun, als uns vor allem Volk mit ihnen zu brüsten!«

Samgin nahm täglich mit ihm das Frühstück in einem schwedischen Papphaus am Eingang der Ausstellung. Inokow nährte sich bescheiden mit einem Stück Schinken und einer Menge Brot, und trank dazu eine Flasche Schwarzbier. Während er sein Gesicht mit der Hand streichelte, als wische er die Sommersprossen ab, erzählte er:

»Die Leinwand eines gewissen Wrubel, eines offenbar hochbegabten Künstlers, wurde von der Ausstellung zurückgewiesen. Ich verstehe nichts von Malerei, eine Kraft vermag ich aber auf jedem Gebiet zu er-kennen. Sawwa Mamontow hat für Wrubel eine besondere Bude außer-halb der Ausstellung errichten lassen, sehen Sie dort drüben! Der Eintritt ist unentgeltlich, aber der Besuch ist schlecht, selbst an den Tagen, wenn dort Mamontows Opernchor singt. Ich sitze dort häufig und wundere mich über den Anblick, der sich mir bietet: an der einen Wand »Prinzes-sin Traum«, an der anderen Mikula Seljaninowitsch und die Wolga. Ei-genartig. Ein Zeitungsmann hat sich die ›Prinzessin‹ und Mikula ange-schaut und gerügt: ›Politik. Alliance franco-russe. Kein Verständnis da-für. Kunst muss von Politik frei sein‹.«

Inokow lächelte gezwungen spöttisch, wischte aber das Lächeln sofort mit der Hand von den Lippen. Er teilte Klim beständig die verschiedens-ten Neuigkeiten mit:

»Witte ist angekommen. Gestern geht er mit dem Ingenieur von Kasi und Quintiliana und zitiert: ›Es ist leichter, mehr zu tun als gerade so-viel.‹ Ein selbstgefälliger Bauer. Man schafft Arbeiter herbei, um den Zaren zu begrüßen. Hier am Ort gibt es entweder zu wenig oder sie sind nicht zuverlässig genug. Übrigens wirbt man in Sormowo und in Nishni, bei Dobrow-Nabgolz, Leute an.«

»Wie stehen Sie eigentlich zum Zaren?«, fragte Klim.

Inokow sah ihn erstaunt an.

»Habe mir nie darüber den Kopf zerbrochen.«

Klim Samgin erwartete den Zaren mit einer Unruhe, die ihn selbst irritierte, die er sich aber nicht verhehlen konnte. Er fühlte, dass er den Mann sehen musste, der an der Spitze dieses ungeheuren, reichen Russland stand, eines Landes, mit einem merkwürdig glatten Volk, über das etwas Bestimmtes auszusagen schwierig war, schwierig deshalb, weil dieses Volk allzu reichliche Einspritzungen mit skandalsüchtigen Elementen erhalten hatte. Samgin hatte die dunkle Hoffnung, dass in dem Augenblick, wo er den Zaren sehen würde, alles, was er erlebt und durchdacht hatte, seinen endgültigen Abschluss erhielt. Vielleicht würde diese Begegnung dem ersten Sonnenstrahl gleichkommen, mit dem der Tag beginnt, vielleicht aber auch dem letzten, hinter dem schon die warme Sommernacht sanft die Erde umfängt. Vielleicht hatte Diomidow recht: Der Zar war kein Durchschnittsmensch, nicht so einer, wie sein Vater. Er, der mit solcher Kühnheit die Hoffnungen der Menschen, die seine Gewalt einschränken wollten, zunichtegemacht hatte, musste auch einen energischeren Charakter haben als sein Großvater. Ja, es war möglich, dass Nikolaus II. die Kraft besaß, allein gegen alle zu stehen, und seine junge Hand stark genug war, um sich mit dem Eichenknüppel Peters des Großen zu bewaffnen und den Leuten zuzurufen:

»Was soll der Unfug!«

Zwei Tage später drängte Inokow seine Gedanken in eine andere Richtung.

»Sie wollen sich nicht Orina Fedossow anhören?«, fragte er befremdet. »Aber sie ist ja ein Wunder.«

»Ich bin kein Freund von Wundern«, sagte Samgin, der sich an die Kanone und die »Musik der Himmelssphären« erinnerte.

Aber Inokow fuchtelte mit dem Arm und sagte erregt:

»Im Vergleich mit ihr ist alles andere Plunder!«

Er packte Klim am Ärmel seiner Jacke und fuhr fort:

»Erinnern Sie sich der ›Mütter‹ im zweiten Teil des ›Faust‹? Aber die fantasieren wie im Fieber, während diese Frau ... Nein, Sie müssen mitkommen!«

Klim sah Inokow zum ersten Mal in einer solchen Gemütsverfassung. Neugierig, ihre Ursache kennenzulernen, folgte er ihm in einen Saal, wo Lektionen und Vorträge gehalten wurden, und wo Glawatsch vortrefflich auf der Orgel spielte.

Ein hochgewachsener, bärtiger Mann in einem langen, wie aus Eisenblech zusammengenieteten Rock trat auf die Estrade heraus. Er begann mit schallender Stimme in der Weise zu sprechen, wie Leute, die dressierte Affen oder Seehunde vorführen.

»Ich!«, sagte er. »Ich, ich, ich«, wiederholte er immer häufiger und machte dabei mit den Armen Schwimmbewegungen. »Ich habe das Vorwort geschrieben. Das Buch ist am Eingang zu haben. Sie ist Analphabetin. Kennt dreißigtausend Verse auswendig ... Ich ... Mehr als die Ilias hat. Professor Shdanow ... Als ich ... Professor Barsow ...«

»Das hat nichts zu bedeuten«, beruhigte ihn Inokow. »Dieser Mann ist stets dumm.«

Auf die Estrade trippelte mit wiegendem Gang ein schief gewachsenes Mütterchen, angetan mit einem dunklen Zitzkleid und einem abgetragenen, bunt geblümten Kopftuch. Eine komische, gute, alte, aus Runzeln und Falten geknetete Hexe mit einem runden Stoffgesicht und lächelnden Kinderaugen.

Klim warf einen zornigen Blick auf Inokow, überzeugt, dass er wieder wie vor der Kanone Gelegenheit haben werde, sich als dummer August vorzukommen. Aber Inokows Gesicht leuchtete in trunkener Seligkeit, er klatschte stürmisch in die Hände und murmelte:

»Ach, du Liebe ...«

Es war ein komischer Anblick. Samgin wurde weicher. Er beschloss, was auch kommen möge, zehn Minuten auszuhalten, zog seine Uhr hervor, beugte den Kopf und – warf ihn sofort empor: Von der Bühne ergoss sich eine außergewöhnlich melodische Stimme. Uralte, schwere Worte ertönten. Es war die Stimme eines Bauernweibes, aber trotzdem konnte man nicht glauben, dass die Alte diese Verse sprach. Es war nicht nur die echte Schönheit der gesprochenen Worte, diese Stimme hatte etwas unmenschlich Zärtliches und Weises. Eine magische Kraft, die Klim mit der Uhr in der Hand erstarren ließ. Er hätte sich sehr gerne umgeblickt, um zu sehen, mit welchem Ausdruck die anderen Leute dem krummhüftigen Mütterchen lauschten. Aber er konnte seinen Blick nicht losreißen von dem Spiel der Fältchen in dem zerknitterten, guten Gesicht, von dem wunderbaren Glanz der Kinderaugen, die jeden Vers beredt ergänzten und den verschollenen Worten ein lebendiges Leuchten und einen bestrickend weichen Klang verliehen.

Während sie mit ihrem Watteärmchen eintönige Bewegungen ausführte, erzählte diese alte Frau aus dem Olonetzker Gebiet, die wie eine plump zurechtgeschneiderte Zeugpuppe aussah, wie die Mutter des Recken Dobrynja ihn aussandte, um Heldentaten zu bestehen und von ihm Abschied nahm, Samgin sah diese hochgewachsene Mutter, hörte ihre harten Worte, aus denen dennoch Furcht und Trauer sprachen, sah den breitschultrigen Recken Dobrynja vor sich, wie er niederkniete, das Schwert in den ausgestreckten Händen hielt und mit gehorsamen Augen zur Mutter emporblickte.

Augenblicke lang schien es Klim, als sei er allein in dem Saal, auch diese gute Hexe sei am Ende gar nicht da, sondern durch die Geräusche hinter den Wänden des Saals dringe aus verschollenen Jahrhunderten auf wahrhaft wunderbare Weise die zum Leben erwachte Stimme des heroischen Altertums zu ihm.

»Nun, was?«, fragte feierlich Inokow. Sein durch ein seliges Lächeln geweitetes Gesicht hatte etwas Betäubtes. Die Augen waren nass.

»Erstaunlich!«, antwortete Klim.

»Es kommt noch viel schöner! Beachten Sie: Sie ist keine Schauspielerin, sie spielt nicht Menschen, sondern spielt mit den Menschen!«

Diese seltsamen Worte verstand Klim nicht, aber er erinnerte sich ihrer, als die Fedossow von dem Streit des Rjasaner Bauern Ilja Muromez mit dem Kiewer Fürsten Wladimir zu erzählen begann. Samgin starrte, von Neuem magisch gebannt, von dem sanften Leuchten der unverlöschlichen Augen gestreichelt, in das mit allen Runzeln sprechende Zauberinnengesicht. Sein Verstand sagte ihm zwar, dass der gewaltige Recke aus dem Dorfe Karatscharow, von dem launenhaften Fürsten aus seiner Heimat vertrieben, nicht mit dieser Stimme sprechen, und dass in seinen scharfen Steppenaugen natürlich nicht ein so spitzes, ironisches Lächeln sitzen konnte, das entfernt an die listigen und weisen Fünkchen in den Augen des Historikers Kljutschewski erinnerte.

Doch sobald ihm der unerbittliche Gelehrte in Erinnerung kam, war Klim plötzlich nicht mit dem Verstand, sondern mit seinem ganzen Wesen von der Gewissheit erfüllt, dass gerade dieses elend zurechtgeschneiderte Zitzpüppchen die wirkliche Geschichte der Wahrheit des Guten und der Wahrheit des Bösen sei, die nur in dem Ton der schief gewachsenen Olonetzker Alten von der Vergangenheit berichten musste und konnte, gleich liebevoll und weise von Zorn und Zärtlichkeit, von dem unerschöpflichen Leid der Mütter und den Heldenträumen der Kinder, von allem, was das Leben ausmacht. Und ebenso melodisch die Menschen liebkosend, mit ebenso bezaubernder Stimme, ob sie nun von Wahrheit sprach oder von Legende, würde dereinst vielleicht die Geschichte auch davon berichten, wie der Mensch Klim Samgin auf Erden wandelte.

Weiter fühlte Samgin, dass er niemals so gut, so klug und beinahe bis zu Tränen unglücklich gewesen war, wie in dieser seltsamen Stunde, unter Menschen, die stumm dasaßen, verzaubert von der alten, lieben Hexe, die aus uralten Märchen in eine prahlerisch aus dem Boden gestampfte und trügerische Wirklichkeit getreten war.

Inokow störte Klim in seinem andächtigen Gefühl, so rein zu sein, wie er es noch niemals war. In den kurzen Pausen zwischen den Erzählungen der Fedossow, wenn sie, neue Kraft schöpfend, sich die dunklen Lippen mit der Zungenspitze leckte, ihre schiefe Hüfte streichelte und an den Zipfeln ihres Kopftuchs zupfte, das unter ihrem, an die Kappe eines Pilzes erinnernden Kinn zusammengebunden war, wenn sie sich seitlich wiegte, lächelte und dem begeisterten Publikum zunickte, – in diesen Minuten zerschlug Inokow Klims Stimmung, indem er rasend Beifall klatschte und mit schluchzender Stimme schrie:

»Danke, Großmütterchen, liebes, danke!«

Er war erregt wie ein Betrunkener, sprang auf seinem Stuhl empor, schnäuzte sich ohrenbetäubend, trampelte. Sein Umhang glitt ihm von den Schultern, und er trat mit den Füßen darauf.

Klim verbrachte den Rest des Tages in einem Zustand der Entrücktheit. Sein Gedächtnis raunte ihm eindringlich die uralten Worte und Verse zu, vor seinen Augen wiegte sich die Puppenfigur, schwebte die weiche Wattehand, spielten die Runzeln in dem guten und klugen Gesicht, und lächelten die großen, sehr hellen Augen.

Drei Tage später aber stand er auf der Messe, inmitten der Menge, die sich um die Kapelle drängte, auf der die Fahne gehisst wurde, die die Eröffnung des Allrussischen Jahrmarkts verkündete. Inokow versprach, er wolle sich bemühen, ihm zu der Stunde in die Ausstellung Eingang zu verschaffen, wenn der Zar dort sein würde, doch er glaube, das werde schwerlich gelingen. Auf jeden Fall werde der Zar aber den Messepalast besuchen, und dann könne man ihn dort sehen.

Klim gegenüber und rechts und links von ihm zogen sich zwei endlose Reihen stämmiger, hochgewachsener und gutgekleideter Männer, einige in neuen Wamsen und langschößigen Röcken, die meisten in Jacken. Hier und dort hoben sich scharf die roten Flecke der Bauernkittel ab, glänzten in der Sonne plüschene Pluderhosen, spiegelten die Schäfte blank geputzter Stiefel. Klim sah zum ersten Mal in seinem Leben so nah vor sich und in so großer Masse das Volk, über das er seit seinen Kinderjahren so erbittert hatte streiten hören, und von dessen mühseligem Dasein ihm so viele traurige Erzählungen berichteten. Er betrachtete diese Hunderte von langhaarigen, glattgescheitelten oder kahlen Köpfe, von stumpfnasigen, bärtigen, gesunden und soliden Gesichtern mit sprechenden, freundlichen und strengen, gutmütigen und klugen Augen. Diese Leute standen stramm, Hüfte an Hüfte, und ihre breiten Brüste verwuchsen zu einer einzigen Brust. Es war klar: Dies war dasselbe große russische Volk, dessen geschickte Hände jene unermesslichen Reichtümer hervorgebracht hatten, die drüben auf dem eintönigen Feld so malerisch verstreut waren. Ja, es war eben dieses Volk, das die Auslese seiner Besten in den Vordergrund rückte, und es war gut, dass alle übrigen, stutzerhaft gekleideten, aber weniger ansehnlichen Menschen gehorsam hinter den Rücken dieser Männer der Arbeit zurückgetreten waren und ihnen den ersten Platz eingeräumt hatten. Je genauer Klim sich die Menschen der ersten Reihe ansah, desto höher stieg seine Achtung vor ihnen und versetzte ihn in angenehme Erregung. Es war einfach unmöglich, sich vorzustellen, dass diese einfachen und bescheidenen Menschen, die ein so ruhiges Bewusstsein ihrer Kraft hatten, den »lustigen Studenten« oder irgendwelchen ehrgeizigen Schwachköpfen folgen könnten.

Diese Menschen waren von so großer Bescheidenheit, dass man einige von ihnen vorrücken, nach vorn stoßen musste, was auch bestens von einem riesigen schnauzbärtigen Polizeibeamten mit goldener Brille und einem beweglichen Menschen mit dünnen Waden und einem mit einem dreifarbigen Band dekorierten Strohhut besorgt wurde. Sie schritten langsam die beiden Menschenmauern ab und ließen abwechselnd sanfte Zurufe erklingen.

»Der Glatzkopf dort, vorrücken!«

»Du, Riese, was versteckst du dich? Stell dich hierhin!«

»Der mit dem Ohrring, hierher!«

Der bewegliche Mensch maß Klim mit einem Blick und tippte ihm mit dem Handschuh auf die Schulter.

»Ein wenig zurücktreten, junger Mann!«

Ein Bursche mit einem silbernen Reif im Ohr schob Klim mit dem Rammbock seiner Schulter spielend hinter sich und sagte halblaut mit heiserer Stimme:

»Mit der Brille kannst du auch von hier sehen.«

Aber hinter seinem breiten Rücken war jede Aussicht versperrt.

Samgin machte den Versuch, sich zwischen ihn und einen bärtigen Kahlkopf zu schieben, doch der Bursche stemmte seinen unerbittlichen Ellenbogen vor und fragte:

»Wohin?«

Und empfahl dringend:

»Bleib auf deinem Platz!«

Klim fügte sich.

»Ja«, dachte er, »dieser kann jeden an seinen Platz befördern.«

Er fragte ihn:

»Woher sind Sie?«

Der Mann mit dem Ohrring drehte seinen straffen Hals und neigte sein rotes Gesicht mit dem schwarzen Schnurrbart.

»Aus dem zweiten Bezirk.«

»Arbeiter?«

»Feuerwehrmann.«

Samgin schwieg, überlegte und fragte von Neuem:

»Weshalb tragen Sie nicht Uniform?«

Der Mann mit dem Ohrring gab ihm keine Antwort. Statt seiner erteilte sein Nebenmann, ein schlanker, schöner Mensch in einem gelben Seidenhemd, redselig Auskunft:

»Er geht als Arbeiter. Man soll nicht zeigen, dass man zu den Handwerkern gehört. Diese Ausstellung ist nichts für sie. Wenn so ein Handwerker nicht arbeitet, ist er betrunken, und es ist überflüssig, dem Zaren Betrunkene zu zeigen.«

»Richtig«, sagte jemand sehr laut. »Unsere Liederlichkeit interessiert ihn nicht.«

Der kahlköpfige Riese mischte sich zornig ein:

»Man muss unterscheiden, ob einer Arbeiter ist oder Handwerker. Ich zum Beispiel bin Arbeiter bei Wukol Morosow, wir sind hier neunzig Mann. Auch aus der Nikolsker Manufaktur sind welche hier.«

Es entspann sich ein gemächliches Geplauder, und bald erfuhr Klim, dass der Mann im gelben Hemd Tänzer und Sänger war und dem Chor Snitkins, der an der ganzen Wolga bekannt war, angehörte. Der Nachbar des Tänzers war ein Bärenjäger und Waldhüter aus den kaiserlichen Forsten. Er war knorrig von Gestalt, hatte einen schwarzen Bart und die runden Augen eines Uhus.

Samgin, dem das Geschwätz dieser zufälligen Menschen auf die Nerven fiel, wollte den Platz wechseln und versuchte von der Seite her zwischen dem Tänzer und dem Feuerwehrmann hindurchzuschlüpfen. Aber der Feuerwehrmann packte ihn an der Schulter, stieß ihn in die Reihe zurück und sagte unhöflich:

»Es wird nicht herumgelaufen. Du siehst doch, alle stehen.«

Der Tänzer sah Klim mit einem spöttischen Lächeln an und erläuterte:

»Heute wird das Publikum nicht beachtet.«

»Achtung, er kommt!«

Eine Kommandostimme rief:

»Treskin, dass die Leute sich nicht unterstehen, auf die Dächer zu klettern!«

Alle verstummten, strafften sich und hefteten ihren Blick horchend auf die Oka, einen Streifen, wo zwei Linien puppenhaft winziger Menschen mit den dünnen Armen fuchtelten und sich die Köpfe von den Schultern zu reißen und spielerisch emporzuwerfen schienen. Man hörte Glockengeläute. Besonders tief schallte die Glocke der Kremlkathedrale. Gleichzeitig mit dem metallischen Getöse stieg ein anderes, brüllendes an und rollte immer näher. Klim war Zeuge gewesen, wie ganz Moskau zum Empfang des Zaren Hurra brüllte. Aber damals hatte dieses Brüllen ihn, den man auf demütigende Weise zusammen mit Betrunkenen und Taschendieben in einen Hof gejagt hatte, nicht erregt. Heute dagegen fühlte er, dass er vor innerer Bewegung taumelte und es ihm dunkel vor den Augen wurde.

Aus der dichten Menschenwand auf der gegenüberliegenden Seite der Straße, hinter der dicken Kruppe eines Pferdes hervor, kroch schwerfällig der Glöckner von der Ausstellung und erreichte in drei Schritten die

Mitte des Fahrdamms. Sogleich liefen zwei Männer ihm nach und riefen komisch erschrocken:

»Wohin steuerst du, Satan? Wohin, du Fratze?«

Aber der Glöckner stieß die Leute mit dem Arm zur Seite, hob seine wilden Augen zum Himmel empor und bekreuzigte mit einer weit ausholenden Geste der rechten Hand dreimal die Straße.

»Du bist einer«, rief wohlwollend ein Weber aus.

Man stieß den Glöckner eilig in die Menge zurück. Seine gefütterte Mütze blieb auf dem Straßenpflaster liegen.

Samgin schien es, als verfinstere sich die Luft, zusammengepresst von dem machtvollen Geheul der Tausende, einem Geheul, das heranrückte wie eine unsichtbare Wolke, auf seinem Wege alle Geräusche auswischte und das Glockenläuten und die Schreie der Posaunen der Militärkapelle auf dem Platz vor dem Messpalast verschluckte. Als dieses Heulen und Brüllen bis zu Klim herangerollt war, betäubte es ihn, hob ihn empor und ließ auch ihn mit vollen Lungen brüllen:

»Hurra!«

Das Volk sprang empor, schwenkte die Arme, schleuderte Mützen und Hüte in die Luft. Es schrie so tosend, dass man nicht hören konnte, wie das feurige Gespann des Gouverneurs Baranow mit den Hufen gegen das Pflaster schlug. Der Gouverneur hatte ein Knie auf den Sitz der Equipage gestellt, blickte rückwärts und schwenkte seine Mütze. Er war ganz stahlgrau, verwegen und heroisch. Die goldenen Blättchen der Orden glänzten auf seiner gewölbten Brust.

In einiger Entfernung hinter ihm jagte in vollem Galopp ein Dreigespann weißer Rosse. Von ihren silbernen Zäumen stoben weiße Funken. Die Pferde traten lautlos auf, unhörbar rollte die breite Equipage. Es war ein seltsamer Anblick, wie die zwölf Beine der Pferde durcheinanderwechselten, sodass es schien, als glitte die Equipage des Zaren durch die Luft, von der Erde losgerissen durch den gewaltigen Schrei der Begeisterung.

Klim Samgin fühlte, wie sich für einen Augenblick alles ringsum und er selbst von der Erde losriss und im Wirbel des orkanartigen Gebrülls durch die Luft flog.

Der Zar, schmächtig, kleiner als der Gouverneur, in blaugrauer Uniform, federte auf dem Polsterrand der Equipage. Mit der einen Hand stützte er sich auf das Knie, die andere hob er mechanisch an die Mütze.

Gleichmäßig nach rechts und links nickend, blickte er lächelnd in die zahllosen, kreisrund geöffneten, zähnestarrenden Münder, in die von Natur roten Gesichter. Er war sehr jung, gepflegt, hatte ein schönes, sanftes Gesicht und lächelte schuldbewusst.

Ja, es war ein ausgesprochen schuldbewusstes Lächeln, das sanfte Lächeln Diomidows. Auch seine Augen waren die gleichen, Saphiraugen, und hätte man ihm das kleine, lichte Bärtchen abrasiert, so wäre es Diomidow selbst gewesen.

Er flog vorüber, begleitet von tausendköpfigem Gebrüll, dasselbe Gebrüll empfing ihn weiter hinten. Andere Equipagen jagten vorbei, Uniformen und Orden blitzten, aber schon war es hörbar, wie die Pferde mit den Hufen aufschlugen und die Räder über die Steine rollten, und alles sank wieder auf den Erdboden herab.

Wieder stellte der Glöckner sich in die Mitte der Straße und schlug mit schweren Bewegungen seiner Hand hinter den Equipagen ein Kreuz. Die Leute machten einen Bogen um ihn wie um einen Pfahl. Ein Mann mit rotem Gesicht bückte sich, hob die Mütze auf und reichte sie dem Glöckner. Der Glöckner schlug sich mit der Mütze aufs Knie und entfernte sich mit schweren Schritten mitten auf dem Fahrdamm.

Klims Augen, die gierig den Zaren verschlungen hatten, sahen noch immer seine blaugraue Figur und das schuldbewusste Lächeln in seinem hübschen Gesicht. Samgin fühlte, dass dieses Lächeln ihm seine Hoffnung geraubt und ihn mit tiefer Trauer erfüllt hatte. Er war dem Weinen nahe. Ihm waren auch vorher schon Tränen in die Augen gekommen, aber das waren Tränen jener Freude gewesen, die ihn und alle erfasst und über die Erde emporgehoben hatte. Nun aber weinte Klim dem Zaren und dem in der Ferne verhallenden Geschrei Tränen des Kummers und des Schmerzes nach.

Es war unmöglich, sich damit abzufinden, dass der Zar wie Diomidow aussah, unerträglich war das schuldige Lächeln der Verlegenheit in dem Gesicht des Herrschers über ein Hundertmillionenvolk, und unbegreiflich, wodurch dieser jugendliche, hübsche und sanfte Mensch ein so markerschütterndes Gebrüll auszulösen vermochte.

Willenlos und zu Boden gedrückt, bewegte sich Klim Samgin inmitten der Menge, die unvermittelt ausgelassen wurde. Er hörte lebhafte Stimmen:

»In der alten Zeit hätten wir auf die Knie fallen müssen ...«

»He, Jungens, jetzt gehen wir Bier trinken!«

Hinter Klims Rücken begeisterte sich jemand mit heller Stimme:

»Mit welcher Unbekümmertheit sie schlagen!«

»Wen?«

»Alle.«

Eine solide Stimme sagte eindringlich:

»Die Kritiker soll man auch schlagen.«

»Roman, wie viel hast du für die Stiefel gegeben?«

Vom Zaren wurde nicht gesprochen. Nur einen einzigen Satz fing Klim auf:

»Er wird es schwer haben mit uns.«

Dies sagte ein stämmiger Bursche, anscheinend ein Tuchfärber, denn seine Hände waren mit tiefblauer Farbe gefärbt. Er führte einen ordentlich gekleideten Greis am Arm, stieß die Leute rücksichtslos zur Seite und schrie sie an:

»Geh zu!«

Aber auch er hatte am Ende gar nicht den Zaren gemeint.

»Und wie, wenn alle diese Menschen sich ebenfalls betrogen fühlen und es bloß geschickt verbergen?«, dachte Klim.

Ein scharfäugiger Mensch sah ihm ins Gesicht und fragte misstrauisch:

»Was weinen Sie, junger Herr? Was für einen Grund haben Sie, heute zu weinen?«

Samgin wischte sich verlegen die Augen, beschleunigte den Schritt und bog in eine der Straßen des Stadtteils Kunawin ein, die nur aus öffentlichen Häusern bestand. Beinahe aus jedem Fenster sahen, in buntem Wechsel mit Trikoloren, halb entkleidete Frauen heraus, zeigten ihre nackten Schultern und Brüste und tauschten zynische Rufe von Fenster zu Fenster. Abgesehen von den Fahnen bot die Straße einen so gewohnten Anblick, als sei nichts geschehen und der Zar und die Begeisterung des Volkes bloßer Traum.

»Nein, Diomidow hat sich geirrt«, dachte Klim, als er in einer Droschke saß und zur Ausstellung fuhr. »Dieser Zar wird es schwerlich wagen, die Menschen anzuschreien wie das bucklige Mädchen.«

Am Eingang der Ausstellung empfing ihn Inokow.

»Man kann durch!«, sagte er hastig. »Schade, Sie sind zu spät gekommen.«

Inokow hatte sich die Haare scheren, die Wangen rasieren lassen, seinen Umhang mit einem billigen, mausgrauen Anzug vertauscht und sah jetzt so unauffällig aus, wie jeder andere ordentliche Mensch. Nur die Sommersprossen traten noch stärker in seinem Gesicht hervor. Im Übrigen unterschied er sich durch nichts von den anderen, ein wenig gleichförmig gekleideten Leuten. Es waren ihrer nicht viele. Sie interessierten sich vornehmlich für die Architektur der Bauten, musterten die Dächer, guckten in die Fenster und hinter die Ecken der Pavillons und lächelten einander liebenswürdig zu.

»Ochrana?«, fragte Klim flüsternd.

»Wahrscheinlich nicht alle!«, antwortete Inokow ärgerlich und grundlos laut. Er hielt beim Gehen den Hut in der Hand und sah stirnrunzelnd zu Boden.

»Man hat hier bereits eine Posse aufgeführt«, sagte er. »Am Eingang zum Zarenpavillon empfing den Zaren eine Leibwache, wissen Sie, solche wohlgebildeten russischen Jünglinge in weißen, silbergestickten Röcken, hohen Mützen und Äxten in der Hand. Man sagt, der Literat Dmitri Grigorowitsch habe sie sich ausgedacht. Sie bildeten Spalier, und der Zar fragt den einen: ›Ihr Name?‹: ›Nabgolz‹, den zweiten: ›Eluchen‹, den dritten: ›Ditmar‹. Der vierte hieß Schulze. Der Zar lächelte und ging an den nächsten schweigend vorüber. Da sieht er, wie so eine stupsnäsige Visage ihn anschmachtet. Er lächelt der Visage zu: ›Ihr Name?‹ Da krächzt die Visage ihm im Bass entgegen: ›Antor!‹ Die Sache war die, dass die Visage ihre Wirtshausrechnung in dieser abgekürzten Form unterschrieb. Ihr richtiger Name lautete Andrej Torsujew.«

Inokow erzählte dies mit leiser Stimme, man merkte ihm an, dass er es unlustig tat und mit anderen Dingen beschäftigt war.

»Ist das wahr?«, fragte Samgin ungläubig.

»Na, natürlich. Wenn was dumm ist, so heißt das, es ist wahr.«

Klim schwieg, da er sich an den Feuerwehrmann und den Tänzer erinnerte, die er für Arbeiter gehalten hatte.

Die ordentlichen Leute erstarrten plötzlich mit den abgezogenen Hüten in der Hand. Aus dem Pavillon der chemischen Industrie trat der Zar heraus, gefolgt von den drei Ministern: Woronzow-Daschkow, Wannowski und Witte. Der Zar ging langsam, spielte mit seinem Handschuh und hörte sich an, was ihm sein Hofminister sagte, wobei er ihn sanft am Ärmel zupfte und auf den Weinbau-Pavillon deutete, einen niedrigen, von Rasenflächen eingefassten Hügel. Aus der Ferne und zu

Fuß erschien der Zar Klim noch kleiner als in der Equipage. Offensichtlich hatte er keine Lust, zum Pavillon hinabzusteigen, in den Woronzow ihn haben wollte. Er wandte sein Gesicht ab und sagte mit verlegenem Lächeln etwas zum Kriegsminister, der in Zivil war und einen Spazierstock in der Hand hielt.

Diese drei berührten sich fast mit den Körpern, während der breitschultrige Witte von der Höhe seiner wuchtigen Statur auf sie herabsah. In seine Schultern war ohne Sorgfalt und gleichsam nur für den ersten dringenden Bedarf ein kleiner Kopf mit einem kaum wahrnehmbaren Näschen und einem dünnen, mordwinischen Bärtchen eingepflanzt. Er sah mit besorgt hängenden Lippen und tief hinter den Vorsprüngen der Brauen versteckten Augen bald auf den – an ihm gemessen – kleinen Zaren und die gleichfalls schmächtigen Minister, bald auf die goldene Uhr, die in seiner Hand zu schmelzen schien. Samgin fiel besonders in die Augen, wie fest und kräftig Witte die langen und breiten Sohlen seiner schweren Füße auf den Boden setzte.

Einige Schritte von dieser Gruppe entfernt warteten in ehrfurchtsvoller Haltung der schneidige, dünne und eckige Gouverneur Baranow und der graubärtige Kommissar der Kunstgewerbeabteilung, Grigorowitsch, der mit der Hand weite Kreise in der Luft zog, und die Finger in einer Weise bewegte, als salze er den Erdboden oder streue Samen aus. In dichter, stummer Gruppe standen die Abteilungskommissare, solide, ordenbehängte Herren, sowie ein großer Mann in goldgesticktem Kaftanrock mit dem Gesicht eines einfältigen Bauern.

»Der Millionär Nikolai Bugrow«, erläuterte Inokow. »Man nennt ihn den Lehnsfürsten von Nishni Nowgorod. Und das ist Sawwa Mamontow.«

Aus dem Nordland-Pavillon trat mit raschen Schritten ein vierschrötiges kahlköpfiges Männchen mit weißem Bärtchen und vergnügtem, rosigem Gesicht. Im Gehen wehrte er lachend den »erklärenden Herrn« ab, den mit der ausgeprägten Stirn und den langen Haaren.

»Bagatellen, Wertester, die reinsten Bagatellen«, sagte er so laut, dass der Gouverneur Baranow strenge zu ihm hinsah. Alle »ordentlichen Leute« beehrten ihn gleichfalls mit ihrer Aufmerksamkeit. Auch der Zar richtete seine Blicke mit immer dem gleichen schuldigen Lächeln auf ihn, während Woronzow-Daschkow ihn zu Klims Entrüstung noch immer am Ärmel zupfte.

»Adaschew«, musste er denken und wünschte dem Minister von ganzem Herzen das Los dieses Erziehers Iwans des Schrecklichen.

Die Ausstellung lag still und verlassen, wie an regnerischen Tagen. Werktäglich pfiffen die Lokomotiven im Waggonhof, knirschten die Geleise in den Weichen, dröhnten die Puffer, und eintönig sangen die Sirenen des Weichenstellers.

Der Tag, der klar begonnen hatte, wurde gleichfalls trübselig. Der Himmel bedeckte sich mit einer glatten Schicht grauer, fadenscheiniger Wolken. Die Sonne, von ihnen überzogen, wurde glanzlos-weiß wie im Winter. Ihr verstreutes Licht ermüdete die Augen. Die Buntheit der Bauten verblasste, steif und entfärbt hingen die zahllosen Flaggen herab. Die »ordentlichen Leute« bewegten sich schlaff. Die blaugraue, bescheidene Figur des Zaren wurde dunkel und noch weniger bemerkbar auf dem Grunde der großen, soliden Männer, die schwarz gekleidet waren oder goldbestickte ordengeschmückte Uniformen trugen.

Der Zar schritt an der Spitze dieser Männer langsam auf den Marine-Pavillon zu. Es schien, als ob sie ihn vorwärts stießen. Jetzt bückte der Gouverneur Baranow sich geschmeidig, hob etwas vor den Füßen des Zaren vom Boden auf und schleuderte es beiseite.

»Haben Sie genug?«, fragte Inokow grinsend.

Samgin nickte stumm.

Er fühlte sich physisch erschöpft, hatte Hunger und war traurig. Eine solche Traurigkeit hatte er als Kind empfunden, wenn man ihm vom Weihnachtsbaum nicht den Gegenstand schenkte, den er haben wollte.

»Wissen Sie, wem der Zar ähnlich sieht?«, fragte Inokow.

Klim blickte ihm, auf eine Grobheit gefasst, wortlos ins Gesicht. Aber Inokow sagte nachdenklich:

»Cherubino, als Offizier verkleidet.«

»Isaak«, murmelte Samgin.

»Was?«

»Isaak«, wiederholte Klim lauter und mit einem Ärger, den er nicht zurückhalten konnte.

»Ach ja, der aus der Bibel«, erinnerte sich Inokow. »Ja, aber wer ist dann Abraham?«

»Ich weiß es nicht.«

»Merkwürdiger Vergleich«, grinste Inokow, seufzte dann und sagte:

»Meine Korrespondenzen werden nicht gedruckt. Der Redakteur, ein alter Wallach, schreibt, ich unterstreiche zu sehr die negativen Seiten, und dies missfalle dem Zensor. Er schulmeistert: Jede Kritik müsse von einer allgemeinen Idee ausgehen und sich auf sie stützen. Aber der Teufel soll wissen, wo sie steckt, diese allgemeine Idee!«

Klim hörte auf, seinem übel gelaunten Geschimpfe zu folgen. Er war mit den Gedanken bei dem jungen Mann in der blaugrauen Uniform, bei seinem verlegenen Lächeln. Was würde dieser Mensch sagen, wenn man ihm einen Kutusow, einen Diakon, einen Ljutow gegenüberstellte? Ja, wie stark konnten die Worte sein, die er diesen Leuten zu sagen vermochte? Und Klim erinnerte sich – nicht spöttisch wie sonst, sondern mit Bitterkeit – seines alten Spruchs:

»Ja, war denn ein Junge da? Vielleicht war gar kein Junge da?«

Aber überlastet mit Eindrücken, hatte er es, wie ihm schien, verlernt zu denken. Die Spinne, die das Gewebe der Gedanken spann, war erstarrt. Er sehnte sich danach, heimzufahren, in die Sommerfrische, und auszuruhen.

Aber er durfte nicht abreisen. Ein Telegramm Warawkas bat ihn, seine Ankunft abzuwarten.

Und während Klim Samgin auf Warawka wartete, erblickte er einen wirklichen Herrn.

Es war ein Mann von mittlerem Wuchs, gekleidet in weite, lange Gewänder von jener unergründlichen Farbe, die die Blätter der Bäume im Spätherbst annehmen, wenn sie schon den sengenden Hauch des Frostes verspürt haben. Diese schattenhaft leichten Gewänder umhüllten den dürren, knochigen Leib eines alten Mannes mit zweifarbigem Gesicht. Durch die stumpf-gelbe Gesichtshaut traten die braunen Flecke eines uralten Rostes. Das steinerne Gesicht wurde durch ein graues Bärtchen verlängert, dessen Haare man zählen konnte. Büschel desselben grauen Haares sprossen aus den Mundwinkeln hervor und bogen sich nach unten zu. Die Unterlippe, gleichfalls rostfarben, hing verachtungsvoll herab, über ihr starrte eine ungerade Reihe bernsteingelber Zähne. Seine Augen zogen sich schräg zu den Schläfen hinauf, die Ohren, spitz wie bei einem Raubtier, waren fest an den Schädel gedrückt, auf dem ein Hut mit Kugeln und Schnüren thronte. Der Hut gab dem Menschen das Aussehen des Priesters einer unbekannten Religion. Es schien, dass die Pupillen seiner schmalen Augen nicht rund und glatt seien wie bei gewöhnlichen Menschen, sondern geformt aus feinen, spitzen Kristallen. Und wie aus einem von Meisterhand gemalten Bildnis folgten diese Augen Klim unverwandt, von welcher Seite er auch auf dieses uralte, zum Leben erwachte Bildnis schauen mochte. Die stumpfen, samtenen Schaftstiefel mit unförmig dicken Sohlen mussten sehr schwer sein, aber der Mensch bewegte sich lautlos. Seine Füße glitten, ohne sich vom Erdboden zu lösen, über ihn hin wie über Öl oder Glas.

Ihm folgte respektvoll eine Gruppe Menschen, unter denen man vier Chinesen in Nationaltracht bemerkte. Gelangweilt schritt der schneidige Gouverneur Baranow an der Seite des Generals Fabrizius, des Kommissars des Zarenpavillons, in dem die Schätze der Minen von Nertschinsk und des Altai, Edelsteine und gediegenes Gold ausgestellt waren. Auch Leute mit und ohne Orden befanden sich, dicht aneinander gedrängt, im Gefolge des seltsamen Besuchers.

In seinem gleitenden Gang wanderte dieser würdevolle Mensch von einem Gebäude zu andern. Sein steinernes Gesicht blieb unbewegt, kaum merklich bebten die breiten Nüstern seiner mongolischen Nase und verkürzte sich die verachtungsvolle Lippe, deren Bewegung nur deshalb zu sehen war, weil die grauen Haare in den Mundwinkeln sich sträubten.

»Li Hung Tschang«,[7] flüsterten die Leute einander zu, »Li Hung Tschang!«

Und sie traten ehrfürchtig grüßend zurück. Die Leute würdigte der berühmte Chinese keines Blickes. Die Gegenstände betrachtete er mit geringschätziger Flüchtigkeit, und nur vor wenigen verweilte er Sekunden, eine Minute lang, blähte die Nüstern und bewegte den Schnurrbart.

Seine Hände ruhten, in den weiten Ärmeln geborgen, auf dem Bauch. Zuweilen jedoch erriet einer der Chinesen ihren unsichtbaren Wink oder beugte sich einem nicht wahrnehmbaren Zeichen und begann leise mit dem Abteilungskommissar zu reden, um dann mit gesenktem Kopf, ohne aufzublicken, noch verhaltenere Worte an Li Hung Tschang zu richten.

In der Marineabteilung sprach er ihm von einer Kanone. Der alte Chinese, der ihr in unbeweglicher Haltung seine Seite zuwandte, sah sie sekundenlang aus den Augenwinkeln an und – glitt weiter.

General Fabrizius strich seinen Kosakenschnurrbart glatt, eilte dem hohen Gast vorauf und deutete mit der Geste eines Befehlshabers auf den Zarenpavillon.

---

[7] Chinesischer Kanzler unter der Monarchie, bereiste 1896 Europa, unterzeichnete nach dem Boxeraufstand den Vertrag mit den Mächten. D. Ü.

Li Hung Tschang blieb stehen. Sein chinesischer Dolmetscher entfaltete eine emsige Geschäftigkeit, verneigte sich und flüsterte lächelnd und mit ausgebreiteten Armen.

»Man darf nicht vor ihm gehen?«, fragte laut ein stattlicher Mann mit einer Menge Orden auf der Brust und lächelte ironisch. »Nun, aber neben ihm darf man? Wie, auch das darf man nicht? Niemand?«

»Zu Befehl, Eure Exzellenz!«, antwortete jemand mit der Stimme eines Droschkenkutschers.

Der Stattliche blies so heftig die Backen auf, dass sie rot anliefen, überlegte und sagte in französischer Sprache:

»Man soll den Dolmetscher fragen, wer denn eigentlich das Recht hat, neben ihm zu gehen.«

Alle schwiegen. Dann ließ sich, schon leiser, die Kutscherstimme vernehmen:

»Der Übersetzer, Eure Hochwohlgeboren, sagt, dass er es nicht weiß. Vielleicht Ihr, das heißt, unser Kaiser, sagt er.«

Der Stattliche berührte die Orden auf seiner Brust und murmelte wütend:

»Wirklich ... Zeremonien!«

General Fabrizius errötete ebenfalls, zupfte seinen Schnurrbart und ließ Li Hung Tschang den Vortritt.

Im Altai-Pavillon blieb Li Hung Tschang vor der Edelstein-Vitrine stehen und bewegte die Schnurrbarthaare. Sogleich bat der Dolmetscher, die Vitrine zu öffnen. Als man die schwere Glasscheibe hochgehoben hatte, befreite der alte Chinese, ohne Hast zu verraten, seine Hand aus dem Ärmel, der wie aus eigener Kraft bis zum Ellenbogen hinaufglitt. Die knochigen Finger der greisenhaften, eisernen Hand senkten sich in die Vitrine und griffen von der weißen Marmorplatte einen großen Smaragd – die Zierde des Pavillons. Li Hung Tschang hob den Edelstein an sein linkes Auge, hielt ihn an das rechte, nickte kaum merklich mit dem Kopf und ließ die Hand mit dem Stein in den Ärmel gleiten.

»Er nimmt ihn sich«, erklärte der Dolmetscher liebenswürdig lächelnd die Geste.

General Fabrizius erbleichte und stammelte:

»Aber erlauben Sie! Ich habe doch nicht das Recht, Geschenke zu machen!«

Der berühmte Chinese glitt bereits aus der Tür des Pavillons und wandte sich zum Ausgang der Ausstellung.

»Li Hung Tschang«, sagten die Leute leise einander und verneigten sich tief vor dem Mann, der einem Magier aus alter Zeit glich. »Li Hung Tschang!«

Der Tag war unfreundlich. Angstvoll jagte der Wind hinter allen Ecken hervor und wirbelte den Sand der Wege in die Luft. Am Himmel drängten sich wimmelnde Wolkenfetzen, auch die Sonne war voller Unrast, als sei sie bemüht, die seltsame Gestalt des Chinesen so hell wie möglich zu beleuchten.